Guido Dieckmann
Das Geheimnis des Poeten

AF216629

atb aufbau taschenbuch

Guido Dieckmann, Jahrgang 1969, hat Geschichte und Anglistik studiert. Er hat bisher mehrere sehr erfolgreiche historische Romane vorgelegt, unter anderem »Luther«. Zuletzt veröffentlichte er im Aufbau Taschenbuch: »Die sieben Templer«. Mehr Informationen zum Autor unter www.guido-dieckmann.de

Nach dem Tod seines Vaters ist Christian Vulpius gezwungen, jede Arbeit anzunehmen, um sich über Wasser zu halten. Dabei würde er viel lieber seinen literarischen Ambitionen nachgehen. In dieser Situation hofft Vulpius auf die Fürsprache Goethes, der mit seiner Schwester Christiane liiert ist. Geheimrat von Goethe befindet sich jedoch auf Reisen. Ein schwacher Hoffnungsschimmer ist das Angebot seiner Schwester, während Goethes Abwesenheit eine Kiste mit Büchern, botanischen Proben und Mineralien aus Italien zu sortieren. Vulpius geht ohne besondere Begeisterung ans Werk. Doch dann überschlagen sich die Ereignisse. Im Gasthaus trifft er einen abgehetzt wirkenden Fremden, der eine fantastische Geschichte von italienischen Räubern, einer Verschwörung und von einer Urkunde erzählt, die er dringend finden müsse, um eine ihm anvertraute Dame vor drohendem Unheil zu bewahren. Wenig später wird Vulpius überfallen, Bücher aus dem Besitz Goethes werden ihm gestohlen – und dann wird der Unbekannte aus dem Gasthaus ertränkt am Ufer der Ilm gefunden.

GUIDO DIECKMANN

Das Geheimnis des Poeten

Ein historischer Weimar-Krimi

 aufbau taschenbuch

MIX
Papier aus verantwor-
tungsvollen Quellen
FSC® C083411

ISBN 978-3-7466-3235-3

Aufbau Taschenbuch ist eine Marke der Aufbau Verlag GmbH & Co. KG

1. Auflage 2017
© Aufbau Verlag GmbH & Co. KG, Berlin 2017
Umschlaggestaltung www.buerosued.de, München
unter Verwendung eines Bildes von © Trevillion Images / Yolande deKort
Satz LVD GmbH, Berlin
Druck und Binden CPI books GmbH, Leck, Germany
Printed in Germany

www.aufbau-verlag.de

Hat der alte Hexenmeister
sich doch einmal wegbegeben …

Johann Wolfgang von Goethe,
»Der Zauberlehrling«

Prolog

Italien, in der Nähe von Padua,
17. Juli des Jahres 1787, kurz vor Sonnenuntergang

Warum verbringe ich die letzten Stunden meines Lebens damit, diese Zeilen niederzuschreiben? Es ist doch höchst fraglich, dass jemand sie finden und erfahren wird, was mir und den anderen zugestoßen ist? Wenn das Schicksal zu unseren Ungunsten entscheidet, so werden meine Reisegefährten und ich noch vor Einbruch der Nacht tot sein. Es erscheint mir ohnehin wie ein Wunder, dass die Männer, die heute früh unsere Kutsche überfallen und uns beraubt haben, nur den Kutscher getötet, uns aber geschont haben. Der gute Rinaldo griff zur Flinte, um seine Reisenden zu verteidigen, und musste seinen Mut mit dem Leben bezahlen. Ich war Zeuge, wie einer der Straßenräuber ihm die Kehle durchschnitt und den blutigen Leichnam in einen Graben warf. Im letzten Moment konnte ich Rinaldos Sohn davon abhalten, sich auf den Mörder seines Vaters zu stürzen. Hätte der Junge die Nerven verloren, läge er jetzt ebenso kalt und starr am Wegesrand.

Als die Sonne fast senkrecht über uns stand, trieben uns zwei der Maskierten in ein Steinhaus am Rande eines Steilhangs und zwangen uns fluchend und mit Tritten auf den festgestampften Erdboden. Dort kauern wir nun schon seit Stunden. Die einzige Tür in die Freiheit wird bewacht, daher ist an Flucht nicht zu denken. Schon gar nicht mit dem Verletzten, den aber auch keiner von uns zurücklassen möchte. Ob der alte Herr den Sonnenaufgang noch erleben wird? Vielleicht ist es besser für ihn, gar nicht zu bemerken, was um ihn herum geschieht. Er verschläft sein Elend, während uns anderen der Durst und die sengende Hitze fast den Verstand rauben. Seit wir Abano mit seinen heißen Quellen in Richtung Padua verlassen haben, kann nicht mehr als eine Nacht vergangen sein, mir aber kommt es wie eine Ewigkeit vor. In Padua hoffte ich, den Geheimrat von Goethe aus Weimar zu sehen, der sich momentan ebenfalls in Italien aufhält, doch der wird nun vergeblich auf mich warten. Ob man nach uns suchen lässt? Kaum. Wie sollte jemand ahnen, was mit uns geschehen ist? Wir waren gewarnt worden, die Abkürzung nach Padua zu nehmen, weil die abseits gelegenen Straßen oft von Räuberbanden heimgesucht würden, aber wir schlugen die Warnung unserer Wirtsleute in den Wind. Jeder von uns war in Eile, insbesondere das Paar mir gegenüber. Außer dem Alten und dem Mädchen sind nur noch wenige meiner Reisegefährten übrig geblieben. Einer der Männer wurde schon vor Stunden davongeschleppt. Seine Schreie haben sich in meine Ohren gebrannt. Ihm folgte der Sohn des Kutschers, der uns bis nach Venedig begleiten wollte. Die Räuber können ihn nicht gebrauchen. Niemand wird für ihn bezahlen. Und für mich?

Werden sie mich als Nächsten holen? Ich verfluche den Tag, an dem ich beschlossen habe, diese Reise anzutreten. Meine Sehnsucht nach diesem Land wird mich nun teuer zu stehen kommen. Ich suchte reife Zitronen und Orangen und fand nichts als bittere Mandeln. Draußen sind jetzt laute Männerstimmen zu hören. Unsere Entführer klingen wütend, sie scheinen in Streit geraten zu sein. Jemand kommt, er öffnet die Tür. Der Maskierte mit dem Messer ... Rinaldos Mörder. Blut an seinen Händen ...

Möge Gott mir beistehen, dass sie mein Tagebuch nicht bei mir finden. Sie würden mich ohne Erbarmen ...

Fragment einer Tagebuchaufzeichnung des deutschen Reisenden J. A. Wagner. Aus dem Jahr 1787

1. Kapitel

»Sie wollen mir also weismachen, der Herr Geheimrat hätte all diese merkwürdigen Dinge bei Ihnen in Auftrag gegeben?«

Christiane Vulpius schlug die Hände über dem Kopf zusammen, als der Schneidermeister ihr die Kleidungsstücke zeigte, die er angeblich im Auftrag des Hausherrn genäht hatte.

Diese Farben und dann der Schnitt … Nein, unmöglich, dass Goethe, der stets so viel Wert auf sein Äußeres legte, Westen und Gehröcke wie diese tragen würde. Außerdem führte Christiane persönlich die Rechnungsbücher und kannte alle Ausgaben, die Goethes Garderobe betrafen. Demnach konnte es sich hierbei bestenfalls um einen bedauerlichen Irrtum handeln. Oder um einen Witz. Ja, irgendein Spaßvogel erlaubte sich einen dummen Scherz mit ihnen.

Schneidermeister Tobias Samuel Koppelmann sah allerdings nicht so aus, als ob er zu Scherzen aufgelegt wäre. Im Gegenteil, er war beleidigt. In näselndem Tonfall wies er Christiane darauf hin, dass ihm ganz gewiss kein Fehler unterlaufen sei. Seit er kurz nach dem Dreikönigstag zum Hofschneider ernannt worden war, arbeiteten er und seine Gesellen fast Tag und Nacht, um die Sonderwünsche seiner Kunden zu erfüllen. Stirnrunzelnd zückte er sein Auftragsbuch und begann darin zu blättern.

»Hier steht es schwarz auf weiß, Gnädigste. Ihr Bruder kam kurz nach dem Pfingsttag zu mir und ließ Maß nehmen. Da er erklärte, die Rechnung gehe hierher, ging ich selbstverständlich davon aus, dass ich für den Herrn Geheimrat arbeiten würde. Allerdings fand ich es schon ein wenig seltsam, dass ich dieses Mal nicht nach seinen Maßen nähen sollte. Ihr Herr Bruder ist, mit Verlaub, nicht so hochgewachsen und stattlich wie Herr von Goethe. Er lässt, mit Bedauern sage ich es, die Schultern allzu sehr hängen.«

Christiane begutachtete die tannengrüne Weste aus grobem Tuch und die dreiviertellangen roten Leinenhosen. In Höhe beider Oberschenkel hatte der Schneider Taschen aufgenäht, für Münzen, Schnupftabaksdose, Pfeifenanzünder und was Männer im Allgemeinen sonst noch so mit sich herumschleppten. In Frankreich wurden solche Hosen von den republikanischen Schreihälsen getragen, die ihren armen König vor einigen Jahren einen Kopf kürzer gemacht hatten. Was diese Burschen in ihren Taschen trugen, wollte Christiane gar nicht wissen.

Mit gerümpfter Nase warf sie die Kleider zurück in die Schachtel. Welcher Teufel hatte ihren Bruder geritten, in Goethes Namen derartige Abscheulichkeiten zu bestellen? Sie war heilfroh, dass der Dichter den Sommer nicht in Weimar verbrachte. Hätte er das Paket des Schneiders auspacken müssen, hätte ihn womöglich der Schlag getroffen.

»Aber warum sollte mein Bruder sich eine solche Weste nähen lassen?«, fragte sie zögerlich. Der Hofschneider zuckte mit den Achseln. »Wenn es nicht für den Herrn Geheimrat bestimmt gewesen wäre, hätte ich keine Nadel und keinen Faden Garn dafür vergeudet. Aber woher soll ein bescheidener Handwerker wissen, was in den Köpfen der vornehmen Herren vorgeht?«

Christiane dachte nach. Soweit sie sich erinnerte, war ihr Bruder noch nie als vornehmer Herr bezeichnet worden. Er bemerkte nicht einmal, wenn sein Rock abgetragen war und seine Hosen Löcher hatten. Manchmal suchte Christiane ihm ein paar Kleidungsstücke zusammen, die Goethe nicht mehr tragen mochte, aber sie bezweifelte, dass ihrem Bruder so etwas überhaupt auffiel. So war Christian. Mit den Gedanken immer ganz weit weg in den Wolken. Aber einen besseren Geschmack hätte sie ihm zugetraut. Und dass er es wagte, Goethes Geld zu verschwenden, war unverzeihlich. Es wurde Zeit, dass sie ihm gehörig die Leviten las.

Christiane hob den Blick, als das Dienstmädchen ihr einen weiteren Besucher meldete. Den Mann, der kurz darauf eintrat, kannte sie nur vom Sehen. Er betrieb eine Hutmacherwerkstatt in der Seifengasse, doch bislang hatten weder Goethe noch ihr Bruder bei ihm arbeiten lassen.

»Verzeihen Sie, wenn ich ausgerechnet heute störe, Demoiselle«, sagte der Mann. »Wie ich von dem Mädchen hörte, sind Sie erst kürzlich von einer Reise zurückgekehrt. Ich werde mich daher kurzfassen.«

Christiane hoffte darauf. Es war Samstagnachmittag und die Schwüle so schweißtreibend, dass ihre Wangen glänzten. Sie winkte den dicklichen Mann, dessen knallrote Wangen sie an einen reifen Apfel erinnerten, heran und erkundigte sich nach seinen Wünschen. Sogleich zog der Mann seinen Dreispitz und machte einen Schritt vor, wobei er den Schneider anrempelte.

»Kannst du nicht aufpassen, du Stoffel?«, brummte Koppelmann verärgert. »Und überhaupt, was hast du hier verloren? Ich habe eine Unterredung mit der Gnädigsten.«

Den Hutmacher beeindruckte das nicht. »Mein Lehrjunge hat dich hier eintreten sehen und mich daran erinnert, dass der Herr Geheimrat Goethe einen Hut in Auftrag gegeben, bislang aber weder abgeholt noch bezahlt hat. Ich hoffe nur, ich habe das Hutband nicht zu knapp bemessen.«

»Wen kümmert dein Hutband?« Schneidermeister Koppelmann schüttelte den Kopf. »Zuerst wird meine Rechnung beglichen, verstanden? Ich warte schon länger darauf als du!«

Christiane starrte den Hutmacher an. Wovon bei allen guten Geistern redete dieser Kerl?

»Sie wollen also auch einen Auftrag von uns erhalten haben und behaupten, wir seien Ihnen Geld schuldig?«

»Oh, unter normalen Umständen würde ich mich niemals aufdrängen, aber soweit ich weiß, ist der Herr Geheimrat, seit er in Weimar lebt, noch niemals einem Handwerker etwas schuldig geblieben.« Interessiert blickte sich der Dicke in dem geschmackvoll eingerichteten Salon um. Für gewöhnlich empfing der Hausherr hier keine Lieferanten, aber Christiane fühlte sich zu träge, um die Männer in einen der vorderen Empfangsräume führen zu lassen. Sie wollte die leidige Angelegenheit hinter sich bringen, damit sie sich endlich um August kümmern konnte.

»Ich bin um den guten Ruf unseres verehrten Herrn Geheimrats besorgt, nur deshalb bin ich hier«, sagte der Hutmacher. »Nicht des Geldes wegen, Demoiselle.«

»Aber der Geheimrat ist nicht da«, wandte Christiane ein, der allmählich der Geduldsfaden riss. »Ich kann nicht glauben, dass er bei Ihnen war, um sich einen Hut machen zu lassen.«

Das Lächeln des Hutmachers verflüchtigte sich. Er zog einen Bogen Papier aus seiner Jacke und überreichte ihn Christiane. »Er hat Ihren Bruder geschickt. Wenn ich um mein Geld bitten dürfte?«

»Nicht so eilig!«, sagte Koppelmann. »Vielleicht hast du mich nicht bemerkt, aber ich war vor dir da. Und wenn hier eine Rechnung beglichen wird, dann ist es meine.« Nun zog auch er ein Papier aus seiner Jacke und streckte den Arm aus, als wollte er sich mit dem Dicken duellieren.

»Aber meine Herren, ich bitte Sie …« Christiane sank auf einen Stuhl und fächelte sich mit der Hutmacherrechnung ein wenig Luft zu. Obwohl das Dienstmädchen alle Fenster geöffnet hatte, hing die Augusthitze in dem Raum. Vom Garten drangen Gelächter, Jammern und das Quietschen des Pumpenschwengels herein. Vermutlich vergnügte sich der kleine August damit, seine Tante Ernestine nass zu spritzen. Christiane wusste, wie sehr er sie vermisst hatte und wie froh er war, wieder zu Hause in Weimar zu sein. Erst vor zwei Tagen waren beide von einer Sommerreise nach Frankfurt zurückgekehrt, wo sie Goethes Mutter besucht hatten. Die alte Dame hatte sich gefreut, ihren Enkel endlich kennenzulernen, und ihm jeden Wunsch von den Lippen abgelesen. Christiane hatte den Ausflug ebenso genossen, doch die Strapazen der langen Kutschfahrt steckten ihr noch in den Knochen. Dabei hatte sie sich für die kommenden Tage so viel vorgenommen. Die Reisekoffer mussten ausgepackt, die schmutzige Wäsche gewaschen und hundert Besorgungen gemacht werden. August hatte sich für den Sonntag Frankfurter Pastetchen mit grüner Soße nach dem Rezept seiner Großmutter gewünscht, aber dieses war irgendwo in den Tiefen ihres Koffers verloren gegangen.

Christiane ließ sich einen der Hüte zeigen. War das grüner oder brauner Filz? Egal, er passte auf den Kopf eines Wildhüters oder Försters, nicht auf den ihres Bruders. Den Dreispitz zierten sogar zwei Hahnenfedern. Hatte Christian den Verstand verloren, für einen solchen Firlefanz Geld zu verschwenden? Geld, das ihm nicht einmal gehörte.

Seufzend läutete sie nach dem Dienstmädchen und bat es, ihr die Geldkassette zu bringen. Wie gern hätte sie die Männer mit dem Hinweis weggeschickt, sie sollten sich an ihren Bruder wenden und die Familie des Geheimrats mit ihren albernen Rechnungen verschonen. Doch obwohl sie wütend auf Christian war, brachte sie es nicht übers Herz, ihn ins offene Messer laufen zu lassen. Davon abgesehen, waren sowohl Koppelmann als auch der Hutmacher für ihre Geschwätzigkeit bekannt. Wenn Christiane sich weigerte, sie zu bezahlen, würde das in Weimar rasch die Runde machen, und auf spitze Bemerkungen ihrer Nachbarn konnte sie liebend gern verzichten.

Als die Handwerker gegangen waren, warf Christiane Hüte und Westen in eine Schachtel und ging damit zur Bibliothek, die an Goethes Arbeitszimmer grenzte. Wie erwartet, fand sie dort ihren Bruder.

Christiane gönnte sich einen Moment, um den schlanken jungen Mann zu beobachten, der so eifrig in den Büchern blätterte. Obwohl unter ihren Füßen die Dielenbretter knarzten, nahm er keine Notiz von ihr, so versunken war er in seine Arbeit. Der Anblick erinnerte sie an Goethe und daran, wie sehr sie ihren Mann vermisste. Auch der vergaß schnell alles um sich herum, sobald ihn ein Gegenstand seines Interesses fesselte. Dann war es jedem im Haus verboten, ihn zu stören. Doch Ruhe und Ungestörtheit waren Privilegien des Hausherrn, nicht eines versponnenen Schwagers, der am Frauenplan nur geduldet war.

Christiane hatte noch nie darüber nachgedacht, ob sie ihren Bruder für gut aussehend hielt, doch sicher mochte es Frauen geben, die ihn auf eine gewisse Weise anziehend fanden. Zumindest gab er mit seinem schmalen, von Sommersprossen bedeckten Gesicht und dem kleinen Grübchen am Kinn ein Erscheinungsbild ab, das nicht nur mütterliche Instinkte weckte. Seinen dichten blonden Schopf trug er gescheitelt und zurückgekämmt, was einzelne Strähnen nicht davon abhielt, ihm keck in die Stirn zu fallen. Seine Augen blickten melancholisch drein, manchmal sogar traurig, was darauf hinwies, dass Christian Vulpius in seinem Leben bereits so manche Niederlage hatte hinnehmen müssen.

Christiane räusperte sich. Zunächst verhalten, dann heftiger. Schließlich hustete sie. Endlich warf Christian einen Blick über die Schulter und setzte sein breitestes Grinsen auf.

»Du Ärmste scheinst wieder eine Erkältung zu bekommen. Soll ich jemanden zum Apotheker schicken?«

Christiane kannte dieses charmante Lächeln zur Genüge und ärgerte sich gleich noch mehr. Schon als Kind hatte er damit durchgesetzt, was immer er haben wollte. Diesmal nicht, nahm sie sich vor. Nein, dieses Mal werde ich hart bleiben.

»Ich bin nicht krank, also brauche ich auch keine Arznei«, sagte sie ärgerlich. »Wie oft habe ich dir eigentlich gesagt, dass du ohne meine Erlaubnis hier nichts zu suchen hast?« Ihr Blick fiel auf den Schlüssel zur Bibliothek, den Christian soeben dezent unter eines der Bücher schob. Flink sprang sie vor und schnappte ihn sich.

»Du kannst nicht einfach hier eindringen, sooft dir das passt, um in den wertvollen Büchern des Geheimrats zu stöbern!«

Christian blickte sie treuherzig an. »*Hat der alte Hexenmeister sich doch einmal wegbegeben, und nun sollen seine Geister auch nach meinem Willen leben …*«

»Was soll das heißen? Bist du betrunken?«

»Du hast es nicht gelesen?« Christian Vulpius legte die Stirn in Falten und hob tadelnd den Finger. »Ich kann nicht glauben, dass du das jüngste Meisterwerk deines Herrn und Gebieters noch nicht auswendig zitieren kannst!« Er reichte Christiane ein eng beschriebenes Papier.

»Die Ballade handelt von einem Lehrjungen, der die Abwesenheit seines Herrn nutzt, um …«

»Ja, ja, schon gut!« Christiane unterbrach ihn mit einer scharfen Geste, denn nun erinnerte sie sich wieder an die Verse, die Goethe erst vor wenigen Wochen zu Papier gebracht hatte. Zweifellos hatte er sie ihr vorgelesen, doch zu Beginn des Sommers hatte sie eine hartnäckige Erkältung ans Bett gefesselt, und daher war ihr der Sinn nicht nach alten Zauberern und jungen Burschen gestanden, die aus purem Übermut ein Haus unter Wasser setzen. Schon bei dem Gedanken daran überfiel sie ein Grausen. Doch das Gedicht war gut, das musste sie zugeben.

Unten im Garten quietschte noch immer der Pumpenschwengel. Entweder ertränkte der kleine August gerade ihre Schwertlilien im Ziergarten oder seine Tante Ernestine.

»Du hast doch hoffentlich nicht vor, dir diesen Lehrjungen aus der Ballade des Geheimrats zum Vorbild zu nehmen und etwas anzustellen?«, fragte Christiane argwöhnisch. Dabei sah sie sich die Bücher an, die ihr Bruder aus den Regalen genommen hatte. Goethes Bibliothek galt mit Tausenden von Bänden als eine der größten und bestsortierten Sammlungen weit über die Grenzen des Herzogtums Sachsen-Weimar hinaus. In seinen Räumen fanden sich nicht nur Bücher zu juristischen und historischen Sachverhalten, sondern auch bedeutende Werke über Botanik, Mineralogie und Geologie, denn Johann Wolfgang von Goethe galt als ein großer Freund der Naturwissenschaften.

Christiane entzifferte einige der Titel und stellte fest, dass sich fast alle Bücher auf dem Tisch mit der Geschichte Roms, Venedigs und Paduas sowie mit Sitten und Gebräuchen der Italiener beschäftigten. Einige davon waren in italienischer Sprache abgefasst, weswegen Christian auch ein dickes Wörterbuch aus dem Regal genommen hatte.

»Was hast *du* mit Italien zu schaffen?« Christiane schmeckte etwas Bitteres auf der Zunge und fühlte sich plötzlich nach Frankfurt zurückversetzt. Dort, im Haus von Goethes Mutter, hatte sie mit ihrem Geliebten hitzige Diskussionen, bis er ihr und der alten Frau Rat schließlich hoch und heilig versprochen hatte, bis zum späten Herbst wieder in Weimar zu sein. Sie wollte nicht, dass er die Gefahren einer Reise nach Italien auf sich nahm, obgleich ihr nicht entgangen war, dass er sich insgeheim danach sehnte, noch einmal die Alpen zu überqueren.

Hatte er etwa Christian etwas über seine Pläne verraten, was er vor ihr verheimlichte?

»Als ob der Geheimrat mich ins Vertrauen ziehen würde!« Christian schüttelte betrübt den Kopf. »Nein, nein, ich brauche die Bücher für meine eigenen Studien. Und wenn ich verspreche, dass ich sie wie meinen Augapfel hüte und zurückbringe, bevor der Geheimrat von seiner Reise nach … wohin auch immer … zurückkehrt?« Treuherzige Hundeaugen blickten sie an.

16

»Ausgeschlossen!«, protestierte Christiane energisch. Sie dachte einen Moment lang nach. »Weißt du, was ich glaube? Dass mein Goethe wirklich an dich gedacht hat, als er die Figur des Zauberlehrlings erdichtete. Du glaubst, in seine Schuhe zu passen, dabei sind sie viel zu groß für dich. Konzentriere dich lieber auf deine Arbeit am Hoftheater, sonst bist du die schneller wieder los, als ich brauche, um ein Ei aufzuschlagen.«

»Ich brauche die Bücher aber«, sagte Christian. »Ich möchte einen Roman schreiben.«

»Auch das noch«, schimpfte seine Schwester. »Und bis dich die Muse küsst, soll ich dich wohl durchfüttern? Leih dir deine Bücher gefälligst in der Bibliothek im Grünen Schloss.«

»Das ist im Augenblick leider unmöglich!« Christian befeuchtete seine Lippen mit der Zunge, wobei er sich Mühe gab, Christianes Blick auszuweichen. Dann nuschelte er etwas vor sich hin, das sich für sie nach dem Wort »Hausverbot« anhörte.

Entsetzt schnappte Christiane nach Luft. Hausverbot? War ihr Bruder etwa von allen guten Geistern verlassen? Wie konnte er sie so blamieren?

»Du schuldest dem Bibliothekar Geld, nicht wahr?«

Christians Seufzen überzeugte sie davon, dass sie den Nagel auf den Kopf getroffen hatte. Ihr war zwar bewusst, dass man ihn beim Theater mit einem Hungerlohn abspeiste, aber wenn er weiterhin Schulden wie ein Offizier machte, würde bald ganz Weimar bei ihr anklopfen und Rechnungsbücher zücken.

»Es ist im Grunde nur eine Lappalie«, beteuerte er. »Wirklich, Schwesterchen. Ich konnte nichts dafür. Ich habe nur für einen Freund gebürgt, dem ich noch einen Gefallen schuldig war. Die Angelegenheit wird sich aufklären, bevor der Geheimrat zurück ist. Das verspreche ich.«

»Ich hoffe es für dich«, sagte Christiane spitz. »Und nun verlange ich eine Erklärung, warum du dir von Koppelmann scheußliche Kleider schneidern lässt, wenn du sie bei einem Hausierer oder Lumpensammler viel billiger haben könntest. Das Geld dafür habe ich übrigens unserer Haushaltskasse entnommen, aber ich verlange, dass du es mir wiedergibst, und zwar auf Heller und Pfennig.«

Energisch drückte sie Christian die Schachtel in die Hand. Er verschwand damit wortlos im Nebenraum und zog die Tür bis auf einen schmalen Spalt hinter sich zu.

»Du willst das Zeug wirklich anziehen?«, rief Christiane ihm kopfschüttelnd nach. »Ich meine, dein Geschmack war ja schon immer etwas ungewöhnlich, aber wenigstens konntest du dich in deinem weißen Gehrock mit der gelben Weste überall sehen lassen.«

»Warte, ich bin gleich soweit«, kam es aus Goethes Arbeitszimmer.

Nur wenige Augenblicke später stand Christian umgezogen wieder vor ihr in der Bibliothek, und Christiane starrte ihn mit offenem Mund an.

»Nun, was sagst du, wie sehe ich aus?«

»Was willst du denn hören? Eine höfliche Floskel oder die Wahrheit?«

Christian ignorierte den Sarkasmus im Tonfall seiner Schwester und blickte sich nach einem Spiegel um, den er in Goethes Bibliothek jedoch nicht fand.

»Hat diese Aufmachung etwas mit dem Buch zu tun, das du schreiben willst?«

Der junge Mann zog sich strahlend die Krempe seines Hutes über die Ohren. »Endlich ist der Groschen gefallen. Vor dir siehst du das exakte Abbild des italienischen Räuberhauptmanns Angelo Duca, der vor einigen Jahren gehängt wurde.«

»Wenn ich mir diese Aufmachung betrachte, kann ich auch verstehen, warum!«

Christian runzelte die Stirn und kniff ein Auge zu. Einen Augenblick lang sah er so bedrohlich aus, dass seine Schwester unwillkürlich einen Schritt zurück machte.

»Deinen Humor in allen Ehren, Schwester. Aber wenn ich über eine Person schreiben will, muss ich mich ganz und gar in sie hineinversetzen. Ich muss verstehen, wie sie denkt und was sie fühlt. Wäre der Geheimrat hier, würde er mir sicher recht geben.«

Christiane, die sich nie die Mühe gemacht hatte, herauszufinden, wie aus einem Einfall ihres Lebensgefährten ein Theaterstück oder ein Gedicht wurde, wagte das zu bezweifeln.

»Müssen wir als Nächstes damit rechnen, dass mein Bruder in Weimar Häuser überfällt oder Kutschen auflauert, um zu wissen, wie sich das anfühlt?«, fragte sie spöttisch.

Er zog es vor, darauf nicht zu antworten. Damit hatte Christiane aber auch nicht gerechnet. Ihr Blick fiel auf eine Bücherkiste, die vor einigen Wochen geliefert worden war. Goethe hatte sie angewiesen, sie in sein Gartenhaus schaffen zu lassen. Plötzlich kam Christiane eine Idee. »Ich gebe dir Gelegenheit, deine Schulden abzuarbeiten«, sagte sie. »Siehst du diese Kiste? Sie enthält Bücher, Mineralien, botanische Proben und andere Erinnerungen, die wir aber nicht alle in der Bibliothek unterbringen können.«

Christian hob neugierig die Augenbrauen. »Was sind das für Bücher?«

»Das wirst du herausfinden, während du sie nach Inhalt und Herkunft ordnest und in ein Register einträgst. Machst du deine Sache ordentlich, sehe ich darüber hinweg, dass du mein Haushaltsgeld verschwendest hast, um Räuberhauptmann zu spielen. Vielleicht begleiche ich sogar deine Schulden bei dem Bibliothekar.«

Christian seufzte. Seiner Miene war zu entnehmen, dass ihm der Auftrag seiner Schwester ungelegen kam, doch auf der anderen Seite konnte er den Lohn dafür gut gebrauchen. Christiane konnte nicht ahnen, dass seine Schulden im Grünen Schloss nicht die einzigen waren. Jederzeit konnten weitere Gläubiger an die Tür klopfen und nach ihm fragen.

»Könnte ich nicht eine Weile im Haus am Stern wohnen?«, schlug er vor. Das frühere Domizil des Geheimrats lag inmitten eines blühenden Gartens vor dem Tor an der Ilm. Dort würde ihn gewiss niemand suchen. Er konnte in aller Ruhe Goethes Erinnerungsstücke sortieren und sich außerdem noch um seine Erzählung über den italienischen Räuberhauptmann kümmern.

Christiane kannte ihren Bruder gut genug, um den Braten zu riechen, erklärte sich aber nach kurzem Zögern einverstanden, ihm den Schlüssel auszuhändigen. Im Park an der Ilm richtete er weniger Schaden an als in der Stadt, und sie konnte sich endlich wieder um die anstehenden Arbeiten im Haus kümmern. Als Christiane ihm den Rücken zukehrte, bemerkte sie nicht, dass der Stapel italienischer Bücher schon in Christians Beutel verschwunden war.

2. Kapitel

Am Abend ertränkte Christian sein schlechtes Gewissen in einem großen Krug Bier. Er hatte sich Christiane gegenüber wie ein Flegel benommen. Was war nur über ihn gekommen? Seitdem das neue Buch durch seine Gedanken geisterte, erkannte er sich selbst kaum wieder. Er war unkonzentriert bei der Arbeit am Hoftheater und litt ständig unter Kopfschmerzen. Einige Male war er sogar nachts aus einem Alptraum aufgeschreckt, dessen düstere Bilder ihn bis zum Morgen gequält hatten. Ob es dem Geheimrat ähnlich erging, wenn er an einem neuen Werk arbeitete? Christian hätte ihn gern dazu befragt, war aber gleichzeitig froh, dass Goethe den Sommer nicht in Weimar verbrachte. Nach Christianes Standpauke wäre es ihm peinlich gewesen, seinem Gönner unter die Augen zu treten, und er hoffte, dass bis zu dessen Rückkehr Gras über seinen Fauxpas gewachsen war. Wenn das Buch erst einmal gedruckt war, würde Goethe bestimmt anders über ihn denken. Er würde es lesen und ihn beglückwünschen. Was Christiane betraf, so nahm er sich fest vor, ihr künftig keinen Kummer mehr zu machen. Sie hatte auch ohne ihn schon genügend Sorgen. Da Goethe sich ein Leben nach strikten Regeln angewöhnt hatte, war Christiane von früh bis spät damit beschäftigt, seine Wünsche zu erfüllen. Sogar in seiner Abwesenheit hatte sie jede Menge zu tun. Ein so großes Haus wie das Goethes am Frauenplan verwaltete sich schließlich nicht von selbst. Christians Schwester stand mit den Dienstmägden auf und war oft die Letzte, die schlafen ging. Dennoch wurde sie vom Adel und der vornehmen Weimarer Gesellschaft mehr belächelt als akzeptiert. Dank Goethes Einfluss verkehrte sie zwar inzwischen in einigen der angesehenen Häusern, doch nicht nur Christian wusste, dass seine Schwester nur eingeladen wurde, um den Geheimrat nicht zu verärgern. Er bewunderte Christiane dafür, dass sie trotz mancher Kränkung fröhlich blieb und das Getuschel hinter ihrem Rücken eisern ignorierte. Wichtiger als jede Anerkennung der Hofgesellschaft war für sie ihre Familie. Die Familie, zu der auch er gehörte.

Ein Schmarotzer. Ein Bücherdieb.

Nein, kein Dieb, beruhigte er sich bei einem weiteren Schluck Bier. Er hatte Goethes Bücher nicht gestohlen, sondern ausgeliehen. Das war ein Unterschied. Mehr als eine Nacht würde er nicht brauchen, um die Bücher auf Berichte über italienische Banditen durchzusehen. Goethe würde ihn verstehen, denn er wusste, dass Bücher für Christian fast so etwas wie lebendige, atmende Wesen waren. Geschöpfe mit Seele. Er war beileibe nicht so kleinlich wie Christiane. Seine Schwester sollte nicht vergessen, dass sie ihre Bekanntschaft mit Goethe allein ihm verdankte. Hätte er nicht damals diesen Bittbrief geschrieben und ihn von Christiane überreichen lassen, hätte der Geheimrat nie Notiz von ihr genommen. Heute lebte sie unter seinem Dach, und die beiden hatten einen Sohn miteinander. Das sollte doch einen Blick in ein paar alte Bücher wert sein. Er würde sie zurückbringen, wenn Christiane mit dem kleinen August in der Kirche war. Die Dienerschaft kannte ihn und würde ihn nicht stören. Er konnte nur hoffen, dass Christiane den Schlüssel zu Bibliothek und Arbeitszimmer nicht inzwischen bei sich trug oder versteckt hatte, weil sie misstrauisch geworden war. Fand er ihn nicht, würde es ihm zweifellos an den Kragen gehen.

Christian bestellte sich noch ein Bier. In der kleinen Schenke, die in einer ruhigen Gasse fernab vom Frauenplan lag, wurde es von Stunde zu Stunde voller. Aber Christian fühlte sich in dem stickigen Schankraum mit seinen schwarzen Deckenbalken und dem Geruch von Knoblauch, Schweiß und Pfeifentabak wohl. Hier konnte er einkehren, ohne befürchten zu müssen, auf Bekannte zu treffen, denn anders als das Gasthaus »Zum weißen Schwan« wurde die Schenke für gewöhnlich von kleinen Leuten besucht: Tagelöhnern, Handwerksgesellen oder Reisenden, die ein billiges Bett für die Nacht suchten. Dafür herrschte wie an jedem Samstag zu dieser Stunde viel Betrieb. Ohne Unterlass flog die Tür auf und zu und spie neue Gäste in den Schankraum. Die Mägde eilten umher und wurden von den Gästen an den Tischen jubelnd empfangen. Der Lärm störte Christian nicht, im Gegenteil, er war froh, unter Menschen zu sein. Ins Gartenhaus würde er noch früh genug zurückkehren. Tief in Gedanken schlug er das Notizbuch auf, das er immer bei sich führte, und überflog, was er am Nachmittag zu Papier gebracht hatte. Viel war es nicht, wie er bedauernd feststellte. Die erste Durchsicht der Bücher hatte ihn auf seiner Suche nach Einzelheiten über berüchtigte Banditen nur unwesentlich weitergebracht. Mit gerunzelter Stirn begutachtete er die Skizzen, die er von sich selbst im Räuberkostüm angefertigt hatte, und kam sich dabei plötzlich albern vor. Vermutlich hatte Christiane doch recht gehabt, und er machte sich zum Narren. Misslang ihm das Buch, würde ganz Weimar über ihn lachen. Und Goethe vor Wut schäumen.

»Sieht ja zum Fürchten aus, Ihre Zeichnung«, meinte die Wirtin, die ihm sein Bier brachte. »Ähnelt dem Kerl mit den stechenden Augen, der Sie schon den ganzen Abend über anstarrt.« Überrascht klappte Christian sein Notizbuch zu. »Wollen Sie sagen, ich werde beobachtet?«

»Nicht so auffällig«, zischte die Wirtin. »Er sitzt in der Ecke neben dem Kamin, die Hände um ein Glas Wein gelegt. Aber er nimmt keinen Schluck daraus. Ist mir gleich aufgefallen. Essen will er auch nichts. Hockt einfach nur da und brütet vor sich hin. Als würde er auf etwas warten. Unheimlich, nicht wahr?«

»Gesagt hat er nichts?«

»O doch. Als ich ihn bediente, hat er mich über Herrn von Goethe ausgehorcht. Wie lange er bereits auf Reisen sei und wann er wieder in Weimar zurückerwartet werde.« Sie wischte sich mit einem Schürzenzipfel über das schwitzende Gesicht. »Wenn Sie mich fragen, führt der Bursche nichts Gutes im Schilde, so finster wie der dreinschaut und meine Gäste mustert. Ach ja, nach einer billigen Kammer hat er sich erkundigt. Weil er in Weimar Geschäfte zu erledigen habe und eine Weile bleiben werde. Aber nun frage ich Sie: Sieht dieser gerupfte Rabe wie ein Kaufmann aus?«

»Keine Ahnung«, murmelte Christian.

»Hier ist jedenfalls kein Bett für ihn frei.« Achselzuckend machte die Frau kehrt und ließ Christian verwirrt zurück. Vorsichtig spähte er zu dem Fremden hinüber. Dass Durchreisende sich nach dem berühmten Dichter erkundigten, war an sich weder selten noch ungewöhnlich. Seit Goethe den »Werther« veröffentlicht hatte, wurde er nicht nur in Weimar wie ein Halbgott umschwärmt. Fast täglich hielten Kutschen am Frauenplan.

Wer Gelegenheit hatte, versuchte, wenigstens einen Blick auf das Haus des berühmten Poeten zu werfen.

Christian wollte sich gerade wieder seinen Aufzeichnungen zuwenden, als der Fremde mit einem Mal aufstand und sich schlurfend auf seinen Tisch zubewegte. Er war mittelgroß, hager und so blass, als hätte er eine dicke Schicht Puder aufgetragen. Sein Gehrock war so schwarz wie sein langes, zurückgebundenes Haar. Gewiss war das gute englische Tuch einmal teuer gewesen, die vielen geflickten Stellen an den Ärmeln deuteten jedoch darauf hin, dass der Mann in recht bescheidenen Umständen lebte. Er wirkte abgespannt und müde, doch seine kleinen grauen Augen, die Christian flink wie Hände abtasteten, verrieten einen wachen Geist und eine exzellente Beobachtungsgabe.

»Erlauben Sie, dass ich mich einen Moment zu Ihnen setze?«, erkundigte sich der Fremde höflich. »Wie mir die Wirtin verriet, sind Sie Vulpius und mit dem Geheimrat Johann Wolfgang von Goethe gut bekannt.«

Christian hob misstrauisch die Augenbrauen. »Das ist zwar richtig, aber bestimmt hat man Ihnen auch gesagt, dass der Geheimrat die Sommermonate nicht in Weimar verbringt. Wenn Sie also eine Widmung oder eine Empfehlung von ihm haben wollen …«

»Darum geht es nicht«, sagte der Hagere mit gefährlich leiser Stimme. Der Blick, mit dem er Christian musterte, ließ erahnen, dass der Fremde Goethe nicht wegen dessen schöner Verse bewunderte. Möglich, dass er in seinem Leben noch keine einzige Zeile von ihm gelesen hatte.

»Mein Name ist Johann Aurelius Wagner. Wir sind einander noch nicht begegnet, und ich glaube auch nicht, dass Sie schon einmal von mir gehört haben.« Er lächelte, ohne den Ausdruck seiner Augen zu verändern. »Ich war lange im Ausland.«

Christian schüttelte den Kopf. Nein, der Name sagte ihm nichts, ganz bestimmt hatte Goethe ihn in seinem Beisein nie erwähnt. Das musste jedoch nichts bedeuten, denn der Geheimrat hatte mehr Bekannte als ein Hund Flöhe. Der Fremde nahm ihm gegenüber Platz und warf seinen abgewetzten Dreispitz auf den Tisch. »Das habe ich auch nicht erwartet. Es ist viele Jahre her, seit ich dem Herrn Geheimrat zuletzt geschrieben habe. Gut möglich, dass er sich gar nicht mehr an mich erinnert.«

»Was wollen Sie dann von meinem Schwager?«, fragte Christian. »Etwa eine Anstellung?«

Wagner lächelte nachsichtig. »Das geht nur ihn und mich etwas an. Also, wo ist er und wie kann ich ihn erreichen?«

Christian begann sich zu ärgern. Eine derartige Hartnäckigkeit war ihm noch nicht begegnet. Wie konnte dieser Fremde annehmen, dass ausgerechnet er ihm Goethes Reiseziel verraten würde, wo nicht einmal Christiane wusste, wo ihr Mann den Rest des Sommers zu verbringen gedachte. Goethe hatte niemanden in seine Pläne eingeweiht. Im Notfall konnte Christiane an die Adresse seiner Mutter in Frankfurt schreiben, doch ob und wann er die Briefe erhielt, stand in den Sternen.

»Es tut mir leid«, sagte er kopfschüttelnd. »Ich bin nicht Goethes Sekretär. Sie werden wohl oder übel warten müssen, bis er nach Weimar zurückkehrt. Im Herbst.«

»Bis zum Herbst?« Johann Aurelius Wagner schaffte es tatsächlich, noch eine Spur bleicher zu werden. Als sein Blick auf Christians Notizblätter fiel, glättete sich seine zerfurchte Stirn ein wenig. »Der junge Herr interessiert sich also für Angelo Duca und Thommaso Rizzi?«

»Bitte, wovon sprechen Sie?«

Wagner deutete auf die Skizzen. »Ihre Zeichnung ähnelt zwei italienischen Banditen, denen es immer wieder gelungen ist, ihren Verfolgern zu entkommen. Ich könnte Ihnen so manches über sie und ihre Schandtaten erzählen. Auch über andere, die harmlose Reisende überfallen und durch die Hölle geschickt ha-

25

ben.« Ohne zu fragen, nahm er sich Christians Aufzeichnungen und blätterte darin, bis er das Buch mit einem verächtlichen Herunterziehen der Mundwinkel schloss.

»Wertlos«, lautete sein abschließendes Urteil. »Wo haben Sie nur diesen Unsinn her, junger Mann? Bestimmt von Wichtigtuern, die keine Ahnung davon haben, was es bedeutet, einem Banditen Auge in Auge gegenüberzustehen. Das Blut zu riechen, das an seinen Händen klebt, und in Todesangst sein letztes Gebet zu sprechen. Ich habe das alles miterlebt.«

»*Sie* sind italienischen Räubern begegnet?« Christian starrte den Fremden verblüfft an.

»Jawohl, ich könnte Ihnen von einer Begegnung mit italienischen Straßenräubern berichten, aber glauben Sie mir, junger Freund: Auf diese Erfahrung hätte ich gern verzichtet, denn sie hat mein Leben zerstört. Das ist nun zehn Jahre her. Damals habe ich wie durch ein Wunder überlebt. Aber was ich während des Überfalls und danach in der Gefangenschaft mitansehen musste, ließ mich nie wieder los. Noch Jahre nach meiner Befreiung quälte mich das Gefühl, die Getöteten wollten verhindern, dass ich das Land verlasse und ein neues Leben beginne. Also blieb ich in Italien. Zuerst versuchte ich, mich mit Branntwein zu kurieren, dann trat ich bei Padua einem Mönchsorden bei.« Er wischte sich mit der Hand den Schweiß von der Stirn. »Hat alles nichts geholfen, im Gegenteil. Es wurde schlimmer. Die Alpträume. Die Stimmen der Dämonen, die mich rufen. Sie haben mich nach Weimar geschickt, damit ich für Gerechtigkeit sorge.«

»Gerechtigkeit für wen?«, fragte Christian, dem immer unbehaglicher zumute wurde. »Und wie?«

Wagner lächelte schwach. »Indem ich mich von einer alten Schuld befreie und das Unrecht, das ich zugelassen habe, sühne. Verstehen Sie, junger Mann? Wer den Pfad unseres Heilands verlässt, muss für seine Sünden und Übertretungen selbst büßen. Bis hin zum Vergießen des eigenen Blutes!«

Christian verstand gar nichts. Im Gegenteil, er fand die Andeutungen des Mannes mehr als rätselhaft. Zweifellos hatte er zu einem Zeitpunkt seines Lebens etwas Furchtbares erlebt, aber das erklärte noch nicht, was ihn nach Weimar führte und warum er so erpicht darauf war, Goethe zu sprechen. Wann war dieser eigentlich in Italien gewesen? Christian rechnete nach. Zehn Jahre lag die Reise bestimmt zurück. Zehn Jahre, in denen Goethe weitere Meisterwerke verfasst, seinen Ruhm vermehrt und Christians Schwester geschwängert hatte. Waren er und Wagner einander vielleicht damals in Italien begegnet? Erwähnt hatte der Geheimrat davon nie etwas.

Ein plötzliches Gefühl von Enge in der Brust ließ Christian nach Luft schnappen. Was, wenn dieser Mann sich in die Idee verrannt hatte, Goethe könnte etwas mit seinem Schicksal zu tun haben? Goethe war zwei Jahre in Italien geblieben und hatte seine Eindrücke in Tagebüchern festgehalten. Diese Aufzeichnungen hatte bislang kein Mensch, nicht einmal Christiane, zu Gesicht bekommen, da Goethe vorhatte, seine Erinnerungen erst gründlich zu überarbeiten, bevor er sie veröffentlichte. Und das hatte er bislang aus unbekannten Gründen vor sich hergeschoben. Dennoch erschien Christian allein schon die Vorstellung völlig absurd, ein Mann wie Goethe könnte etwas mit heimtückischen Straßenräubern zu tun gehabt haben.

»Hören Sie, Vulpius«, holte Wagner ihn aus seinen Gedanken. »Vergessen Sie besser, was ich eben gesagt habe. Das war dumm von mir. Möglicherweise brauche ich den Geheimrat gar nicht zu belästigen. Es würde mir schon helfen, wenn Sie mich für eine Stunde in seine Hausbibliothek ließen. Niemand braucht davon zu wissen. Zum Dank dafür erzähle ich Ihnen, was immer Sie über meine Erlebnisse in Italien wissen wollen.« Sein Gesicht versteinerte förmlich, als er die Stimme zu einem Flüstern senkte. »Bis hin zum bitteren Ende.«

Christian starrte Wagner mit offenem Mund an. Eine solche

Unverfrorenheit hatte er nicht erwartet. War der Mann betrunken? Nein, sein Blick war klar, und seine Stimme zitterte kein bisschen. Demnach meinte er es todernst. Und gerade diese Ernsthaftigkeit war es, die Christian zögern ließ. Die Versuchung war groß. Er brannte darauf, mehr über die italienischen Räuber zu erfahren, und dort saß ein Augenzeuge, der ihm unbezahlbare Einzelheiten liefern konnte. Aber durfte er um eines Vorteils willen Christianes Vertrauen erneut missbrauchen?

Er atmete ein paar Mal tief durch und sagte schließlich mit leisem Bedauern in der Stimme: »Sie sollten jetzt gehen und Ihren Rausch ausschlafen, Wagner.«

Doch so schnell gab Wagner nicht auf. »Sie begreifen offenbar nicht, worum es mir geht. Ich *muss* die Bücher sehen«, raunte er. »Jedes gottverfluchte Stück, das von Italien handelt.«

»Italien?« Christian wurde blass.

»Eines gehört mir, verstanden?«, zischte Wagner. »Ich habe es dem Geheimrat geschickt, als ich ins Kloster eintrat und nichts als vergessen wollte. Aber nun muss ich es wiederhaben. Es hängen Menschenleben davon ab, dass ich es bald finde.«

»Ich fürchte, ich kann Ihnen nicht helfen!« Christian warf ein paar Münzen auf den Tisch und griff nach seinem Hut, doch bevor er aufstehen konnte, beugte sich Wagner blitzschnell vor, packte Christian am Arm und zwang ihn mit erstaunlich festem Griff, sich wieder hinzusetzen. »Oh, ich glaube schon, dass Sie mir helfen können!« Er betrachtete Christian eingehend. »Ich habe Erkundigungen über Sie eingeholt, junger Mann. Ihre Familie war in Weimar einmal recht angesehen, aber das ist lange her. Wie man hört, schuften Sie für einen Hungerleiderlohn und schulden einigen Leuten Geld, die nicht gut auf Sie zu sprechen sind.«

»Was geht das Sie an?« Am liebsten hätte Christian dem Fremden mit der Faust Manieren beigebracht, doch in dem einzigen Gasthaus, das ihm noch Kredit gewährte, eine Prügelei anzuzetteln, war sicher keine gute Idee. »Ich habe meine Schulden bisher immer bezahlt, und das werde ich auch in Zukunft tun.«

Wagner zuckte mit den Achseln. »Möglicherweise war es ein Fehler, Sie um Hilfe zu bitten. Schließlich habe ich nicht vor, ein Verbrechen zu begehen. Im Gegenteil, wenn ich die Urkunde gefunden habe, kann ich vielleicht verhindern, dass Ihrer Familie etwas Schreckliches zustößt.«

»Sie müssen verrückt sein.« Schaudernd dachte Christian an Christiane und seinen kleinen Neffen, die während Goethes Abwesenheit schutzlos zu Hause waren. »Und was für eine Urkunde? Sprachen wir nicht eben noch von Büchern?«

Wagner verzog das Gesicht; offenbar ärgerte es ihn, dass er sich verplappert hatte. »Also schön, in einem der Bücher über Italien steckt ein Schriftstück, das ich haben muss. Wenn es in die falschen Hände gerät, könnte es unschuldigen Menschen den Tod bringen!«

Was sollte das nun wieder? »Weiß der Geheimrat darüber Bescheid?«

Wagner hob die Augenbrauen. »Ich werde seiner Frau noch vor dem Kirchgang morgen einen Besuch abstatten und sie bitten, mir als altem Freund ihres Mannes zu erlauben, einen Blick auf seine Sammlung italienischer Bücher zu werfen. Die gibt es doch noch, oder?«

Christian bekam es nun mit der Angst zu tun. Wenn dieser Wagner zum Frauenplan ging und wider Erwarten von Christiane in die Bibliothek gelassen wurde, war er erledigt. Die beiden würden sofort bemerken, dass Goethes italienische Sammlung verschwunden war, und Christiane war klug genug, um eins und eins zusammenzuzählen. Er atmete tief durch. Nein, soweit durfte er es nicht kommen lassen. Er mochte leichtsinnig sein, aber er wusste auch, was er der Familie schuldete. Daher durfte er keinesfalls zulassen, dass Christiane und der kleine August in ihrem eigenen Haus bedroht wurden.

»Die italienischen Bücher sind nicht am Frauenplan«, gab er zähneknirschend zu.

»Ach tatsächlich? Wo dann?« Wagner entnahm seiner Innentasche Pfeife und Tabaksbeutel.

»Das werde ich Ihnen nicht auf die Nase binden, und ich verlange, dass Sie sich von meiner Schwester fernhalten.«

Wagner zündete sich seelenruhig seine Pfeife an. »Und als Gegenleistung …«

»Wenn Ihre sonderbare Urkunde in einem der Bücher steckt, werde ich sie finden und Ihnen aushändigen.«

»Ohne sie zu lesen?«, spottete Wagner. Er sah nicht so aus, als ob er Christian über den Weg traute. Nicht zu Unrecht, denn inzwischen war dessen Neugier geweckt worden.

Christian musste plötzlich husten; Wagners Pfeifenqualm stieg ihm in Augen und Nase und reizte ihn in der Kehle. Einen Moment lang gab der Mann keinen Ton von sich, doch schließlich streckte er die Hand aus und wartete, bis Christian einschlug. »Einverstanden, Vulpius. Aber ich warne Sie: Wenn Sie jemandem von mir oder dem Schriftstück erzählen, können Sie den Totengräber gleich Ihr eigenes Grab schaufeln lassen. Bewahren Sie also Diskretion und übergeben Sie mir das, was ich haben will. Dann werde ich Wort halten und Ihnen einen Stoff für Ihren Roman liefern, der Sie ebenso unsterblich machen wird, wie Ihr geschätzter Geheimrat Goethe es ist.«

Christian stand wortlos auf, und dieses Mal wurde er nicht zurückgehalten. Als er seinen Hut in die Stirn zog, fragte er sich, ob er soeben einen Pakt mit dem Teufel geschlossen hatte.

3. Kapitel

Als Christian das letzte Buch zuklappte, war die Kerze auf dem Schreibtisch schon fast heruntergebrannt. Gähnend starrte er in das schwache Flämmchen, das vor seiner Nase hin und her tanzte wie eine Elfe beim morgendlichen Reigen. Gähnend streckte er seine lahmen Gliedmaßen und versuchte, den Schmerz, der sich in seinen Rücken bohrte, durch kreisende Bewegungen der Schultern loszuwerden. Er war todmüde, seine Augen brannten, als hätte er sie mit Seife ausgewaschen. Kein Wunder, er hatte sich die Nacht um die Ohren geschlagen, um alle Bücher nach einer Urkunde durchzusehen, und was hatte er gefunden? Nichts. Falls jemals ein Schriftstück in einem der Italienbücher gesteckt hatte, er sah es jedenfalls nicht.

Wo aber lag der Fehler? Aurelius Wagner war sich so sicher gewesen, dass die Urkunde, die ihm so wichtig war, in einem dieser Bücher zu finden war, aber sämtliche Schriften, die Goethe zum Thema Italien besaß, lagen nun vor Christian auf dem Tisch.

Draußen begangen die Vögel zu singen; der Morgen erwachte. Das hieß, dass ihm die Zeit davonlief. Länger als ein paar Stunden durfte er die Bücher nicht mehr behalten, ansonsten erwartete ihn jede Menge Ärger. Sein Bauchgefühl warnte ihn indessen auch vor Wagner. Der Mann hatte so entschlossen gewirkt, er würde keine Ruhe geben.

Christian quälte sich von seinem Stuhl und blickte sich nach einer neuen Kerze um. Auf dem Schrank, in dem Goethe seine Mineraliensammlung aufbewahrte, stand ein Leuchter. Mit ihm wollte er ins Arbeitszimmer zurückkehren, als ein Geräusch ihn zusammenzucken ließ. Es klang wie zerspringendes Glas und kam aus dem oberen Stockwerk. Ein Fenster? Aber draußen war es doch ganz windstill …

Christian eilte zum Schreibtisch zurück und entzündete die Kerzen an der letzten schwach glimmenden Flamme.

Da war das Geräusch schon wieder. Es klang, als würde eine Scheibe eingeschlagen.

»Wer ist da?« Christian erkannte seine eigene Stimme kaum wieder. Als er auf Zehenspitzen zur Treppe schlich und lauschte, hörte er ganz deutlich das Knarren der Dielenbretter. Dort oben ging jemand umher, der zu dieser Stunde nicht im Haus sein sollte.

Christian lauschte. Mit dem Morgengrauen strich ein kühler Windzug über die Bäume und Büsche des Parks und drang auch durch eines der Fenster im Empfangszimmer. Vogelstimmen kündigten den Tag an.

Christians Gedanken überschlugen sich. Sollte er hinaufgehen und den Eindringling stellen? Aber vielleicht wartete der nur darauf, dass er sich vom Fleck bewegte, um ihn in eine Falle zu locken. Das Haus war groß, es gab jede Menge finstere Ecken. Unsicher warf er einen Blick zum Arbeitszimmer und bemerkte, dass es darin heller wurde. Ein Lichtschein bewegte sich, als liefe jemand mit einer Lampe in der Hand vor dem Fenster auf und ab.

Die Bücher, schoss es ihm durch den Kopf. Er hatte sie auf dem Schreibtisch zurückgelassen.

Das Licht flackerte nicht mehr, dafür wurde das Knarren von oben lauter. Eine Tür wurde aufgedrückt, und dann hörte Christian ganz deutlich, wie jemand über den Flur huschte.

Vor Aufregung biss er sich auf die Unterlippe. Den Geräuschen nach befand sich mehr als ein Eindringling im Haus. Wagner? Vermutlich, aber er war nicht allein gekommen. Was auch immer den Mann dazu bewogen hatte, ihre Abmachung zu brechen, Christian traute ihm alles zu. Das Gartenhaus lag zu weit von der Stadt entfernt. Dienstboten gab es hier draußen keine. Niemand hörte ihn hier, wenn er um Hilfe rief. Er musste sich die Bücher schnappen und damit augenblicklich das Haus verlassen.

Leise blies er die Kerzen aus und stellte den Leuchter ab. Im

Dunkeln hatte er eine größere Chance zu entkommen. Dann tastete er sich zurück zum Arbeitszimmer und erstarrte, als er die Umrisse einer Gestalt erkannte, die sich über Goethes Sekretär beugte.

Zu Christians Überraschung blätterte nicht Wagner in den Büchern, sondern eine zierliche junge Frau. Sie trug das Kleid einer Dienstmagd, allerdings sah der kunstvoll verzierte Hut auf ihrem Kopf teuer aus und passte daher nicht zum Rest der Aufmachung. Möglich, dass sie ihn gestohlen hatte. Allerdings ging die Fremde nach Christians Dafürhalten zu unbedarft vor, um eine gewohnheitsmäßige Diebin zu sein.

»Wer sind Sie?«, rief Christian. »Was haben Sie hier zu suchen?«

Die Frau stöhnte erschrocken auf, war aber geistesgegenwärtig genug, die Kerze auszudrücken, wodurch ein tiefer Schatten über ihr Gesicht fiel. Dann nahm sie einige der Bücher vom Stapel und drückte sie gegen die Brust, als müsste sie sie vor Christian beschützen.

»Was soll das?« Christian starrte die Unbekannte an und vergaß völlig, dass er selbst das Haus schleunigst hatte verlassen wollen. »Legen Sie die Bücher wieder zurück auf den Tisch! Hat Wagner Sie etwa geschickt?«

»Nicht so laut!«, flehte die Frau. »Ich glaube, er ist hier im Haus. Er hat mich verfolgt und will mich umbringen. Wir müssen hinaus, ehe es zu spät ist. Hier findet er uns.«

»Wer zum Teufel will Sie umbringen, Wagner?«

Sie schüttelte sacht den Kopf. »Nicht Wagner. Der Mann, vor dem ich mich verstecken muss. Er hat mein Leben schon einmal bedroht, und nun lässt er in ganz Weimar nach mir suchen.« Sie seufzte. »Können wir das nicht später besprechen?« Ängstlich spähte sie zur Tür, die aber von Christian versperrt wurde.

»Aber wie Sie heißen und wie Sie hier hereingekommen sind, können Sie mir doch sagen.«

Sie schüttelte gequält den Kopf. »Wollen Sie sterben? Der Mann, der mich bedroht, ist sehr einflussreich. Er pflegt Verbindungen zum Hof, und es gibt Menschen, die alles tun würden, um für ihn ein Problem aus der Welt zu schaffen. Ein Problem wie mich. Ich bin ihm im Wege. Mein einziger Schutz ist ein altes Dokument, das …«

»Ja, ja, ich weiß davon«, unterbrach Christian die junge Frau. Eine einflussreiche, von allen verehrte Persönlichkeit trachtete diesem Mädchen nach dem Leben? Goethe? Ein Schauer kroch ihm über den Rücken. Nein, das war unmöglich! Nie und nimmer würde er das glauben. Davon abgesehen, dass Goethe ein guter Freund des Herzogs, ein Staatsmann und über jeden Verdacht erhaben war, hielt er sich gar nicht in der Stadt auf. Er war auf Reisen, vermutlich im Ausland. Ganz sicher aber zurzeit nicht in Weimar.

Ganz sicher? Christian schmeckte etwas Bitteres im Mund. Er dachte an seine Schwester Christiane, und dass nicht einmal sie wusste, wie sie Goethe erreichen konnte, weil der sich jede Einmischung in seine Reisepläne strikt verbeten hatte.

Er schluckte, um den üblen Geschmack loszuwerden, der immer noch auf seiner Zunge lag. Dann starrte er an der Frau mit dem Hut vorbei durchs Fenster. Goethe hatte diesen Ort immer geliebt, weil er hier die nötige Ruhe zum Schreiben fand. Gleichzeitig genoss er seinen Garten. Er lag an einem Berg, unterhalb der Wiese, durch die sich der Fluss zog, und war nach Goethes eigenen Plänen angelegt worden. Vermutlich gab es darin Verstecke, wo ihn niemand aufspüren konnte, wenn er unsichtbar bleiben wollte, nicht einmal Christiane.

»Ich habe die italienischen Bücher des Geheimrats durchsucht«, sagte Christian schließlich. »Ein Dokument befand sich in keinem davon, das kann ich Ihnen versichern.«

Sie zuckte zusammen, als habe er sie geschlagen.

»Wer auch immer Sie bedroht, mit meiner Familie hat das

nichts zu tun. Was Sie brauchen, ist ein Advokat.« Er streckte
fordernd die Hand aus. »Also pfeifen Sie Wagner zurück. Er ist
es doch, der gerade durch das Gartenhaus geistert, nicht wahr?
Und geben Sie mir die Bücher!«

Die Frau senkte niedergeschlagen den Kopf. Sie kam auf
Christian zu, doch bevor sie ihm die Bücher übergeben konnte,
knarrte hinter ihm der Fußboden, und ein Windstoß schlug die
Tür zu. Der Mann, der wie aus dem Nichts hinter ihm auf-
tauchte, war größer und kräftiger gebaut als der, der sich ihm als
Aurelius Wagner vorgestellt hatte. Und er hatte zweifellos nicht
vor, sich mit Christian zu unterhalten. Als dieser den Kopf zur
Seite drehte, stieß der Fremde ihm so hart den Ellenbogen gegen die Schläfe, dass Christian wie betäubt gegen die Wand
prallte. Er schüttelte sich, versuchte, das Dröhnen in seinem
Schädel zu ignorieren, und taumelte dem Eindringling entgegen.
Doch noch bevor er ihn zu fassen bekam, schossen zwei kräftige
Hände vor und zogen ihn mit einem Ruck am Kragen in die Höhe,
sodass er fürchtete, sein Genick würde brechen. Ein Schlag traf
ihn, und er spürte, wie warmes Blut aus seiner Nase über die Lippen rann. Der Mann legte seine Hände um Christians Hals und
drückte zu. Verzweifelt rang Christian um Atem, während seine
Beine über dem Boden zuckten. Durch das Rauschen in seinen
Ohren hörte er die Frau aufschreien. Er sah, wie sie zur Tür
schlich und dort stehenblieb. Ihr Blick ließ Mitleid erkennen,
aber auch Todesangst. Mit aller Kraft versuchte Christian, den
eisernen Griff um seine Kehle zu lockern, doch der Eindringling
wollte nicht nachgeben, so sehr er auch um sich schlug. Aus.
Vorbei. Er würde ersticken. Er streckte eine Hand nach der
fremden Frau aus und bekam kurz ihren Arm zu fassen. Aber
sie riss sich los, taumelte rückwärts und floh dann mit Goethes
Büchern unter dem Arm durch die Tür.

Im nächsten Moment ließ Christians Angreifer von ihm ab.
Vermutlich sah er ein, dass die Frau, hinter der er eigentlich her

war, ihm entkommen würde, während er Christian die Luft aus den Lungen presste. Er schleuderte ihn wie einen Mehlsack zu Boden, trat ihm noch einmal in die Seite und verschwand.

Goethes Bücher! Die Frau! Ich muss ihr folgen! Christians Gedanken jagten durch seinen Kopf, der irgendwie zu brennen schien, als würde ein Feuerwerk in ihm entzündet. Er versuchte noch, sich an einem Stuhl emporzuziehen, dann erloschen die bunten Lichter um ihn herum, und die Geräusche in seinen Ohren verstummten, bis nur noch tintenschwarze Leere übrig blieb.

»Glück hat er gehabt, der Herr Bruder! Wenn ich nicht eben einen Verdauungsspaziergang durch den Park unternommen hätte …«

Mit geröteten Augen stand Christiane neben dem Sofa und sah zu, wie ihr Bruder untersucht wurde. Den kleinen August hatte sie zum Spielen in den Garten geschickt, wo er mit seiner Schleuder auf den wuchtigen Quader zielte, den Goethe am Ende des Gartenwegs hatte aufstellen lassen. Christiane ließ das zu, denn sie hatte das Symbol der Freundschaft zwischen Goethe und seiner einstigen Seelenverwandten Charlotte von Stein nie gemocht. Sollte der Bengel die blöde Kugel doch vom Sockel holen. Ihr war es einerlei. Solange er nicht hereinkam und seinen Onkel wie eine Leiche daliegen sah, war ihr alles recht.

»Sagen Sie mir die Wahrheit, Doktor Hellberger, halten Sie es für möglich, dass mein Bruder sich das selbst angetan hat?«

Julius Philipp Hellberger blickte sie bestürzt an. Er war ein junger, athletischer Mann, der offensichtlich viel von Leibesübungen an frischer Luft hielt. Während er über Christianes Frage nachsann, durchschritt er mit federnden Schritten den Raum, wobei er vor jedem Fenster, an dem er vorbeikam, einen tiefen Atemzug nahm. In Weimar praktizierte er erst seit Anfang des Jahres, weshalb er bislang nur eine Handvoll Patienten und schon gar keine Personen höheren Standes behandelt hatte.

Diese zogen für gewöhnlich den alten Leibarzt der Herzogin Anna Amalia vor, obwohl dieser mittlerweile stocktaub war.

»Warum sollte Ihr Bruder sich selbst erdrosseln wollen? Selbstmörder gehen für gewöhnlich ins Wasser. Die Frauen zumindest. Oder sie nehmen Gift, während Männer sich den Lauf einer Pistole an die Schläfe halten oder zum Strick greifen.«

Obwohl Christiane einen derart detaillierten Bericht gar nicht hatte hören wollen, blickte sie sich argwöhnisch um. Nein, eine Schlinge war nirgendwo zu entdecken. Dafür Blutspuren. Der gesamte Parkettboden war voll davon. Das Blut stammte aus Christians Nase. Hellberger hatte sie gesäubert, meinte aber, dass nichts gebrochen sei.

»Ich glaube auch nicht, dass er sich umbringen wollte«, sagte sie, während sie zusah, wie Hellberger den Bewusstlosen Riechsalz einatmen ließ. »Aber … Wie soll ich es erklären? Mein Bruder verhält sich so eigenartig. Sie werden es nicht glauben, aber er hat sich die Aufmachung eines Straßenräubers schneidern lassen. Vom Schneidermeister Koppelmann, obwohl der in Weimar die höchsten Rechnungen stellt. Ja, und in dieser Kluft hat er sich vor den Spiegel gestellt und irgendetwas auf Italienisch vor sich hingemurmelt.«

Der Arzt sah sie irritiert an. »Ihr Bruder will Straßenräuber werden?«

»Nein, nein, er arbeitet an einem Buch und ist inzwischen besessen davon. Verstehen Sie?«

»Nun, offen gestanden …« Hellberger schüttelte den Kopf. Er verstand kein Wort. Vermutlich hielt er Christiane für eine hysterische Person, der mit Vorsicht zu begegnen war.

»Der Geheimrat ist sein großes Vorbild«, erklärte sie seufzend. »Er hat ihm immer unter die Arme gegriffen und ihn getröstet, wenn er Rückschläge erdulden musste. Nun lebt mein armer Bruder in dem Wahn, ihm nacheifern zu müssen. Er sucht Anerkennung. Vielleicht, weil unser Vater …« Sie sprach nicht weiter. Dieser Arzt war neu in der Stadt, und sie hatte keine Ahnung, wie er es mit Klatsch und Tratsch hielt.

»Ihr Herr Bruder arbeitet am Theater, nicht wahr?«

Christiane nickte. »Vielleicht hat er eine Szene erprobt und dabei ... Doktor, Sie müssen mir bei Ihrer Ehre schwören, dass nichts von alldem, was hier im Gartenhaus vorgefallen ist, in der Stadt die Runde machen wird. Ich kann mich doch auf Ihre Diskretion verlassen?«

Hellberger lächelte, und Christiane seufzte erleichtert, als Christian auf der Chaiselongue die Augen aufschlug und zu husten anfing. Er wollte etwas sagen, doch aus seinem Hals kam nur ein krampfartiges Hüsteln.

»Was ist mit ihm?« Christiane stieß die Luft aus. »Bitte sagen Sie mir die Wahrheit!«

Hellberger überprüfte seinen Puls und sah sich die Pupillen an, dann bat er Christiane um etwas Wasser. Sie füllte einen Becher und reichte ihn ihm. »Keine Sorge, er wird es überleben. Morgen werde ich ihn zur Ader lassen.«

Christian trank, hustete erneut und verschluckte sich. Aber er war wieder bei Bewusstsein. »Wo ... ist ... sie?« Seine Stimme klang heiser und undeutlich.

»Wo ist wer?«, fragte Christiane. Sie schluchzte dabei ein wenig, um ihre geschwisterliche Freude über das Erwachen ihres Bruders zum Ausdruck zu bringen.

»Die Frau, die Goethes Bücher geklaut hat. Und Wagner, nein, nicht Wagner ... Der Bursche mit den Bärenpranken. Er hat mich ... gepackt.«

Hellberger zuckte die Achseln. »Er fantasiert. Nicht ungewöhnlich nach einer Ohnmacht. Ich denke aber, dass er tatsächlich überfallen wurde. Ich meine ... So verrückt kann doch keiner sein, sich wegen eines Theaterstücks oder Buches die Nase brechen zu wollen.«

Christian schwang die Beine über das breite Sofa und blinzelte geblendet in das helle Licht. »Selbstverständlich bin ich überfallen worden«, erklärte er seiner Schwester und schien über seine eigene krächzende Stimme zu erschrecken. »Aber Goethe war es nicht!«

Christiane seufzte gequält. »Natürlich nicht. Er ist auf Reisen, hast du das vergessen? Darf man vielleicht erfahren, was überhaupt geschehen ist? Hast du dir ein paar deiner Räuber ins Haus eingeladen?«

Christian brauchte eine ganze Weile, bis er sich kräftig genug fühlte, um aufzustehen. Dass er besser noch ein wenig geruht hätte, spürte er, als seine Beine beim Gehen einknickten wie Schilfhalme im Sturm. Den Protest des Arztes ignorierend, wankte er durch den Raum, hinüber zum Arbeitszimmer, wo er sich ächzend auf Goethes Schreibtischstuhl fallen ließ.

»Fort«, murmelte er wie betäubt. »Sie hat alle Bücher mitgenommen, die sie finden konnte.« Er fuhr sich mit der Hand durch das zerzauste Haar. »Ich kann für sie nur hoffen, dass sie selbst diesem Kerl entkommen ist und nicht schon tot im Fluss treibt.«

Christiane sank auf einen Gobelinstuhl und fächelte sich Luft zu. Ihre Wangen waren vor Hitze und Aufregung gerötet. So hatte sie sich ihren ersten Sonntag zu Hause nicht vorgestellt. »Warum sollte jemand hier einsteigen, ein paar Bücher stehlen und dich fast erwürgen?«

»Das waren nicht irgendwelche Bücher«, erwiderte Christian schuldbewusst. »Es waren die, die der Geheimrat damals aus Italien mitgebracht hat. Ich hatte sie mir ausgeliehen, um sie über Nacht für meinen Roman über den Räuberhauptmann durchzusehen. Heute hätte ich sie zurückgebracht, das schwöre ich!«

Christiane schnappte nach Luft. »Bist du närrisch geworden? Ich hatte dir verboten, Goethes Bücher aus der Bibliothek zu entfernen. Was war daran so schwer zu verstehen?«

Sie stand auf und suchte nach Hellberger, der sich staunend wie ein kleiner Junge durch den Raum bewegte, in dem der von ihm verehrte Dichter einige seiner großen Werke verfasst hatte.

»Danke, dass Sie mich begleitet haben, Doktor«, sagte sie höflich und zog einige Münzen aus ihrem Täschchen. »Aber ein Aderlass wird nicht nötig sein. Falls doch, werde ich ihn persönlich an meinem Bruder vornehmen!«

»Sie …?« Der junge Arzt sah sie mit großen Augen an. Dann lachte er ein nervöses Lachen. »Ach so, ein Scherz, ich verstehe!«

Damit war der Doktor verabschiedet und Christiane mit ihrem Bruder allein.

»Ich könnte dir den Hals umdrehen«, tobte sie. »Aber vermutlich hätte das gar keinen Zweck, weil du es auch dieses Mal überleben würdest.« Sie verschränkte die Arme vor der Brust und starrte aus dem Fenster in den Garten, wo der Wind über die steinernen Blumenkübel strich.

»Tut mir leid«, wisperte Christian, während er vor Scham darüber errötete, wie ein Schuljunge ausgeschimpft zu werden.

»Die Bücher müssen wieder her! Hast du eine Ahnung, wieviel gerade die Werke über Italien Goethe bedeuten? Er würde dir ihren Verlust nie verzeihen. Du wärest ein für alle Mal erledigt in Weimar. Und ich dumme Gans auch, weil ich so töricht war, dich nicht hinauszuwerfen!«

Christian reckte den Hals, was höllisch wehtat, und warf einen Blick auf die große Standuhr. Obwohl die Familie das Gartenhaus nur noch selten benutzte, legte Goethe Wert darauf, dass alle Uhren regelmäßig gewartet und aufgezogen wurden. Die Mittagsstunde war längst vorbei. »Mittag … Mittag. Verflucht, ich habe Wagner vergessen.«

»Wen? Wer zum Teufel ist Wagner?«

»Ich muss fort«, rief Christian und stürmte ohne jedes weitere Wort aus dem Zimmer. Kurz darauf knallte die Tür zu, und Christiane hörte knirschende Schritte im Kies, die sich entfernten. »Dieser verrückte Kerl«, murmelte die junge Frau.

Als sie den Raum verlassen wollte, um nach August zu sehen, fiel ihr Blick auf ein kleines schwarzes Gebilde, das neben dem Tischbein lag. Sie hob es auf und berührte es vorsichtig mit den Fingerspitzen. Es war viele Jahre her, seit sie etwas Ähnliches zum letzten Mal in Händen gehalten hatte.

Sie trat ans Fenster und blickte hinaus in den Garten. Sie mochte es ungern zugeben, aber vielleicht hatte Christian ja doch die Wahrheit gesagt. Was, wenn es diese Frau wirklich gab?

4. Kapitel

Die Turmuhr der Jakobskirche schlug schon zum vierten Mal, als Christian erhitzt und zu Tode erschöpft die Schenke erreichte. Auf sein Klopfen öffnete die Wirtin, die ihn verblüfft von Kopf bis Fuß musterte.

»Mein Gott, der Herr Vulpius«, stöhnte sie, als sie ihn erkannte. Obwohl der Schankraum bis zum Abend geschlossen war, ließ sie ihn herein. Christian sah sich um. Wie er befürchtet hatte, war das Wirtshaus leer, wenn man die Magd nicht mitzählte, die einen Berg Krüge spülte und bei Christians Anblick die Mundwinkel nach unten zog. Offensichtlich fühlte sie sich gestört.

»Kein Grund, die Nase zu rümpfen«, schalt sie ihre Dienstherrin. »Sicher hatte der arme Herr Vulpius einen Unfall. Hat ein Pferd gebockt?«

Bevor Christian die Gelegenheit bekam, sich nach Wagner zu erkundigen, musste er sich anhören, was die Schankwirtin über austretende Pferde zu sagen hatte. Sie wusste Bescheid, denn ihr jüngster Bruder war fast zwanzig Jahre erster Stallbursche des Herzogs gewesen. Vier Rippenbrüche hatte er überlebt und jede Menge Tritte und Quetschungen.

»Er wäre noch heute drüben in den Ställen tätig, wenn er nicht eines Abends stockbesoffen in die Ilm gefallen wäre. Lungenfieber, da war nichts mehr zu machen!« Sie wischte mit dem Schürzenzipfel eine Träne aus dem Augenwinkel.

»Ich suche den Mann, mit dem ich mich gestern dort drüben unterhalten habe«, erklärte Christian ungeduldig. »Sie wissen schon, den blassen Kerl in Schwarz, der Ihnen so unheimlich vorkam. Wagner heißt er. Johann Aurelius Wagner.«

»Ach, der war hier«, bestätigte die Wirtsfrau. »Sah auch aus, als hockte er mit dem Hintern auf einem Rost über glühenden Kohlen. Ließ sich wieder ein Glas Wein bringen, trank aber keinen Schluck.« Sie schüttelte missbilligend den Kopf. »Warum bestellt er ihn überhaupt, wenn er ihn nicht mag? Der feine Herr ist wohl bessere Tropfen gewöhnt! Aus dem Ausland.« Das letzte Wort betonte sie, als habe sie etwas Unanständiges gesagt.

»Und nach mir hat er gar nicht gefragt?«, fragte Christian ungeduldig. »Hat er vielleicht eine Nachricht für mich hinterlassen?«

Die rundliche Frau dachte kurz nach, zuckte dann aber mit den Achseln. »Tut mir leid, junger Herr, nicht, dass ich wüsste. Aber wenn ich mir ein offenes Wort erlauben darf: Solche Kerle sind kein Umgang für Sie. Die haben den bösen Blick und bringen einen nur in Teufels Küche.«

Wie wahr, dachte Christian. Enttäuscht ließ er sich auf einen Schemel fallen. Ohne Wagner würde er das Mädchen niemals finden. Er kannte weder ihren Namen, noch wusste er, warum sie ihr Leben mit einem Schriftstück absichern musste. Aber sie hatte sich Goethes italienische Bücher geschnappt, und die musste er unbedingt wiederhaben, bevor ihr Eigentümer zurück war und mit der Arbeit an seinen Reiseerinnerungen beginnen wollte.

Christian trottete zur Tür, um die Schenke zu verlassen, da fiel der Wirtin doch noch etwas ein.

»Vielleicht ist es ja nicht wichtig, aber als ich draußen im Hof einen Eimer ausleerte, sah ich diesen Kerl auf der Gasse stehen. Er unterhielt sich ...«

»Mit einer Frau?«, platzte Christian heraus. »Hübsches Gesicht, dunkel gekleidet? Kostbares Hutmodell mit Blumenschmuck?«

Die Wirtin rückte grinsend ihre Haube zurecht. »Ihr Mannsbilder seht überall nur Röcke über das Pflaster schleifen. Nein, er sprach mit dem Sixtus – der dient als Kutscher im Haus der Frau von Stein. Ich habe natürlich nicht weiter auf die beiden geachtet, denn das Mittagsläuten war schon verklungen, und im Haus brüllte mein Wilhelm die Magd an, weil das Sonntagsessen immer noch nicht auf dem Tisch stand. Der faule Hund! Könnte ruhig auch mal einen Finger rühren. Aber nein, lieber verkauft er die Schenke. Nun ja, bevor ich das Hoftor zumachte, sah ich Ihren Freund mit Sack und Pack zu Sixtus auf den Kutschbock steigen. Der nahm die Zügel in die Hand, und los ging es, als wäre der Teufel hinter ihren armen Seelen her.«

Christian brauchte einen Moment, um das Gehörte zu verdauen. Charlotte von Stein war eine Hofdame der alten Herzogin Anna Amalia und führte ein hochherrschaftliches Haus, nur einen Steinwurf weit vom Frauenplan entfernt. Doch wie wahrscheinlich war es, dass eine Person höheren Standes wie die Freifrau etwas mit Aurelius Wagner zu schaffen hatte?

Aber sie ist mit Goethe befreundet, schoss es Christian durch den Kopf. In seinem Magen regte sich ein flaues Gefühl. Die Seelenfreundschaft zwischen dem Geheimrat und der Hofdame Herzogin Anna Amalias war einst Stadtgespräch gewesen, hatte sich in den letzten Jahren aber merklich abgekühlt, insbesondere seit es Christiane in Goethes Leben gab. Wie man in der Stadt munkelte, hatte die Freifrau alle Briefe, die sie Goethe geschrieben hatte, zurückverlangt. Dennoch schien der ihr nach wie vor zu vertrauen. Ob er ihr mehr über seine Reisepläne in diesem Sommer verraten hatte als Christiane? Für seine Schwester hoffte er, dass dem nicht so war.

Ratlos lief Christian durch die Stadt, vorbei am Hoftheater, in das die Menschen strömten, bis er vor dem Palais der Freifrau stehenblieb. Es kam gar nicht in Frage, an ihre Tür zu klopfen, denn den Klängen eines Cembalos nach, die aus einem Fenster drangen, hatte die Hausherrin Gäste. Charlotte von Steins Diener würde ihn daher zweifellos schon an der Tür abwimmeln.

Doch vielleicht genügte es ja auch schon, wenn ein anderer seine Fragen beantwortete. Er schlenderte um das Palais herum und hielt nach einer Remise oder einem Kutscherhäuschen Ausschau. Bestimmt hatte dieser Sixtus seine Kammer in der Nähe der Stallungen.

Die Kalesche mit dem Wappen des Freiherrn von Stein stand mitten in der Hofeinfahrt. Ein kräftiger Mann reinigte mit einer Rosshaarbürste das Polster. Als er Christian bemerkte, spuckte er ein Stück Kautabak ins Stroh und stemmte angriffslustig die Arme in die Seiten. »Was wollen Sie hier?«

»Ich suche Sixtus, den Kutscher«, antwortete Christian, den unhöflichen Ton geflissentlich ignorierend.

»Dann haben Sie ihn gefunden. Aber Sie haben hier bei den Gäulen nichts zu suchen, klar?« Christian blickte sich suchend um. »Aber du hast doch längst ausgespannt. Ich sehe hier keine Pferde.«

»Und wenn schon«, brummte Sixtus. »Ich habe die Anweisung, keine Fremden in den Hof zu lassen, und daran halte ich mich.« Drohend erhob er die Bürste, worauf Christian zurückwich. Ihm stand der Sinn nicht nach einem Gerangel, aber dieser Sixtus schien lieber die Fäuste sprechen zu lassen, als sich vernünftig zu unterhalten. Einen Moment lang betrachtete sich

Christian die Hände des Mannes und überlegte, ob Sixtus nicht derjenige gewesen sein könnte, der ihn in der Früh beinahe erdrosselt hatte. Groß und massig wie er war, erweckte er den Eindruck, als könnte er die Kutsche seiner Gnädigsten allein anheben. Gegen Sixtus als Einbrecher sprach jedoch, dass sich das Mädchen vor einem einflussreichen Mann gefürchtet hatte, nicht vor einem Kutscher. Das schloss natürlich nicht aus, dass Sixtus für jemanden die Drecksarbeit erledigte, der lieber im Dunkeln blieb, als sich die Hände schmutzig zu machen.

Christian beschloss, nicht um den heißen Brei herumzureden. »Ich habe eine Botschaft für den Mann, den du nach dem Läuten bei der Schenke in der Seifengasse aufgelesen hast«, sagte er.

»Keine Ahnung, wovon Sie reden!« Der Kutscher deutete mit mürrischer Miene auf das Tor. »Finden Sie den Weg zur Straße allein, oder soll ich nachhelfen?«

»Warum so unfreundlich?« Christian ließ seine Blicke über die Remise mit den benachbarten Stallungen und dem Nebengebäude für Bedienstete schweifen, doch außer dem Kutscher war im Hof kein Mensch zu sehen. Es war auch viel zu heiß, um sich draußen aufzuhalten.

»Ich bekomme meinen Lohn nicht fürs Süßholzraspeln, sondern dafür, dass ich Madames Kutsche lenke«, sagte Sixtus, während er fortfuhr, das Polster abzubürsten.

»Aber mit Wagner hast du doch gesprochen. Und du hast ihn mitgenommen. Dabei wurdest du beobachtet!«

Sixtus hielt plötzlich inne und ließ die Bürste sinken. »Ach den Alten mit dem zerschlissenen schwarzen Gehrock meinen Sie?« Er kratzte sich am Kopf. »Seinen Namen kenne ich gar nicht. Dachte, er wäre Pfarrer, weil er so fromm daherredete. Ich wollte ihm einen Gefallen tun und habe ihn ein Stück mitgenommen, damit er bei diesem schwülen Wetter nicht per pedes durch die Stadt laufen musste. Meine Herrin hätte nichts dagegen gehabt, zumal der Alte bei mir auf dem Kutschbock saß und nicht im Wagen wie die Herrschaft. Vor dem Erfurter Tor ließ ich ihn absteigen und machte kehrt.« Sixtus zuckte mit den Achseln. »Wenn Sie ihm was zu sagen haben, sind Sie zu spät dran. Bestimmt hat er eine Postkalesche genommen und ist nun schon meilenweit weg.«

Die Geschichte des Kutschers klang überzeugend, dennoch wurde Christian den Verdacht nicht los, dass sie von vorne bis hinten erlogen war. Soweit er wusste, fuhren am frühen Sonntagnachmittag vom Erfurter Tor aus keine Postkutschen ab.

Nein, Sixtus hatte Wagner an einen anderen Ort befördert, und Christian schwor sich, nicht lockerzulassen, bis er herausgefunden hatte, wo dieser lag. Sein Bauchgefühl sagte ihm, dass er dort auch die rätselhafte Fremde aus dem Gartenhaus und Goethes Bücher finden würde.

Im Salon mit den grünen Seidentapeten verstummte das Spiel des Cembalos.

Eine Frau mit weiß gepuderter Perücke und einem Schönheitspflästerchen auf der Wange trat ans Fenster, schob die Gardine zur Seite und blickte dem jungen Mann nach, der langsam die Straße hinunterlief. Als dieser sich umdrehte, machte sie hastig einen Schritt zurück, um nicht gesehen zu werden. Dann drehte sie sich um und runzelte streng die Stirn. »Ach, sagten Sie nicht, der Bursche aus Goethes Gartenhaus wäre tot? Stranguliert?«

Das Mädchen am Cembalo blickte verlegen auf seine Hände. »Ja, das dachte ich«, murmelte es. »Aber ich bin weggelaufen, bevor ich mich … davon überzeugen konnte. Ich hatte Angst.«

»Vernünftig«, meinte die Ältere zufrieden. »Sonst hätte er Sie erwischt, und das dürfen wir nicht riskieren. Nicht, nach allem, was Sie in Italien und danach haben durchmachen müssen.«

Die Röcke der Frau rauschten, als sie anmutig auf den Sekretär zusteuerte, vor dem ein mit rotem Samt gepolsterter Stuhl stand. Einen Moment zögerte sie, dann zog sie eine Kette aus ihrem Dekolleté, an der ein Schlüssel hing. Das Mädchen beobachtete aus einiger Entfernung, wie die Ältere drei Bücher aus einem Schubfach holte und mit abwesender Miene in einem davon zu blättern begann.

»Der junge Mann hat demnach die Wahrheit gesagt?«, erkundigte sie sich nach einer Weile. »Keine Spur von dem, wonach wir suchen?«

Die junge Frau nickte zerknirscht. Ganz plötzlich schwammen ihre Augen in Tränen. »Sie sind so gütig zu mir, Madame, und ich mache Ihnen nur Kummer. Vielleicht sollte ich fortgehen.«

»Seien Sie nicht albern!« Die Ältere hob die Hand, um klarzustellen, dass sie davon nichts hören wollte. Sie hatte ihre Entscheidung getroffen und würde dabeibleiben, selbst wenn es für sie unangenehm werden sollte. Doch diese Bücher – Goethes Eigentum – mussten aus dem Haus, bevor jemand Verdacht schöpfte. Dieser junge Mann beispielsweise. Es gefiel ihr nicht, dass er hier auftauchte und herumschnüffelte.

»Der junge Vulpius stellt für meinen Geschmack zu viele Fragen«, sagte sie und wunderte sich darüber, wie kalt ihre Stimme klang. »Ich begreife nicht, wie er so rasch hier auftauchen konnte. Sie haben doch nicht …«

»O nein, ich habe ihm nichts von Ihnen erzählt! Unsere Begegnung war ganz kurz. Ich hätte sie auch gern vermieden.«

Die Ältere dachte kurz nach, dann läutete sie nach ihrem Kammerdiener, der umgehend erschien. »Schick mir Sixtus herauf, ich muss ihn umgehend sprechen!«

»Den … Sixtus?« Der alte Mann hob überrascht die Augenbrauen. Seit über fünfzig Jahren diente er der Herrschaft jetzt schon, konnte sich aber nicht erinnern, dass jemals ein Kutscher mit seinen schmutzigen Stiefeln und Stallgeruch in den Kleidern die oberen Räume betreten hatte.

»Wir müssen herausfinden, ob dieser junge Narr mehr weiß als das, was ihm Wagner erzählt hat«, erklärte sie, nachdem der Diener die hohen Flügeltüren wieder geschlossen hatte.

»Und wenn er nicht aufhört, nach mir zu suchen?«

Ängstlich starrte die junge Frau Goethes Bücher an, als befürchtete sie, die Seiten könnten vergiftet sein. Dann wandte sie den Blick ab und drückte eine Taste des Cembalos. Der Ton hallte traurig durch den Salon. »Ich bin es leid, hier herumzusitzen und zu warten. Brauche ich die Urkunde denn wirklich so nötig? Genügt es nicht, wenn Wagner eine Erklärung abgibt? Er war damals dabei. Er weiß, was in Italien geschehen ist, und kann die Wahrheit bezeugen.«

Die Ältere ließ ihren Gast mit einem strengen Augenaufschlag spüren, für wie grotesk sie diese Bemerkung hielt. Gewiss war Aurelius Wagners Anwesenheit in Weimar hilfreich, doch er allein konnte niemanden retten. Weder Herzog Carl August noch sein Rat würden aufgrund seiner Aussage das Wort eines angesehenen Bürgers in Frage stellen. Außerdem ging es um mehr als die Zukunft dieser jungen Person. Es ging um Genugtuung. Um Rache. Um Geld, viel Geld.

»Wir finden das Schriftstück«, versprach sie schließlich mit einem durchdringenden Lächeln. »Und vergessen Sie den jungen Vulpius, mein Kind.«

Um den Bruder von Goethes Hure würde sie sich höchstpersönlich kümmern.

5. Kapitel

Am nächsten Morgen vertrieb ein Heer dunkler Wolken den blauen Sommerhimmel über der Stadt. Christian saß hinter seinem Schreibtisch im herzoglichen Hoftheater und mühte sich ab, Ordnung in die Spielpläne, Textbücher und Verzeichnisse zu bringen, die sich vor ihm stapelten. Besonders gut kam er nicht voran damit. Zu oft schweiften seine Gedanken ab.

Gegen neun Uhr begann es zu donnern. Ein heftiger Wind rüttelte an den Fensterläden, und nur wenig später setzte ein Platzregen ein, dem Blitze und Hagelkörner folgten.

Fasziniert von dem Unwetter kaute Christian am Stiel seiner Feder, eine Unsitte, die ihm sein Vater, der herzoglicher Archivbeamter gewesen war, als Kind vergeblich auszutreiben versucht hatte, und sah zu, wie die Regentropfen an der Scheibe herunterliefen. Der Kutscher hatte ihm nicht die Wahrheit gesagt, davon war er überzeugt. Er musste an die Freifrau herankommen. Doch das war nicht einfach. Ebenso gut hätte er um eine Audienz bei Herzog Carl August persönlich bitten können.

Nach einer Weile gab er es auf, sich auf die Arbeit zu konzentrieren, und stellte seine Feder ins Tintenfass. Es war ein Fehler gewesen, an diesem Tag ins Theater zu kommen. Er fühlte sich krank. Erschöpft. Sein Hals schmerzte immer noch, trotz der Arznei, die er sich auf Doktor Hellbergers Empfehlung hin in der Apotheke am Markt hatte mischen lassen. Aber wenigstens hörte sich seine Stimme nicht mehr an wie ein Messer über dem Schleifstein.

»Sag dem Direktor, dem Herrn Vulpius ist nicht wohl, er geht nach Hause«, verkündete er müde, als einer der Laufburschen auf sein Läuten hin den Kopf zu ihm in die Kammer streckte.

Es regnete noch, als er vor das Theater trat, doch vielleicht tat ihm die Abkühlung ganz gut. Als ihm Christianes Dienstmädchen am Frauenplan Hut und Stock abnahm, war er nass bis auf die Haut.

»Herrje, der junge Herr braucht was Warmes zu trinken«, meinte die Magd mitfühlend und verschwand in der Küche, bevor Christian sich nach seiner Schwester erkundigen konnte. Da wurde er von seinem Neffen entdeckt, der die Treppe herunterkam. Mit einem Jauchzer nahm der kleine Junge Anlauf und warf sich ihm in die Arme.

Lächelnd zerzauste Christian Augusts blonden Lockenkopf. Er mochte Christianes Sohn und wusste, dass der Junge ihn auch in sein Herz geschlossen hatte. Da August der ganze Stolz seines Vaters war, der hohe Ziele mit ihm hatte, blieb Christians Umgang mit ihm jedoch auf eine begrenzte Anzahl von Familienzusammenkünften beschränkt. So wollte man offensichtlich verhindern, dass er dem Jungen Flausen in den Kopf setzte.

»Ist es wahr, dass Sie ein Räuberhauptmann geworden sind, Herr Onkel?«, fragte August mit einem treuherzigen Blick. »Und dass Sie im Wald in einer verzauberten Hütte leben?«

Obwohl es Christian jedes Mal einen Stich in die Brust versetzte, wenn der Junge ihn so förmlich anredete, musste er nun lachen. »Wer erzählt dir denn solche Geschichten?«

Der Kleine schob die Unterlippe vor; es sah aus, als dächte er angestrengt nach. »Weiß nicht mehr. Vielleicht Tante Ernestine?«

Christian schnitt eine Grimasse. Ernestine? Ja, der sah so etwas ähnlich. Wenn hier jemand dem Jungen Flausen in den Kopf setzte, dann war sie es. Ernestine war seine und Christianes Halbschwester, das Kind einer späteren Ehe ihres Vaters, und fast achtzehn Jahre alt. Da ihre Eltern beide tot waren, hatte Goethe auf Christianes Bitte hin das Mädchen aufgenommen und erlaubte, dass es ihr bei der Erziehung des kleinen August zur Hand ging. Das tat Ernestine, wie Christian fand, ebenso gewissenhaft wie steif und humorlos und, was noch schlimmer war, ohne den geringsten Hauch von Fantasie.

Vergnügt nahm August Christians Hand und stieg mit ihm die Treppe zum Weinkeller seines Vaters hinunter. Dort fand er Christiane, die mit Ernestines Unterstützung eine Lieferung Flaschen in die dafür vorgesehenen Regale sortierte. Der Burgunder hatte seinen Platz rechts neben der Tür zum Vorratsraum, der gute Moselwein zur Linken. Champagner und süße Liköre lagerten bei den Bierfässern, wo es kühl war. Christian wusste, dass der Geheimrat großen Wert auf einen gut bestückten Weinkeller legte. Jede einzelne Flasche trug sein persönliches Siegel.

»Der Herr Bruder«, verkündete Ernestine in näselndem Ton, obwohl Christiane ihn längst entdeckt hatte. Wie Ernestine hatte auch sie sich eine weiße Schürze vorgebunden, um sich in dem staubigen Gewölbe nicht schmutzig zu machen. Christian fragte sich, warum die beiden Frauen die Arbeit mit dem Wein nicht den Dienstboten überließen, doch als sein Blick auf das sorgfältig geführte Register in Ernestines Händen fiel, ahnte er warum.

»Ich behalte den Bestand im Auge«, erklärte seine Halbschwester wichtigtuerisch. »Und ich zähle alle Flaschen, damit ich feststellen kann, ob sich jemand am Burgunder des Geheimrats vergreift, so wie an seinen Büchern.«

Die kleine Lauscherin weiß also schon Bescheid, dachte Christian.

Christiane räusperte sich, als sie seine betroffene Miene bemerkte. »Ich hoffe, es geht dir heute besser!« Sie nahm Ernestine das Register und die Schreibfeder aus der Hand und bat sie, August nach oben zu begleiten und ihm bis zum Mittagessen vorzulesen.

Ein wenig beleidigt raffte die jüngere Schwester ihre Röcke und erklomm mit August an der Hand die Treppe. Das Register ließ sie auf einem Eichenfass liegen.

»Die hat ja mal wieder reizende Laune«, meinte Christian, als oben die Tür zuflog.

»Lass das Mädchen zufrieden, sie hat es auch nicht leicht. Sag mir lieber, ob du etwas wegen der Bücher herausgefunden hast!«

Christian begann in seinen vom Regen feuchten Kleidern zu frösteln. Zu seiner Erleichterung unterbrach seine Schwester ihre Arbeit und bedeutete ihm, sie in eines der kleineren Zimmer im vorderen Flügel zu begleiten, in dem sie Gäste empfing oder Handarbeiten machte.

Christian fand, dass der Raum mit seinen apfelgrünen Seidentapeten eindeutig Christianes Geschmack widerspiegelte. Es gab einen indischen Paravent mit kunstvollen Schnitzereien, zierliche Chaiselongues mit Streifenmuster und eine Vielzahl von Kandelabern, die der Stube auch an einem trüben Regentag warmes Licht schenkten. Sooft Christian in diesem Zimmer war, bewunderte er Christianes Schreibgarnitur mit dem zierlichen kleinen Amor aus Porzellan. Ein Geschenk Goethes, das seine Schwester dazu anregen sollte, mehr Briefe zu schreiben, was sie natürlich nicht tat, weil sie behauptete, nicht zu wissen, wem sie schreiben sollte. Alle, die ich liebe, befinden sich in diesem Haus, hatte Christian sie einmal sagen hören. Dennoch hielt sie die Schreibgarnitur in Ehren und staubte sie eigenhändig ab.

Nachdem Christian ihr berichtet hatte, wo er tags zuvor gewesen war, ließ sie sich verblüfft auf einen Stuhl fallen. »Freifrau von Stein? Und du irrst dich auch nicht?«

Christian schüttelte den Kopf. »Ihr Kutscher sah aus, als wollte er mich eigenhändig vom Hof prügeln. Der Bursche weiß etwas, aber er rückt nicht damit heraus.«

»Aber Charlotte von Stein würde doch niemals jemanden dazu anstiften, Goethes Bücher zu stehlen. Sie … bewundert und verehrt ihn immer noch.«

»Du könntest sie besuchen und dich dabei ganz diskret in ihrem Haus umschauen«, schlug Christian vor.

»Mach dich nicht lächerlich. Man lädt sich doch nicht einfach bei ihr ein. Was würde sie von mir denken, wenn ich sie überfiele und nach irgendwelchen Leuten fragen würde? Wir können nicht davon ausgehen, dass Charlotte von Stein diesem Wagner bei sich Unterschlupf gewährt, weil ihr Kutscher ihn ein Stück mitgenommen hat. Und was dieses Mädchen betrifft …«

»Ich muss sie finden!«

»Ach wirklich?« Christiane stand auf und begann in der Stube auf und abzugehen. »Sie hat dich hilflos zurückgelassen und ist mit den Büchern meines Mannes auf und davon. Das macht sie nicht zur vertrauenswürdigsten Person.«

»Wen hätte sie denn zu Hilfe rufen sollen? Du vergisst, dass sie verzweifelt und in Panik war. Sie ist in Lebensgefahr. Jemand will sie töten.«

»Ja, ja, das habe ich jetzt verstanden!«

Er runzelte die Stirn. »Ich wünsche ihr, dass sie dieses Schriftstück gefunden hat, aber ich glaube es nicht. Schließlich habe ich mir jedes einzelne Buch aufmerksam angesehen.« Er hob den Blick; ein schwacher Funke Hoffnung glomm auf. »Könnte es denn sein, dass ich in der Bibliothek hier im Haus etwas übersehen habe?«

»Nein, hast du nicht! Ich habe mich gestern Abend persönlich davon überzeugt. Ernestine ging mir dabei zur Hand. Da war nichts.« Christiane war keine ängstliche Frau, doch nun sah sie beunruhigt aus. Christian konnte sich vorstellen, worüber sie nachgrübelte. Sie fragte sich, ob sie und August hier noch sicher waren. Als über den Dächern ein Donnerschlag erscholl und ein gleißendes Licht durchs Fenster fiel, zuckte sie zusammen. Ganz in der Nähe musste der Blitz eingeschlagen sein. Angespannt wartete sie auf das Läuten der Brandglocke.

»Vielleicht solltest du mit August eine Weile aufs Land fahren«, sagte er kleinlaut. »Oder zurück zur alten Frau Rat nach Frankfurt. Wenigstens so lange, bis ich etwas über diese Dame und ihre Verfolger herausgefunden habe.«

Christiane schien ihm nicht zuzuhören. Schweigend öffnete sie ein Eckschränkchen, das eine Sammlung bunt bemalter Porzellanfigürchen und Mokkatassen beherbergte, und nahm etwas heraus, das sie ihrem Bruder kommentarlos in die Hand drückte.

»Eine Blume aus Seide?«, fragte Christian verwundert.

»Die habe ich im Gartenhaus auf dem Fußboden gefunden. Deine diebische Elster scheint sie dort verloren zu haben. Normalerweise leisten sich nur vornehme Damen solche Accessoires als Schmuck für ihre Hüte oder Kleider. Ich muss es wissen, ich habe sie früher selbst genäht.«

Christiane sprach nur selten über die Zeit, in der sie die Familie Vulpius als Putzmacherin über Wasser gehalten hatte, aber sie schämte sich auch nicht dafür, ein Handwerk erlernt zu haben. Sie hatte geschickte Hände und ein Auge für modische Details. In Frankfurt war sie mit Goethes Mutter stundenlang kreuz und quer durch die Stadt spaziert, um hübsche Bänder, Schnallen, geklöppelte Spitzen und Knöpfe zu kaufen.

Christiane läutete nach dem Mädchen und ließ sich ihr Schultertuch bringen.

Wer in Weimar auf der Suche nach kostspieligen Accessoires war, kam an der Manufaktur des Justin Bertuch nicht vorbei. Dessen Frau Caroline, die für die Hutmoden verantwortlich war, sah sich einen Berg von Stoffmustern an, als eine Bedienstete die Geschwister Vulpius in ihr Atelier führte.

»Demoiselle Vulpius und ihr Bruder möchten Sie sprechen, Madame!«

Die Frau hob erstaunt den Blick von ihren Stoffen, dann aber stieß sie einen begeisterten Schrei aus und umarmte Christiane herzlich. Vor Christian neigte sie höflich den Kopf.

Caroline Bertuch stand nicht mehr in der Blüte ihrer Jugend und war auch keine Schönheit, hatte es aber im Laufe vieler Jahre verstanden, diese Mängel durch Eleganz, Witz und ein selbstbewusstes Auftreten auszugleichen. Ihr Charme hatte ihr nicht nur eine stattliche Anzahl von Bewunderern beschert, sondern sie auch an die Seite eines der reichsten Männer der Stadt gestellt, der mit Recht stolz auf sie war. Wenn es um Mode und guten Geschmack ging, war Caroline Bertuch die richtige Adresse. So sah man es ihr nach, dass sie ihre Zeit nicht damit verbrachte, Soireen und Teegesellschaften zu besuchen, sondern täglich in der Manufaktur stand, um neue Muster zu studieren, Modelle zu entwerfen, mit Stoffhändlern zu verhandeln und ihren zahlreichen Näherinnen, den sogenannten Brigitten, auf die Finger zu sehen.

Während sie nun mit Christiane Neuigkeiten austauschte, sah sich Christian im Atelier um. Es war kaum größer als Goethes Arbeitszimmer und so vollgestopft mit Stoffballen, Knöpfen, Federn und falschem Glitzerzeug, dass er Mühe hatte, tief durchzuatmen. Sämtliche Wände waren übersät mit Tuscheskizzen verschiedener Damenhüte, und auf dem Pult stapelten sich Gazetten und Druckschriften. Gelangweilt nahm sich Christian eine Ausgabe von »Journal des Luxus und der Moden« zur Hand und begann, darin zu blättern. Das Journal informierte die Weimarer Gesellschaft darüber, was in diesem Sommer bei Hofe getragen oder keineswegs getragen wurde, über welches Stück am Weimarer Theater man getrost lästern durfte und welche Bücher man unbedingt gelesen haben musste, wenn man mitreden wollte. Allerdings schien die Ausgabe, die Christian gewählt hatte, schon einige Jahre alt zu sein, denn nicht einmal ihm war entgangen, dass keine Dame, die etwas auf sich hielt, noch turmhohe Perücken trug wie auf diesen kolorierten Kupferblättern. Die waren nach der Hinrichtung der französischen Königin Marie Antoinette aus der Mode gekommen. Christian fragte sich, ob eines Tages auch sein Buch im »Journal« erwähnt werden würde. Unmöglich war es nicht, denn der Herausgeber war Caroline Bertuchs Mann. Und der war ein Freund seines Schwagers. Man brauchte gute Beziehungen, um über die Runden zu kommen.

»Ich weiß, wie beschäftigt Sie sind, meine Liebe«, holte ihn die Stimme seiner Schwester aus seinen Gedanken. »Aber darf ich Sie dennoch bitten, einen Blick auf diese Seidenblume zu werfen? Mein Bruder und ich wüssten zu gern, ob der Hut, den die Blume geschmückt hat, in Ihrem Atelier in Auftrag gegeben wurde.«

Die Manufakturistin sah sie erstaunt an. War sie bis zu diesem Moment heiter und vergnügt gewesen, so verschwand nun das Lächeln aus ihrem Gesicht. »Eine Bertin-Rose«, murmelte sie gedankenverloren. Ihre Finger berührten vorsichtig die geschickt arrangierten Blütenblätter. »Ich habe so etwas Wunderschönes seit Jahren nicht mehr gesehen.«

Christiane errötete. »Ich hatte eine ähnliche Vermutung, war mir aber nicht sicher.«

»Das überrascht mich, meine Gute. Sie gehörten damals zu den wenigen Näherinnen, die sich trauten, Bertins Muster zu kopieren! Nachdem Sie die Manufaktur verließen, hat es keine mehr gewagt.«

Gewagt? Christian hatte keinen Schimmer, was die beiden Frauen aufregte. Als ob es Mut erforderte, eine Blume aus Stoff zu nähen. Das schwarze Ding war schließlich nicht in Gift getränkt, und Reißzähne schossen auch nicht aus den Blättern. Christian hatte noch nie von einer Bertin-Rose gehört und überlegte noch, ob es unhöflich war, um Aufklärung zu bitten, als Caroline Bertuch hinter ihren Tisch trat und einige der Journale vom Stapel nahm. Eifrig blätterte sie Ausgabe für Ausgabe durch, nur um jedes einzelne Blatt auf den Fußboden zu befördern.

»Rose Bertin lebte in Frankreich und war eine der begabtesten Putzmacherinnen ihrer Zeit«, sagte Christiane, die wohl inzwischen begriffen hatte, dass sie und ihre ehemalige Dienstherrin in Rätseln sprachen. »Sie arbeitete für die französische Königin, bevor sie vor der Revolution nach England floh. Besonders begehrt waren ihre Damenhüte mit täuschend echt wirkendem Blumenschmuck.«

»Wir haben versucht, ihren Stil zu kopieren, aber das ist uns

56

trotz all unserer Bemühungen kaum jemals wirklich gelungen«, fügte Caroline Bertuch hinzu. »Es scheint schier unmöglich, das Geheimnis einer echten Bertin-Rose zu lüften. Sehen Sie nur, diese feinen Stiche ...« Sie seufzte resigniert. »Nein, Sie sehen es nicht, aber das habe ich auch nicht erwartet. Mein Mann kann auch keine meiner Blumen voneinander unterscheiden.«

»Ja, ja, aber stammt diese schwarze Blume nun aus der hiesigen Manufaktur oder nicht?«

Caroline Bertuch verzog ein wenig gequält das Gesicht. Wieder sah sie sich die Seidenblume von allen Seiten an. »Beschwören will ich es nicht«, erklärte sie abschließend. »Nicht nach so vielen Jahren. Aber wenn ich ein Urteil abgeben muss, dann würde ich sagen, dass diese Blume direkt aus der Werkstatt von Madame Rose Bertin stammt. Ein sündhaft teures Stück.«

Christian seufzte. Die Unbekannte trug die Kleider einer Magd, hatte ihre sündhaft teuren Hüte aber bei der Putzmacherin der französischen Königin gekauft. Das war zu viel des Guten. Er würde Goethes Bücher niemals aufspüren. Ob Christiane ihm das Geld für eine Schiffspassage nach Amerika leihen würde? Nein, so streng, wie sie ihn ansah, durfte er darauf nicht hoffen.

»Ah, voilà!« Über Caroline Bertuchs Gesicht huschte plötzlich ein Lächeln. Sichtlich zufrieden überreichte sie Christiane ein Journal mit einem Kupferstich, der die gesamte Seite einnahm. »Ich wusste doch, dass ich exakt denselben Blumenschmuck schon einmal gesehen habe. Das ist schon ein paar Jahre her, aber glauben Sie mir, die kleinen Kunstwerke der Rose Bertin werden nie aus der Mode kommen. Manch ein Liebhaber dieser Blumen würde dafür morden, sie so vollkommen nachahmen zu können.«

Christian nahm dies höflich zur Kenntnis, konnte sich aber nicht vorstellen, dass das fremde Mädchen nur wegen einer Stoffrose in Lebensgefahr schwebte.

Christiane betrachtete das Bild einen Moment lang, bevor sie das Journal an Christian weiterreichte. Dem blieb fast das Herz stehen, als sein Blick auf das Modell des Kupferstechers fiel. Er hatte sie als Schäferin auf einer Wiese verewigt, ihr Kleid wie eine Glockenblume um sie herumdrapiert, den Hut keck nach hinten geschoben, sodass ihr Gesicht, das von kunstvoll gelegten Locken umrahmt wurde, deutlich zu sehen war.

Christian erkannte die Züge sogleich wieder. Auch wenn der Kupferstich einige Jahre alt war, war auf ihm doch dieselbe Frau zu sehen, der er in Goethes Gartenhaus begegnet war.

»Christian? Ist dir nicht wohl? Du bist ganz bleich geworden.«

»Das ist sie«, keuchte er heiser. »Ganz bestimmt. Ich irre mich nicht. Sie sieht ein bisschen älter aus, aber sie trägt noch heute denselben Hut wie auf dem Stich.«

Bevor seine Schwester oder Caroline etwas darauf erwidern konnten, ging die Tür auf, und ein ergrauter, vornehm gekleideter Herr mittleren Alters betrat das Atelier. Als sein Blick auf die Besucher seiner Frau fiel, hob er erstaunt die Augenbrauen. Seiner Miene war anzusehen, dass er es vorgezogen hätte, nicht mit ihnen zu sprechen, doch dann besann er sich auf seine Manieren und begrüßte Christiane mit einem kühlen, aber höflichen Nicken. Es war Justin Bertuch, der Besitzer der Manufaktur und Carolines Ehemann.

»Haben Sie Nachricht vom Herrn Geheimrat?«, wollte er wissen. »Ich war gestern bei Seiner Hoheit. Der Herzog hat sich auch schon nach ihm erkundigt.« Er lächelte. »Wollen doch hoffen, dass unser lieber Freund nicht wieder bei Nacht und Nebel nach Italien abgereist ist, wie damals, als er verschwand, ohne jemanden ins Vertrauen zu ziehen.« Er drohte scherzhaft mit dem Finger, aber sein Blick gab zu verstehen, dass er es durchaus ernst meinte.

Christian sah, wie aus dem Gesicht seiner Schwester die Farbe wich, und empfand Mitgefühl für sie. Justin Bertuch hatte seinen Finger auf einen wunden Punkt gelegt und empfand keine Scham, darin zu stochern. Anders als Caroline konnte Justin nicht vergessen, dass Christiane vor Jahren als mittellose Näherin in seiner Manufaktur geschuftet hatte. Dass sie nun mit dem Geheimrat zusammenlebte und Mutter seines Sohnes war, spielte für ihn kaum eine Rolle.

»Was haben Sie da?« Argwöhnisch deutete Bertuch auf den Kupferstich in Christians Hand. Caroline blickte betroffen zu Boden. Das Erscheinen ihres Mannes schien ihr nicht zu behagen. Kein Wunder, so unhöflich wie er sich Christiane gegenüber verhielt.

»Wie ich sehe, bist du schon umgekleidet«, sagte sie in die plötzliche Stille hinein und fügte mit einem um Verständnis bittenden Blick hinzu: »Mein Mann wird im Schloss erwartet. Seit er die Privatschatulle des Herzogs verwaltet, hat er keine ruhige Minute mehr.«

Christiane nickte. »Eine verantwortungsvolle Aufgabe.«

Bertuch ignorierte sie. Seine Aufmerksamkeit galt einzig und allein dem Journal. Er zog ein Tuch aus der Tasche seines weinroten Gehrocks und tupfte sich damit den Schweiß von der Stirn.

Er kennt sie, schoss es Christian durch den Kopf. Zumindest hat er sie schon einmal gesehen. Und er hat Angst. Aber warum? Und vor wem?

»Wir haben uns gerade gefragt, wer dem Künstler für seinen Kupferstich Modell gestanden hat«, sagte Caroline, der das sonderbare Verhalten ihres Mannes nicht entgangen war.

»Wie?« Bertuch erbleichte. »Welches Modell?«

»Das Mädchen im ›Journal für Luxus und Moden‹. Sie trägt Bertin-Rosen am Hut. Du erinnerst dich doch, wie sehr wir uns damals abgemüht haben, sie zu kopieren. Wir wollten jeder Näherin in der Manufaktur eine Prämie von fünfzehn Talern zahlen, die …«

Wütend riss Bertuch Christian das Journal aus der Hand, zerknüllte es und beförderte es in den Papierkorb. Dann wandte er sich Christiane zu. »Lassen wir doch diese alten Geschichten. Sie haben damals die Manufaktur verlassen, weil sie die Chance auf ein privilegierteres Leben witterten.« Er funkelte sie an. »Das haben Sie erreicht. Also genießen Sie Ihr Glück, so lange es noch währt. Was bleibt Ihnen, wenn Goethe nicht zurückkommt?«

Christiane kämpfte mit den Tränen, als sie nach der Karaffe griff. Für gewöhnlich trank sie zu dieser Stunde keinen Tropfen, aber wer wollte ihr verübeln, dass sie ihren Ärger mit ein paar Gläschen Likör wegspülte?

Sie saßen in Goethes Salon am Frauenplan, die Tür zum Korridor wegen der drückenden Schwüle weit geöffnet. Aus dem Speisezimmer drangen Stimmen und das Klirren von Geschirr über den Flur, vermutlich deckten Ernestine und das Dienstmädchen soeben den Tisch für das Mittagessen. Es sollte kalten Braten in Aspik und zum Dessert Obstkompott geben, das vom Sonntag übriggeblieben war. Christiane war jedoch der Appetit vergangen.

»Wie kann dieser Mann es wagen, so mit uns zu sprechen?«, fauchte sie zum wiederholten Mal. »Das ist unerhört. Das lasse ich mir nicht gefallen.«

Christian zuckte mit den Achseln. »Mit mir hat er überhaupt nicht gesprochen. Er hat mich übersehen, als wäre ich Luft.«

»Das kann ich nicht auf sich beruhen lassen!« Christiane plagte sich von der Chaiselongue auf, ging zu ihrem Sekretär und entnahm diesem ihr teuerstes Papier, dazu Feder und Löschsand.

»Was hast du vor?« Selten zuvor hatte Christian seine Schwester so wütend gesehen.

»Na was wohl? Ich werde eine Depesche an die Frankfurter

Adresse schicken und Goethe mitteilen, wie seine Freunde mich behandeln, sobald er ihnen den Rücken kehrt. Ich kann es ja noch ertragen, wenn sie im Stillen über mich lästern. Aber das geht zu weit.«

Christian schüttelte seufzend den Kopf. War es klug, die Weimarer Gesellschaft noch mehr gegen sich aufzubringen? Vermutlich hatte Christiane in ihrer Verärgerung vergessen, dass es sehr lange dauern konnte, bis der Geheimrat ihr Schreiben erhielt. Und selbst wenn man es ihm nachschickte, bezweifelte er, dass dieser seine Reisepläne änderte, weil sich Christiane von Justin Bertuch gekränkt fühlte.

»Sollten wir uns nicht mit den Dingen befassen, die wir herausgefunden haben«, schlug er in der Hoffnung vor, Christiane zu besänftigen. »Dir ist doch nicht entgangen, wie eigenartig Bertuch reagiert hat, als er den Kupferstich sah? Das Bild hat ihn regelrecht erschreckt.«

Er atmete tief durch. »Vielleicht wollte er dich gar nicht beleidigen, sondern uns und seine Frau nur von dem Stich ablenken.«

»Das Bild, das er dir aus der Hand gerissen und weggeworfen hat?« Christiane presste die Lippen aufeinander. »Ja, du hast recht, der Mann hat etwas zu verbergen. Dieser Auftritt … Ich habe noch nie gehört, dass Bertuch die Fassung verloren hätte. Er verhält sich doch sonst so vernünftig.«

»Er gehört zu den einflussreichsten Männern von Weimar«, murmelte Christian vor sich hin. »Er ist vermögend, viele Leute in der Stadt arbeiten für ihn, und er steht als Geheimer Sekretär genauso hoch in der Gunst des Herzogs wie Goethe!«

Christianes Augen weiteten sich, als sie begriff, was er andeutete. »Bertuch? Du willst doch nicht behaupten, dass die Frau mit dem Blumenhut vor ihm davongelaufen ist?«

»Warum nicht? Wenn sie seine Mätresse war und etwas über ihn weiß, was seine Position bei Hofe gefährden könnte? Herzog Carl August sieht über so manche Schwächen hinweg, weil er selbst nicht gerade ein Heiliger ist und als junger Bursche oft über die Stränge geschlagen hat. Aber wenn es um die Sicherheit seines Landes geht, versteht er keinen Spaß.«

Christiane dachte eine Weile nach, dann schüttelte sie den Kopf. »Ich traue Bertuch zwar so einiges zu, aber nicht, dass er einer Frau nachstellen würde, um sie zu ermorden. Und was ist mit diesem Wagner? Du behauptest doch, er sei wie diese Frau hinter dem Schriftstück her, das angeblich in einem der Bücher meines Mannes versteckt ist. Aber was soll er mit Bertuch zu tun haben? Ich kann mich nicht erinnern, dass der jemals durch Italien reiste.«

Nun, das konnte Christian auch nicht. Er warf einen Blick aus dem Fenster. Das Gewitter war weitergezogen, der noch vor kurzem fast schwarze Himmel hatte sich sein sommerliches Blau zurückerobert. Nun stach die Sonne wieder in ihrer vollen Kraft durch die Scheiben.

»Im Wirtshaus erzählte mir Wagner, er sei nach Weimar gekommen, um ein altes Unrecht aus der Welt zu schaffen. Und, dass es dabei zu Blutvergießen kommen könnte.«

»Mit dem Kupferstich hätten wir vielleicht herausfinden können, wer das Mädchen mit dem Hut ist«, sagte Christiane niedergeschlagen. »Aber das hat der reizende Bertuch verhindert.«

»Hat er das?« Christian griff in seinen Gehrock und holte die zerknitterte Seite eines Journals hervor, die er mit einem triumphierenden Lächeln vor seiner Schwester auf den Tisch legte. Die konnte ihre Verblüffung nicht verbergen.

»Aber … Wie hast du das angestellt?«

»Ich habe mir erlaubt, das Blatt mit dem Kupferstich einzustecken und eine andere Ausgabe des »Journals für Luxus und Moden« zur Hand zu nehmen, während Bertuch mit dir sprach. Der Gute hat nicht bemerkt, dass er gar nicht das Bild in den Abfall warf.«

Christianes bewundernder Blick tat ihm gut, denn es war lange her, seit sie ihn zuletzt so angesehen hatte. Diesen Umstand hatte er sich allerdings selbst zuzuschreiben. Wie hatte er auch zulassen können, sich von ihr und dem Geheimrat so abhängig zu machen? Das musste er ändern. Am besten fing er gleich heute damit an. Eine Weile starrte er auf den Kupferstich und studierte das Gesicht des posierenden Mädchens darauf. Den Ausdruck ihrer Augen hatte der Künstler gekonnt eingefangen. Sie wirkte einerseits verträumt und sorglos, doch in ihrem Blick lag auch Sorge, eine Ahnung vielleicht, dass das Blatt sich wenden könnte und düstere Zeiten nicht ausbleiben würden.

»Nun finden wir also doch heraus, wer dieses Frauenzimmer ist«, holte Christianes Stimme ihn aus seinen Überlegungen. Überrascht schaute er sie an, was ein spöttisches Lächeln auf ihre Lippen zauberte.

»Sollte dem Herrn Vulpius die Signatur des Künstlers entgangen sein? Sie steht doch deutlich unten am Bildrand.«

Christian schlug sich mit der flachen Hand gegen die Stirn. Natürlich, wie dumm von ihm die Signatur zu übersehen. Der Kupferstich war von Georg Melchior Kraus angefertigt worden, der in Weimar als Direktor und künstlerischer Leiter der Zeichenschule tätig war. Als Schüler des berühmten Malers Tischbein und Freund Goethes gehörte auch Kraus zu den angesehensten Bürgern der Stadt. Da der Meister in dem Ruf stand, seine Modelle sorgfältig auszuwählen, war es durchaus möglich, dass er sich an die Frau mit den Bertin-Rosen am Hut erinnerte.

»Das Essen ist aufgetragen!« Ernestine Vulpius klopfte flüchtig gegen den Türrahmen, blieb aber stocksteif, wie es ihre Art war, am Eingang zum Salon stehen. Ihr Gesicht war gerötet, als hätte sie sich zu lange über einen dampfenden Kessel gebeugt. Missbilligend starrte sie auf die halbgefüllten Gläser Kirschlikör auf dem Tisch, verkniff sich aber eine Bemerkung darüber. Offensichtlich ging sie davon aus, Christian habe die Hausherrin dazu verführt, sich noch vor dem Mittagsläuten zu betrinken.

»Bleibt unser Bruder zum Essen?« Die Art ihrer Frage legte die Vermutung nahe, dass ihr das ebenso angenehm wäre wie Mäuse in der Speisekammer.

Christian faltete das Blatt mit dem Kupferstich und wandte sich zur Tür, wo er der säuerlich dreinblickenden Ernestine scherzhaft in die Wange kniff. »Keine Angst, ich bin schon weg. Aber tu mir einen Gefallen und verspeise meine Portion gleich mit, damit du etwas auf die Rippen bekommst.« Er zwinkerte ihr zu. »Denk daran: Die Leber ist von einem Hecht und nicht von einem Rochen. Man findet schwerlich einen Mann mit nichts als Haut und Knochen!«

Gekonnt wich er einem Schlag mit Ernestines Geschirrtuch aus und sprang dann, verfolgt vom Gezeter des Mädchens, die Treppe hinunter.

6. Kapitel

Die Fürstliche Freie Zeichenschule von Weimar war seit ihrer Gründung im Jahre 1776 im Roten Schloss untergebracht, einem prachtvollen Gebäude, das einst einer Herzogin als Witwensitz gedient hatte, inzwischen aber die Diensträume höherer Beamten des Herzogs beherbergte. Im Westflügel fanden die Sitzungen des Geheimen Rates statt, dem auch Goethe angehörte, nebenan hatten das herzogliche Marschallamt sowie die Gerichtsbarkeit ihre Amtsstuben.

Der Ostflügel war dem Hofmaler Georg Melchior Kraus und seinen Künstlern vorbehalten. Unschlüssig behielt Christian das Portal im Auge. Ob er es wagen konnte, einfach in die Schule zu spazieren und Maler Kraus auf den Kupferstich anzusprechen? Es war kein Geheimnis, dass der Herzog regelmäßig hier auftauchte, um sich über die Fortschritte der Künstler und ihrer Werke zu informieren. Carl August lag die Schule so am Herzen, dass er nur wenige Jahre nach ihrer Gründung eine Ausstellung ins Leben gerufen hatte, bei der die schönsten Werke des Jahres ausgewählt wurden. In wenigen Wochen, am Geburtstag des Herzogs, war es wieder einmal so weit. Dann sollte die Auszeichnung für das vergangene Jahr in einem feierlichen Akt überreicht werden. Bei Hofe fragte man sich schon, ob Goethe es bis dahin nach Hause schaffen würde, denn für gewöhnlich war er anwesend, wenn ein Künstler der Malerschule geehrt wurde.

Christian überlegte, die Straße zu überqueren, als eine Kutsche vor dem Roten Schloss hielt. Justin Bertuch. Der Geheime Sekretär des Herzogs schien sich nach ihrer Begegnung in der Manufaktur umgezogen zu haben, denn als er die Kutsche verließ, trug er einen Gehrock aus nachtblauem Samt, der von einer Reihe glänzender Verdienstorden geschmückt wurde. Seine Perücke war frisch gepudert, und in der Hand hielt er einen kostbaren Gehstock mit weißem Perlmuttgriff. Sein Domestike eilte ihm voraus, riss die Tür zum Roten Schloss auf und ließ ihn unter einer tiefen Verbeugung eintreten. Hoch erhobenen Hauptes schritt Bertuch an dem Mann vorbei.

Christian schnappte nach Luft. Hatte Caroline Bertuch nicht vor einer halben Stunde noch behauptet, ihr Mann werde bei Hofe erwartet? Welche Gründe mochte er haben, den Herzog warten zu lassen? Christian war sicher, dass diese Beweggründe mit seinem Besuch in der Manufaktur und dem Kupferstich zu tun hatten. Dass Bertuch und der Maler Kraus einander kannten, war kein Geheimnis. Beide hatten sich damals für die Gründung der Fürstlichen Freien Zeichenschule eingesetzt und den Herzog überzeugt, dass eine Einrichtung, in der der Adel gemeinsam mit bürgerlichen Schichten die schönen Künste studierten, talentierte Menschen aus ganz Europa nach Weimar ziehen würde. Letztendlich war nicht Bertuch, sondern Goethe die Oberaufsicht über die Zeichenschule übertragen worden, was Ersteren nicht daran hinderte, die Schule weiterhin als sein persönliches Steckenpferd zu betrachten und zu kontrollieren, wann immer ihm der Sinn danach stand.

Christian machte sich daran zu warten und die Kutsche vor dem Tor genau im Auge zu behalten. Ungeduldig trat er von einem Bein aufs andere. Als es zwei Uhr schlug, war Bertuch noch immer nicht zurückgekehrt. Was er mit Kraus zu besprechen hatte, ließ sich offensichtlich nicht in wenigen Sätzen klären. Christian bekam Hunger. Nun bereute er es doch, dass er sich nicht am Frauenplan zum Essen eingeladen hatte.

Plötzlich flog die Tür auf, und Bertuch stürmte mit hochrotem Kopf auf die Straße. Er schüttelte den Arm seines Domestiken ab, der ihm beim Einsteigen in die Kutsche behilflich sein wollte, und gab seinem Kutscher den Befehl, sofort zur Residenz weiterzufahren.

Christian blickte ihm nach. So aufgewühlt wie der Geheime Rat ausgesehen hatte, war sein Zusammentreffen mit dem Leiter der Zeichenschule nicht zu seiner Zufriedenheit ausgefallen. Ob er Hofmaler Kraus vor Christian gewarnt hatte?

Nun, das werde ich gleich herausfinden, dachte er und überquerte die Straße.

Zu seiner Überraschung erklärte sich Georg Melchior Kraus bereit, ihm ein paar Minuten seiner kostbaren Zeit zu schenken. Er lud ihn sogar ein, ihn in den sonnendurchfluteten Saal zu begleiten, in dem sich ein knappes Dutzend Männer und Frauen mit Pinsel, Farben und Zeichenstiften abmühte. Der Geruch von geriebener Holzkohle und Ölfarben lag in der Luft. Zwei Männer diskutierten recht hitzig vor einer Staffelei, auf der ein Ölgemälde zu sehen war, der Rest der Anwesenden arbeitete an diesem Nachmittag mit Papier und Zeichenstift.

»Ich hoffe, dass ich Sie nicht belästige, Meister Kraus«, sagte Christian, während der Maler mit prüfenden Blicken begutachtete, was er auf den Zeichenbrettern vorfand. Sein Interesse schien einer jungen blonden Frau zu gelten, die einen Rußfleck auf der Nase hatte. Während die anderen Zeichner sich abmühten, die richtigen Proportionen von Äpfeln und Kirschen zu finden, schien sich die Blonde mit anatomischen Studien zu befassen. Ohne Scheu brachte sie Arme, Oberschenkel und Füße zu Papier, die erschreckend lebensnah aussahen. Auf Christian wirkten sie, als wären sie einem Menschen mit Gewalt aus dem Gelenk gerissen worden. Er wagte einen Blick auf die Künstlerin, die mit so inniger Leidenschaft zeichnete. Ihrer zierlichen Figur und den keck gedrehten Löckchen nach, hatte sie noch vor wenigen Jahren mit Puppen gespielt. Vielleicht hatte sie denen aber schon die Beine und Arme ausgerissen, um sie genau unter die Lupe zu nehmen. Im schwärmerischen Glanz ihrer Augen entdeckte er Wissensdurst und Eifer, aber auch etwas Morbides, das Christian noch nie bei einer Frau gesehen hatte.

»Es gibt keinen Grund, die Augen zu verdrehen«, mahnte Kraus mit hochgezogenen Brauen. »Jungfer de Ahna gehört zu meinen besten Schülerinnen. Ihre Arbeiten werden die Krönung der diesjährigen Ausstellung unserer Schule sein, und es würde mich sehr wundern, wenn sie Anfang September keinen Preis aus der Hand unseres gnädigen Herzogs erhalten würde.«

»Einen Preis für die Zeichnung von Füßen und Sehnen?«

Nun war Kraus derjenige, der mit den Augen rollte. Gewiss bereute er es schon, Christian Zutritt zu seinem Allerheiligsten gewährt zu haben. Doch noch ehe er ein Wort sagen konnte, um seine Schülerin verteidigen konnte, hob diese lächelnd den Blick. »Sie sehen nicht so aus, als hätten Sie jemals ein medizinisches Werk aufgeschlagen, oder irre ich mich da?«

»Nein, wozu auch? Mein Vater wollte, dass ich die Rechte studiere.«

Sie nickte, als hätte sie sich schon so etwas gedacht. »Ich spreche aber von Lehrbüchern der Anatomie. Wie soll aus einem Studenten ein fähiger Mediziner werden, wenn er nicht weiß, wie in einem Körperteil die verschiedenen Blutgefäße und Sehnen verlaufen? Ich habe mich auf anatomische Studien spezialisiert und hoffe, dass meine Skizzen in die entsprechenden Lehrbücher und Nachschlagewerke aufgenommen werden, um später angehenden Ärzten bei ihren medizinischen Studien weiterzuhelfen.« Sie wischte sich über die Nase und zog damit den Rußfleck bis über die Wange. Erst als sie verlegen lächelte, bemerkte Christian, wie hübsch sie war.

»Von dieser Seite habe ich das noch nicht betrachtet«, gab er nach einigem Überlegen zu. »Ich hätte nur vermutet, dass sich eher Männer dieser Aufgabe widmen. Aber wie ich sehe, sind die hier mit Kirschen und Pflaumen beschäftigt.«

»Den meisten wird schon vom Zuschauen schlecht«, sagte das Mädchen kichernd.

»Dann beglückwünsche ich Sie zu Ihrem starken Magen!«

Mit einem knappen Nicken wandte sich die junge Malerin wieder ihrer Arbeit zu.

»Sie kommen also im Auftrag des Herrn von Goethe zu mir?«, brachte sich Meister Kraus wieder in Erinnerung. Er musterte Christian durch seine Brillengläser. »Aber wie ist das möglich, wo mein alter Freund doch mit Erlaubnis unseres gnädigen Herzogs für längere Zeit auf Reisen ist?«

»Oh, natürlich steht die Familie mit ihm in regelmäßigem Kontakt«, log Christian freundlich lächelnd. Sein schlechtes Gewissen hielt sich dabei in Grenzen, denn nach Bertuchs Besuch in der Zeichenschule deutete alles darauf hin, dass Kraus längst wusste, was er von ihm wollte. »Der Herr Geheimrat hat eine Frage bezüglich eines Kupferstichs, den Sie vor Jahren für das »Journal für Luxus und Moden« angefertigt haben.« Er holte das Blatt aus seinem Gehrock und glättete es notdürftig mit der Handfläche, bevor er es Kraus gab. »Er wäre Ihnen sehr dankbar, wenn Sie mir den Namen Ihres Modells nennen könnten.«

»Ihren … Namen?«

»Wenn Sie so gütig wären. Die hübsche Schäferin mit dem ausladenden Hut wird doch wohl nicht Ihrer Fantasie entsprungen sein.«

»Nein, natürlich nicht. Aber mein Gedächtnis ist leider nicht mehr das, was es einmal war. Seit Gründung der Zeichenschule sind so viele Modelle ein- und ausgegangen. Wie sollte sich ein alter Mann wie ich da an ein einzelnes Gesicht erinnern?«

»Haben Sie dieselbe Antwort auch dem Geheimen Sekretär Bertuch gegeben?«

»Bertuch?« Kraus riss die Augen auf und gab einen Laut von sich, als fürchtete er, der Schlag könnte ihn treffen. Er musste sich mit der Hand an einer Stuhllehne festhalten.

»Ich weiß, dass Herr Bertuch hier war«, sagte Christian. »Aber warum? Hat er gefordert, dass Sie mit niemandem über die Frau auf dem Kupferstich reden?«

Kraus wurde aschfahl. Nur mit Mühe brachte er eine Antwort über die Lippen. »Ich habe es nicht nötig, Anweisungen entgegenzunehmen. Die einzigen Männer, denen ich für meine Arbeit Rechenschaft schulde, sind Geheimrat von Goethe und unser gnädiger Herzog.«

»Wenn Sie Ihrem Freund Goethe vertrauen, müssen Sie mir den Namen der Frau nennen.«

»Aber ich verstehe nicht, warum er sich für sie interessieren sollte.«

Christian beschloss, den Maler mit einem Teil der Wahrheit zufriedenzustellen. »Sie kennen das Gartenhaus im Park an der Ilm, wo Goethe wohnte, bevor er an den Frauenplan zog? In der Nacht auf Sonntag wurden bei einem Einbruch einige wertvolle Bücher gestohlen, die ich wiederfinden muss, bevor der Geheimrat nach Weimar zurückkehrt.« Er stieß die Luft aus. »Es ist möglich, dass die Frau auf dem Kupferstich in den Diebstahl verwickelt ist.«

Kraus schüttelte den Kopf. Er wirkte bestürzt. »Die Demoiselle Dorothee? Ausgeschlossen!«

Dorothee hieß die Frau also? »Und warum sollte sie keine Diebin sein?«

Der Maler nahm seine Brille ab und wischte sich unbeholfen mit Daumen und Zeigefinger über die Augen. »Weil Dorothee tot ist, verstehen Sie? Die Frau auf dem Kupferstich ist seit zehn Jahren tot!«

Christian brauchte nach dieser Neuigkeit erst einmal frische Luft. Er schleppte sich vor das Rote Schloss und überließ sich auf einer Bank den Gedanken, die ihm durch seinen Kopf wirbelten. Tot? Er holte den Kupferstich hervor und sah ihn sich an. Wie, zum Teufel, konnte der Alte behaupten, dass die Frau tot sei? Hatte Christian ihr nicht im Gartenhaus gegenübergestanden? Verängstigt, aber quicklebendig? Hatte sie mit ihm geredet, oder fing er allmählich an, Geister zu sehen? Er holte auch die schwarze Seidenblume aus seiner Tasche und starrte sie an, als beinhalte sie eine Botschaft aus dem Jenseits.

Doch schließlich schüttelte er den Kopf. Nein, er hatte sich das alles nicht eingebildet. Dorothee war kein Gespenst, sondern ebenso real wie Wagner, der irgendwie mit ihr verbunden war und ihn vor einem Unheil gewarnt hatte, das eine Urkunde und seine eigene Familie betraf.

Gedrückter Stimmung sann er über das nach, was Kraus ihm widerwillig berichtet hatte. Viel war es nicht gewesen. Doch wenigstens hatte er zugegeben, dass Dorothee einigen Künstlern als Modell gedient hatte. Sie hatte behauptet, vom Theater gekommen und in Dresden und St. Petersburg auf der Bühne gestanden zu sein. Das Weimarer Hoftheater hatte sie jedoch gemieden, nicht einmal als Gast habe sie es betreten wollen. Mit dem bisschen Geld, das man ihr fürs Modellsitzen zahlte, sei sie eine Zeitlang ausgekommen. Dann aber habe sie plötzlich angefangen, mit Geld nur so um sich zu werfen. Sie fuhr in einer Kalesche vor, leistete sich teure Kleider und Schmuck. Ihre besondere Leidenschaft galt ausgefallenen Hüten. Der Kupferstich, der im Journal abgedruckt wurde, war der letzte, für den sie posiert hatte. Dann habe Kraus nur noch gehört, sie sei auf Reisen gegangen und irgendwo im Ausland gestorben. Es sei also nicht möglich, dass sie etwas mit dem Diebstahl von Büchern in Weimar zu tun habe.

Christian ließ sich das Gehörte wieder und wieder durch den Kopf gehen. Dorothee war arm gewesen. Eine Schauspielerin ohne Engagement. Dass sie sich auf einmal wie eine Hofdame ausstaffierte, ließ nur einen Schluss zu: Sie war einem wohlhabenden Mann aufgefallen, der ihr jeden Wunsch von den Augen abgelesen hatte. Wo mochte sie ihm begegnet sein? In der Zeichenschule? Doch wer auch immer dieser Liebhaber gewesen war, er hatte das Verhältnis nicht in die Öffentlichkeit getragen, sondern darauf bestanden, es in aller Stille fortzusetzen. Heimlich. Er hatte seiner Mätresse hübsche Kleider und einen Hut mit Bertin-Rosen geschenkt und sich damit ihre völlige Diskretion und Abhängigkeit gekauft.

Danach war Dorothee verschwunden, und Kraus hatte viel später eine Nachricht von ihrem Tod erhalten, wobei die näheren Begleitumstände im Dunkeln geblieben waren.

Christian strich über die kunstvoll gefalteten Blütenblätter. »Du bist nicht tot, sondern ganz in der Nähe«, flüsterte er. »Fürchtest du dich vor dem Mann, der dich damals mit Geschenken gefügig gemacht hat? Ich werde schon herausfinden, wer das war. Und dann brauchst du keine Angst mehr zu haben.«

»Reden Sie mit mir?«

Erstaunt hob Christian den Blick. Vor ihm stand die junge Zeichnerin, aber in dem hübschen zitronengelben Kleid, ganz ohne Malerkittel, hätte er sie fast nicht wiedererkannt. Sie hatte sich Gesicht und Hände gewaschen und ihre wilde Lockenflut mit Hilfe eines breitkrempigen Strohhutes gebändigt. Unter dem Arm klemmte eine Mappe, die offensichtlich einige ihrer Skizzen enthielt.

Christian erhob sich von der Bank. Es erstaunte ihn, dass das Mädchen, das noch keine achtzehn Jahre alt sein konnte, ohne Begleitung unterwegs war. Normalerweise gehörte sich so etwas nicht. Die Zeichnerin setzte ihren guten Ruf aufs Spiel, indem sie mit ihm sprach. Das schien sie allerdings nicht sonderlich zu stören. Äußerlich die Unschuld in Person, gab ihr spöttisches Lächeln preis, dass sie alles andere als ein scheues Reh war, sondern ihren eigenen Kopf besaß.

»Die Frau auf dem Kupferstich, den Sie Meister Kraus vorhin gezeigt haben, ist sehr hübsch«, sagte sie schließlich. »Aber das Bild gehört nicht zu seinen Arbeiten.«

Christian zwinkerte irritiert. Er begriff nicht gleich, worauf die Zeichenschülerin anspielte. »Aber es steht sein Name darunter, Fräulein …«

»De Ahna«, sagte sie mit einem kleinen Knicks. »Helene de Ahna. Ich verbringe den Sommer bei meiner Tante in Weimar.« Sie bat Christian, ihr den Stich noch einmal zu zeigen. »Es kommt häufig vor, dass Künstler Werke signieren, die nach ihren Anweisungen von einem begabten Schüler erschaffen wurden. Es ist ihr Stil, verstehen Sie? Ihr Ausdruck. Das genügt vollauf.«

»Moment, Sie sind erst kurze Zeit in Weimar, behaupten aber zu erkennen, dass die Frau auf einem zehn Jahre alten Stich nicht Georg Melchior Kraus, sondern einem seiner Schüler Modell saß? Nehmen Sie den Mund nicht ein wenig zu voll?«

Helenes Blick erinnerte ihn auffallend an den seiner Schwester und überzeugte ihn, dass er in ein Fettnäpfchen getreten war.

Seine Skepsis kränkte sie. Doch auf der anderen Seite hatte er beim besten Willen keine Ahnung, wie dieses halbe Kind ihm weiterhelfen könnte.

Sie überraschte ihn, indem sie das Kinn reckte und sich abwandte. »Wie Sie wollen. Für einen Moment dachte ich, Sie wären an einem Gespräch interessiert, das Meister Kraus mit diesem Herrn Bertuch geführt hat. Aber bitte, wenn Sie sich lieber über mich und meine Arbeit lustig machen, überlasse ich Sie Ihren Zweifeln und beeile mich, den Tee meiner Tante nicht kalt werden zu lassen.«

Christian errötete. Na fabelhaft, gut gemacht, alter Knabe!

Rasch steckte er den Kupferstich ein und hastete der jungen Zeichenschülerin nach, die mit gerafften Röcken über das strohbedeckte Straßenpflaster stadteinwärts rauschte.

»Sie müssen meine Grobheit verzeihen«, bat er zerknirscht. »Ich fürchte, die Ereignisse der vergangenen Tage haben mich ein wenig durcheinandergebracht und mich auch meine guten Manieren vergessen lassen.« Er lächelte sie reumütig an und zog den Dreispitz. »Darf ich mich vorstellen? Mein Name ist Christian Vulpius.«

»Ich weiß. Es war ja nicht zu überhören, dass Sie dem Geheimrat von Goethe nahestehen.« Ihre Augen funkelten. »Es muss wundervoll sein, ihn zu kennen und mit ihm persönlich über seine Gedichte reden zu können.«

Christian errötete. »Nun ja …«

»Wissen Sie, dass ich zu seinen größten Bewunderern gehöre? Es ist jammerschade, dass er den Sommer nicht in Weimar verbringt.«

»Ja, sehr bedauerlich. Dann haben Sie mich also angesprochen, weil ich zu Geheimrat von Goethes Familie gehöre?«

Helene verzog den Mund. »Ich habe Sie überhaupt nicht angesprochen. Einen Moment lang glaubte ich, Ihr Selbstgespräch würde mir gelten. Aber sie meinten wohl doch die … Blume.«

»Welche Blume?«

»Na die, die Sie schon eine geraume Zeit in der Hand halten. Sie gehört an einen Damenhut, aber gewiss nicht an meinen. Ich mag keine leblosen Gewächse auf meinem Kopf.«

Sie schlenderten ein Stück gemeinsam die Straße entlang. Entgegen Christians Befürchtung nahm keiner Notiz von ihnen. An der Ecke, die zum Marktplatz führte, bot ein bärtiger Hausierer in einem zerlumpten Uniformrock selbstgeschnitzte Spazierstöcke mit Tierköpfen sowie bemalte Spielzeugsoldaten für Kinder an.

»Und weil der Herr Geheimrat auf Reisen ist, lassen Sie sich von Kraus beibringen, wie man zeichnet?«, fragte Christian und fing sich dafür einen tadelnden Seitenblick ein.

Richtig, die medizinischen Bücher, von denen sie so begeistert war. Das hatte er vergessen. Demnach war sie nicht erst in Weimar auf diese Idee gekommen. Christian fragte sich, was ihr Vater wohl dazu sagen mochte. Ob ihm bekannt war, womit sich seine Tochter in Weimar die Zeit vertrieb, anstatt das zu tun, was junge Damen ihres Alters für gewöhnlich unternahmen? Wenn ja, dann hatte es gewiss schon einige hitzige Diskussionen zu diesem Thema gegeben. Helene de Ahna machte auf ihn aber durchaus den Eindruck, dass sie es verstand, sich gegen Männer – seien es Lehrmeister oder Väter – zu behaupten. Sie schien genau zu wissen, was sie wollte, und er musste zugeben, dass ihm das imponierte.

»Da wir nun gute Freunde geworden sind, könnten Sie mir doch verraten, was Sie von dem Gespräch zwischen Herrn Bertuch und Meister Kraus mitangehört haben.«

»Es gehört sich für eine Dame natürlich nicht, zu lauschen.«

»Auf keinen Fall.«

»Aber was kann ich dazu, wenn ich zufällig auf dem Hof stehe, um frische Luft zu schnappen und durch ein offenes Fenster höre, wie die beiden Männer sich anbrüllen?«

Christian wollte ihr soeben beipflichten, dass es ein Ding der Unmöglichkeit gewesen wäre, derart tragende Stimmen zu ignorieren, als eine offene Kalesche neben ihm und Helene hielt. Darin saßen zwei junge Männer und eine ältere Frau, die Helene höflich begrüßten.

»Wie schön, Sie wiederzusehen!«, sagte der Mann, der die Zügel hielt. Er war groß und hatte dunkle Augen, mit denen er seine Umgebung aufmerksam zu beobachten schien. Sein mit aufwendigen Stickereien versehener seidener Gehrock und der schwere goldene Siegelring an seiner Hand wiesen ihn als wohlhabenden Kaufmann aus. Der Mann, der ihn begleitete, war weniger elegant gekleidet, schien aber auch kein einfacher Dienstbote zu sein. Mit seinen blonden Locken und der Brille sah er fast noch interessanter aus als der andere.

Christian spähte zu Helene hinüber. Ihre Miene ließ nicht erkennen, ob sie sich über die Begegnung freute oder sie lieber vermieden hätte.

»Sie kennen Herrn Petersdorf?«, machte sie die Männer nach kurzem Zögern miteinander bekannt. »Er ist der Erbe der Porzellanmanufaktur. Und das ist Herr Roemer«, sie nickte dem bescheiden gekleideten Mann zu, »seine rechte Hand. Ihre Begleiterin ist Frau von Möckel, eine entfernte Verwandte aus Dresden.«

»Nein, ich hatte bislang nicht das Vergnügen«, musste Christian zugeben. Er hatte von dem jungen Gordian Petersdorf gehört, dem es mit Fleiß und kaufmännischem Geschick gelungen war, eine heruntergekommene Manufaktur in ein blühendes Unternehmen mit zahlreichen Arbeitern zu verwandeln, doch getroffen hatte er ihn bislang nie. Wie es hieß, lebte Petersdorf recht zurückgezogen, daher fragte er sich, wie ausgerechnet ein Mädchen wie Helene de Ahna seine Bekanntschaft gemacht haben mochte.

»Herr Vulpius?« Petersdorf hob die Augenbrauen, als er Christians Namen hörte. »Wie geht es dem Herrn Geheimrat? Haben Sie Nachricht von ihm?«

Christian verneinte mit einem dünnen Lächeln. Vielleicht hätte er sich geschmeichelt fühlen sollen, denn offensichtlich glaubte alle Welt, er sei als Einziger in Weimar über Goethes Pläne unterrichtet. Doch ihm ging die Fragerei allmählich auf die Nerven. Er war nicht Goethes Laufbursche. Er war selbst Schriftsteller, auch wenn es ihm wie eine Ewigkeit vorkam, seit er zum letzten Mal ein Wort zu Papier gebracht hatte. Die Geschichte seines Räuberhauptmanns setzte allmählich Spinnweben an.

»Wir müssen weiter«, mahnte Petersdorfs Begleiter mit einem Blick auf seine Taschenuhr, wofür Christian ihm fast dankbar war. Er fühlte sich unbehaglich in Gegenwart des reichen Unternehmers, der Helene so unverhohlen anschmachtete. Als er sich von den Leuten in der Kalesche verabschieden wollte, fiel sein Blick wie zufällig auf einen Mann, der dabei war, die nahe Kirche zu verlassen.

Es war Wagner.

Misstrauisch sah Wagner sich um und zuckte ganz offenkundig zusammen, als ihre Blicke sich kreuzten. Einen Moment lang verharrte er wie vom Donner gerührt vor dem Portal des Gotteshauses, dann machte er ein paar taumelnde Schritte rückwärts, den Blick immer noch auf Christian gerichtet, und floh schließlich die Straße hinunter.

»Halt«, brüllte Christian aufgeregt. »Verdammt, bleiben Sie stehen!« Aber Wagner tat so, als hörte er ihn nicht.

»Oh, schuldet der Kerl Ihnen Geld?«, fragte Petersdorf verdutzt, erhielt aber keine Antwort.

»Sie werden mich doch hier nicht so einfach stehenlassen?«, beschwerte sich Helene. »Ich dachte, Sie wären so erpicht darauf zu erfahren, was ich Ihnen zu sagen habe. Sie sollten mich besser anhören, Herr Vulpius.« Sie winkte mit ihrer Zeichenmappe. »Es ist wichtig!«

Christian drehte sich nach ihr um und faltete, um Verzeihung bittend, die Hände. Gewiss wollte er ihr zuhören, aber dort vorne lief Wagner, der Einzige, der ihn zu der Frau mit der Seidenrose führen konnte. Und zu Goethes Büchern und ... Nein, dieses Mal durfte er ihn nicht entwischen lassen.

»Warten Sie auf mich!«, rief er ihr wild gestikulierend zu. »Nein, ich hole Sie ab. Morgen. Von der Zeichenschule.«

Mit diesen Worten drehte er sich um und stürzte so rasch die dunkle Gasse hinunter, wie er in seinem ganzen Leben noch nicht gelaufen war.

7. Kapitel

Als Helene die helle, mit erlesenem Geschmack möblierte Mansardenwohnung hoch über den Dächern der Stadt betrat, spürte sie sofort, dass Ärger in der Luft lag. Die Dienstmagd ihrer Tante, ein rundliches Faktotum, das schon viele Jahre im Haus arbeitete, nahm ihr mit eisiger Miene Hut und Zeichenmappe ab und deutete dann auf die Tür zum Wohnzimmer, durch die gedämpft Stimmen zu hören waren.

»Die gnädige Frau hat Sie schon vor Stunden zurückerwartet! Es ist Besuch gekommen.«

Besuch? Helene seufzte. Ihre Tante war die Witwe eines Organisten und Kapellmeisters und lud fortwährend irgendwelche Leute ein, weil sie das Alleinsein nicht ertragen konnte. Gab es keine Gäste zu bewirten, floh sie vor den leeren Räumen ihres Zuhauses, sooft sich ihr eine Gelegenheit bot. In Weimar fiel ihr das nicht weiter schwer. An Sonntagen boten die Kirche und das anschließende Mittagsmahl hinlänglich Zerstreuung, montags besuchte sie Konzerte oder Aufführungen im Hoftheater, während zum Wochenende hin die Freundschaftstage einer literaturbegeisterten Hofdame auf dem Programm standen. In ihrem Salon vergnügten sich die Gäste damit, bei sogenannten Freundschaftsbrötchen und Mokka über Gott und die Welt zu philosophieren. Derart ausgelastet hätte die alte Dame auf die Gesellschaft ihrer Nichte gut verzichten können, dennoch sah sie Helene nur ungern mit Zeichenzeug bewaffnet das Haus verlassen und allein durch die Stadt streifen. Ob sie sich wohler fühlte, wenn sie erfuhr, dass der wohlhabende Herr Petersdorf Helene in seiner Kutsche nach Hause gebracht hatte? Das war doch genau der Umgang, den sie sich für ihre Nichte in Weimar wünschte. Petersdorfer Porzellan mochte zwar an die Meißener Qualität nicht ganz herankommen, war aber in den letzten Jahren so beliebt geworden, dass selbst Helenes Tante ein Service aus der Manufaktur gekauft hatte.

»Beeilen Sie sich, die Herrschaften warten«, drängte die Dienstmagd.

Helene seufzte. Nichts lag ihr momentan ferner, als mit irgendeiner Bekannten ihrer Tante Konversation zu betreiben. Viel lieber hätte sie sich in ihre Schlafkammer zurückgezogen, um über ihre Begegnung mit dem jungen Vulpius nachzudenken. Ein sonderbarer Kauz, fand sie. Von den Männern, die man ihr bislang in Weimar vorgestellt hatte, war er mit Abstand der merkwürdigste, und sie fragte sich, ob ihr Wunsch, ihn wiederzusehen, nicht falsch war. Die Art, wie er dem seltsamen Schwarzgekleideten nachgerannt war, gab ihr zu denken. Der Mann hatte auf sie fast so gewirkt, als würde er sich vor Vulpius fürchten.

Im Wohnzimmer der alten Dame traf sie zu ihrer Überraschung auf ihren Vater. Das war also der Besuch. Unwillkürlich fühlte sie sich in eine Arena mit wilden Löwen gestoßen.

»Du kommst spät«, brummte Justus de Ahna, bevor Helene ihn mit einem Kuss begrüßen konnte. »Deine Tante hat mir berichtet, dass sie dir erlaubt, die Zeichenschule zu besuchen.« Das Wort »Zeichenschule« spie er förmlich aus, als handelte es sich dabei um ein Etablissement von zweifelhaftem Ruf. Dabei führte Hofmaler Kraus die Schule fast wie ein Kloster.

Helene rückte sich einen Stuhl an ihren Lieblingsplatz unter der Dachschräge der Mansarde und nahm das hauchdünne Porzellantässchen mit heißem Mokka entgegen, das die Magd ihr eingeschenkt hatte. Auf dem Tisch stand ein Tablett mit trockenem Früchtebrot, aber nicht einmal Helenes Tante, die süßen Naschereien sonst nicht widerstehen konnte, griff zu.

»Georg Melchior Kraus ist ein begabter Künstler«, klärte sie ihren Schwager stattdessen auf. »Der Geheimrat Goethe nimmt bei ihm Unterricht im Zeichnen. Ich vermute, unsere Helene hoffte insgeheim, ihm vorgestellt zu werden. Leider wurde sie bitter enttäuscht, weil der Herr Geheimrat den ganzen Sommer im Ausland verbringt. Ist es nicht so, Kind?«

»Ist das wahr?« Justus de Ahna war ein Mann von durchschnittlichem Wuchs und einem mächtigen Bauch, der fast die goldenen Knöpfe seiner eng sitzenden Weste sprengte. Er roch stark nach Pferd, woraus Helene schloss, dass er keine Kutsche benutzt hatte, sondern geritten war.

»Bist du traurig, weil du diesen Herrn von Goethe nicht kennenlernen kannst?«

»Ich bin untröstlich«, sagte Helene nicht ohne Sarkasmus. Was sollte diese ganze Fragerei? Warum interessierte es ihren Vater plötzlich, was seine Jüngste dachte oder worüber sie sich Sorgen machte? Das überließ er doch sonst auch den Frauen in der Familie.

»Und um über deinen Kummer hinwegzukommen, verschwendest du eine Menge Geld, um widernatürliche Scheußlichkeiten zu zeichnen?«

»Scheußlichkeiten?«

»Spiel nicht die Unschuld. Deiner Tante ist neulich beinahe das Herz stehengeblieben, als sie deine Skizzenmappe durchblätterte. Sie brauchte Riechsalz, um nicht ohnmächtig zu werden.«

»Das ist wahr. Ganz blümerant ist mir geworden!«, bestätigte die alte Frau voller Eifer.

Helene presste verärgert die Lippen aufeinander. So war das also. Die Tante hatte in ihren Sachen herumgeschnüffelt und sogleich eine Depesche nach Meiningen geschickt, woraufhin der sonst vielbeschäftigte herzogliche Rat nichts Eiligeres zu tun hatte, als sich auf sein Pferd zu schwingen und nach Weimar zu galoppieren.

»Andere Mädchen zeichnen auch«, stieß sie schließlich hervor.

»Sie zeichnen Landschaften, aber keine abgetrennten Gliedmaßen, meine Liebe!« Ihre Tante schüttelte schaudernd den Kopf. »Es tut mir leid, Helene, aber solange du unter meinem Dach wohnst, bin ich für dein Benehmen verantwortlich, und ich möchte nicht, dass über mich … über uns geredet wird.«

»Ach nein?«

Die alte Frau räusperte sich pikiert, denn sie war klug genug, die Anspielung zu verstehen. »Natürlich muss man im Gespräch bleiben, aber nicht auf diese Weise. Ich habe einen Ruf zu verlieren.«

Ja, ein Freundschaftsbrötchen weniger für dich, wenn deine Klatschtanten herausfinden, wie missraten deine Nichte ist. Helene stellte ihre Tasse zurück auf den Tisch; der Mokka war kalt geworden.

Justus de Ahna stand auf und streckte die lahmen Glieder, womit er zu erkennen gab, dass er nicht länger über dieses Thema zu streiten gedachte. »Ich werde nicht dulden, dass du uns hier lächerlich machst. Deine Tante pflegt gute Beziehungen zum herzoglichen Hof, und wenn wir es geschickt anstellen, könnte eine Menge für unsere Familie herausspringen.«

»Herausspringen?« Helene glaubte, sich verhört zu haben, doch ihr Vater meinte es ernst. »Für mich ein einträglicheres Amt und für dich …« Er lächelte süffisant. »Ich muss dir doch nicht erklären, dass es einen Haufen junger adeliger Offiziere gibt, die sich für eine hübsche Person wie dich duellieren würden.«

Sollen sie sich gegenseitig die Köpfe einschlagen und mich in Ruhe lassen, dachte Helene, behielt ihre Meinung aber für sich.

»Du hast also die Wahl«, entschied ihr Vater. Nun lächelte er nicht mehr. »Entweder du lässt den Zeichenunterricht künftig sein und begleitest deine Tante zu ihren Geselligkeiten, wie es sich für eine junge Dame deines Standes geziemt, oder du kehrst gleich morgen mit mir nach Meiningen zurück. Und dort werde ich dich nicht mehr aus den Augen lassen.«

Helene erstarrte, weil sie glaubte, das Zerspringen von Glas zu hören. Kam das Geräusch aus ihrem Innern? Zerbrach da soeben etwas in ihr? Ein Traum?

Was sollte sie tun? Sie musste zeichnen, aber sie wollte auch Weimar nicht verlassen. Nicht jetzt.

Helenes Tante stampfte mit ihrem Stock auf, woraufhin ihre Dienstmagd den Salon betrat. Sie hatte die Zeichenmappe bei sich und übergab sie Helenes Vater.

»Die Skizzen nehme ich an mich«, verkündete Justin De Ahna streng. »Ich werde sie auf dem Weg nach Hause vernichten, bevor deine Mutter sie sieht und auch noch zu Tode erschrickt.«

Helenes Herz wurde bleischwer, aber sie wagte nicht zu widersprechen.

Nach dem Abendessen zog sie sich unter dem Vorwand, Kopfweh zu haben, zurück. Doch sie ging nicht zu Bett, sondern wartete, bis die Magd alle Kerzen löschte und sich selbst schlafen legte. Als es still geworden war, warf sie sich einen Kapuzenmantel über und verließ lautlos die Wohnung. Sie musste raus aus der engen Mansarde, bevor sie erstickte.

Erschöpft und völlig außer Atem sank Aurelius Wagner ins Gras.

Als Student war er ein ausdauernder Läufer gewesen. Doch das lag sehr lange zurück. Italien hatte ihn verändert, ihn vorzeitig altern lassen. Nun fühlte er sich müde und ausgelaugt wie ein Greis, und seine Füße brannten wie Feuer.

Stöhnend schleppte er sich ans Flussufer und starrte auf das dunkle Wasser, über das sich der sternenklare Nachthimmel wie ein schwarzes Tuch senkte.

Hier draußen war er in Sicherheit. Büsche und Hecken soweit das Auge blickte. Und keine Menschenseele, die ihn beim Nachsinnen störte. Dem jungen Vulpius war er gerade noch so entkommen, was jedoch nicht seiner Flinkheit zu verdanken war, sondern dem glücklichen Umstand, dass Vulpius über die Stöcke eines fahrenden Händlers gestolpert und der Länge nach hingefallen war. Das hatte ihm die Gelegenheit verschafft, durch eine schmale Seitengasse zu entfliehen. Er konnte jetzt nicht mit Vulpius reden. Noch nicht.

Wagner nahm einen Kiesel und schleuderte ihn in die Ilm. Es war nicht gut, dass der junge Mann ihn vor der Kirche gesehen hatte. Wie hatte er aber auch nur so leichtsinnig sein können, einfach so durch die Stadt zu spazieren, als wäre ihm niemals jemand auf den Fersen gewesen? Sixtus hatte ihn gewarnt, was alles passieren konnte, wenn er sein Versteck verließ. Aber war ihm eine andere Wahl geblieben?

Die Urkunde hatte er nicht gefunden, dafür aber einen Hinweis, der so ungeheuerlich war, dass er noch immer ganz durcheinander war. Er fühlte sich müde und verraten. Was er in Erfahrung gebracht hatte, warf ein völlig neues Licht auf die Angelegenheit, gleichzeitig machte es ihm Angst. Schreckliche Angst, dass nun plötzlich alles anders sein sollte und dass sein Leben ein zweites Mal zu zerbrechen drohte. Für einen Mann, der Jahre damit zugebracht hatte, eine Schuld abzuzahlen, und der nur noch dafür gelebt hatte, Gerechtigkeit zu erwirken und die Verursacher von so viel Schmerz und Leid zur Rechenschaft zu ziehen, würde es nicht leicht werden, den Kurs zu korrigieren.

Aber er musste es tun. Das war er der Wahrheit schuldig, selbst wenn das neues Leid über die Beteiligten bringen würde.

Wagner sah sich um. Und was nun? Wenn er Glück hatte, würde Sixtus bereits die Gegend nach ihm absuchen. Der Bursche kannte seine Gewohnheiten und würde ihn mit der Kutsche abholen und zurück zum Anwesen der Freifrau von Stein bringen. Dort war er sicher, jedenfalls für den Moment. In Sixtus' Kämmerchen über dem Pferdestall würde ihn niemand stören, während er sich überlegte, was es nun zu tun galt. Doch wofür er sich auch entscheiden mochte, den Mund würde er nicht halten. Jetzt nicht mehr, darauf konnten sie sich verlassen.

Inzwischen war es so dunkel geworden, dass er kaum noch sehen konnte, wohin er trat. Er musste vorsichtig sein, so nah am Wasser. Die Steinbrocken am Ufer waren nass und glitschig, er selbst war zu wackelig auf den Beinen, um im Ernstfall das Gleichgewicht zu halten.

Hinter ihm knackste es plötzlich im Unterholz. Ein Nachtvogel brach hervor und flatterte mit einem klagenden Laut dem tintenschwarzen Himmel entgegen. Was mochte ihn erschreckt haben? Lauerte dort etwa jemand im Gebüsch?

Wagner schluckte. Ob er es wagen konnte, in die Stadt zurückzukehren? Sicher hatte Vulpius seine Suche nach ihm inzwischen aufgegeben und war nach Hause gegangen. Nein, von dem Jungen drohte ihm keine Gefahr. Die Gefahr kam von …

Das Geräusch einer näherkommenden Kutsche riss ihn unsanft aus seinen Überlegungen. Wie aus dem Nichts löste sie sich aus der Dunkelheit und kam wie ein schwarzer Fleck langsam den schmalen Dammweg auf ihn zu geholpert. Zu beiden Seiten des Wagens Laternen, die den Weg beleuchteten.

Wagner atmete auf und hob erleichtert die Hand, um den Mann auf dem Kutschbock auf sich aufmerksam zu machen.

Das konnte nur Sixtus sein, der die Gegend nach ihm absuchte. Vorsicht plagte sich Wagner auf die Füße und tappte über den rutschigen Untergrund, wobei seine Schuhe schmatzend im aufgeweichten Morast der Uferböschung versanken. Noch ein paar Schritte aufwärts, dann hatte er es geschafft.

Ein Stück weiter oben wurden die Zügel mit einem dumpfen »Brrr« angezogen. Die Kutsche stand. Doch Sixtus hatte es offenbar nicht eilig, vom Kutschbock zu steigen, um ihm behilflich zu sein. Er schien verärgert zu sein, was Wagner ihm nicht verübeln konnte. Er hatte den Kutscher der Frau von Stein als wortkargen Mann kennengelernt, dem es gegen den Strich ging, nur der Launen eines sturen Alten wegen noch einmal anzuspannen.

Aber dass er keinen Ton von sich gab, war befremdlich. Starr und steif thronte er dort oben auf dem Bock, den Dreispitz tief in die Stirn gezogen und den Kragen seines Umhangs bis zum Kinn hochgeschlagen. Er sah nicht einmal zu ihm her.

Wagner tappte auf die Kutsche zu. Die beiden Pferde im Gespann scharrten mit den Hufen auf dem Boden und blähten ihre Nüstern. Es hatte ganz den Anschein, als fühlten sie sich hier nicht wohl und würden am liebsten das Weite suchen. Witterten sie Gefahr?

Ein Frösteln kroch Wagner über Arme und Beine, als die Gestalt auf dem Kutschbock ihm plötzlich den Kopf zuwandte und er in ein Paar eisige Augen starrte. Was zum Henker war das? Ein erstickter Schrei löste sich aus seiner Kehle. In plötzlicher Todesangst wich er zurück, doch ehe er kehrtmachen konnte, wurde der Schlag aufgestoßen, und eine Gestalt, die sich im Wageninnern versteckt hatte, schoss auf ihn zu. Sie überrumpelte ihn, bevor er auch nur die Arme heben konnte. Zwei kräftige Hände legten sich um seinen Hals und drückten zu.

Nun bewegte sich auch die Gestalt, die Wagner irrtümlich für den Kutscher gehalten hatte. Er sah noch, wie sie vom Bock

84

stieg und mit einem Seil in der Hand auf ihn zuschritt. Dann ließ ihn ein Faustschlag gegen den Kopf in die Besinnungslosigkeit stürzen.

Als Wagner mit dröhnendem Schädel zu sich kam, roch er feuchtes Gras und Moder. Er war also nicht tot. Hoch über seinem Kopf rauschte das Laub, und einen winzigen Augenblick lang hätte er schwören können, er wäre wieder in Italien, auf der einsamen Landstraße nach Padua. Alles war so wie damals. Der Hinterhalt. Die Schar Maskierter, die den Wagen umkreiste. Ihr Kutscher, der sich mit der Muskete zur Wehr setzte und dafür aufgeschlitzt wurde. Sogar das Stöhnen der Verletzten drang an sein Ohr, bis ihm klar wurde, dass es aus seinem eigenen Mund kam.

Er versuchte sich aufzurichten, doch Hände und Füße waren gefesselt. Wo befand er sich? Hatten ihn die Räuber nach so vielen Jahren doch noch gefunden? Er hörte Stimmen aus der Kutsche. Sie stritten sich wie die Kerle damals, die einen Reisenden nach dem anderen aus der Hütte geschleppt hatten.

Dann wurde der Schlag aufgerissen, und ein Mann kam zu ihm. »Man durchleidet alles zwei Mal im Leben, nicht wahr, Wagner?«

Wagner starrte in ein Paar kalte Augen.

»Zum letzten Mal, wo ist die Urkunde? Und wage es nicht, meine Zeit zu verschwenden. In Goethes Haus ist sie nicht.«

Die Gedanken entglitten Wagner wie Vögel, die aus der offenen Tür eines Käfigs ins Freie flatterten. »Muttergottes«, stöhnte er, und dann kam ihm etwas in den Sinn. Ein Bild, welches er viele Jahre verdrängt und für belanglos gehalten hatte. Nun war es wieder da. Erschreckend lebendig und zum Greifen nah.

»Die kann dir jetzt auch nicht mehr helfen«, höhnte der Mann. »So wenig wie damals. Aber keine Angst, du kannst uns auch tot noch von Nutzen sein. Und das willst du doch, nicht wahr? Nützlich sein!«

Ohne Vorwarnung packte der Mann Wagner an den Füßen und zerrte ihn hinter sich her durch das hohe Gras hinunter zum Fluss.

Wagners Kopf wurde unter Wasser gedrückt, und mit den Luftblasen, die vor ihm zerstoben, verschwamm auch das Bild, das er mit sich herumgetragen hatte und von dem er bis zu dieser Nacht nicht gewusst hatte, dass es ihn sein Leben kosten würde.

8. Kapitel

In den frühen Morgenstunden wurde die Stadt von einem weiteren Gewitter heimgesucht, das die Luft reinigte und von einem Sturmwind begleitet wurde, der an Fensterläden rüttelte und Dachziegeln abdeckte.

Christian schreckte stündlich aus dem Schlaf auf, weil er glaubte, schon wieder sei jemand ins Haus eingedrungen und durchsuche die Räume im Erdgeschoss. Daher bereute er es fast, dass er Christianes Angebot, vorübergehend zu ihr und August zu ziehen, abgelehnt hatte. Nein, er hatte nicht vor, sich aus dem Gartenhaus vertreiben zu lassen. Und Dienerschaft, die ihn bewachte, brauchte er auch nicht. Die würde ihn nur bei seiner Arbeit stören.

Gegen fünf Uhr früh gab er die Hoffnung auf, noch einmal einzuschlafen, und ging hinunter ins Arbeitszimmer. Es regnete immer noch; unaufhörlich prasselten dicke Tropfen gegen die Fensterläden. Hinter dem dünnen Glas der Scheiben verschwammen die Pflanzen und Büsche im Garten.

Christian setzte sich an den Schreibtisch, stützte seinen Kopf in beide Hände und dachte über den gestrigen Abend nach. Warum um alles in der Welt war Wagner nur so erschrocken, als er ihn gesehen hatte? Und warum war er vor ihm davongelaufen? Das ergab nicht den geringsten Sinn. Zu ärgerlich, dass er den Burschen aus den Augen verloren hatte. Ganz plötzlich war er verschwunden. Christian hatte nach ihm gesucht, bis es dunkel geworden war, und danach hatte er sogar noch eine ganze Weile das Haus der Freifrau von Stein im Auge behalten. Aber Wagner war dort nicht aufgekreuzt. Er schien noch ein weiteres Versteck zu haben.

Und die Dame … Dorothee? Wo mochte sie sich aufhalten?

Christian war nicht wohl bei dem Gedanken, dass sie womöglich ebenfalls glaubte, er könnte ihr feindlich gesinnt sein. Dabei wollte er ihr ganz gewiss nicht schaden, im Gegenteil. Wenn sie ihm Goethes italienische Bücher zurückgab, würde er alles in seiner Macht Stehende tun, um ihr gegen etwaige Verfolger beizustehen.

Aber wer mochte das sein? Zweifellos der reiche Bursche, der ihr die Hüte und den Schmuck gekauft hatte, nun aber offensichtlich nichts mehr von ihrer Liaison wissen wollte. Ob er das Gerücht über ihren Tod in die Welt gesetzt hatte?

Raffiniert, dachte Christian, während er in die Kerzenflamme starrte. Wer schon tot ist, kann nicht noch einmal sterben. In Weimar wird Dorothee von niemandem mehr vermisst. Aber warum ist sie überhaupt zurückgekehrt, wenn sie doch weiß, dass ihr früherer Liebhaber sie zum Schweigen bringen will? Was zum Teufel verspricht sie sich davon?

Christian begann mit bloßen Füßen im Studierzimmer auf und abzugehen und dachte dabei laut weiter. »Der Mann ist einflussreich, aber sie weiß etwas über ihn, was gefährlich ist. So gefährlich, dass es ihm das Genick brechen könnte. Was genau, muss in der Urkunde stehen. Aber weder Dorothee noch Wagner haben das Schriftstück, deshalb können sie im Augenblick nichts gegen diesen Kerl unternehmen. Sie müssen sich verkriechen wie Füchse, die sich vor ihrem Jäger in Acht nehmen.«

Er blieb stehen und schaute zur Standuhr in der Ecke hinüber.

Zu seiner Enttäuschung war es noch viel zu früh, um sich zum Roten Schloss aufzumachen. Helene war um diese Zeit vermutlich nicht einmal aufgestanden. Es würden noch Stunden vergehen, bis ihr Unterricht beim alten Kraus beendet war. Er konnte nur hoffen, dass sie ihm sein Verhalten von gestern verzieh und sich nicht weigerte, ihm zu berichten, was sie von dem Gespräch zwischen Bertuch und dem Maler mitangehört hatte.

Justin Bertuch und Georg Melchior Kraus. Christian nahm einen Bogen Papier, tauchte die Feder ins Tintenfass und schrieb die Namen nieder. Beide Männer hatten es im Schatten des herzoglichen Hofes zu Wohlstand und Ansehen gebracht. Dem einen gehörten Manufakturen und Gazetten. Er hatte Staatsämter inne und verwaltete sogar die private Kasse des Herzogs. Der andere zählte als Künstler zu den geachteten Bürgern Weimars. Er und Bertuch kannten sich seit Jahren und standen einander nahe. Sie und … Christian hielt einen Augenblick lang den Atem an. Er zögerte, bevor er sich einen Ruck gab und unter die Namen Bertuch und Kraus einen dritten setzte.

So sehr er sich gegen diesen Gedanken sträubte, auch Goethe war mit den beiden Männern eng verbunden. Er hatte die Aufsicht über die Fürstliche Zeichenschule vor über zehn Jahren übernommen, gleich nachdem er von seiner Italienreise zurückgekehrt war.

Nachdem Dorothee spurlos verschwunden und für tot erklärt worden war.

In den nächsten Stunden bemühte sich Christian, sich mit Hilfe von Arbeit abzulenken, aber der Versuch misslang. Unter dem Schreibtisch stand nach wie vor die Kiste, deren Inhalt er für Christiane sortieren sollte. Doch schon ein Blick auf das Sammelsurium aus einzelnen Blättern, Steinen, getrockneten Pflanzen, Amuletten und anderen Erinnerungsstücken genügte, um den Deckel mit Wucht wieder zuschnappen zu lassen.

Doch ebenso schwer fiel es ihm, sich auf die Arbeit an seinem

Roman zu konzentrieren. Sein Räuberhauptmann sollte kein verabscheuungswürdiger Schurke sein, kein gemeiner Bandit, der sich an den Straßenkreuzungen in den Hinterhalt legte und aus niederen Beweggründen Verbrechen beging. Ihm schwebte eine Figur vor, die durchaus einen starken Charakter hatte und nur durch eine Verkettung unglücklicher Umstände in die Rolle des Räubers geraten war. Vielleicht war die Romanfigur ursprünglich ein geachtetes Mitglied der Gesellschaft gewesen, das als Opfer einer heimtückischen Intrige das Recht nun in die eigene Hand nahm, um seinen Namen reinzuwaschen. Ein Gesetzloser, der die Skrupellosigkeit der Herrschenden entlarvte. Ja, das klang gut. Daraus ließ sich etwas machen.

Aber ob jemand ein Buch über einen solchen Menschen lesen wollte? Christian hoffte es, denn ob sich ein Verleger dafür finden würde oder nicht: Schreiben musste er es, soviel stand fest.

Einige Stunden später ging er zum Roten Schloss, wo er jedoch eine Enttäuschung erlebte. Helene de Ahna war nicht zum Zeichenunterricht erschienen. Ein Bote hatte ein Billett überbracht, in dem zu lesen stand, dass Helene ihre Studien aus persönlichen Gründen nicht fortsetzen würde. Das sei hinsichtlich ihres Talents bedauerlich, lasse sich aber nicht ändern. Christian konnte nicht glauben, was er da hörte. Gestern noch hatte Helene ihm mit Begeisterung von ihrer Leidenschaft fürs Zeichnen und den anatomischen Skizzen erzählt, und nun gab sie plötzlich ihren Unterricht auf? Da stimmte doch etwas nicht. Er musste seine ganze Überredungskunst an den Tag legen, bis Kraus bereit war, ihm die Adresse ihrer Tante zu nennen.

»Erinnern Sie die junge Dame an die Preisverleihung zum Geburtstag des Herzogs«, rief der Maler ihm mit betrübter Miene nach.

Vor Helenes Wohnungstür wurde Christian mit dem Hinweis abgewiesen, die Herrschaft sei ausgegangen. Nein, es habe keinen Zweck zu warten. Es könne spät werden. Sehr spät.

Auch am Frauenplan hatte Christian kein Glück, denn dort traf er nur Ernestine an, die ihn zwar einließ, aber von oben herab beäugte wie ein Äffchen auf einem Leierkasten.

»Was hast du denn schon wieder hier zu suchen? Man könnte annehmen, du hättest nicht genug zu tun in deinem Kämmerchen im Theater. Wofür bezahlt man dich überhaupt?«

Christian schenkte ihr ein Lächeln. Manchmal fand er es beängstigend, dass ausgerechnet Ernestine ihn so leicht durchschaute. Tatsächlich stapelte sich die Arbeit auf seinem Schreibpult, und wenn er sich nicht bald darum kümmerte, würde der Direktor ihn zweifellos vor die Tür setzen. Da würde auch Goethes Fürsprache im Herbst ihm nicht helfen. Dennoch gab es nun wichtigere Dinge, an die er denken musste. Auf seine Frage nach Christiane schüttelte das Mädchen den Kopf.

»Sie besucht mit dem kleinen August Freunde auf dem Land. Ich dachte, du habest ihr genau das geraten. Warum auch immer. Ich finde ja, dass du Gespenster siehst und Christiane mit deinen komischen Ideen ansteckst. Würdest du deine Nase nicht in fremde Angelegenheiten stecken, wäre unser Leben weniger anstrengend.«

Christian räusperte sich. Also auf dem Land war seine Schwester? Ja, wenn man es genau nahm, hatte er ihr tatsächlich geraten, eine Weile aus der Stadt zu verschwinden. Aber musste sie ausgerechnet dann fortgehen, wenn er sie brauchte? Auf dem Heimweg beschloss er, ein Stück an der Ilm entlangzulaufen. Ein wenig frische Luft konnte nicht schaden.

Mit der Ansammlung von Menschen, die ihm die Sicht aufs Wasser und den Weg über die Wiesen versperrten, hatte er jedoch nicht gerechnet. Die Art, wie die Männer und Frauen die Köpfe zusammensteckten und leise tuschelten, verriet ihm sogleich, dass dort am Fluss etwas geschehen sein musste. Sein Herz begann vor Aufregung schneller zu schlagen.

»Fischer haben einen Mann aus der Ilm gezogen«, klärte ihn

eine rundliche Frau auf, die Christian schon manchmal auf dem Marktplatz gesehen hatte. Sie verkaufte Rosshaarbürsten oder Reisigbesen.

»Einen Mann?« Christian runzelte die Stirn. »Wie schrecklich! Ist er ertrunken?«

Die Bürstenhändlerin nickte so heftig, dass ihre leicht vergilbte Haube verrutschte. »Ja, der Pechvogel ist mausetot. Aber ein Unfall war das nicht. Schauen Sie nur selbst, junger Herr. Da, jetzt bringen sie ihn auf einer Bahre! Herrgott, steh uns bei!«

Christian spürte, wie sich sein Magen verkrampfte. Der Tote, der von zwei kräftigen Burschen mit aufgerollten Hemdsärmeln auf einem Brett zum Weg hinauf geschleppt wurde, war an Händen und Füßen gefesselt. Er war also nicht durch einen Unfall ums Leben gekommen oder hatte dieses aus freien Stücken beendet. Er war ermordet worden. Ersäuft wie eine Katze.

Christian schob sich an der Frau und einigen anderen Umherstehenden vorbei. Ein leiser Verdacht kam in ihm auf, der sich bestätigte, als sein Blick auf den durchnässten schwarzen Gehrock des Ertrunkenen fiel. Jemand hatte dem Toten ein Tuch über das Gesicht gelegt.

Als die Träger ihre Last vorsichtig absetzten, schlich sich Christian an die Bahre heran, ohne dass ihn jemand aufhielt. Er zögerte kurz, dann nahm er all seinen Mut zusammen und schob den Fetzen Leintuch vom Antlitz des Toten.

Der Schreck hätte kaum größer sein können, als er in die erloschenen Augen des Mannes blickte, die, weit aufgerissen, die Qual seines Todeskampfes widerspiegelten. Christians Herz stolperte, und als sich ihm auch noch eine schwere Hand auf die Schulter legte, war er nahe daran, laut aufzuschreien. Hinter ihm stand ein drahtiger, rotblonder Mann mit grünen Augen, der ungefähr sein Alter hatte, statt ziviler Kleidung jedoch den Uniformrock eines sächsisch-weimarischen Hauptmanns trug. In seine

Wangen hatten sich Spuren einer überstandenen Pockenerkrankung eingegraben, davon abgesehen war er kein übel aussehender Bursche. Er musterte Christian mit einem fragenden Blick, als wolle er sich dessen Aussehen genauestens einprägen.

»Gibt es einen Grund, warum Sie das Gesicht des Toten sehen wollten?«, sprach der Offizier ihn nun an. Seinem Ton nach war er daran gewöhnt, Untergebenen Respekt einzuflößen.

Christian war viel zu durcheinander, um sich für den Hauptmann eine Geschichte einfallen zu lassen. Daher antwortete er achselzuckend: »Ja, ich hatte eine Vermutung, wer der Tote sein könnte ...« Er deutete auf Wagners durchnässten Gehrock. »Ich habe am Samstagabend im Wirtshaus einen Krug Bier mit ihm getrunken. Sein Name ist Wagner, und er hielt sich nur vorübergehend in der Stadt auf.«

Der Offizier hob die Augenbrauen. »Weiter«, forderte er Christian auf, doch der schüttelte den Kopf.

»Was weiter? Mehr weiß ich nicht, Hauptmann ...«

»Heyde. Caspar Samuel Heyde. Ich bin Untersuchungsbevollmächtigter seiner Hoheit, das bedeutet für Sie, mein Herr, dass Sie verpflichtet sind, auf meine Fragen wahrheitsgemäß zu antworten.« Sein ohnehin schon durchdringender Blick wurde noch eine Nuance schärfer.

»Aber das habe ich doch«, wandte Christian ein. »Dank mir wissen Sie, wie der Mann heißt.«

»Nun, das ist ein Anfang. Verraten Sie mir auch Ihren Namen?«

Christian sagte ihn ihm, worauf der Hauptmann kaum merklich die Stirn runzelte.

»Ach, dann gehören Sie zur Verwandtschaft von Geheimrat von Goethe?«

»Nun ja, er ist ...« Christian stockte plötzlich. So leicht es ihm sonst auch fiel, sich auf seine Beziehung zu dem wohl bekanntesten Bürger Weimars zu berufen, irgendetwas tief in seinem Innern riet ihm plötzlich, es bleiben zu lassen.

Hauptmann Heyde begann, um den Toten herumzugehen. So durchdringend, wie er sich zuvor Christian angesehen hatte, musterte er nun den Leichnam.

»Er hat eine Verletzung am Kopf«, stellte er fest und deutete dann auf den Hals. »Und hier sind ganz deutlich Würgemale zu erkennen.« Ohne den Blick zu heben, winkte er Christian zu, näherzutreten. »Was glauben Sie denn, was hier geschehen ist?«

Christian schnappte nach Luft. Der Hauptmann mochte den Anblick von Toten ja gewohnt sein, er war es nicht. »Es muss einen Kampf gegeben haben«, sagte er nach einer Weile.

»Anzunehmen!«

»Der Mörder hat Wagner hier am Flussufer überrascht und überwältigt. Er hat ihm Hände und Füße gefesselt und dann in die Ilm geworfen, wo er ertrunken ist.«

Hauptmann Heyde ließ seinen Blick über die Wiesen und den Weg schweifen, dann stapfte er bis zum Wasser hinunter, wo er prüfend in die Hocke ging. Anschließend kehrte er auf den Weg zurück, wobei er den Blick starr nach unten gerichtet hielt. Der starke Regen hatte den Pfad am Fluss entlang in einen wahren Sumpf verwandelt, dennoch fiel auch Christian, der dem Offizier folgte, nach nur wenigen Augenblicken auf, was Heydes Interesse geweckt hatte. Es waren die Spuren von Wagenrädern und Hufen, die den Boden umgepflügt hatten.

»Eine Kutsche«, murmelte der Offizier in Gedanken. »Das könnte bedeuten, dass Mörder und Opfer hier gemeinsam eintrafen. Sie gerieten in Streit, und dieser endete tödlich.«

Christian bezweifelte diese Theorie. »Und der Kutscher griff nicht ein, sondern sah in aller Ruhe zu, wie Wagner gefesselt und zum Fluss geschleppt wurde?« Er schüttelte den Kopf. »Das erscheint mir nicht sehr plausibel.

Hauptmann Heyde lächelte verschlagen. »Nun, dann lassen Sie mich nicht länger zappeln, Herr Vulpius. Verraten Sie mir doch, was heute Nacht hier geschah!«

Christian verzog das Gesicht. Wie sollte er da anfangen, und seit wann war er ein Hellseher? Dieser Hauptmann schien anzunehmen, er habe mit Wagners Tod etwas zu tun. Ja, so musste es sein. Daher also all die Fragen. Er verdächtigte ihn.

»Das kann nicht Ihr Ernst sein«, stieß er mit erstickter Stimme hervor. »Ich sagte doch, dass ich den Mann kaum kannte und nur ein Bier mit ihm getrunken habe.«

»Sie werden mir erlauben, diesbezüglich einige Auskünfte in der Stadt einzuholen«, sagte Heyde ungerührt. »Was könnte ich dabei wohl erfahren?«

Nicht viel, dachte Christian. Nur, dass ich mich überall nach Wagner erkundigt und ihn vor den Augen von halb Weimar durch die Straßen gejagt habe.

Eine Stunde später saß Christian wieder im Gartenhaus, starrte die Wände an und grübelte darüber nach, warum der Hauptmann ihn hatte gehen lassen, anstatt ihn unter Arrest zu stellen. Der Blick, den Heyde ihm zum Abschied zugeworfen hatte, sagte ihm jedoch, dass er ihn bald wiedersehen würde. Für den herzoglichen Untersuchungsbeamten schien festzustehen, dass er in Wagners Ermordung verwickelt war, und bei genauerer Betrachtung war er das ja auch.

Christian lehnte sich zurück, schloss die Augen und massierte sich die Schläfen, hinter denen es pochte und hämmerte, als grabe sich irgendein Ungetüm mit Zähnen und Klauen einen Weg quer durch seinen Schädel.

Wer konnte bezeugen, dass er Wagner nicht doch aufgespürt und nach einem Wortwechsel ertränkt hatte? Niemand.

Mit bebender Hand griff er zur Branntweinflasche, setzte sie an die Lippen und verzichtete schließlich doch auf einen Schluck. Er brauchte einen kühlen Kopf und durfte sich nicht betrinken. Was aber sollte er tun? Hätte er Hauptmann Heyde sofort die Wahrheit sagen sollen? Verdammt, warum hatte er ihm nicht von Wagners Suche nach der Urkunde erzählt, vom

Diebstahl der Bücher, dem Angriff des mysteriösen Einbrechers und von Dorothee, die sich nun, nach Wagners Ermordung, mutterseelenallein in Weimar versteckte? Ihr Beschützer war tot, und ihre Aussichten, sich vor Wagners Mörder zu schützen, waren daher gleich Null.

Ob ein Mann wie Heyde ihm eine derart verworrene Geschichte abgekauft hätte, war indes fraglich. Als Beauftragter des Herzogs war er gewiss nicht daran interessiert, seine Karriere zu riskieren, indem er einflussreichen Persönlichkeiten im Ort in die Quere kam.

Es erschien logisch, dass Dorothees einstiger Liebhaber für den Mord an Wagner in Frage kam. Da Personen höheren Standes sich die Hände kaum selbst schmutzig machten, hatte er vermutlich einen oder gar mehrere Handlanger damit beauftragt, Wagner zu töten. Christian bezweifelte jedoch stark, dass der Hauptmann ihm das abnehmen würde. Für einen Mann wie Heyde war es sicher vielversprechender, sein Augenmerk auf einen armen Poeten zu richten, der verschuldet war und sich mit italienischem Räubergesindel befasste.

Es war schon später Nachmittag, als jemand an die Haustür klopfte und Christian aus seinen düsteren Gedanken riss. Heyde? Christian sprang auf und schnappte erschrocken nach Luft. Nun war es soweit. Er wurde abgeführt.

Doch zu seiner Überraschung wartete vor dem Haus nicht der Hauptmann, sondern Helene. Die Zeichenschülerin trug ein hochtailliertes Kleid aus weißem Musselin, dessen Saum beim Spaziergang über die Wiese grüne Grasflecke abbekommen hatte. Ein wenig unsicher blickte sie sich um, als fühlte sie sich nicht wohl in ihrer Haut. Es war ein Wagnis, an Christians Tür zu klopfen.

»Ich muss verrückt sein, hierherzukommen«, sagte sie verlegen. »Meine Tante wird mir den Kopf abreißen, wenn sie davon erfährt. Sie glaubt, ich wäre noch beim Buchhändler wegen eines neuen Gebetbuchs, aber ...« Sie zuckte mit den Schultern. »Nun, jedenfalls werden Sie mich in der Zeichenschule nicht mehr antreffen. Das wollte ich Ihnen mitteilen.«

»Ich weiß schon«, sagte Christian höflich. »Ich war dort. Warum ...«

»Das ist eine lange Geschichte«, fiel sie ihm ins Wort. »Ich bin aber aus einem anderen Grund hier.«

Christian führte sie in den Garten, wo die heiße Nachmittagssonne goldene Tupfer auf eine Sitzgruppe aus hellem Marmor zauberte. Ein Meer von roten, weißen und gelben Rosenbüschen verströmte einen betörenden Duft. Helene setzte sich auf eine der Steinbänke, während Christian respektvoll stehenblieb. Eine Weile sprach keiner von beiden ein Wort, bis Christian plötzlich einfiel, dass er Helene noch eine Erklärung schuldete.

»Es tut mir leid, dass ich gestern so überstürzt davonlief, anstatt Ihnen zuzuhören. Das war unhöflich. Wenn ich geblieben wäre, hätte ich mir eine Menge Ärger erspart.«

Helene lächelte unsicher. »Zugegeben, es sah schon recht merkwürdig aus, wie Sie plötzlich diesem Pfarrer hinterherrannten.«

»Einem Pfarrer?«

»Nun, der Herr kam geradewegs aus der Kirche, obwohl kein Gottesdienst war, und er trug schwarze Kleidung wie ein Geistlicher, da nahm ich an ...«

»Der Mann ist tot«, murmelte Christian. Obwohl er seinen Blick stur geradeaus auf die Rosen richtete, spürte er, wie das Mädchen ihn mit großen, fragenden Augen anstarrte.

»Tot? Aber ...« Sie begann zu stottern. »Wie ... ist das denn passiert? Ein Unfall? Ist er unter eine fahrende Kutsche geraten?«

Christian fuhr sich mit den gespreizten Fingern seiner Hand durch das zerzauste Haar. Ihm war nicht wohl dabei, mit Helene über Wagner zu reden, doch der Wunsch, sich seine Sorgen von der Seele zu reden, wurde so übermächtig, dass er es schließlich doch tat.

Helene war eine gute Zuhörerin, zumindest unterbrach sie ihn nicht ein einziges Mal. Falls sie schockiert war, ließ sie es sich jedenfalls nicht anmerken.

»Jetzt verstehe ich, warum Sie diese Frau unbedingt finden wollen«, sagte sie leise. »Wenn Sie sich nicht täuschen …«

»Ich täusche mich ganz bestimmt nicht!«

»Dann schwebt die Ärmste in tödlicher Gefahr.« Mit einer energischen Bewegung spannte sie ihren Sonnenschirm auf, da das Licht, das durch die Rosenbüsche fiel, sie blendete. »Ich würde Ihnen gern helfen, wenn ich darf.«

Christian stieß die Luft aus, dann schüttelte er den Kopf. »Das ist viel zu gefährlich, Helene. Vergessen Sie nicht, dass in Weimar ein Mörder herumläuft. Er hat bereits getötet, und zwar auf eine so brutale Weise, dass es fast an eine …« Er runzelte die Stirn. Ja, woran erinnerte ihn dieser Mord? An eine Hinrichtung? »Wagner muss dem Kerl auf die Schliche gekommen sein«, sagte er schließlich. »Mir könnte auch etwas zustoßen!« Er verschwieg, dass der Unbekannte ihn schon im Gartenhaus überfallen und beinahe erwürgt hatte.

Helene raffte den Saum ihres Kleides und ging zu dem runden, steinernen Becken, das nach dem Sommerregen bis zum Rand mit Wasser gefüllt war. Sie benetzte ihre Fingerspitzen und kühlte ihre Stirn. Dann drehte sie sich um. »Ich begreife nicht, was in diesem Mörder vorgeht«, sagte sie kopfschüttelnd.

Christian war überrascht. »Was gibt es da nicht zu verstehen? Der Bursche fühlt sich in die Enge getrieben. Er hat Angst, entdeckt zu werden, besonders, weil er viel zu verlieren hat. Nun versucht er, sich jeden vom Hals zu schaffen, der ihm gefährlich werden könnte.«

»Mag sein, aber wäre es für ihn nicht viel angenehmer gewesen, diesen Wagner einfach auf Nimmerwiedersehen verschwinden zu lassen? Ich an seiner Stelle hätte dem Opfer Steine in die Taschen gepackt, damit es untergeht, oder hätte mit einer Stange oder einem Ast dafür gesorgt, dass die Strömung ihn mit sich reißt.«

Christian sperrte fassungslos den Mund auf. »Sie sollten meinen Roman für mich schreiben.«

»Ach Unsinn, als ob ich so etwas könnte. Ich weiß nur, dass der Fund einer Wasserleiche zwangsläufig Aufregung in die Stadt trägt. Es kommt zu öffentlichen Untersuchungen und lästigen Befragungen. Die öffentliche Ruhe muss wiederhergestellt werden. Und das alles nimmt dieser Mörder in Kauf? Obwohl er es doch auch nach einem Selbstmord hätte aussehen lassen können? Ich frage mich, was er damit bezweckt.«

»Vielleicht wurde er gestört, bevor er sein Vorhaben zu Ende ausführen konnte?«

»Das Wetter war miserabel, wer hätte ihn da stören sollen? Immerhin nahm er sich viel Zeit, um dem armen Mann vor seinem Tod Fesseln anzulegen.«

Christian hob überrascht den Blick. Helene mochte vielleicht nicht von so umwerfender Schönheit sein wie die Frau auf dem Kupferstich, aber sie war klug. Klüger als die meisten Mädchen, die Christian kannte. Nebenbei hatte sie völlig recht mit dem, was sie sagte. Der Mörder handelte wohlüberlegt. Er wollte, dass jemand für seine Tat büßte, und es sah ganz so aus, als hätte der Unbekannte ihm selbst diese Rolle zugedacht.

»Ich wünschte, wir würden uns irren«, bestätigte Helene Christians Vermutung. »Aber leider scheint es darauf hinauszulaufen. Man wird behaupten, Sie hätten Wagner des Diebstahls von Büchern aus dem Haus des Geheimrats beschuldigt, und als er sie nicht zurückgeben wollte, kam es zum Kampf und …« Plötzlich hellte sich ihre Miene auf. »Wenn Sie möchten, rede ich mit diesem Hauptmann Heyde. Ich erinnere mich nur undeutlich, aber es kann sein, dass wir einander schon vorgestellt wurden. Der Name kommt mir bekannt vor.« Sie überlegte kurz. »Keine Ahnung, wo das war. Vielleicht beim Souper im Palais Petersdorf.«

Der Porzellanmanufakturist, erinnerte sich Christian und verspürte plötzlich einen Hauch von Eifersucht. Das irritierte ihn, schließlich kannte er dieses Mädchen erst seit einem Tag und wusste von ihr nicht mehr, als dass sie gut mit Papier und Zeichenstift umzugehen wusste und gern ihren Dickkopf durchsetzte. Nichts deutete dagegen darauf hin, dass sie sich von diesem Petersdorf den Hof machen ließ.

»Sie müssen mir versprechen, sich von Hauptmann Heyde fernzuhalten«, bat er sie. »Er würde nur annehmen, ich hätte mir eine Räuberpistole ausgedacht, um Sie auf meine Seite zu ziehen.«

»Dann bleibt Ihnen nur, schleunigst diese Dorothee aufzustöbern. Erinnern Sie sich noch an die Unterhaltung, die ich in der Zeichenschule aufgeschnappt habe?«

Verflucht, ich bin ein Idiot, dachte Christian. Warum hatte er sie nicht gleich danach gefragt?

Helene lächelte. »Ich denke, ich weiß, wer Ihnen mehr über die Frau auf dem Kupferstich sagen kann.«

9. Kapitel

Helene befürchtete, dass ihre Tante sie wegen ihres Zuspätkommens zur Rede stellen würde, doch als sie zu Hause eintraf, hatte die alte Dame sich schon mit Kopfschmerzen ins Bett gelegt. Am nächsten Morgen am Frühstückstisch war sie dafür bester Laune. Voller Begeisterung erzählte sie Helene, dass in der Frühe ein Brief für sie abgegeben worden sei.

»Ein Brief?« Helene hatte Mühe, sich auf das Geplapper ihrer

Tante zu konzentrieren. Ihr ging die Unterhaltung mit Vulpius im Kopf herum. Sie hatten vereinbart, sich am Nachmittag zu treffen, da Vulpius nicht schon wieder seiner Arbeit im herzoglichen Hoftheater fernbleiben konnte.

»Ja, von teuerstem Schreibpapier und sogar mit Siegel«, rief ihre Tante entzückt. Sie griff nach dem Tischglöckchen und läutete nach ihrer Dienstmagd.

Abwesend brach Helene das Siegel und las.

»Nichts sagen, lass mich raten!« Ihre Tante hob die Arme und schloss die Augen wie eine Geisterbeschwörerin. »Der Brief ist von dem jungen Petersdorf. Er möchte dich wieder in sein Haus einladen!« Sie öffnete die Augen und maß ihre Nichte mit einem durchdringenden Blick. »In sein prachtvolles Stadthaus, das größer ist als das des Geheimrats Goethe und in dem es eine Armee von Dienstboten gibt, die dir jeden Wunsch von den Lippen abliest.«

Helene ließ sich von der Begeisterung der Alten nicht anstecken. »Der Brief ist tatsächlich von Gordian Petersdorf«, sagte sie gleichmütig.

Ihre Tante schnippte siegessicher mit den Fingern. »Ich wusste es. Du musst nur mit dem dummen Zeichenunterricht aufhören und schon klopft das Glück an deine Tür.« Sie sprang mit vor Aufregung glänzenden Augen durch den Raum und betätigte dabei erneut das Glöckchen.

»Meine Nichte wird heute noch einmal zur Schneiderin gehen und zur Putzmacherin. Das Kleid, für das gestern Maß genommen wurde, mag für eine Promenade im Park genügen, aber nicht für eine Einladung ins Palais Petersdorf!«

»Er hat mich nicht eingeladen«, widersprach Helene gleichmütig und genoss es, ihre Tante damit einen Augenblick lang sprachlos zu machen. Das Schweigen währte jedoch nicht lange.

»Was soll das heißen, er hat dich nicht eingeladen? Was zum Henker will er sonst von dir?«

Helene reichte ihr den Brief. »Petersdorf bittet mich, ihn zu einer Gesellschaft im Haus der Freifrau von Stein zu begleiten. Offensichtlich möchte er ungern allein dorthin gehen, und seine Verwandte, diese Frau von Möckel, ist wieder nach Dresden abgereist!«

»Ach so, und ich dachte …« Enttäuscht überflog Helenes Tante die wenigen Zeilen, ließ den Brief sinken und las ihn dann ein weiteres Mal. Ihrer Miene nach dachte sie angestrengt nach, wie diese Neuigkeit zu bewerten war.

»Soll die junge Herrin nun zur Schneiderin und zur Putzmacherin gehen oder nicht?«, wollte die Dienstmagd wissen.

»Aber unbedingt!« Helenes Tante warf den Brief mit verkniffenem Gesichtsausdruck auf die Frühstückstafel. Ihre gute Laune war dahin, doch geschlagen gab sie sich noch lange nicht. »Es ist ein gutes Zeichen, dass der junge Mann ausgerechnet dich auswählt, wo er doch jedes Mädchen in der Stadt haben könnte. Das bedeutet, er interessiert sich für dich.«

Helene seufzte. Unglücklicherweise interessierte sie sich nicht für Petersdorf, mochte sein Vermögen auch noch so groß sein. Sie würde seine Einladung nicht annehmen, und wenn ihre Tante sich auf den Kopf stellte.

Die alte Frau wechselte einen ungläubigen Blick mit der Magd. »Natürlich wirst du die Einladung annehmen. Sie abzulehnen käme einem unverzeihlichen Affront gleich. Du würdest mich damit unsterblich blamieren.«

Helene war das einerlei. Sie hatte Wichtigeres zu tun, als sich den Klatsch im Haus der Frau von Stein anzuhören. Allerdings galt es, auf der Hut zu sein. Ihre Tante hatte ihr schon einmal vor Augen geführt, wie dankbar sie ihr zu sein hatte. Gehorchte sie nicht, stand spätestens morgen wieder ihr Vater in seinen Reithosen vor ihr. Nein, das durfte sie nicht riskieren. Nicht jetzt, wo sie versprochen hatte, Vulpius bei der Aufklärung dieser aufregenden Geschichte zu helfen.

Als hätten ihre Gedanken böse Geister heraufbeschworen, flüsterte die Magd ihrer Tante etwas zu, was dieser einen spitzen Schrei entlockte. Sie schlug die Hand vor den Mund.

»Großer Gott, auch das noch! Ausgerechnet in unserem schönen, beschaulichen Weimar!«

Helene ahnte, auf welche Nachricht die alte Frau so entsetzt reagierte, doch sie beschloss, die Ahnungslose zu spielen, und bat die Magd in unschuldigem Ton um Aufklärung.

»Am Ufer der Ilm wurde ein Toter gefunden«, brummte die Alte. »Nicht weit vom Landbesitz des Geheimrats von Goethe. Ein Fremder soll es gewesen sein, aber kein Herumtreiber, dafür war seine Kleidung zu gut. Es heißt, der arme Teufel wurde geschlagen und dann ertränkt.«

Helenes Tante schüttelte den Kopf, dann blickte sie ihre Nichte mit einem milden Lächeln an. »Schlimme Zeiten sind das. Nun treibt auch noch ein Raubmörder sein Unwesen dort draußen. Vielleicht gehört er zu einer ganzen Bande von Unholden, die ... O mein Gott, ich wage nicht, daran zu denken, was die mit einer Frau anstellen könnten, die zufällig ihren Weg kreuzt. Aber ich habe gewusst, dass so etwas passieren wird.« Sie legte eine Hand auf die Brust.

»Du hast es gewusst? Was meinst du damit?«

»Irgendetwas Sonderbares geht hier in Weimar vor, und zwar seit Herr von Goethe zu seiner Reise aufgebrochen ist, von der niemand weiß, wohin sie ihn führt.«

Helene verdrehte die Augen. Die Tante und ihre heimlichen Ahnungen.

»Du brauchst mich nicht mitleidig anzusehen, mein Kind. Ich weiß genau, wovon ich spreche. Die Frau, die mich und nebenbei den halben Hof frisiert, hat einen Schwager, der Hutmacher ist. Und der hat ihr erzählt, dass der junge Vulpius ... Du weißt schon, der Bruder der Frau, die Geheimrat Goethe schon seit Jahren in seinem Haus wohnen lässt. Also, dass dieser Vulpius sich erst kürzlich einen entsetzlichen Aufzug hat schneidern lassen.« Sie senkte die Stimme zu einem Flüstern. »Kleidung, passend für einen Halsabschneider, der draußen in den Wäldern haust und auf Raubzüge geht. Dem Burschen sollte man mal auf den Zahn fühlen. Die Vulpius' wollen hoch hinaus, dabei machen sie nichts weiter als Schulden und Ärger.«

Helene, die eben an ihrem Tee nippte, verschluckte sich und musste so heftig husten, dass die Tasse ihren Fingern entglitt und auf dem Parkettboden entzweibrach.

»Die gute Petersdorfer«, schimpfte die Dienstmagd und verschwand sogleich murrend, um Kehrichtschaufel und Besen zu holen.

Helenes Tante zuckte mit den Achseln. »Petersdorf, ja, *das* ist eine Familie, deren Namen im Herzogtum einen guten Klang hat.«

»Petersdorf hat keine Familie mehr, deshalb hat er doch das ganze Vermögen allein geerbt«, warf Helene ein, doch ihre Tante hörte ihr nicht zu. Sie schmiedete in Gedanken Zukunftspläne. Helenes Zukunft mit einem Mann, der Porzellantassen und Teller im Überfluss besaß.

Das einzig Gute an der Einladung des Porzellanmanufakturisten war die Tatsache, dass Helene sich am Nachmittag unter dem Vorwand davonmachen konnte, das Atelier der Putzmacherin aufzusuchen. Nach anfänglichem Zögern willigte ihre Tante ein und ließ sie gehen. Und wenn noch so viele Mörder ihr Unwesen in den Weimarer Gassen treiben mochten: Es gehörte sich einfach nicht, zu einer Einladung ins Haus der Freifrau von Stein mit einem schmucklosen Strohhut auf dem Kopf zu erscheinen.

Helene schlug zunächst den Weg zum Erfurter Tor ein, doch als sie sicher war, dass sie nicht beobachtet wurde, änderte sie ihre Richtung, durchquerte mehrere Gassen und erreichte den Schweinemarkt ein wenig atemlos, aber gleichzeitig mit Christian Vulpius, der sich angespannt umsah. Er trug einen weiten Mantel und einen Zylinder. Als er sie bemerkte, nahm er ihn ab und winkte sie damit zu sich.

»Und in diesem schäbigen Viertel soll jemand etwas über eine Dame wie Dorothee wissen?« Er runzelte skeptisch die Stirn, und Helene fragte sich, warum er von dieser Unbekannten so fasziniert war. Er hatte die Frau nur ein einziges Mal gesehen, in einem abgedunkelten Raum, den sie durchwühlt hatte, um an die Bücher des Geheimrats zu kommen. Verdiente sie es dafür etwa auch noch, von einem Mann angeschmachtet zu werden?

Einen Moment lang war sie versucht, Vulpius einfach stehenzulassen und doch zur Putzmacherin zu gehen. Was sie hier trieb, konnte man bestenfalls töricht nennen. Sie kannte nun die Meinung der alten Dame über die Familie Vulpius von Weimar. Falls wider Erwarten eine ihrer Bekannten über den Schweinemarkt schlenderte und sie hier im Gespräch mit einem Mann zweifelhaften Rufes erwischte, saß sie schneller in der Postkutsche nach Meiningen, als sie brauchte, um einen drohenden Zeigefinger zu zeichnen.

Doch dann blickte sie in das blasse Gesicht des jungen Mannes, der sie mit traurigen Augen ansah, und beschloss zu bleiben. Nicht nur für Vulpius, sondern weil es einen Mann in Weimar gab, der vor Mord nicht zurückschreckte. Je eher diesem das Handwerk gelegt wurde, desto besser.

Mit einem Wink forderte sie Vulpius auf, ihr zu folgen, und steuerte auf ein ärmliches Haus zu, von dem der Putz abblätterte. In einem notdürftig angebauten Stall quiekte ein Schwein. Helene klopfte an die Tür, woraufhin ihr sogleich von einem Jungen geöffnet wurde, der kaum älter sein konnte als der kleine August Goethe. Mit seinen blonden Locken und den roten Wangen sah er dem Sohn Goethes sogar erstaunlich ähnlich. Noch bevor Helene den Mund öffnen konnte, tauchte hinter dem Kind eine Frau auf, die misstrauisch durch den Türspalt spähte. So hübsch und frisch der Junge aussah, so verbraucht wirkte seine Mutter. Ihr Gesicht war faltig; dünnes wirres Haar schob sich unter der fleckigen Rüschenhaube hervor. Harte Arbeit, Sorgen und Entbehrungen hatten sie vorzeitig ergrauen lassen.

»Sie schon wieder? Er ist nicht da und wird auch so bald nicht wiederkommen!« Die Frau scheuchte den Jungen in die Stube, blieb aber mit verschränkten Armen an der Tür stehen. Sie schien Brot zu backen, denn an ihren Händen klebten Teigreste.

»Ich muss aber mit Jacoby sprechen«, erklärte Helene geduldig. Sie bat Christian, der Frau den Kupferstich zu zeigen. »Deswegen!«

Mit einem Laut des Erstaunens riss die Frau Christian den Stich aus der Hand und studierte ihn, als könnte sie nicht fassen, was sie sah. Dann hob sie den Kopf und machte eine Bewegung in Richtung Wohnstube.

»Wird besser sein, ich lasse euch rein, was? Muss ja nicht gleich die ganze Nachbarschaft mitkriegen, dass ich Besuch von so feinem Volk bekomme.« Sie rümpfte die Nase. »Werde sonst nur wieder angeschnorrt, als hätte ich einen Dukatenkacker im Garten.« Sie schwenkte den Kupferstich. »Dieses Weib hatte jedenfalls einen, das könnt ihr mir glauben.«

Helene nickte dem verwirrten Christian zu. »Ich habe Ihnen doch bereits gestern erklärt, dass dieser Stich bestimmt nicht von Georg Melchior Kraus angefertigt wurde, sondern von einem anderen. Bei dem Gespräch zwischen Bertuch und Kraus fiel einige Male der Name Jacoby. So heißt der Mann, der hier wohnt. Ich kenne ihn, er kam zu Beginn des Sommers zur Zeichenschule. Und mir sind einige seiner Arbeiten aufgefallen, die große Ähnlichkeit mit dem Kupferstich hier hatten. Schwarze Seidenblumen hat er öfter gezeichnet.«

Die Grauhaarige schlurfte zu dem mit Mehl bestäubten Tisch, auf dem ein Klumpen Teig lag, und begann diesen energisch mit den Fäusten zu bearbeiten. Allem Anschein nach wurde sie nur ungern an die künstlerische Ader dieses Jacoby erinnert.

»Das ist seine Schwägerin Rosine, sie führt ihm den Haushalt«, erklärte Helene flüsternd. »Dafür versorgt er sie mitsamt ihrem Jungen, seit ihr Mann an den Blattern gestorben ist.«

»Versorgen klingt gut«, plärrte das Weib. »Frag mich, wer hier wen versorgt. Wenn ich dem Herrn Schwager nicht Hammer und Fäustel hinterhertragen würde, würde hier alles vor die Hunde gehen. Er ist Steinmetz, aber solche wie die da reden ihm ein, er könnte es als Künstler zu etwas bringen.« Sie lachte rau. »Wo denn? Bei Hofe vielleicht?« Rosine hörte auf zu kneten und warf Helene einen feindseligen Blick zu. »Da gehört unsereins ebenso wenig hin wie Sie hier in dieses Haus, Jungfer!«

Christian räusperte sich. »Wir wollen doch friedlich bleiben, ja? Wenn Sie uns behilflich sind, gebe ich Ihnen …« Er wühlte in der Tasche seines Rocks, fand darin aber nur einen abgerissenen Knopf. Beschämt senkte er den Kopf, während Helene eine Münze aus ihrem Beutel zog und wortlos auf den Tisch legte. Rosine schnappte danach wie eine Elster auf Beutezug.

»Na gut«, sagte sie schließlich gönnerhaft. »Was wollen die Herrschaften wissen?«

»Ihr Schwager Jacoby hat also diesen Stich angefertigt und nicht Kraus. Was wissen Sie über seine Inspiration?«

»Seine … was?«

»Er meint das Modell, die Frau, die er gezeichnet hat«, sagte Helene.

»Ach, die Dorothee?« Die Witwe verzog ihr Gesicht. »Na, zum Beispiel, dass mein Schwager, der arme Tropf, ganz vernarrt in sie war. War ja auch ein hübsches Ding, ein Gesicht wie ein Püppchen. Mein Mann, Gott hab ihn selig, meinte immer, die beiden würden mal heiraten. Nur der Alte, also Jacobys Vater, war dagegen. Weil die Dorothee doch eine vom Theater war, und die hielt er für zu flatterhaft. Heute hier, morgen da. Nichts für einen Handwerker wie Jacoby. Mag sein, dass er damit sogar recht hatte, denn kaum war dieses Schäferinnenbild in Bertuchs Journal erschienen, war gar nichts mehr wie zuvor.«

»Wieso? Was hat sich denn danach geändert?«

»Geändert?« Rosine schnaubte geringschätzig. »Wenn Sie mich fragen, hat dieser verfluchte Kupferstich alles auf den Kopf gestellt. Schwager Jacoby hätte sich lieber die Hand abhacken sollen, als so ein verrücktes Bild zu zeichnen. Alle Kerle, die es ansahen, bekamen den schrägen Blick und waren wie verhext.«

Ach, sieh mal einer an, dachte Helene.

»Und einer dieser Männer wurde daraufhin ihr Liebhaber«, stellte Christian fest, worauf die Frau ihm einen Blick zuwarf, als hätte er ihr einen unschicklichen Antrag gemacht. Dann aber, nach einigem Zögern, nickte sie.

»Wer war der Mann? Denken Sie nach! Sie muss doch eine Andeutung gemacht haben.«

Rosine schüttelte empört den Kopf. »Dorothee hat aus dem Kerl ein Geheimnis gemacht, als wäre er Herzog Carl August persönlich.«

Sie fuhr fort, ihren Brotteig zu kneten, hob dann aber brüsk den Blick. »Na schön, es ist möglich, dass Jacoby über den Mann Bescheid weiß, aber mit mir wollte er nie über ihn reden. Könnte sein, dass er …«

Wortlos bewegte sie ihre teigverschmierten Finger, als würde sie Geld zählen.

»Sie meint, irgendjemand habe ihm Geld dafür gegeben, dass er über diesen Liebhaber Stillschweigen bewahrte«, flüsterte Christian und sah Helene an.

»Schockierend«, meinte sie trocken.

Rosine zuckte mit den Achseln. »Lassen Sie Jacoby mit der Geschichte in Frieden! Dorothee ist im Ausland gestorben. Warum also alte Wunden aufreißen, indem Sie meinen Schwager an die Frau und den Kupferstich erinnern? Habe ich erwähnt, dass der Geheime Sekretär Bertuch nach Dorothees Verschwinden keine von Jacobys Zeichnungen mehr für sein Journal kaufen mochte? Nie wieder. Damit war's aus mit dem Künstlerleben.«

»Vielleicht wollte er auch nicht an die gute Dorothee erinnert werden«, murmelte Helene. »Wenn Dorothee doch noch lebte und Hilfe bräuchte, würde sie sich an Jacoby wenden?«

Rosines Augenbrauen zogen sich zusammen. »Was ist das für ein Unsinn? Es bringt Unglück, so was auch nur zu denken. Als ob eine Tote aus dem Jenseits zurückkehren könnte.«

»Das Jenseits ist manchmal näher, als wir glauben«, sagte Christian.

»Würde sie oder würde sie nicht?« Helene riss allmählich der Geduldsfaden. Sie hatte schon viel zu viel Zeit hier zugebracht. Wenn sie die Putzmacherin noch länger warten ließ, würde die vielleicht einen Boten zu ihrer Tante schicken und nachfragen lassen, wo sie so lange blieb.

Die Frau starrte sie furchtsam an, dann schlug sie die Augen nieder. »Falls sie doch noch lebt und es wagt, sich noch einmal in Weimar blicken zu lassen, sollte sie Jacoby besser nicht über den Weg laufen.« Energisch beförderte sie den Brotteig zurück in die Tonschüssel. »Und mir auch nicht!«

Als die Witwe endlich allein war, ließ sie sich auf die hölzerne Eckbank sinken und starrte mit düsterer Miene auf das Geldstück in ihrer Hand. War es ein Fehler gewesen, den neugierigen jungen Leuten zu verraten, wo sie Jacoby finden konnten? Hatte sie ihn wegen eines Judaslohns verraten? Ärgerlich warf sie die Münze der jungen Frau auf den Tisch. Was zur Hölle sollten all diese Fragen? Warum wühlten diese beiden in der Vergangenheit, die man doch gescheiter ruhen ließ?

Angelockt durch das klingende Geräusch des Geldstücks,

trippelte der Junge, der in einem Winkel mit Bauklötzen gespielt hatte, zum Tisch und streckte seine Hand danach aus.

»Ist das echtes Gold?«

Rosine strich ihm über die Locken. Sie musste zu Jacoby, um ihn vor all diesen neugierigen Leuten zu warnen. Vielleicht war es für ihn sogar besser, der Stadt eine Weile fernzubleiben. Sie konnten nach Hildburghausen ziehen, dort hatte sie eine Schwester, die ganz vernarrt in den Kleinen war.

Hastig säuberte sie ihre Hände und nahm das Schultertuch vom Haken. Die Eierhändlerin von nebenan besaß einen Wagen. Für das Geld dieses Mädchens würde sie ihn ihr bestimmt leihen. Damit schaffte sie es bis zum Einbruch der Dunkelheit aus der Stadt. Vorausgesetzt, sie verschwendete keine Zeit mehr und trieb den Gaul zur Eile an.

»Meine Mütze ist oben in der Bodenkammer«, protestierte der kleine Junge, als Rosine nach seiner Hand griff. »Die brauche ich!«

»Dann hol sie, aber beeile dich! Wir müssen fort. Ich habe ein merkwürdiges Gefühl.«

Kopfschüttelnd sah sie zu, wie der Kleine flink die Leiter hinaufkletterte, dann sperrte sie die Hintertür auf, die über einen finsteren, schmierigen Hof zum Garten der Eierhändlerin führte, und warf einen prüfenden Blick hinaus. An der Mauer waren Steinblöcke aufgereiht, aus denen Jacoby Grabsteine meißeln wollte. Aus einem Fass stank es nach faulem Kohl. Im Nachbargarten scharrte und gackerte das Federvieh. Es klang sonderbar aufgeregt.

Sie wandte sich wieder um, zur Leiter. Verdammt, wie lange konnte es dauern, eine Mütze zu finden? Wenn das Bürschlein sie noch länger warten ließ, würde sie ihm Beine machen. Unruhig spielten ihre Finger mit Helenes Münze.

Dass es ein Fehler gewesen war, den Hof aus den Augen zu verlieren, begriff sie, als wie aus dem Nichts ein Mann hinter ihr auftauchte. Er blies ihr seinen Atem in den Nacken, und Rosine erschrak so heftig, dass sie sich weder wehrte noch schrie, als er sie in die Stube zurückdrängte und das Schloss hinter seinem Rücken einschnappen ließ.

Rosine starrte den Eindringling mit offenem Mund an. Obwohl sein Hut tief in der Stirn saß, kam ihr sein Gesicht bekannt vor, irgendwo hatte sie es schon einmal gesehen, darauf hätte sie eine Flasche Branntwein verwettet.

»Was ... wollen Sie von mir?«, würgte sie hervor. Ihre Stimme zitterte vor Angst.

»Nur eine kleine Auskunft, ich bin sogar bereit, dafür zu bezahlen.« Er sah die Münze in ihrer Hand. »Aber vermutlich störe ich. Du wolltest soeben das Haus verlassen, nicht wahr?«

Rosine schüttelte den Kopf. »Nur in die Nachbarschaft. Ich ... bin beim Backen, und mir sind die Eier ausgegangen.« Ob er die Lüge schluckte?

Der Mann warf einen prüfenden Blick auf die Rührschüssel und den mehlbestäubten Tisch vor dem Holzofen. Nachdenklich strich er sich über das glattrasierte Kinn. »Bist du allein?«

Während sie nickte, betete sie, dass der Junge nicht ausgerechnet in diesem Moment die Leiter hinabstieg oder in der Bodenkammer Krach machte. Zu ihrer Erleichterung blieb oben alles still, nicht einmal das Knarren der Dielen war zu hören. Glaubte der Unbekannte ihr, oder wusste er, dass sie log? Die Angst schnappte wie ein wildes Tier nach ihr, und auf ihrer Stirn sammelte sich kalter Schweiß.

»Aber gerade eben hattest du noch Besuch, nicht wahr? Ein junger Mann und eine Frau. Ich habe gesehen, wie die beiden dein Haus verließen.« Er lächelte sie an, während er mit dem Finger auf seine Stirn deutete. »Ich sehe alles, weißt du? Nichts, was in Weimar geschieht, entgeht mir. Gar nichts, weil ich ein Sehender bin. Also, was wollten diese Leute von dir?«

Rosines Gesicht verzerrte sich, zu ihrer Furcht gesellte sich nun auch Zorn. Sie war wütend, weil sie diese beiden neugierigen Narren hereingelassen hatte. Die Tür hätte sie ihnen vor der Nase zuschlagen sollen. Nun aber war es zu spät. Mit stockender Stimme begann sie zu berichten. Von dem Kupferstich, den man ihr unter die Nase gehalten und auf dem sie prompt Dorothee wiedererkannt hatte. Erst als er sich nach Jacoby erkundigte, stockte sie. Der Fremde bemerkte ihr Zögern und funkelte sie drohend an.

»Heraus mit der Sprache, Weib! Hast du dem jungen Vulpius gesagt, wo er deinen Schwager findet?«

Sie nickte. Wem nutzte es, ihn anzulügen, wo doch längst klar war, dass er sie durchschaute?

»Also, wo steckt er? Keine Angst, ich will ihm nichts tun, sondern ihn nur an ein Versprechen erinnern, das er einmal gegeben hat. Jacoby ist doch ein Mann, der zu seinem Wort steht, nicht wahr?«

»Werden Sie gehen, wenn ich Ihnen sage, wo er ist?«

Er blickte sie an, als hätte sie ihn gekränkt. »Aber selbstverständlich. Was hältst du von mir?«

Rosine atmete tief durch, dann erklärte sie ihm den Weg zu der Baustelle, auf der Jacoby und seine Steinmetzgesellen den ganzen Sommer lang arbeiteten. Der Neubau des Schlosses stockte, daher brauchte der Steinmetz diese Arbeit außerhalb.

Der Fremde hörte ihr geduldig zu, dann nickte er ihr knapp zu und begab sich zur Hintertür, die er mit einem schnellen Handgriff entriegelte.

Doch anstatt über den Hof zu verschwinden, wie er gekommen war, blieb er zögernd stehen. Er drehte sich um und maß sie mit einem durchdringenden Blick, der ihr das Blut in den Adern gefrieren ließ. In diesem Augenblick wurde ihr klar, dass er sie nicht einfach so zurücklassen würde. Ihm musste inzwischen aufgegangen sein, dass sie Jacoby vor ihm warnen würde.

Dass sie nun, nachdem sie sein Gesicht gesehen hatte, eine Gefahr für ihn darstellte.

Wie gelähmt vor Entsetzen sah sie, wie er ein Holzscheit von dem Stapel am Herd nahm, damit auf sie zukam und ausholte.

»Tut mir leid, aber du hättest wirklich nicht öffnen sollen! Das ist gefährlich in diesen Tagen.« Er schlug hart zu. Und dann ein weiteres Mal. Blut spritzte.

Rosine atmete noch schwach, als der Mann sie bäuchlings über den Tisch warf, ihren Finger ins Mehl tauchte und ihn dann einige Male auf der bestäubten Platte hin und her bewegte.

Dann ließ er ihren Körper zu Boden sinken und drehte sich hastig um, weil ein klapperndes Geräusch ihn ablenkte. Sein Blick fiel zuerst auf die Bauklötze, mit denen der Junge gespielt hatte, dann auf die Leiter, die zum Boden führte. Er spitzte die Ohren wie ein Raubtier, das eine Witterung aufnimmt. »Sieh an, also doch nicht allein?«

Hilflos musste Rosine mitansehen, wie der Mann sich der Leiter zum Boden zuwandte und ohne jede Eile Sprosse für Sprosse nahm. Sie versuchte zu schreien, aber sie war zu schwach, um auch nur die Lippen zu bewegen.

Dann aber blieb er plötzlich stehen.

»Wohl durchs Dachfenster ausgeflogen, das Vögelchen«, hörte Rosine den Mann brummen, bevor die Welt um sie herum sich aufzulösen begann.

10. Kapitel

Christian hatte seine Schwester nicht so rasch von ihrem Ausflug aufs Land zurückerwartet, umso überraschter war er über ihre Nachricht. Das traf sich gut, denn er hatte auch eine Bitte an sie.

Das Stubenmädchen führte ihn in den Garten, wo Christiane

und der kleine August auf einer Decke im Gras saßen und sich Kirschen aus einen Körbchen schmecken ließen. August winkte seinem Onkel erfreut zu und wäre gern im Freien geblieben, wurde aber auf Christianes Bitte von der Bediensteten an der Hand genommen und hineingeführt.

»Fühlt er sich nicht wohl?« Christian sah dem Kind mit besorgter Miene nach.

»Eine Augenentzündung«, antwortete seine Schwester. »Und leichtes Fieber. Sicher nichts, worüber man sich Sorgen machen muss. Ich habe Ernestine wegen einer Salbe zum Apotheker geschickt. Allerdings hielt ich es für angebracht, ihn nach Hause zu bringen.« Sie seufzte. »Er ist so zart und anfällig.«

Weil er zu selten an die Luft kommt, dachte Christian. Der Junge saß viel zu oft im Haus herum. »Du solltest ihm erlauben, Ernestine bei Besorgungen in die Stadt zu begleiten.«

Christiane zuckte mit den Achseln. Dann blickte sie ihren Bruder unverwandt an. »Ist es wahr, was man sich erzählt? Das mit dem Toten aus der Ilm? Wir waren noch nicht ganz in der Stadt, da habe ich schon gehört, wie die Torwächter darüber redeten.«

Christian fand keinen Grund, es ihr zu verschweigen.

Sie stand auf und schüttelte sich ein paar Grashalme von ihrem Kleid. »Das ist schlecht für uns, nicht wahr?«

Falsch. Es war schlecht für ihn, nicht für Christiane. Doch er wertete ihre Anteilnahme als Zeichen geschwisterlicher Fürsorge.

»Deinem erstaunten Gesichtsausdruck entnehme ich, dass du nach wie vor keine Spur von den Büchern hast«, sagte sie. Dann bückte sie sich, um die Picknickdecke zusammenzulegen.

»Irrtum, genaugenommen gibt es sogar zwei Spuren«, widersprach Christian. »Du erinnerst dich vielleicht noch, wohin die erste führt ...«

Christiane hob abwehrend die Hand. »Vergiss es, mein Lieber. Ich gehe nicht zu Freifrau von Stein und lasse mich von ihr demütigen.« Sie runzelte die Stirn. »Und die zweite Spur?«

»Führt aus der Stadt heraus, in ein Dorf. Etwa fünf Stunden Fußmarsch von hier.« Er sah sie bittend an. »Wenn ich mir aber deine Kalesche ausleihen dürfte …«

»Goethes Kalesche, meinst du wohl.«

»Nun ja, mit seinem Gespann könnten wir es in wesentlich kürzerer Zeit schaffen. Wir reden mit einem Steinmetz, der nicht nur unsere geheimnisvolle Dorothee kennt, sondern auch den Namen des Mannes, mit dem sie damals durchgebrannt ist.«

Christiane zupfte ein paar dürre Blätter von einem gewaltigen Oleander. Wie im Garten des Hauses am Park so blühte es auch hier, wohin man auch sah. Christiane hatte für ihren Mann ein wahres Paradies geschaffen, das sie umsichtig und mit Erfolg pflegte.

»Und so willst du die Italienbücher wiederfinden?«, fragte sie skeptisch. Sie füllte eine Kanne mit Regenwasser und trug sie zu dem Oleanderbusch. »Wen meinst du überhaupt mit *wir*? Ich kann unmöglich hier weg, solange es August nicht bessergeht.«

Christian atmete den süßlichen Duft des Sommerflieders ein und ärgerte sich, dass er sich verplappert hatte. Er hatte nicht vorgehabt, Helene zu erwähnen, wie er auch dagegen war, dass sie zu Jacoby mitfuhr. Dummerweise war Helene diejenige, die den Steinmetz kannte, und ohne sie würde dieser gewiss keine seiner Fragen beantworten.

»Du verschweigst mir doch etwas!«, hakte Christiane nach.

»Also, wenn du es unbedingt wissen musst: Ich bekomme Unterstützung von einer jungen Dame, die bei Georg Melchior Kraus Unterricht im Zeichnen nimmt.« Er verdrehte die Augen. »Kann ich jetzt die Kutsche bekommen, oder hast du noch weitere Fragen?«

Christiane lächelte siegessicher, doch bevor sie etwas sagen konnte, sah sie Ernestine auf sich zueilen. »Du? Was gibt es denn?

»Im Entree wartet ein Mann. Ein Offizier. Er will zu dir, Christiane.«

Christian wurde hellhörig. Ein Offizier? Das konnte nur Hauptmann Heyde sein. Aber was wollte der ausgerechnet von seiner Schwester? Obwohl Christian kein Verlangen danach verspürte, dem herzoglichen Untersuchungsbeamten so schnell wieder zu begegnen, rang er sich dazu durch, seinen Schwestern ins Haus zu folgen. Heyde wartete im Empfangszimmer auf sie. Als Christiane es betrat, neigte er militärisch knapp den Kopf und stellte sich vor. Danach begrüßte er auch Christian mit einem Nicken.

Christian stieß die Luft aus, als sein Blick auf den Bücherstapel fiel, der unter dem rechten Arm des Hauptmanns klemmte. Ein fester Strick war um die Bücher gebunden.

»Ihren Mienen entnehme ich, dass Sie diese Bücher wiedererkennen«, sagte Heyde. »Sie gehören zur Sammlung des Herrn von Goethe, nicht wahr?«

Christiane löste die Verschnürung und schlug eines der Bücher auf. »Nun, möglich wäre es. Aber ganz sicher bin ich mir nicht.«

»Aber vielleicht kann Herr Vulpius uns weiterhelfen«, wandte sich der Hauptmann an Christian. »Sie arbeiten am Hoftheater und schreiben selbst, wie man hört. Da nehme ich doch an, dass Ihnen die Büchersammlung Ihres Schwagers bekannt ist?«

Christian atmete tief durch. Natürlich waren das Goethes Bücher, und er ging jede Wette ein, dass Heyde den Braten roch. Er hatte sie sich sicher angesehen, mit demselben prüfenden Blick, mit dem er auch ihn und Christiane musterte, und dabei Goethes Namenszug auf der Innenseite gefunden. »Darf ich fragen, wie Sie an die Bücher gekommen sind?«

Hauptmann Heyde lächelte, als habe er auf diese Frage gewartet. »Oh, die habe ich vor Ihrer Tür gefunden. Dort scheint sie jemand abgelegt zu haben. Merkwürdig, nicht wahr? Ich mag vielleicht kein so großer Bücherfreund sein wie Sie, aber selbst ich erkenne wertvolle Werke. Diese hier behandeln die Geschichte, Kunst und Kultur Italiens. So etwas legt man doch nicht einfach auf der Türschwelle ab und macht sich davon.« Er machte einen Schritt auf Christian zu, der unwillkürlich zurückwich. »Haben Sie vielleicht eine Erklärung dafür?«

Eine Erklärung? Nein, damit konnte Christian ihm nicht dienen. Fieberhaft dachte er nach. War sie hier gewesen? Dorothee? Sie hatte die Bücher gehabt, das ließ den Schluss zu, dass sie sie auch zurückgebracht hatte. Aber warum hatte sie nicht geklopft und nach ihm gefragt? Weil sie nach wie vor in Angst lebte und keine Ahnung hatte, ob sie ihm vertrauen durfte? Gewiss hatte sie in ihrem Versteck inzwischen von Wagners Tod erfahren, und das musste sie an den Rand der Verzweiflung führen.

Christian ging zum Fenster und hob die Gardine an. Natürlich war draußen auf der Straße keine Spur mehr von Dorothee zu entdecken. Wie ein Gespenst war sie erschienen und wieder verschwunden.

»Warum antworten Sie nicht?« Hauptmann Heydes Blicke verfolgten ihn unerbittlich.

»Die Bücher wurden vor ein paar Tagen gestohlen«, warf Christiane ein. »Das war ärgerlich, denn der Herr Geheimrat ist ganz vernarrt in alles, was ihn an seine Zeit in Italien erinnert. Er hat vor, seine Erlebnisse dort demnächst zu Papier bringen, daher braucht er die Bücher.«

»Sie wurden bestohlen, Madame?« Hauptmann Heyde hob ungläubig die Augenbrauen. »Soll das heißen, jemand ist in die Bibliothek des Geheimrats eingedrungen und hat wertvolle Bücher entwendet? Und da sind Sie nicht auf die Idee gekommen, die Tat zur Anzeige zu bringen und die Obrigkeit um Hilfe zu bitten?«

Christiane ließ sich auf einem Stuhl nieder und senkte schuldbewusst den Blick. »Ich wollte einen Skandal vermeiden«, murmelte sie. »In der Stadt wird doch sowieso schon so viel über uns gelästert. Glauben Sie, Goethes Freunde und Verehrer trauen mir zu, allein auf das große Haus aufzupassen, während er fort ist?« Sie schüttelte den Kopf. »Sie warten doch nur darauf, dass ich versage, damit sie sich wieder die Mäuler über mich zerreißen können. Für dieses schadenfrohe Volk wäre es doch einfach himmlisch, wenn bekannt würde, dass ich nicht mal in der Lage war, die Türen zu Bibliothek und Arbeitszimmer abzuschließen.« Christiane fuhr sich mit der Hand über die Stirn, dann sah sie den Hauptmann mit einem schwachen Lächeln an. »Aber jetzt sind die Bücher zum Glück wieder da. Es liegt kein Grund mehr vor, sich aufzuregen. Dieser Diebstahl kann doch unter uns bleiben, nicht wahr?«

Hauptmann Heyde räusperte sich. Er machte nicht den Eindruck, als sei er gewillt, die Sache auf sich beruhen zu lassen, doch als Beauftragter des Herzogs schien ihm ebenfalls klar zu sein, dass es nicht seine Entscheidung war, einem Diebstahl gegen den Willen der Geschädigten auf den Grund zu gehen. Da er bei Christiane nicht weiterkam, wandte er seine Aufmerksamkeit wieder Christian zu.

»Eigentlich bin ich Ihretwegen hier, Herr Vulpius. Man sagte mir, dass ich Sie im Haus Ihrer Schwester finden würde.«

Christian begann zu schwitzen. »Und was wollen Sie von mir? Ich dachte, ich hätte alle Ihre Fragen über den Toten aus der Ilm beantwortet.«

»Irrtum, ich stehe ganz am Anfang meiner Befragungen«, sagte Heyde lächelnd. »Außerdem tauchen ständig neue, interessante Aspekte auf. Heute, zum Beispiel, hat mich der Geheime Sekretarius und herzogliche Schatullenverwalter Bertuch im Amt aufgesucht.«

»Justin Bertuch?«

»O ja, Vulpius. Er wurde von Meister Kraus von der Zeichenschule Seiner Hoheit begleitet. Die Herren erkundigten sich über den Stand meiner Untersuchungen und waren enttäuscht, weil ich Ihnen noch keine Ergebnisse präsentieren konnte. Während unserer Unterredung fiel auch Ihr Name.«

Christian biss sich auf die Lippen. Warum überraschte es ihn nicht, das zu hören? »Sie haben sich über mich beschwert, nicht wahr? Aber warum? Was habe ich Ihnen getan?«

»Nun, das sollten Sie besser wissen als ich. Immerhin scheinen Sie mit Ihrer neugierigen Fragerei für reichlich Unruhe unter den Künstlern gesorgt zu haben. Meister Kraus erwähnte sogar, dass eine seiner begabtesten jungen Schülerinnen nicht mehr zum Unterricht erscheint, weil sie sich durch Sie belästigt fühlte.«

»Belästigt?«

»Was ziemlich ärgerlich ist, weil die Künstlerin gute Chancen gehabt hätte, in diesem Jahr von Seiner Hoheit ausgezeichnet zu werden.«

Christian bezähmte nur mühsam die Wut, die in ihm hinaufkroch. Diese galt nicht nur Hauptmann Heydes geheuchelter Höflichkeit, sondern auch Hofmaler Kraus und Bertuch, die offensichtlich annahmen, sie könnten ihren Einfluss in der Stadt dazu missbrauchen, um ihm mit Hilfe der Obrigkeit das Maul zu stopfen.

Wenn Bertuch der geheimnisvolle Liebhaber war, der der armen Dorothee nachstellte und Wagner in der Ilm ertränkt hatte, würde er alles, was in seiner Macht stand, tun, um ihn dafür büßen zu lassen. Das schwor Christian sich, und wenn der Mann zehnmal die private Geldschatulle seines Herzogs verwaltete.

»Würden Sie mir verraten, warum Sie sich so brennend für die Seidenblumenmanufaktur und die Zeichenschule interessieren?« Heyde klang nun ungeduldig.

»Nun, da ich mit meinem Roman nicht recht weiterkomme, dachte ich, ich könnte ich es mal mit dem Zeichnen versuchen. Vielleicht habe ich ja Talent und gewinne im nächsten Jahr den Preis des Herzogs?«

Der Hauptmann verzog das Gesicht, entgegnete aber kein Wort darauf. Stattdessen wandte er sich der Tür zu, denn draußen in der Halle waren plötzlich aufgeregte Stimmen zu hören. Jemand fragte nach Heyde. Dann erklang das Geräusch eiliger Schritte, und die Tür zum Salon wurde aufgerissen.

»Sergeant?«, zischte Heyde verstimmt, als ein dicklicher Mann in Uniform sich suchend nach ihm umblickte. Das Gesicht des Soldaten war dunkelrot und glänzte schweißnass; er schien im Laufschritt durch die Stadt gerannt zu sein, was für einen Burschen seiner Leibesfülle in der Schwüle des Augustnachmittags kein Vergnügen gewesen sein konnte. So verging auch eine ganze Weile, bis der Sergeant endlich wieder genügend Puste hatte, um einen verständlichen Satz herauszubringen.

»Verzeihen Sie mein … Eindringen, Herr Hauptmann. Aber Sie sollten gleich mitkommen. Am Schweinemarkt gibt's Ärger!«

»Ärger ist mein tägliches Brot, aber benehme ich mich deshalb wie ein Tölpel, der keine Manieren hat? Wir sind im Haus des Herrn Geheimrat und schulden ihm Respekt, selbst wenn er nicht daheim ist! Verstanden?«

»Aber … es gibt schon wieder einen Toten!«, japste der Dicke.

Hauptmann Heyde fluchte. »Elender Dreck, warum hat er das nicht gleich gesagt!« Er befahl den Sergeanten in eine Ecke des Salons, wo die beiden Männer zu flüstern anfingen. Christiane bat um ein Glas Wasser, und während Christian ihr einschenkte, spähte er verstohlen zu Heyde. Der kam nach einer Weile mit raschen Schritten auf ihn und seine Schwester zugegangen.

»Eine üble Sache«, sagte er mit einem entschuldigenden Nicken in Christianes Richtung. »Sie müssen mich entschuldigen, Demoiselle!«

»Schlechte Nachrichten?«, erkundigte sich Christian so gelassen, wie es ihm möglich war. Hatte der Sergeant wirklich den Schweinemarkt erwähnt? Das musste ein Zufall sein. Ja, mit ihm und Helene konnte das nichts zu tun haben. Oder doch?

Heyde hob die Augenbrauen. »Nun, das könnte man sagen, mein lieber Vulpius.« Er hielt einen Moment inne, dann lief er zur Tür und öffnete sie. »Warum begleiten Sie mich nicht zum Schweinemarkt und sehen selbst, was ich meine? Für Sie als Schriftsteller in den Fußstapfen des Herrn Geheimrats von Goethe wird diese Erfahrung sicher lehrreicher sein als ein Besuch beim alten Meister Kraus, darauf gebe ich Ihnen schon jetzt Brief und Siegel.«

Da Christian keine Ausrede fand, um sich Heydes Aufforderung zu widersetzen, folgte er dem herzoglichen Untersuchungsbeamten durch die Stadt. Seine Kehle schnürte sich vor Aufregung zusammen, als er die vielen Menschen sah, die auf dem Platz in Gruppen beisammenstanden und aufgeregt wisperten. Einige Frauen hatten verweinte Augen, anderen stand das Entsetzen deutlich ins Gesicht geschrieben. Vor dem Hauptmann, seinem Sergeanten und Christian trat die Menge murrend, aber gehorsam zurück.

»Dort hinauf!«, schnaufte der dicke Stadtsoldat am Ende seiner Kräfte. Er wies auf eines der Häuser, das Christian wohlbekannt war. Er und Helene hatten es erst vor wenigen Stunden verlassen. Dass sich darin inzwischen etwas Furchtbares abgespielt haben musste, war ihm klar, noch bevor Hauptmann Heyde ihn mit einer Kopfbewegung durch die Tür befahl.

»Kennen Sie die Leute, die hier wohnen?«, fragte ihn Heyde. »Ein Steinmetz und die Witwe seines Bruders?«

Christian verneinte, doch sein Herz pochte bis zum Hals. Mit jedem Schlag schien es lauthals »Lügner« zu rufen. Er wollte die Stube nicht betreten, aber durfte er sich weigern? Heyde hatte ihm nicht gesagt, was er hier vorfinden würde, doch das war auch gar nicht nötig. Dass es in dem Raum nach Blut und Tod roch, bestätigte seine Befürchtungen. Und dann sah er die Frau, Jacobys Schwägerin. Sie lag leblos auf dem Dielenboden, beide Arme vom Körper abgewinkelt. Ihr Gesicht war im Augenblick des Todes erstarrt und unter der schwarzen Schicht geronnenen Blutes kaum wiederzuerkennen.

Hauptmann Heyde warf nur einen flüchtigen Blick auf den Leichnam, dann bückte er sich und hob ein blutbeschmiertes Holzscheit auf, das er wesentlich genauer in Augenschein nahm. »Ich vermute, damit wurde dem Frauenzimmer der Schädel eingeschlagen!« Er wies auf den Brennholzstapel neben dem Herd. »Von dort hat er es genommen.«

Christian bemühte sich, die Tote nicht anzustarren, aber er konnte den Blick doch nicht abwenden, obwohl sein Magen rebellierte. Zu allem Überfluss begann auch noch ein Schwarm Fliegen, angelockt vom Geruch des Blutes, um seinen Kopf herum zu surren.

Was war hier geschehen? Warum um alles in der Welt war Jacobys Schwägerin auf eine so brutale Weise erschlagen worden?

Er schnappte nach Luft, dann zuckte er zusammen, weil ihm etwas einfiel. Wieder krampfte sein Magen. »Ihr … Junge?«, keuchte er. »Wo ist er? Ist er auch …?«

Hauptmann Heyde legte das Stück Holz vor dem Herd auf den Fußboden, dann drehte er sich langsam zu Christian um. »Sie behaupteten eben noch, Sie würden die Leute hier nicht kennen, Vulpius. Warum fragen Sie mich jetzt nach einem Jungen? Ich habe keinen Jungen erwähnt.«

Christian erbleichte angesichts der Wolfsaugen, mit denen Heyde ihn fixierte. Im nächsten Moment ging die Tür auf, und ein Mann betrat in Begleitung des dicken Sergeanten die Stube. Es war der junge Doktor Hellberger, den Christiane nach dem Einbruch ins Gartenhaus zu Hilfe gerufen hatte. Geräuschvoll stellte er seine Tasche ab.

»Vulpius!«, drängte Heyde unnachgiebig, ohne sich durch den Arzt aus der Ruhe bringen zu lassen. »Die Frau hatte tatsächlich einen Jungen. Es geht ihm gut. Der tapfere kleine Bursche ist aus dem Dachfenster geklettert und hat sich im Hühnerstall der Nachbarin versteckt. Aber wie können Sie von ihm wissen, wenn Sie bis heute nie am Schweinemarkt waren?«

Christians Finger zitterte leicht, als er auf einen Winkel der Stube deutete, in dem ein ganzer Haufen bunt bemalter Bauklötze und geschnitzter Figuren lag.

Hauptmann Heyde stutzte. »Ach so«, murmelte er leise. Er schien enttäuscht, verlor aber keineswegs die Haltung. Dann begrüßte er den Arzt.

»Der Bruch des Schädelknochens, herbeigeführt durch einen heftigen Schlag auf den Kopf, führte zu ihrem Tod«, verkündete Hellberger nach einer kurzen Beschauung. Er entnahm seiner Tasche ein Tuch und wischte sich die Hände damit sauber. »Mag sein, dass sie noch ein paar Minuten gelebt hat, aber ihr wäre gewiss nicht mehr zu helfen gewesen.« Erst jetzt bemerkte er Christian, obwohl der sich Mühe gab, im Schatten des Gebälks zu bleiben.

»Nanu, der Herr Vulpius«, rief Hellberger überrascht. »Ich hoffe, es geht Ihrem Hals besser. Sie sollten sich noch schonen, mein Bester.«

»Alles in Ordnung, Doktor«, erklärte Christian mit matter Stimme. »Es geht mir ausgezeichnet. Die Halsentzündung war rasch auskuriert.«

»Halsentzündung nennen Sie das? Wo irgendein verrückter Kerl Sie erdrosseln wollte?« Der Doktor wandte sich mit säuerlicher Miene an Hauptmann Heyde. »Was unternehmen Sie eigentlich dagegen, dass man sich in Weimar inzwischen seines Lebens nicht mehr sicher sein kann?«

»Jemand wollte Sie erdrosseln, Vulpius?«, fragte Heyde in ruhigem Tonfall, ohne auf die vorwurfsvolle Frage des Doktors einzugehen. »Das höre ich heute zum ersten Mal.«

»Und doch ist es wahr, das kann ich bestätigen!« Doktor Hellberger verdrehte die Augen; vermutlich hielt er den Hauptmann für begriffsstutzig. »Vermutlich war es der Kerl, der dann in der Ilm ertrunken ist. Aber vorher hat er Bücher aus dem Gartenhaus von Herrn Goethe gestohlen und den armen Vulpius, der ihn dabei erwischte, fast umgebracht.«

»Was Sie nicht sagen!« Wenn Hauptmann Heyde eines beherrschte, so war es, jemanden durch bloßes Anstarren zum Reden zu bringen. Darin war er fürwahr meisterhaft.

»Es stimmt, was der Doktor sagt«, gab Christian widerstrebend zu. »Die Bücher wurden nicht aus der Bibliothek entwendet. Ich hatte sie mir geborgt und ins Gartenhaus mitgenommen. Dort wurden sie noch in derselben Nacht gestohlen.«

»Von diesem Aurelius Wagner?«, fragte Heyde lauernd.

»Wer ist Wagner?« Doktor Hellberger blickte verwirrt von Christian zu Heyde, der, ohne zu überlegen, die Tasche des Arztes aufhob und sie ihm mit einem liebenswürdigen Lächeln in die Hand drückte. »Es war sehr freundlich von Ihnen, gleich vorbeizuschauen und uns zu erklären, was wir ohnehin schon wussten. Aber Sie sollten Ihre noch lebenden Patienten nun nicht länger warten lassen. Guten Tag!«

»Aber ...«

»Guten Tag, Doktor!«

Beleidigt stapfte der Arzt zur Tür, die sogleich von Heydes Sergeanten aufgerissen wurde, und verließ das Haus. Wie gern hätte sich Christian ihm angeschlossen, aber daran war leider nicht zu denken. Die Arme auf dem Rücken verschränkt, begann der Hauptmann, vor Christian hin und her zu laufen.

»Wissen Sie, was mich stutzig macht, Vulpius?« Heyde blieb abrupt stehen. »Ihr eigenwilliges Verhältnis zur Wahrheit. Ich glaube, dass sich dieser Wagner an Sie herangemacht hat, um Sie auszuhorchen. Ich habe mich in den Wirtshäusern der Stadt umgehört und erfahren, dass Sie sich lange mit Wagner unterhalten haben. Dabei soll es recht hitzig zugegangen sein. Er erfuhr von den kostbaren Büchern und beschloss, sie sich zu holen. War es nicht genau so?«

Christian schüttelte energisch den Kopf.

»Er brach ein, setzte Sie außer Gefecht und floh mit seiner Beute in die Nacht hinaus. Das konnten Sie nicht auf sich sitzen lassen. Sie waren wütend und frustriert. Immerhin gehören die Bücher Herrn von Goethe, der Sie mit ziemlicher Sicherheit für den Verlust zur Verantwortung ziehen würde. Also machten Sie sich auf die Suche nach Wagner, spürten ihn am Fluss auf und zahlten ihm seinen Angriff auf Sie mit gleicher Münze heim.«

»Aber die Bücher …«

Heyde hob die Hand. »Die nahmen Sie Wagner natürlich wieder ab. Aber da Sie ihn offiziell ja nicht mehr getroffen haben durften, legten Sie selbst die Bücher vor Goethes Tür ab, um den Anschein zu erwecken, man habe sie in der Stadt gefunden und zurückgebracht.« Er lachte spöttisch auf. »Als ob jemand so dumm wäre, einen Stapel kostbarer Bücher abzugeben und dann zu verschwinden, ohne auf eine Belohnung zu warten.«

Christian musste zugeben, dass die Theorie des Hauptmanns plausibel klang. Hätte er den wahren Sachverhalt nicht gekannt, hätte er ihm für seine Überlegungen bestimmt Beifall gezollt. Das Dumme daran war nur, dass er in Heydes Theorie der Täter war und ihm nicht einfiel, wie er ihn von seiner Unschuld überzeugen konnte.

Im nächsten Moment ging die Tür erneut auf, und eine ältliche Frau streckte den Kopf in die Stube. An ihrer Hand hielt sie den blonden Jungen, Rosines Sohn, der sich aber plötzlich von ihr losriss und flink die Stube durchquerte. In einigem Abstand zu der Leiche blieb er stehen, als wäre er gegen eine unsichtbare Mauer gerannt. Aus seiner Kehle kamen Schluchzer, die sich wie Messerstiche in Christians Herz bohrten. Der kleine Bursche tat ihm unendlich leid.

Geistesgegenwärtig schlüpfte Hauptmann Heyde aus seinem Uniformrock und warf ihn über die Tote, damit ihrem Sohn der schrecklichste Anblick erspart blieb. Dann brüllte er die Alte an der Tür an und forderte sie auf, den Jungen wieder aus dem Haus zu schaffen.

»Was sollte ich machen?«, entschuldigte sich die Frau aufgeregt. »Der Kleine wollte unbedingt hier herein. Er fragt andauernd nach …« Sie machte einen Schritt auf die Tote zu, wandte ihren Blick aber sogleich wieder ab. »Heiliger Jesus …«

Der Junge rührte sich nicht vom Fleck. Sah es auch zunächst so aus, als suchten seine Augen seine tote Mutter, so bemerkte Christian nun, dass er nicht sie, sondern ihn anstarrte. Dabei fing er an zu zittern. Er deutete auf ihn, dann machte er kehrt und warf sich der Nachbarin mit einem erstickten Schluchzen in die Arme. »Dieser Mann«, wimmerte er. »Er war hier, bei der Frau Mutter!«

Christian schluckte verstört, doch dann begriff er. Natürlich! Der Kleine hatte ihm und Helene die Tür geöffnet, bevor er sich in den Herrgottswinkel neben dem Holzofen zurückgezogen und mit Bauklötzen gespielt hatte. Ob er ihrem Gespräch hatte folgen können, bezweifelte Christian, doch sicher war ihm nicht entgangen, dass ihr Besuch seine Mutter aufgeregt hatte.

»Was hast du, mein Junge?«, hörte er Heyde nun mit ihm reden. Seine Stimme klang weich und zuckersüß. Dieser Tonfall und die Uniform des Mannes schienen den Kleinen soweit zu beruhigen, dass er sich die Tränen abwischte und Heydes Blick scheu begegnete.

»Dieser Mann hat mit Mutter gestritten. Er und die Frau. Ich hab's genau gehört. Ich bin durchs Fenster geklettert und dann über die Leiter rüber zur Hühner-Wilma.«

»Worüber haben die beiden denn gestritten?«

Der Junge schob die Unterlippe vor, was wohl bedeuten sollte, dass er keine Ahnung hatte.

Heyde strich dem Jungen sanft über den Kopf, doch das Lächeln auf seinen Lippen gefror, als er sich zu Christian umdrehte. Auf einen Wink von ihm stürzten sich der dicke Sergeant und ein weiterer von Heydes Leuten auf ihn und packten ihn grob bei den Armen.

Christian versuchte, die Männer abzuschütteln. Aber auf ein Nicken von Heyde rammte ihm einer der Männer so brutal die Faust in den Magen, dass er nach Luft schnappte. Ein weiterer Schlag traf ihn am Kinn. Er schrie auf vor Schmerz und schmeckte sein Blut auf der Zunge.

»Genug!« Heyde schloss die Tür hinter der Eierhändlerin und stellte sich dann breitbeinig davor, damit niemand die Stube betreten oder verlassen konnte, solange er sich mit Christian befasste.

»Wollen Sie nicht zugeben, dass Sie das Weib erschlagen haben? Sie würden mir damit eine Menge Ärger ersparen.«

»Aber mir nicht«, keuchte Christian. Sein ganzer Leib brannte wie Feuer, doch der Schmerz war nicht so schlimm wie das Gefühl der Angst. Wie betäubt blickte er zu dem Mann an der Tür, der ihn mit dem Interesse eines Chirurgen ansah, der sich soeben anschickte, einen Leichnam aufzuschneiden. Heyde hielt ihn für schuldig, das lag auf der Hand.

»Gestehen Sie, und alles ist vorbei!«, sagte der Hauptmann mit gefährlich leiser Stimme.

»Was soll ich gestehen? Ich hatte doch keinen Grund, der Frau etwas anzutun.« Christian wischte sich mit dem Ärmel das Blut aus dem Gesicht. »Der Knabe irrt sich …«

»So, tut er das?«

126

»Jawohl, er bringt etwas durcheinander, was ich ihm natürlich nicht vorwerfen kann. Ich war tatsächlich heute hier. Wie es aussieht, sogar kurz bevor der Mörder sich hereinschlich. Er muss gesehen haben, wie ich das Haus verließ. Und … ja, ich hätte gleich davon erzählen sollen. Aber als ich den Schweinemarkt verließ, lebte die Witwe Jacoby noch, das schwöre ich bei der Gesundheit unseres Herzogs.«

»Und was haben Sie hier gewollt?« Heyde ließ seine Blicke über die ärmliche Einrichtung der Stube schweifen. »Die Witwe verkehrte doch wohl kaum in denselben Kreisen wie Sie, oder?«

Christian berichtete widerstrebend, dass er nicht Rosine Jacoby, sondern deren Schwager habe aufsuchen wollen, da dieser ihm möglicherweise bei der Suche nach den gestohlenen Büchern hätte behilflich sein können.

»Ein simpler Steinmetz?« Heyde lachte auf. »Warum sollte ausgerechnet der sich mit Herrn von Goethes Büchern auskennen? Ich fürchte, Sie werden mir schon mehr erzählen müssen, wenn Sie wollen, dass ich Ihnen Glauben schenke.«

»Es war nicht Wagner, den ich im Gartenhaus beim Diebstahl ertappte, sondern eine Frau«, sagte Christian. »Eine frühere Tänzerin oder Bühnendarstellerin. Ich fand zufällig heraus, dass sie einmal mit Jacoby liiert war. Das ist der einzige Grund, warum ich hier war. Ich wollte den Steinmetz fragen, ob er eine Ahnung hatte, wo ich diese Schauspielerin finden könnte. Aber ich traf hier nicht ihn, sondern nur die Witwe an.«

Heyde glaubte ihm augenscheinlich kein Wort. Er verließ seinen Posten an der Tür und schoss auf ihn zu. Christian erwartete, er würde ausholen und ihm ins Gesicht schlagen, doch Heyde baute sich nur vor ihm auf.

»Sie stecken bis zum Hals im Dreck«, raunte er ihm zu. »Wie die Dinge liegen, wird man Ihnen wegen Mordes an Wagner und diesem Weib hier den Prozess machen. Sie wissen, was Ihnen dann blüht?« Er nickte langsam. »Jawohl, Sie werden öffentlich unter dem Geschrei des Pöbels enthauptet, vielleicht sogar aufs Rad geflochten, und kein Geheimrat Goethe wird da sein, um sich bei unserem gnädigen Herzog für Sie zu verwenden.«

»Ich habe nichts getan«, beharrte Christian, doch sein Mut sank. Hatte Heyde ihn erst einmal in seinen Fängen, war er verloren. Schaudernd dachte er an das Zuchthaus, in das nicht nur Missetäter, sondern auch Wahnsinnige gesperrt wurden. Und Christiane? Mit einem Mörder in der Familie würde man sie auch dem Geheimrat zuliebe nicht länger am Frauenplan dulden. Vermutlich vertrieb man sie noch vor seiner Hinrichtung aus der Stadt, und sie sah den kleinen August nie wieder.

»Helfen Sie mir, den Eindruck, den ich von Ihnen gewonnen habe, zu korrigieren, Vulpius«, änderte Hauptmann Heyde plötzlich seine Taktik. »Ich will Ihnen ja gern glauben, dass es gar nicht in Ihrer Absicht lag, diesem Weib den Schädel einzuschlagen. Der Junge erwähnte, Sie wären in Begleitung einer Frauenperson hier gewesen.« Er lächelte listig. »Vielleicht war sie es, die die Contenance verlor?«

Christian stieß einen entgeisterten Laut aus. Helene. Großer Gott, nein. Heyde durfte nichts über sie erfahren.

»Wer war das Frauenzimmer?« Die Frage klang scharf. »Ihre Schwester vielleicht?«

Christian schüttelte energisch den Kopf. Er durchschaute Heyde. Der Hauptmann wollte ihm Angst einjagen. Zu seiner Erleichterung fiel ihm ein, dass Christiane zum Zeitpunkt des Mordes nicht in der Stadt gewesen war. Zweifellos konnten der Kutscher und die Wachen am Erfurter Tor das bezeugen.

»Nun verraten Sie mir schon den Namen der Frau, ich erfahre ihn ja doch!« Heyde klopfte ihm auf die Schulter. »Vor mir kann niemand etwas verheimlichen!«

Möglich, dachte Christian, aber von mir erfährst du Helenes Namen nicht. Er schüttelte den Kopf und schloss, in Erwartung weiterer Prügel, die Augen. Doch entgegen seiner Befürchtung

128

blieben die Schläge aus. Heyde schien etwas anderes mit ihm vorzuhaben.

»Abführen«, herrschte er seinen Sergeanten an. »Schafft den sturen Kerl fort und werft ihn ins Loch.«

Christian starrte den Hauptmann mit offenem Mund an. Großer Gott, das durfte er nicht! Wenn Heyde ihn wegschloss wie einen gemeinen Verbrecher, war alles aus und vorbei. Nicht nur für ihn. Zitternd beobachtete er, wie der Offizier ihm den Rücken zukehrte und zu dem wackeligen Tisch ging, auf dem die arme Rosine Jacoby noch kurz vor ihrem Tod Brotteig geknetet hatte.

»Nun komm schon!« Er spürte die schwere Hand des Sergeanten auf seiner Schulter. »Hast doch gehört, was der Herr Hauptmann gesagt hat, oder? Das Pack im Loch freut sich auf dich!«

Heyde beugte sich stocksteif über den Tisch. Dort schien irgendetwas seine Aufmerksamkeit zu erregen. Christian beobachtete, wie der Mann irritiert die Stirn runzelte und seine Lippen bewegte, als versuche er, eine Botschaft zu entziffern. Beinahe erschrocken hob er den Blick, doch nur, um ihn Sekunden später wieder auf den Tisch zu richten. Und auf das, was dort zu sehen war.

Christian wurde brutal zur Vordertür gezerrt, hinter der er das aufgebrachte Geschrei der Menge hörte. Inzwischen war es dunkel geworden. Der Schein brennender Fackeln drang durch die Fenster in die Stube. Wie es aussah, hatte irgendjemand die Vermutung geäußert, der Mörder sei noch im Haus und werde durch die Obrigkeit befragt. Christian schluckte. Wenn er das Toben der Menge richtig einschätzte, brauchte er sich keine Sorgen zu machen, dass die Sträflinge und Verrückten ihm im Zuchthaus ans Leder gingen. Der wütende Pöbel würde ihn in Stücke reißen, bevor er auch nur einen Fuß ins Gefängnis gesetzt hätte.

»Halt!« Heyde wischte sich über die Stirn, als erwachte er soeben aus einem bösen Traum. »Sie können gehen, Vulpius!«

»Bitte?« Christian glaubte, sich verhört zu haben, aber auch die beiden Sergeanten, die ihn bewachten, machten dumme Gesichter. Heyde schenkte ihnen keine Beachtung. Er war zu sehr damit beschäftigt, die Tischplatte mit beiden Händen sauber zu wischen.

»Aber Hauptmann ...«, wagte der schwitzende Sergeant zu protestieren, wurde aber durch eine wütende Geste seines Vorgesetzten zum Schweigen gebracht.

»Ist er verblödet oder taub?« Auf Heydes Stirn schwoll eine Ader an. Dann brüllte er: »Ich will, dass dieser Mann verschwindet und mir nicht mehr unter die Augen kommt, verstanden!« Ohne jedes weitere Wort stürmte er an Christian und den beiden Soldaten vorbei, riss die Tür auf und verließ das Haus der Toten. Draußen bestieg er sein Pferd. Er sah sich nicht einmal mehr um.

Christian blickte ihm entgeistert hinterher, während der Sergeant mit den Schultern zuckte.

»Nun denn«, knurrte der Dicke ihn an. »Er hat den Herrn Hauptmann doch gehört. Allez vite. Scher er sich zum Teufel!«

11. Kapitel

»Goethes Bücher sind wieder da, das ist das Einzige, was mich interessiert«, sagte Christiane so beiläufig, als habe ihr Bruder ihr soeben von einem neuen Theaterstück erzählt.

Christian wiederum konnte nicht fassen, dass sie so ruhig bleiben konnte. Mit Ungeduld sah er ihr zu, wie sie die Tür des Frankfurter Schranks im Flur öffnete und anfing, das weiße Leinen darin zu sortieren. In letzter Zeit schien sie nur noch Dinge zu zählen oder zu sortieren, wenn er da war. Vielleicht, weil seine Besuche sie aufregten und sie sich mit stumpfsinnigen Arbeiten im Haushalt ablenken wollte.

»Aber begreifst du nicht? Dort draußen gibt es einen Mann, der mir zwei Morde anhängen will!« Christian wischte sich seufzend über die Augen. Der Schock darüber, dass er um ein Haar im Zuchthaus und womöglich wenig später auch am Galgen gelandet wäre, saß ihm noch tief in den Knochen. Er erinnerte sich kaum, wie er es geschafft hatte, sich bis zum Frauenplan zu schleppen, denn noch immer zitterten seine Beine, und die Prellungen, die von den Schlägen des Sergeanten herrührten, schrien förmlich nach Salbe und Branntwein.

Christiane ließ von ihren Leintüchern ab und sah ihn an. Ihre Miene gab ihm zu verstehen, dass sie ihm doch zugehört hatte. »Das ist schrecklich, ja, aber du solltest froh sein, dass dieser Hauptmann Heyde seinen Irrtum noch rechtzeitig bemerkt und dich freigelassen hat.«

»Ich begreife aber nicht, warum! Was hat er vor? Warum lässt er mich plötzlich laufen?«

»Warum?« Sie zuckte mit den Achseln. »Na, weil du unschuldig bist. Du hast nichts mit dem Tod dieses Wagners zu tun und ebenso wenig mit dem der Frau vom Schweinemarkt. Aber du wirst mir verzeihen, wenn ich dir jetzt sage, dass es dumm war, sich dort blicken zu lassen. Was zum Teufel hast du dir dabei gedacht?«

Christian schnaubte. Jüngere Schwestern sollten ihre älteren Brüder nicht so von oben herab behandeln, fand er. Dummerweise war ihre Kritik berechtigt. Anders als er, lebte Christiane in durchaus geordneten Verhältnissen. Sie bezahlte seine Schulden und ließ ihn im Gartenhaus ihres Geliebten wohnen. Seinetwegen war der Hauptmann in Goethes Haus gekommen. Die Nachbarn, die das Anwesen genau im Auge behielten, zerrissen sich darüber bestimmt schon das Maul. Und das war seine Schuld.

Nur noch eine kleine Weile, sprach er sich in Gedanken Mut zu. Nur solange, bis mein Roman erschienen ist, dann ... Im nächsten Moment fiel ihm ein, dass ihm noch immer die zündende Idee für seine Geschichte fehlte. Der italienische Räuberhauptmann, dessen Bild ihm zunächst so real vorgekommen war, verblasste in seinen Gedanken von Tag zu Tag mehr. Seit dem Diebstahl der Bücher hatte er kaum noch die Zeit gefunden, ihm näherzukommen. Wie auch, wenn er, anstatt zu schreiben, einen geheimnisvollen Schatten durch die Gassen Weimars jagte und dabei Gefahr lief, von einem argwöhnischen Untersuchungsbeamten in Ketten gelegt zu werden?

»Heyde wollte mich schon abführen lassen, da änderte er plötzlich seine Meinung«, sagte er in Gedanken, während Christiane kleine, nach Lavendel duftende Säckchen in dem Schrank verteilte. »Er starrte auf Frau Jacobys Tisch. Sie hatte Brot gebacken, bevor sie ...«

Christiane seufzte. »Kannst du nicht aufhören zu grübeln? Du bringst uns noch alle in Teufels Küche. Wenn ich mir vorstelle, was ich mir von diesem Heyde habe anhören müssen ...« Sie runzelte die Stirn. »Der Mann muss ja denken, ich hätte ihn auch angelogen. Wegen Goethes Bücher, meine ich. Warum hast du ihm bloß gebeichtet, dass du sie mitgenommen hast?«

»Weil mir dein neugieriger Doktor Hellberger gar keine andere Wahl ließ«, sagte Christian. »Er plapperte sogleich aus, dass ich im Gartenhaus überfallen worden war. Daraufhin musste Heyde ja annehmen, dass Wagner die Bücher gestohlen hat und ich ihn verfolgt habe, um sie wieder zurückzuholen.«

Christiane ließ sich auf der obersten Treppenstufe nieder und lehnte ihren Kopf gegen das Geländer, wie sie es als kleines Mädchen oft getan hatte. »Ich habe die Bücher wieder in die Bibliothek gebracht, und dort bleiben sie auch«, sagte sie leise. »Diese Frau, nach der du suchst ...«

»Demoiselle Dorothee. Ihr Name ist Dorothee!«

»Sag mir die Wahrheit«, verlangte sie unerbittlich. »Bist du in diese Person verliebt?«

Die Frage traf Christian nicht ganz unerwartet, dennoch musste er sich zwingen, nicht zu stottern. »Verliebt?«, sagte er heiser auflachend. »In das Porträt einer Unbekannten? Natürlich nicht, das wäre ja lächerlich. Einen so schlechten Roman kann nicht einmal ich schreiben.«

»Zu dem Porträt gehört aber auch eine Frau aus Fleisch und Blut, und die scheint sehr schön zu sein!«

»Ich möchte nicht, dass ihr etwas zustößt. Das ist alles. Sie muss viel durchgemacht haben und verdient es nicht, in Todesangst leben zu müssen, weil sie einem reichen Burschen, der sich nie zu ihr bekennen wollte, lästig geworden ist.« Noch bevor der Satz heraus war, sah er, wie seine Schwester zusammenzuckte, und hätte sich für seine Worte am liebsten geohrfeigt. Wie konnte er nur vergessen, dass der Mann, den Christiane seit Jahren liebte und versorgte, sie zwar unter seinem Dach duldete, ihr aber nie einen Antrag gemacht hatte? Zu Beginn ihrer Liaison hatte Goethe sie vor der Weimarer Gesellschaft im Gartenhaus versteckt. Kam Besuch, musste sie sich in die Gesindekammer zurückziehen wie eine Magd. Seit Augusts Geburt nahm sie die Position der Hausherrin am Frauenplan ein, doch Christian ahnte, wie sehr sie darunter litt, dass der Geheimrat ihr nach wie vor den Ehering verweigerte.

Christiane stand auf und strich sich den Gehrock glatt. »Ich schlage vor, du überlässt es Hauptmann Heyde, die Kanaille zu finden, und kehrst ins Gartenhaus zurück.«

»Aber …«

»Nein, Christian, genug ist genug! Du solltest aufhören, dich da einzumischen.« Sie atmete tief durch. »Du erinnerst dich hoffentlich noch, dass ich dich gebeten hatte, Goethes Kiste mit Krempel durchzusehen? Dafür war ich bereit, deine Schulden beim Schneider und Hutmacher zu übernehmen. Aber wie ich vermute, hast du nicht einmal damit angefangen, oder?«

Christian versprach zähneknirschend, sich darum zu kümmern, und verabschiedete sich. Zu Hause zog er Goethes Kiste unter dem Schreibtisch hervor, doch anstatt sie zu öffnen, starrte er sie an wie die Büchse der Pandora. Er schaffte es einfach nicht, sich jetzt mit gepressten Pflanzen, Mineralien und dergleichen zu befassen. Das musste warten, denn noch gab es Wichtigeres zu tun.

Noch am nächsten Morgen grübelte er an seinem Schreibtisch darüber nach, warum Heyde ihn so plötzlich hatte gehen lassen. Wiederholt rief er sich den Gesichtsausdruck des Mannes ins Gedächtnis zurück, als er auf den Tisch der toten Frau geblickt hatte. Was hatte er dort gesehen? War es möglich, dass die Witwe noch im Sterben eine Botschaft hinterlassen hatte?

Christian sprang auf. Die Schüssel mit Brotteig. Das Mehl. Womöglich war es der Witwe ja gelungen, etwas wie auf einer Schreibtafel in die feine Mehlschicht zu kritzeln. Aber was? Den Namen ihres Angreifers? Aber wenn dem so war, kannte Hauptmann Heyde ja die Identität des wahren Mörders und …

Christians Euphorie schwand, denn nun sah er Heyde wieder ganz deutlich vor sich. Wie er sich über den Tisch beugte und hektisch mit der Hand über die Platte wischte.

»Dieser verdammte Kretin«, brüllte Christian. Er griff nach einem Briefbeschwerer und warf ihn mit so großer Wucht gegen die weiß getünchte Wand, dass der Putz abbröckelte.

Was auch immer die Tote im Mehl hinterlassen hatte, Heyde hatte dafür gesorgt, dass ihre letzte Botschaft verschwunden war. Niemand würde sie mehr zu Gesicht bekommen.

Als es Mittag schlug, nahm Christian seinen Dreispitz und machte sich auf den Weg in die Stadt. Er hatte eine kurze Nachricht für Helene geschrieben, in der er sie vor Heyde warnte, und beschloss, diese persönlich in ihrer Wohnung abzugeben.

Boten klopften tagtäglich zigmal an die Haustüren, gewiss würde keiner von Helenes Angehörigen Notiz von ihm nehmen, und vielleicht war es ihm ja sogar möglich, einen kurzen Blick auf sie zu erhaschen.

Doch die ältliche Dienstmagd, die ihm die Tür öffnete, schüttelte den Kopf. »Die junge Herrin ist bei ihrer Putzmacherin, aber ich werde ihr den Brief geben, sobald sie zurück ist.«

»Wer ist das?«, ertönte da eine Frauenstimme aus dem Salon. »Etwa ein Postillion? Kommt er von Petersdorf?«

Ehe Christian sich versah, stand eine zerbrechlich wirkende Frau mit hochtoupierten Haaren neben der Magd und streckte ihre faltige, mit zahlreichen Ringen geschmückte Hand nach dem Schreiben aus. »Bestimmt möchte er ihr mitteilen, wann er sie abholen wird und …« Sie schürzte irritiert die Lippen, als sie Christian einen Schritt zurücktreten sah.

Das muss Helenes Tante sein, dachte er und fand den Einfall mit der Notiz nicht mehr gut. Diese aufgeregte Alte erwartete ganz offensichtlich Post von einem anderen Mann, und ihr Benehmen ließ den Schluss zu, dass sie seinen Brief, obwohl nicht an sie, sondern an Helene gerichtet, ohne mit der Wimper zu zucken, öffnen und lesen würde.

Helenes Tante wedelte mit der Hand. »Na, was ist nun? Her mit dem Brief! Ich bin ja schon so gespannt, was dem forschen jungen Herrn noch alles auf der Seele brennt.«

Christian schluckte. Mit dem forschen jungen Herrn war zweifellos dieser Gordian Petersdorf gemeint, der Porzellanmanufakturbesitzer.

Plötzlich bemerkte er, wie sich die Augen der Frau verengten. »Er ist ja gar kein Postillion«, stieß sie voller Empörung hervor. »Jetzt erkenne ich ihn wieder. Er ist dieser Vulpius, dessen Schwester dem Geheimrat Goethe … den Haushalt führt.« Sie hüstelte diskret.

»Nun, sie tut noch etwas mehr als das«, wandte Christian ein.

»Davon bin ich überzeugt, mein Freund. Aber meine guten Manieren verbieten mir, darüber nachzudenken.« Mit einer Bewegung ihrer rechten Hand schickte sie die Magd, die nach wie vor die Tür aufhielt, zurück an die Arbeit.

»Darf ich nun fragen, was Sie mit meiner Nichte zu schaffen haben?«, fragte sie Christian in strengem Ton. »Warum schreiben Sie ihr einen Brief? Ich kann mir beim besten Willen nicht vorstellen, dass Sie junge Damen wie Helene überhaupt kennen.«

Christian musste sich zwingen, nicht die Augen zu verdrehen. Dabei suchte er fieberhaft nach einer Erklärung, die gut genug war, um den Argwohn der Frau ein wenig zu mildern. Schließlich sagte er mit dem charmantesten Lächeln, zu dem er sich aufraffen konnte: »Es geht um die Fürstliche Zeichenschule, gnädige Frau. Gewiss ist Ihnen nicht entgangen, wie begabt Ihre Nichte ist. Man munkelt sogar von einem Preis, für den sie vorgeschlagen wurde.«

»Ja, und?«

»Mir wurde mitgeteilt, dass einige Künstler, die dort bei Herrn Hofmaler Kraus Unterricht nehmen, sich durch einen Besuch von mir in der Schule gestört fühlten.«

»Ha«, machte sie.

»Sie wissen, wie Künstler sind. Selbst bewundernde Blicke auf ihre Werke können schon zu viel des Guten sein, wenn sie in ihre Arbeit vertieft sind. Hofmaler Kraus ist der Meinung, dass Ihre Nichte nur deswegen den Unterricht abgebrochen hat.«

Helenes Tante hob die Augenbrauen. »Aber nein, wie kommen Sie darauf? Dass Helene den Zeichenunterricht nicht mehr besucht, hat ganz andere Gründe. Meine Nichte hat mir und ihrem Vater versprochen, künftig mehr an ihre gesellschaftlichen Pflichten zu denken. Schließlich ist sie in dem Alter, in dem ein Mädchen über eine Heirat nachdenken sollte.« Sie senkte die Stimme. »Ganz im Vertrauen, es gibt da einen jungen Mann aus bestem Haus und steinreich dazu, der ein Auge auf sie geworfen hat.«

»Nein, wirklich?«

»Aber ja, wenn ich es Ihnen doch sage.« Ihre Miene wurde argwöhnischer, als sei ihr wieder eingefallen, wen sie da so leichtfertig ins Vertrauen zog. »Aber zum Glück hat sie auch noch mich, die sich um ihren guten Ruf sorgt. Ich werde nicht zulassen, dass Helene sich mit Männern umgibt, die kein guter Umgang für sie sind.« Sie lächelte gönnerhaft. »Ich denke, wir haben uns verstanden?«

Ja, Christian hatte verstanden. Er steckte den Brief in seine Rocktasche und lüpfte den Hut. »Bitte richten Sie Ihrer Nichte dennoch mein Bedauern aus. Ich meine wegen des Unterrichts in der Zeichenschule!« Dann eilte er die Treppen hinunter.

»Und der Brief?«, rief Helenes Tante ihm hinterher, doch er antwortete nicht.

Er traf Helene, als sie mit drei Hutschachteln beladen das Atelier der Putzmacherin verließ. Wie erwartet, war sie erschüttert, als sie von Rosine Jacobys Tod hörte.

»Großer Gott, ist das etwa unsere Schuld?« In ihren blassblauen Augen blitzten Tränen auf. »Weil wir sie aufgesucht und ihr Fragen gestellt haben?«

Christian schüttelte den Kopf. »Wir haben ihr nichts getan. Nachdem wir das Haus verlassen haben, muss ein anderer sich gewaltsam Einlass verschafft haben und …«

»Wie? Sagen Sie es mir, ich werde schon nicht in Ohnmacht fallen.« Sie sah ihn mit betrübter Miene an.

»Ein Schlag mit einem Scheit Brennholz«, sagte er. »Allem Anschein nach hat sie noch eine Botschaft hinterlassen, bevor sie starb. Ein einzelnes Wort, ein Name vielleicht …« Rasch teilte er ihr seinen Verdacht bezüglich des Hauptmanns mit.

Sie gingen ein Stück zusammen; Christian trug die Hutschachteln. Doch schon an der nächsten Straßenecke blieb Helene abrupt stehen.

»Das würde bedeuten, dass die Theorie von der einflussreichen Weimarer Persönlichkeit stimmt«, flüsterte sie. »Es muss ein Mann sein, den der Untersuchungsbeamte des Herzogs nicht so ohne weiteres in Arrest nehmen kann. Jedenfalls nicht, ohne Gefahr zu laufen, seine Karriere zu ruinieren.«

»Oder vielleicht sogar selbst am Galgen zu enden«, stimmte Christian zu.

»Glauben Sie, dass Hauptmann Heyde vorhat, den Mann davonkommen zu lassen?«

Christian nickte. »Deshalb wollte ich Sie sehen, um Sie vor ihm zu warnen.« Er warf einen vorsichtigen Blick über die Schulter und hoffte, dass der Hauptmann ihn nicht beobachten ließ. »Falls er aber doch auf Sie aufmerksam wird und wissen will, wo Sie gestern waren ...«

Sie unterbrach ihn mit einer Handbewegung. »Die Anproben bei meiner Schneiderin dauern jedes Mal eine Ewigkeit. Die gute Frau wird bezeugen, dass ich bei ihr war und mich mit ihren Stecknadeln habe pieken lassen.«

Ein wenig beruhigt wechselte Christian das Thema. Gern tat er das nicht, aber er fühlte sich dazu gedrängt. »Ich habe gehört, es gibt da jemanden, der Ihnen den Hof macht?«

Überrascht kräuselte die junge Frau die Lippen. Sie wirkte keineswegs geschmeichelt. »Wer hat Ihnen davon erzählt?«

»Ihre Tante. Ich klopfte vorhin kurz bei ihr, weil ich ...«

»Was? Sie haben mit meiner Tante über mich gesprochen?« Verärgert funkelte Helene ihn an. »Dazu hatten Sie kein Recht.«

»Sie glaubte, ich würde eine Nachricht von ... Petersdorf bringen«, verteidigte er sich. »Und sie war nicht erfreut, als sie mich erkannte. Aber Sie brauchen sich keine Sorgen zu machen, Helene. Wirklich nicht! Ich habe behauptet, ich käme, um mich zu entschuldigen. Weil ich doch neulich Hofmaler Kraus mit meiner Fragerei auf die Nerven gegangen bin.«

»Und das hat sie Ihnen geglaubt?«

Christian nickte. »Sie findet, dass Sie sich von Männern wie mir fernhalten sollten.«

»Womit sie vermutlich recht hat«, entgegnete Helene, klang jedoch nicht mehr ganz so verärgert.

Christian überlegte, ob es ratsam wäre, sie auf den Manufakturbesitzer anzusprechen, aber entschied, keine schlafenden Hunde zu wecken. Umso erstaunter war er, als Helene von sich aus davon anfing.

»Mein Vater möchte, dass ich endlich heirate. Natürlich stellt er sich als Schwiegersohn einen Offizier von altem Adel, einen hohen Beamten oder einen reichen Kaufmann vor. Er hat meine Tante gebeten, die Sache in die Hand zu nehmen. Nur aus diesem Grund erlaubt er mir, noch eine Weile länger in Weimar zu bleiben. Um Kontakte zu knüpfen.«

Christian begriff. Selbstverständlich betrachtete Helenes Verwandtschaft den reichen Erben einer Porzellanmanufaktur als geeigneten Bewerber um ihre Hand. Dass Gordian Petersdorf in Weimar als Langweiler galt, der sich nicht viel aus Bällen, Konzerten oder den Vergnügungen der Hofgesellschaft machte, spielte dabei keine Rolle. Sein Haus, das am Stadtrand lag, wirkte äußerlich ebenso fad und nichtssagend wie er selbst, dennoch ließ sich nicht abstreiten, dass Petersdorf eine gute Partie war. Und das nicht nur, weil er erfolgreich Porzellan herstellte. Er hatte seine Hände in jedem Geschäft, das Profit versprach. Ihm gehörten Häuser, Höfe und Äcker vor der Stadt, und Christian vermutete, dass eine täglich wachsende Anzahl von Leuten für Petersdorf arbeitete. Freunde und Vertraute hatte der Manufakturist jedoch kaum, und so begegnete man ihm in der Stadt für gewöhnlich nur in Begleitung seines Sekretärs.

»Ich wünsche Ihnen, dass Sie hier in Weimar den richtigen Mann finden«, sagte er nach einer Weile.

Doch sie winkte ab. »Das ist im Moment völlig unwichtig. Sagen Sie mir lieber, was Sie nun vorhaben. Ich nehme nicht an, dass Sie warten wollen, bis unser mysteriöser Unbekannter wieder zuschlägt?«

»Nein, und daher muss ich schleunigst mit Ihrem Freund Jacoby sprechen!«

Helene verzog gequält das Gesicht.

»Es muss sein. Jacobys Schwägerin hat doch gesagt, er wüsste, mit wem Dorothee damals durchgebrannt ist. Aber wenn sie schon dafür zum Schweigen gebracht wurde, dann …«

»… ist auch Jacoby in Gefahr«, ergänzte Helene. Ihr war anzusehen, dass die Vorstellung, die Stadt zu verlassen, um nach dem Steinmetz zu suchen, ihr gemischte Gefühle bescherte.

Christian hatte dafür Verständnis. Schließlich hatte der Mörder schon zweimal getötet. Wer sollte ihn daran hindern, ein drittes Mal zuzuschlagen? Hauptmann Heyde? Nein, mit dessen Unterstützung konnten sie nicht rechnen.

»Aber Jacoby ist in Sicherheit, solange er nicht nach Weimar zurückkehrt«, wandte Helene zaghaft ein.

»Und wie sollen wir ihn daran hindern, nach Hause zu kommen? Sie kennen den Mann besser als ich. Würde er sich von der Stadt fernhalten und sich verstecken, wenn er wüsste, dass seine Schwägerin tot und sein kleiner Neffe nun mutterseelenallein in Weimar ist?«

»Gewiss nicht«, antwortete sie. »Er würde sich bestimmt gleich auf den Weg machen und …« Sie zögerte. »… dem Mörder geradewegs in die Arme laufen.«

Christian konnte ihr nur beipflichten. Wollten sie verhindern, dass Jacoby das nächste Opfer des Mörders wurde, galt es, keine Zeit mehr zu verlieren.

12. Kapitel

Im Speisezimmer der Freifrau von Stein wurde das Frühstücks-
geschirr erst gegen elf Uhr abgeräumt, denn die Hausherrin saß
an diesem Morgen ungewöhnlich lange vor ihrer Tasse Mokka
und grübelte. Erst als die Uhr des nahen Kirchturms schlug,
zog sie sich mit ihrem Gast in den kleinen Lesesalon im Ostflügel zurück, weil es dort um diese Tageszeit angenehm kühl
war.

Charlotte von Stein war blass und so angespannt, dass sie alle
Besuche und Erledigungen für diesen Tag abgesagt und ihren
Dienstboten sogar strikt verboten hatte, jemanden zu ihr zu lassen. Sie hatte schlecht geschlafen und beim Frühstück kaum
einen Bissen angerührt. Zu groß waren die Sorgen, die sie sich
um ihren Gast machte. Sie nahm einen Gedichtband zur Hand,
blätterte darin, legte ihn dann aber wieder weg. Als Nächstes
versuchte sie es mit einer Handarbeit, doch ihre Finger zitterten
zu stark, um die Nadel zu halten. Schließlich gab sie alle Versuche auf, sich ein wenig Zerstreuung zu verschaffen, und wandte
sich der jungen Frau zu, die ihren Platz am Cembalo eingenom-
men hatte und eine Partitur studierte. Dass Dorothee Freude
am Musizieren hatte, gefiel Charlotte von Stein, die selbst eine
große Musikliebhaberin war. Nun jedoch war ihr nicht danach
zumute, dem Klavierspiel der jungen Frau zuzuhören. Sie mussten reden.

»Ich bewundere Ihre Ruhe«, sagte sie, nachdem sie Dorothee
eine Weile beobachtet hatte. »Wird es nicht langsam Zeit, diesem Mann, in dem sich ganz Weimar getäuscht hat, die Maske
vom Gesicht zu reißen? Worauf warten wir eigentlich noch?
Dass er Sie hier findet und auch noch tötet?«

Sie erhob sich aus ihrem Sessel und begann durch den Raum
zu laufen. »Er hat Wagner auf dem Gewissen und nun auch
noch …«

»… die Frau vom Schweinemarkt? Ja, darüber reden sogar die Dienstboten. Aber wie sollen wir ihm das nachweisen? Und wer würde uns glauben? Nein, ich fürchte, wir müssen abwarten. Er wird einen Fehler machen, das weiß ich genau. Zuallererst brauchen wir aber die Urkunde.«

Charlotte von Stein fächelte sich mit hektischen Bewegungen Luft zu. Dabei erinnerte sie sich, wie eindringlich sie selbst verlangt hatte, die Urkunde aufzuspüren. Nur leider hatten sich die italienischen Bücher, die Dorothee aus Goethes Gartenrefugium mitgenommen hatte, als Irrtum erwiesen. In keinem davon gab es auch nur den geringsten Hinweis auf ein Dokument, das Dorothee zu ihrem Recht verhelfen konnte. Daher war die Entscheidung, die Bücher heimlich zum Frauenplan zu bringen und vor dem Haus des Geheimrats abzulegen, richtig gewesen. Sixtus, den sie damit beauftragt hatte, schwor, dass niemand ihn dabei gesehen hatte.

Charlotte von Stein dachte angestrengt nach, bis ihr ein Einfall kam. Dieser behagte ihr zwar nicht besonders, doch vielleicht brachte er sie doch ein Stück weiter.

»Ich gebe am Freitag eine kleine Gesellschaft«, teilte sie Dorothee mit. »Nichts Aufregendes, nur ein Kreis enger Freunde vom herzoglichen Hof.«

Die junge Frau schmunzelte. »Ich habe gehört, wie die Köchin mit ihren Gehilfinnen darüber redete. Ein Abend mit nahezu hundert Gästen würde ich gewiss als aufregend empfinden.«

»Das kann ich mir vorstellen, meine Liebe. Zumal ich … auch *ihn* eingeladen habe.«

»Sie haben … was getan?«

Charlotte von Stein atmete tief durch, denn in den furchtsam geweiteten Augen der jungen Frau lag der unausgesprochene Vorwurf des Verrats. »Es musste sein«, erklärte sie leise. »Ich kann zu keiner Soiree bitten, ohne ihn einzuladen. Alle meine

142

Freunde würden sich darüber wundern und Fragen stellen. Das können wir uns nicht erlauben.«

Die Jüngere schüttelte angsterfüllt den Kopf.

»Keine Sorge, meine Liebe. Ich kann verstehen, dass die Vorstellung, diesen Schuft hier zu empfangen, Sie aufregt. Mir geht es ja nicht anders, aber ich werde alles tun, was in meiner Macht steht, um eine Begegnung zwischen ihm und Ihnen zu vermeiden.«

»Aber es ist doch längst bekanntgeworden, dass Sie einen Gast haben«, wandte Dorothee ein. Sie war kreideweiß geworden. »Wie wollen Sie Ihren Gästen erklären, dass ich nicht an der Gesellschaft teilnehme?«

Daran hatte Charlotte von Stein längst gedacht. Ihre Dienstboten waren loyal und schwiegen über die Vorgänge im Haus ihrer Herrin. Allen anderen würde sie von heftigen Kopfweh- und Schwindelattacken erzählen, die es ihrem Gast, einer entfernten Cousine, leider unmöglich machten, das Bett zu verlassen.

»Ich überlege mir, auch die Geschwister Vulpius einzuladen«, sagte Charlotte schließlich in einem Ton, der zu verstehen gab, wieviel Überwindung sie schon der Gedanke daran kostete.

»Den jungen Mann? Ist das klug? Er sucht mich doch immer noch. Sogar in der Zeichenschule ist er gewesen. Das haben Sie mir selbst gesagt. Er wird auch hier herumschnüffeln.«

»Ich spreche auch nicht von ihm, sondern von seinen Schwestern Christiane und Ernestine. Der Geheimrat wird es erfahren und zu schätzen wissen, dass ich die beiden nicht links liegen lasse. Davon abgesehen könnten Sie die Abwesenheit der beiden nutzen, um sich ein wenig am Frauenplan umzusehen.« Sie nahm Dorothee die Partitur aus der Hand und warf sie auf das Cembalo. »Wenn Wagner die Urkunde an Goethe geschickt hat, muss sie noch irgendwo sein. Vielleicht hat der Alte sich geirrt, und Goethe bewahrt das Schriftstück doch in seinem Arbeitszimmer auf. Finden Sie es, und bringen Sie es mir, so schnell Sie können. Ich werde dafür sorgen, dass unser Freund die Gesellschaft nicht verlässt.« Sie tätschelte Dorothee beruhigend am Arm. »Sobald wir die Urkunde im Beisein aller wichtigen Persönlichkeiten verlesen haben, ist der Mann ruiniert. Vermutlich wird er sich noch in derselben Nacht eine Kugel in den Kopf jagen. Dann sind Sie frei und können Italien vergessen. Ein neues Leben beginnen.«

»Und der Skandal?«, gab die junge Frau zu bedenken. Sie senkte den Blick auf ihre gefältelte Spitzenmanschette.

Charlotte von Stein lachte. »Darüber müssen Sie sich nicht ihren hübschen Kopf zerbrechen. Finden Sie die Urkunde, den Rest erledige ich.« Mit diesen Worten öffnete sie die Schublade ihres Sekretärs und holte einen Schlüssel heraus, den sie Dorothee überreichte. »Der Geheimrat hat ihn mir vor Jahren anvertraut und niemals zurückverlangt. Nicht einmal, nachdem er sich diese Vulpius in sein Bett geholt hat. Mit ihm kommen Sie ins Haus. Ich werde Ihnen auch Sixtus, meinen Kutscher, mitschicken. Er ist immer noch wütend, dass er Wagners Tod nicht verhindern konnte, und wird alles tun, um auf Sie aufzupassen. Also keine Angst, wir sind fast am Ziel!«

Ohne sich noch einmal nach Dorothee am Cembalo umzusehen, raffte Charlotte von Stein ihr Kleid und eilte aus dem Salon, um nach ihrer Zofe zu rufen. Der Freitagabend kam näher, nun galt es, die letzten Vorbereitungen zu treffen.

Christian hatte nicht erwartet, dass es so leicht werden würde, seine Schwester zu überreden, ihm ihren Einspänner zu überlassen. Umso überraschter war er, als er Christiane bei bester Laune antraf. Mit vor Aufregung geröteten Wangen zeigte sie ihm die in verschnörkelter Schrift geschriebene Einladung, die ein Diener der Frau von Stein überbracht hatte.

»Vor ein paar Tagen habe ich noch gesagt, dass man nicht

ohne Einladung zu ihr geht, und heute flattert mir eine ins Haus«, sagte Christiane hocherfreut. »Und denk dir nur, Charlotte von Stein bittet sogar darum, dass Ernestine mich begleitet.«

Als Ernestine zu ihnen stieß, begannen die beiden Frauen, sich über die passende Garderobe für den Freitagabend zu unterhalten. Christian verstand dies als Zeichen, sich zurückzuziehen. »Bekomme ich nun den Einspänner?«, fragte er an der Tür.

Eine Stunde später lenkte er den Wagen durch das Tor, das in nördlicher Richtung aus der Stadt führte. Es war wieder heiß und schwül geworden. Die feuchte Luft brachte Christian zum Schwitzen, obwohl das Dach der Equipage ihm notdürftig Schatten spendete. Wie verabredet wartete Helene nach der ersten Wegbiegung auf ihn. Sie hatte ihm verboten, mit der Kutsche vor ihrem Haus auf sie zu warten. Niemand sollte sehen, wie sie zu ihm in den Wagen stieg. Aber mitkommen wollte sie auf jeden Fall.

Christian lächelte, als er ihr beim Einsteigen half. Helene hatte sich für den Ausflug in das Dorf, in dem sie Jacoby zu finden hofften, zurechtgemacht, als besuchte sie ein Picknick mit Freunden. Sie trug ein pastellfarbenes, hochtailliertes Kleid mit kurzen Ärmeln und hatte ihr blondes Haar aufgesteckt. In der Hand schwenkte sie ein geflochtenes Körbchen, um das ein rotes Stoffband geknotet war. Strohhut und Sonnenschirm klemmten unter ihrem Arm.

»Meine Tante hat Angst, dass die Schneiderrechnung sie ruinieren wird«, sagte sie, als sie neben Christian Platz genommen hatte. »Die Ärmste.«

»Wird sie nicht misstrauisch, wenn niemals fertige Kleider abgegeben werden?«

Ein Lächeln umspielte Helenes Lippen. »Lassen Sie das nur meine Sorge sein, Herr Vulpius. Meine Tante wird die Kleider und

Hüte bald bestaunen können. Außerdem hat sie mich noch zur Zeichenschule geschickt, um mit Hofmaler Kraus zu sprechen.«

Er blickte sie erstaunt an. »Warum denn das?«

»Nun, seit Sie gestern bei ihr waren, treibt sie die fixe Idee um, ich könnte nicht nur Hofmaler Kraus, sondern auch den Herzog beleidigt haben, weil ich den Unterricht nicht mehr besuche. Dieser Gedanke hat die Ärmste fast um den Schlaf gebracht. Sie bat mich, den Hofmaler ein wenig zu besänftigen, und das werde ich selbstverständlich tun, sobald wir aus …«

»Schwerstedt«, half Christian aus. »Das Dorf, in dem Jacoby arbeitet, heißt Schwerstedt.«

»Also, sobald wir aus Schwerstedt zurück sind. Ich hoffe nur, die ganze Angelegenheit wird uns nicht zu lange dort aufhalten. Noch hält sich das Misstrauen meiner Tante in Grenzen, aber falls sie herausfindet, dass ich wegen der Anproben bei der Schneiderin geflunkert habe, wird sie mich bis Freitag bei Wasser und Brot in meinem Zimmer an die Wand ketten.«

»Wieso bis Freitag?« Christian bemerkte, wie sich Helenes Miene verdüsterte. Starr blickte sie zur Seite und beobachtete die Landschaft, die an ihr vorbeizog. Schließlich antwortete sie: »Ich wurde gebeten, einen Bekannten zu einer Abendgesellschaft zu begleiten.«

Christian schaute sie mit großen Augen an. »Etwa zu Charlotte von Stein?«

»Eigentlich möchte ich nicht hingehen, aber ich fürchte, mir bleibt keine andere Wahl. Dass ich in den letzten Tagen unbewacht die Wohnung verlassen durfte, habe ich dieser Einladung zu verdanken. Meine Tante ist aufgeregt, weil sie hofft …«

Sie sprach nicht weiter, aber das war auch nicht nötig, da Christian schon wusste, wovon Helenes Tante träumte. Sie wünschte sich, dass der junge Petersdorf ihrer Nichte einen Antrag machte. Und er bekam wieder einen flauen Magen, als er darüber nachdachte.

146

»Über die Freitagabendgesellschaft bei Charlotte von Stein spricht schon die ganze Stadt«, sagte er schließlich. »Sie kommt den hohen Herrschaften wohl wie gerufen, denn ein solches Ereignis lenkt die Leute von den Mordfällen ab. Und von der Unfähigkeit der Behörden!«

Helene verzog den Mund. »Das wäre ein Grund mehr, sich nicht dort blicken zu lassen. Ist es nicht furchtbar, sich zu vergnügen und zu vergessen, was vor wenigen Tagen passiert ist?«

»Oh, da unterschätzen Sie unsere feine Weimarer Gesellschaft«, sagte Christian. »Es würde mich wundern, wenn am Freitagabend nicht wenigstens hinter vorgehaltener Hand über die Morde geredet würde. Und gerade deshalb sollten Sie sich auf jeden Fall im Palais von Stein blicken lassen. Meine Schwestern werden übrigens auch dort sein. Ich habe heute erfahren, dass sie beide eine Einladung bekommen haben.«

»Ich freue mich schon darauf, sie kennenzulernen.« Helenes Augen funkelten. »Die Frau, der es gelungen ist, das Herz Johann Wolfgang Goethes zu erobern, muss ein besonderer Mensch sein.«

»Ja, das ist sie wohl«, sagte Christian knapp und schwang die Zügel.

»Ich dachte nur …«

»Dass sie und Charlotte von Stein sich nicht verstehen? Nun ja, das könnte man behaupten. Die Freifrau hat nie einen Hehl aus ihrer Verachtung für meine Schwester gemacht.«

»Aber warum nimmt sie dann eine solche Einladung an?«, wollte Helene wissen.

Christian zuckte mit den Schultern. »Es muss merkwürdig sein, in einem wunderschönen Haus mit Bediensteten zu leben und aus kostbaren Teetassen zu trinken, sich aber dennoch wie ein Fremdkörper zu fühlen. Ich glaube, sooft Christiane eine Einladung ins Haus flattert, hofft sie, es geschafft zu haben und nicht mehr wie eine Ausgestoßene behandelt zu werden. Sie will daran glauben, dass sich die Menschen endlich an sie gewöhnt haben und sie wie ihresgleichen behandeln. Und dann ist da noch meine andere Schwester, Ernestine. Sie ist achtzehn, führt aber das Leben einer alten Jungfer. Es ist meines Wissens das erste Mal, dass Charlotte von Stein ihre Existenz überhaupt zur Kenntnis nimmt. Möglich, dass dieser Abend für sie in einer Katastrophe mündet, aber ebenso gut könnte es sein, dass sie sich amüsiert. Schon Ernestine zuliebe würde Christiane keine Einladung ablehnen.«

Helene nickte und hing fortan schweigend ihren Gedanken nach. Eine Weile folgten sie der Landstraße, die mit Schlaglöchern und Unebenheiten in einem beklagenswert schlechten Zustand war. Christian und Helene wurden kräftig durchgeschüttelt. Aber das Mädchen beklagte sich weder darüber noch über den Staub, der sie von Zeit zu Zeit heftig husten ließ. Es gab im Herzogtum inzwischen genügend Straßen, die für den Postkutschenverkehr und das Militär ausgebessert worden waren, doch wer sie benutzte, musste Chausseegeld zahlen.

Eine Weile später sah Christian in der Ferne endlich den Kirchturm von Schwerstedt. Aufatmend lenkte er den Einspänner auf das Dorf zu. Wäre er allein unterwegs gewesen, hätte er sich als Erstes nach einer Schenke umgesehen, doch Helene sah nicht so aus, als stünde ihr der Sinn nach einem kühlen Bier im Wirtshaus.

»Und hier sollen wir Jacoby finden?«, fragte sie beim Anblick der wenigen Bauernhäuser und Stallungen, die sich um den Kirchplatz verteilten. Wachsam und skeptisch zugleich schaute sie sich um. Am Dorfbrunnen standen ein paar Frauen und plauderten, während eine Schar Kinder sich kreischend mit Wasser aus der Pferdetränke bespritzte. Gegenüber beluden zwei Bauern im Schweiße ihres Angesichts einen Karren mit Säcken. Als sie den Einspänner bemerkten, hielten sie inne und verfolgten ihn mit neugierigen Blicken.

Christian machte Helene auf ein ummauertes Anwesen aufmerksam, das ein wenig abseits vom Dorf hinter einem Feld mit Färberwaidpflanzen zu sehen war.

»Dort ist das Rittergut von Schwerstedt«, sagte er. »Und ein Stück östlich der Mühle gibt es noch ein Landhaus, das einem Weimarer Bürger gehören soll. Keine Ahnung wem, aber ich vermute mal, dass Jacoby in eines dieser Häuser gerufen wurde, um Ausbesserungsarbeiten durchzuführen.«

Zunächst sprach Christian auf dem Rittergut vor, wo ihn ein Lakai ungnädig abwies. Ein Steinmetz aus Weimar? Nein, der sei hier nicht beschäftigt, erklärte der Mann. Überdies sei die Dame des Hauses, die die Sommermonate wie in jedem Jahr auf dem Landsitz der Familie verbringe, nicht bei bester Gesundheit, weshalb sich die Herrschaft jede Störung verbitte.

»Ein reizender Mensch«, knurrte Christian, als er sich wieder auf den Kutschbock schwang. »Er hat uns abserviert wie Bittsteller.« Rasch wendete er den Einspänner und jagte dem offenen Tor entgegen.

»Glauben Sie, er hat die Wahrheit gesagt?« Helene musste fast schreien, um das Rauschen des Baches zu übertönen, dessen Lauf sie folgten.

Christian zuckte mit den Achseln. »Warum sollte er lügen? Allerdings finde ich, dass es hier für einen tüchtigen Steinmetz eine Menge Arbeit gibt. Allein die Tor- und Fensterbögen …«

»Wir sollten uns beeilen«, drängte Helene. »Ich habe kein gutes Gefühl.« Sie warf einen Blick über die Schulter zurück auf das dreiflügelige Herrenhaus, dessen rotes Dach im Sonnenschein wie Feuer zu glühen schien. Davor stand der Lakai und starrte ihnen mit ausdrucksloser Miene nach. Doch plötzlich wirbelte er auf dem Absatz herum und eilte mit wehenden Rockschößen davon.

Das zweite Haus, das in Frage kam, war nicht schwer zu finden. Es bildete den Mittelpunkt eines Gutshofes, der von hohen

Dornenhecken umgeben war. Mit dem Wagen kam Christian nur schlecht durch das hüfthohe Gras, daher stiegen er und Helene aus und gingen das letzte Stück zu Fuß. Helenes Unbehagen schien mit jedem Schritt zu wachsen. Christian bemerkte, dass sie ihren Schirm wie eine Waffe schwang. Befürchtete sie etwa, man könnte sie hier draußen angreifen?

Christian ließ seine Blicke über die abgeernteten Felder schweifen, sah aber weit und breit keine Menschenseele. Im Dorf gab es eine Strumpfwirkerei und ein paar Leinenweber, aber die Mehrheit der Dorfbewohner schien aus Bauern zu bestehen, welche die für die Färberei benötigten Waidpflanzen anbauten. Auch um das Gut herum befanden sich Waidfelder, doch sah es nicht so aus, als wären diese in den letzten Jahren bestellt worden. Über dem ganzen Besitz lag eine Atmosphäre von Schwermut und Verfall. Als Christian und Helene den Hof betraten, sahen sie leere, baufällige Ställe und Scheunen, zerbröckelnde Mauern, auf denen sich Eidechsen sonnten, und inmitten des Ganzen ein zweistöckiges Fachwerkhaus, das fast vollständig von einem hölzernen Baugerüst umgeben war.

»Hier wird tatsächlich gearbeitet«, sagte Helene sichtlich erleichtert. »Hören Sie das?«

Christian lauschte. Ja, nun hörte er es auch. Hinter dem Haus wurde gehämmert und gesägt. Helene und er folgten dem Lärm und stießen auf eine Gruppe von Männern, die offensichtlich einen kleineren Anbau errichteten. Als die Handwerker auf sie aufmerksam wurden, ließen sie ihr Werkzeug sinken und sahen ihnen mit einer Mischung aus Neugier und Argwohn entgegen.

»Den Jacoby sucht ihr?« Ein breiter, bärtiger Mann, dessen Gesicht und Arme Spuren von Sonnenbrand aufwiesen, warf einen Blick über die Schulter. »Jacoby, wo steckst du?«, brüllte er.

»Der ist fort«, gab ein Steinmetzgeselle mit staubverschmiertem Gesicht zurück. »Ist vorhin quer über die Felder ins Dorf.

Wollte wohl zur Kirche.« Der Mann grinste. »Aber bestimmt nicht, um das Vaterunser zu beten. Der komische Vogel hat's nicht so mit dem Allmächtigen.«

Der Bärtige warf seinem Gesellen einen missbilligenden Blick zu und ermahnte ihn, sich um seine eigenen Angelegenheiten zu kümmern.

»Stimmt doch«, gab der junge Mann beleidigt zurück. »Als wir uns am Sonntag alle zum Gottesdienst aufmachten, blieb der Jacoby allein zurück. Und als ich ihn fragte, was er stattdessen vorhabe, fauchte er mich an, dass mich das einen Dreck angehe und er in Ruhe gelassen werden wolle.« Er rümpfte die Nase. »Hat bestimmt geschafft, obwohl wir am Sonntag nicht arbeiten sollen. Und ausgerechnet so einen ruft der Herr Pfarrer zu sich.«

»Am Fenster im Glockenturm sind ein paar Steine lose«, meinte der Bärtige. »Hab ich sofort gesehen, als wir vor ein paar Wochen hier ankamen. Vermutlich will der Pastor unseren Jacoby bitten, das für ihn zu reparieren. Kostenlos, versteht sich. Weil es doch eine Christenpflicht ist.« Plötzlich brach er in Gelächter aus und klopfte seinem Kameraden derb auf den Rücken. »Du hast recht, Kleiner, mit dem Jacoby hat sich der Pfaffe den Falschen ausgesucht.«

Christian bedankte sich für den Hinweis und wollte sich schon mit Helene abwenden, als ihm noch etwas einfiel. »In wessen Auftrag arbeitet ihr hier eigentlich?« Er deutete auf das Haus mit den zerborstenen Fensterläden. »Ich habe gehört, ein Weimarer Bürger habe das Gut erst vor wenigen Wochen gekauft.«

Der Bärtige hörte abrupt auf zu lachen. »Und wer will das wissen?«, fragte er vorsichtig.

»Wenn ihr aus Weimar seid, kennt ihr bestimmt den Geheimrat von Goethe. Wir … gehören zu seiner Familie und sind in seinem Auftrag unterwegs. Darum haben wir uns ja auch nach Jacoby erkundigt.« Christian grinste. »Der Dorfpfarrer ist nicht der Einzige, der einen guten Steinmetz braucht.«

Der Bärtige hob prüfend die Augenbraue. »Wollt Ihr damit sagen, der Herr Geheimrat hat vor, sich auch auf dem Land niederzulassen?«

»Auch?«, hakte Christian nach. »Wer möchte das denn noch?«

»Na, der junge Petersdorf. Sie wissen schon, der Porzellanmanufakturist. Für den sollen wir das zugige Gemäuer in einen herrschaftlichen Gutsbesitz verwandeln. Diese reichen Leute kommen auf die verrücktesten Ideen.« Er kicherte. »Aber vielleicht soll ihm das Haus ja später als Liebesnest dienen.«

Christian bemerkte, wie Helene neben ihm erstaunt die Luft ausstieß. Offensichtlich hörte sie von diesen Plänen zum ersten Mal.

»Jacoby arbeitet also für Gordian Petersdorf«, raunte er ihr zu, als sie wieder auf dem Weg zum Wagen durch das hohe Gras stapften. »Haben Sie davon gewusst?«

»Ich glaube, Sie machen sich ein falsches Bild, was meine Beziehung zu Petersdorf betrifft. Vermutlich kennen meine Tante und deren Magd ihn besser als ich.« Sie funkelte ihn gereizt an. »Aber vielleicht sollte mich das nicht wundern. Ich wusste ja nicht einmal, dass ich zu Herrn von Goethes Sippschaft gehöre und in seinem Auftrag unterwegs bin.«

Christian verdrehte die Augen. Sehr schön. Da beschwindelte die junge Dame tagtäglich ihre Tante und erfand Anproben, die es gar nicht gab, doch eine kleine Notlüge seinerseits wurde sogleich auf die Goldwaage gelegt. Als er Helene beim Aufsteigen behilflich sein wollte, übersah sie seine Hand geflissentlich.

»Um eines klarzustellen, Herr Vulpius. Ich bin nicht mitgekommen, um mich mit Ihnen über Gordian Petersdorf zu unterhalten, sondern weil ich mir große Sorgen um Jacoby mache. Wie es aussieht, weiß er noch gar nicht, was seiner Schwägerin zugestoßen ist.« Sie verscheuchte mit der Hand eine Stechfliege, die sich auf ihrer Nase niederlassen wollte. »Das heißt, Hauptmann Heyde hat ihn noch nicht aufgespürt. Ist vielleicht auch besser, wenn er es nicht von ihm, sondern von mir erfährt.«

Christian nickte. Er wollte soeben die Zügel ergreifen, als er auf einen Reiter aufmerksam wurde, der in wildem Tempo auf seinen Einspänner zuhielt. Er schien vom Hofgut zu kommen. Als der Mann den Wagen erreicht hatte, brachte er sein Tier zum Stehen und zog höflich den Hut. Christian war so verblüfft, dass er vergaß, den Gruß zu erwidern. Den Mann schätzte er auf sein eigenes Alter, vielleicht war er aber auch ein paar Jahre jünger. Seiner teuren Kleidung und dem Pferd nach, das er ritt, lebte er nicht im Dorf, sondern gehörte dem Landadel an. Er hatte pechschwarzes Haar, das zu einem Zopf zusammengebunden war, und seine gebräunte Haut deutete darauf hin, dass er sich oft in der Sonne aufhielt.

»Wie erfreulich, dass ich Sie noch eingeholt habe«, sagte der Mann nun, während er Christian und Helene mit Blicken taxierte. »Drüben auf dem Gutshof sagte man mir, Sie seien im Auftrag des Herrn Geheimrats von Goethe aus Weimar hier.«

Christian neigte ein wenig steif den Kopf. Hier, inmitten der Einöde, aufgehalten zu werden, gefiel ihm nicht, zumal der Reiter keine Anstalten machte, ihm aus dem Weg zu gehen. Helene schien ebenso beunruhigt zu sein.

»Oh, verzeihen Sie, ich habe mich noch gar nicht vorgestellt. Johann Friedrich von Tillert. Ich verbringe den Sommer mit meiner Gattin auf dem Rittersitz. Wie mir mitgeteilt wurde, wollten Sie uns schon vorhin die Ehre eines Besuchs geben, aber …« Er hob entschuldigend die Hände. »Mein Kammerdiener ist ein Einfaltspinsel. Glauben Sie mir, ich werde ihm diesen Fauxpas keineswegs durchgehen lassen. Er wird keinen Besucher mehr auf so eine rüde Art davonjagen.«

»Aber ich bitte Sie, wir kamen ohne Anmeldung, und Ihre Gattin fühlte sich unwohl«, erklärte Christian in versöhnlichem

Tonfall. »Wir baten ja auch nur um eine Auskunft, und die haben wir bekommen. Es gibt also keinen Grund zur Aufregung.«

»Meine Frau fühlt sich leider immerzu unwohl, das geht schon seit Jahren so«, sagte von Tillert. »Bringe ich sie in die Stadt, sehnt sie sich nach dem Land. Ist sie hier draußen, fehlt ihr die Stadt, und sie wird schwermütig.« Der Ton, in dem er das ausführte, gab zu verstehen, dass er für die melancholischen Stimmungen seiner Frau nur wenig Verständnis aufbrachte.

Christian räusperte sich. »Nun, es tut mir leid, das zu hören, aber wenn Sie nichts dagegen haben, werden wir uns jetzt verabschieden. Wir haben es eilig.«

»Oh, ich hatte gehofft, Sie als Gäste auf dem Rittersitz begrüßen zu dürfen«, wandte Herr von Tillert ein. »Nur zu einem zwanglosen Essen. Das würde meine Luise gewiss aufmuntern. Sie ist eine glühende Verehrerin von Geheimrat von Goethes Werken. Als sie ›Die Leiden des jungen Werther‹ las, konnte ich sie nur mit Mühe davon abhalten, ins Wasser zu gehen. Ich musste sämtliche Pistolen in meinem Haus in Truhen einschließen.«

»Und wir müssen jetzt zur Kirche«, zischte Helene Christian zu, ohne die Lippen zu bewegen. Christian fiel auf, dass sie den Blicken des Mannes auswich. Sooft dieser sie ansah, drehte sie rasch den Kopf zur Seite.

Von Tillert zog die Augenbrauen zusammen. »Ja, ja, das sagte man mir drüben auf dem Gut schon. Sie suchen nach einem der Handwerker, aber das ist nicht weiter schwierig. Ich schicke sogleich einen meiner Diener zur Kirche rüber und lasse den Mann holen, sobald der Pastor mit ihm fertig ist. Vorher werden Sie ohnehin nicht mit dem Steinmetz reden können, das wird der Pastor nicht erlauben. Wenn es um seine Kirche geht, kennt er kein Pardon. Sicher wird es noch ein Stündchen dauern, bis er mit dem Handwerker einig geworden ist. Das verschafft uns genügend Zeit, um gemütlich mit Luise zu speisen.«

Er fuhr sich mit der Hand durch das Haar. »Hoffentlich erzählen Sie uns dabei recht viel von Ihrem großen Verwandten und woran er gerade arbeitet. Hier draußen ist es sehr einsam, da sind wir für jede Ablenkung dankbar.«

Christian stieß geräuschvoll die Luft aus. »Aber wir …«

»Ich bestehe darauf, dass Sie mir die Gelegenheit geben, meinen Fehler von vorhin wiedergutzumachen«, sagte Herr von Tillert unnachgiebig. Er deutete auf den Weg, der hinauf zum Rittersitz führte.

Nun lächelte er nicht mehr.

13. Kapitel

Ernestine gab es ungern zu, aber die Einladung zum Fest der Charlotte von Stein schüchterte sie so ein, dass sie vor Aufregung kaum noch an etwas anderes denken konnte. Nie zuvor hatte sie einer Abendgesellschaft beigewohnt, die im Haus einer so einflussreichen Person stattfand. Viel wusste Ernestine nicht über Charlotte von Stein, und sie traute sich auch nicht, Christiane über sie auszufragen, weil sie wusste, dass diese gar nicht gut auf die Adelige zu sprechen war. Aber konnte es ihr nicht gleichgültig sein, was Christiane von ihr hielt? Sie hatte sich schließlich nichts vorzuwerfen. Eines stand indes fest: Am kommenden Freitag würde sich in Charlotte von Steins Palais der halbe Adel des Landes die Klinke in die Hand geben, und wer auch immer am Empfang eine Einladung vorweisen konnte, der gehörte zu ihnen.

Immer wieder musste sich Ernestine das herrschaftliche Wappen auf der Karte ansehen, die sie Christiane abgebettelt hatte: einen blauen Löwen auf goldenem Grund. Dabei malte sie sich aus, wie sie im Licht der Kerzen über das spiegelglatte

155

Parkett des Salons schwebte. Ob im Palais auch getanzt wurde? O Gott, was, wenn ein junger Mann sie aufforderte? Was sollte sie anziehen? Was durfte sie keinesfalls tun, um nicht zum Gespött zu werden?

In ihrer Schlafkammer blätterte sie durch die neueste Ausgabe von Justin Bertuchs »Journal des Luxus und der Moden« und bestaunte die hübschen Kupferstiche von Kleidern und Hüten, die in dieser Saison bei Hofe getragen wurden. Ratlos schüttelte sie den Kopf. Nein, so etwas konnte sie sich unmöglich leisten. Allein der Seidenstoff für eine so lange Schleppe würde sie ein Vermögen kosten. Und dann die Frisur. Wie lange mochte es dauern, sein Haar in Hunderte winzige Spiralen legen zu lassen? Die Frau des Barbiers, von der Christiane sich frisieren ließ, beherrschte so etwas vermutlich gar nicht.

Sie warf das »Journal« aufs Bett und wandte sich ihrem Schrank zu. Es dauerte nicht lange, die wenigen Kleider und Schuhe, die sie darin verwahrte, einer strengen Prüfung zu unterziehen. Ihr Vater hatte zu viel Pech im Leben und zu wenig Geld in der Tasche gehabt, um seine Töchter mit einer ordentlichen Aussteuer zu versehen. Als sie daran dachte, dass fast das gesamte Vermögen der Familie für Christians Studien draufgegangen war, zitterte ihre Lippe. Ihr Vater hatte daran geglaubt, dass aus dem Burschen etwas werden würde, deswegen hatte er ihn vorgezogen. Doch anstatt als Advokat oder herzoglicher Rat eine gehobene Position einzunehmen wie der Geheimrat Goethe, jagte er fixen Ideen nach. Seinetwegen war sogar die Obrigkeit im Haus gewesen.

»Dieser Hauptmann sah allerdings gar nicht übel aus«, flüsterte Ernestine ihrem Spiegelbild zu, während sie sich die wenigen passablen Kleider vor den Leib hielt, die sie besaß. Sie fragte sich, ob sie den jungen Mann am Freitag im Haus Charlotte von Steins wiedersehen würde. Von der Hand zu weisen war das nicht, denn so, wie der Offizier aufgetreten war, gehörte er zu denen, die in Weimar etwas zu sagen hatten. Plötzlich kam ihr eine Idee. Für ein Kleid würde ihr bescheidenes Auskommen nicht reichen, aber vielleicht für etwas anderes?

»Ich gehe auf den Markt«, teilte sie Christiane eine halbe Stunde später mit. »Wir brauchen noch ein paar Zutaten fürs Abendessen. Ich kann August mitnehmen. Er braucht frische Luft.«

In der Stadt erledigte Ernestine ihre Einkäufe rasch, aber ohne die sonst übliche Sorgfalt bei der Auswahl von Gemüse und Früchten. Die Marktfrauen wunderten sich, dass sie sich nicht einmal die Zeit nahm, um sich über zu viele welke Blätter am Salat zu beschweren oder die Äpfel auf faule Stellen zu untersuchen. In aller Eile zerrte sie den kleinen August von Stand zu Stand, bis alles, was sie brauchte, in ihrem Korb lag.

»Können wir nun endlich wieder nach Hause?«, quengelte August. Er hatte genug von dem Geschrei der Marktleute und beklagte sich darüber, dass ihm die Füße wehtaten.

»Eines muss ich noch erledigen!« Ernestine strich dem Jungen flüchtig über das blonde Haar. »Weißt du, deine Tante will doch hübsch aussehen, wenn sie am Freitag zur Freifrau von Stein geht.«

August zuckte verständnislos mit den Achseln, dann machte er große Augen. »Bitte nicht zur Schneiderin, das ist langweilig.«

Ernestine schüttelte den Kopf, nahm den Jungen bei der Hand und schob sich mit ihm durch das Gedränge. Sie durchquerte einige Straßen, bis sie die Fassade des Bertuch-Hauses vor sich aufragen sah. In dessen Manufaktur für Seidenblumen würde sie die notwendigen Accessoires finden, um ihre Garderobe für den Freitagabend interessanter zu machen. Sie befahl August, sich auf ein Mäuerchen zu setzen und nicht vom Fleck zu rühren, und versprach, dass es nicht gar zu lange dauern würde.

»Natürlich habe ich etwas für dich, mein Kind!«, empfing Caroline Bertuch sie im Innern des Hauses. Sie war zwar wie immer beschäftigt, ließ ihre Arbeit aber einen Moment ruhen, um der jüngeren Schwester ihrer einstigen Lieblingsnäherin behilflich zu sein. Im Nu zauberte sie aus einer mit Samt ausgeschlagenen Schatulle eine Auswahl der herrlichsten Seidenblüten, die sie Ernestine mit wohlwollenden Blicken vors Dekolleté hielt. »Blutrote Rosen, man könnte fast glauben, sie duften noch, nicht wahr? Damit wird aus jedem noch so bescheidenen Kleid ein wahrer Augenschmaus.«

Ernestine nickte, hoffte jedoch gleichzeitig, dass die zarten Gebilde nicht zu teuer waren. Sie hatte auf dem Markt gespart, wo sie nur konnte und sich sogar einen halb verfaulten Kohlkopf andrehen lassen. Aber würde ihr Geld für die kleinen Wunderwerke reichen?

»Keine Sorge!« Caroline Bertuch winkte ab, als Ernestine sie zaghaft darauf ansprach. »Ich helfe doch gern aus. Sagen wir als kleine Wiedergutmachung.«

»Als Wiedergutmachung?« Ernestine verstand nicht, worauf die Manufakturistin anspielte.

»Ach, dann hat Christiane gar nicht erwähnt, wie ungehobelt sich mein Mann ihr gegenüber neulich benommen hat?« Sie stieß einen Seufzer aus. »Das zeigt ihren vornehmen Charakter. Sie darf sich Justins Bemerkungen aber nicht zu Herzen nehmen, hörst du? Mein Mann ist eine Seele von Mensch, und ich weiß genau, dass er es nicht so gemeint hat.«

Sie wählte vier karminrote Seidenblumen aus und verpackte sie in einem Karton. »Es sind seine Nerven. Die Zeiten sind unsicher, und seine Ämter bei Hofe erdrücken ihn schier. Aber so sonderbar wie in letzter Zeit habe ich ihn noch nie erlebt. Es kommt vor, dass er tagelang verschwindet, ohne mir oder seinem Sekretarius zu sagen, wohin er geht oder wann er zurückkommt.« Mit verschwörerischer Miene beugte sie sich über den Tisch und senkte die Stimme. »Und dann diese fürchterlichen Morde. Zuerst an dem Fremden, dann an dem armen Frauenzimmer vom Schweinemarkt. Wie ich hörte, hinterlässt sie einen Jungen kaum älter als euer August. Soll ihm mit seinen Locken sogar ähnlich sehen. Es heißt, er sei dem Mörder seiner Mutter nur um Haaresbreite entkommen. Kein Wunder, dass mein armer Justin sich Sorgen macht. Wir alle machen uns Sorgen. Sogar Herzog Carl August.«

Ernestine schwieg taktvoll, hoffte aber, dass Caroline endlich aufhörte, über die grausigen Morde und Justin Bertuch zu reden. Davon wollte sie nichts hören. Und wie und wo der Verwalter der herzoglichen Privatkasse seine Zeit totschlug, ging sie auch nichts an. Sie sah aus dem Fenster des Kontors und erhaschte einen Blick auf das Mäuerchen, wo sie August zurückgelassen hatte. Doch von dem Jungen war dort nichts mehr zu sehen. Verärgert biss sich Ernestine auf die Unterlippe. Warum konnte der Bengel nicht einmal gehorchen? Wenn er einem streunenden Köter nachgelaufen war, würde sie ihm nachher die Ohren langziehen. Gleichzeitig malte sie sich aus, was sie erwarten würde, wenn Christiane erfuhr, dass sie ihren Sohn vor der Manufaktur allein gelassen hatte.

Plötzlich gesellte sich zu ihrer Verärgerung Angst. Nackte Angst, die in Panik umschlug.

»Was schulde ich Ihnen?«, rief sie schrill. Sie musste sofort nach August Ausschau halten, bevor dieser sich im Gassengewirr verirrte.

Caroline Bertuch reichte ihr leicht irritiert den Karton. »Nichts, mein Kind, ich hoffe …« Was die Manufakturistin hoffte, nahm Ernestine nicht mehr wahr. Sie riss der Frau die Schachtel aus der Hand und hastete hinaus auf die Straße.

Dort sah sie sich nach allen Seiten um. Kutschen und Karren. Pferde. Einzelne Bürger, die an ihr vorbeispazierten. Kein kleiner Junge. Ernestine spürte, wie ihr Magen sich verkrampfte. »Bitte, lieber Gott, mach, dass ihm nichts passiert ist«, flehte sie. Sie zitterte nun. Eine Frau sah sie an und hob mit einem fragenden Gesichtsausdruck die Augenbrauen. Ernestine kannte sie vom Sehen. Es war eine Hebamme, die über dem Tabakladen in der Schlossstraße wohnte.

»Ist ein Junge an Ihnen vorbeigekommen? Ich war nur einen Moment in Bertuchs Manufaktur, und nun ist er weg. Bitte, Frau, er ... ist noch so klein ...«

Die Hebamme zuckte mit den Achseln, dann drehte sie den Kopf in die Richtung, aus der sie kam. »Kann sein«, gab sie wortkarg zurück. »Ein hübsches Kerlchen mit Engelslocken? Blaue Samtweste?«

Ernestine nickte eifrig. »Das ist er!« Sie ergriff die Frau bei den Schultern. Tränen rannen ihr über die Wangen. »Wohin ist er gegangen? Na los, nun reden Sie doch!«

»Immer langsam, Jungfer«, murrte die Frau. »Sie schüttelt mir ja den Verstand aus dem Kopf. Jedenfalls hat ein Kerl mit Hut und schwarzem Umhang den kleinen Burschen an der Hand geführt. Er ist mit ihm in der Straße dort hinten verschwunden. Dachte, das wäre sein Vater.«

Ein Mann? Ernestines Augen weiteten sich vor Entsetzen. Mit wehenden Röcken stürzte sie an der Frau vorbei über den Platz und schaffte es soeben noch, einer Equipage auszuweichen. Das Pferd scheute, und der Kutscher auf dem Bock, der die Zügel herumreißen musste, rief ihr eine geballte Ladung wütender Flüche hinterher. Doch Ernestine nahm keinen davon wahr.

Sie hinterlässt einen Jungen, kaum älter als euer August.

Nach Atem ringend, erreichte Ernestine die Straßenkreuzung und bog in die Gasse ein, die die Hebamme ihr genannt hatte. Bitte, lieber Gott, das kann nicht sein! August war ein kluges Kind, viel zu gewitzt, um bereitwillig einem Fremden zu folgen. Wer auch immer dieser Mann war, er konnte nur Böses im Schilde führen.

Soll ihm sogar ähnlich sehen. Er ist dem Mörder nur um Haaresbreite entkommen.

In der schmalen, feuchten Altstadtgasse hallte das Echo ihrer eigenen Schritte in Ernestines Ohren wider. Ihre Blicke krochen die grauen Fassaden empor. Dunkel war es hier, viel dunkler als in den Straßen rund um Markt und Frauenplan. Ein paar ärmlich gekleidete Frauen, die auf den Stufen vor ihren Häusern Hühnchen rupften, sahen ihr mit offenen Mündern entgegen. Die weißen Hühnerfedern, die sie auf die Gasse warfen, wurden vom Wind wie Schneeflocken durch die Luft getragen. Auf Ernestines Fragen schüttelten die Frauen nur die Köpfe. Also weiter! Durch diesen finsteren Schlauch war August ganz offensichtlich nicht gekommen. Aber wohin, um alles in der Welt, konnte dieser Mann ihn nur geschleppt haben?

Ernestine stolperte über lockere Pflastersteine und fing sich im letzten Moment. Die Schachtel mit den Bertuch-Seidenblumen fiel zu Boden, ebenso ihr Korb mit den Markteinkäufen, aber sie bückte sich nicht, um beides wieder aufzuheben.

Die Stadtwache, überlegte sie. Ich muss die Stadtwache zu Hilfe rufen. Ihnen sagen, dass ich Goethes Sohn aus den Augen verloren habe. Dass ein Fremder ihn mitgenommen hat …

Er ist dem Mörder nur um Haaresbreite entkommen. Nur um Haaresbreite …

Die Stimme in ihrem Kopf quälte sie noch, als sie wieder in eine breitere Straße einbog. Sie blinzelte die Tränen fort und schnappte voller Angst nach Luft.

Der Marktplatz, erkannte sie verblüfft, als die vertrauten Geräusche von Mensch und Tier an ihr Ohr drangen. Sie stand wieder auf dem Markt. Zu Tode erschöpft tappte sie durch das Getümmel, vorbei am Rathaus und der Hofapotheke. Sie folgte den Stimmen der Marktfrauen, die ihr, der am ganzen Körper bebenden, schluchzenden Person, aus dem Weg gingen, als hätten sie eine aus dem Tollhaus vor sich. Ohne es bemerkt zu haben, war sie im Kreis gelaufen. Aber hier würde sie Hilfe erhalten. Die Menschen kannten sie und wussten, aus welchem Haus sie kam. Sie musste nur den Mund öffnen und ihre Angst herausschreien. Ihre Blicke flogen über Buden und Stände, Menschen und Vieh, bis sie sich keine zehn Schritte vor dem Brunnen wiederfand. Auf dessen Ummauerung waren die Umrisse einer kleinen Gestalt auszumachen, die einen länglichen Gegenstand in der Hand hielt.

Mit letzter Kraft stolperte Ernestine auf den gekrümmten kleinen Körper zu und ließ sich vor ihm auf die Knie fallen. Im ersten Moment dachte sie, er sei tot, weil er sich nicht rührte. Doch, als sie ihn laut aufweinend an sich drückte, blinzelte der kleine Junge. Sein kleines Gesicht verzog sich zu einem müden Lächeln. Stolz streckte er den Arm aus und zeigte Ernestine die aus Holz geschnitzte und bemalte Figur eines preußischen Grenadiers. »Hübsch, nicht wahr?«

»Gott sei Dank, dir ist nichts passiert«, stieß Ernestine hervor. Unablässig strömten ihr Tränen über die Wangen. »Warum bist du nur … weggelaufen?«

Der Kleine zwinkerte verwundert mit den Augen. Er schien die Frage für dumm zu halten. »Wenn der Herr Vater mich ruft, muss ich doch gehorchen«, sagte er und ließ seinen hölzernen Grenadier über den Brunnenrand marschieren. »Der Mann sagte, er sei Vaters neuer Diener und habe den Auftrag, mich zum Rathaus zu bringen. Weil Vater von seiner Reise zurück sei und dort auf mich warte.«

Ernestine starrte ihn entgeistert an. Was für eine infame Lüge hatte man ihrem kleinen Neffen da aufgetischt! Goethe hatte weder einen neuen Diener eingestellt, noch war er zurück.

»Hast du das Gesicht des Mannes gesehen?«

Mit einem Mal schien August nicht mehr so sicher. Schuldbewusst schlug er den Blick nieder, auf seine vom Brunnenrand herabbaumelnden Beine. »Sagst du es der Frau Mutter?«, wollte er kleinlaut wissen. »Ich wünschte mir doch eine der bemalten Figuren von dem Straßenhändler. Der Mann hat sie mir geschenkt, und der Krämer hat mich dann auf den Brunnen gesetzt und gesagt, ich solle warten.«

Ernestine warf einen vorsichtigen Blick über die Schulter. Einige Marktweiber glotzten sie an und schüttelten den Kopf. Eine tippte sich gegen die Stirn.

Ernestine dachte angestrengt nach. Allmählich beruhigte sich ihr Herzschlag wieder. Keine Ahnung, was sie von dieser Entführung halten sollte, aber das Kind war wieder da. Und nur das allein zählte. Wie in Trance beugte sie sich über August und fuhr ihm mit der Hand durch die blonden Locken. Er wusste nichts vom Mord an dieser Frau vom Schweinemarkt und somit auch nichts von dem Jungen, der ihm angeblich wie ein Ei dem anderen glich. Darauf hatten sie und Christiane sich geeinigt, denn üble Moritaten waren nichts für Kinder. Und so sollte es auch bleiben.

»Komm, wir gehen nach Hause«, flüsterte sie, während sie ihn vom Brunnen hob. »Versprich mir, dass du mir so etwas nie wieder antust, dann wird deine Mutter nichts davon erfahren. Und deinen kleinen hölzernen Kameraden habe einfach ich dir gekauft, in Ordnung?«

August nahm Ernestines Hand und zog sie fröhlich summend über den Platz.

Von Tillert hatte nicht übertrieben. Seine Frau Luise schien tatsächlich hocherfreut über den unerwarteten Besuch, und als sie erfuhr, dass Christian aus Weimar kam und den von ihr verehrten Goethe persönlich kannte, befahl sie sogleich einem Diener, einen Tisch auf der Terrasse zu decken, von der aus man einen herrlichen Ausblick über den gepflegten Garten des Anwesens genoss.

Luise von Tillert war eine hochgewachsene, grazile Person, die sich so vorsichtig bewegte, als befürchtete sie, bei einem falschen Schritt entzweibrechen zu können. Ihr ganzes Dasein schien nur darauf ausgerichtet, sich vor einer ihr feindlich gesinnten Umgebung in Sicherheit zu bringen. Sie sprach gewählt, jedoch so leise, dass man die Ohren spitzen musste, um sie zu verstehen. Erhob jemand die Stimme, verzog sie das Gesicht, als bereitete ihr jedes Geräusch physische Qual. Trotz der sommerlichen Hitze lag eine Decke auf ihren Knien, denn sie schien fortwährend zu frösteln. Vor der Sonne schützte sie auf der Terrasse nicht nur eine breite Markise, sondern auch ein Hut, der ihre Augen in tiefe Schatten tauchte. Dessen ungeachtet erwies sich Luise von Tillert als angenehme Gastgeberin, die nicht nur höflich war, sondern es auch verstand, interessante Gesprächsthemen aufzubringen. Natürlich blieb ihre Leidenschaft für Goethes Werke nicht unerwähnt, doch beherrschte diese keinesfalls die ganze Unterhaltung. Christian konnte nachvollziehen, dass die Frau jede noch so geringfügige Abwechslung begrüßte, denn das Herrenhaus lag ziemlich einsam. Und da der Weg über die schlechten Straßen für sie zu anstrengend war, kam sie auch nur selten in die Stadt.

»Wie wir gehört haben, gibt es in Weimar Ärger«, sagte Herr von Tillert, als sie bei der Nachspeise, einem zuckersüßen Kuchen mit Himbeerkompott, angelangt waren. Während ein Diener den passenden Likör dazu servierte, warf der Hausherr einen vorsichtigen Seitenblick auf seine Frau. Er wollte vermeiden, dass sie sich aufregte, brannte aber gleichzeitig darauf, seine Neugier zu befriedigen.

»Es soll dort zu … Gewalttaten gekommen sein.«

Luise von Tillert legte ihre schmale Hand auf den Unterarm ihres Mannes und flüsterte ihm zu: »Ich mag aussehen, als wäre ich aus Glas, aber ich bin es nicht, mein Lieber. Ich werde auch nicht ohnmächtig vom Stuhl fallen, wenn du erwähnst, dass in der Stadt Menschen getötet wurden. Und diese junge Dame weiß darüber gewiss schon mehr als wir, auch wenn es sich für uns Frauen ja angeblich nicht schickt, in den Gazetten der Männer zu blättern.«

164

Christian räusperte sich verlegen. Er dachte an seine Schwester Christiane und fragte sich, ob sie es sich verbieten lassen würde, eine Zeitung aufzuschlagen. Allerdings hatte er sie noch nie ein anderes Blatt lesen sehen als Bertuchs Journal, das sich ja direkt an Frauen richtete. Als er bemerkte, dass beide Gastgeber auf eine Antwort von ihm warteten, nickte er höflich. »Was Sie gehört haben, entspricht der Wahrheit, gnädige Frau. Ein Mann wurde tot am Ufer der Ilm aufgefunden. Man weiß nur wenig über ihn. Vermutlich war er auf der Durchreise.«

»Und das zweite Opfer?« Tillert führte sein Glas an die Lippen, hielt aber inne, ohne einen Schluck zu nehmen. Stattdessen sah er Christian durchdringend an.

»Eine Frau aus einem der ärmeren Viertel der Stadt. Sie wurde in ihrem Haus erschlagen.« Es fiel ihm immer noch schwer, darüber zu sprechen, wollte aber nicht, dass Tillert und seine Frau bemerkten, wie nahe ihm die Todesfälle gingen.

»Ein Raubmord?«, hakte der Grundherr nach. Er schob sein Glas über das weiße Tischtuch. »Aber warum sollte jemand ins Haus einer Frau einbrechen, bei der nichts zu holen ist? Gibt es denn keinerlei Verbindung zwischen ihr und dem anderen Toten?«

Christian spürte, wie ihm das Blut in den Kopf schoss. Warum stellte von Tillert ihm all diese Fragen? Reine Neugier? Möglich. Dennoch kam sich Christian ausgehorcht vor, als ahnte der Mann, dass er von Christian mehr über die Morde erfahren konnte als aus den städtischen Gazetten. Doch nicht nur er, auch Luise hing förmlich an seinen Lippen. Ihre bleiche Hand lag dabei nach wie vor auf der ihres Mannes, als suchte sie bei ihm Schutz. Oder als müsste sie ihn zügeln.

»Von einer Verbindung zwischen den Verbrechen ist mir nichts bekannt«, schwindelte Christian. »Ich glaube nicht, dass die beiden Opfer einander kannten.«

»Demnach glaubt man in der Stadt an zwei Täter, die unabhängig voneinander vorgingen?«, fragte Luise von Tillert mit einem nervösen Zwinkern. »Nun, ich kann nur hoffen, dass wir hier in Schwerstedt einigermaßen sicher sind.«

»Meine Frau spielt darauf an, dass sich die Bauern im Dorf neuerdings immer häufiger über Diebstähle beschweren«, sagte von Tillert verstimmt. »Wir vermuten, dass eine ganze Bande die Gegend unsicher macht. Deswegen reite ich täglich über die Felder, sogar wenn es wie aus Kübeln schüttet. Es ist schließlich meine Pflicht als Grundherr, für die Sicherheit meiner Bauern zu sorgen.«

»Eine Räuberbande?«, fragte Christian. Dieses Thema interessierte ihn. »Hier, nur wenige Stunden von Weimar entfernt?«

Von Tillert nickte. Ihm war anzusehen, wie peinlich es ihm war, dass er bislang nichts gegen die Einbrüche auf seinen Besitztümern hatte unternehmen können. »Das Raubgesindel wird aber auch immer dreister. Heute stehlen diese Banditen noch ein paar Hühner oder einige Malter Korn aus einer Scheune. Doch was, wenn sie sich als Nächstes die Straßen vornehmen, um Reisende zu überfallen?«

»Mein Mann fürchtet, dass solche Banden auch vor Herrenhäusern wie unserem oder dem Gut drüben, hinter den Waidfeldern, nicht haltmachen«, flüsterte Luise von Tillert. »Seit sie hier in der Gegend sind, schlafe ich nicht mehr vor Angst, diese Galgenstricke könnten auch hier bei uns einsteigen und uns in unseren eigenen Betten die Kehlen durchschneiden.«

»Wie schrecklich!«, sagte Helene mitfühlend.

»Aber meine Liebe, so etwas wird niemals geschehen«, erhob von Tillert Einspruch. »Ich bin durchaus in der Lage, meinen Grundbesitz vor einer Bande von Strolchen zu verteidigen, die zu dumm und zu feige sind, sich mit mir und meinen Leuten einen Kampf zu liefern.«

Christian räusperte sich. »Ich glaube, man darf die Gefährlichkeit solcher Banditen keinesfalls unterschätzen. Ihre Banden werden oft von einem willensstarken Mann angeführt, der weder dumm noch feige ist. Im Gegenteil, oft handelt es sich bei solchen Hauptleuten um Burschen, die einerseits brutal und gewalttätig, andererseits aber auch scharfsinnig und fürsorglich sind. Zumindest, was die eigenen Leute angeht. Sie haben es durch das Faustrecht erreicht, dass man sie einerseits fürchtet, ihnen aber auch uneingeschränkt ergeben ist. Solche Räuberbanden halten zusammen und bilden nicht selten familienähnliche Strukturen, was die einzelnen Mitglieder umso enger zusammenschweißt.«

»Was Sie da sagen, klingt fast so, als würden Sie über Menschen reden und nicht über eine Horde barbarischer Wilder mit den niederen Instinkten von Tieren.«

Christian ignorierte Helene, die kaum merklich den Kopf schüttelte. Sicher wäre es klüger gewesen, ihre Warnung zu beherzigen und den Gutsherrn nicht herauszufordern, doch die anmaßende Art des Mannes gefiel ihm so wenig, dass er sich zu einer Erwiderung hinreißen ließ. »Ich rede auch über Menschen«, sagte er schließlich. »Gefährliche Menschen, denen man zweifellos das Handwerk legen muss, weil sie Recht und Gesetz mit Füßen treten. Aber wenn Sie mich fragen, gelingt uns das nur, wenn wir uns die Frage stellen, wie es geschehen kann, dass ehemals anständige Personen keinen anderen Ausweg mehr sehen, als sich einer Bande anzuschließen.«

»Anständige Personen?« Von Tillert leerte sein Glas in einem Zug, dann knallte er es auf den Tisch und funkelte Christian angriffslustig an. »Meine Bauern müssen nicht hungern, wenn sie sparsam wirtschaften. Im Gegenteil, sie vermehren sich wie Kaninchen. Sie haben keinen Grund, gegen ihren Grundherrn zu revoltieren und sich französische Zustände zu wünschen. Ich kann daher nur hoffen, dass Sie einen Scherz gemacht haben, oder sind Sie am Ende einer, der dem Gerede von Freiheit und

Gleichheit auf den Leim gegangen ist und es gutheißt, was drüben in Frankreich geschah?«

»Wir sprachen über Räuber und nicht über Revolutionäre, wenn ich mich richtig erinnere!«

»Für mich und alle, die in diesen unruhigen Zeiten ihren Besitz verteidigen müssen, ist das ein und dasselbe!« Von Tillert atmete tief durch. »Die Habenichtse und Schnapphähne lauern nur auf eine Gelegenheit, sich an meinem Eigentum zu vergreifen.«

»Aber welcher Mann steht nun morgens auf und entscheidet, anstatt zur Arbeit lieber in den Wald zu gehen und sich einer Räuberbande anzuschließen?«

»Kreaturen, die ehrlicher Arbeit aus dem Weg gehen wollen, natürlich. Die Faulenzer, die ihren Grundherren davonlaufen, anstatt die Äcker zu bestellen.«

Christian nickte. »Das kommt vor, wobei ich da eher an in Not geratene Bauern denke, die nach Missernten ihre Pacht nicht mehr bezahlen konnten und von ihren Höfen getrieben wurden. Die Leute sitzen auf der Straße. Eine Weile halten sie sich mit Betteln und kleineren Gaunereien über Wasser, bis auch das nicht mehr geht. Die Obrigkeit ist armen Teufeln, die als Landstreicher unterwegs sind, rasch auf den Fersen. Um zu überleben, tauchen sie dann in den Wäldern unter und treffen dort auf verkrüppelte Soldaten, die für ihren Landesherrn den Kopf hingehalten haben, aber weder Dank noch Lohn erhalten haben, oder auf Lehrjungen, die auf der Flucht vor der Rute ihres Meisters sind. Nicht zu vergessen all diejenigen, die sich tagein, tagaus abgerackert haben, aber von den ehrbaren Bürgern trotzdem als unredlich ausgegrenzt wurden: die Totengräber, Schäfer, Gerber oder Waldarbeiter.« Christian holte tief Luft, bevor er hinzufügte: »In ihnen staut sich eine Menge Wut und Verzweiflung. In der Kirche bläuen ihnen die Herren Pastoren Geduld ein. Ihr Schicksal sei gottgewollt, heißt es, und dass sie es im Jenseits besser haben würden. Aber für diese Menschen sind das nur leere Worte, die keine leeren Bäuche füllen.«

»Dann überfallen Räuberbanden Reisende oder begehen Einbrüche, um sich zu rächen?«, fragte Luise von Tillert. Es klang skeptisch, aber auch interessiert.

»Es geht sicher nicht nur ums Überleben, sondern auch um das Gefühl, es der Gesellschaft, die sie ausstößt, mit gleicher Münze heimzuzahlen. Dadurch fühlen sich manche ihrer Hauptleute wie Feldherrn, die ihre Männer in die Schlacht führen.«

Von Tillert hatte nun offensichtlich genug gehört. Wütend sprang er auf. »Ich werde nicht ruhig hier sitzenbleiben und zuhören, wie Sie nun auch noch unser Militär beleidigen, indem Sie mörderisches Gesindel mit Offizieren vergleichen«, fuhr er Christian an. »Wenn Sie das nicht sofort zurücknehmen, muss ich Genugtuung verlangen, und wenn Sie zehnmal Gast in meinem Haus sind.«

Luise von Tillert griff sich mit einem erstickten Aufschrei an den dürren Hals. Ihre Augen weiteten sich vor Schreck und Scham, doch nach ein paar Schlucken Wasser beruhigte sie sich wieder. Sie bedachte ihren Mann mit einem vorwurfsvollen Blick. »Man bedroht keinen Gast, mein Lieber«, sagte sie leise. »Herr Vulpius hat uns doch nur mit seinem erstaunlichen Wissen über die Umtriebe von Räuberbanden und ihren Anführern unterhalten. Nichts von dem, was er sagte, kommt einer Beleidigung gleich.«

Christian hörte sein Herz bis zum Hals klopfen und kam sich wie ein Schwachkopf vor. Wie hatte er nur zulassen können, sich von Tillert in eine fruchtlose Diskussion verstricken zu lassen? Fast kam es ihm so vor, als habe es dieser darauf angelegt, ihn herauszufordern. Aber beweisen ließ sich das nicht, und Christian würde den Teufel tun und einen weiteren Streit vom Zaun brechen. Zuletzt ließ er sich sogar zu einer Entschuldigung herab. Er neigte den Kopf und sagte: »Falls meine Worte Sie verletzt haben sollten, tut es mir leid. Es lag bestimmt nicht in meiner Absicht, Sie zu kränken. Sehen Sie, ich arbeite an einem Buch über einen Räuber, der mit seiner Bande vor zehn Jahren in Italien sein Unwesen trieb.«

»Ein Buch, wie aufregend!«, hauchte Luise ehrfürchtig. »Und was für ein bemerkenswerter Zufall. Das erklärt natürlich einiges, findest du nicht auch, mein Lieber?« Sie zwinkerte ihrem Mann zu, der ihren Blick mit gerunzelter Stirn erwiderte. In seiner Miene lag ein Ausdruck, der Christian zu höchster Wachsamkeit veranlasste.

»Das gehört nicht hierher, Luise, also schweig bitte!«

»Aber warum denn?«, gab sie verwundert zurück. »Es handelt sich immerhin um einen guten Freund von dir. Er könnte Herrn Vulpius aus eigener Erfahrung berichten, wie man sich fühlt, wenn man mitsamt seinen Reisegefährten von italienischen Räubern entführt wird.«

Christian hörte, wie Helene nach Luft schnappte. Gleichzeitig begannen seine Hände vor Aufregung zu zittern. Ein Freund, der von Räubern in Italien entführt wurde? Das konnte doch kein Zufall sein. »Wo genau ist das geschehen?«, fragte er hastig. »Und wann?«

Von Tillert gab dem Lakaien, der nur wenige Schritte hinter seinem Stuhl stand, ein Zeichen, ihm eine neue Flasche Wein zu bringen. Der Mann trank eindeutig zu viel. Ob aus Langeweile oder aus Sorge um seine Frau vermochte Christian nicht einzuschätzen. Doch angetrunken war von Tillert keineswegs angenehmer als in nüchternem Zustand. Da er allem Anschein nach nicht gewillt war, Christians Frage zu beantworten, erklärte seine Frau nach einigem Zögern: »Der Vorfall liegt sicher schon zehn Jahre zurück. Soweit ich mich erinnere, wurde die Kutsche unseres Freundes in der Nähe von Venedig überfallen. Die Insassen wurden verschleppt und in irgendeiner Höhle festgehalten, bis Lösegeld eintraf. Es muss eine Qual gewesen sein, Tag für Tag diese Todesangst. Nicht zu wissen, ob man seine Heimat wiedersehen oder auch nur den nächsten Sonnenaufgang noch miterleben wird.« Sie zog ein Spitzentuch aus ihrem Ärmel und tupfte sich damit behutsam die feuchten Lippen ab. »Ich bewundere unseren Freund, dass er über diese Folter nicht den Verstand verloren hat.«

»Hat er nicht«, brummte ihr Mann finster. »Es geht ihm hervorragend. Wirklich blendend. Vergiss nicht, dass die unerfreuliche Geschichte für ihn eine glückliche Wendung genommen hat.«

»Eine glückliche Wendung? Aber mein Lieber, ich weiß nicht …«

»Es genügt, Luise«, wies von Tillert sie so scharf zurecht, dass sie zusammenzuckte. »Du bist müde und solltest dich zurückziehen.«

»Aber ich bin überhaupt nicht müde!«

Von Tillert ließ ihren Einwand nicht gelten. Er läutete so lange, bis zwei Dienerinnen auf die Terrasse traten. Eine legte ihrer Herrin eine Stola um die schmalen Schultern und half ihr beim Aufstehen. Als sich die Gutsherrin mit ein paar höflichen Worten von Helene verabschieden wollte, hörten sie den dumpfen Klang der Kirchenglocke über die Felder ziehen. Sie läutete genau zweimal und verstummte dann wieder.

Christian nutzte den Moment der Verwirrung, um sich rasch an die Frau des Grundherrn zu wenden. »Würden Sie mir den Namen Ihres Freundes verraten?«

»Wozu?« Von Tillert stellte sich rasch vor seine Frau. »Ich glaube nicht, dass Sie in denselben Kreisen verkehren wie er.« Er schüttelte energisch den Kopf. »Nein, ich halte es für angebracht, nicht mehr über diese dumme Räubergeschichte zu reden. Alpträume lässt man am besten verblassen, bis sie vergessen sind. Dann spricht auch niemand mehr darüber.«

»Können Sie mir wenigstens sagen, ob sich unter den Reisegefährten Ihres Freundes ein Mann namens Johann Aurelius Wagner befand?«

»Wagner?« Luise von Tillert wechselte einen Blick mit ihrem Mann, der erneut warnend den Kopf schüttelte. »Nein, bedaure, wer soll das sein?«

»Nicht so wichtig«, sagte Helene, noch ehe Christian zu einer Erklärung ansetzen konnte. »Wir haben Ihre Gastfreundschaft nun wirklich lange genug in Anspruch genommen.«

»Sie könnten hier im Herrenhaus übernachten«, schlug Luise von Tillert vor. »Es wird bald dunkel, und die Straßen sind bei Nacht sehr gefährlich.«

»Das ist sehr liebenswürdig von Ihnen, aber wir werden in Weimar zurückerwartet.« Helene hob entschuldigend die Hände. »Außerdem müssen wir noch mit dem Steinmetz reden.«

Christian fluchte stumm. Richtig, Jacoby. Verdammt, den hatte er in all der Aufregung ganz vergessen. Inzwischen musste er doch sein Gespräch mit dem Dorfpfarrer längst beendet haben. »Wollten Sie nicht einen Boten zur Kirche schicken?«, fragte er. Er zückte seine Taschenuhr und starrte nachdenklich auf das Zifferblatt.

Schlagartig änderte sich die Atmosphäre auf der Terrasse. Luises Blicke flohen in die Weite ihrer Parkanlage, während ihr Mann etwas Unverständliches vor sich hinmurmelte. Er schien wütend über ihre Schwatzhaftigkeit, wies sie aber nicht zurecht. Vielleicht würde er das später tun, wenn er mit ihr allein war. Von den beiden würde Christian jedenfalls nichts Brauchbares mehr erfahren. Er wollte es soeben Helene gleichtun und sich verabschieden, als ein weiterer Diener an der Tür erschien und einen Besucher meldete.

»Ich bitte sehr, die Störung zu entschuldigen«, sagte der kahlköpfige Mann, der nach allen Seiten freundlich grüßend auf die

Terrasse trat. Es war der Pastor von Schwerstedt, ein kräftig gebauter Mann von etwa fünfzig Jahren. Seine groben, von Schwielen bedeckten Hände ließen erahnen, dass der Geistliche sich nicht zu fein dafür war, sein Brennholz fürs Pfarrhaus selbst zu spalten. Womöglich stammte er aus einer der Bauernfamilien vor Ort und kannte die Arbeit auf den Waidfeldern aus eigener Erfahrung.

»Sie wollten mich sprechen?«, wandte sich der Pastor nun an von Tillert. »Leider erhielt ich Ihre Nachricht erst spät, weil ich nicht zu Hause war.«

»Wissen wir«, sagte der Gutsherr mürrisch. »Und wo steckt nun dieser Steinmetz? Wartet er vor dem Haus?«

Der Pastor machte ein erstauntes Gesicht. »Steinmetz? Ich fürchte, ich verstehe nicht ganz. Ich habe die Frau des Strumpfwirkers im Dorf besucht. Sie hat doch im vergangenen Jahr zu Michaeli eine Tochter zur Welt gebracht, die immer noch nicht getauft ist und …«

Christian unterbrach den Redefluss des Pfarrers, indem er die Hand hob. »Aber Sie haben den Steinmetz Jacoby, der mit seinen Leuten drüben auf dem alten Gut arbeitet, doch ins Dorf bestellt, damit er sich irgendwelche Schäden an der Kirche ansieht.«

»Ich glaube, hier liegt ein Missverständnis vor«, sagte der Kahlköpfige. »Mir ist bekannt, dass das alte Gutshaus in diesem Sommer wiederhergerichtet wird, aber ich kann Ihnen versichern, dass ich keinen Steinmetz zu mir gebeten habe. Die Kollekte zu Himmelfahrt fiel so dürftig aus, dass leider gar nicht daran zu denken ist, unseren Kirchturm zu renovieren. Nötig hätte er es, Gott sei es geklagt.«

Christian sah, wie Helene erbleichte. Die junge Frau presste die Lippen zusammen, und noch während er wie vom Donner gerührt dastand, raffte sie ihre Sachen zusammen und lief, eine Entschuldigung murmelnd, die Treppe hinunter.

»Was hat sie denn?«, fragte Luise von Tillert verwirrt. »Hat sie solche Angst, den Handwerker zu verpassen?«

Nein, dachte Christian. Sie hat Angst, dass er geradewegs in eine Falle gelaufen ist. Ohne zu zögern, eilte er Helene nach, über den kiesbelegten Weg hinaus zur Auffahrt, wo ihre Kutsche stand. Er half der jungen Frau beim Einsteigen, dann ergriff er die Zügel und trieb das Pferd an.

»Wer könnte Jacoby zur Kirche gelockt haben?«, fragte Helene, als sie in voller Fahrt waren. Mit beiden Händen klammerte sie sich an ihrem Sitzpolster fest, um nicht durch die Erschütterungen auf dem unebenen Feldweg hin- und hergeworfen zu werden.

»Keine Ahnung, aber er war nicht der Einzige, der irgendwohin gelockt wurde!«

»Sie meinen …«

Er nickte düster. »Diese Kanaille von Grundherr hat uns nicht zu sich gebeten, um seiner einsamen Frau die Zeit zu vertreiben, sondern um uns von der Kirche fernzuhalten. Ich könnte mich ohrfeigen, dass ich ihm vertraut habe.«

»Können Sie nicht schneller fahren«, rief Helene ihm zu. »Großer Gott, was, wenn wir zu spät kommen?«

Christian antwortete nicht, doch insgeheim teilte er Helenes Befürchtung. Als er einen kurzen Blick über die Schulter warf, sah er, dass ihnen in einiger Entfernung zwei Reiter folgten. In dem einen erkannte er von Tillert, der andere war vermutlich sein Diener.

14. Kapitel

Helene sprang ab, noch bevor Christian den Einspänner vor der Kirche zum Stehen gebracht hatte. Mit einem raschen Blick vergewisserte sie sich, dass die beiden Reiter, die sie verfolgten, das

Dorf noch nicht erreicht hatten. Also blieb ihnen noch ein wenig Zeit, um eine Spur von Jacoby zu finden. Helene stieß die Tür auf und stürzte in das stille Gotteshaus. »Jacoby?«

Ein Echo antwortete ihr; gespenstisch hallte es von den weiß getünchten Wänden wider.

Helene presste die Lippen aufeinander. Er hatte gesagt, er würde zur Kirche gehen. Vorher hatte ihm ein Mann eine Nachricht zukommen lassen, den die Handwerker für den Pfarrer gehalten hatten. Das Quietschen der Tür ließ Helene auf dem Absatz herumwirbeln, doch es war nur Christian.

»Keiner da, nicht wahr?«, brummte er, nachdem er sich umgesehen hatte. Er schlich durch den Mittelgang bis zur Kanzel. Auf dem Altar lag eine aufgeschlagene Bibel, daneben stand ein Leuchter mit einer Wachskerze. Auf der Orgelempore knarrte das Holz des Gestühls, aber zu sehen war keine Menschenseele. Die Kirche war leer.

»Vielleicht ist er wieder zu seinen Leuten zurückgekehrt«, meinte Christian vage, doch er glaubte selbst nicht so recht daran. Gewiss hatte man Jacoby nicht mit einer falschen Botschaft ins Dorf gelockt, um ihm einen harmlosen Streich zu spielen.

»Und was nun?« Helene begann zu frösteln, denn in der Kirche war es recht kühl. »Von Tillert wird jeden Moment hier sein und eine Erklärung von uns verlangen.«

Christian schnaubte. »Eine Erklärung? Ich hoffe für ihn, dass er für dieses Schmierentheater eine gute Erklärung parat hat.«

»Vergessen Sie nicht, dass wir uns auf seinem Grund und Boden befinden«, sagte Helene und betete, dass Christian dem aufbrausenden Grundherrn keinen Anlass lieferte, seine Waffe zu ziehen. Gleichzeitig fragte sie sich, ob von Tillert sie wirklich absichtlich getäuscht hatte. Aber was konnte er sich davon versprochen haben, sie von Jacoby fernzuhalten? Er konnte doch nicht der Mann sein, vor dem diese Dorothee sich fürchtete. Von Tillert war nicht arm, aber auch längst nicht so bedeutend, wie er sich vielleicht vorkam. Er war auch noch nicht alt genug, um als Liebhaber dieser Dorothee in Frage zu kommen. Ihr Verstand sagte ihr, dass sie den Falschen verdächtigten, dennoch lief Helene ein Schauer über den Rücken, als sie daran dachte, wie der Mann ihnen über den Feldweg nachgejagt war. Als wollte er sie um keinen Preis entkommen lassen.

Ein Geräusch riss sie aus ihren Gedanken. Es klang wie der dumpfe Ton einer Glocke, deren Schall im Wind zerriss, schwoll dann aber zu einem Stöhnen an, das Helene das Blut in den Adern stocken ließ.

»Was kann das sein?«

Christian hatte das Geräusch ebenfalls gehört und legte, noch bevor sie ein Wort sagen konnte, einen Finger über die Lippen. Wieder erklang der Klagelaut. Ein wenig abgeschwächt, dafür aber ungleich schauriger. Christians Augen weiteten sich, während er stumm zur Decke deutete.

Helene sah sich um, dann ging sie hastig auf die Sakristei zu. Sie vermutete, dass es dahinter eine Treppe gab, die hinauf in den Glockenturm führte.

»Sie bleiben hier!« Christian schob sich vor sie. »Das könnte eine Falle sein. Was, wenn unser unbekannter Freund dort im Turm auf uns wartet?«

Helene zögerte. Wohl oder übel musste sie zugeben, dass Christian recht hatte. Wer auch immer den arglosen Jacoby in die Kirche gelockt hatte, saß womöglich in irgendeinem Winkel und beobachtete jede ihrer Bewegungen. Sie kam indessen nicht mehr dazu, den Gedanken zu Ende zu führen, denn plötzlich flog die Tür auf, und von Tillert stürmte mit seinem Diener in die Kirche. Wütend schoss der Mann auf Helene und Christian zu, der schützend seinen Arm um sie legte.

»Was zum Teufel treiben Sie hier? Darf ich Sie daran erinnern, dass Sie sich auf meinem Grund und Boden befinden? Zuerst faseln Sie etwas von Räuberbanden, über die Sie angeb-

lich Bücher schreiben, dann von einem Steinmetz, der sich mit unserem Pfarrer treffen wollte.« Von Tillerts Gesten und sein schwankender Gang ließen erkennen, dass er längst nicht mehr nüchtern war. »Ich will jetzt auf der Stelle wissen, was hier …«
Seine letzten Worte wurden von einem langgezogenen Stöhnen erstickt. Er machte einen Schritt zurück und winkte seinen Diener zu sich. »Was zur Hölle ist das?«, flüsterte er, die Augen wie gebannt auf die offene Turmpforte gerichtet.

»Es kommt aus dem Glockenturm«, gab Christian zurück, während Helene die Pistole in von Tillerts Gürtel mit deutlichem Unbehagen fixierte. »Jemand ist in Not.«

»Nun gut, lassen Sie uns die Sache untersuchen!« Von Tillert streckte den Arm aus. »Nach Ihnen!«

Die gekalkten Wände des Turms warfen das Echo ihrer Schritte zurück, als Helene Christian und von Tillert die Treppen hinauf folgte. Der Diener des Gutsherrn lief direkt hinter ihr, dabei kam er ihr so nahe, dass sie seinen Atem im Genick spürte.

Im Glockenturm empfing sie ein muffiger Geruch. Von Tillerts Diener schlug die Tür hinter ihr zu, worauf sein Herr ihn wütend anfuhr. Staub wirbelte auf und reizte ihre Kehle. Der Rest Tageslicht, der durch zwei schmale, einander gegenüberliegende Fenster eindrang, war zu schwach, um die Dunkelheit aus der Kammer zu vertreiben. Während Helene von Tillert im Auge behielt, bewegte sich Christian in gebückter Haltung vorwärts. Dabei musste er den Kopf einziehen, um nicht gegen die bronzene Glocke zu stoßen, die den Mittelteil der Turmkammer ausfüllte. Dann blieb er plötzlich stehen. Helene sah, wie er zusammenzuckte. Zu seinen Füßen schälten sich die Umrisse einer Gestalt aus dem Dunkeln. Ein Mann lag da, vollkommen reglos.

»Ist er tot?« Von Tillert schien nicht weniger schockiert als Christian. Nichts deutete darauf hin, dass er Jacoby vorher schon einmal gesehen hatte.

Helene überwand ihre Angst und machte einen Schritt auf den Mann zu. Da außer ihr niemand Jacoby kannte, musste sie zumindest einen Blick auf ihn werfen. Tränen der Angst, Wut und Verzweiflung schossen ihr in die Augen. Sie hatten sich tatsächlich an der Nase herumführen lassen und waren zu spät gekommen, um Jacoby zu warnen.

»Er lebt noch«, hörte sie Christians Stimme wie durch eine Nebelwand. Ohne zu überlegen, machte sie kehrt, kniete sich neben Jacoby auf den Boden, nahm seine Hand und drückte sie leicht. Seine Augenlider zitterten, dann sah er sie an. Er schien sie zu erkennen, denn er bewegte ein wenig die Lippen.

»Ganz ruhig, Jacoby! Beweg dich nicht. Wir holen einen Arzt für dich!« Sie hoffte, dass er ihr diese Lüge nachsah, denn sofern er bei Verstand war, wusste er auch, dass es im Umkreis vieler Meilen keinen Arzt gab, den sie hätte rufen können. Zu ihrer Überraschung hob er den Kopf. Er blutete aus einer Wunde schräg über dem Auge, das völlig zugeschwollen war.

»Ein Mann hat dich überfallen, nicht wahr? Er hat sich als Pfarrer ausgegeben, um dich in die Kirche zu locken.« Sie war sich bewusst, dass von Tillert hinter ihr stand und sie beobachtete. Daher war es nicht klug, seinen Namen ins Spiel zu bringen.

Jacobys Lippen bewegten sich.

»Du musst den Mann doch erkannt haben, Jacoby. Wir wissen schon, dass er wegen Dorothee gekommen ist. Er will ihr etwas antun, ihr und allen, die wissen, dass sie und er einmal ein Liebespaar waren. Aber wir wissen weder, wer er ist, noch was sie gegen ihn in der Hand hat.«

»Worüber reden Sie mit dem Mann?«, hörte Helene von Tillerts Stimme hinter sich.

Helenes Herz schlug schneller. »Bitte, wir müssen ihn aufspüren, aber dafür bleibt nur noch so wenig Zeit. Der Mann hat in Weimar schon zweimal getötet und …« Im letzten Moment zügelte sie ihre Zunge. Warum sollte sie ihn in seinen letzten

Augenblicken auf Erden noch mit dem Tod seiner Schwägerin belasten? Das wäre unnötig grausam gewesen.

»Er ... Dorothee ...?«

»Sagen Sie ihr, sie soll von dem Mann weggehen!« Von Tillerts Stimme klang eisig. »Sofort!«

Helene drückte die Hand des Mannes nur noch fester, sie dachte gar nicht daran, von Tillert zu gehorchen.

»Jawohl, Dorothee«, bestätigte Christian. Also hatte er Jacobys Flüstern auch gehört. »Keine Sorge, wir wollen die Frau in Sicherheit bringen, aber ohne deine Hilfe schaffen wir das nicht. Wir wissen gar nichts über ihren Verfolger, nur, dass er über Macht und Geld verfügt.«

Keine Reaktion. Helene bat Christian um sein Schnupftuch und wischte Jacoby damit notdürftig das Blut aus dem Gesicht. Eine liebevolle, aber ratlose Geste, denn ihr war klar, dass hier jede Hilfe zu spät kam. Es ging zu Ende. Doch da gelang es Jacoby unter Aufbietung seiner letzten Kräfte, den Arm zu heben. Er deutete mit zittrigen Fingern auf die Glocke, die still und behäbig über ihren Köpfen hing. Mühsam bewegte er die Hand einige Male hin und her, dann tippte er sich an die Brust und brach zusammen. Aus seinen Lungen entwich der letzte Atem, in seinen Augen verlor sich der letzte Glanz. Er war tot.

Helenes Augen wurden feucht. Erschöpft ließ sie sich von Christian aufhelfen, dann sah sie, wie er seinen Gehrock auszog und den Toten damit behutsam zudeckte.

»Das war einer von dem Raubgesindel aus dem Wald, da gehe ich jede Wette ein«, ereiferte sich von Tillert, als sie wieder die Treppen hinunterstiegen. Er ging voran, die anderen folgten ihm schweigend. »Dieses Mal sind sie zu weit gegangen. Ich werde meine Leute ausschwärmen und die Gegend durchkämmen lassen. Brief und Siegel darauf: Ich schnappe mir die Bande, die das getan hat. Und wenn ich sie habe, wird auf dem Dorfplatz ein Galgen gezimmert.«

Christian verkniff sich einen Kommentar, wofür Helene ihm dankbar war. Vielleicht war es besser, von Tillert in dem Glauben zu lassen, Jacobys Tod sei das Werk von Räubern gewesen. Falls er das wirklich dachte. Ihre Beine fühlten sich taub an, und ihr Schädel brummte. Sie würde viel Zeit und Ruhe brauchen, um zu verarbeiten, was sie soeben erlebt hatte. Wenn sie es sich recht überlegte, so hatte sie noch nie einen Menschen sterben sehen, geschweige denn dessen Hand gehalten, während er seinen letzten Atemzug tat. Zudem hatte sie Schuldgefühle, weil es ihr und Christian nicht gelungen war, dem Mörder zuvorzukommen. Wo mochte dieser nun stecken? Immer noch in Schwerstedt oder bereits auf dem Weg zurück nach Weimar? Hatte er Jacoby etwas entlockt, bevor er ihn erschlagen hatte? Ein eisiger Schrecken lähmte sie bei dem Gedanken, dass der Steinmetz ihm womöglich völlig arglos Dorothees Versteck verraten hatte.

In der Kirche ließ sie sich auf eine der Bänke sinken und stützte den Kopf in beide Hände. Nun gab es schon drei Tote zu beklagen. Zweien war sie noch kurz vor deren Tod begegnet. Großer Gott, Jacoby! Sie erinnerte sich, wie stolz sie gewesen war, als er sich ihre Arbeiten in der Zeichenschule angesehen und ihr ein großes Talent bescheinigt hatte. Er war selbst ein Künstler gewesen, der einzige Mensch, der ihr nicht nur Mut zugesprochen, sondern sie beim Zeichnen ihrer anatomischen Skizzen unterstützt hatte. Gemeinsam hatten sie daran gearbeitet, jeder auf seine Weise. Und nun lag er mit zerschmettertem Schädel oben im Glockenturm.

Christian hatte leise mit dem Pastor gesprochen, der inzwischen ebenfalls eingetroffen und über den Toten in seinem Gotteshaus informiert worden war. Nun setzte er sich neben sie, doch wirklich tröstende Worte fand auch er nicht. Er schaute sich nach von Tillert um, doch der hatte die Kirche verlassen. Sein wortkarger Diener bezog vor der Tür Posten. Wie es aussah, hatte er den Befehl erhalten, sie nicht gehen zu lassen.

»Was haben Sie da?«, fragte Helene, als sie den kleinen Gegenstand bemerkte, den Christian hastig vor ihr verstecken wollte. Ertappt zuckte er zusammen, öffnete die Hand aber nach kurzem Zögern. Ein silberner Knopf lag darin, der offensichtlich vom Gehrock eines Mannes abgetrennt worden war. Kein Kleinod, aber doch recht hübsch und filigran gearbeitet. Auf der matten Vorderseite war ein majestätischer Adler mit gespreizten Schwingen zu sehen, der sich von einem schwarzen Hintergrund abhob.

Sie fuhr sich mit der Zungenspitze über die Lippen. »Wo haben Sie diesen Knopf gefunden?«

»Als Sie und von Tillert auf dem Weg nach unten waren, bin ich noch einmal zurückgelaufen und habe mich in der Nähe der Glocke umgesehen«, erklärte Christian. »Der Knopf steckte in einer Ritze zwischen den Dielen. Von Jacobys Weste stammt er nicht, das habe ich überprüft.«

Helene betrachtete sich das Stück Metall genauer, dann hob sie den Blick. Von Tillerts Diener schaute misstrauisch zu ihnen herüber, doch um den Gegenstand zu erkennen, den sie und Christian sich betrachteten, hätte er seinen Posten vor der Tür verlassen müssen.

»Hat Jacoby deshalb auf die Glocke gedeutet? Um uns auf diesen Knopf hinzuweisen?«

»Das wüsste ich auch gern«, erwiderte Christian. »Natürlich könnte Jacobys Angreifer ihn verloren haben, als die beiden Männer miteinander kämpften, aber …«

Helene hob erwartungsvoll die Augenbrauen. »Aber was?«

»Ich kann mir einfach kein Bild von diesem Burschen machen, und das treibt mich fast in den Wahnsinn.« Christian nahm Helene den Knopf aus der Hand, hauchte ihn an und polierte ihn, indem er ihn mit Hilfe seiner Halsbinde blank rieb. »Ich glaube nicht, dass es im Glockenturm zu einem Kampf kam. Jacoby hat den Angriff nicht kommen sehen, er hegte keinen Verdacht gegen den Mann, der ihn zur Kirche lockte. Warum auch, schließlich hielt er ihn für den Pastor. Den wahren Pastor kannte er nicht, denn er hat den Gottesdienst nicht besucht. Das haben uns seine Kameraden auf dem alten Gutsbesitz erzählt. Vielleicht trug der Kerl sogar einen Talar. Oben im Turm muss Jacoby ihm den Rücken zugekehrt haben, vielleicht, um sich das Fenster anzusehen. Der Mörder nahm irgendeinen Gegenstand, den er möglicherweise in den Falten seines Talars versteckt hatte, und schlug damit auf Jacoby ein.«

Helene folgte Christians Blick hinüber zum Altar. Dort schien ihm etwas aufzufallen, und nur einen winzigen Moment später kam auch sie darauf, was das war. Zur Rechten der Bibel stand ein schwerer bronzener Leuchter, auf dem eine weiße Kerze steckte. Eine zweite Kerze lag links neben dem Buch auf dem Altartuch, doch der passende Leuchter war verschwunden.

»Ein Leuchter«, flüsterte Helene entsetzt. »Damit hat er es getan, nicht wahr?«

Christian gab einen zustimmenden Laut von sich. »Möglicherweise stieß Jacoby, während er fiel, gegen die Glocke, oder sein Angreifer schlug den Leuchter versehentlich dagegen, als er zu einem weiteren Hieb ausholte.«

Helene erinnerte sich nun wieder an den dumpfen Glockenschlag, über den sie sich auf von Tillerts Terrasse gewundert hatte. Eines aber irritierte sie dennoch. »Dass Jacoby hinterrücks angegriffen wurde, leuchtet mir ein«, sagte sie. »Er war Steinmetz und ein kräftiger Kerl. Sein Mörder musste rasch handeln und konnte es nicht zu einem Handgemenge kommen lassen. Aber wenn er Jacoby mit diesem Altarleuchter den Schädel zertrümmert hat, konnte der doch unmöglich noch sehen, wie seinem Mörder ein Knopf abriss und in eine Ritze zwischen den Dielenbrettern rollte.« Sie schüttelte den Kopf. »Nein, ich glaube nicht, dass es der Knopf war, auf den er uns hinweisen wollte. Abgesehen davon vermuten Sie selbst, dass der Mörder den Talar eines Pfarrers trug, und dazu würde kein Knopf mit einem derartigen Wappen passen.« Christian runzelte die Stirn. »Er zeigte aber auf die Kirchenglocke, machte eine merkwürdige Handbewegung und deutete zuletzt auf sich selbst. Was zum Teufel hat er damit gemeint?«

Von Tillert kehrte zurück. Mit ihm kam eine Schar Männer, die er allem Anschein nach eilig zusammengetrommelt hatte: Bauern und Handwerker. Dann ging die Tür ein weiteres Mal auf, und einige Personen traten über die Schwelle, die Helene bekannt vorkamen. Es waren Jacobys Kameraden, die das alte Gutshaus hinter dem Dorf herrichteten. In ihren Mienen spiegelten sich Abscheu, Wut und Entsetzen. Angeführt von dem bärtigen Handwerker, bei dem Christian sich erst wenige Stunden zuvor nach Jacoby erkundigt hatte, liefen die Männer auf die Tür zum Glockenturm zu, ohne einen der Anwesenden eines Blickes zu würdigen. Kurz darauf hörte man ihre polternden Schritte auf den Treppenstufen.

»Ich schätze, das wird noch Ärger geben«, sagte Christian und forderte Helene mit einem Blick auf, ihm zur Tür zu folgen. Dort aber stand von Tillerts Diener und schüttelte mit finsterem Gesichtsausdruck den Kopf, als Christian sich an ihm vorbeidrücken wollte.

»Sie wollen uns doch nicht verlassen?« Helene wandte sich bestürzt um, als von Tillert sich ihr mit raschen Schritten näherte.

»Genau das haben wir vor«, sagte Christian ruhig. »Wir haben mit dem Tod des Mannes im Glockenturm nichts zu tun. Vielleicht erinnern Sie sich, dass wir einander Gesellschaft geleistet haben, während der arme Mann getötet wurde.«

Eine bedrohliche Stille machte sich breit. Helene fröstelte, als sie in die Gesichter der um sie herumstehenden Männer sah, und begriff. Sie waren die Fremden hier. Und Fremde brachten nur zu oft Ärger mit sich. Der Friede des kleinen Ortes war gestört worden, dafür galt es, jemanden zur Verantwortung zu ziehen.

»Sie wussten aber, dass so etwas passieren würde«, behauptete von Tillert trotzig. »Deshalb sind Sie Hals über Kopf aufgebrochen, nachdem Sie erfahren hatten, dass die Nachricht an den bedauernswerten Mann gar nicht von unserem Pastor kam.« Er funkelte Christian an, doch noch ehe er weitere Anschuldigungen ausstoßen konnte, kehrten die Handwerker zurück. Der Bärtige trug den toten Jacoby. Hoch erhobenen Hauptes stapfte er an von Tillert, Helene und Christian vorbei. Ein Mann sprang voraus und öffnete ihm die Tür, damit er mit dem Toten die Kirche verlassen konnte.

»Wie konnte das geschehen?«, stöhnte der Pastor. Sein Gesicht glänzte vor Schweiß. »Ein Mord in meiner Kirche. Ich bin sprachlos. Welcher Unhold tut so etwas?«

»Das Diebsgesindel, das schon dreimal im Dorf auf Raub ausging, natürlich«, antwortete ihm von Tillert mit einem misstrauischen Blick auf Christian.

Der Pastor nickte. »Nicht einmal vor einem Gotteshaus machen diese Schurken Halt.«

Es wird ihm nicht besser gehen, wenn er hört, dass wahrscheinlich einer seiner Altarleuchter dem Mörder als Waffe diente, dachte Helene.

»Wir waren besorgt wegen Jacoby«, gab Christian unumwunden zu. »Daher unsere Eile.«

»Halten Sie uns bloß nicht zum Narren! Sie wussten, wann die Räuber zuschlagen würden. Vielleicht gehörte dieser Jacoby ja selbst zu der Bande?« Von Tillert nickte grimmig. »Warum nicht? Ein Streit unter Diebesbrüdern!«

Die Bemerkung führte zu Unmut unter den Weimarer Handwerkern. Schimpfend setzten sie sich gegen von Tillerts Verdächtigung zur Wehr, bis dieser schließlich beschwichtigend die Hände hob. Das war auch klug, denn von Tillert und sein Diener erweckten nicht den Eindruck, als könnten sie sich gegen zehn kräftige Maurer, Zimmerleute und Steinmetze behaupten.

»Hätten Sie uns nicht so lange aufgehalten, damit wir Ihrer Gemahlin bei Kuchen und Wein Gesellschaft leisten, hätten wir dem Mann vielleicht noch helfen können«, sagte Christian, als sich die Gemüter ein wenig beruhigt hatten. »Aber wir kamen zu spät. Und von Räubern, die auf Ihrem Besitz ihr Unwesen treiben, wissen Sie offensichtlich mehr als wir.«

»Ist das wahr?«, fragte der Pastor.

»Ich habe die beiden aufgehalten, weil sie mir auf Anhieb merkwürdig vorkamen«, sagte von Tillert. »Sie behaupten, Angehörige des Herrn von Goethe aus Weimar und in seinem Auftrag unterwegs zu sein, aber das ist eine Lüge.« Er wandte sich Helene mit einem triumphierenden Lächeln zu. »Ich weiß nicht, wer dieser Bursche ist, der ein so auffälliges Interesse an Räubern und Gaunern hat, aber Sie habe ich sofort wiedererkannt. Sie sind keine Verwandte von Goethe, sondern Helene de Ahna, jüngste Tochter des herzoglichen Rats aus Meiningen und nur zu Besuch in Weimar. Wir wurden einander vor etwa einem Jahr vorgestellt, als Sie Freunde in der Stadt besuchten. Es kränkt mich nicht, dass Sie sich nicht mehr an mich erinnern. Sie erschienen mir schon damals ein wenig zerstreut. Vermutlich, weil Sie an diesen Burschen dachten, der Ihnen den Kopf verdreht hat.« Er deutete mit einem Ausdruck von Geringschätzung auf Christian.

»Wie können Sie es wagen?«, zischte Helene wütend. »Herr Vulpius ist nur ein Bekannter, der …« Sie biss sich auf die Zunge. Was war nun peinlicher? Vor all diesen Männern einer Lüge überführt oder für so zerstreut gehalten zu werden, dass sie von Tillert nicht wiedererkannt hatte? Doch wenigstens hatte sie nun eine Erklärung dafür, warum er ihr von Anfang an so bekannt vorgekommen war. Sie waren einander anlässlich eines Konzerts vorgestellt worden. Oder im Theater? Gleichgültig. Eine flüchtige Begegnung unter vielen, die Helene rasch wieder vergessen hatte. Von Tillert hatte sie zu ihrem Bedauern jedoch nicht vergessen.

»Ihr Vater wird mir dankbar sein, weil ich Sie vor einem großen Fehler bewahre«, sagte der Grundherr in einem Ton, der Helene ganz und gar nicht gefiel. Was um alles in der Welt ging von Tillert ihr Vater an und … Doch dann begriff sie und musste sich zusammennehmen, um nicht in hysterisches Gelächter auszubrechen. Wie es schien, hielt von Tillert Christian Vulpius für ihren heimlichen Geliebten, mit dem sie durchzubrennen gedachte.

»Das kann nicht Ihr Ernst sein!«, platzte sie heraus.

»In Kürze wird ein Freund eintreffen, der Sie nach Weimar zurückbringen wird«, meinte von Tillert ungerührt. »Sie sollten jetzt Ihre Sachen holen und sich schon einmal überlegen, wie Sie Ihren Verwandten Ihren kleinen Ausflug aufs Land erklären werden.«

Als sie an ihre Tante dachte, spürte Helene ein flaues Gefühl im Magen. Doch noch bevor sie sich deren schockierte Miene ausmalen konnte, kündigte das Knarren der Kirchentür weitere Ankömmlinge an. Luise von Tillert trat am Arm eines Mannes ein, dessen Auftauchen Helene nicht erwartet hatte. Es war Gordian Petersdorf.

Christian starrte den Manufakturbesitzer einen Moment lang an, als käme dieser geradewegs vom Mond. Was zum Teufel hatte Petersdorf hier zu suchen? Beobachtete er Helene etwa? Doch dann fiel ihm ein, was er auf dem alten Gutsbesitz erfahren hatte. Petersdorf war es, der das verfallene Haus hinter dem Dorfteich gekauft hatte und mit großem Aufwand herrichten ließ. Damit war er Jacobys Auftraggeber gewesen. Da sollte es nicht verwundern, wenn er sich von Zeit zu Zeit in Schwerstedt blicken ließ, um ihm und seinen Handwerkern auf die Finger zu schauen. Er schien gleich nach seiner Ankunft im Herrenhaus vorgesprochen zu haben, wo er von Luise von Tillert erfahren hatte, dass es in der Ortschaft Ärger gab. Luise hatte ihn offenbar auch überredet, sie sogleich mit seinem Wagen zur Kirche zu fahren.

Als Petersdorf Helene sah, schüttelte er verdutzt den Kopf. »Mit Ihnen hätte ich hier nicht gerechnet«, sagte er. »Als ich heute Vormittag bei Ihrer Tante vorsprach, um Sie zu einem Ausflug einzuladen, hieß es, Sie hätten Besorgungen zu erledigen und kämen erst spät zurück. Ihre Tante war tief enttäuscht.«

»Das kann ich mir vorstellen«, erwiderte Helene leise. »Arme Tante.«

»Die Gnädigste schlug sogar vor, Ihre Dienstmagd zu Kraus in die Fürstliche Zeichenschule zu schicken, um Sie heimzuholen, aber das habe ich ihr ausgeredet. Schließlich gehen die schönen Künste vor. Hätte ich jedoch geahnt, dass die Malstunde auf dem Land stattfindet …«

Christian räusperte sich. Dieser Mann schien ihm wahrhaftig nicht die hellste Kerze auf dem Leuchter zu sein. Eigenartig, wo ihm doch der Ruf vorauseilte, ein umsichtiger Geschäftsmann zu sein, der sein Erbe nicht nur gewissenhaft verwaltete, sondern auch mit Hilfe waghalsiger Transaktionen mehrte. Nun, vielleicht war es ein Fehler, ihn voreilig als Narren abzustempeln, weil er bei Helenes Anblick ins Stottern geriet.

Von Tillert packte Petersdorf am Arm. »Das ist jetzt unwichtig«, zischte er ihn an. »Du musst das Mädchen nach Weimar zurückschaffen. In dieser Kirche ist ein Mann erschlagen worden.«

»Erschlagen?« Petersdorf wandte sich den Handwerkern zu. »Doch nicht einer von euch? Na los, redet schon!«

»Den Jacoby hat's erwischt«, antwortete einer der jüngeren Gesellen. Christian erkannte ihn sogleich wieder. Es war derselbe Bursche, der ihm auf dem Gut Auskunft erteilt hatte.

»Jacoby?« Petersdorf runzelte die Stirn. Er wirkte erschrocken, aber vielleicht spielte er auch nur den Betroffenen. Christian beobachtete, wie der Mann ein parfümiertes Tuch aus seiner Manschette zog und sich damit mit spitzen Fingern die Stirn abtupfte.

»Ich verstehe das alles nicht«, sagte er mit matter Stimme. »Es ist, als würde der Tod mir an den Fußsohlen kleben.« Er warf von Tillert einen Blick zu, der schwer zu deuten war. »Ich war auf dem Weg zu Meister Jacoby, um ihm eine schlechte Nachricht zu überbringen. Seine Schwägerin, die Rosine vom Schweinemarkt, ist ebenfalls tot. Erschlagen, wie es heißt. Man fand sie reglos in ihrer Stube. Der Kerl, der es getan hat, ist flüchtig.«

Einen Moment sagte keiner auch nur ein Wort, dann brüllte von Tillert: »Was sagst du da?« Petersdorf nickte. »Und das war nicht der erste rätselhafte Todesfall, über den geredet wird. Seine Hoheit, unser allergnädigster Herzog, lässt die *Causa* untersuchen.« Er seufzte. »Seinen Untersuchungsbeamten beneide ich nicht. Nun wird er sich auch noch dieses Falles annehmen müssen. Und ich brauche einen neuen Steinmetz, sonst wird mein Landhaus nie fertig!«

Von Tillert deutete auf Helene. »Hier treibt sich lichtscheues Gesindel herum. Also wenn du vermeiden willst, dass die Jungfer ihren Ruf ruiniert, folgst du besser meinem Rat und schaffst sie fort. Vom Fortschritt der Bauarbeiten bei dir draußen kannst du dich später überzeugen.«

Gordian Petersdorf fasste Helene scharf ins Auge. »Er hat recht. Ich hoffe nur, Sie folgen mir ohne großes Aufsehen, meine Liebe.«

Helene öffnete den Mund, doch bevor sie etwas sagen konnte, raunte er ihr zu: »Wenn Sie jetzt vernünftig sind, wird niemand etwas von Ihrem kleinen Ausflug aufs Land erfahren. Weder Ihre Tante noch Ihr Herr Vater in Meiningen, das verspreche ich Ihnen.« Er streckte die Hand aus, an der ein schwerer Siegelring mit einem blutroten Rubin funkelte. »Wir sagen einfach, ich

188

hätte Sie doch noch von der Zeichenschule abgeholt und zu einem Picknick überredet. Dann wird Ihre Tante keinen Verdacht schöpfen.« Er sah sie mit durchdringenden Blicken an. »Ich würde alles für Sie tun, das wissen Sie hoffentlich?«

Christian machte einen Schritt vor, aber ein Blick von Helene gab ihm zu verstehen, dass er sich nicht einmischen durfte. Petersdorf hatte ihr soeben klargemacht, dass er sie in der Hand hatte. Er konnte sie verraten, und wenn er das tat, gehörten Helenes unbeschwerte Tage in Weimar der Vergangenheit an. Christian bemerkte, wie Helene sich versteifte. Hatte sie etwas entdeckt? Irgendetwas an Petersdorfs Erscheinungsbild schien sie zu erschrecken, denn sie starrte den Mann an wie ein Kaninchen, das von einer Schlange hypnotisiert wird. Während Petersdorf noch einige Worte mit von Tillert wechselte, tippte sie sich hastig mit dem Finger an die Brust und umschrieb einen kleinen Kreis, ein Hinweis, der allein ihm galt.

Christian runzelte die Stirn. Ein kleiner runder Fleck? Was wollte sie ihm damit sagen?

Petersdorf drückte den Handwerkern noch ein paar Münzen in die Hand, dann wandte er sich wieder Helene zu. Mit einem mitfühlenden Blick nahm er ihren Arm. »Es muss ein Schock für Sie gewesen sein. Ich vermute, Sie kannten den guten Jacoby aus der Zeichenschule?«

Helene neigte zustimmend den Kopf, dabei deutete sie verstohlen auf Petersdorfs Rock. Und nun endlich begriff Christian, worauf sie ihn so verzweifelt hatte hinweisen wollen.

Auf den Knöpfen, die Gordian Petersdorfs Gehrock schmückten, waren ganz deutlich Adler mit gespreizten Schwingen zu erkennen. Und einer dieser Knöpfe fehlte.

15. Kapitel

»Du kannst froh sein, dass sie dich nicht aufknüpften«, erklärte Christiane, als ihr Bruder anderntags von seinen Erlebnissen berichtete. Sie trafen sich nicht am Frauenplan, sondern im Park, in der Nähe des Gartenhauses, wo Christiane mit August einen Spaziergang unternahm. August vergnügte sich mit seinem hölzernen Soldaten und rannte lachend ein Stück voraus, während Mutter und Onkel ihm gemessenen Schrittes folgten.

»August liebt dieses hässliche Ding«, sagte Christiane und drehte ihren Sonnenschirm. Hoch über ihrem Kopf ließ ein laues Lüftchen das Laub in den Bäumen rauschen. Nur noch wenige Wochen, und der Herbst würde die Blätter in ein Farbenmeer verwandeln. Ein Grund mehr, die letzten Sommertage an der frischen Luft zu verbringen. »Er spielt fast nur noch damit. Ernestine hat es von einem Straßenhändler gekauft.«

So, so, Ernestine, dachte Christian, der nur mit halbem Ohr zugehört hatte. Bisher hatte er seine Halbschwester für die geizigste Person von ganz Weimar gehalten.

»Petersdorf hat diesen Herrn von Tillert darüber aufgeklärt, dass ich wirklich mit Geheimrat Goethe verbunden bin«, sagte er schließlich mit einem bitteren Lachen. »Gern hat er das nicht getan, aber was blieb ihm übrig? Eine Lüge hätte Helene ihm nicht verziehen.«

Christiane schloss ihren Sonnenschirm und wich zwei Frauen aus, die sich mit einem Nicken für die Höflichkeit bedankten, dann aber eilig und grußlos an ihr vorüberschritten.

»Kennst du die beiden Vogelscheuchen?«, fragte Christian eine Spur zu laut.

Seine Schwester winkte ab. »Unwichtig. Erzähl mir lieber, ob der Knopf, den du bei diesem Steinmetz gefunden hast, wirklich von Petersdorfs Rock abgerissen wurde.«

Christian griff in seine Tasche und zeigte Christiane den Silberknopf. »Petersdorf trug einen Rock mit solchen Knöpfen, und einer davon fehlte, das kann ich beschwören. Er selbst schien das noch gar nicht bemerkt zu haben, sonst hätte er versucht, es zu verbergen.«

Christiane kräuselte die Lippen. »Gordian Petersdorf«, murmelte sie. »Ich muss gestehen, dass mich diese Neuigkeit schockiert. Man sagt, er sei reicher als der Herzog. Carl August hat ihm mehrere Privilegien erteilt, damit er seine Manufakturen erweitern kann. Angeblich hat er vor, demnächst mit herzoglicher Erlaubnis ins Bankgeschäft einzusteigen.«

»Er hätte also viel zu verlieren, wenn unsere geheimnisvolle Dorothee etwas ausplauderte, was ihm schadet. Ein Skandal, und er kann seine Bank vergessen.«

»Es scheint so. Wir gingen von einem älteren Mann aus, der dieser Frau vor zehn Jahren den Hof machte, aber was spricht gegen Petersdorf? Doch nur …« Sie schüttelte den Kopf, was Christian veranlasste, fragend die Augenbrauen zu heben.

»Was?«

»Petersdorf hat sein Vermögen geerbt«, sagte Christiane. »Das hat Goethe erwähnt, als wir uns einmal beim Mittagessen über die Porzellanmanufaktur unterhalten haben. Als Goethe durch Italien reiste, war Petersdorf aber noch nicht reich, sondern ein armer Schlucker. Weder gut aussehend noch ein leidenschaftlicher Verführer. Langweilig eben. Kein Mann, der eine wunderschöne Frau vom Theater im Sturm erobert und mit ihr durchbrennt. Nein, in dieser Rolle würde ich nach wie vor einen Mann wie Bertuch sehen. Der ist nicht nur reich, sondern auch galant und geistreich.« Sie blieb stehen und runzelte die Stirn. »Bertuch soll sich übrigens ganz merkwürdig aufführen, seit wir seiner Frau wegen der schwarzen Blume Fragen gestellt haben.«

»Ich habe aber bei Jacoby keinen Knopf von Justin Bertuchs Rock gefunden.«

Christiane steuerte eine Bank an, die im Schatten einiger Ulmen stand, und ließ sich nieder. Ihre Füße schienen ihr wehzutun, doch obwohl außer Christian weit und breit niemand zu sehen war, streifte sie sich nicht die Schuhe ab. So etwas tat man nun einmal nicht in der Öffentlichkeit. »Vielleicht hat Bertuch einen ganz ähnlichen Rock. Diese Knöpfe sind nicht so ungewöhnlich, wie du denkst. Selbst Goethe besitzt einen Gehrock mit silbernen ...« Sie sprach nicht weiter, sondern atmete tief durch. Ihre Miene nahm einen verschlossenen Ausdruck an. »Jedenfalls ist ein abgerissener Knopf noch kein Beweis für Petersdorfs Schuld.«

»Ach nein? Vielleicht darf ich dich daran erinnern, dass er Jacoby kannte. Kurz nach dessen Tod kam er in die Kirche. Natürlich gab er vor, gerade erst angekommen zu sein, aber wer sagt mir, dass er nicht schon länger in Schwerstedt war? Er hat den Steinmetz in die Kirche gelockt.«

Christiane kaute auf ihrer Unterlippe, wie sie es immer tat, wenn sie ein Problem wälzte. »Aber warum hätte sich Petersdorf als Jacobys Auftraggeber unter der Soutane eines Pastors verbergen sollen? Er hätte den Mann doch rufen lassen können, wann immer er wollte.«

»Um ihm den Schädel zu zertrümmern?« Christian schüttelte den Kopf. »Wenn Petersdorf mit der Absicht nach Schwerstedt gefahren war, Jacoby zum Schweigen zu bringen, musste er natürlich dafür sorgen, dass dessen Kameraden nichts davon mitbekommen. Sie hätten ihn doch sonst sofort in Verdacht gehabt.« Er zögerte einen Moment, dann sagte er: »Als wir bei diesem Herrn von Tillert speisten, erwähnte seine Frau einen Freund der Familie, der vor einigen Jahren in Italien Opfer eines Raubüberfalls wurde. Er soll gemeinsam mit überlebenden Reisegefährten von Räubern gefangen genommen worden sein.«

Christiane schlug in ungläubigem Staunen die Hand vor den Mund. »Du meinst, wie dieser Wagner?«

»Von Tillert hat seiner Frau verboten, mir den Namen dieses

Freundes zu nennen, aber ich gehe jede Wette ein, dass es Petersdorf war. Wenn Wagner damals mit ihm zusammen in der Kutsche reiste, dann müssen sie einander auch gekannt haben. Sie haben dasselbe Schicksal durchlitten, und beide überlebten. Wagner versuchte, seine Alpträume in einem italienischen Kloster zu vergessen, während Petersdorf in die Heimat zurückkehrte und sein Erbe antrat. Aber während ihrer Gefangenschaft muss etwas geschehen sein, was bis heute für jeden den Tod bedeutet, der etwas davon weiß. Vermutlich entstand zu dieser Zeit auch diese Urkunde.«

»Wie hat Petersdorf eigentlich sein plötzliches Auftauchen in Schwerstedt erklärt?«

»Er gab vor, Jacoby vom Tod seiner Schwägerin in Kenntnis setzen zu wollen.« Eine durchaus glaubhafte Erklärung, die Christian ihm allerdings nicht abkaufte. Wut regte sich in ihm, als er daran dachte, wie hilflos er hatte mitansehen müssen, wie Helene zu Petersdorf in die Kutsche stieg. Doch wenigstens war es ihm gelungen, dem Wagen des Manufakturisten mit Goethes Einspänner bis nach Weimar zu folgen. Dort hatte er beobachtet, wie die Kutsche vor dem Haus von Helenes Tante gehalten hatte und Helene ausgestiegen war. Petersdorf hatte ihr also nichts angetan, was bedeutete, dass er keinen Argwohn gegen sie hegte. Da seine Kutsche erst weitergefahren war, nachdem in der Mansarde ein Licht angegangen war, hatte Christian leider keine Gelegenheit mehr gehabt, ein Wort mit Helene zu wechseln.

»August, nicht zu nah ans Wasser heran!« Christianes ängstliche Stimme holte ihn aus seinen Gedanken. Aus den Augenwinkeln beobachtete er seine Schwester und fand, dass sie müde und auch ein wenig traurig aussah.

»Auch heute kein Brief von Goethe?«, erkundigte er sich mitfühlend, obwohl er die Antwort bereits ahnte. Hätte der Geheimrat geschrieben, hätte seine Schwester ihm das sogleich mit strahlenden Augen berichtet.

»Er mag keine Frauen, die ihm seine geliebte Freiheit beschneiden. Damit muss ich mich abfinden.« Sie stand abrupt auf und glättete ihr hellblaues Kleid, das ihrer leicht fülligen Figur schmeichelte. »Ich muss nach Hause. Morgen ist Freitag, das heißt, die Abendgesellschaft bei Frau von Stein rückt näher. Ernestine macht mich noch wahnsinnig. Zuerst tanzt sie vor Freude durchs Haus, weil sie auch eingeladen wurde, und nun sitzt sie den lieben langen Tag in einer Ecke der Küche und stöhnt erschrocken auf, sobald im Haus eine Tür zuknallt.«

Christian zuckte mit den Achseln. Wird Zeit, dass sie einen Mann findet, der es mit ihr aushält, wollte er sagen, verkniff es sich aber, da er Christiane nicht noch trauriger machen wollte.

Als sie den Park verließen und den Weg stadteinwärts einschlugen, blieb Christiane plötzlich stehen. Nachdenklich stützte sie sich auf ihren Sonnenschirm. »Ich glaube zwar nicht, dass es Petersdorf war, der vor zehn Jahren mit dieser Schauspielerin durchgebrannt ist, aber könnte es nicht sein, dass wir mit dem geheimnisvollen Liebhaber auf dem Holzweg waren?«

»Du meinst, Petersdorf könnte ganz andere Gründe haben, Dorothee zu verfolgen?«

Christiane nickte. »Vergiss das Schriftstück nicht, von dem dieser Wagner annahm, es steckte in einem der Bücher über Italien. Vielleicht steht etwas darin, das Petersdorf heute gefährlich werden könnte.« Sie hob die Hände. »Ich wünschte, wir würden diese vermaledeite Urkunde endlich finden.«

Christian sah das ebenso. Solange Dorothee sich versteckt hielt, konnten sie nicht mehr tun, als zu spekulieren. Die halbe Nacht hatte er darüber gegrübelt, was Jacoby ihm und Helene noch vor seinem Tod hatte sagen wollen. Warum hatte er auf die Glocke gezeigt? In ihr war nichts versteckt, das hatte er untersucht. Oder hatte Jacoby mit seiner Geste die Kirche generell gemeint? Auf Petersdorfs Gutsbesitz hatte ein junger Bursche behauptet, mit Jacobys Frömmigkeit sei es nicht weit her gewesen. Nicht einmal am sonntäglichen Gottesdienst habe der Steinmetz teilnehmen wollen. Warum also sollten ihm Kirchenglocken so wichtig gewesen sein?

Christiane beschloss, einen Umweg über den Marktplatz zu machen, um dort noch etwas einzukaufen. Dies hatte eigentlich Ernestine für sie erledigen sollen, doch mit dem Mädchen war momentan herzlich wenig anzufangen. Während sie die Zutaten für Augusts geliebte grüne Soße zusammensuchte, verließ eine ältere Krämerin ihre Bude und kam winkend auf sie zugelaufen. Unter dem Arm der Alten klemmte eine Spanschachtel.

»Sie wohnt doch am Frauenplan, in dem feinen Haus vom Herrn von Goethe, nicht wahr?«

Christiane hob überrascht die Augenbrauen. »Ja, was gibt es denn?«

»Das hat ihre Schwester kürzlich verloren, dort drüben in der Gasse. Meine Tochter, die Lise, hat's gesehen und die Schachtel gleich zu mir gebracht.«

»Meine Schwester?«

Die Alte nickte eifrig. »Ja, meine Lise kennt sie. Sie hat sie einfach weggeworfen, aber das kann doch nur ein Versehen gewesen sein, oder? So feine Sachen lässt man doch nicht in der Gosse liegen.«

Christian drückte der Krämerin ein paar Münzen in die Hand, woraufhin diese zufrieden zu ihrem Stand zurückkehrte. Er lächelte August an, der seine Mutter mit glänzenden Augen bat, die Schachtel zu öffnen. Vermutlich hoffte er, darin ein Geschenk für ihn zu finden.

»Rote Seidenblumen?« Christiane starrte auf die kunstvoll geformten Blüten. »Aus Bertuchs Manufaktur.« Sie beugte sich zu ihrem Sohn hinunter und fuhr ihm mit einer liebevollen Geste durchs Haar. »Warst du mit der Tante in dem Haus, in dem diese Blumen genäht werden?«

»Weiß nicht …«

»Du kennst das große, schöne Gebäude bestimmt«, sagte Christian. »Deine Frau Mama hat dort gearbeitet, als sie noch ganz jung war.«

August verzog den Mund. Nun sah er fast so aus wie Christiane, wenn sie sich über etwas aufregte. »Mag ich nicht sagen!«

»Warum nicht?« Christian zupfte seinen Neffen freundschaftlich am Ohr. »Wir sind doch Freunde, die keine Geheimnisse voreinander haben sollten. Mädchen brauchen solche Blumen, weil sie möchten, dass ihre Kleider hübscher aussehen. Aber sie sind teuer. Wir wollen nur verstehen, warum deine Tante sie erst kauft und dann achtlos in einer Gasse liegenlässt. War sie denn so in Eile, als ihr einkaufen gegangen seid?«

August zuckte mit den Achseln. Er schien unsicher geworden zu sein. »Tante Ernestine hat gesagt, ich bekäme Ärger, wenn ich es verrate. Und dann dürfte ich den Holzsoldaten nicht behalten, aber ich will ihn nicht hergeben. Vaters Freund hat ihn mir doch geschenkt« Er begann zu schluchzen, und dann quollen auch schon dicke Tränen über die Wangen des kleinen Jungen.

Christian wechselte einen Blick mit seiner Schwester, aus deren Gesicht jede Farbe wich. Ein Freund Goethes? Hatte Ernestine nicht behauptet, sie selbst habe August die Figur gekauft?

Christian spähte über den Marktplatz. An den Kerl mit den Holzschnitzereien erinnerte er sich, denn er war schon einmal über dessen Plunder gestolpert. Das war an dem Tag gewesen, als er hinter Wagner hergelaufen war. Der Mann steckte in einer zerlumpten Uniform und verhökerte neben Spielzeug für Knaben auch noch Gehstöcke. Doch unter den Krämern sah er niemanden, auf den die Beschreibung passte. Vielleicht war der Kerl längst mit seinem Kram weitergezogen.

Während er sich noch darüber den Kopf zerbrach, schloss seine Schwester die Schachtel mit den Blumen und klemmte sie sich unter den Arm. Ohne noch ein Wort über die Angelegenheit zu verlieren, nahm sie August an der Hand und machte sich eilig auf den Heimweg. Vermutlich hatte sie vor, Ernestine sofort zur Rede stellen. Sie schritt so rasch aus, dass der Kleine an ihrer Hand nur mühsam hinterherkam. Am Frauenplan angekommen, schickte sie August sogleich ins Haus und trug ihm auf, in seiner Kammer auf sie zu warten. Als Christian sich verabschieden wollte, warf sie ihm einen besorgten Blick zu.

»Ich weiß beim besten Willen nicht, was ich von der Sache halten soll«, sagte sie. »Ich habe angenommen, mit der Rückgabe der italienischen Bücher sei alles ausgestanden und nun das …« Sie starrte mit einer Mischung aus Wut und Hilflosigkeit auf Ernestines Seidenblumen. »Ich muss Goethe benachrichtigen, auch auf die Gefahr hin, dass er mich für ein närrisches Frauenzimmer hält. Aber wie fange ich das an? Soll ich ihm etwa mit dem Kind hinterherreisen, um ihn zu suchen?« Plötzlich schimmerten in ihren Augen Tränen. »Vielleicht ist er ja doch wieder über die Alpen gereist!« Plötzlich packte sie Christian am Arm. »Solltest du den Silberknopf nicht Hauptmann Heyde übergeben? Wenn du ihm von deinem Verdacht gegen den Porzellanmanufakturisten erzählst …«

»Heyde?« Christian konnte es nicht fassen, dass sie ihm einen solchen Vorschlag machte. »Der Kerl ist jemand, der sein Fähnlein nach dem Wind hängt. Dem würde ich nicht einmal einen Krug Sauerbier anvertrauen. Habe ich dir nicht erzählt, was er im Haus der Witwe Jacoby getan hat, nachdem sein Sergeant mich geschlagen hatte?«

Christiane seufzte. »Du behauptest, der Hauptmann habe Beweise vernichtet, um sich nicht in Kalamitäten zu bringen.«

»Das behaupte ich, weil ich es mit eigenen Augen gesehen habe. Heyde schützt jemanden, da gehe ich jede Wette ein!« Er holte den Silberknopf aus seiner Rocktasche und wog ihn ein paarmal in seiner Hand. »Wer könnte es sich leisten, den Lohn eines Untersuchungsbeamten ein wenig aufzustocken, wenn nicht ein wohlhabender Manufakturbesitzer?«

Christiane schien davon nicht überzeugt zu sein. »Wenn der Hauptmann Geld von Petersdorf kassiert, hat er natürlich ein Interesse, ihn aus der Sache herauszuhalten. Aber hätte er dich in diesem Fall laufen lassen? Nein, du würdest als willkommener Sündenbock im Turm sitzen.«

»Darüber habe ich mir auch den Kopf zerbrochen, aber …« Christian runzelte die Stirn. »Ich vermute, Heyde will nicht zu voreilig zuschlagen, sondern erst einmal abwarten. Er braucht mich noch auf freiem Fuß, weil …«

Er sprach es nicht aus, aber Christianes bestürzter Gesichtsausdruck verriet ihm, dass sie genau verstanden hatte, worauf er hinauswollte. Hauptmann Heyde rechnete damit, dass noch weitere Untaten bevorstanden.

Aus der Toreinfahrt des Nachbarhauses trat eine Magd. Mit aufgerollten Ärmeln fegte sie welkes Grünzeug vom Trottoir in die Gosse. Als sie die Geschwister bemerkte, grüßte sie, dann kehrte sie ihnen den Rücken zu.

»Also kein Rapport an Heyde«, flüsterte Christiane. »Und den Herrn Amtsrichter können wir auch vergessen. Aber so ganz ohne die Hilfe der Obrigkeit werden wir es nicht schaffen.«

»Wenn ich genügend Beweise hätte, würde ich sie persönlich ins Schloss bringen!«

»Zum Herzog?«

»Warum nicht? Herzog Carl August mag Hauptmann Heyde weitreichende Befugnisse erteilt haben, aber noch ist er als Landesfürst dafür verantwortlich, in Sachsen-Weimar-Eisenach für Ruhe und Ordnung zu sorgen. Wenn es mir gelingt, ihn davon zu überzeugen, dass Gordian Petersdorf bereits drei Personen auf dem Gewissen hat und einer vierten nachstellt, wird er ihn zur Rechenschaft ziehen. Aber natürlich kann ich nicht mit ein paar Vermutungen und einem Knopf ins Schloss gehen. Der Herzog würde mich auslachen oder wegen Verleumdung eines unbescholtenen Bürgers einsperren lassen.«

»Du brauchst einen Zeugen, der auf Eid beschwört, dass der Knopf, den du gefunden hast, wirklich Petersdorf gehört.«

Einen Zeugen? Wie klug seine Schwester doch war. Ja, einen Zeugen gab es, genauer gesagt eine Zeugin, denn Helene war vor ihm aufgefallen, dass der Knopf mit dem Adlerwappen vom Rock des Manufakturisten abgerissen war. Das brachte sie jedoch in Gefahr. Er schüttelte den Kopf. »Leider gibt es keine Zeugen«, log er. »Wir müssen einen anderen Weg finden, ihm die Maske vom Gesicht zu reißen.«

Christiane massierte sich mit den Fingerspitzen ihre Schläfen. Was sie dachte, war leicht zu erraten. Wie viel einfacher wäre die Sache gewesen, wenn Goethe in Weimar geblieben wäre. Er war ein guter Freund des Herzogs und gehörte zu dessen Vertrauten. Auf ihn würde Carl August bestimmt hören.

»Der Schlüssel zu dem ganzen Wirrwarr liegt in Italien«, sagte Christian voller Überzeugung. »Es hat mit dem Raubüberfall auf die Reisegruppe bei Padua zu tun. Petersdorf und Wagner befanden sich unter den Reisenden, die ausgeplündert wurden. Aber sie waren gewiss nicht die Einzigen.« Er legte die Stirn in Falten. »Ich frage mich, wer sich noch in der Kutsche befand.«

»Dorothee«, schlug Christiane vor. »Aber sicher nicht allein, sondern mit ihrem Verehrer.«

Christian starrte sie einen Moment lang an wie vom Donner gerührt. Dann sprang er auf sie zu, umarmte sie stürmisch und drückte ihr einen Kuss auf die Wange. Peinlich berührt machte sie einen Schritt zurück.

»Bist du jetzt völlig von Sinnen?«

»Ganz im Gegenteil, allmählich geht mir ein Licht auf. Aber noch leuchtet es nicht hell genug.« Er wandte sich zum Gehen, blieb nach ein paar Schritten aber noch einmal stehen und blickte über die Schulter. »Ich denke, ich werde mich später ein wenig bei Petersdorf umsehen. Falls du bis zum Abend nichts von mir hörst …« Er ließ den Satz unbeantwortet.

16. Kapitel

Christiane fand ihre Schwester auf einer Bank im Park, ein Buch auf den Knien. Sie war in der Sonne eingeschlafen. Ungeduldig rüttelte sie die Jüngere an der Schulter und warf ihr, als sie endlich die Augen aufschlug, die Schachtel aus der Manufaktur vor die Füße.

»Hier, wie mir scheint, hast du das neulich in der Stadt verloren!«

Christianes Stimme klang so eisig, dass Ernestine sofort hellwach war. Alarmiert blickte sie von ihrer Schwester auf die weiße Schachtel. Einen Atemzug lang schien sie zu überlegen, ob es einen Zweck hatte, die Ahnungslose zu spielen, dann aber gestand sie mit belegter Stimme: »Die Seidenblumen sind ein Geschenk von Caroline Bertuch. Für das Dekolleté des Kleides, das ich morgen bei der Frau von Stein tragen möchte. Du glaubst doch nicht, dass ich sie gestohlen habe? Das würde ich niemals tun!« So forsch sich das Mädchen auch für gewöhnlich gab, so schwer fiel es ihr jetzt, die Tränen zurückzuhalten. Ihre Schultern zitterten, was Christianes Ahnung bestätigte. Ihre Schwester hatte ein schlechtes Gewissen.

»Ich kenne Caroline und weiß, wie großzügig sie sein kann«, sagte sie mit einem prüfenden Blick. »Sie gehört zu den wenigen Menschen in der Stadt, die uns ohne Vorurteil begegnen. Aber ...«

»Es war ihr peinlich, wie unhöflich der alte Herr Bertuch zu dir gewesen ist. Sie bat mich, dir auszurichten, du sollst ihm seine Grobheit nicht übelnehmen, weil es ihm doch momentan gar nicht gut geht und er so viele Sorgen hat.«

Christiane runzelte die Stirn. »So, er hat also Sorgen. Nun, die habe ich auch. Ich würde zum Beispiel gern mehr über das Geschenk wissen, welches du August gemacht hast.«

»Ein ... Geschenk?«, stotterte Ernestine. Ihre Augen wurden immer größer. »Oh!«

»Lüg mich bloß nicht an, Schwester! Hast du August den hölzernen Soldaten gekauft? Ja oder nein?«

Ernestine sah aus, als wäre sie einer Ohnmacht nahe. Ihre Hände zitterten vor Angst. Dann, nach einem Augenblick des Zögerns, schlug sie die Augen nieder und schüttelte den Kopf. »Ich war es nicht. Ich habe das nur behauptet, weil ich …«

Christiane schloss die Augen. »Dann ist es also wahr«, sagte sie kalt. »Du hast meinen August aus den Augen verloren. Irgendein Fremder hat ihm das Spielzeug gekauft, während du …« Sie stieß einen ärgerlichen Schrei aus. »Bist du närrisch geworden?«

»Als ich ihn nicht mehr vor dem Haus sah, wurde ich fast wahnsinnig vor Angst. Ich habe die halbe Stadt nach ihm abgesucht!« Ernestine sank schluchzend von der Bank und umklammerte die Beine ihrer Schwester mit beiden Armen. Doch die schüttelte sie ab wie ein lästiges Insekt. Wutentbrannt riss sie einen Zweig vom Kirschbaum ab und zog ihn Ernestine so heftig über den Rücken, dass die junge Frau aufkreischte. Sie drosch noch ein paarmal auf sie ein, dann schleuderte sie den Zweig voller Ekel hinter einen Busch und erlaubte Ernestine aufzustehen. Am liebsten hätte sie auch geheult. Sie kam sich vor wie ein Scheusal. Wie hatte sie sich nur so vergessen können? Andererseits hatte Ernestine Strafe verdient.

»Dein Leichtsinn hätte August das Leben kosten können«, murmelte sie. Erschöpft schleppte sie sich zur Gartenbank und forderte ihre Halbschwester auf, neben ihr Platz zu nehmen. Folgsam setzte sich Ernestine. »Ich mache mir doch selbst so große Vorwürfe, das musst du mir glauben.«

Christiane glaubte ihr. Gewiss hatte das Mädchen seine Schwächen, das änderte aber nichts daran, dass sie für gewöhnlich zuverlässig war. Vielleicht war es ja auch ihr, Christianes, Fehler gewesen, die Schwester nicht wenigstens ansatzweise in die sonderbaren Geschehnisse einzuweihen, die mit dem Diebstahl der

Bücher ihren Anfang genommen hatten. Anstatt sie wie das fünfte Rad am Wagen zu behandeln, hätten sie und Christian mit ihr über die Morde sprechen sollen.

Nach kurzem Zögern beschloss Christiane, dies nachzuholen. Sie ging dabei nicht ins Detail und verschwieg auch den Namen Petersdorf, doch sie erzählte ihrer Schwester, dass Christian dem Mörder auf der Spur war.

Ernestine hörte ihr mit offenem Mund zu.

»Allmächtiger im Himmel, davon hatte ich keine Ahnung. Ich schwöre dir, wenn ich auch nur geahnt hätte, dass der Junge vom Schweinemarkt unserem August zum Verwechseln ähnlich sieht, hätte ich doch niemals mit ihm das Haus verlassen.« Sie war bleich geworden und blickte so jämmerlich drein, dass Christiane fast Mitleid mit ihr bekam.

»Lass gut sein«, beschwichtigte sie das völlig aufgelöste Mädchen. »Wir wissen nicht einmal, ob es wirklich der Mörder war, der August durch die Stadt schleppte. Wenn, so hat er seinen Irrtum erkannt.«

»Er hätte August töten können!«

»Aber er hat es nicht getan, Ernestine. Statt ihm wehzutun, hat er ihm sogar einen hölzernen Soldaten geschenkt.« Als letzte Warnung, sich nicht mehr einzumischen? Christiane atmete tief durch. Sie würde den Jungen fortan nicht mehr aus den Augen lassen, das schwor sie sich.

»Was hat August wirklich gesagt, als er den Mann beschrieb?« Christiane verspürte ein flaues Gefühl im Magen, als sie sich die Worte ihres Sohnes ins Gedächtnis rief. »Ich meine … Er hat doch behauptet …«

Ernestine sah sie erstaunt an. »Du meinst diesen Unsinn, dass sein Vater vor dem Rathaus auf ihn wartete? Der Ärmste war so durcheinander, dass er nicht mehr klar denken konnte. Nein, der Herr Geheimrat ist auf Reisen, das wissen wir doch. Und wenn er zurück wäre, würde er nicht wie ein Phantom durch die Stadt schleichen, sondern oben in seiner Studierstube sitzen.«

Das hoffe ich auch, dachte Christiane. Du glaubst gar nicht, wie sehr ich das hoffe. Zögerlich tastete sie nach der Hand des jungen Mädchens und drückte sie.

»Wirfst du mich jetzt hinaus?«, fragte Ernestine kleinlaut.

Christiane schloss einen Moment die Augen, dann lächelte sie. »Wäre ich da nicht schön dumm? Am Ende würde dich noch Charlotte von Stein bei sich aufnehmen und dich wie eine Hofdame ausstaffieren, nur um mich zu ärgern!« Sie stand auf und warf den Kopf zurück. »Nein, du bleibst besser in meiner Nähe! Und nun heb die Schachtel mit deinen Seidenblumen auf. Ich werde sie heute Abend auf dein Kleid nähen, damit die alten Vogelscheuchen bei der Freifrau etwas haben, worüber sie staunen können.«

Ernestine war so erleichtert darüber, dass sie sofort wieder in Tränen ausbrach. »Du wirst es nicht bereuen«, versprach sie, während sie Christiane über den frisch geharkten Gartenweg folgte. »Ich werde meinen Fehler wiedergutmachen! Ich weiß auch schon wie.«

Es war bereits später Nachmittag, als Christian sich auf den Weg zu Petersdorfs Anwesen machte. Um dort keinen schlechten Eindruck zu hinterlassen, hatte er sein Hemd gewechselt und die gelbe Seidenweste mit der passenden Halsbinde übergezogen, die einzige in seinem Besitz, die noch nicht fadenscheinig war. Sein Haar war feucht, weil er den Kopf unter den Brunnen gehalten hatte, und sein frisch rasiertes Gesicht duftete nach dem Lavendelwasser, das sich Goethe alljährlich von seiner Mutter aus Frankfurt nach Weimar kommen ließ. Der Geheimrat verwahrte das Parfüm in einem geheimen Versteck im Gartenhaus, das Christian schon nach der ersten Nacht dort gefunden hatte.

Das Haus, das Gordian Petersdorf in Weimar bewohnte, befand sich nur einen Steinwurf vom Jakobstor entfernt auf dem Gelände einer ehemaligen Ziegelei. Die Brennöfen, in denen die Steine einst hergestellt worden waren, gab es noch, aber sie waren schon lange nicht mehr in Betrieb. Petersdorf hielt sie offensichtlich für hoffnungslos veraltet und für seine Manufaktur ebenso wenig zu gebrauchen wie die verlassenen Schuppen und Hütten, in denen früher einmal Ziegel gelagert worden waren. Hinter dem Wohnhaus, das über eine hohe Treppe zu erreichen war, erspähte Christian eine Reihe schmucker Gebäude aus Ziegelstein, die sich um eine Art Langhaus gruppierten. Zweifellos wurde dort das kostbare Porzellan hergestellt und bemalt. Tatsächlich wimmelte es dort, bei den zur Manufaktur gehörenden Häusern, vor Menschen. Arbeiter stapften mit schweren Säcken auf den Schultern durch den von Karren- und Kutschenrädern durchpflügten Morast. Schreiber prüften die Qualität des Kaolins und der anderen Substanzen, aus denen das weiße Gold gewonnen wurde. Aus hohen Schornsteinen quoll dichter, schwarzer Rauch.

Als Christian sich bei einem der Arbeiter nach Petersdorf erkundigte, zeigte dieser auf ein Haus mit rotem Schindeldach und einem kunstvoll geschmiedeten Schild über der Tür, dessen Aufschrift keinen Zweifel daran ließ, dass sich darin das Hauptkontor der Manufaktur befand. Christian musste sich nicht lange gedulden. Schon nach wenigen Augenblicken wurde er zu einem jungen Mann gebracht, der in einer kärglich eingerichteten Schreibstube an einem Stehpult arbeitete. Als er Christian eintreten sah, schlug er sein Rechnungsbuch zu, legte die Feder aus der Hand und lud ihn mit einem höflichen Lächeln ein, auf einem der beiden harten Besucherstühle Platz zu nehmen.

»Womit kann ich Ihnen dienen, Herr Vulpius?«

Christian war so überrascht, dass es ihm für einen Moment die Sprache verschlug. Er hatte nicht damit gerechnet, dass sich Petersdorfs Sekretär an seinen Namen erinnerte.

»Es gehört nicht nur zu meinen Pflichten, mir Zahlen zu merken, sondern auch Namen und Gesichter«, erklärte der Sekretär. »Aber es kränkt mich nicht, wenn Sie sich nicht mehr an mich erinnern.« In seinem Blick lag ein Hauch von Ironie, als er hinzufügte: »Daniel Roemer, seit einem Jahr im Dienste der Manufaktur Petersdorf. Ich freue mich, Sie wiederzusehen.«

Christian erwiderte das Lächeln des jungen Mannes. Er war schon vielen Schreibern, kleinen Beamten und Handlungsgehilfen begegnet, die sich sehr wichtig genommen hatten. Viele von ihnen hatten ihn herablassend behandelt und ihm das Gefühl vermittelt, ein Störenfried zu sein. Daniel Roemer dagegen schien sich über die Unterbrechung zu freuen. Er war ein gut aussehender Mann mit klugen Augen, dem die kleine runde Brille auf der Nase und der steife Rock aus nachtblauem Tuch eine gewisse Würde und Eleganz verlieh. Hätte jemand Christian erzählt, er habe hier den Manufakturisten vor sich, er hätte es sofort geglaubt.

Nun aber räusperte sich Roemer, womit er diskret darauf hinwies, dass die Zeit eines Sekretarius kostbar war. »Ich vermute, dass Sie zu Herrn Petersdorf wollen«, sagte er. In seiner Stimme klang nun Wachsamkeit mit. »Darf ich fragen, worum es sich handelt? Ich darf bei aller Bescheidenheit darauf hinweisen, dass ich Prokura besitze. Sollte es also etwas Geschäftliches sein, das Sie zu uns führt …«

Christian hob die Hand und gab vor, verlegen zu sein. Dabei schaute er sich neugierig in der Schreibstube um. Durch eine offene Tür konnte er in den dahinterliegenden Raum blicken, in dem ein hübsch verzierter Schreibtisch stand. Darauf stapelten sich geschäftliche Dokumente: Akten und Verträge, Auftragsbücher und Briefe, die ungeöffnet auf einem Haufen lagen. Ansonsten wirkte das Kontor des Manufakturisten trotz peinlicher Sauberkeit kühl und leblos. Diesen Eindruck untermalte ein hässliches Ölporträt an der Wand, das einen Greis mit harten Gesichtszügen und altmodischer Perücke zeigte.

Als Christian sich das Bild aus der Nähe betrachtete, empfand er beinahe Sehnsucht nach seinem Kämmerchen im Hoftheater. Sekretarius Roemer, der mit den giftigen Blicken dieses Alten im Nacken am Stehpult arbeiten musste, bedauerte er.

Ein Räuspern des Sekretärs holte Christian aus seinen Gedanken. »Verzeihen Sie mir, ich …« Er schlug den Blick nieder und rieb sich die Hände. »Es ist eine private Angelegenheit, die mich zu Herrn Petersdorf führt. Wissen Sie … es ist da bei unserer letzten Begegnung etwas vorgefallen, was ich gerne aus der Welt schaffen würde.«

Roemer runzelte die Stirn. »In Schwerstedt?«

»Ach, er hat Ihnen davon erzählt?«

»Nun ja, wenn ich ehrlich sein soll, würde ich sagen, dass er ziemlich aufgewühlt war, als er von seinem Ausflug zurückkehrte. Ich war schon im Bett und hatte das Licht gelöscht, aber er ließ mich trotzdem in den Salon rufen, weil er nicht schlafen konnte.« Er lächelte schief. »Das kommt häufiger vor, Ich habe mich längst daran gewöhnt und fühle mich sogar geehrt, dass Herr Petersdorf in mir keinen Diener, sondern eher einen Freund und Vertrauten sieht. Ich habe ihm viel zu verdanken.« Ein wenig verlegen nahm er die Brille ab und hauchte in die dick geschliffenen Gläser. »Ich habe in Halle an der Saale und in Wittenberg studiert, zuerst Theologie, dann Jurisprudenz und Kameralwissenschaft. Aber ohne einen müden Taler in der Tasche … Herr Petersdorf hat mir eine Chance gegeben, mit ihm gemeinsam aus einer maroden Werkstatt ein profitables Unternehmen zu machen. Ich bin stolz darauf, dass er mir so viel Vertrauen schenkt.«

»Das freut mich für Sie«, sagte Christian höflich. Wenn er sich Roemer so ansah, konnte er sich schon denken, wie die Zustände hier lagen. Der angeblich so scharfsinnige Manufakturist verdankte seinen Erfolg weitgehend den Mühen seines Sekretärs. Dafür durfte dieser ihm zu jeder Zeit zur Verfügung stehen und musste für diese Ehre auch noch dankbar sein.

»Als Herr Petersdorf heimkehrte, stammelte er etwas davon, dass es schon wieder zu einem Todesfall gekommen sei. Einer der Handwerker, die am alten Gutshaus arbeiten. Und er sagte, er habe die junge Helene de Ahna vor einer Riesendummheit bewahrt. Ich konnte ihn kaum beruhigen.«

»Die Riesendummheit steht vor Ihnen«, sagte Christian. »Ihr Herr nahm wohl irrtümlich an, ich hätte vorgehabt, die junge Dame zu entführen oder mit ihr durchzubrennen.«

Roemer setzte seine Brille wieder auf. Durch die dicken Gläser musterte er Christian. »Irrtümlich, sagen Sie?«

»Aber selbstverständlich. Es war ein Missverständnis. Ich nehme an, Sie kennen Helene de Ahna?«

»Nur flüchtig, aber ich glaube, sie ist eine vernünftige Person. Fast ein wenig zu ernst und nachdenklich für ein Mädchen ihres Alters. Eine Künstlerin mit Leib und Seele, wie mein Herr zu sagen pflegt.«

Christian nickte. Roemer schien über Helene besser Bescheid zu wissen, als er zugab. »Umso grotesker die Vorstellung, sie könnte sich vergessen und mit einem älteren Mann davonlaufen. So etwas kommt doch nur in schlechten Romanen vor.«

Roemer zögerte einen Moment, dann sagte er: »Wenn Sie sich da mal nicht irren!« Er beugte sich mit verschwörerischer Miene über das Schreibpult. »Sie müssen mir versprechen, es nicht auszuplaudern, Herr Vulpius, aber in Gordian Petersdorfs Familie ist schon einmal etwas ganz Ähnliches vorgekommen.«

»Was Sie nicht sagen!«

»Zehn Jahre ist das jetzt her, aber ich vermute, dass Herr Petersdorf sich gestern so aufregte, weil er sich wieder daran erinnert hat. Das hat bei ihm alte Wunden aufgerissen.«

Christian spürte, wie sein Herz schneller schlug. Er hatte es schon vermutet. »Also ist Herr Petersdorf mit einer jungen Frau …«

»Aber nein, doch nicht er«, fiel Roemer ihm ins Wort. »So was liegt nicht in seiner Natur.« Er deutete verstohlen auf das Gemälde über dem Kamin. »Aber der alte Knabe, der dort hängt, war aus anderem Holz geschnitzt.«

»Ich habe das Bild schon … bewundert«, sagte Christian stockend. »Wer ist der Mann?«

»Ernst Theodor Nikolai aus Dresden. Ich habe ihn nie kennengelernt, und falls auch nur die Hälfte von dem wahr ist, was man sich so über ihn erzählt, bin ich auch nicht traurig darüber. Er war Gordian Petersdorfs Vormund und Mentor, ein ganz gerissener Geschäftsmann soll er gewesen sein. Von ihm hat mein Herr alles gelernt, was er über die Porzellanherstellung weiß. Und der alte Nikolai soll noch Johann Friedrich Böttger gekannt haben. Sie wissen schon, den Goldmacher von August dem Starken.« Er atmete heftig aus. »Ein ganz schön rabiater Zeitgenosse, dieser Nikolai. Machte seinen Arbeitern das Leben zur Hölle.«

Christians Blick wanderte zu dem Gemälde. In der Tat wirkte der alte Knabe herrschsüchtig, ja geradezu streitlustig. Allerdings glaubte Christian noch mehr in seinem Blick zu erkennen. Etwas, das ihn stutzig machte. War es Sehnsucht? Einsamkeit?

»Manchmal packt mich ein Schauder, wenn ich hier allein arbeite«, gestand Daniel Roemer. »Dann überkommt mich das Gefühl, der Alte würde mir auf die Finger sehen. Drehe ich mich dann um, bilde ich mir ein, er würde noch verdrießlicher aussehen. Leider Gottes besteht mein gnädiger Herr darauf, das Bild hängenzulassen. Er hat den Mann wie einen Gott verehrt und würde jeden vor die Tür setzen, der es wagte, schlecht über ihn zu reden. Sogar mich.«

»Kein Wunder, denn offensichtlich hat er ihm sein Vermögen hinterlassen«, sagte Christian.

Roemer nickte. »Das hat er. Er war nämlich nie verheiratet und hatte keine eigenen Kinder. Petersdorfs früh verstorbener Vater war ein Vetter von ihm.«

Christian begriff. Der alte Porzellanmacher hatte nach einem Nachfolger gesucht und ihn in dem verwaisten Petersdorf gefunden. »Dieser Nikolai scheint wirklich kein sehr umgänglicher Mensch gewesen zu sein«, sagte er nach einigem Zögern. »Heute erinnert sich aber offenbar niemand in Weimar mehr an ihn.«

Roemer zuckte mit den Achseln. »Das liegt vermutlich daran, dass er die meiste Zeit seines Lebens in Dresden verbracht hat und nur nach Weimar kam, um die Bücher zu prüfen und seine Verwalter zu kontrollieren. Ich glaube, er hat die Stadt nicht sonderlich gemocht. Er hatte nicht viel für das Geistesleben übrig, das hier in der Stadt zu spüren ist. Den Hof und die Weimarer Gesellschaft in ihren verschiedenen Salons und Zirkeln hat er verabscheut. Herr Petersdorf hat mir einmal erzählt, dass er ihn mit seinem Stock verprügelt habe, weil er ihn beim Lesen von Goethes ›Werther‹ erwischt hatte.« Er schüttelte den Kopf. »Nein, was den alten Ernst Nikolai interessiert hat, waren seine Manufakturen, aber die warfen ihm nicht genug Gewinn ab. Als Petersdorf sein Erbe antrat, beschloss er daher, die Ziegelei zu schließen und sich nur noch auf die Porzellanherstellung zu konzentrieren. Mit Erfolg. Heute ist unsere Ware gefragter denn je. Sogar bis Sankt Petersburg liefern wir unser Tafelgeschirr.«

»Ich erinnere mich, den Namen Nikolai schon einmal gehört zu haben«, sagte Christian nach einigem Nachdenken. »Sicher hat mein Vater ihn erwähnt, aber von einem Skandal hat er nie gesprochen.«

Der Sekretarius lächelte gönnerhaft. »Wo denken Sie hin? Der alte Herr war sehr diskret. Ich sagte ja, dass er sich nur selten in Weimar blicken ließ. Dann allerdings lernte ausgerechnet er, der das Theater als Sündenpfuhl verachtete, in der Stadt eine junge Schauspielerin kennen und war sogleich von ihr hingerissen. Die wenigen Geschäftsfreunde, die er in Weimar hatte, sahen stillschweigend über die Affäre hinweg. Für sie war dies nur eine billige Liebschaft, also halfen sie Nikolai mit ihrem Einfluss, dass kein übles Gerede aufkam. Man nahm wohl an, ein alter Kauz wie Nikolai würde eine vom Theater sowieso bald satthaben.«

»Aber dem war nicht so?«

Roemer schüttelte den Kopf. »Schließlich rieten seine Freunde Nikolai, das Mädchen in eine Kutsche zu setzen und mit ein paar Geschenken im Koffer fortzuschicken.«

Christian versuchte seine Gedanken zu ordnen. Wenn es stimmte, was Roemer erzählte, so hatte nicht Gordian Petersdorf, sondern dessen reicher Vormund ein Auge auf die hübsche Schauspielerin geworfen. Ja, das ergab Sinn. Der alte Nikolai hatte genügend Geld, um Dorothee jeden Wunsch von den Lippen abzulesen. Für ihn war die Zeit mit ihr wohl so etwas wie der späte Frühling seines Lebens gewesen. Christian stellte sich das düstere Kontor vor und konnte, als er sich in Petersdorf hineinversetzte, dessen wachsende Wut auf die Frau spüren, die urplötzlich alles durcheinanderbrachte. Er musste die Veränderungen, die in seinem Mentor vorgingen, ja tagtäglich vor Augen gehabt haben. Während er ackerte und sich um die Geschäfte sorgte, warf Nikolai das Geld mit beiden Händen zum Fenster hinaus, indem er seiner Mätresse von der Hofschneiderin neue Kleider machen ließ und Hüte mit teuren schwarzen Seidenrosen aus der Manufaktur Bertuchs kaufte. Er erlaubte, dass sie sich von dem jungen Jacoby porträtieren ließ, der seine Malutensilien aber an den Nagel hängte, nachdem er begriffen hatte, dass er Dorothee an Nikolai verloren hatte.

»Nikolai hat sich also dem Druck seiner Freunde gefügt und das Mädchen davongejagt«, sagte Christian gedankenverloren. »Das muss für den Alten eine bittere Enttäuschung gewesen sein.«

Roemer schüttelte den Kopf. »O nein, denn er verließ die Stadt mit ihr zusammen. Er wollte sich ebenso wenig von ihr trennen wie sie sich von ihm. Mein Herr mag es bezweifeln, aber ich glaube, dass diese Frau ihn auch geliebt hat. Trotz des Altersunterschieds.«

Und Petersdorf muss vor Wut rasend gewesen sein, dachte Christian. Fast am Ziel seiner Wünsche, hatte Dorothee ihm doch noch ein Schnippchen geschlagen. Er fragte sich, was er an seiner Stelle getan hätte. Die Antwort fand er indes gleich. »Er ist ihnen gefolgt, nicht wahr? Petersdorf ist den beiden nach Italien nachgereist, um seinen Oheim zur Vernunft zu bringen.«

Auf dem Flur waren plötzlich Stimmen und Schritte zu hören. Christian hielt den Atem an und hoffte inständig, dass Petersdorf nicht ausgerechnet in diesem Moment hereinplatzte. Aber es waren nur zwei Porzellanmaler, die dem Sekretarius einen Kurzen Bericht über die Qualität eines in der Manufaktur seit kurzem eingesetzten Blautons gaben, den sie für zu schwach hielten. Roemer hörte ihnen geduldig zu und versprach, sich darum zu kümmern, dass die Maler ihr Porzellan künftig wieder mit den althergebrachten Farben bemalen durften.

»Wir beliefern natürlich auch den herzoglichen Hof«, meinte Roemer, nachdem die Maler sich verabschiedet hatten. »Ihre Hoheit, die Herzoginmutter Anna Amalia hat ein Teeservice im chinesischen Stil in Auftrag gegeben. Sage und schreibe einhundertvierundachtzig Stück feinsten Porzellans. Allerdings haben unsere Maler noch keine Ahnung, wie sie es schmücken sollen. Sie wissen nicht zufällig, wie chinesische Schriftzeichen aussehen?«

Christian machte ein gequältes Gesicht. Was ging ihn Herzogin Anna Amalias Geschirr an? Er musste wissen, ob Petersdorf seinen Vormund und dessen Mätresse verfolgt hatte.

»Verfolgt?«, rief Roemer erstaunt, nachdem Christian seine Frage wiederholt hatte. »Aber wie kommen Sie auf eine solche

Idee? Nikolai hatte ihn natürlich eingeladen, ihn und die junge Dame zu begleiten. Warum auch nicht? Mein Herr wollte schon seit seiner Kindheit einmal nach Italien reisen. Und als er erfuhr, dass auch Geheimrat von Goethe das Land bereiste, war er sogleich Feuer und Flamme.«

»Reichlich merkwürdige Reisegefährten, wenn Sie mich fragen. Petersdorf war doch sicher nicht begeistert davon, dass sein Vormund sich mit dieser armen Schauspielerin abgab. Sie Tag für Tag an dessen Seite zu sehen, muss für ihn doch eine Qual gewesen sein.«

Das Lächeln verschwand aus Roemers freundlichem Gesicht. Ihm schien zu dämmern, dass er bereits viel zu viel ausgeplaudert hatte. »Herr Petersdorf würde mir seine Reitgerte über den Rücken ziehen, wenn er wüsste, dass ich all das einem Fremden erzähle.« Sein Versuch, wieder so heiter und unbeschwert zu wirken wie zu Beginn des Gesprächs, misslang ihm.

Er weiß etwas, vermutete Christian, dem Roemers plötzliche Unsicherheit nicht entging. Er macht sich Sorgen um seinen Herrn. »Ich habe schon von dem Vorfall in Italien gehört«, sagte er schließlich. »Dem Überfall auf die Kutsche.«

»Tatsächlich?« Roemer war so überrascht, dass ihm die Brille bis zur Nasenspitze rutschte. »Dabei wissen nur wenige Menschen Bescheid. Herr Petersdorf redet nicht gern darüber, was damals geschehen ist.«

»Aber Ihnen als seiner rechten Hand hat er doch sicher davon erzählt.«

Roemer zögerte einen Moment, ehe er zur Tür ging und sich durch einen Blick hinaus davon überzeugte, dass auf dem Korridor niemand zu sehen war. Dann drehte er sich stirnrunzelnd zu Christian um. »Was wollen Sie eigentlich von mir, Herr Vulpius? Warum sind Sie wirklich gekommen? Dass Sie sich bei meinem Herrn entschuldigen wollen, nehme ich Ihnen nicht ab. In der Stadt heißt es, Sie würden ein Buch schreiben. Sind Sie deshalb hier und stellen Fragen?« Er holte tief Luft. »Sie gehen jetzt besser. Herr Petersdorf wird jeden Moment zurückkehren, und ich kann mir nicht vorstellen, dass Sie ihm begegnen wollen.«

Christian sah in den Augen des Sekretärs Angst aufglimmen, rührte sich aber dennoch nicht vom Fleck. »Sie erinnern sich doch an unsere Begegnung neulich vor St. Peter und Paul?«

»Als Sie plötzlich diesem hageren Kerl nachjagten? Ja, aber was hat das …«

»Der Name dieses Kerls, wie Sie ihn zu nennen belieben, war Wagner, und er gehörte zu den Reisegefährten Ihres Herrn in Italien. Mit anderen Worten, er befand sich mit ihm, seinem Vormund und der Schauspielerin in der Kutsche, als diese von Räubern überfallen wurde.«

Aus Roemers Gesicht wich alle Farbe. »Was sagen Sie da?«

»Das ist noch nicht alles. Dieser Wagner war derselbe Mann, der neulich ermordet am Ufer der Ilm aufgefunden wurde. Sie haben doch davon gehört, nicht wahr?«

Roemer starrte Christian mit offenem Mund an. Dann nickte er. »Natürlich, so etwas spricht sich herum. Aber woher wollen Sie wissen, dass dieser Mann mit Herrn Petersdorf zusammen in der Kutsche saß? Mein Herr wird Ihnen das doch sicher nicht verraten haben.«

Christian lächelte. »Ich habe Wagner im Gasthaus kennengelernt. Er hat mir erzählt, er sei nur nach Weimar gekommen, um ein großes Unrecht wiedergutzumachen.«

»Was mein Herr in Italien durchmachen musste, lässt sich nicht so einfach wiedergutmachen«, sagte Roemer. »Ich höre ihn manchmal, wie er ruhelos durchs Haus irrt, weil er Angst davor hat, einzuschlafen. Weil dann nämlich die Alpträume kommen.«

»Hat er jemals Aurelius Wagner erwähnt?«

Roemer schüttelte den Kopf. Er hatte sich wieder ein wenig

gefangen, jedenfalls so weit, dass er zum Schreibpult zurückkehren und sein Rechnungsbuch wieder aufschlagen konnte. »Hören Sie, Herr Vulpius, ich glaube, Sie befinden sich auf dem Holzweg. Vielleicht reiste dieser Mann in derselben Kutsche wie mein Herr, vielleicht aber auch nicht. Herr Petersdorf hat mir gegenüber jedenfalls mit keiner Silbe erwähnt, dass er ihn als Leidensgenossen wiedererkannt hätte. Wenn doch, so hätte er mich mit dem Auftrag losgeschickt, nach ihm zu suchen und ihn einzuladen. Mein Herr mag kein Verschwender sein, aber er ist sicher einer der großzügigsten Menschen, die ich kenne. Einer, der seine Christenpflichten ernst nimmt. Ich glaube, er denkt oft mehr an andere als an sich selbst.«

Ja, der reinste Engel, dachte Christian, schluckte die Bemerkung, die ihm dazu auf der Zunge lag, jedoch wieder herunter. Stattdessen rief er sich die letzte Begegnung mit Wagner ins Gedächtnis. Wagner hatte die Stadtkirche verlassen, ihn entdeckt und dann völlig kopflos das Weite gesucht. Zumindest hatte Christian das bis zu diesem Moment angenommen. Doch in seinem Rücken hatte Petersdorfs Kutsche gehalten. Wagner hatte ihn erkannt und war vor ihm davongelaufen, nicht vor Christian.

Roemer ergriff eine Zinnbüchse und streute ein wenig Sand über ein Schriftstück, auf dem die Tinte noch nicht ganz getrocknet war. »Hier, sehen Sie das? Als Herr Petersdorf mich heute Nacht aus dem Bett holte, hat er mir befohlen, dem Sohn der verstorbenen Witwe Jacoby vom Schweinemarkt eine Zuwendung von fünfzig Talern zukommen zu lassen. Der Pfarrer von St. Peter und Paul wird sie für ihn in Verwahrung nehmen.«

»Das ist sehr großzügig von ihm und wird sein Gewissen beruhigen.« Christian hob den Blick. »Aber angenommen, Wagner reiste doch mit Petersdorf in der Kutsche …«

»Sie geben wohl nie auf?« Roemer seufzte.

»Nicht, bevor ich weiß, welches Unrecht Wagner so belastete, dass er nach all den Jahren nach Weimar kam. Es muss geschehen sein, als er, Petersdorf und die anderen Reisenden in der Hand dieser Räuberbande war. Was wurde zum Beispiel aus dem alten Nikolai?«

Roemer zögerte, und Christian befürchtete schon, der Sekretarius würde ihm die Antwort schuldig bleiben, doch schließlich erfuhr er, dass Petersdorfs Vormund in der Gefangenschaft gestorben war. Beim Sturz aus der Kutsche war der alte Mann schwer verletzt worden und hatte das Bewusstsein nicht wiedererlangt.

»War vielleicht besser für ihn«, meinte Roemer. »Weniger grausam als das, was den anderen Gefangenen blühte.«

»Und die junge Frau, Nikolais Mätresse? Blieb sie unverletzt?«

Roemer schaute Christian an, als würde die Frage ihn überraschen. »Nun, zunächst schon. Aber nur solange, bis dieses Räubergesindel auf sie aufmerksam wurde. Sie soll ja sehr schön gewesen sein und …« Mit einem dezenten Hüsteln gab er Christian zu verstehen, dass er nicht die Absicht hatte, sich darüber auszulassen, was die Straßenräuber der Geliebten des alten Nikolai angetan hatten. »Die Schauspielerin war nicht die einzige Frau in der Kutsche. Außer ihr reiste noch eine Dame mit, die in Abano die heißen Quellen besucht hatte, aber die war schon gebrechlich und wurde deshalb von dem Gesindel nicht belästigt. Ich weiß davon, weil mein Herr dieser Person alljährlich zu Martini einen Wechsel auf ihren Namen ausstellt, um ihr die verbleibenden Jahre etwas erträglicher zu machen. Daher bin ich mir sicher, dass er auch Nikolais Mätresse großzügig abgefunden hätte. Wenn sie nicht … Sie verstehen.«

Christian musste einige Male tief durchatmen. Jawohl, er verstand nur zu gut. Am liebsten hätte er den Sekretarius bei der Halsbinde gepackt, ihn geschüttelt und ihm dann an den Kopf geworfen, dass die Frau, von der er sprach, lebte oder zumindest gelebt hatte, als er ihr in Goethes Gartenhaus begegnet war. Dass sie zusammen mit Wagner nach Weimar gekommen war, um Gerechtigkeit zu fordern. Doch Gerechtigkeit wofür? Sicher nicht für das, was sie von italienischen Banditen hatte erdulden müssen. Nein, ihr ging es um etwas von viel größerer Bedeutung. Doch nun waren Wagner, Jacoby und dessen Schwägerin tot – alle, die Dorothee damals gekannt hatten. Falls sie noch lebte, so hockte sie vermutlich mutterseelenallein und verängstigt in einem Versteck.

»Sie müssen gehen!« Roemer warf einen Blick durch das Fenster in den morastigen Innenhof, den nach wie vor barfüßige Arbeiter, mit Säcken und Kisten beladen, durchquerten.

»Die Kutsche ist vorgefahren, Herr Petersdorf wird gleich hier sein! Ich bitte Sie ... Ich bekomme Ärger!«

Roemer hatte kaum ausgesprochen, als auch schon draußen sein Name gerufen wurde. Er eilte zum Fenster und machte ein Zeichen. Als er sich wieder zu Christian umdrehte, zog er ein, zwei Schriftstücke aus einem Stapel und ging damit zur Tür.

17. Kapitel

Christian wollte Petersdorfs Sekretär nicht in Schwierigkeiten bringen, daher folgte er dem jungen Mann hinaus. Auf dem Flur blieb er jedoch stehen und hob entschuldigend die Hand. »Mein Hut«, sagte er. »Ich habe ihn im Kontor liegenlassen.«

Wieder wurde Roemers Name gerufen, gefolgt von einer Reihe von Flüchen, die so derb klangen, dass dem Sekretarius das Blut in den Kopf schoss.

»Dann holen Sie Ihren Hut, aber mich müssen Sie jetzt entschuldigen!« Roemer deutete auf eine Tür am Ende des schmalen Korridors. »Dort kommen Sie auch hinaus. Sie müssen dann nur an den neuen Brennöfen vorbei und sind im Handumdrehen wieder auf der Straße.«

Christian eilte zurück und bückte sich im Kontor zuerst nach seinem Dreispitz, den er nicht versehentlich, sondern aus Berechnung zurückgelassen hatte. Sein Herz klopfte, als er die Lade des Schreibpults aufzog und das Buch herausnahm, das der Sekretarius bei seinem Eintreten so rasch zugeschlagen hatte. Wie Christian gehofft hatte, war auf dem Einband in schnörkeliger Schrift: *Pro 1796/1797* zu lesen. Roemer zeichnete in diesem Band so ordentlich und genau, wie es seine Art war, sämtliche Aktiva und Passiva der Manufaktur, nebst besonderer und gewöhnlicher Ausgaben auf. Hastig blätterte Christian die Seiten um, wobei er auf jedes Geräusch achtete, das von draußen an sein Ohr drang. Er konnte eine Stimme hören, die schrill und gereizt klang und die er Gordian Petersdorf zuschrieb. Der Manufakturist schien seinen Sekretarius wegen irgendeinen Malheur zusammenzustauchen, doch das konnte Christian gleichgültig sein. Auf der anderen Seite ahnte er, was ihm blühte, wenn Petersdorf ihn hier beim Schnüffeln erwischte. Mai, Juni ... Die Eintragungen für den Juli schienen kein Ende zu nehmen, was sowohl die Ausgaben für die Manufaktur als auch persönliche Ausgaben für Schneider, Hut- und Gamaschenmacher, Galanterie- und Tabakwarenhändler betraf. Verblüfft stellte Christian fest, dass Petersdorf, den er nicht als besonders belesen eingeschätzt hatte, monatlich große Summen für Bücher veranschlagte, die er nicht nur in Weimar, sondern auch in Leipzig und Jena einkaufte.

Mit zittrigen Fingern arbeitete Christian sich weiter, bis er endlich im November des Jahres 1796 angekommen war. Er hielt den Atem an, als er zu dem Tag, den er suchte, nur Anmerkungen zu einer Strumpfwirkerrechnung fand. Hatte Roemer nicht die Wahrheit gesagt? Er wollte das Buch schon in die Lade zurückschieben, als sein Blick auf eine kleine Randnotiz fiel. In

217

dieser wurde ein gewisser Kaufmann Schmidt in Jena angewiesen, an die ihm wohlbekannte Adresse zu Martini eine Gans zu liefern und auch die Zahlung der üblichen zehn Silbertaler nicht zu vergessen.

Zehn Taler und eine Gans, überlegte Christian, während er das Buch hastig zurück in die Lade des Pults schob. Ohne jeden Zweifel ging diese Zuwendung an die Frau aus der Kutsche.

Die letzte Überlebende des Überfalls.

Die Frage war nur, ob Petersdorf der Frau das Geld aus reiner Gutmütigkeit zukommen ließ oder sich damit nicht vielmehr ihr Schweigen erkaufen wollte. Sah man von Dorothee ab, war sie die Einzige, die mit eigenen Augen gesehen hatte, was während des Überfalls bei Padua und danach geschehen war. Ihren Namen hatte Petersdorf mit Bedacht ausgelassen, aber mit ein wenig Glück würde es Christian möglich sein, sie über den Jenaer Kaufmann aufzuspüren. Er musste sich nur eine Geschichte einfallen lassen, die diesen überzeugte, ihm behilflich zu sein.

Christian hörte, wie jemand das Gebäude betrat. Rasche Schritte auf den Dielen kündigten die Ankunft eines Mannes an. Er hatte zu lange gebraucht, und das war dumm. Durch die Tür und über den Korridor würde er nun nicht mehr entwischen können. Rasch eilte er in Petersdorfs Arbeitszimmer und spähte dort durch das Fenster zum Hof. Hatte dort noch bis vor wenigen Augenblicken emsige Betriebsamkeit geherrscht, so lag der morastige Platz rund um die leerstehende Ziegelei nun wie ausgestorben vor ihm. Dafür drangen vom Flur wieder Stimmen an sein Ohr. Sie gehörten zwei Männern, die einander anschrien, jedoch die Tür zum Kontor nicht öffneten.

Christian hätte zu gern gewusst, was Petersdorf so aufregte und wer der Mann war, der ihm so heftige Widerworte gab, hielt es aber für ratsamer, zu verschwinden. Er wollte soeben aus dem Fenster steigen, als sein Blick auf die Tür des wuchtigen dunklen Eichenschrankes neben Petersdorfs Schreibtisch fiel. Ein Zipfel klemmte darin. Karmesinrotes Tuch. Christian zog sein Bein wieder zurück und hastete auf leisen Sohlen zu dem Schrank.

Die Männer vor dem Kontor stritten immer noch miteinander. Als Christian die Schranktür öffnete, wurde gleichzeitig auch die zu Roemers Schreibstube aufgerissen, doch im nächsten Moment fiel sie wieder ins Schloss, als hindere einer der Männer den anderen am Eintreten. Christian bückte sich und zog das Kleidungsstück aus dem unteren Fach des Schrankes, das dort vermutlich in aller Hast hineingestopft worden war. Seine Ahnung bestätigte sich, als er es auseinanderfaltete. Es war der rote Gehrock, den Petersdorf in Schwerstedt getragen hatte. Derselbe Rock, von dem ein Knopf abgerissen war. Christian spürte, wie eine Hitzewallung durch seinen Körper jagte. Dass Petersdorf den Gehrock hier im Schrank versteckt hatte, deutete darauf hin, dass er den Verlust des Knopfes inzwischen bemerkt hatte. Doch vermutlich hatte er noch keine Zeit gehabt, das verräterische Kleidungsstück loszuwerden, daher hatte er es einstweilen hier versteckt. Wollte Christian verhindern, dass der Rock demnächst in einem von Petersdorfs Brennöfen verschwand, musste er jetzt handeln. Ohne zu zögern, zog er sich bis aufs Hemd aus, schlüpfte dann in Petersdorfs Rock und schaffte es mit Mühe, die obersten Knöpfe seines eigenen Gehrocks zu schließen, als die Tür aufflog.

»Sie?«, entfuhr es Petersdorf, als er Christian vor seinem Schreibtisch entdeckte. »Was haben Sie hier zu suchen?«

Christian, der vorgegeben hatte, sich das Ölporträt von Ernst Theodor Nikolai angesehen zu haben, wandte sich ihm mit einem Lächeln zu. Überrascht stellte er fest, dass Petersdorf allein war. Der Mann, mit dem er so hitzig vor dem Kontor gestritten hatte, war gegangen.

»Verzeihen Sie mein Eindringen, aber Ihr Sekretarius war

nicht an seinem Platz.« Er deutete durch die offene Tür auf das verwaiste Stehpult. »Da dachte ich …«

»Da dachten Sie, Sie könnten hier einfach hereinspazieren und sich ein wenig umschauen?« Petersdorf warf Christian einen wütenden Blick zu. Mit verkniffener Miene streifte er sich ein Paar weiße Seidenhandschuhe ab, setzte sich und begann, die Siegel seiner Briefe zu brechen. Es verging eine gefühlte Ewigkeit, bis er wieder den Kopf hob. »Also, was wollen Sie von mir? Ich gehöre zu den Menschen, die ihr Geld im Schweiße ihres Angesichts verdienen müssen, daher ist meine Zeit kostbar.«

Christian war überrascht. Entweder der Manufakturist war noch viel abgebrühter, als er vermutet hatte, oder der Mann konnte sich schlichtweg nicht vorstellen, dass ein Habenichts wie Christian ihm auf die Schliche gekommen sein sollte.

»Sie schwitzen wie ein Schwein«, sagte Petersdorf ungerührt, während er einen seiner Briefe überflog. »Dabei haben Sie doch schon eines meiner Fenster geöffnet.«

In Christian stieg Ärger auf, der noch größer wurde, als sein Blick auf die Hände des Manufakturisten fiel. Außergewöhnlich kräftig erschienen sie ihm nicht. War es ihm trotzdem möglich gewesen, Christian zu überfallen und ihm hinterrücks die Kehle zuzudrücken?

»Ich weiß, was für ein Spiel Sie spielen«, sagte er schließlich. »Aber Sie werden damit nicht durchkommen.«

»Was soll das bedeuten? Drohen Sie mir etwa?« Petersdorf lehnte sich in seinem prächtigen, mit Schnitzereien versehenen Stuhl zurück und starrte ihn an.

»Nennen wir es eine Warnung. Ich habe Sie nämlich durchschaut. Wenn herauskommt, was Sie getan haben, werden Ihnen Ihr Geld und Ihre guten Verbindungen nichts mehr nützen.«

Petersdorf erwiderte nichts darauf, doch als er nach seiner

Tischglocke griff, wurde Christian schlagartig bewusst, in welche Gefahr ihn seine Unbesonnenheit geführt hatte. Was, wenn der Manufakturist nun Hilfe herbeirief und ihn fesseln und knebeln ließ? Niemand wusste, dass er noch hier war. Sekretarius Roemer würde beschwören, dass er die Manufaktur längst verlassen hatte.

Petersdorf starrte auf die Glocke, als müsste er seine Gedanken sammeln. Dann stellte er sie zurück auf den Tisch. »Sie sind unvorsichtig, allein hier aufzukreuzen, Vulpius«, sagte er leise. »Aber ich muss zugeben, dass Sie mich auch überraschen. Vermutlich haben Sie es gestern in Schwerstedt herausgefunden. Haben Sie mit ihr darüber gesprochen?«

Mit ihr? Vermutlich meinte er Helene. Christian schüttelte den Kopf. Was auch immer geschah, er durfte nicht zulassen, dass sich Petersdorfs Argwohn gegen sie richtete. Wenn der Manufakturbesitzer auch nur den Verdacht hegte, Helene könnte über seine Machenschaften Bescheid wissen, würde es ihr nicht besser ergehen als der Witwe Jacoby. Petersdorf würde einen Weg finden, um sie mundtot zu machen. »Ich habe Helene nichts gesagt«, beteuerte er.

»Ich glaube Ihnen!« Petersdorf stand ein wenig schwerfällig auf. »Sehen Sie, ich weiß selbst nicht, was manchmal über mich kommt. Es ist fast wie … ein Zwang. Aber ich werde aufhören. Ganz bestimmt. Das habe ich schon einmal geschafft, mehrere Jahre lang ist nichts geschehen. Und sobald ich Helene geheiratet habe, werde ich Wiedergutmachung leisten.«

Christian glaubte, sich verhört zu haben. Petersdorf musste wahnsinnig sein. Ja, das war die einzige Erklärung für sein Verhalten. Niemand, der bei Verstand war, lief durch die Stadt, tötete Menschen und sprach davon, alles wiedergutmachen zu können, als handelte es sich nur um ein paar gestohlene Hühner oder Enten. Ebenso schockierend war für Christian aber auch Petersdorfs Eröffnung, Helene heiraten zu wollen.

»Haben Sie schon um die Hand der Demoiselle de Ahna angehalten?«

Petersdorf reckte trotzig das Kinn. »Ich wüsste nicht, was Sie das anginge.«

»Sie werden das Mädchen in Ruhe lassen, sonst ...«

»Was sonst?« Petersdorf umrundete den Schreibtisch und kam auf ihn zu. »Erheben Sie sonst Anklage gegen mich? Wer würde Ihnen eine so abenteuerliche Geschichte glauben?« Er schüttelte langsam den Kopf, wobei er Christian nicht aus den Augen ließ. »Sie haben keine Beweise gegen mich, nichts, was die Justitia dazu bringen könnte, mein Wort anzuzweifeln.«

Christian hielt den Atem an, als er sah, dass ein Zipfel des karmesinroten Gehrocks unter dem Saum seiner Jacke hervorschaute. Wenn Petersdorf ihn entdeckte und Verdacht schöpfte, war es um ihn geschehen. Aber der Manufakturist wandte sich von ihm ab. Christian konnte sehen, dass er stattdessen das Porträt seines verstorbenen Onkels anstarrte.

»Verschwinden Sie jetzt, bevor ich doch noch meine Leute rufe und Sie rauswerfen lasse!« Christian ließ sich das nicht zweimal sagen. Er ging eilig zur Tür, blieb dann aber stehen. »Ich weiß von ... Dorothee«, sagte er.

Petersdorf fuhr herum. Auf seiner Stirn bildete sich eine Falte. »Was haben Sie gesagt?«

»Sie haben behauptet, ich hätte keine Beweise gegen Sie. Da sollten Sie sich nicht zu sicher sein. Es gibt fürwahr einen Beweis. Eine Urkunde, und das wissen wir beide.«

Petersdorf schnappte nach Luft. Mit schreckensbleicher Miene brüllte er: »Was weiß ich? Wovon zum Teufel reden Sie jetzt schon wieder?«

»Ich rede von der Frau, die mit Ihnen und Ihrem Verwandten damals nach Italien gereist ist und die seitdem alle Welt für tot hält.«

Um Petersdorfs Selbstbeherrschung war es nun endgültig geschehen. »Wer hat dir von Dorothee erzählt, du Lump«, stieß er wütend hervor. Seine Hände zitterten. »Wer auch immer dieser Schuft war, er hat dir einen gewaltigen Bären aufgebunden. Die Frau ... Dorothee Weiler ... ist tot. Sie starb in Italien wie mein Onkel. Sie kehrt nicht zurück.« Er schlug mit der Faust auf den Tisch. »Hörst du? Nie wieder!«

Dorothee Weiler – nun kannte Christian endlich ihren vollständigen Namen. »Wenn es nach Ihnen geht, bestimmt nicht! Dafür wollen Sie mit allen Mitteln sorgen, nicht wahr? Sie darf Ihr kleines Geheimnis nicht ausplaudern. und die Urkunde keinem Richter vorlegen!«

Petersdorf atmete tief durch. Plötzlich schien er sich zu besinnen. »Na schön, Sie behaupten also, Ihnen sei ein Dokument aus der Hinterlassenschaft dieser Frau in die Hände gefallen? Was wollen Sie dafür haben? Ich kaufe es Ihnen ab.« Er lächelte schief. »Nun kommen Sie schon, Vulpius. Ich könnte Sie reich machen. Oder Ihre Sippe ruinieren. Es liegt ganz bei Ihnen. Was würde es mich wohl kosten, alle Schuldscheine aufzukaufen, die von Ihnen in der Stadt kursieren?«

Christian machte sich nicht die Mühe, auf diese Frage zu antworten. Wie es aussah, glaubte der Manufakturist tatsächlich, er hätte die vermisste Urkunde gefunden und in seinem Besitz. Nun gut, es konnte nichts schaden, wenn er das weiterhin dachte. »Sollte mir etwas zustoßen, so wird der Herzog das Schriftstück auf seinem Schreibtisch finden, das verspreche ich Ihnen.« Petersdorf stürzte sich auf die Tischglocke, und diesmal läutete er sie mit aller Kraft. Doch ehe einer der Arbeiter seinen Alarmruf hörte, war Christian schon durch das Tor entwischt.

Hauptmann Heyde empfing die Abordnung aus Schwerstedt, welche die sterblichen Überreste des Handwerkers Jacoby auf einem Leiterwagen in die Stadt brachte, vor dem Rathaus. Jacoby hatte das Weimarer Bürgerrecht besessen, da war es nur recht und billig, dass er auch hier zur letzten Ruhe gebettet wurde. Heyde wartete respektvoll, bis die schwarzgekleideten Männer abgestiegen waren, erst dann gab er seinen Sergeanten mit einem Nicken den Befehl, den Leichnam vom Wagen zu holen und in das Gewölbe des Rathauses zu tragen. Dort war es kühl genug, um ihn aufzubahren, bis der Amtsphysikus einen Blick auf ihn geworfen hatte.

Schweigend hörte der Hauptmann sich den Bericht des vornehm gekleideten jungen Mannes an, der den Wagen zu Pferde begleitet hatte. Innerlich aber kochte er. Nach dem Burschen vom Ufer der Ilm und der Witwe vom Schweinemarkt gab es nun schon wieder einen Toten zu beklagen. Dass der Steinmetz nicht in Weimar, sondern in einem Dorf gestorben war, spielte dabei keine Rolle. Es blieb dennoch an ihm hängen, die Angelegenheit aufzuklären.

Heyde blickte in die Gesichter der Menschen, die sich um das Rathaus scharten und dabei zusahen, wie der in eingeölte weiße Tücher gehüllte Körper auf die Tragbahre gelegt wurde. Die Leute waren bestürzt, verängstigt, in einigen Mienen erkannte er aber auch Wut. Das leise Murren galt nicht nur dem Mörder, sondern auch ihm, dem herzoglichen Beamten, der noch immer niemanden arretiert hatte. Lange würde die Menge nicht mehr stillhalten. Und Herzog Carl August auch nicht. Es musste etwas geschehen. Rasch. Aus den Augenwinkeln sah Heyde Hofbaumeister Thouret, der den Sohn der Witwe Jacoby an der Hand hielt. Dass der Mann erschüttert war, wunderte ihn nicht. Da er schon seit vier Jahren die Arbeiten am Neubau des Residenzschlosses leitete, hatte er Jacoby zweifellos gut gekannt. Er überlegte, ob er zu dem Baumeister hinübergehen und ihm ein paar Fragen über den Steinmetz stellen sollte, hielt es dann aber für geschickter, damit noch ein wenig zu warten. Zunächst wollte er sich den Bericht des Physikus anhören. Als er seinen Männern ins Rathaus folgen wollte, wurde er zu seiner Überraschung von einer jungen Frau angesprochen. Sie schien auf ihn gewartet zu haben.

»Nun, was will sie von mir?«, fragte er, während er sich überlegte, wo er das ernste, aber nicht hässliche Gesicht schon einmal gesehen hatte.

»Verzeihen Sie mir, aber ich muss Sie unbedingt sprechen! Ich bin …«

Er hob die Hand, ließ sie nicht ausreden, denn nun fiel ihm wieder ein, wo sie hingehörte. »Demoiselle Ernestine Vulpius, nicht wahr? Sie leben bei Ihrer Schwester am Frauenplan.«

Das Mädchen warf einen vorsichtigen Blick über die Schulter. Sie schien sich darüber Sorgen zu machen, dass jemand sie mit ihm sehen könnte. Obwohl er wahrhaftig Besseres zu tun hatte, als mit dem blassen Geschöpf aus dem Goethehaus zu plaudern, konnte er nicht umhin, sie neugierig zu mustern. Vielleicht lohnte es sich ja, sie anzuhören. Sie war Vulpius' Halbschwester, da war es nicht abwegig, dass sie etwas Nützliches aufgeschnappt hatte.

»Nun, warum haben Sie auf mich gewartet? Weiß Ihre Familie, dass Sie hier sind?«

»Können wir nicht hineingehen?« Ernestine zeigte schüchtern auf die Rathaustür. »Ich habe Angst, dass uns hier jemand zuhören könnte.«

Heyde hielt ihr mit einem Seufzer die Tür auf und folgte ihr ins Innere des Hauses. Am Fuß der Treppe holte das Mädchen etwas aus ihrem Korb. Es war eine bunt bemalte Holzfigur. Ein Kinderspielzeug.

Heyde runzelte die Stirn, als sie es ihm zeigte. »Ich verstehe nicht ganz …«

»Ich habe das schreckliche Ding meinem Neffen abgenommen, als er schlief«, wisperte sie aufgeregt. »Ich bin mir ziemlich sicher, dass er es von dem … Unhold bekommen hat!«

Heyde unterbrach sie kein einziges Mal, während sie ihm stockend berichtete, wie sie auf der Suche nach dem kleinen August Goethe in ihrer Verzweiflung durch die halbe Stadt geirrt war. Was sie sagte, klang hochinteressant, allerdings fragte sich Hauptmann Heyde, ob sie von allein darauf gekommen war, sich an ihn zu wenden, oder ob sie von ihren Geschwistern geschickt worden war.

»Sie behaupten also, ein Unbekannter habe Ihren Neffen am helllichten Tag durch Weimar geführt, um ihm ein Spielzeug zu kaufen? Er hat ihn weder verletzt noch ihm gedroht?«

Ein empörter Ausdruck legte sich auf ihr blasses Gesicht, als sie ihm den Holzsoldaten unter die Nase hielt. »Aber begreifen Sie denn nicht, was der Mörder uns mit dieser Figur sagen will? Er erklärt uns den Krieg!« Sie schüttelte den Kopf. »Ich bin nur hier, weil ich meinen Fehler von neulich wiedergutmachen will. Meine Schwester darf davon aber nicht wissen.«

»Und was erwarten Sie nun von mir?« Für gewöhnlich spürte Heyde, wenn ihn jemand belog, aber diese Vulpius war schwer zu durchschauen.

»Ihre Männer könnten den Straßenhändler aufspüren«, schlug Ernestine schüchtern vor. »Es wäre doch möglich, dass er sich noch an den Mann erinnert, dem er den kleinen Holzgrenadier verkauft hat, und ihn beschreiben kann. Mein Bruder ist der Meinung, dass es jemand sein könnte, der in Weimar stadtbekannt ist.«

»Möglich«, sagte Heyde nachdenklich. »Aber dann müssen Sie mir auch helfen.«

»Wie denn?«

Er lächelte sie auf dieselbe treuherzige und gleichzeitig stürmische Weise an, mit der er als junger Kadett reihenweise Herzen gebrochen hatte. »Ihr Bruder mag ein kluger Kopf und ein begabter Schriftsteller sein, davon versteht ein Soldat wie ich nichts. Aber was ihm fehlt, ist die Raffinesse, die nötig ist, um einen gefährlichen Mörder zur Strecke zu bringen. Ich fürchte, sein Umherschnüffeln bringt Sie und Ihre Schwester in große Gefahr.« Ernst zeigte er auf den Holzgrenadier in Ernestines Hand.

»Sie sollten mir anvertrauen, was Vulpius glaubt, herausgefunden zu haben! Wenn er etwas entdeckt hat, was den Mörder überführen könnte, müssen Sie es mir bringen.«

»Aber ...«

Der Hauptmann hob die Arme. »Es gibt keinen anderen Weg, um Ihre Familie zu schützen. Ist es nicht das, was Ihnen am Herzen liegt? Sie würden Ihrer Schwester beweisen, dass Sie Ihre Nachlässigkeit wirklich bereuen.« Großzügig ließ er ihr einen Moment, um darüber nachzudenken, doch wie es schien, hatte er sie überzeugt.

»Es gibt da etwas, das Christian bei dem Toten gefunden hat«, flüsterte sie. »Bei dem Mann, der gerade unten aufgebahrt wird. Ein ... Knopf von einer Jacke. Die soll dem Mörder gehören.«

Hauptmann Heyde war hochzufrieden, als er das Mädchen fortschickte.

18. Kapitel

Im Gartenhaus packte Christian in aller Eile ein paar Habseligkeiten zusammen und machte sich damit auf den Weg zum Frauenplan. Bevor er nach Jena aufbrach, wollte er Christiane von der Auseinandersetzung mit Petersdorf berichten. Eine Magd führte ihn durch das helle Treppenhaus zum Urbinozimmer, einem Empfangsraum, der nahe bei Goethes Arbeitszimmer lag und durch seine blau angestrichenen Wände die Illusion erfrischender Kühle bot. Zu seiner Überraschung traf er im Urbinozimmer nicht nur Christiane an, sondern auch einen Gast, mit dem er nicht gerechnet hatte.

»Helene, was machen Sie denn hier?« Christian war so überrascht, dass er völlig vergaß, sie zu begrüßen, wie es sich gehörte. Das schien sie ihm jedoch nicht übelzunehmen.

»Oh, ich habe der Demoiselle ein Billett geschickt«, sagte Christiane mit einem Lächeln auf den Lippen. »Schließlich hast du lange genug ein Geheimnis um sie gemacht. Zu Unrecht, wie ich finde, denn sie ist entzückend. Wir haben Tee getrunken und uns glänzend unterhalten.«

Christian war einerseits erleichtert, dass seine Schwester Helene zu mögen schien, andererseits fragte er sich, ob die sich anbahnende Freundschaft zwischen den beiden Frauen wirklich so vorteilhaft für ihn war. »Ich war bei Petersdorf«, sagte er nach einem Moment des Zögerns und erzählte, was er in der Porzellanmanufaktur erfahren hatte.

Helene sah ihn wenig begeistert an. »Und er hat wirklich gesagt, dass er mich heiraten will?«

Christiane schüttelte vorwurfsvoll den Kopf. »Das hast du ja fein hingekriegt, alle Achtung. Jetzt weiß der Mann, dass wir ihm auf der Spur sind. Und alles, was du gegen ihn in der Hand hast, ist ein abgerissener Knopf samt Gehrock. Wo sind die Sachen abgeblieben?«

»Im Gartenhaus«, sagte Christian einsilbig. Natürlich hatte er keinen Beifall von Christiane erwartet, aber dass Helene nur trübsinnig in ihrer Tasse rührte, kränkte ihn doch ein wenig. Als hätte sie seine Gedanken erraten, hob sie den Blick und sah ihn bekümmert an. »Jetzt weiß ich auch, warum meine Tante neuerdings so geheimnisvoll tut. Andauernd erhält sie Post oder schickt Depeschen nach Meiningen, wo mein Vater lebt. Ich fürchte, Petersdorf hat vor, auf Charlotte von Steins Abendgesellschaft unsere Verlobung bekanntzugeben.«

»Sie können unmöglich dorthin gehen!« Christiane sprang auf. »Am besten täuschen Sie vor, krank zu sein. Die meisten Männer, die ich kenne, leben in ständiger Furcht, sich irgendwo etwas einzufangen. Oh, verzeihen Sie, damit meinte ich natürlich nicht, dass Sie …«

Helene schüttelte resigniert den Kopf. »Meine Tante würde das sofort durchschauen. Es ist ihr Wunsch, dass ich Petersdorf heirate, und davon wird sie nicht abrücken.«

»Nicht einmal, wenn sie erfährt, was wir wissen?«

Sie lachte bitter auf. »Aber was wissen wir schon? Sie haben es doch eben selbst gesagt. Wir haben einen abgetrennten Knopf und jede Menge Vermutungen. Ihrem Bruder gegenüber hat Petersdorf abgestritten, dass diese Dorothee noch lebt. Außer Herrn Vulpius hat niemand sie zu Gesicht bekommen. Nein, man wird Petersdorf glauben und alle, die sein Wort anzweifeln, für übergeschnappt halten.«

»Wie hat Petersdorf denn reagiert, als du ihm gesagt hast, dass du von seinem Onkel und der Schauspielerin weißt?«, erkundigte sich Christiane. »Hat er sich ertappt gefühlt?«

Christian dachte nach, dann zuckte er die Achseln. »Er hat behauptet, sie wäre auch in Italien gestorben. Als ich ihm auf den Kopf zusagte, dass das eine Lüge sei, verlor er die Fassung und brüllte mich an. Dann bot er mir Geld dafür, dass ich ihm Dorothees Urkunde überlasse.«

»Die Urkunde? Aber die haben wir doch gar nicht gefunden!«

»Das weiß Petersdorf aber nicht! So, wie er auf dieses merkwürdige Schriftstück reagierte, können wir davon ausgehen, dass er weiß, worum es sich dabei handelt. Er hat Angst davor.«

Helene stellte ihre Tasse auf dem Tisch ab und ging zum Fenster. Gedankenverloren starrte sie hinaus. »Dieser alte Herr Nikolai scheint sehr zurückgezogen gelebt zu haben. Er hatte keine Nachkommen, weil er niemals geheiratet hatte. Aber weil er seinen Besitz in gute Hände übergeben wollte, entschied er sich dafür, den Sohn eines entfernten Vetters zum Alleinerben zu machen.«

»Gordian Petersdorf«, bestätigte Christian.

»Wenn er nun aber während der Italienreise seine Meinung geändert hat und das Ganze wieder rückgängig machen wollte?«

Christiane schlug beeindruckt die Hand vor den Mund. Ihrer Miene nach hatte sie begriffen, worauf Helene hinauswollte. »Dann wäre Petersdorf ein armer Mann geblieben. Das kann ihm nicht gefallen haben, wo er doch so ehrgeizige Pläne verfolgte.«

»Demnach musste Petersdorf dafür sorgen, dass weder der alte Nikolai noch seine Mätresse lebend aus Italien zurückkehrten«, spann Helene den Faden weiter.

Christian hörte dem Gedankenaustausch der beiden Frauen schweigend zu. Was sie sagten, klang überzeugend. Wenn Petersdorf den alten Mann während der Reise durch Italien getötet hatte, um zu verhindern, dass dieser ihn aus seinem Testament strich, war es natürlich auch nötig, Mitwisser zum Schweigen zu bringen. Besonders die Frau, die Nikolai vor seinem Tod am nächsten gestanden hatte. Aber wie sollte Petersdorf es angestellt haben, seinen Erbonkel umzubringen? War der Überfall auf die Kutsche möglicherweise nur vorgetäuscht gewesen? Ein falsches Manöver, um das Mordkomplott zu vertuschen? Christian hielt den Atem an, während er der Frage in Gedanken nachging. Hatte Petersdorf schon in Deutschland geplant, sich Nikolai vom Hals zu schaffen? Nachdem dieser sein Herz an eine Schauspielerin gehängt hatte, hatte Petersdorf befürchten müssen, dass sein Einfluss auf den alten Mann schwinden würde, zumal dieser sich nicht mehr um die Geschäfte kümmerte und sein Geld plötzlich lieber verprasste, als es in die Manufaktur zu stecken. Hatte Petersdorf sich die Geschichte mit dem Überfall also nur ausgedacht, um nach seiner Rückkehr aus Italien unangenehmen Fragen aus dem Weg zu gehen? Er hätte ja schlecht behaupten können, dass Nikolai und Dorothee beide zugleich an einer Krankheit gestorben seien.

»Du vergisst Wagner«, erinnerte ihn Christiane, nachdem er

ihr und Helene von seinem Verdacht berichtet hatte. »Er hat den Überfall der Räuber doch miterlebt und war ebenfalls ihr Gefangener.«

»Es muss diese Räuberbande gegeben haben«, war auch Helenes Meinung. »Aber es ist doch möglich, dass Petersdorf in Italien ein paar üble Burschen bestochen hat, sich maskiert auf die Lauer zu legen. Von Petersdorf wussten sie, wann und wo die Kutsche mit den Reisenden zu erwarten war, und im geeigneten Moment schlugen sie zu.«

»Glaubst du, sie töteten den alten Nikolai einfach so, vor den Augen der anderen?«, fragte Christiane, doch Christian schüttelte den Kopf. Er hielt dies für wenig wahrscheinlich. Es wäre zu auffällig gewesen. Nach dem, was Sekretarius Roemer ihm anvertraut hatte, war der alte Mann durch einen Sturz aus der Kutsche schwer verletzt worden und hatte das Bewusstsein nicht mehr wiedererlangt. Doch was, wenn er doch noch einmal zu sich gekommen war?

»Der alte Nikolai scheint ein schlauer Fuchs gewesen zu sein«, sagte er schließlich. »Vielleicht hat er gemerkt, dass an den angeblichen Räubern etwas faul war. Oder Petersdorf hat sich durch eine unvorsichtige Äußerung verraten.« Er begann nervös im Raum hin- und herzulaufen. »Ich stelle mir vor, was ich in seiner Situation getan hätte. Der Verdacht erhärtet sich, dass mir mein eigener Ziehsohn nach dem Leben trachtet und einen perfiden Plan ersonnen hat, um an mein Geld zu kommen. Ich bin verletzt und fühle mich schwach, aber ein wenig Kraft steckt noch in mir. Ich muss einen meiner Mitgefangenen bitten, meinen Verdacht aufzuschreiben.«

»Wagner«, riefen Helene und Christiane wie aus einem Mund.

Christian nickte und fuhr fort. »Der Mann erscheint vertrauenswürdig wie ein Geistlicher. Er sorgt sich nicht nur um mich, er spricht auch Dorothee Mut zu, die völlig verängstigt ist, aber nicht von meiner Seite weicht. Wagner schreibt nieder, was ich ihm diktiere, und verspricht, falls er mit dem Leben davonkommen sollte, der Gerechtigkeit zum Sieg zu verhelfen. Wagner überlebt, aber die schrecklichen Erlebnisse in Italien machen aus ihm einen gebrochenen Mann. Sein Verstand verfinstert sich. Er fängt an zu trinken und fühlt sich bald zu geschwächt, um allein gegen Petersdorf vorzugehen. Er geht in ein Kloster. Von Dorothee hat er nichts mehr gehört, er weiß nicht mal, ob es ihr ebenfalls gelungen ist, den Banditen zu entkommen. Aber da ist immer noch dieses Schriftstück, das ihm der alte Mann vor seinem Tod anvertraut hat. Es ist Nikolais Testament, sein Vermächtnis. Wagner hat es gut versteckt, aber nun lastet es schwer auf seinem Gewissen, weil er es nie der Justiz übergeben hat. Vielleicht ist er sich gar nicht mehr so sicher, ob er alles richtig verstanden hat. Waren es vielleicht nur die Fieberfantasien eines schwer verletzten alten Mannes, die er zu Papier gebracht hat? Was, wenn er zum Verleumder wird und damit noch mehr Kummer heraufbeschwört? Nein, er muss sich dieser Last entledigen, aber auch einen sicheren Ort für das Schriftstück finden. Da kommt er auf die rettende Idee: Er schickt das Schreiben einem Mann, der bei jedermann in hohem Ansehen steht und der sich zur selben Zeit in Italien aufgehalten hat wie er. Bei dieser Persönlichkeit, so hofft er, wird Petersdorf den belastenden Brief niemals vermuten.«

Christiane warf ihm einen skeptischen Blick zu. »Wenn du damit Goethe meinst, so darf ich dir versichern, dass du auf dem Holzweg bist. Ich kenne meinen Mann. Er mag manchmal stur und verschlossen sein, aber er ist auch der pflichtbewussteste Mensch, den ich kenne. Wäre er das nicht, hätte ihm Herzog Carl August wohl kaum all die Staatsämter anvertraut.«

So pflichtbewusst, dass er vor zehn Jahren heimlich aus Weimar verschwand und nach Italien reiste, ohne sich abzumelden, dachte Christian. Und wo steckt er jetzt, wo wir seinen Rat bräuchten? An einem unbekannten Ort, wo nicht einmal Christiane ihn erreichen kann. Diese wich indessen kein Stück von ihrer Meinung ab. »Niemals hätte Goethe einen Brief wie diesen einfach ignoriert oder als Scherz abgetan. Er hätte den Fall persönlich zur Anzeige gebracht und untersuchen lassen.«

»Natürlich hätte er das getan, vorausgesetzt, er hätte den Inhalt des Schreibens gekannt«, verteidigte sich Christian. »Aber Wagner hat es in ein Buch gesteckt, das Goethe vielleicht nur oberflächlich, vielleicht sogar überhaupt nicht durchgesehen hat. Du weißt doch selbst, wie oft der Postillion bei euch anklopft, um Briefe und Bücher von Bewunderern und Freunden für ihn abzugeben.«

»Vielleicht hat er es nicht einmal erhalten«, seufzte Helene. Sie warf einen Blick auf die hohe Standuhr und erschrak, als sie sah, wie spät es schon war. Christian bezweifelte sehr, dass Helenes Tante von ihrem Besuch am Frauenplan wusste. Umso größer war seine Freude darüber, dass das Mädchen trotzdem gekommen war.

»Es wird Zeit«, hörte er sie zu Christiane sagen. »Meine Tante hat eine Lockendreherin in die Wohnung bestellt, die mich für die Soiree bei Charlotte von Stein frisieren soll. Der Gedanke, dass in Kürze Petersdorfs Kutsche bei uns vorfahren wird, jagt mir Angst ein.«

Christiane tätschelte der jungen Frau voller Mitgefühl die Hand. »Sie dürfen nicht die Nerven verlieren, meine Liebe. Verhalten Sie sich natürlich und lassen Sie Petersdorf nicht wissen, was Sie über ihn denken. Dann sind Sie auch nicht in Gefahr. Außerdem werden wir uns im Palais von Stein sehen. Ich verspreche Ihnen, dass ich Sie nicht aus den Augen lassen werde, und falls Petersdorf es auch nur wagen sollte, Ihnen zu nahe zu treten, bekommt er es mit mir zu tun.«

Helene bedankte sich mit einem dünnen Lächeln, doch ihr sorgenvoller Blick ließ erahnen, wie verloren sie sich fühlte. Auf

Charlotte von Steins Fest würde es vor einflussreichen Bürgern nur so wimmeln. Jeder, der in Weimar etwas auf sich hielt, würde anwesend sein. Womöglich würden sogar Angehörige des Herrscherhauses erscheinen. Wie sollte sich Helene verhalten, wenn Petersdorf ihr tatsächlich vor aller Augen einen Antrag machte?

»Ich wünschte, ich könnte euch begleiten«, sagte Christian, nachdem Helene gegangen war. »Ich mache mir große Sorgen um Demoiselle de Ahna. Dieses Fest ... Ich habe kein gutes Gefühl dabei, sie dorthin gehen zu lassen. Das gilt natürlich auch für dich und Ernestine.«

»In die Ehe mit einem ... Mörder gedrängt zu werden ...« Christiane atmete geräuschvoll aus, womit sie Christian zu verstehen gab, wie schockierend sie allein die Vorstellung fand. Für den Moment würde es Helene vielleicht gelingen, vor Petersdorf die Ahnungslose zu spielen. Doch wie lange? Irgendwann würde er Verdacht schöpfen, und dann würde auch sie zu einer Gefahr für ihn werden. Wer so skrupellos war, einen Überfall durch eine gedungene Mörderbande in Auftrag zu geben und Jahre später mitten in Weimar unbehelligt Morde zu begehen, würde auch einen Weg finden, sich einer unliebsamen Ehefrau zu entledigen. Vielleicht wartete Petersdorf noch eine Weile, bis Helene ihm einen Erben geboren hatte und dann ...

Christian schüttelte den Kopf, um den quälenden Gedanken zu vertreiben.

»Ich könnte diesem Petersdorf bei der Soiree etwas ins Glas mischen«, schlug Christiane vor. Christian riss die Augen auf. Manchmal war seine Schwester ihm unheimlich. »Keine gute Idee! Giftmörderinnen bekommen mit dem Schwert den Kopf abgeschlagen!«

»Ach wirklich? Aber diese Kanaille darf am helllichten Tag meinen Jungen entführen!«

»Wir wissen doch gar nicht genau ...«

»Für mich gibt es da keinen Zweifel. Er hat schon versucht, uns einzuschüchtern, bevor du ihm in seiner Manufaktur auf die Füße getreten bist.«

»Trotzdem solltest du dir die Sache mit dem Gift aus dem Kopf schlagen. Vergiss Hauptmann Heyde nicht. Er würde dich sofort verdächtigen!«

Christiane verdrehte die Augen, was ihm zu verstehen geben sollte, für wie begriffsstutzig sie ihn hielt. »Es gibt doch nicht nur Gifte, die töten. Manche lassen einen Menschen auch nur müde werden, oder sie zwingen ihn für eine gewisse Zeit aufs stille Örtchen. Das solltest du dir für deinen nächsten Roman merken, falls du jemals dazu kommst, ihn zu schreiben.«

»Und du besitzt solche Pülverchen?« Wieder einmal musste Christian verblüfft feststellen, wie wenig er über seine Geschwister wusste. Als älterer Bruder hätte ihn das eigentlich schockieren müssen, wenn er aber ehrlich war, fand er es aufregend, dass auch Christiane ihre kleinen Geheimnisse hatte. Ob der Geheimrat von dieser verborgenen Seite seiner Geliebten wusste?

Ohne auf seine Frage zu antworten, verschwand Christiane, kehrte aber wenig später mit einer grünlich schimmernden Kassette aus chinesischer Jade zurück, die sie vorsichtig vor ihm auf den Tisch stellte. »Goethe fürchtet sich vor Ärzten fast so sehr wie vor Krankheiten, deshalb kuriert er sich am liebsten selbst«, erklärte sie, während sie Christian zeigte, was sie an Kräutern und Pulvern zusammengetragen hatte. Sie entnahm der Kassette eine Phiole, die eine weiße, körnige Substanz enthielt. »Ein halbes Gran davon, aufgelöst in einem Glas Champagner, und die Demoiselle Helene braucht sich keine Sorgen machen, dass Petersdorf sie auf dem Fest mit seinen Anträgen belästigt. Er wird dann die Augen nicht mehr offenhalten können.« Sie lächelte. »Ich fand das Mittelchen immer sehr hilfreich, wenn mein lieber Geheimrat seine Zustände hatte.«

Christian hasste den Gedanken, dass seine Schwester mit

einem Schlafmittel bewaffnet zum Palais der Frau von Stein ging, um einen ihrer Gäste schachmatt zu setzen. Charlotte war ihr alles andere als freundlich gesonnen und behielt sie möglicherweise im Auge. Was also, wenn Christiane ertappt würde? Andererseits könnte ihr Vorhaben Helene tatsächlich vor dem schlimmsten Moment ihres Lebens bewahren und ihm mehr Zeit verschaffen, etwas gegen Petersdorf zu unternehmen.

»Ich würde es gern selbst tun«, sagte er schließlich mit Bedauern in der Stimme. »Aber …«

»Du hast keine Einladung. Charlottes Lakaien würden dich hinauswerfen, noch bevor du den Salon überhaupt gesehen hättest.« Christiane klappte den Deckel der Jadeschatulle wieder zu. »Vertrau mir einfach, ja? Ich werde schon auf mich aufpassen. Und wer weiß, vielleicht finde ich bei der von Stein ja eine Spur unserer mysteriösen Dorothee. Sagtest du nicht, dass Wagner in der Kutsche der Freifrau gesehen wurde?«

»Schon, aber vermutlich wollte ihr Kutscher dem alten Burschen nur einen Gefallen tun. Ich wüsste nicht, warum Charlotte von Stein der ehemaligen Mätresse eines Manufakturisten behilflich sein sollte.«

Christiane hob die Augenbrauen, aber was sie dachte, sprach sie nicht aus.

Christian spürte jeden Knochen im Leib, als die Postkutsche am nächsten Tag über das holprige Pflaster des Jenaer Marktplatzes rumpelte. Es war eine anstrengende Fahrt gewesen, zumal das Wetter wieder umgeschlagen hatte. Durch das Fenster sah Christian tiefe, graue Wolken, die den Himmel eroberten, und kaum hatte er als Letzter der Mitreisenden den Wagen verlassen, da spürte er auch schon die ersten Regentropfen auf der Haut. Doch nicht nur die ungemütliche Witterung drückte ihm aufs Gemüt. Er hatte kein gutes Gefühl dabei, Weimar ausgerechnet jetzt zu verlassen, aber wenn er herausfinden wollte, ob Petersdorf tatsächlich den Tod seines Vormunds auf dem Gewissen hatte, musste er die letzte Überlebende des Raubüberfalls ausfindig machen. Nach den Eintragungen im Kassenbuch der Porzellanmanufaktur erhielt sie schon seit fast zehn Jahren Geld aus Petersdorfs privatem Vermögen. Daher war es sehr wahrscheinlich, dass sie etwas beobachtet hatte, was Christian weiterhalf. Ob er sie jedoch aufspüren konnte und sie einwilligte, sich mit ihm zu unterhalten, war eine andere Frage.

Eine Weile marschierte Christian ziellos durch den Regen und dachte nach. Dabei war Eile geboten. In wenigen Stunden würden sich seine Schwestern auf den Weg zu Charlotte von Steins Palais machen, und selbst wenn es nahezu unmöglich war, bis zum Abend wieder in Weimar zu sein, durfte er keine Zeit verlieren. Er überquerte den Platz und ging an einer Reihe Fachwerkhäuser vorbei, bis sein Blick auf das einladende Schild einer Weinstube fiel. Es war noch reichlich früh, um einzukehren, doch als Christian die Tür öffnete, bemerkte er anhand des Stimmengewirrs, dass er mit dieser Annahme im Irrtum war. Der Schankraum war bereits brechend voll, fast alle Tische und Bänke waren besetzt. Die Männer, die hier Pfeife rauchend und trinkend beisammensaßen, blickten ihn neugierig an, verloren aber rasch das Interesse an ihm und wandten sich wieder ihren Gesprächen zu. Ihrem Aussehen nach handelte es sich bei den meisten Gästen um Studenten der Jenaer Universität, die vor dem rauen Wetter in der Wärme der Weinstube Zuflucht gesucht hatten. Die Universität war weit über die Grenzen des Herzogtums Sachsen-Weimar berühmt und zog seit ihrer Gründung die fähigsten Köpfe an. Ebenso wurden diejenigen, die nach Jena strömten, um die Rechte, Theologie und andere Fächer zu studieren, von dem guten Wein angezogen, der rund um die Stadt angebaut wurde. Christian stand noch unschlüssig inmitten des Tabakdunstes, als er einen Mann entdeckte, der durch verzweifeltes Winken versuchte, ihn auf sich aufmerksam zu machen. Zum Ärger seines Tischgenossen rückte er sogar ein Stück zur Seite, um Christian Platz zu machen. Als dieser sich durch das Gedränge gekämpft hatte, sprang der Mann auf und schüttelte Christian erfreut die Hand. Es war der junge Arzt Doktor Hellberger.

»So eine Überraschung, wer hätte gedacht, dass wir uns ausgerechnet hier wiedersehen!« Hellberger hob sogleich die Hand, um für Christian bei einer hübschen jungen Schankmagd einen Becher Wein zu bestellen. Durchnässt und fröstelnd, hätte Christian lieber etwas Heißes getrunken, aber als dieselbe Magd kurze Zeit später einen Krug auf Hellbergers Tisch stellte, siegte sein Durst.

Die Männer stießen an, und Christian nahm einen Schluck. Der Wein schmeckte tatsächlich ausgezeichnet.

»Führen Sie Geschäfte nach Jena?«, erkundigte sich Hellberger freundlich. »Vielleicht sogar ein Auftrag Ihres Schwagers?«

Christian zuckte mit den Achseln. »Wie haben Sie das nur erraten?«

»Oh, ich liebe es, mir mit kleinen Rätseln die Zeit zu vertreiben. Außerdem interessiere ich mich für meine Mitmenschen und beobachte sie, wann immer ich kann.« Er errötete. »Nein, nicht, was Sie nun vielleicht denken mögen. Ich bin beileibe nicht neugierig.«

Ach nein, dachte Christian und nahm einen weiteren Schluck.

»Ich dachte nur, Sie seien nach Jena gereist, um den Herrn Schiller aufzusuchen.«

»Herrn Schiller?«

Der Arzt nickte; seine Augen erfüllte ein schwärmerischer Glanz.

»Wie man hört, stehen sich der Geheimrat und Friedrich Schiller sehr nahe. Sie sind ja auch beide begnadete Dichter. Schiller lehrt hier an der Universität Geschichte. Ein Freund von mir glaubt, dass Schiller sich mit dem Gedanken trägt, ebenfalls nach Weimar überzusiedeln. Wäre es nicht wunderbar, einen weiteren Dichter mit derart überragenden Geistesgaben in unserer kleinen Residenzstadt zu haben?«

Ich kann's kaum erwarten, dachte Christian. Er wollte soeben die Magd herbeirufen, als ihm einfiel, dass er nicht nach Jena gekommen war, um sich zu betrinken.

»Ich habe übrigens lange über Sie nachgedacht, Vulpius«, wechselte der Arzt schlagartig das Thema. »Bis heute habe ich keine Erklärung dafür gefunden, warum dieser Wichtigtuer von Hauptmann ausgerechnet Sie zur Leiche dieser Witwe am Schweinemarkt mitgenommen hat.« Plötzlich hellte sich seine Miene auf. »Ist es etwa so, wie ich schon bei unserer letzten Begegnung vermutet habe? Könnte der Mord an dieser unglückseligen Person etwas mit dem Überfall auf Sie zu tun haben?«

Der Wein schmeckte auf einmal bitter auf Christians Zunge. Dieser Mann war neugieriger als jeder Postillenschreiber. »Hauptmann Heyde scheint das jedenfalls anzunehmen«, erklärte er ausweichend. »Aber Sie haben mir noch nicht gesagt, was Sie nach Jena führt. Sie wollen sicher nicht den Herrn Schiller besuchen.«

Hellberger lachte. »Nein, ihn nicht.« Er nahm einen tiefen Zug aus seinem Becher. »Aber meine Mutter lebt hier. Und sie möchte auch hier sterben.« Er seufzte. »In den letzten Monaten habe ich mehrmals versucht, sie zu überreden, zu mir nach Weimar zu ziehen. Aber sie weigert sich. Der Teufel weiß warum.«

Vielleicht hat die alte Dame Angst, dass sie die Fürsorglichkeit ihres Sohnes nicht überleben würde, dachte Christian. Bevor Hellberger fortfuhr, beschloss er, den Arzt nach dem Mann zu fragen, der in Jena für Petersdorf als Mittelsmann fungierte.

»Schmidt? Der Geflügelhändler?« Hellberger dachte einen Moment lang nach. »Ich bin vorhin am Holzmarkt vorbeigekommen, wo er seinen Laden hat, aber das Haus sieht verlassen aus. Ziemlich trostlos, wenn Sie mich fragen. Die Fenster sind alle mit Brettern vernagelt, als wäre dort schon seit Jahren niemand mehr.«

»Das kann nicht sein«, rief Christian so laut, dass sich zwei Studenten nach ihm umdrehten. »Zu Martini muss der Händler noch in Jena gewesen sein!«

»Der Martinstag ist lange vorbei«, bemerkte die Magd, die Christians Worte im Vorbeigehen aufgeschnappt hatte.

»Mein Freund aus Weimar sucht den alten Schmidt vom Gänsehof hinterm Holzmarkt!« Der Arzt machte eine ratlose Geste.

»Den kann er hier lange suchen«, sagte das Mädchen gleichmütig. »Der Geflügelhändler ist mit Sack und Pack fortgezogen. Hinüber ins Hessische, heißt es. Ist jetzt bestimmt drei Wochen her. Oder vier? Der kommt nicht mehr zurück.«

Christian traf diese Nachricht wie ein Schlag ins Genick. Zehn Jahre hatte dieser Händler zum Fest des heiligen Martin Petersdorfs Anweisungen ausgeführt, und nun verpasste Christian ihn um drei oder vier Wochen. »Sie haben nicht zufällig von einer Frau gehört, die hier in Jena lebt und vor Jahren durch Italien gereist ist«, fragte er Hellberger. Er rechnete nicht damit, dass der Arzt so etwas wusste, umso verblüffter war er, als dieser nach kurzem Zögern nickte.

»Ja, ich kenne da jemanden, aber warum interessiert Sie das? Hat es etwas mit dem Auftrag zu tun, den Sie für den Herrn Geheimrat ausführen sollen?«

Christian fragte sich, wie oft er diese Frage wohl noch zu hören bekommen sollte, doch in diesem Augenblick hätte er sogar genickt, wenn man ihn gefragt hätte, ob er in Weimar für Goethe Schnupftücher, Kniestrümpfe und Spucknäpfe besorgen sollte. »Können Sie mir sagen, wie ich zu dieser Frau komme?«

»Das möchte ich meinen, Vulpius. Immerhin ist sie meine Mutter.«

19. Kapitel

»Sie müssen … mitkommen, Demoiselle! Rasch, diese Männer … Sie stellen alles auf den Kopf.«

Christianes Magd war außer sich vor Aufregung. In Schweiß
gebadet und völlig außer Atem hob und senkte sich ihre Brust.
Sie musste um ihr Leben gelaufen sein. Besorgt legte Christiane
ihre Näharbeit zur Seite und wechselte einen Blick mit Ernestine, die auf dem Fußboden saß und sich vergeblich mit dem
Stickrahmen abmühte. Mit sichtlicher Verwirrung hob die Jüngere den Blick, gab aber keinen Ton von sich.

»Wo?«, fragte Christiane. »Nun rede schon!«

»Im Gartenhaus des Herrn Geheimrats«, japste die Magd,
noch immer atemlos. »Sie wollten mich nicht hineinlassen, obwohl ich ihnen doch gesagt habe, dass ich die Räume lüften und
die Böden wischen muss. Sie behaupten, sie hätten eine Voll-
macht vom Herzog, das Haus zu durchsuchen!«

»Von wem sprichst du, um Gottes willen?« Christiane schüttelte das aufgelöste Mädchen an der Schulter. »Drück dich kla-
rer aus. Was sind das für Männer im Gartenhaus? Diebespack?«

»Sie tragen die Uniform des Herzogs«, schluchzte die Magd.
»Aber mehr weiß ich nicht. Sie sollen sofort dort erscheinen!
Das soll ich bestellen.« Sie schniefte. »Allmächtiger, wenn doch
nur der Herr Geheimrat hier wäre!«

»Du willst doch jetzt nicht fort«, protestierte Ernestine, als sie
sah, wie ihre Schwester sich Haube und Schultertuch reichen
ließ. »Die Einladung bei Charlotte von Stein …«

»Ich bin verantwortlich für Goethes Eigentum«, unterbrach
Christiane das Mädchen. »Ich muss wissen, was dort draußen
los ist. Aber keine Sorge, ich werde pünktlich zurück sein.«

Christiane verlor keine Zeit damit, den Wagen anspannen zu
lassen. Stattdessen eilte sie durch die Straßen dem Park am
Stern entgegen. Schon von Weitem konnte sie sehen, dass ihre

Magd nicht übertrieben hatte. Vor dem Gartenhaus fand sie ein halbes Dutzend Pferde vor, außerdem Uniformierte mit aufgepflanztem Bajonett, die sowohl den Eingang als auch den Garten im Auge behielten. Christianes Herz klopfte bis zum Hals, als sie an den Männern vorbeilief, aber sie bemühte sich, ihre Aufregung nicht offen zu zeigen. Ein Irrtum. Ein Missverständnis. Ja, davon war sie überzeugt. Wie konnte man es wagen, ohne ihr Einverständnis den Besitz eines herzoglichen Ministers zu betreten? Weit kam sie indes nicht. Einer der Wachtposten versperrte ihr den Weg. »Pack dich, Mamsell, hier gibt es nichts zu gaffen!«

Christiane stemmte die Hände in die Hüften und funkelte den Uniformierten angriffslustig an. Eine solche Frechheit durfte sie sich nicht gefallen lassen. »Er weiß wohl nicht, vor wessen Haus er herumlungert«, zischte sie den Wachtposten an. »Wenn er mir nicht sofort den Weg freigibt, gehe ich zum Herzog und beschwere mich.«

»Das wird nicht nötig sein«, ertönte plötzlich eine Stimme aus dem Innern des Hauses. »Lass die Frau passieren!«

Christiane schnappte nach Luft. Die Silhouette des Mannes, der im Schatten stand, erinnerte sie an Goethe. Mit einem Jubelschrei auf den Lippen eilte sie an dem Soldaten vorbei – und erstarrte, als sie ihren Irrtum bemerkte. An der Tür stand nicht ihr Geliebter, sondern Hauptmann Heyde. Bitter enttäuscht schlug sie den Blick nieder. Sie erwartete, dass Heyde sie auslachen würde, doch dieser sagte nur: »Ich war mir nicht sicher, ob Sie kommen würden!«

»Ach nein? Das Gartenhaus gehört meinem … dem Geheimrat. Es war ein Geschenk seiner Hoheit, des Herzogs Carl August. Wie können Sie es wagen, hier einzudringen?«

Hauptmann Heyde verzog keine Miene, lud Christiane aber mit einer Handbewegung ein, ihm ins Innere des Hauses zu folgen. Christiane hätte am liebsten kehrtgemacht und wäre durch den Park stadteinwärts geflohen, doch sie fürchtete, dass Heyde in diesem Fall nicht zögern würde, ihr ein paar seiner Grobiane hinterherzuschicken. Bei dem Gedanken an diese Blamage schoss ihr vor Scham das Blut in den Kopf. Gleichzeitig erinnerte sie sich daran, was Christian ihr über Heydes Verhör im Haus der Witwe Jacoby berichtet hatte. Verängstigt sah sie sich nach den Sergeanten des Offiziers um. Würde Heyde den Männern befehlen, auch sie zu schlagen, wenn er mit ihren Antworten nicht zufrieden war? Zögernd betrat sie den kühlen Eingangsbereich, der ihr mit einem Mal so fremd erschien, als sähe sie ihn zum ersten Mal. Ein schwerer Geruch von verwelkten Blumen stieg ihr in die Nase, und sie begann zu frösteln.

»Nun kommen Sie schon, Demoiselle Vulpius!« Heydes Ton wurde fordernder. »Ich habe einen Hinweis erhalten, dass Ihr Bruder hier Diebesgut versteckt.«

Christiane runzelte die Stirn. Diebesgut? Was sollte das nun schon wieder bedeuten?

»Ihr Bruder ist nicht hier«, sagte Heyde eisig, während er Raum für Raum abschritt. »Darf ich fragen, wo er sich aufhält?«

»Verraten Sie es mir! Ich dachte, Ihnen entgeht nichts von dem, was sich in Weimar tut!«

Ein humorloses Lächeln glitt über die Züge des Mannes. »Wäre es so, müsste ich keine drei Verbrechen untersuchen, meine Liebe. Oh, ich weiß, was Sie jetzt sagen wollen: Warum lässt dieser schreckliche Mensch nicht endlich meinen armen Bruder in Ruhe? Hat er ihn nicht nach dem Mord an der Witwe laufenlassen?« Er baute sich vor Christiane auf, so nah, dass sie seinen Atem spüren konnte. »Ob Vulpius der Mann ist, den ich suche, weiß ich noch nicht. Aber er ist in die Sache verwickelt. Und er verschweigt mir etwas. Das bekümmert mich, denn ich will ihm nur helfen. Ja, Sie haben mich richtig verstanden. Ich biete ihm mein Vertrauen und meinen Beistand an. Das können Sie ihm von mir bestellen. Er muss nur aufhören, in der Stadt umherzulaufen und ehrenwerte Personen mit neugierigen Fragen zu belästigen.«

Christiane fragte sich, was Heyde mit seinen Worten bezweckte. Glaubte der Mann allen Ernstes, sie würde ihm auf den Leim gehen? Von wegen Vertrauen. Christian hatte mit eigenen Augen gesehen, was Heyde am Schweinemarkt getan hatte. Er hatte einen Hinweis auf den Mörder vernichtet. Das bedeutete nicht mehr und nicht weniger, als dass der Hauptmann die Identität des Mörders ebenfalls kannte. Aber Petersdorfs Geschäfte mit dem herzoglichen Hof, sein ehrgeiziges Vorhaben, die eigene Porzellanmanufaktur der berühmten Meißener ebenbürtig zu machen, und die anstehende Gründung eines Bankhauses waren zu bedeutsam, um ihn aufs Schafott zu schicken.

Christiane nahm all ihren Mut zusammen und wiederholte die Frage, die sie Heyde gleich nach ihrer Ankunft gestellt hatte.

»Was ich hier suche?«, gab der Offizier verwundert zurück. »Nichts. Sie haben natürlich völlig recht. Eine Hausdurchsuchung würde mir seine Hoheit übelnehmen. Herzog Carl August fühlt sich unpässlich und darf nicht gestört werden.« Er verzog verächtlich den Mund. »Nein, Sie, Demoiselle Vulpius, werden mir das *corpus delicti* freiwillig aushändigen.«

Christiane biss sich erschrocken auf die Lippen. Wovon sprach Heyde? Meinte er etwa die mysteriöse Urkunde, die Christian und Helene inzwischen für einen belastenden Brief aus der Feder Wagners hielten? Aber die hatten sie doch gar nicht. Niemand wusste, ob das Schreiben überhaupt noch existierte und wenn, wo es zu suchen war. In ihrem Haus jedenfalls nicht.

»Seien Sie vernünftig und sagen Sie mir, wo Vulpius den Knopf versteckt hat! Er ist hier im Gartenhaus, das weiß ich genau.«

Den Knopf? Entgeistert starrte Christiane Heyde an. Ach,

also darum ging es ihm. Natürlich brauchte er das Beweisstück, weil er Petersdorf mit dem Tod des Steinmetzes in Verbindung brachte. Aber wie zum Teufel konnte er davon erfahren haben? Außer ihr und Christian hatte nur noch Helene von dem Knopf gewusst. Allerdings … Sie atmete tief ein und aus. Natürlich, Petersdorf! Er hatte den Diebstahl des Rockes bemerkt und eins und eins zusammengezählt. Er musste Heyde beauftragt haben, ihm Gehrock samt abgetrenntem Knopf zurückzubringen. Heyde war demnach nicht nur bemüht, den Manufakturisten im Interesse des Herzogtums vor Nachstellungen zu schützen. Er machte auch gemeinsame Sache mit ihm. Vermutlich erhielt er dafür ein stattliches Sümmchen.

Christiane spürte, wie sich vor Angst ihr Magen verkrampfte. Ihre Hände im Schoß begannen zu zittern, als ihr dämmerte, was diese schreckliche Erkenntnis für sie und Christian bedeutete. Wenn Heyde so weit ging, sich auf einen Pakt mit einem Mörder einzulassen, war er vielleicht auch bereit, einen Schritt weiterzugehen und Petersdorf bei seiner Jagd auf die ehemalige Geliebte seines Verwandten behilflich zu sein. Sobald dies erledigt war, würde er Christian als Schuldigen verhaften und unbarmherzig an den Galgen bringen.

»Darf ich um den Knopf bitten?« Er streckte die Hand aus. »Ich weiß, dass Ihr Bruder Ihnen verraten hat, wo er ist.«

Sie schüttelte den Kopf. Niemals. Von ihr würde er ihn nicht bekommen. Sollte er ruhig das Haus zerlegen, wenn er sich traute.

Heyde hatte offenbar nicht mit so viel Widerstand gerechnet. Einen Moment lang wirkte er fast ratlos, dann zuckte er mit den Achseln. »Na schön, Madame. Ich hoffe, Sie haben Zeit. Sie werden nämlich so lange hier im Haus bleiben, bis Sie mir den Knopf ausgehändigt haben.«

Der Hauptmann entfernte sich, um seinen Männern weitere Befehle zu erteilen, und überließ Christiane sich selbst. Benommen schleppte sie sich zu einem gepolsterten Stuhl gegenüber der Büste Johann Caspar Lavaters, die Goethe besonders schätzte, und kämpfte vergeblich gegen die aufsteigenden Tränen an. Sie war am Boden zerstört. Was sollte sie nun tun, wenn Heyde seine Drohung wahrmachte und sie festhielt? Wenn sie sich jetzt nicht beeilte, würde sie es niemals rechtzeitig zu Charlotte von Steins Soiree schaffen. Ihr graute, wenn sie an die Folgen dachte. Ihr Fernbleiben würde gewiss als Beleidigung aufgenommen werden und einen Skandal in der Gesellschaft auslösen. Ernestine würde sie hassen, aber viel schlimmer war, dass sie das Versprechen, das sie Christian gegeben hatte, nicht würde halten können. Helene würde im Palais vergeblich auf sie warten. Was also sollte sie tun?

Mit geschlossenen Augen lauschte Christiane dem monotonen Ticken der Standuhr.

Hellbergers Mutter war in Italien gewesen. Konnte es einen solchen Zufall geben?

Christian war so erstaunt, dass es ihm für einen Moment die Sprache verschlug.

»O bitte, Herr Doktor, die Auskunft ist wichtig für mich«, rief er dann. »Wie kam es zu dieser Reise?« Obwohl die Begeisterung für die klassische Antike und die Kunst der Renaissance in den letzten Jahrzehnten viele gebildete Bürgerinnen und Bürger gepackt hatte, war es doch ungewöhnlich, dass eine ältere Frau eine so weite, beschwerliche Reise über die Alpen antrat.

»Es ist schon viele Jahre her, fast zehn, um genau zu sein«, sagte Doktor Hellberger. »Meine Schwester ist mit einem Kurarzt im Böhmischen verheiratet. Eigentlich hätte unsere Mutter ja bequem dort die Bäder besuchen können, um ihre Gichtbeschwerden zu lindern, aber nein, es mussten unbedingt die heißen Quellen von Abano sein. Von Italien hat sie schon als junge Braut geschwärmt.«

»Hat Ihre Mutter Ihnen jemals erzählt, dass Sie seit Jahren zu Martini eine Gans geschenkt bekommt?«

»Eine Gans?« Hellberger kratzte verdutzt die Bartstoppeln an seinem Kinn. »Ja gewiss, aber wieso wissen Sie davon? Nun sagen Sie mir bloß nicht, dass diese anonymen Spenden aus dem Hause Goethe kommen? Großer Gott, sind Sie deshalb nach Jena gereist? Und ich wusste nicht einmal, dass Mutter den Geheimrat kennengelernt hat. Wundern würde es mich aber nicht. Nachdem mein Vater gestorben war, waren Goethes Gedichte ihr einziger Trost. Abgesehen von ihren Erinnerungen an Italien.«

Christian sprang so abrupt auf, dass er den Krug Wein umstieß. Kein Zweifel, er hatte sie gefunden. Hellbergers Mutter musste die Person sein, die mit Nikolai und den anderen in der besagten Kutsche gewesen war.

»Ich verstehe nicht, warum Sie es so eilig haben, mein lieber Vulpius«, beschwerte sich der Arzt, als Christian ihn wenig später durch die Gassen Jenas hetzte. Ihm war anzusehen, dass er viel lieber noch ein Weilchen in der Weinstube geblieben wäre.

Eilig überquerten die Männer den Marktplatz. Der Regen hatte inzwischen aufgehört, und Christian konnte Vivat-Rufe, Trommelwirbel und begeisterten Beifall hören. War der Platz noch vor einer Stunde wie leergefegt gewesen, so drängten nun plötzlich Menschen aus allen Richtungen auf ihn: Studenten und Lateinschüler, Frauen mit Kindern an der Hand, aber auch viele Männer, die aus ihren Werkstätten und Läden gelaufen kamen und nun neugierig die Hälse reckten. Auf einer Bühne erspähte Christian einen hoch aufgeschossenen Mann mit schulterlangem Haar, der einen flammenroten Umhang trug und mit offenem Feuer hantierte.

»Endlich ist er nach Jena gekommen«, rief Hellberger voller Ehrfurcht. »Das wird ein feines Spektakel werden!«

Christian runzelte die Stirn. Für ihn sah der Kerl auf der Bühne aus wie ein Moritatensänger oder Puppenspieler, wie sie oft auf Marktplätzen zu finden waren.

»Haben Sie etwa noch nie etwas von Ensler und seinen atemberaubenden aerostatischen Experimenten gehört?«, wunderte sich Hellberger. »Der Mann ist ein Meister auf dem Gebiet aerostatischer Experimente. Er erschafft zur Zerstreuung des Publikums Hunde, Hirsche und Schweine, füllt seine Figuren mit brennbarer Luft und lässt sie in den Himmel steigen. Im Prinzip nicht anders als die riesigen Ballons, mit denen sich diese Franzosen schon vor ein paar Jahren in die Lüfte erhoben haben.«

Christian stand der Sinn nicht nach Schweinefiguren, die in die Luft flogen, aber Hellberger war durch nichts zu bewegen, seine Blicke von der Bühne abzuwenden. Er deutete auf eines der stattlichen Bürgerhäuser und erklärte, seine Mutter wohne gleich über dem Laden. Christian schaute sich um. Das Haus, das Hellberger meinte, war ein in die Jahre gekommenes, aber nichtsdestotrotz beeindruckendes Gebäude, dessen unterer Teil aus Sandstein bestand, während schwarze Fachwerkbalken die obere Hälfte durchzogen. Dichte Efeuranken hüllten die Fassade fast vollständig ein. Das verrostete Ladenschild, das im Wind schaukelte, wies auf einen Handel mit flandrischem Tuch und englischer Wolle hin.

Christian beschloss, nicht auf den Arzt zu warten. Vermutlich war es ohnehin besser, ohne Hellberger mit der alten Frau zu reden. Als Christian die ausgetretenen Stufen hinaufstieg, begriff er, warum Hellberger so darauf drang, dass seine Mutter zu ihm nach Weimar übersiedelte. Die Treppe war so baufällig, dass er Angst hatte, sie könnte unter seinem Gewicht zusammenbrechen. Die kahlen Wände warfen unheimliche Schatten, und in den Ecken fiepten Mäuse, die aber sofort verschwanden, als er nach ihnen trat. Wenn Frau Hellberger an dieser erbärmlichen Umgebung festhielt, musste sie entweder verarmt oder stur wie ein Maulesel sein.

Auf sein Klopfen öffnete ihm eine hagere Frau mit vorstehenden Zähnen. Sie musterte ihn mit einem mürrischen Blick. Alles an ihr war grau: das wirre Haar, die Haut, ihr Häubchen und der mehrfach geflickte Rock.

»Besuch?«, fragte die Hagere ohne jede Begeisterung. »Aber die Witwe erwartet doch nur ihren Sohn aus Weimar.« Sie verdrehte die Augen, machte aber einen Schritt zur Seite, um Christian einzulassen. »Der Junge ist mal wieder in der Weinstube versackt, nicht wahr? Dorthin geht er immer zuerst, wenn er in Jena ist. Oder steht er bei den Verrückten, die Schweine fliegen sehen wollen?«

Von unten drang donnernder Applaus herauf, woraufhin die Hagere triumphierend den Kopf bewegte. Schimpfend führte sie Christian durch einen Flur, in den zwar kein Tageslicht fiel, der aber im Gegensatz zu dem muffigen Treppenhaus sehr sauber wirkte. Vor einem Raum im hinteren Teil des Hauses blieb sie stehen, klopfte kurz an und riss die Tür auf. »Ein Herr aus Weimar!« Sie drehte sich zu Christian um. »Gehen Sie hinein, junger Mann, aber regen Sie die Alte nicht auf!«

Christian hatte sich bereits während der Kutschfahrt nach Jena gefragt, wie die Frau wohl aussehen würde, die den Überfall auf Nikolai und seine Reisegefährten am eigenen Leib erlebt hatte. Die Mutter des Arztes saß in einem Lehnstuhl. Sie war mager und sah so zerbrechlich aus wie eine Figur aus dünnem Glas, dennoch ließ sich unschwer erkennen, dass sie in ihrer Jugend eine schöne Frau gewesen war. Noch immer war ihre Haut fast faltenlos, auf dem Kopf trug sie eine gepuderte Perücke, und auf ihren Wangen schimmerte noch gerade genug Rouge, um interessant, aber nicht gewöhnlich zu wirken. Ihr Kleid war schwarz, wie es sich für eine Witwe ihres Standes gehörte, und der einzige Schmuck, den sie sich erlaubte, bestand aus einer hübschen Brosche aus Elfenbein. In ihrem Schoß lag ein Buch. Die alte Dame schien gern zu lesen, denn überall im Salon lagen Bücher herum:

auf dem abgewetzten Kanapee ebenso wie auf Stühlen, Beistelltischen und dem Fußboden. An den Wänden des Salons hingen Bilder und gerahmte Urkunden, die vermutlich einst dem verstorbenen Mann der Witwe gehört hatten.

»Aus Weimar kommen Sie?« Frau Hellberger deutete höflich auf einen Stuhl in ihrer Nähe. »Mein Sohn wohnt dort. Er liegt mir andauernd damit in den Ohren, ich solle zu ihm ziehen.« Sie kicherte. »Wenn er jemanden braucht, der für ihn sorgt, muss er sich eine Ehefrau suchen. Das richtige Alter hat er ja.« Sie zeigte auf das Porträt eines würdevoll aussehenden Mannes an der Wand. »Ich war sechzehn, als mein Mann mir einen Antrag machte. Er war ein kluger Kopf. Lehrte Griechisch an der Lateinschule in Eisenach. Später siedelte er nach Jena über, und als er soweit war, an der Universität zu unterrichten, hat er mich geheiratet.« Sie machte Anstalten, sich zu erheben, was ihr jedoch so schwerfiel, dass sich ihre Züge vor Anstrengung verzerrten. »Sie wollen doch sicher seine Bücher sehen, nicht wahr? Zwei wurden verlegt, in Leipzig. Oder war es Frankfurt? Ach, mein Gedächtnis lässt mich mal wieder im Stich.« Sie blickte Christian verwirrt an, dann ließ sie sich wieder in die Kissen sinken und griff nach ihrem Buch. »Wer sind Sie eigentlich?«

Christian begann zu schwitzen. »Vulpius«, sagte er. »Aus Weimar.«

»Weimar«, wiederholte die Witwe begeistert. »Ach, wie gern würde ich dort leben. Ich habe einen Sohn, der dort als Leibarzt des Herzogs in Saus und Braus lebt. Aber denken Sie, er würde seine alte Mutter zu sich nehmen?« Sie schob die Unterlippe vor wie ein schmollendes Kind. »Er denkt nur an sich, aber so sind die jungen Leute nun einmal. Das ist nicht zu ändern.« Sie begann hektisch in ihrem Buch zu blättern, als suchte sie darin eine Bestätigung ihrer Worte. »Und mit wem habe ich die Ehre?«, murmelte sie dabei.

»Vulpius«, sagte Christian. »Ich bringe Ihnen Grüße aus Weimar.« Er holte tief Luft, gespannt auf die Reaktion der Witwe. »Von Gordian Petersdorf.«

Sie hörte auf zu blättern und klappte das Buch zu. Christian konnte beobachten, wie sich ihre Gesichtszüge entspannten. »Herr Petersdorf, Sie sind das? Ich habe Sie nicht erkannt. Wie gütig, dass Sie nach so langer Zeit gekommen sind, um nach mir zu sehen. Aber ich wusste, dass Sie mich nicht vergessen würden. Sie sind ein Engel. Sie verdienen es, dass ein reicher Mann aus Ihnen geworden ist.« Sie kniff die Augen zusammen. »Habe ich Ihnen jemals die Bücher gezeigt, die mein seliger Gatte geschrieben hat? Zwei davon hat er drucken lassen.«

»In Leipzig oder Frankfurt, ich weiß!« Christian hatte Mühe, sich seine Enttäuschung nicht anmerken zu lassen. Hatte Hellbergers Mutter zu Beginn ihrer Unterhaltung noch einen geistig regen Eindruck gemacht, schien sie nun so verwirrt, dass sie ihn mit Petersdorf verwechselte. Plötzlich beugte sie sich vor und bedeutete ihm mit einer Bewegung ihres Zeigefingers, näher zu rücken. Dann packte sie seine Hand und wisperte mit seltsam heiserer Stimme: »Sie haben zu viel Geld für mich ausgegeben!« Die Hand der alten Frau war eiskalt, aber sie ließ Christian nicht los. »Zu viel!«

»Die fette Gans und die zehn Taler zu Martini?«, brachte er mühsam heraus. Er schämte sich ein wenig, die alte Frau zu täuschen, doch wie es aussah, blieb ihm keine andere Wahl, als das Spiel mitzuspielen. Solange sie ihn für Petersdorf hielt, würde sie seine Fragen beantworten. »Ich bitte Sie, das war doch das Wenigste …«

Sie schüttelte energisch den Kopf. »Es war die Rettung. Das habe ich nie vergessen. Und ich habe mein Versprechen gehalten. Nicht einmal meinen Kindern habe ich von jenen zwei Tagen erzählt.« Mit vor Stolz glänzenden Augen wies sie auf zwei kleinere Scherenschnitte, die eine Frau und einen Mann im Profil darstellten. »Mein Sohn ist Arzt im Böhmischen, und meine

Tochter lebt in Weimar. Ständig liegt die Gute mir damit in den Ohren, Jena zu verlassen und zu ihr zu ziehen.« Sie lächelte versonnen. »Wer weiß, vielleicht mach ich das eines Tages, dann könnte ich mit Herrn Goethe promenieren und wie Mignon von Italien träumen.« Sie lehnte sich zurück, schloss die Augen und rezitierte: »*Kennst du das Land, wo die Zitronen blühn. Im dunklen Laub die Goldorangen glühn ...*«

Christian ging zum Fenster und sah hinaus. Von hier oben genoss man eine vortreffliche Aussicht über den gesamten Marktplatz sowie die Rathausgasse und die Kollegiengasse, durch die noch immer Schaulustige strömten, um die Experimente mit der heißen Luft zu bestaunen. Tatsächlich sah er nun ganz aus der Nähe einige merkwürdige, tierähnliche Gebilde durch den grauverhangenen Himmel gleiten. Sie wirkten wie kleine Wolken, schienen aber wie Funken zu glühen. Christian riss sich von dem sonderbaren Anblick los und wandte sich wieder der Frau im Lehnstuhl zu. Da die Zeit ihm davonlief, beschloss er nun, ihr ganz direkte Fragen zu stellen, und hoffte, damit zu ihrem Verstand durchzudringen.

»Erinnern Sie sich noch an den alten Herrn Nikolai?«

Sie öffnete die Augen, zögerte kurz und nickte dann. »Aber natürlich. Der Ärmste! Er war so vergnügt, als er die Kutsche bestieg. Aber das waren wir alle, nicht wahr? Warum auch nicht? Es war ein so herrlicher Tag. Die Sonne brannte heiß vom wolkenlosen Himmel herunter, und ich hatte Oliven und würzigen Ziegenkäse zum Frühstück. Nur der Staub ...« Sie schüttelte sich. »Auf den Staub und das ewige Gezirpe der Grillen hätte ich liebend gern verzichten können.«

Ihre Erinnerung kehrt zurück, dachte Christian aufatmend. »Sie waren also am Morgen der Abreise alle bester Laune?«

»Aber ja, haben Sie das etwa schon vergessen, Herr Petersdorf? Ich fürchte, Sie arbeiten zu viel und schonen sich nicht genug. Genau wie mein Sohn. Er ist Arzt am kaiserlichen Hof zu Wien, haben Sie das gewusst? Nun, wenn ich mich recht erinnere, wirkten Sie selbst bedrückt, als wir die Kutsche nach Padua bestiegen.« Sie seufzte. »Als hätten Sie eine Vorahnung gehabt. Standen die Sterne so ungünstig für uns? Mit meinem Gatten hätte ich darüber diskutiert, der liebte solche Gespräche, obwohl er ein Mann der Wissenschaft war. Aber der Abend zuvor ...«

»Was war an dem Abend? Gab es eine Auseinandersetzung? Etwas, das Ihnen sonderbar vorkam? Vielleicht ein paar Männer, die nach Petersdorf ... ich meine, nach mir fragten?«

Frau Hellberger antwortete nicht gleich. Sie schien erschöpft, offensichtlich kostete es sie Kraft, ihr Gedächtnis nach längst verblichenen Bildern der Vergangenheit abzusuchen. »Aber nein, es war ein heiteres Fest, und ich habe mich gefreut, dass der alte Herr Nikolai mich dazu eingeladen hat, der Zeremonie beizuwohnen.«

»Einer Zeremonie?«

»Na, die Hochzeit natürlich.« Sie entnahm ihrem Buch einen gepressten Myrtenzweig und schnupperte daran, als hülfe das ihrer Erinnerung auf die Sprünge. »Nikolai hat seine Begleiterin am Abend vor der Weiterfahrt nach Padua in einer Kapelle an der Piazza Sacro Cuore geheiratet. Ein hübsches und vor allem liebenswürdiges Ding. Schauspielerin oder Tänzerin. Aber darüber sprachen wir ebenso wenig wie über die Tatsache, dass sie eigentlich viel zu jung für den alten Knaben war. Aber sie hat ihn zweifellos geliebt und ihm geholfen, wo sie nur konnte. Ich schenkte ihr nach der Trauung eine Myrte, aber einen kleinen Zweig legte ich in mein Buch. Als Erinnerung. Sie haben es mir gelassen, ist das nicht herrlich?«

Christians Herz begann zu rasen. Das war es, auf einmal passte alles zusammen. Dorothee war nicht nur die Mätresse des alten Nikolai gewesen. In Italien musste der Alte beschlossen haben, in aller Heimlichkeit mit ihr die Ehe einzugehen. Somit war sie heute seine Witwe. Eine Witwe, die einen berechtigten Anspruch auf Petersdorfs ererbten Besitz hatte.

Er hätte sie früher aus dem Weg räumen müssen, dachte Christian. Vermutlich hatte er aber gehofft, dass das Problem durch den Überfall auf die Kutsche aus der Welt geschafft werden würde. Ein Trugschluss, wie sich später herausstellen sollte.

Frau Hellberger verlangte einen Apfel. Christian sah sich um und fand eine Obstschale, die er der Witwe reichte. »In Italien habe ich fast täglich die herrlichsten Zitronen und Orangen gegessen«, sagte sie, während sie die Frucht mit einem kleinen Schälmesser von ihrer Schale befreite. Nun schien sie wieder ganz klar zu sein. Vergnügt knabberte sie an einem Stück Apfel, bevor sie sich mit einem zerknirschten Blick entschuldigte, weil sie Christian nichts angeboten hatte. Christian winkte jedoch ab. Er wollte nicht, dass die mürrische Magd ausgerechnet jetzt hereinplatzte. Er hörte die Frau durch die geschlossene Tür mit Töpfen und Geschirr hantieren, woraus er schloss, dass sie dabei war, das Essen vorzubereiten. Verstört warf er einen Blick auf seine Taschenuhr. Es war schon spät. In Weimar würden seine Schwestern gewiss in Kürze das Haus verlassen, um sich zum Palais an der Ackerwand zu begeben. Ob Christiane wirklich so kühn war, Petersdorf mit einem Schlafmittel außer Gefecht zu setzen?

»Der Überfall hat aus uns eine verschworene Gemeinschaft gemacht«, brach die alte Frau plötzlich das Schweigen. Demzufolge hielt sie ihn nach wie vor für Petersdorf. »Wer ein solches Martyrium übersteht, entwickelt Kräfte, die ihn unsterblich machen, nicht wahr?«

Christian zuckte mit den Achseln. »Nicht unbedingt«, sagte er vorsichtig. »Aurelius Wagner hat es nicht geschafft. Er ist tot.«

»Tot?«, rief Frau Hellberger. Aufgebracht schleuderte sie die Obstschale zu Boden. »Aber nein, das ist unmöglich. Nikolai ist tot. Nicht Aurelius Wagner. Als ich abgeholt wurde, war er noch putzmunter. Die Räuber haben ihm nichts angetan. Er wurde geschont.«

Christian nahm ihre Hand, aber es gelang ihm kaum, die Frau zu beruhigen. »Sie haben recht, ich habe mich geirrt. Es war Nikolai, der gestorben ist. Das Kutschunglück war daran schuld, nicht wahr? Die Räuber verfolgten den Wagen und beschossen ihn, bis er umstürzte.«

»Es war schrecklich«, hauchte sie leise. »Ich dachte, nun wäre es aus mit mir. Aber bis auf ein paar blaue Flecke ist mir nichts geschehen. Auch die Herren Nikolai und Wagner kamen mit dem Schrecken davon.«

»Moment ... Nikolai?« Christian horchte irritiert auf. »Aber war der nicht so schwer verletzt, dass er von seiner jungen Frau gepflegt werden musste?«

Sie druckste verlegen herum, gab Christian aber keine konkrete Antwort auf diese Frage. Er erfuhr nur noch, dass sie in einem Haus am Rand eines Steilhangs zusammengepfercht worden waren und dort über Stunden entsetzlichen Durst gelitten hatten. Wagner und Nikolai hätten fortwährend miteinander geflüstert.

»Ich habe die meiste Zeit geschlafen«, gab Frau Hellberger zu. Sie klang müde. »Erst, als mich einer der Räuber wachrüttelte, kam ich zu mir. Er redete auf mich ein, aber natürlich verstand ich kein Wort davon, weil er italienisch sprach. Zu diesem Zeitpunkt waren schon alle fort, bis auf Dorothee und ihren Mann. Aber der war tot. Das Mädchen schluchzte herzzerreißend und wollte die Hand des alten Herrn gar nicht loslassen. Wenn ihn die Räuber nicht erschlagen haben, muss er im Schlaf gestorben sein. Verdurstet, vielleicht aber auch an einem Schlagfluss, weil er sich so aufgeregt hat. Ich habe nicht gesehen, wie es geschah. Und dann gab man mir mit Gesten zu verstehen, dass ein Lösegeld für mich bezahlt worden sei und ich verschwinden solle.«

»Und Nikolais junge Witwe? Was wurde aus ihr?«

Sie schüttelte mit düsterer Miene den Kopf. »Sie blieb allein mit dem Toten zurück. Diese elenden Strolche ließen sie nicht mit mir gehen. Erst viel später erfuhr ich, dass sie es auch nicht geschafft haben soll.« Sie seufzte. »Eine Tragödie, nicht wahr?«

»Eine Tragödie?« Unvermittelt stand Doktor Hellberger in der Tür. Er schien die letzten Worte seiner Mutter gehört zu haben und hob fragend die Augenbrauen. »Unterhalten Sie sich mit Herrn Vulpius über das Theater, Frau Mutter?«

»Wer ist Herr Vulpius?«

Christian fand, dass es an der Zeit war, sich zurückzuziehen. »Ich überlasse Sie der Fürsorge Ihres Sohnes. Gott segne Sie, dass Sie mir so viel von Ihrer Zeit geschenkt haben.«

»Mein Sohn?«, rief ihm die Witwe erbost hinterher. »Dieser Nichtsnutz ist nur Straßenfeger geworden und liegt mir ständig in den Ohren damit, ich soll zu ihm nach Italien ziehen!«

20. Kapitel

Am Frauenplan stand Ernestine am Fenster des Salons und blickte beunruhigt auf die Straße hinunter. Wo um alles in der Welt steckte Christiane? Das Abendläuten von St. Peter und Paul war längst verklungen, aber von ihrer Schwester fehlte noch immer jede Spur. Ob sie noch im Gartenhaus war? Was mochte sie so lang dort aufhalten? Das Gartenhaus gehörte schon seit Jahren dem Geheimrat, aber Ernestine konnte sich nicht daran erinnern, dass jemals dort eingebrochen oder etwas verwüstet worden war. Die Leute hier achteten Goethes Besitz und würden es nicht wagen, sich daran zu vergreifen. Bestimmt hatte die Magd sich getäuscht oder etwas missverstanden. Aber Christiane? Hatte die etwa vergessen, dass sie im Palais von

Stein erwartet wurden? Ernestine musste an ihr Gespräch mit Hauptmann Heyde im Rathaus denken. Ein wenig plagte sie nun doch das schlechte Gewissen, weil sie sich mit ihm auf einen Kuhhandel eingelassen hatte, aber sie hatte es doch gut gemeint. Heyde war einer von des Herzogs Männern, da durfte man doch erwarten, dass er sich für Recht und Ordnung in der Stadt einsetzte. Tief in Gedanken sah sie zu, wie der Karren des Salzhändlers über das Pflaster gezogen wurde. Er war spät dran heute. Sonst erschien er vor dem Läuten, klopfte an die Türen und fragte, wie viele Scheffel Salz benötigt wurden. Als der grobschlächtige Händler sie sah, warf er ihr eine Kusshand zu. Sogleich zog sie sich vom Fenster zurück und atmete tief durch. Hatte Heyde Christiane rufen lassen, weil er eine Spur des Burschen gefunden hatte, den August für einen Boten seines Vaters gehalten hatte? Aber wieso ließ er sie dann ausgerechnet zu Goethes Gartenhaus im Park kommen? Das ergab nicht den geringsten Sinn, es sei denn, der Kerl hätte sich in der Nähe versteckt.

Mit einem Seufzer stellte sich das Mädchen vor den Spiegel und strich sich eine Haarsträhne hinter das Ohr, die sich aus ihrer Frisur gelöst hatte. Sie hatte sich umgezogen, gleich nachdem Christiane aus dem Zimmer gestürmt war, und fand, dass sie sich in dem cremefarbenen Kleid mit den blutroten Seidenblüten aus der Manufaktur Bertuch durchaus sehen lassen konnte. Von Christiane hatte sie sich zudem eine Halskette geliehen, die ihr viel besser stand als ihrer Schwester. Als ihre Fingerspitzen die Perlen berührten, stiegen ihr vor Wut und Enttäuschung die Tränen in die Augen. Während man sich drüben an der Ackerwand amüsierte, saß sie allein in ihrem Kleid mit den Blumen herum und wartete. Warum konnte sich nicht ein einziges Mal einer ihrer Wünsche erfüllen? Sie hatte doch bei Christiane Abbitte geleistet und sich zudem bemüht, die Sache wieder ins Reine zu bringen. Da war es einfach nicht gerecht, dass sie die Abendgesellschaft im Kreis all dieser feinen Leute versäumen sollte.

»Keine Nachricht von meiner Schwester?«, fragte sie eine der beiden Hausmägde, als diese kam, um die Kerzen anzuzünden.

»Nichts, Demoiselle Vulpius. Unten in der Küche machen sich schon alle Sorgen. Der kleine August fragt immerzu nach seiner Mutter.« Das Mädchen war mit dem Kerzenanzünden fertig und wischte sich die Hände an einem Schürzenzipfel ab. »Vielleicht sollte jemand hinaus zum Gartenhaus, um nach der gnädigen Frau zu sehen?«

Ernestine nickte. Natürlich, auf die Idee hätte sie aber auch selbst kommen können. »Dann besorg uns schon mal eine Lampe, wir gehen gleich los!«

Die Magd schnappte erschrocken nach Luft. »Wir? Aber … ich dachte, dass Sie ein Mannsbild zur Ilm schicken. Ich will jetzt nicht mehr vor die Mauern hinaus. Ich fürchte mich zu sehr!«

»Sei kein Hasenfuß, ich bin ja bei dir!«

Ernestine konnte dem Mädchen nicht verübeln, dass es Angst hatte, bei Dunkelheit das Haus zu verlassen. Ihr selbst war auch mulmig bei dem Gedanken, jetzt noch über die Wiesen zu stapfen, aber ihr fiel nicht ein, wen sie zum Gartenhaus hätte schicken können. Goethes letzter Kammerdiener hatte erst kürzlich den Dienst im Hause aufgekündigt und verdiente sein Geld nun als Spielkartenmacher. Der treulose Bursche hatte schon von jeher lieber Whist und Tarock gespielt, als sich um das Befinden seines Herrn zu kümmern. Ein neuer Diener würde sich erst nach Goethes Rückkehr vorstellen. Nein, wenn Ernestine herausfinden wollte, was ihre Schwester im Gartenhaus aufhielt, musste sie schon selbst gehen.

»Du kommst mit!«, befahl sie der schlotternden Magd, die sich nach einigem Sträuben in ihr Schicksal ergab. Nur wenig später verließen die beiden Frauen das Haus. An der Stelle, wo der

Frauenplan auf die Ackerwand überging, wo das Palais von Stein lag, blieb Ernestine für einen kurzen Augenblick stehen und folgte mit wehmütigem Ausdruck einer vornehmen Kutsche, die soeben an ihr vorüberfuhr. Aus dem Innern hörte sie Lachen und fröhliches Geplauder. Ernestine hatte keine Ahnung, wer die Leute waren, ahnte aber, dass sie zum Palais wollten. Sie bedeutete der Magd, schneller zu laufen. Wenn sie sich beeilten, schafften sie es vielleicht noch zum Souper. Doch als sie die Stadt hinter sich gelassen hatten, blieb Christianes Magd plötzlich stehen und weigerte sich, auch nur noch einen Schritt weiterzugehen. Verängstigt spähte sie zu den Wipfeln der Bäume empor, die sich sanft im Abendwind wiegten. Der Ruf eines Käuzchens und Knacken im Unterholz setzten ihr schon zu. Doch als plötzlich ein Knall wie ein Donnerschlag durch die Finsternis drang, war es um ihre Selbstbeherrschung endgültig geschehen. Sie schrie erschrocken auf, machte kehrt und jagte mit wehenden Röcken davon.

Ernestine war so erschüttert, dass sie der Magd mit offenem Mund nachstarrte, selbst aber wie angewurzelt stehenblieb. Dass das dumme Ding die Lampe mitgenommen hatte und sie nun im Finstern dastand, wurde ihr erst klar, als sie versuchte, sich ihren Weg durch das Gelände zu ertasten. Sie befahl sich, Ruhe zu bewahren und die Nerven nicht zu verlieren. Weiter! Nur nicht stehenbleiben! Sie würde es auch ohne die Magd und deren Lampe zum Gartenhaus schaffen. Weit konnte es ohnehin nicht mehr sein. Gewiss würden in Kürze die Umrisse des Gebäudes vor ihr auftauchen. Den Weg zum Haus kannte sie im Schlaf, so oft hatte sie ihn schon gemeinsam mit Christiane und dem kleinen August zurückgelegt. Bei Dunkelheit war sie allerdings noch nie hier draußen gewesen. Zu allem Überfluss fiel ihr das Gedicht vom Erlkönig ein, welches der Geheimrat noch vor seiner Italienreise geschrieben hatte. Christian hatte sie als Kind damit aufgezogen, weil sie sich vor der dummen Geschichte des Jungen und seiner gespenstischen Erscheinungen so sehr gegruselt hatte.

Wieder dröhnte ein Donnerschlag durch den Park. Aber kein Blitz, überhaupt kein weiteres Anzeichen eines aufziehenden Unwetters. Was um alles in der Welt mochte dieses sonderbare Geräusch ausgelöst haben? Es klang fast wie der Böller eines Feuerwerks oder auch wie ein … Flintenschuss. Befand sich zu dieser Zeit etwa jemand auf der Entenjagd?

Das Blut stockte Ernestine in den Adern, als sich etwa hundert Schritte von ihr entfernt etwas regte. Sie blieb stehen, weil sie an ein Tier glaubte, das da aus dem Unterholz brach. Ein Hund oder ein Fuchs? Als sie genauer hinsah, erkannte sie jedoch eine schemenhafte Gestalt, die sich geduckt von Baum zu Baum bewegte, wobei sie in regelmäßigen Abständen verharrte, als suche sie die Gegend ab. Ernestine wagte vor Angst nicht zu atmen, als sie einen Blick von dem langen Gegenstand erhaschte, den der Unbekannte bei sich trug. Es war tatsächlich eine Schusswaffe. Der Kerl dort bei den Bäumen musste sie abgefeuert haben.

Der Schemen bewegte sich nun langsam weiter, es sah aus, als schwebte er über den Boden. Ernestine schluckte. Zweifellos spielte ihre Einbildung ihr einen Streich. Es gab keinen Erlkönig, solche Nachtmahre lebten nur in der Fantasie ihres Schwagers Goethe. In ihrer Welt gab es nur … heimtückische Mörder, die durch die Gassen schlichen, kleine Kinder entführten und ihnen Holzsoldaten zum Spielen gaben.

Der Schatten blieb wieder stehen. Nun schaute er geradewegs in ihre Richtung. Ernestine hielt den Atem an, als sie sah, wie er auf sie anlegte. Von Grauen überwältigt taumelte sie ein paar Schritte zurück, aber ihre Beine zitterten so heftig, dass sie über eine Bodenwurzel stolperte und zu Boden stürzte. Ein heftiger Schmerz durchfuhr beide Knie, und obwohl sie sich auf die Lippen biss, konnte sie einen Aufschrei nicht unterdrücken. Sie wandte den Kopf in die Richtung des Mannes und erwartete den tödlichen Schuss aus seiner Flinte. Doch anstatt auf sie zu feuern, kam er mit wehendem Mantel, den Hut tief in die Stirn gezogen, auf sie zu. In Todesangst kämpfte sie sich auf die Füße und blickte sich verzweifelt um. Zum Haus war es zu weit. Auch wenn sie wie ein Hase Haken schlug, würde sie es nicht schaffen, dem Mann zu entkommen. Wenn es ihr jedoch gelang, die nächste dichte Baumgruppe zu erreichen, konnte sie vielleicht dort ein Versteck finden. Wenn sie nur ihre schlotternden Knie nicht im Stich ließen.

Ernestine streifte in Windeseile die Schuhe ab und humpelte los, als von fern ein markerschütternder Schrei an ihr Ohr drang, der aber nicht von dem Kerl mit der Flinte kam, sondern von einer zweiten Gestalt, die plötzlich auf allen Vieren durch das Gestrüpp brach. Der Mann mit dem Gewehr blieb stehen und drehte sich in die Richtung um, aus der der Schrei gekommen war. Er schien zu zögern, vielleicht überlegte er, wem er zuerst den Garaus machen sollte, Ernestine oder dem Verletzten. Dass dieser nicht aufhörte, seine Wut und seinen Schmerz in die Nacht hinauszubrüllen, nahm seinem Angreifer ganz offensichtlich die Entscheidung ab. Er spurtete zurück, doch da erstarb plötzlich das Geschrei. Der Verwundete musste wieder zwischen die Hecken gekrochen sein, denn Ernestine sah, wie sein Verfolger die Flinte ins Unterholz stieß. Es war jedoch nur eine Frage der Zeit, bis er den verwundeten Mann aufgespürt hätte, denn weit konnte der in seinem Zustand unmöglich gekrochen sein. Immer wilder wurden nun die Hiebe, mit denen der Mann im Mantel auf die Hecken und Sträucher eindrosch.

Ernestine wich langsam zurück. Dabei sandte sie ein Gebet zum Himmel, dass der Unbekannte sich nicht doch wieder von der Hecke abwenden und ihr folgen würde, aber offenbar hatte sie Glück. Das Geschrei des Mannes hatte ihr das Leben gerettet. Barfuß stolperte sie weiter und schluchzte erleichtert auf, als sie endlich Lichter vor sich sah. Das Gartenhaus. Sie hatte es geschafft.

261

Im Innern stieß sie auf Soldaten in der Uniform des Herzogs, die sie misstrauisch beäugten. Unter ihnen befand sich Hauptmann Heyde. Als er sie bemerkte, hob er, wenig erfreut, den Blick.

»Ich hoffe, Sie sind gekommen, um Ihrer Schwester ins Gewissen zu reden«, sagte er kühl. »Sie benimmt sich, mit Verlaub, ziemlich bocksbeinig. Ich fürchte, der schlechte Einfluss Ihres Bruders hat nun auch auf sie abgefärbt.«

»Helfen Sie mir …«, bat Ernestine atemlos. Sie zitterte am ganzen Leib. Als sie durch einen Türspalt ins angrenzende Zimmer spähte, sah sie ihre Schwester. Christiane saß auf einem von Goethes Stühlen mit dem geflochtenen Sitzboden und hatte ihre Hände in den Schoß gelegt. Ihr Blick ruhte auf einer Marmorbüste in der Ecke des Raumes.

»Gehen Sie nur zu ihr«, hörte sie Heydes Stimme plötzlich ganz nah an ihrem Ohr. »Sagen Sie ihr, dass ich sie hier schmoren lasse, bis sie mir gesagt hat, wo der verdammte Silberknopf ist.«

»Der Knopf? Aber hören Sie mir doch zu …«

Er unterbrach sie mit einer scharfen Geste. »Sie können beide gehen, sobald ich ihn habe.«

»Dort draußen im Park ist der Mörder«, schrie Ernestine ihn an. »Er hat auf einen Mann geschossen, und mich wollte er auch töten!« Sie begann wieder zu weinen, vor Verzweiflung und weil sie begriff, wie dumm sie gewesen war, dem Hauptmann zu vertrauen. Dass sie auf sein Süßholzgeraspel hereingefallen war wie ein verliebter Wirrkopf, beschämte sie.

»Sie wollen dem Mörder begegnet sein? Für wie dumm halten Sie mich eigentlich? Ein billiges Ablenkungsmanöver, damit ich Ihre Schwester gehen lasse!«

»Gott ist mein Zeuge, dass ich Sie nicht anlüge! Der Kerl ist mit einer Flinte auf einen Mann losgegangen und hat ihn verletzt. Er wollte auch mich töten, aber dann fing der Verletzte zu brüllen an, und der andere machte kehrt, um ihn zum Schweigen zu bringen.«

Einer der Soldaten, ein noch ziemlich junger Bursche, trat vor und räusperte sich verlegen.

»Hat er mir etwas zu melden?«

»Nur, dass ich auch zwei verdächtige Geräusche gehört habe, als ich bei den Pferden war. Dabei könnte es sich tatsächlich um Gewehrschüsse gehandelt haben.«

»Verdammt, und das sagt er mir erst jetzt?«

Heyde rief einige seiner Männer zusammen und verließ mit ihnen das Gartenhaus. Einer blieb zurück, um Ernestine und Christiane an der Flucht zu hindern. Ernestine kannte den jungen Mann. Er hatte früher in ihrer Nachbarschaft gewohnt, woran er sich anscheinend ebenfalls erinnerte, denn er erlaubte ihr nach kurzem Zögern, zu ihrer Schwester zu gehen. Als Christiane sie bemerkte, sprang sie auf und schloss sie in die Arme. »Großer Gott, was machst du hier? Wo ist August?«

Wieder liefen Ernestine die Tränen über die Wangen. »Ich wollte doch nur nachschauen, wo du so lange bleibst. Mach dir keine Sorgen um August. Ihm geht es gut.«

»Und wo steckt Hauptmann Heyde? Ich habe die Tür gehört!«

Stockend berichtete Ernestine ihrer Schwester, was sie erlebt hatte. Christiane hörte ihr mit großen Augen zu. Sie war fassungslos. Immer wieder fragte sie Ernestine, ob sie auch wirklich unversehrt war. Dann lief sie ruhelos durch den Raum, riss die Tür auf und rief mit lauter Stimme nach dem Sergeanten, der im Eingangsbereich auf die Rückkehr seines Vorgesetzten wartete. »Ich kenne dich doch, du bist der Sohn des Schlachtermeisters aus der Kirchgasse, nicht wahr? Hör zu, du musst meine Schwester und mich jetzt sofort in die Stadt zurückkehren lassen!«

Der junge Bursche biss sich auf die Lippe, dann schüttelte er den Kopf. »Das darf ich nicht. Sie müssen sich gedulden, bis der Hauptmann zurück ist.«

»Zum Teufel mit dem Hauptmann! Ich kann nicht länger hier herumsitzen und warten. Ich gebe Heyde, was er haben will.«

»Du willst ihm … den Knopf geben?«, erkundigte sich Ernestine verängstigt.

Noch bevor Christiane darauf antworten konnte, schwang die Tür auf, und der Hauptmann kehrte zurück. Mit düsterer Miene starrte er die beiden Frauen an. »Wir haben einen weiteren Toten gefunden, gar nicht weit von hier. Aber von dem Kerl mit der Flinte fehlt jede Spur.«

Ernestine schlug die Hand vor den Mund, in ihren Schläfen pochte es. Demnach hatte der arme Bursche es also doch nicht geschafft. Sein Geschrei hatte ihr das Leben gerettet, weil es den Mörder von ihr abgelenkt hatte.

»Dann hat meine Schwester wohl doch nicht fantasiert!« Christiane verschränkte die Arme vor der Brust. »Weiß man schon, wer der Tote ist?«

Heyde nickte. »Meine Leute bringen den Leichnam in die Stadt. Ich habe keine Ahnung, wie ich Seiner Hoheit beibringen soll, dass dieser Sauhund schon wieder zugeschlagen hat!«

»Oh, ich bin sicher, dass Ihnen etwas einfallen wird!« Ohne auf eine Entgegnung zu warten, eilte Christiane ins Nebenzimmer, aus dem sie umgehend mit einem Bündel unter dem Arm zurückkehrte. Als sie es auspackte, fiel ein ordentlich zusammengelegter Gehrock zu Boden.

»Hier, nehmen Sie! Den Silberknopf finden Sie in einer der Taschen.«

Heyde runzelte die Stirn. »Und wie kommt es zu dem plötzlichen Sinneswandel?«

»Die Untersuchung wird ergeben, dass der unglückliche Mann heute Abend dem Unhold in die Arme gelaufen ist, der auch die

anderen auf dem Gewissen hat. Wagner, die Witwe vom Schweinemarkt und ihren Schwager.«

»So? Glauben Sie?«

Christiane nickte. »Absolut. Es sei denn, Sie wollen dem Herzog erklären, dass sich in seiner Residenz plötzlich mehr als ein
Totschläger herumtreibt. Das würde unserem Landesherrn gar
nicht gefallen. Nein, es gibt nur einen Mörder, und er tötet nicht
wahllos, sondern gezielt. Das weiß ich. Und Sie, Hauptmann
Heyde, wissen es auch.«

»Ihr Bruder …«

»Gut, dass wir auf ihn zu sprechen kommen! Mein Bruder
befindet sich momentan in Jena.«

»Christian war es nicht«, bestätigte Ernestine aufgeregt. »Unser Bruder besitzt nicht einmal eine Flinte.«

»Der Hauptmann wird ihn künftig nicht mehr verdächtigen«,
sagte Christiane. Sie hob den Blick und musterte Heyde mit
blitzenden Augen. »Sie haben nun, was Sie wollten. Lassen Sie
uns gehen. Meine Schwester und ich werden im Palais von Stein
erwartet.«

21. Kapitel

Charlotte von Stein fächelte sich Luft zu, während sie mit einem
bezaubernden Lächeln über das spiegelblanke Parkett schritt.
Ein sanfter Abendwind drang durch die geöffneten Fenster und
strich leise klirrend über die Kristalltropfen der großen Kerzen-
lüster, die dem Raum in einen seidigen Glanz tauchten. So mochte
Charlotte es am liebsten: genügend Licht, aber doch nicht zu hell.
Sie schaute sich um. Wohin sie auch blickte, sah sie in vergnügte
Gesichter. Ihre Gäste schienen sich bestens zu amüsieren. Trotz
der abendlichen Schwüle, genossen sie den Champagner sowie
die feinen hors d'œuvre und betrieben fleißig Konversation. Man

sprach über das Wetter und die nahende Herbstsaison bei Hofe, neue Stücke am Hoftheater und die Bibliothek. Selbstverständlich wurden auch Spekulationen über Goethes Reise angestellt, was Charlottes Laune ein wenig dämpfte. Noch vor wenigen Jahren wäre ihr alter Freund nicht einmal ins nächste Dorf gefahren, ohne ihr davon zuvor in einem Brief mitzuteilen. Doch diese Zeiten waren vorbei, damit musste sie sich wohl oder übel abfinden.

Italien hatte alles verändert. Dieses Land hatte aus ihrem Goethe einen Mann gemacht, den sie nicht mehr verstehen konnte. So sehr sie sich auch bemühte, die Mauer niederzureißen, es gelang ihr nicht.

Wenigstens wird heute nicht über die scheußlichen Todesfälle geredet, stellte sie erleichtert fest. Ihre Gäste schienen übereingekommen zu sein, die Geschehnisse für ein paar Stunden zu vergessen. Als ein Lakai Charlotte mitteilte, dass für das Souper alles bereit sei, nickte sie zufrieden, befahl dann aber, das Essen erst zur Mitternachtsstunde anzurichten. In Gedanken überflog sie ein letztes Mal die Menüfolge. Auf gekochtes Perlhuhn in Brombeerbutter sollten ein Ragout vom Zander sowie tranchierte Entenbrust in dickem Gelee aus Sauerkirschen folgen, die frisch geerntet aus den Gärten der Freifrau stammten. Zum Dessert würden ihre Diener den Damen heißen Mokka und den Herren französischen Cognac anbieten, dazu für alle Beerenpfannkuchen und verschiedene Sorbets aus Früchten, deren Rezepte Charlottes Küchenmeister einer Frau abgekauft hatte, die angeblich vor Jahren im Schloss zu Versailles in Frankreich gekocht hatte. Einen besonderen Höhepunkt des Abends sollte der Auftritt der jungen Hofsängerin Karolina Jagemann darstellen, die sich freundlicherweise bereit erklärt hatte, Charlottes Gäste mit einigen Liedern zu unterhalten. Die Künstlerin stand in dem Ruf, wie eine Nachtigall zu singen.

Charlotte ging weiter, blieb bald hier, bald dort ein wenig stehen, um zu plaudern und sich die schmeichlerischen Komplimente der Höflinge anzuhören. Dabei konnte sie nicht umhin, verstohlen auf die Standuhr zu schauen. Der Abend zog sich dahin. Die schweren Parfümdüfte, die den Schweißgeruch der Menschen überdeckten, machten Charlotte benommen.

»Ich dachte, Sie hätten dieses Mal auch die Vulpius eingeladen?«, holte die Stimme einer in Scharlachrot gekleideten Hofdame sie aus ihren Gedanken. »Wie großzügig von Ihnen, meine Liebe. Und wie ungehörig von dieser Person, Sie an diesem Abend zu versetzen.« Die Hofdame beugte sich vor. »Wussten Sie, dass sie gemeinsam mit ihren Dienstboten am Tisch speist? Sie geht sogar ohne Begleitung aus und kauft selbst auf dem Markt Gemüse ein.« Sie lachte. »Ich vermute, sie putzt es auch noch selbst, während sich ihr Gesinde einen faulen Lenz macht.«

»Meine Einladung galt der Frau, die den Sohn meines besten Freundes geboren hat und seit Jahren treu an seiner Seite steht, und keinem Küchenmädchen!«

»Ja, ich … gewiss, meine Liebe!« Die Frau wurde puterrot und zog sich verlegen zurück.

Charlotte lächelte nachsichtig, innerlich aber schäumte sie vor Wut. Die Vulpius war nicht erschienen, obwohl sie die Einladung angenommen hatte. So etwas tat eine Dame nicht. Aber die Vulpius war ja auch keine Dame, sondern Goethes Bettschatz. Das wusste ganz Weimar. Charlotte riss den Fächer vors Gesicht, weil sie befürchten musste, dass man ihr die Verärgerung von den Augen ablesen konnte. Einige ihrer engsten Freundinnen waren darin wahrlich meisterhaft. Langsam schob sie sich weiter durch die Menge der Menschen, die ihren Wein hinunterkippten, als handele es sich um Wasser aus der Pumpe. An einem gewöhnlichen Abend hätte sie darüber großzügig hinweggesehen, nun aber begann es sie zu stören. Sie trat aus der verbrauchten Luft des Salons ins Treppenhaus. Unter dem Porträt ihres seligen Gemahls plauderten der Geheime Sekretär

Justin Bertuch und seine Frau mit der gefeierten Hofsängerin Jagemann und dem alten Maler Kraus, der ihr ein fröhliches Lächeln schenkte, als er sie bemerkte. Aber keine Vulpius, verdammt. Das vereitelte natürlich ihren Plan, Dorothee hinüber zum Frauenplan zu schicken. Wenn die Vulpius zu Hause blieb, durfte ihr Schützling es nicht wagen, in Goethes Sachen nach der vermissten Urkunde zu stöbern.

»Wo steckt Sixtus?«, erkundigte sie sich bei einem Diener, der mit einem weiteren Tablett Champagnergläser würdevoll auf die Tür zuschritt. »Verflucht, ich brauche ihn. Er hätte sich schon vor einer Stunde bei mir melden sollen.«

»Ich habe den Kutscher schon seit heute Nachmittag nicht mehr gesehen, Madame!«

Charlotte war bestürzt. Wie konnte Sixtus sie so im Stich lassen? Als sie wieder in den Salon zurückkehrte, fiel ihr auf, dass nicht nur die Vulpius fehlte. Auch der junge Petersdorf und seine Begleiterin, dieses Mädchen aus Meiningen, schienen sich zu verspäten. »Verdammt«, fluchte sie leise. Ging trotz sorgfältiger Planung des Abends wirklich alles schief? Es half nichts, sie musste Dorothee warnen, auf ihrem Zimmer zu bleiben. Sie durfte keinesfalls riskieren, es zu früh zu verlassen und womöglich Petersdorf im Treppenhaus zu begegnen. Charlotte stieg gemessenen Schrittes die Treppen hinauf, ohne sich um die Blicke der Bertuchs zu kümmern. Am Ende des Ostflügels ging es über eine ausgetretene Holzstiege zu einer Anzahl kleinerer Bodenkammern hinauf. Ein wenig beschämend fand sie es schon, dass Dorothee in einer der Kammern ausharren musste, während sich ihre Gäste unten im Salon vergnügten, doch sie hatten gemeinsam beschlossen, kein Risiko einzugehen, solange das Haus voller Menschen war. Dorothee durfte Petersdorf nicht in die Hände fallen.

Sie klopfte leise an, erhielt aber keine Antwort. »Ich bin es«, flüsterte sie, während sie leise die Tür öffnete. »Ich komme, um

Sie zu warnen. Unsere Pläne haben sich geändert, Sie können auf keinen Fall jetzt schon …«

Charlotte blieben die Worte im Halse stecken, als sie bemerkte, dass die Kammer leer war. Das altmodische Kastenbett war ebenso unberührt wie die Mahlzeit auf dem weiß gedeckten Tisch unter der Dachschräge. Dorothee Weiler schien das Palais längst verlassen zu haben.

Voller Unruhe kehrte Charlotte zu ihren Gästen zurück. Wo mochte Dorothee nur stecken? War sie so unvorsichtig gewesen, zum Frauenplan zu laufen, ohne auf ihr Zeichen zu warten? Oder – Charlotte zitterte bei dem Gedanken – war sie trotz aller Maßnahmen zu ihrem Schutz entdeckt worden? Sie war so aufgewühlt, dass sie auf der Treppe beinahe mit der Hofsängerin Jagemann zusammengestoßen wäre.

Die Frau sah Charlotte irritiert an. »Sie werden es nicht glauben, aber ich könnte schwören, dass ich soeben einer Person begegnet bin, die ich schon als Mädchen auf der Bühne gesehen habe. Ich habe ein gutes Gedächtnis für Gesichter, aber …«

»Ja?«

»Oh, es kann sich eigentlich nur um einen Irrtum handeln. Ich weiß von meiner Mutter, dass diese Schauspielerin vor Jahren im Ausland verstorben ist. Ich glaube, in Italien war das.«

»Ein Irrtum, Sie sagen es«, erwiderte Charlotte reichlich schroff. Zu ihrem Entsetzen sah sie, wie ausgerechnet in diesem Moment Gordian Petersdorf mit einer jungen Frau auf sie und die Sopranistin zukam. Der Manufakturist wirkte hölzern wie immer, doch seine Blicke verrieten Charlotte, dass ihm Karolinas Bemerkung keineswegs entgangen war.

Sie atmete tief durch. Nun also konnte das Katz-und-Maus-Spiel beginnen. Doch wer war die Katze und wer die Maus?

Helene stutzte. Auch sie hatte gehört, was diese Frau gesagt hatte. Eine Schauspielerin, von der man annahm, sie sei vor langer Zeit im Ausland gestorben? Das konnte kein Zufall sein. Aus den Augenwinkeln beobachtete sie ihren Begleiter. Petersdorf wirkte durcheinander. Fast übersah er die mit blitzenden Diamantringen geschmückte Hand der Freifrau.

»Sie kommen spät, mein Bester!« Charlotte von Stein neigte huldvoll den Kopf. Helene hatte sie bis zu diesem Abend bestenfalls aus der Ferne gesehen, musste aber zugeben, dass sie eine pompöse Erscheinung abgab. In ihrem sorgsam frisierten Haar glitzerten Diamantsplitter, die im Kerzenschein ebenso funkelten wie ihre klugen Augen.

»Ich hoffe, Sie wurden nicht durch Schwierigkeiten in Ihrer Manufaktur aufgehalten! Aber Sie arbeiten ja immer zu viel!«

Petersdorf murmelte eine Entschuldigung. Er schien sich unwohl zu fühlen. Obwohl auch er sich für den Abend feingemacht hatte, wirkte seine Aufmachung im Vergleich mit der all der Edelleute und Hofbeamten schlicht und schäbig. Unstet hetzten seine Augen nun zwischen der Freifrau und Hofsängerin Jagemann hin und her.

Nach Petersdorf begrüßte Charlotte von Stein Helene mit einem liebenswürdigen Lächeln, in dem aber auch ein Hauch von Wachsamkeit mitschwang. »Hofmaler Kraus hat mir verraten, dass Sie eine begabte Künstlerin sind, mein Kind. Ich bin hocherfreut, Sie bei uns in Weimar zu haben.«

Helene errötete, aber noch bevor sie etwas darauf antworten konnte, eilte die Freifrau auch schon weiter, um sich um andere Gäste zu kümmern.

»Die Gute scheint heute Abend ein wenig echauffiert zu sein«, bemerkte die Hofsängerin verwundert. »Haben Sie den Staub auf ihrem Kleid bemerkt?«

Helene verneinte. Verzweifelt hielt sie nach Christiane Ausschau, konnte sie aber nirgendwo entdecken. Das war schlecht. In weniger als zwei Stunden würde zum Mitternachtssouper gerufen werden. Was sollte sie tun? Noch immer zitterte sie bei dem Gedanken, Petersdorf könnte sein Vorhaben in die Tat umsetzen und sie noch vor dem Souper um ihre Hand bitten. Auf dem Weg zum Palais hatte sie ihn nicht aus den Augen gelassen und war bei jeder seiner Bewegungen zusammengezuckt. Ob er ihre Angst bemerkt hatte, konnte sie indes nicht sagen. Sein starrer Blick und der harte Zug um seinen Mund hatten sie davor zurückschrecken lassen, überhaupt das Wort an ihn zu richten. Er hatte sie mit reichlich Verspätung abgeholt, aber nicht verraten, wer oder was ihn aufgehalten hatte. Nun stand er neben ihr und atmete schwer, als hätte man ihn soeben erst aus einem tiefen Schlaf gerissen.

»Sie haben eben eine Dame erwähnt, eine Schauspielerin«, sprach Petersdorf die Hofsängerin an. »Befindet sie sich jetzt drüben im Salon?«

Karolina Jagemann zuckte mit den Schultern. Dass Petersdorf das Thema aufgriff, nachdem die Freifrau es zuvor so jäh beendet hatte, schien sie zu wundern. »Madame hatte sicher recht, und ich habe mich geirrt. Es ist ja auch unmöglich. Dorothee Weiler ist schließlich tot. Und Tote kehren nicht zurück, oder?«

Petersdorfs Gesicht verzerrte sich. »Nein, das tun sie nicht!« Er machte einen Schritt auf die Frau zu, packte sie am Arm und drängte sie gegen die Wand. »Sie sagen mir auf der Stelle, wo sich diese Schwindlerin versteckt!«

Helene spürte, wie ihr Herz vor Aufregung zu rasen begann. Petersdorf musste den Verstand verloren haben, hier in aller Öffentlichkeit eine Szene zu machen. Aus den Augenwinkeln sah sie, wie einige Leute, darunter Hofmaler Kraus, zu ihnen herüberstarrten. Augenblicklich ließ Petersdorf den Arm der Sängerin los und fuhr sich mit der Hand über die Augen. »Ich war unbeherrscht«, stammelte er. »Vergeben Sie mir!«

»Was, um Himmels willen, ist in Sie gefahren?« Karolina war

so erschüttert, dass sie sogleich einen Lakaien herbeiwinkte und sich ein Glas Champagner von dessen Tablett nahm. Sie leerte das Glas in einem Zug. Petersdorf würdigte sie dabei keines Blickes.

Helenes Gedanken wirbelten durcheinander. Die Hofsängerin hatte sich keineswegs geirrt, das wusste sie, und bedauerlicherweise war Petersdorf nun ebenfalls im Bilde. Dorothee war hier, das spürte sie. Entweder hatte sie sich unter die Gäste gemischt und beobachtete sie in diesem Augenblick, oder sie versteckte sich in einem der Räume. Als Helene sich verstohlen umblickte, sah sie zu ihrer grenzenlosen Erleichterung, wie Christiane Vulpius in Begleitung eines jungen Mädchens die Treppe heraufkam. Die beiden sahen blass und abgehetzt aus, und auf dem mit eleganten Seidenblumen bestückten Kleid der Jüngeren zeichneten sich deutlich Grasflecken ab. Mit den Augen warnte Helene Christians Schwester davor, näherzukommen, doch die Frau ignorierte ihre Blicke. Mit einem Seufzer stürzte sie auf Helene zu und küsste sie auf die Wange. Dann stellte sie ihr ihre Begleitung, das Mädchen mit dem Blumenkleid, vor, obwohl das überflüssig war, denn Helene hatte aufgrund der Ähnlichkeit zwischen den beiden Frauen schon längst erraten, dass die Jüngere Ernestine Vulpius, Christianes Schwester, war.

»Würden Sie uns entschuldigen«, meldete sich Petersdorf zu Wort. Seiner Miene nach gefiel ihm die Begegnung mit den Vulpius-Schwestern überhaupt nicht. »Ich habe im Salon Bekannte gesehen, die ich Helene unbedingt vorstellen möchte.« Er nickte Christiane knapp zu, doch die dachte nicht daran, ihm aus dem Weg zu gehen.

»Ich bringe leider schlechte Nachrichten! Vielleicht sollten auch Sie sich diese anhören!«

Petersdorf runzelte die Stirn, erwiderte aber nichts darauf.

»Es hat schon wieder einen Mord gegeben, nicht weit vom Gartenhaus im Park.«

272

»Aber das ist ja schrecklich«, rief Karolina Jagemann schockiert aus. »Weiß die Freifrau das schon?«

»Was soll ich denn wissen?« Ohne dass sie jemand bemerkt hatte, stand Charlotte von Stein plötzlich in der offenen Tür des Saals. Als ihr Blick auf Christiane fiel, hob sie erstaunt die rechte Augenbraue. »Oh, wie ich sehe, geben mir die Damen Vulpius zu später Stunde doch noch die Ehre. Sie wurden schon vermisst.«

»Das kann ich mir denken.« Christianes Miene verfinsterte sich, aber sie hielt dem Blick ihrer Erzrivalin stand. »Leider wurde ich in einer dringenden Angelegenheit aufgehalten und bitte Sie nur, meine Verspätung ebenso zu entschuldigen wie die von Herrn Petersdorf.«

»Woher wissen Sie denn, dass er sich verspätete?« Charlotte von Stein atmete verblüfft aus. »Sie waren doch nicht mit ihm zusammen unterwegs, oder?«

Christiane schüttelte den Kopf. »Das nicht, aber möglicherweise ist meine Schwester ihm über den Weg gelaufen.«

Petersdorf musterte Ernestine einen Moment lang abschätzig, dann verdrehte er genervt die Augen. »Ich war in meiner Manufaktur, allein. Eine größere Lieferung Porzellan, die ins Kurhannoversche geht, musste noch verpackt und für die Zöllner aufgelistet werden. Aber plötzlich war keiner meiner Arbeiter mehr zu sehen. Weiß der Teufel, wohin die Faulenzer verschwinden, wenn man sie ein einziges Mal nach Feierabend braucht. Da hieß es für mich eben, die Ärmel hochkrempeln und zupacken.«

»Es wird Sie sicher freuen zu hören, dass Hauptmann Heyde Ihnen in Kürze für Ihre Mühen ein kleines Präsent überreichen wird«, sagte Christiane ungerührt. »Einen hübschen Gehrock, wenngleich auch schon etwas abgetragen. Ein Knopf fehlt ebenfalls.«

Mit offenem Mund starrte Petersdorf sie an. Er sah erschrocken aus, verlor dieses Mal aber nicht die Beherrschung.

»Ich wusste sofort, dass Sie Ärger machen würden!« Charlotte von Stein senkte die Stimme, damit die Umstehenden sie nicht verstanden. »Es ist einerlei, ob Sie erscheinen oder nicht, Sie schaffen es in jedem Fall, meine Abendgesellschaft zu stören. Ich werde aber nicht zulassen, dass Sie meine Gäste beleidigen.«

»Aber was reden Sie denn von Gehröcken und Knöpfen«, erhob die Sängerin Jagemann nun aufgeregt Einspruch. »Es ist wieder ein Mord geschehen. Das ist es, was die Demoiselle Ihnen sagen wollte.«

Charlotte von Stein riss die Augen auf. Aus ihrem Gesicht wich alle Farbe, und ihre Stimme zitterte leicht, als sie sich nach dem Opfer erkundigte. »Eine … junge Frau?«

Christiane schüttelte den Kopf. »Nein, ich fürchte, der Tote ist Ihr Kutscher. Sixtus.«

Die Hausherrin war so erschüttert, dass sie keinerlei Widerstand leistete, als Christiane einen Diener bat, sie in einen ruhigen Raum zu führen, wo sie sich einen Augenblick erholen konnte. Von ihrem Vorschlag, die Soiree zu beenden, wollte Charlotte von Stein indes nichts wissen. Der Tod ihres Kutschers mochte noch so schrecklich sein, er war noch lange kein Grund, ihre Gäste zu brüskieren.

»Gestatten Sie mir nur einen kleinen Moment«, sagte sie, nachdem sie auf einer zierlichen Chaiselongue die Beine hochgelegt hatte.

»Und Sie brauchen sicher keinen Arzt?«, wollte Christiane wissen. Sie hatte Ernestine in den Salon geschickt, war dann aber Helene und der Freifrau in das kleine Empfangszimmer gefolgt. Es besaß eine Verbindungstür zum Speiseraum. Dahinter konnte sie gedämpftes Gemurmel, das Rücken von Stühlen und das Klirren von Geschirr hören.

»Ein Arzt ist nicht nötig!« Charlotte von Stein bat Helene mit einer Geste um ein Glas Wasser. »Der Schwächeanfall wird sofort vorübergehen. Ich ... natürlich tut es mir leid um Sixtus. Er war ein guter Mann und absolut zuverlässig. Er wird mir zweifellos fehlen. Aber als Sie eben von einem Mordopfer sprachen, dachte ich einen schrecklichen Augenblick lang an ... jemand anderes. Eine junge Frau, die vorübergehend in meinem Haus wohnt.«

Helene und Christiane wechselten einen Blick. Beide schienen dasselbe zu denken, aber es war Helene, die sich schließlich räusperte. »Wäre es nicht an der Zeit, die Karten auf den Tisch zu legen? Wir wissen von Dorothee Weiler, der Schauspielerin.«

Die Freifrau auf der Chaiselongue schloss die Augen und lehnte den Kopf zurück. Es war schwer zu sagen, ob sie Helene gar nicht zugehört hatte oder sich so um eine Antwort herumdrückte. Eine halbe Ewigkeit verging, bevor Charlotte von Stein sich wieder bewegte. Sie nahm noch einen Schluck Wasser, dann sagte sie leise: »Als Dorothee erwähnte, dass der junge Vulpius sie im Gartenhaus gesehen hatte, ahnte ich noch nicht, dass er so viel über sie herausfinden würde.« Sie lachte matt auf. »Diese Hartnäckigkeit hätte ich ihm gar nicht zugetraut. Ihnen, Christiane, übrigens auch nicht.«

»Ist Ihnen klar, dass mein Bruder wegen der Sache im Gartenhaus in ernste Schwierigkeiten geraten ist? Er wurde sogar des Mordes verdächtigt.«

Charlotte von Stein hob den Blick. »Niemand hat von ihm verlangt, sich in Gefahr zu begeben. Das war allein seine Entscheidung.«

»Und welche Entscheidung haben Sie getroffen?«, fragte Helene. Sie sah unsicher zur Tür. Die Stimmen der Dienstboten waren verklungen, und es war auch kein Geschirrgeklapper mehr zu hören. Dennoch wurde sie das Gefühl nicht los, dass da noch jemand im Nebenraum war. Sie ging leise zur Tür und drückte die Klinke herunter. Es war abgeschlossen.

»Dorothee ist mein Patenkind«, sagte Charlotte von Stein nach einigem Zögern. »Ihre Mutter war ebenfalls Schauspielerin und eine gute Freundin von mir. Als ich erfuhr, dass Petersdorf aus Habgier ihr Leben zerstört hat, beschloss ich, dass er dafür zur Rechenschaft gezogen werden muss. Aber ich vermute, dass Sie auch das inzwischen herausgefunden haben.«

Christianes Stirn umwölkte sich. »Das schon, aber Petersdorf ist schlau, und wir haben bis jetzt keinen stichhaltigen Beweis gegen ihn gefunden, der ihn mit den Morden in Verbindung bringt.«

»Mit den Morden?« Wie elektrisiert sprang Charlotte von Stein von der Chaiselongue auf. »Ja, glauben Sie denn, dass er auch für die verantwortlich ist?«

»Sie etwa nicht? Es passt doch alles zusammen!« Helene berührte die Freifrau sacht an der Schulter. »Sagen Sie uns die Wahrheit. Wo ist Dorothee Weiler?«

In Charlotte von Steins Augen schimmerten plötzlich Tränen. »Ich habe ihr eingeschärft, auf Sixtus zu warten und mit ihm gemeinsam zum Frauenplan zu gehen.«

»Sie ... will zu uns? Ins Haus?«

Charlotte nickte verlegen. »Um nach dem Beweis dafür zu suchen, dass Petersdorf ...«

Weiter kam sie nicht, denn auf einmal hörten sie ein dumpfes Poltern aus dem Nebenraum. Dann zersprang etwas auf dem Parkettboden, und ein Schrei drang gedämpft durch die Tür, der Christiane erschrocken zusammenzucken ließ.

Es war Ernestine. Jemand war bei ihr.

»Wo ist der Schlüssel zum Nebenraum?«

Kreidebleich starrte die Freifrau sie an. »Das weiß ich nicht. Diese Tür wird schon lange nicht mehr benutzt.«

Christiane rannte aus dem Raum, und Helene folgte ihr. Sie eilten zurück zum großen Salon und kämpften sich dort mühsam durch das Gedränge. Bis Christiane die Tür zum Speisezimmer aufreißen konnte, war sie schweißgebadet, und ihr Herz hämmerte.

»Ernestine, großer Gott!« Ihre Schwester saß auf dem Fußboden inmitten von Scherben und rührte sich nicht. Anfangs glaubte Christiane, sie wäre blutüberströmt, doch dann sah sie, dass die roten Spritzer in ihrem Gesicht und auf ihren Händen von einer klebrigen Soße herrührten. »Ich habe Gordian Petersdorf erwischt, wie er an der Tür gelauscht hat«, erklärte Ernestine schluchzend. »Als ich ihn ansprach, stieß er mich zur Seite und rannte hinaus. Dabei ist die Terrine zerbrochen.«

»Er hat alles mitangehört!« Helene schlug die Hand vor den Mund. »Das heißt, er weiß jetzt, wo er Dorothee finden kann. Wir müssen hinter ihm her, bevor er sie aus dem Haus zerrt!«

Christiane schossen vor Angst die Tränen in die Augen. Der kleine August war mit den beiden Mägden zu Hause geblieben. Helene hatte recht, sie mussten auf der Stelle zum Frauenplan.

»Aber der Mann ist wahnsinnig«, jammerte Ernestine, die sich mit einer Serviette notdürftig das Gesicht säuberte. »Er ist zu stark für uns. Wenn doch nur Christian wieder da wäre.«

»Keine Sorge, ich schicke zwei meiner Diener mit!« Charlotte von Stein war gleichfalls in den Raum gekommen. »Ich bitte Sie nur um eines, Christiane: Überlassen Sie ihm nicht mein Patenkind!«

22. Kapitel

Im Schein der Öllampen, die von Charlotte von Steins Dienern getragen wurden, erreichten sie das Haus am Frauenplan, noch bevor die Kirchturmuhr Mitternacht geschlagen hatte. Als Christiane die Tür offenfand, blieb ihr vor Schreck fast das Herz stehen. Er war also schon da. Bestimmt hatte er eine der Mägde aus dem Schlaf geklopft und sich unter einem Vorwand Zutritt verschafft. Sie rannte das letzte Stück und machte nicht eher Halt, bis sie über die Schwelle mit ihrem in den Boden eingelassenen Willkommensgruß »Salve« gestolpert war. Im Haus war es stockdunkel. Und still wie in einem Grab. Christiane hörte kein Geräusch außer dem Pochen ihres eigenen Herzens.

Hinter ihr schlichen sich Charlottes Diener in das Entree. Schweigend sahen sich die Männer um, wobei der Schein ihrer Lampen über Wände und Möbel glitt. Vorsichtig durchquerten sie den Eingangsbereich. Plötzlich blieben sie stehen und hoben die Laternen.

Christiane spürte Ernestines Hand auf ihrem Arm und unterdrückte einen Aufschrei. Eines ihrer Stubenmädchen lag in Nachthemd und Schlafhaube vor der Treppe. Vermutlich hatte sie dem Eindringling die Tür geöffnet und war von ihm zu Boden gestoßen worden.

»Gott sei Dank, sie ist nur ohnmächtig!« Helene wühlte in ihrem Täschchen, bis sie etwas Riechsalz fand. »Na bitte, schon schlägt sie die Augen auf!«

»Wo ist der Mann?« Christiane tätschelte die Wangen des benommenen Mädchens. »Ist er noch im Haus? Und wo ist mein Junge?«

»Es … ging alles so schnell«, stöhnte die Magd. »Ich …« Sie schloss wieder die Augen.

Christiane spähte zur Treppe hinüber. Er war hier, das spürte sie. Irgendwo steckte er und lauerte ihr auf. »Ich hole August. Wartet hier auf mich!« Als sie sich zur Treppe aufmachen wollte, hielt Ernestine sie jedoch an der Hand fest. »Und wenn er dort oben auf dich wartet? Wir sollten die Nachbarschaft alarmieren!«

Christiane atmete tief durch. Ja, vielleicht sollten sie das tun. Aber was, wenn Petersdorf dann in Panik geriet und August etwas antat? Sein Verhalten im Palais war doch Beweis genug dafür, wie unberechenbar der Mann werden konnte, wenn er den Kopf verlor. Nein, sie durfte den Jungen keiner Gefahr aussetzen.

Einer der Diener begleitete sie in den hinteren Flügel des Gebäudes, wo die privaten Räume der Familie lagen. Dabei fragte sich Christiane, ob nicht nur Petersdorf, sondern auch die Schauspielerin noch im Haus war. Plötzlich blieb sie stehen und lauschte. Sie glaubte ein leises Knarren zu hören. Schritte? Entsetzt drehte sie sich zu Charlottes Diener um. Der Mann stieß scharf die Luft aus. Er hatte das Geräusch also auch gehört. Christiane war wie gelähmt vor Schreck, als sie feststellte, dass es aus der Kinderstube kam. Nicht nur das! Nun vernahm sie auch gedämpftes Gemurmel. Kein Zweifel, da war jemand bei ihrem Sohn.

Ohne zu zögern, riss sie die Tür auf und schrie verzweifelt auf, als sie sah, wie sich eine dunkle Gestalt über Augusts Bettchen beugte. Christiane rannte zum Bett, versetzte dem Mann einen Stoß und zog den kleinen Jungen auf die Füße. Im nächsten Moment stürzte sich Charlottes Diener auf den Eindringling; er holte aus, um ihm die Lampe gegen den Kopf zu donnern. Doch dies konnte der andere abwehren. Die Lampe wurde dem Diener aus der Hand gerissen und zerbrach auf den Dielen vor Augusts Bett. Während die beiden Männer sich auf dem Boden wälzten, sprang Christiane mit August an der Hand zur Tür und rief um Hilfe. August, der viel zu verschlafen war, um zu begreifen, wie ihm geschah, begann zu weinen. Im selben Augenblick fingen die Bettvorhänge Feuer.

Christiane stand da wie vom Donner gerührt. Den Arm schützend um ihr Kind gelegt, sah sie zu, wie die Flammen sich durch den dünnen Stoff fraßen. Dann fiel ihr Blick auf die Hand des Dieners, der einen von Augusts hölzernen Kegeln zu fassen bekam. Doch bevor er seinem Gegner damit den Schädel zertrümmern konnte, rollte dieser sich zur Seite. Charlottes Diener holte von Neuem aus, doch auch dieses Mal ging der Schlag ins Leere, weil der Eindringling noch rechtzeitig den Kopf einzog.

»Verdammt ... sag dem Kerl, dass er aufhören soll«, hörte Christiane plötzlich jemanden rufen. Sie erstarrte einen Moment. Der Mann auf dem Fußboden war nicht Petersdorf.

»Christian?«, schrie sie außer sich. »Aufhören, um Gottes willen, das ist mein Bruder!«

Sofort ließ der Diener von ihm ab, und Christian kämpfte sich auf die Füße. Auf dem Korridor waren Schritte und Stimmen zu hören.

»Helft löschen!« Christian winkte aufgeregt. »Ehe das Haus über unseren Köpfen abbrennt.« Christiane schob den kleinen August, der sich noch immer schluchzend an ihren Rock klammerte, aus der Stube, wo Ernestine ihn in die Arme schloss. Alle anderen begannen nun mit Decken auf das Bett einzudreschen, das inzwischen lichterloh brannte. Christian stürzte zum Fenster und riss die schweren Vorhänge vor den Fenstern herunter, während seine Schwestern in blinder Hast die angrenzenden Kammern nach Waschschüsseln und Nachtgeschirr durchsuchten.

»Und was ist mit Petersdorf?«, keuchte Helene. Sie hielt sich ein Tuch vor die Nase, um den dichten Rauch nicht einatmen zu müssen. »Und Dorothee?«

Christian zuckte mit den Achseln. Er schien zu Tode erschöpft, fuhr aber fort, die Flammen zu ersticken. Nach einer Weile hatten sie es geschafft. Das Feuer war gelöscht. Zu Christianes grenzenloser Erleichterung hielt sich das Ausmaß der Schäden in der Kinderstube in Grenzen, außer dem kleinen Kastenbett waren nur einige wenige Spielzeuge des Jungen verbrannt.

Als Christian am nächsten Morgen auf einem Kanapee erwachte, erinnerte nur noch ein ganz schwacher Brandgeruch an die Aufregungen der vergangenen Nacht. Mühsam richtete er sich auf und strich sich benommen über die Bartstoppeln auf seinem Kinn. Es schien noch früh zu sein, wie früh genau vermochte er nicht zu sagen, da er seine Taschenuhr nicht finden konnte. Vermutlich hatte er sie bei dem Kampf in der Kinderstube verloren. Aus den Nachbarhäusern drang noch kaum ein Laut herüber, nicht mal das Quietschen einer Pumpe oder das Geräusch der Webstühle, das Goethe so oft bei der Arbeit störte.

Als Christian auf der Suche nach heißem Wasser und einem Schluck Kaffee in die Küche kam, saßen seine Schwestern schon am Tisch und diskutierten über die Ereignisse der vergangenen Nacht. August war bei ihnen. Er hatte es sich auf der Ofenbank bequem gemacht, gleich neben dem Katzenkörbchen, und schlief so tief, wie nur Kinder schlafen können. Christiane behielt die Herdstelle im Auge, wo ein Topf mit süßem Brei vor sich hin köchelte. Sie hatte dunkle Ringe unter den Augen, wirkte aber gefasster als Ernestine, der es nur mühsam gelang, die Tränen zurückzuhalten. Die halbe Nacht hatten sie gemeinsam das Haus auf den Kopf gestellt, aber von Petersdorf fehlte jede Spur. Es war, als wäre er nie da gewesen, und Christiane hätte auch nur zu gern daran geglaubt. Doch Ernestine hatte miterlebt, wie Petersdorf rasend vor Wut die Soiree an der Ackerwand verlassen hatte. Jemand hatte das Stubenmädchen aus dem Bett geklopft und dann durch einen Schlag oder Stoß außer Gefecht gesetzt. Und das war längst nicht alles.

»In der Bibliothek sieht es aus, als hätte darin ein Sturm gewütet«, sagte Christiane düster. »Viele Bücher wurden aus den Regalen gerissen, Landkarten, Papiere und Entwürfe über den ganzen Fußboden verstreut. Nach dem Frühstück werden Ernestine und ich hinaufgehen und aufräumen. Ich schätze, dafür werden wir bis heute Abend brauchen.«

»Ob sie gefunden hat, was sie suchte?« Ernestine nahm einen Schluck Kaffee und verzog das Gesicht. »Was immer das sein mag?«

Christian räusperte sich. »Sie sucht ihren Trauschein. Den Beweis dafür, dass sie und der alte Nikolai in Italien anno 1787 geheiratet haben und sie somit seine ehrbare Witwe ist.«

Die beiden Frauen starrten ihn sprachlos an, worauf er in knappen Worten berichtete, was er in Jena von der alten Frau Hellberger erfahren hatte. Im Gegenzug erfuhr er von Christiane, in welchem Verhältnis die ehemalige Schauspielerin zu Charlotte von Stein stand.

»Sie ist ihr Patenkind? Kein Wunder, dass die Freifrau sie unter ihrem Dach versteckt hielt. Ich wüsste zu gern, ob sie Petersdorf auch dieses Mal entkommen konnte. Meinst du, deine Freundin Charlotte schickt uns einen Boten, um uns mitzuteilen, ob Dorothee wieder bei ihr im Haus ist?«

Christiane seufzte; ihrer Miene war anzusehen, dass sie daran ebenso wenig glaubte wie an Schnee im August. Sie dachte einen Moment lang nach, dann erhob sie sich und begab sich mit langsamen Schritten zur Herdstelle, um den Brei umzurühren.

»Ich verstehe nicht, wie Petersdorf uns so rasch entkommen konnte. Er kann Charlottes Palais nur wenige Minuten vor uns verlassen haben. Hier überlistete er das Stubenmädchen, stürzte ins Haus und dann …« Sie sprach nicht weiter, aber Christian wusste auch so, was ihr Unbehagen bereitete. Es war fast so, als hätte ihr Haus den Manufakturisten verschlungen.

»Wie kamst du eigentlich ins Haus?«, wollte Ernestine wissen. Sie blickte ihn vorwurfsvoll an. »Ist dir klar, dass du Christiane oben in der Kinderstube fast zu Tode erschreckt hast? Sie konnte doch gar nicht anders als anzunehmen, du wärest Petersdorf, als du dich über Augusts Bettchen beugtest.«

Christian senkte schuldbewusst den Blick. Stockend berichtete er, wie er nach der Rückkehr aus Jena sogleich zum Frauenplan geeilt war, das Haus aber in völliger Dunkelheit vorgefunden hatte. Er hatte sich natürlich denken können, dass seine

Schwestern längst bei Charlotte von Stein waren. Doch da war ihm plötzlich ein ganz schwaches Wimmern aufgefallen, das ohne jeden Zweifel von einem Kind im Haus stammte. Daraufhin war er über den Garten ins Haus gelangt und hatte sich über die Stiege in den hinteren Flügel bis zur Kinderstube geschlichen. Begegnet war ihm dabei aber kein Mensch, weder Petersdorf noch die Schauspielerin.

»Es ist an der Zeit, dass uns die Freifrau ein paar Fragen beantwortet«, sagte er schließlich. Christiane pflichtete ihm bei. Sie wollte sich erheben, als Christian den Kopf schüttelte.

»Bleib du bei dem Jungen! Wenn er aufwacht, solltest du bei ihm sein. Bestimmt sitzt ihm der Schreck noch in allen Gliedern.«

Einen Augenblick lang starrte Christiane ihn an, dann nickte sie mit einem Seufzer. In der vergangenen Nacht hatte Charlotte von Stein ihre Abneigung ihr gegenüber gezügelt, doch wer wusste, mit welcher Laune die Freifrau am Morgen aufgewacht war.

Christian begab sich ohne Umschweife zum Palais an der Ackerwand. Es war noch viel zu früh für einen Höflichkeitsbesuch, doch der Diener, der ihm die Tür öffnete, ließ ihn widerspruchslos eintreten. In der Halle überließ er ihn einer Magd, die ihn schnurstracks in einen luxuriös eingerichteten Empfangsraum führte. Charlotte von Stein saß hinter ihrem Sekretär, den Kopf auf beide Hände gestützt, und machte ein Gesicht, als hätte sie rasende Kopfschmerzen. Ohne Rouge auf den Wagen, einem Schönheitspflaster und der gepuderten Perücke wirkte sie so alt und müde, dass Christian, der die Frau für gewöhnlich nur aus der Ferne sah, sie kaum wiedererkannt hätte. Als er nähertrat, stellte er zu seiner Überraschung fest, dass sie schon einen Besucher hatte. Justin Bertuch saß mit einem Glas Cognac in der Hand neben dem Kamin. Christian stutzte. Was mochte Bertuch um diese Zeit hier verloren haben? Die Freifrau ließ Christian keine

Zeit, sich darüber den Kopf zu zerbrechen. Als sie ihn bemerkte, sprang sie sofort auf, eilte ihm entgegen und legte ihm ihre eiskalte Hand auf den Arm.

»Vulpius, nicht wahr? Hat Ihre Schwester Sie hergeschickt? Natürlich hat sie das! Sie müssen mir meine Aufregung verzeihen, aber ich warte schon seit Stunden auf eine Nachricht. Geht es ihr gut?«

Christian schnappte nach Luft. Entweder spielte Charlotte von Stein ihm Theater vor, oder seine Befürchtungen bestätigten sich soeben auf unangenehme Weise. »Dorothee Weiler ist also nicht hier?«

Charlotte von Stein schüttelte unglücklich den Kopf. Tränen traten ihr in die Augen. »Keine Nachricht, nicht das kleinste Zeichen, dass es ihr gut geht. Ich mache mir die schrecklichsten Vorwürfe, weil ich die Ärmste ermutigt habe, ins Goethehaus zu gehen. Aber ich wollte doch nie, dass sie allein und schutzlos nach der Urkunde sucht. Nachdem sie neulich draußen im Gartenhaus um ein Haar geschnappt worden wäre, habe ich sie gewarnt. Sie sollte das Haus nur noch in Begleitung meines Kutschers verlassen. Und nun …«

Nun ist Sixtus tot und Dorothee wird vermisst, ergänzte Christian in Gedanken. »Und Sie können beschwören, dass Sie Ihren Schützling seit gestern nicht mehr gesehen haben?«

»Zweifeln Sie etwa an meinem Wort, junger Mann? Ich halte Dorothee nicht hier versteckt. Nicht mehr, jedenfalls.« Sie warf Christian einen halb flehenden, halb drängenden Blick zu. »Was ist am Frauenplan geschehen? Hat Petersdorf sie gefunden? Ich könnte mich ohrfeigen, dass ich gestern mit Ihrer Schwester und dieser Zeichenschülerin geplaudert habe. Hätte ich meinen Mund gehalten, hätte Petersdorf uns auch nicht belauschen können.«

Christian zog es vor, den Seitenhieb auf Christiane zu ignorieren. Freundinnen würden die beiden Frauen in diesem Leben nicht mehr werden, dafür war zu viel geschehen. Doch die Freifrau schien wenigstens zu begreifen, dass es momentan um mehr ging als um eine dumme alte Fehde.

»Wir wissen nicht, was geschehen ist. Als meine Schwestern zu Hause ankamen, fanden sie nichts, was darauf hinwies, dass er sie überrascht und verletzt oder gar getötet hat. Allerdings lag eines der Stubenmädchen bewusstlos in der Halle. Jemand hat sie niedergeschlagen, bevor er sich in der Bibliothek des Geheimrats zu schaffen machte.«

Charlotte von Stein blickte Justin Bertuch an, der jedoch nur mit undurchdringlicher Miene sein Cognacglas schwenkte. Er sah würdevoll aus mit seiner bestickten blauen Seidenweste, der gerafften Halsbinde und den Orden an der Brust, die ihm der Herzog für seine Verdienste um Sachsen-Weimar unlängst verliehen hatte. Christian kam die Aufmachung des Mannes reichlich pompös vor, doch als er in das von Übermüdung gezeichnete Gesicht des Mannes blickte, begriff er, dass Bertuch gar nicht nach Hause gegangen, sondern geblieben war.

Die Freifrau schien Christians Gedanken erraten zu haben. »Der Geheime Sekretär ist als mein Beistand hier«, sagte sie, bevor Bertuch den Mund öffnen konnte. »Ohne ihn hätte ich diese Nacht vermutlich nicht durchgestanden. Ich bin vor Angst fast gestorben.«

»Dorothee hat sich gleich nach ihrer Rückkehr nach Weimar hier versteckt«, sagte Christian. »Sie, Madame, haben ihr Zuflucht gewährt. Ihr und ihrem Begleiter Wagner. Es war demnach kein Zufall, dass Wagner von Ihrem Kutscher gefahren wurde. Die beiden waren unvorsichtig, denn sie wurden in der Stadt gesehen.«

Charlotte von Stein richtete sich auf. »Hätte ich meinem Patenkind etwa meine Hilfe verweigern sollen? Als ich vor einigen Monaten ihren Brief erhielt und darin von ihrem Schicksal erfuhr, war ich fassungslos. Ich schickte ihr Geld, damit sie und

Aurelius Wagner nach Weimar reisen konnten.« Sie lachte auf. »Nicht einmal genug Geld für die Postkutsche hatte sie, dabei ist sie von Rechts wegen eine reiche Frau. Fast so reich wie ich selbst!«

»Das wäre sie, wenn Gordian Petersdorf sich nicht das Vermögen seines Vormunds unter den Nagel gerissen hätte!« Die Bemerkung kam von Justin Bertuch, der sein Cognacglas geleert hatte. »Dieser Bursche ist gerissen. Er trat mit seinem wohlhabenden Vormund eine Reise an, von der aber nur er allein zurückkehrte. Niemand zweifelte daran, dass er Nikolais Erbe war, schon gar nicht der Advokat, der während Nikolais Abwesenheit dessen Besitz verwaltete. Das Ganze war nicht mehr als eine Formsache, dann gehörte das Vermögen Petersdorf, und er konnte frei darüber verfügen. Weitere Erbansprüche wurden niemals erhoben, und von einer Witwe wusste kein Mensch.« Er senkte betrübt die Stimme. »Nicht einmal ich als sein Freund.«

»Sie kannten den alten Nikolai schon lange, nicht wahr?«

Bertuch zögerte einen Moment, bevor er nickte. »Seit unserer Jugend. Ich wusste von seiner … Liaison mit dem Mädchen vom Theater, aber ich hätte nicht erwartet, dass es ihr tatsächlich gelingen würde, das Herz des alten Griesgrams zu erobern.«

Christian erinnerte sich an seinen Besuch in der Kunstblumenmanufaktur und wie unwirsch Justin Bertuch auf seine Frage nach dem Kupferstich reagiert hatte. Demzufolge hatte Bertuch die Affäre seines alten Freundes nicht nur missbilligt, sondern sich alle Mühe gegeben, sie vor den kritischen Blicken der vornehmen Weimarer Gesellschaft zu verbergen. Auf die Idee, die Schauspielerin mit Geschenken zu versehen und in eine Kutsche nach Italien zu verfrachten, war wohl auch er gekommen. Wie aber hätte er ahnen können, dass Nikolai seinem Herzen gefolgt war und gemeinsam mit Dorothee die Stadt verlassen hatte? In seine Heiratspläne schien Nikolai indes tatsächlich niemanden eingeweiht zu haben. Nach dem, was Christian von der alten Frau Hellberger erfahren hatte, war die Hochzeit ein spontaner Einfall gewesen.

Ein Einfall, der letztendlich mehreren Menschen das Leben gekostet hatte.

»Als meine Schwester und ich Ihre Frau in der Manufaktur nach der schwarzen Seidenblume fragten, wussten Sie also schon, dass Dorothee noch lebte und wieder in Weimar war?«

Bertuch stellte den Feuerhaken zurück und rieb sich die Hände, als hätte er sie beschmutzt. »Das nicht, aber ich habe so was geahnt. Dieser Kupferstich, der damals in meinem Journal von ihr erschien … Nikolai hatte mich darum gebeten, ihn drucken zu lassen. Es machte ihm Spaß, seine Mätresse zu präsentieren wie ein wertvolles Schmuckstück und …« Ein scharfer Blick aus Charlottes blitzenden Augen mahnte ihn zur Vorsicht.

»Nun, jedenfalls erkannte ich die hübsche Blume, die Ihre Schwester meiner Frau zeigte, wieder und wurde misstrauisch. Ich ging sogleich zu Hofmaler Kraus, weil ich wissen wollte, ob er es für möglich hielte, dass Dorothee Weiler doch noch am Leben sei.«

»Lassen Sie mich raten! Hofmaler Kraus gehörte wie Sie zu den Freunden des alten Nikolai.«

»Ja, verdammt«, polterte Bertuch. »Sooft Nikolai geschäftlich in der Stadt war, gingen wir zu dritt in den ›Weißen Schwan‹ auf ein paar Gläser Wein und eine Partie Tarock. Nachdem Nikolai aber das Mädchen auf der Bühne gesehen hatte, redete er nur noch von ihm. Wir machten uns natürlich über den alten Knaben lustig und feuerten ihn an, dass er die Jungfer nur tüchtig rannehmen solle …«

»Justin, Sie vergessen sich!«, zischte Charlotte von Stein den Geheimen Sekretär des Herzogs an. »Vergessen Sie nicht, wo Sie sind und dass es keine Hure, sondern mein Patenkind ist, über das Sie sich in Ihrer gewohnt charmanten Art äußern.«

Justin Bertuch murmelte etwas vor sich hin, was aber nicht nach einer Entschuldigung klang.

»Ich nehme an, der Manufakturist Nikolai drängte Sie und Kraus im Gegenzug, ihm auch ein paar Gefallen zu tun«, kombinierte Christian. »Ihm war einerlei, ob die Weimarer Gesellschaft über ihn herzog, weil ihn nur noch seine letzte große Liebe interessierte.«

Bertuch nickte seufzend. »Hofmaler Kraus sollte den Kupferstich anfertigen, damit ich ihn in meinem Journal abdrucken lassen konnte. Dummerweise verletzte sich Kraus zu dieser Zeit am Handgelenk, daher ließ er den Stich von einem Schüler anfertigen, einem begabten jungen Kerl. Aber das behielten wir für uns, weil …«

»Das tut hier gar nichts zur Sache!« Die Freifrau hob drohend den Finger. Wie Bertuch über ihren Schützling sprach, ärgerte sie. »Geben Sie doch zu, dass Sie in der Ärmsten noch immer die Verführerin sehen, die hinter dem Vermögen Ihres Saufkumpans her war.«

»Das sind Ihre Worte, meine Liebe, nicht die meinen! Im Übrigen sollte der Umstand, dass ich nicht zu Hause in meinem Bett liege, sondern hier bei Ihnen bin, doch beweisen, dass mir das Schicksal Ihrer jungen Freundin keineswegs gleichgültig ist.« Er wandte seinen Blick ab und fuhr sich mit einer linkischen Bewegung durch das schüttere Haar. »Ich habe mir immer große Vorwürfe gemacht, schuld am Tod meines Freundes und des Mädchens zu sein. Bis vor Kurzem musste ich ja noch davon ausgehen, dass sie auch im Ausland gestorben ist. Wenn Kraus und ich Nikolai nicht so gedrängt hätten, das Mädchen loszuwerden, hätte diese vermaledeite Reise nach Italien vermutlich nie stattgefunden.«

»Kein Wunder, dass Sie ein schlechtes Gewissen haben«, schnaubte Charlotte von Stein. »Sie haben Petersdorf eine günstige Gelegenheit geliefert, Dorothee zu beseitigen.«

»Dann behaupten also auch Sie, dass der Überfall auf der Landstraße nach Padua nur fingiert war und es gar keine Straßenräuber gegeben hat?«

Charlotte von Stein zuckte zusammen, als es an der Tür klopfte, aber es war nur ihr alter Leibdiener, der den Kopf in den Salon steckte. Noch bevor die Freifrau fragen konnte, ob er inzwischen etwas von Dorothee gehört habe, schüttelte der Alte bekümmert den Kopf.

»Nichts, Madame, dabei habe ich mir die Füße wund gelaufen. Niemand will eine Dame, auf die die Beschreibung der jungen Demoiselle passt, gesehen haben.«

»*Mon dieu*, ich hätte sie oben in ihrer Kammer anketten sollen. Ich verwette mein Palais und meinen ganzen Besitz, dass Petersdorf sie verschleppt hat. Es ist aus, wir haben verloren.«

»Dann bitten Sie den Herzog um Hilfe«, sagte Bertuch, doch sein Vorschlag klang halbherzig, als wüsste er, wie hoffnungslos dieses Unterfangen war. Wie zu erwarten, schüttelte Charlotte den Kopf, woraus Christian schloss, dass nicht einmal eine einflussreiche Hofdame wie die von Stein es wagte, Herzog Carl August mit Anschuldigungen zu kommen, die sie nicht beweisen konnte. Dass Bertuch mit keinem Wort angeboten hatte, sie zum Schloss zu begleiten, sprach für sich.

»Der Herzog will diese neue Bankgründung nicht gefährden«, erklärte Charlotte von Stein. »In diesen unruhigen Zeiten muss er sich darauf verlassen können, dass nicht nur die schönen Künste in Weimar blühen, sondern auch Handel, Handwerk und Kreditgeschäfte. Die reichsten Männer des Landes sichern ihm seine Souveränität, und Petersdorf gehört unzweifelhaft zu ihnen.«

Christian verzog das Gesicht. Was er da hörte, gefiel ihm gar nicht. »Soll das heißen, solange Petersdorf ein großes Vermögen besitzt, darf er tun und lassen, was ihm beliebt?«

»Vielleicht verstehen Sie jetzt besser, warum mein Schützling und ich so verzweifelt hinter der Urkunde her sind.«

»Dem Trauschein …«

Sie nickte. »Nikolais Vermögen steht seiner überlebenden Witwe zu und nicht Petersdorf. Könnte ich die Dokumente vorlegen, würde ich den Herzog um ein Gespräch bitten, aber ohne jeden Beweis …« Sie hob die Arme, um ihre Ratlosigkeit zu unterstreichen.

Christian dachte angestrengt nach. Was die Freifrau sagte, leuchtete ihm ein. Fünf Personen hatten vor fast zehn Jahren der Eheschließung zwischen Ernst Nikolai und der jungen Dorothee beigewohnt. Inzwischen waren der Manufakturist und Aurelius Wagner tot, Frau Hellbergers Geisteszustand ließ schwer zu wünschen übrig, was sie als Zeugin der Heirat unglaubwürdig machte, und Dorothee wurde seit gestern vermisst. Petersdorf würde gewiss alle Anklagen empört von sich weisen. Er würde abstreiten, dass sein Onkel sich verheiratet und seinen letzten Willen noch kurz vor seinem Tod geändert hatte. Diesbezüglich stand Petersdorfs Wort gegen das der Freifrau von Stein, die sich ja nur auf Dorothees Erklärung berufen konnte. Nicht einmal der Einbruch in Goethes Haus war ihm nachzuweisen. Christians Schwester Ernestine hatte ihn zwar hier im Palais beim Lauschen erwischt, worauf er wie ein Besessener davongestürmt war, doch unglücklicherweise war er von Christianes Hausmädchen, das ihm arglos die Tür geöffnet hatte, nicht erkannt worden. Ja, und der Silberknopf? Den hatte nun Heyde.

»Ich weiß, dass Meister Jacoby, der Steinmetz vom Schweinemarkt, damals den Kupferstich von Ihrem Patenkind schuf«, wandte er sich schließlich an Charlotte. »Aber warum wurde er ermordet? Er war nicht in Italien dabei wie die anderen. Er konnte weder von der Heirat noch von dem Überfall durch die Straßenräuber etwas wissen.«

»Es sei denn, die Schauspielerin hätte ihm später davon erzählt oder geschrieben«, warf Bertuch ein.

Charlotte von Stein verdrehte die Augen. »Haben Sie nicht
zugehört, Justin? Selbst wenn sie es halb Weimar erzählt hätte,
wäre das dennoch kein brauchbarer Beweis. Sollte Petersdorf
diesen Jacoby als Bedrohung empfunden haben, dann gewiss
aus einem anderen Grund.«

Bertuch kratzte sich am Kopf. »Vielleicht hat Dorothee die
Urkunde ja heute Nacht gefunden und ist damit zu Petersdorf
gegangen, um ihm auf den Kopf zuzusagen, dass die Manufaktur von nun an ihr und nicht mehr ihm gehört.«

»Sie meinen, Dorothee ging ganz allein zu ihm, hielt ihm den
Beweis für seinen Betrug unter die Nase und half ihm danach
beim Kofferpacken?«

»Nun ja …«

»Sie sollten jetzt gehen, Justin. Aber passen Sie in Gottes Namen auf sich auf. Caroline gehört zu meinen ältesten Freundinnen, und ich möchte nicht, dass am Ende auch noch Ihnen etwas passiert.«

»Was sollte mir schon passieren?«

»Man kann nie wissen«, sagte die Freifrau.

Bertuch öffnete den Mund, behielt die Erwiderung, die ihm
schon auf der Zunge lag, dann aber doch für sich. Mit einem
letzten argwöhnischen Blick auf Christian verließ er den Raum.

23. Kapitel

Nachdem Christian das Palais von Stein verlassen hatte, durchstreifte er solange die Gassen und Plätze der Stadt, bis er sich
plötzlich vor Helenes Haus wiederfand. Unschlüssig blickte er
zu der Reihe von Fenstern hinauf, die allesamt weit offenstan-

den. Weiße Gardinen flatterten wie tanzende Nachtgespenster im Wind.

Ob sie noch schlief? Wenn, dann gönnte er es ihr, denn sie war zu Tode erschöpft gewesen, als er sie spät in der Nacht vor ihrer Haustür abgesetzt hatte. Wieder krochen seine Blicke die mit wildem Wein bewachsene Hauswand empor, hinauf zu dem schmalen Fenster, hinter dem er Helenes Schlafkammer vermutete, und empfand dabei etwas Beunruhigendes, das er nicht einordnen konnte. Dabei ließ sich das Gefühl so leicht in Worte fassen, genauer in eine einzige Frage. Was bedeutete ihm das Mädchen dort oben? Warum war er von Anfang an eifersüchtig auf Petersdorf gewesen? Warum fühlte er sich in Helenes Nähe einerseits wohl, andererseits aber oft auch unbeholfen? Sie machte ihn nervös, keine Frage, aber das lag wohl daran, dass er noch keine Frau kennengelernt hatte, die so genau wusste, was sie wollte. Er verspürte den Wunsch, sie zu beschützen: vor Petersdorf, vor den Forderungen der Gesellschaft, in die sie hineingeboren worden war, die sie aber verabscheute, vielleicht auch ein klein wenig vor sich selbst. Gleichzeitig befürchtete er, dass sie seinen Schutz nicht wollte und nicht brauchte, weil sie zu stolz darauf war, ihre eigenen Träume zu träumen und ihre Ziele zu verfolgen. Wenn es so war, kam es Christian sehr bekannt vor. Zumindest hatte er bis vor wenigen Tagen noch angenommen, dass er nur für seinen Traum vom Bücherschreiben lebte. Für den Roman über den italienischen Räuberhauptmann. Aber war dies wirklich alles, wofür er lebte? Er war versucht, die Treppen zur Wohnung von Helenes Tante hinaufzusteigen und an deren Tür zu klopfen. Aber er traute sich nicht. Gewiss hatte sie Ausreden erfinden müssen, als sie zu später Stunde abgekämpft, zerzaust und nach Rauch riechend die Wohnung betreten hatte. Ihre Tante war davon ausgegangen, dass Petersdorf als Helenes Begleiter sie in seiner Kutsche nach Hause brachte. Sie konnte nicht ahnen, dass alles anders gekommen war.

Mit einem Seufzer wendete Christian seinen Blick von der grauen Fassade des Hauses ab. Heute war Samstag und daher keine Gelegenheit, unbemerkt an Helene heranzukommen. Das war ärgerlich, denn obwohl er im Palais von Stein nur wenig Neues erfahren hatte, fand er, dass Helene von Dorothees Verschwinden erfahren sollte. Nach kurzem Zögern nahm er all seinen Mut zusammen und betrat das Haus. Doch niemand öffnete ihm, nicht einmal die alte Magd kam zur Tür.

»Sie sind fort!« Die Stimme hinter ihm gehörte einem Burschen von etwa fünfzehn Jahren, der mit einem Reisigbesen in der Hand aus der Tür der Portierswohnung kam.

»Fort? Wohin?«

Der Junge zuckte mit den Schultern. »Hab da was von Meiningen gehört, doch sicher bin ich mir nicht.«

»Aber … die Demoiselle ist doch sicher nicht abgereist, ohne etwas zu hinterlassen.« Christian spürte, wie sein Herz pochte. »Nun komm schon, denk nach. Es ist wichtig!«

Der Junge schüttelte den Kopf. »War noch gar nicht richtig hell, als die Türen knallten«, sagte er, als ärgere er sich über diese Ruhestörung immer noch.

Christian beschlich eine böse Ahnung. Die überstürzte Abreise kam ihm seltsam vor. »Dein Vater ist der Verwalter, nicht wahr? Er muss Schlüssel zu den Räumen im Haus haben!«

Der Bursche riss die Augen auf, als hätte Christian von ihm verlangt, auf seinem Besen durch das Treppenhaus zu fliegen. Dann machte er einen Schritt zurück und hob abwehrend die Hand: »Mein Vater würde mir mit der Rute das Fell bläuen, wenn ich einen Wildfremden in die Räume der Damen ließe.«

Christian durchwühlte hektisch seine Taschen nach ein paar Kreuzern, die er dem Burschen zustecken konnte, fand aber wie gewöhnlich nichts. Sein letztes Geld hatte er für die Rückreise von Jena ausgegeben. Verdammt, vielleicht wurde es für ihn tatsächlich Zeit, sich nach einer einträglicheren Arbeit umzusehen, damit er nicht länger von der Hand in den Mund lebte.

»Vergessen Sie es, ich lasse Sie nicht in die Wohnung«, sagte der Nachbarsjunge.

Christian überlegte, ob er den Burschen zur Seite stoßen und die Tür einfach aufbrechen sollte, doch im nächsten Moment fiel unten hallend die Tür ins Schloss. Christian sprang vor und lehnte sich über die Brüstung, um zu sehen, wer da in Eile die Treppen hinaufstürmte. Es waren Helenes Tante und deren Magd, die eine schwere Tasche die Stufen hinaufschleppte. Von wegen Meiningen, dachte er grimmig. Das hatte der freche Bursche mit dem Besen wohl nur erfunden, um ihn loszuwerden.

»Vulpius?«, rief die alte Frau, als sie Christian vor ihrer Tür sah. »Was wollen Sie denn schon wieder hier? Habe ich Ihnen nicht neulich schon gesagt, dass Sie meine Nichte in Ruhe lassen sollen? Sie ist so gut wie verlobt!«

»Darf man fragen, mit wem?« Christian beschloss, sich nicht einschüchtern zu lassen. Es war an der Zeit, dass jemand der alten Dame die Augen öffnete.

»Sie wird die Gattin des Manufakturisten Petersdorf«, erklärte Helenes Tante nicht ohne Stolz. »Gehen Sie jetzt! Ich habe noch so viel mit meiner Nichte zu besprechen. Sie muss mir alles von dem Abend im Palais von Stein erzählen. Wie das Souper ablief und wer alles dabei war, als …«, sie kicherte, »… Petersdorf ihr den Antrag gemacht hat.«

»Moment …« Christian runzelte die Stirn. »Soll das heißen, Sie haben Helene heute noch gar nicht gesehen? Sie wissen nicht, ob Sie in ihrem Zimmer oder ausgegangen ist?«

Die alte Frau seufzte. Ihr war anzusehen, dass sie Christian für den aufdringlichsten Menschen hielt, der je vor ihrer Tür gestanden hatte, dennoch rang sie sich zu einer Antwort durch. »Wie denn, wo ich doch nicht zu Hause übernachtet habe? Da ich unbegreiflicherweise keine Einladung zu der Soiree im Palais erhalten hatte, beschloss ich, die Nacht im Haus einer Verwandten meines verstorbenen Mannes zu verbringen, die ganz in der Nähe vom Palais von Stein wohnt. Aber warum sollte Helene nicht in ihrem Zimmer sein? Selbstverständlich hat Herr Petersdorf sie in seiner Kutsche nach Hause gebracht. Er ist ein Kavalier mit den besten Manieren, was man leider nicht von jedem Mann behaupten kann!« Sie wechselte einen Blick mit ihrer Magd, bevor sie hinzufügte: »Ich bin vor dem Frühstück aufgestanden und habe mich auf den Heimweg gemacht, weil ich es kaum erwarten konnte, das gute Kind zu sehen.« Sie kicherte mit ihrer hohen Altfrauenstimme. »Und den Ring, den Petersdorf ihr geschenkt hat.«

Während sie noch von Petersdorf und dessen Reichtum schwärmte, schloss ihre Magd die Tür auf und verschwand im Flur. Es dauerte jedoch nicht lange, bis sie zurückkehrte und ihrer Herrin sichtlich aufgeregt etwas ins Ohr flüsterte. Helenes Tante zuckte zusammen. »Was soll das? Du weißt doch, dass ich nicht gut höre. Sprich gefälligst lauter!«

»Ihre Nichte ist nicht in ihrem Zimmer, Madame!«, rief die Dienstmagd so laut, dass es durch das ganze Treppenhaus schallte. »Ihre Kleider und der Reisekoffer sind auch verschwunden. Sie muss abgereist sein! Hier, das habe ich auf dem Nachttisch gefunden.«

Sie zog einen verknitterten Bogen Papier aus ihrem Schürzenband.

»Grundgütiger, ausgerechnet jetzt muss so etwas passieren«, brummte die alte Frau, als sie sich das Papier ansah. »Hätte er nicht bis nach der Hochzeit warten können?«

»Bitte?«

»Na, mein Schwager, Helenes Vater. Er wollte doch, dass das Mädchen die Flausen lässt und in Weimar einen reichen Gatten findet. Und kaum ist es soweit, wird er krank und schickt einen Wagen, der Helene heimbringen soll.« Kopfschüttelnd zerknüllte sie den Brief. »Nun, Ich sage es ja immer. Undank ist der Welt Lohn. Sie hätte sich vor ihrer Abreise wenigstens von mir verabschieden können!«

Christian wusste, dass es ein Wagnis war, zur Porzellanmanufaktur zu gehen, aber er musste in Erfahrung bringen, ob Petersdorf dort war. Als er gegen Abend in das träge Dämmerlicht der Schreibstube eintrat, hob Petersdorfs Sekretarius überrascht den Kopf. Die für gewöhnlich freundliche Miene des Mannes verfinsterte sich. Er wartete nicht ab, bis Christian vor ihm stand, sondern streckte die Hand nach dem Glöckchen auf seinem Schreibpult aus. Christian erinnerte sich, ein ganz ähnliches Ding in Petersdorfs privaten Räumen hinter der Schreibstube gesehen zu haben.

»Tut mir leid, Herr Vulpius, aber mein Herr hat mich angewiesen, Sie rauswerfen zu lassen, falls Sie es noch einmal wagen sollten, die Manufaktur zu betreten!«

Christians Antwort bestand in einem entwaffnenden Lächeln, gleichzeitig behielt er die Tischglocke im Auge. Sobald Roemer sie läutete, würde es hier vor Arbeitern nur so wimmeln.

»Nun?« Stirnrunzelnd deutete der Sekretär zur Tür, die Christian vorsorglich nicht hinter sich ins Schloss gezogen hatte.

»Es hat vermutlich keinen Sinn, mich Herrn Petersdorf zu melden, oder?«

Roemer verkniff sich ein Lachen, gewann seine gewohnt ernsthafte Haltung jedoch gleich wieder zurück. »Sie sind mir vielleicht ein Witzbold. Vielleicht sollten Sie Komödien dichten. Aber um auf Ihre Frage zu antworten: Nein, ich kann Sie gar nicht melden, weil Herr Petersdorf heute nicht in die Manufaktur gekommen ist. Ich … äh … er ist krank.«

»Sie sind ein schlechter Lügner«, sagte Christian und bemerkte mit Genugtuung, wie Roemer errötete. »Er ist nicht krank, sondern geflohen!«

»Ich ... weiß nicht wovon Sie eigentlich reden.« Noch immer hielt der Sekretarius die Glocke in der Hand, aber Christian wusste, dass er sie jetzt nicht mehr läuten würde.

Eine Weile sagte keiner der beiden Männer ein Wort, dann aber nahm Roemer seine Brille ab und wischte mit dem Ärmel über die dicken Gläser. »Was ist hier eigentlich los? Niemand sagt mir etwas. Offensichtlich ist Herr Petersdorf der Meinung, er könnte abreisen, ohne mir auch nur ein Sterbenswörtchen zu sagen. Er vertraut mir nicht mehr. Aber das habe ich nicht verdient. Verlangt er etwa, dass ich seine Manufaktur ganz alleine führe?« Der Gedanke schien ihn zu ängstigen. »Das schaffe ich nicht ... die Verantwortung ... die Geschäfte mit dem Herzog. Nein, unmöglich. Ich führe zwar die Bücher, aber Einblick in alle Geschäfte habe ich nicht.«

»Sie halten es also für möglich, dass er längere Zeit fortbleibt?«

Roemer verzog den Mund. »Inzwischen halte ich einiges für möglich, aber es ist nicht meine Aufgabe, mir darüber ein Urteil zu bilden. Das habe ich auch dem Untersuchungsbeamten des Herzogs gesagt, der vorhin hier war. Der Mann war sehr überrascht, als er erfuhr, dass Herr Petersdorf nach dem Abend bei Charlotte von Stein nicht mehr gesehen wurde.«

Christian biss sich auf die Lippen. Heyde! Wenn der Hauptmann hier gewesen war, dann sicher, um dem Manufakturisten Gehrock und Silberknopf zurückzubringen. Als er Roemer jedoch fragte, ob der Hauptmann etwas bei sich gehabt hätte, schüttelte der Sekretär nur den Kopf.

»Dieser Mann hat mir Angst gemacht«, gestand Roemer mit einem schwachen Lächeln. »Er hat mich über Petersdorfs Temperament und seine Lebensgewohnheiten ausgefragt. Ob er sich rasch aufrege, wollte er wissen und ob mir in letzter Zeit etwas an ihm aufgefallen sei. Dann fragte er, ob ich meinen Herrn nach der Gesellschaft bei Charlotte von Stein noch einmal gesehen habe.«

»Und? Haben Sie ihn gesehen?«

Roemer verneinte das, doch seine Blicke verrieten Christian unmissverständlich, dass er log. Er hatte einmal erzählt, er schlafe im Haupthaus, damit er seinem Herrn immer zur Verfügung stehen konnte. Roemer war neugierig, er musste einfach etwas bemerkt haben.

»Ich glaube, dass Sie ihn doch gesehen haben«, hielt er dem Sekretär vor. »Ist er in der Nacht zurückgekommen, um Geld zu holen?«

Ohne Erwiderung holte Roemer einen Schlüssel aus seinem Pult, mit dem er in Petersdorfs Kontor verschwand. Christian folgte ihm und beobachtete, wie der Sekretär einen Schrank aufschloss und eine schwere, eisenbeschlagene Kassette herausnahm. Der Blick, mit dem er kurz darauf den Deckel zuschlug, überzeugte Christian, dass sein Verdacht zutreffend war.

»In der Kasse lag ein kleines Vermögen in Gold«, keuchte Roemer fassungslos. »Und nun ist sie leer. Aber was hat das …«

»Wo ist Petersdorf?«, fragte Christian scharf. »War eine Frau bei ihm, als er hier aufkreuzte? Oder sollte ich besser sagen, als er sich wie ein Dieb in seine eigene Manufaktur schlich!«

»Möglich, dass ich eine Frau gesehen habe. Aber nur ganz kurz, als ich mich aus dem Fenster beugte. Ich habe mir nichts dabei gedacht, weil …«

Christian bedeutete ihm mit einer ungeduldigen Kopfbewegung, fortzufahren.

»Nun, Herr Petersdorf hat schon öfter Frauen mit in die Manufaktur genommen, um ihnen … unser Porzellan zu zeigen.«

»Mitten in der Nacht? Nein, danke … ich will es gar nicht wissen!« Christian ging zum Fenster und starrte auf das geschäftige Treiben auf dem Hof, wo mehrere Arbeiter sich vor den rauchenden Brennöfen versammelt hatten. Roemer hatte soeben zugegeben, dass er seinen Herrn hier auf dem Gelände mit einer Frau gesehen hatte. Dorothee? Aber natürlich, wen sonst? Petersdorf musste sie, nachdem er in Rage aus dem Palais gestürmt war, am Frauenplan aufgespürt und überwältigt haben, bevor Christiane und Ernestine mit den Dienern der Freifrau dort eingetroffen waren. Anschließend hatte er sie hierhergeschafft, in die Manufaktur, denn er konnte sicher sein, dass ihn zu so später Stunde niemand mehr stören würde. Aber wo zum Teufel steckte sie jetzt? Was hatte dieser Schuft mit ihr gemacht?

»Was haben Sie, Vulpius?«

»Ging die Frau freiwillig mit ihm?« Er wollte sich zu Roemer umdrehen, doch es gelang ihm nicht, den Blick von den Brennöfen abzuwenden. Einige der Arbeiter standen mit entblößtem Oberkörper in der Nähe und tuschelten miteinander. Sie schienen etwas entdeckt zu haben, was sie in helle Aufregung versetzte. Christian konnte jedoch nicht erkennen, was das war.

Der Sekretarius räusperte sich. »Nun, wenn ich mich recht entsinne, ließ sich die Person von Herrn Petersdorf aus der Kutsche tragen. Ich dachte, sie hätte schon zu viel getrunken oder wollte sich nicht die Schuhe ruinieren. Es war stockdunkel und ich …«

Christian ließ den Sekretarius stehen und stürmte aus der Schreibstube. Er überquerte den Hof. Als er sich den Brennöfen näherte, bemerkte er, dass nur zwei davon in Betrieb waren. Sie thronten wie gefräßige Ungetüme in einem schlauchartigen Gebäudeteil, welches zur Linken an die Porzellanwerkstätten angrenzte, zum Hof hin jedoch offen und daher schon von Weitem einsehbar war. Christian ging langsam auf den größeren der beiden Öfen zu, wobei er damit rechnete, von einem der finster dreinblickenden Männer aufgehalten zu werden. Doch zu seiner Überraschung stellte sich ihm niemand in den Weg. Wie durch einen Nebel hörte er Roemer, der sich nach dem Grund für den Auflauf vor den Öfen erkundigte. Er war Christian auf den Hof gefolgt.

Einer der Knechte, ein muskelbepackter Bursche, dessen Aufgabe es offensichtlich war, die Temperatur der Öfen durch das Nachlegen von Holz nicht sinken zu lassen, trat vor und zeigte dem Sekretarius, was er entdeckt hatte.

»Samstags dürfen immer nur zwei Öfen brennen«, sagte der Mann. Seiner Miene war anzusehen, wie durcheinander er war. »Das hat der Herr Petersdorf selbst verfügt. Als ich den kleineren einheizen wollte, lag das da schon darin. Ich habe etwas aufblitzen sehen und wollte es herausholen, bevor das Feuer richtig loderte, aber …«

»Großer Gott, was soll das denn sein?« Roemer starrte wie gelähmt auf die winzigen, nahezu geschmolzenen Gebilde, die in der offenen Hand des Ofenknechts lagen. »Münzen?«

Christian blickte ihm über die Schulter und hielt die Luft an. »Knöpfe aus Silber«, brachte er heraus. »Und … Ringe. Von einer Frau.«

Ein zweiter Knecht deutete auf ein leeres Wasserbecken, in dem ein weiteres aus dem Feuer gerettetes Etwas lag. Dieses Ding war zwar ebenfalls verkohlt, doch Christian erkannte sogleich, dass es sich dabei um einen Schuh handelte. Einen zierlichen Damenschuh mit geschwärzter Silberschnalle.

Christian wurde schwindlig. Er taumelte zurück, bis er mit dem Rücken gegen die Ziegelsteinmauer stieß. Nein, schoss es ihm durch den Kopf. Das durfte nicht sein!

»Die Männer sind verwirrt«, brummte der Knecht, der Roemer die Knöpfe gezeigt hatte. »Sie fragen sich, ob das das Werk dieses Unholds sein kann. Sie wissen schon, der Wahnsinnige, der die Leute in der Stadt ermordet hat! Einige überlegen, ihren Kram zusammenzupacken und weiterzuziehen. Nach Meißen vielleicht oder woandershin, wo Porzellan hergestellt wird.«

»Das ist doch lächerlich«, erhob der Sekretarius Einspruch.

»Vergesst nicht, wie gut euch der Herr dieser Manufaktur behandelt hat. Ihr bekommt höheren Lohn, als in Meißen ausbezahlt wird.« Er holte tief Luft, dann machte er einen Schritt auf den ratlos wirkenden Ofenanzünder zu und nahm ihm die Knöpfe aus der Hand. »Hast du menschliche Überreste in einem unserer Öfen entdeckt? Knochen oder einen Schädel?«

Der Mann schüttelte mit schockierter Miene den Kopf.

»Na siehst du! Da stopft irgendein verdammter Witzbold ein paar alte Lumpen mit Knöpfen und einen Schuh in unseren Ofen und gestandene Männer wie ihr machen sich in die Hosen vor Angst.« Der Blick, den er den Knechten durch seine Brillengläser zuwarf, war so stechend, dass keiner der Männer mehr eine Entgegnung wagte. Schließlich klopfte Roemer dem Ofenknecht, der ihn um Haupteslänge überragte, auf die Schulter. »Hier ist niemand getötet worden. Du musst deinen Freunden klarmachen, dass es ein großer Fehler wäre, jetzt davonzulaufen und die Manufaktur im Stich zu lassen. Noch ein paar Jahre, dann haben wir es geschafft und unser Porzellan hat den Meißenern den Rang abgelaufen.«

»Aber wo ist Herr Petersdorf?«, brachte der Arbeiter einen letzten Einwand vor. »Er geht nie auf Reisen, ohne Ihnen Bescheid zu sagen. Drüben, im Haus, weiß keiner, wo er abgeblieben ist. Sein Diener war vorhin hier. Er sagt, er habe das Bett des Herrn am Morgen unberührt vorgefunden.«

»Herrgott, seit wann ist euer Herr euch Rechenschaft schuldig? Vielleicht war ihm nach dem Fest in der Stadt danach, den heutigen Tag auf dem Land zu verbringen.« Der Sekretär hob die Hände. »Aber natürlich, wie konnte ich das nur vergessen? Er wollte hinaus nach Schwerstedt, um nach dem Gutshaus zu sehen, das er in dem Dorf gekauft hat. Du siehst also, es gibt gar keinen Grund zur Beunruhigung. Unserem gnädigen Herrn ist nichts geschehen, er wird sicher bald wieder zurück sein.«

»Ohne Kutsche?« Christian, der sich inzwischen gefangen

hatte, zeigte auf den Wagen, der etwa hundert Schritte von ihnen entfernt in einer Remise stand.

»Er wird geritten sein, weil er so viel schneller vorankommt!«
Roemer warf dem Knecht einen verschwörerischen Blick zu.
»Erzähle das den anderen, ja? Beruhige sie. Anschließend kannst
du dir in der Schreibstube eine kleine Anerkennung für deine
Mühe abholen.«

Nach und nach löste sich die Menge auf, und Christian
konnte hören, wie der Sekretarius vor Erleichterung aufatmete,
als die Männer wieder zu den Werkstätten gingen.

»Ich hoffe nur, die Burschen streuen in den Wirtshäusern
keine wilden Gerüchte aus!«

»Kommt ganz darauf an, ob sie Ihnen die Lüge abkaufen!«
Christian hob vorwurfsvoll die Augenbrauen, aber Roemer
winkte ab. Die Tatsache, dass es ihm gelungen war, die Männer
zur Vernunft zu bringen, schien sein Selbstbewusstsein gestärkt
zu haben.

»Als Petersdorfs Stellvertreter ist es meine Pflicht, die Arbeiter zu beruhigen. Wenn Sie mich jetzt entschuldigen würden?
Ich kann Ihnen versichern, dass Herr Petersdorf keine Frau auf
dem Gelände versteckt hat. Aber um sicherzugehen, werde ich
mich später persönlich in allen Lagerräumen umschauen. Sollte
ich auf etwas stoßen, das mir merkwürdig vorkommt, werde ich
Sie sofort benachrichtigen! Einverstanden?«

Christian atmete tief durch. Wie die Dinge lagen, blieb ihm
keine andere Wahl, als sich darauf zu verlassen.

24. Kapitel

Wo zum Teufel hatte sich Petersdorf verkrochen? Wer hatte versucht, in seinen Porzellanöfen die Habseligkeiten einer Frau zu verbrennen?

Obwohl Christian müde und hungrig war, lief er seit Stunden durch den Park und hing seinen Gedanken nach. Auf der Wiesenbrücke lehnte er sich schließlich gedankenverloren über die Brüstung und starrte auf den im milden Abendsonnenschein daliegenden See. Von hier war es nur noch einen Steinwurf weit bis zum Römischen Haus, einem Domizil des Herzogs, das der Landesherr sich nach italienischem Vorbild mit Säulenhalle und Springbrunnen hatte anlegen lassen. Goethe selbst war die große Ehre zuteilgeworden, nicht nur den Park mitzugestalten, sondern auch dieses Landhaus, und so war mitten in Weimar ein kleines Stück Italien entstanden, das Herzog Carl August als Rückzugsort dienen sollte. Seit fast fünf Jahren wurde nun schon am Römischen Haus gebaut, und wie Christian gehört hatte, stand es kurz vor seiner Vollendung. Nach Goethes Rückkehr sollte es mit einer prunkvollen Feierlichkeit seiner neuen Bestimmung zugeführt werden.

Christian fuhr zusammen, als ein schepperndes Geräusch an sein Ohr drang und er die Enten und Schwäne im See erschrocken schnattern hörte. Doch es war nur die Glocke, welche die Handwerker drüben beim Römischen Haus daran erinnerte, dass es Zeit wurde, die Arbeit für den Tag ruhen zu lassen und sich auf den Heimweg zu machen. Es dauerte nicht lange, bis die ersten Männer den Weg vom Landhaus in die Stadt einschlugen. Vermutlich zog es die meisten auf ein kühles Bier in eine der Schenken. Ein paar der Handwerker kamen Christian bekannt vor, aber es vergingen einige Augenblicke, bis ihm einfiel, wo er sie schon einmal gesehen hatte. In Schwerstedt. Sie hatten gemeinsam mit Jacoby an Petersdorfs Gutshaus gearbeitet.

Christian verließ die Wiesenbrücke und beeilte sich, die Männer einzuholen.

»Sie schon wieder!« Die Stimme des Mannes klang überrascht, aber nicht eben erfreut. Im Gegenteil, als Christian einen Schritt auf die Handwerksgesellen zumachte, kniff er die Augen zu und schwang drohend seinen Hammer. Seine Kameraden folgten seinem Beispiel.

»Scher dich bloß weg«, schimpfte der Bärtige. »Wo du auftauchst, schlägt der Blitz ein!«

Christian fand das ungerecht. Konnte er etwas für Jacobys Tod? Nein. Er und Helene hatten den Steinmetz sogar warnen wollen, und hätte dieser von Tillert sie nicht aufgehalten, wären sie vielleicht sogar noch rechtzeitig gekommen. Das alles sagte er dem Bärtigen jedoch nicht, stattdessen nahm er mit zerknirschter Miene den Hut ab. »Ich hatte keine Gelegenheit, euch mitzuteilen, wie leid mir Jacobys Tod tut. Ich war bei ihm, als er starb.«

Der Handwerker blickte ihn forschend an. »Ach, hat er noch etwas gesagt?«

Christians Gedanken kehrten zurück zum Glockenturm der Kirche von Schwerstedt. Im Geiste sah er Jacoby in einer Blutlache zu seinen Füßen liegen und Helene, die sich über ihn beugte. Nein, gesagt hatte er nichts, aber er hatte mit letzter Kraft auf die Glocke gedeutet, in deren Nähe Christian kurz darauf den von Petersdorfs Gehrock abgerissenen Knopf gefunden hatte. Christian hielt es für klüger, dieses Detail nicht zur Sprache zu bringen, fragte aber, ob sich einer der Männer vorstellen könnte, was Jacoby mit dem Hinweis auf die schwere Bronzeglocke gemeint haben könnte.

Die Handwerker machten verdutzte Gesichter, dann schüttelte einer nach dem anderen den Kopf.

»Das war es also? Nur auf die Glocke hat er gezeigt?«, wollte der Bärtige wissen.

Christian nickte, womit sich der Bärtige zufriedengab. Für ihn war das Gespräch beendet. Schwungvoll schulterte er seinen Hammer. »Na dann …«

»Ihr arbeitet also nicht mehr für Petersdorf?«, platzte es aus Christian heraus, bevor die Männer sich wieder in Bewegung setzten. »Darf ich fragen, warum ihr die Arbeit an seinem Haus eingestellt habt? Ich dachte, er bezahlt seine Leute so gut!«

Zornbebend fuhr der Bärtige herum. »Er benötigt unsere Dienste nicht mehr. So würden es die feinen Herrschaften doch ausdrücken, nicht wahr? Man könnte auch sagen, er hat uns davongejagt wie Landstreicher. Hat behauptet, wir seien mit den Umbauarbeiten nicht schnell genug vorangekommen. Aber ehrlich gesagt kann er sich seinen Auftrag an den Hut stecken. Wir wären sowieso nicht länger an diesem verfluchten Ort geblieben. Das Haus ist baufällig und sollte abgerissen werden.«

Christian stutzte. »Wann hat Petersdorf euch entlassen? Ist er persönlich zu euch aufs Gut gekommen?«

Der Bärtige schüttelte den Kopf. »Seit das mit Jacoby passiert ist, hat er sich nicht mehr bei uns blicken lassen. Ein Kurierreiter brachte einen Brief, in dem stand, dass wir wieder in die Stadt zurückkehren und uns eine andere Arbeit suchen sollen. Na, wenigstens hat sich der Kerl nicht lumpen lassen. Dem Wisch lag auch der letzte Lohn für meine Gesellen bei.«

Christian sah den Männern nach, bis sie hinter den Bäumen des Parks verschwunden waren, dann machte auch er sich auf den Heimweg. Unterwegs sann er über die Gründe nach, die Petersdorf dazu bewogen haben mochten, die Arbeiten an seinem Gutshaus einzustellen. Zweifellos besaß es jede Menge leerer Kammern und Kellerräume, in denen niemand einen schreien hören konnte. Hatte er sich etwa in dem alten Gemäuer ein Versteck eingerichtet? Einen Ort, an dem er Dorothee verschwinden lassen konnte?

Er blieb stehen und beobachtete zwei Störche, die etwa fünfzig Schritte vor ihm mit ihren langen Beinen über die Wiese staksten und ihre Schnäbel von Zeit zu Zeit suchend in den weichen Untergrund stießen.

Nein, so sehr er sich auch den Kopf zerbrach, es ergab keinen Sinn. Warum sollte Petersdorf Dorothee erst in die Manufaktur bringen, dann von dort aus der Stadt schleppen und irgendwo verstecken? Wäre es nicht viel einfacher, sie wie die anderen zu töten? Christian rechnete nicht damit, dass Roemer auf dem Gelände der Manufaktur Dorothees Leiche oder eine andere Leiche finden würde, und doch kam es ihm so vor, als ob Petersdorf es darauf anlegte, gefasst und überführt zu werden. Aber warum? War sein einziges Ziel nicht gewesen, seinen Ruf und sein ererbtes Vermögen zu schützen? Von Christiane wusste er, mit welcher Heftigkeit der Mann auf den Namen Dorothee Weiler reagiert hatte. Er hatte die Fassung verloren und die Frau eine Schwindlerin genannt, bevor er blind vor Zorn aus dem Palais gestürmt war.

Christian lief schneller. Warum diese Wut?, fragte er sich bei jedem Schritt. Petersdorf jagte Dorothee, schon seit sie in Weimar war. Er tötete seine Widersacher und ging dabei so kaltblütig und skrupellos vor, dass die Bevölkerung sich kaum noch traute, nach Einbruch der Dunkelheit auf die Straße zu gehen. Seine Unbekümmertheit verhöhnte die Obrigkeit, die an seiner Verfolgung auch nur mäßig interessiert zu sein schien.

Und doch sollte derselbe Mann vor den Augen von Charlotte von Steins Gästen die Nerven verloren haben, als der Name der Schauspielerin gefallen war? Hatte er sich verstellt und mit Bedacht so getan, als hätte er ihn zum ersten Mal seit langer Zeit wieder gehört? Aber warum? Geschickter wäre es gewesen, sich nichts anmerken zu lassen. So hatte er nur Aufmerksamkeit auf sich gelenkt. Was hat dieser Wahnsinnige vor?, grübelte Christian. Er eilte weiter, und nur der Gedanke, dass wenigstens Helene in Sicherheit war, tröstete ihn ein wenig über seinen Frust hinweg. Gewiss war sie inzwischen bei ihrem Vater in Meiningen angekommen.

Als Christian kurz darauf das Gartenhaus betrat, bemerkte er zu seiner Überraschung, dass Christiane auch dort war. Sie hatte sich mit einem ganzen Tross Bediensteter eingefunden, um das Haus vom Keller bis zum Boden sauber zu machen, und wie gewöhnlich begnügte sie sich nicht damit, den anderen Anweisungen zu geben, sondern packte selbst mit an. Während die Mägde Lampen reinigten, Bilderrahmen und Marmorbüsten entstaubten sowie verwelkte Blumen entfernten, schrubbte sie keuchend und mit feuerrotem Gesicht die Fußböden.

Christian bewegte sich vorsichtig an der Wand entlang, um dem Wischmop seiner Schwester nicht in die Quere zu kommen. Ihre blitzenden Augen verrieten ihm sogleich, was sie zu diesem großen Reinemachen trieb. Nicht einmal ein Stäubchen sollte mehr daran erinnern, dass Hauptmann Heyde und seine Soldaten sich mit ihren schmutzigen Stiefeln über ihre Böden bewegt, auf ihren Stühlen gesessen und ihre Kerzen angezündet hatten. Sie wollte vergessen, dass sie sich einige quälende Stunden lang in seiner Gewalt befunden hatte. Doch davon abgesehen, schien noch etwas sie zu beflügeln.

Als Christiane den Blick hob, huschte ein Lächeln über ihr hübsches Gesicht. Sogleich warf sie ihr Putzzeug in einen Eimer und kam ihm entgegengelaufen.

»Er hat geschrieben!« Ihre Stimme hallte von den hohen Wänden wider. »Es geht ihm gut, und er wird bald heimkehren!«

»Goethe?«

»Nein, der König von Preußen!« Sie verdrehte ein wenig vorwurfsvoll die Augen. »Natürlich Goethe!« Sie öffnete ihre Arme und drückte ihren Kopf an Christians Brust, wie sie es früher als kleines Mädchen so oft getan hatte. »Du wirst sehen, jetzt wird endlich alles gut.«

Er löste sich aus ihrer Umarmung und starrte sie ungläubig an, weil ihn ihr grenzenloses Vertrauen in ihren Geliebten stutzig machte. Dann fragte er: »Sicher?«

Sie nickte, offensichtlich irritiert darüber, wie er eine solche Frage überhaupt stellen konnte. Worüber sollte sie sich Sorgen machen, wo doch Goethe seine baldige Heimkehr in Aussicht stellte? Noch gestern war jemand in ihr Stadthaus eingedrungen, die Kinderstube ihres Jungen hatte Feuer gefangen, und der Mörder, der sie bedrohte, war untergetaucht. Aber Hauptsache, der Geheimrat hatte geschrieben.

Christian hatte auch keine Ahnung, wie seine Schwester auf die Idee kam, dass ihr Goethe nach seiner Rückkehr alle ihre Schwierigkeiten aus der Welt schaffen könnte. Er konnte schließlich nicht zaubern. Aber da ihm klar war, dass jeder Versuch, Christiane von ihrer Meinung abzubringen, von vornherein zum Scheitern verurteilt war, schwieg er. Für sie blieb der Mann, der ihr großzügig Obdach gewährte, der »Hexenmeister«, der – wie in seinem Gedicht – alles ins Reine zu bringen vermochte, während er, Christian, in seiner Rolle als Zauberlehrling kläglich zu versagen drohte. Vermutlich musste er dafür dankbar sein, dass sie ihm das nicht auf den Kopf zusagte. Eines nahm er indes mit Erleichterung zur Kenntnis: Wie Goethes Brief bewies, war dieser während der letzten Wochen tatsächlich nicht hier gewesen.

»Willst du gar nicht erfahren, wo Goethe sich aufhält?«, unterbrach Christiane seine Gedanken.

»Na schön, wo steckt er? Etwa wieder im Land der Zitronen und Apfelsinen?«

»Nein, nein, nicht in Italien«, antwortete Christiane hastig. »Er hat Wort gehalten, obwohl es ihm, wie er schreibt, in den Fingern gejuckt hat, doch die Alpen zu überqueren. Aber dann hat wohl zuletzt die Vernunft gesiegt. Wäre ja auch nicht auszudenken gewesen, wenn er nun auch noch in den Krieg zwischen

Österreichern und Franzosen geraten wäre. Wie heißt noch gleich dieser kleine Bursche …«

»Du meinst Napoleon Bonaparte?«

Christiane nickte. »Richtig, über den schreibt er auch. Ein merkwürdiger Mann und zu allem entschlossen. Seine Truppen haben Venedig besetzt, worauf er verkündet haben soll, die Stadt auszuradieren wie einst der Hunnenkönig Attila, sollte der Kaiser in Wien nicht auf seine Forderungen eingehen.«

»Na, und wo ist er jetzt?«

»Der Kaiser?« Christiane neckte ihn. »Falls du meinen lieben Goethe meinst, der erholt sich in der Schweiz. Aber du hast mir noch nicht gesagt, was du bei der von Stein herausgefunden hast. Ist ihre Freundin zurückgekehrt? Du hättest uns wirklich schon früher benachrichtigen können. Den ganzen Tag haben wir auf dich gewartet.«

Mit knappen Worten brachte Christian seine Schwester auf den neuesten Stand. Als sie hörte, dass Petersdorf ebenfalls vermisst wurde, weiteten sich ihre Augen.

»Er hat sie gefunden«, flüsterte sie mit tonloser Stimme. »Du lieber Gott, das heißt ja, dass er die Ärmste aus unserem Haus entführt hat …« Sie ballte die Fäuste. »Ach, wären wir doch schneller gewesen!«

»Es ist gar nicht gesagt, dass Dorothee wirklich zum Frauenplan ging. Ja, ich weiß. Frau von Stein hat sie ermutigt, die Bibliothek während eurer Abwesenheit noch einmal gründlich wegen dieser Heiratsurkunde auf den Kopf zu stellen …«

»Dafür schuldet mir diese eingebildete Person eine Entschuldigung«, giftete Christiane. »Sie kann nicht einfach irgendwelche Leute abends zu uns ins Haus schicken, als gehörte es ihr. Ich werde Goethe bitten, dieser Person nach seiner Rückkehr einmal gründlich den Kopf zu waschen.«

Christian seufzte. »Hörst du mir nicht zu? Ich habe meine Zweifel daran, dass Dorothee im Haus war.«

»Ach tatsächlich? Sie ist doch auch schon einmal hier ins Gartenhaus eingedrungen. Nicht, dass ich der armen Frau einen Vorwurf machen würde. Sie war verzweifelt und hatte keine Ahnung, wem sie in Weimar vertrauen kann.«

»Beim Einbruch ins Gartenhaus wäre sie auch fast erwischt worden. Hätte ich den Kerl nicht abgelenkt ...« Er atmete tief durch, als er daran dachte, dass er dabei ebenfalls beinahe getötet worden wäre. »Charlotte von Stein hat ihr daraufhin verboten, noch einmal ein solches Risiko einzugehen. Sie hat ihr aufgetragen, Sixtus zu ihrem Schutz mitzunehmen. Aber sie wartete vergebens auf ihn.«

»Weil er ... ermordet wurde«, sagte Christiane stockend. Sie trat ans Fenster und spähte mit ängstlicher Miene in den Garten hinaus. Die schrecklichen Ereignisse der vergangenen Nacht schienen sie wieder einzuholen. »Willst du damit sagen ...«

Er nickte langsam. »Der Kutscher wurde getötet, weil er Dorothee als Leibwächter dienen und nicht von ihrer Seite weichen sollte. Das wollte jemand aber verhindern. Jemand, der sehr gut wusste, dass sie trotz Charlottes Warnung das Palais verlassen würde. Allein und ohne Schutz.«

Christiane wandte sich wieder vom Fenster ab und starrte ihn verständnislos an. »Aber wie soll Petersdorf davon erfahren haben? Von Sixtus und ... Er scheint ja nicht einmal geahnt zu haben, dass sich Dorothee im Palais von Stein vor ihm versteckt hat. Oder hat er neuerdings einen Spion dort?«

Christian atmete tief durch, dann sagte er mit Überzeugung. »Nein, Petersdorf hatte keine Ahnung, wo Dorothee untergetaucht war. Als ich ihm neulich auf den Kopf zusagte, ich wüsste über die Frau Bescheid, regte er sich furchtbar auf, weil es das erste Mal seit Jahren war, dass er ihren Namen hörte.«

»Hat er dir gegenüber nicht alles zugegeben, weil er dachte, dass du ohnehin nichts gegen ihn ausrichten könntest?«

»Das hat er«, bestätigte Christian. »Aber etwas daran, wie er darüber sprach, kam mir eigenartig vor. Also ob wir aneinander vorbeiredeten und er in Wahrheit etwas ganz anderes meinte. Er nahm wohl an, mir sei etwas Schriftliches in die Hände gefallen, was ihm schaden könnte. Dafür bot er mir Geld. Nach Dorothee fragte er gar nicht, denn er scheint zu diesem Zeitpunkt noch geglaubt zu haben, sie sei in Italien gestorben. Sein ganzes Verhalten spricht für diese Annahme. Erst auf dem Fest im Palais dämmerte es ihm, dass Dorothee Weiler doch noch lebte und sich in Weimar aufhielt. Sein Wutausbruch war keineswegs vorgetäuscht. Er verlor die Fassung, weil er erst in diesem Moment begriff, was es für ihn, seine Geschäfte und alles, was er sich nach seiner Erbschaft aufgebaut hatte, bedeuten konnte, wenn Dorothee ihre Rechte einforderte.«

»Aber wir waren uns doch einig, dass Petersdorf sie ausschalten will, weil er sich alles unter den Nagel gerissen hat, was ihr eigentlich zusteht.«

»Ihm bleibt keine andere Wahl. Dummerweise scheinen aber erst wir ihn darauf gebracht zu haben. Er ist hinter Dorothee her, ja, aber erst … seit letzter Nacht.«

Christiane sank mit einem tiefen Seufzer auf eine Bank. Was sie soeben gehört hatte, musste sie zuerst einmal verdauen. »Aber … du sagtest, dass Petersdorf all diese Leute umgebracht hat, weil sie von Dorothees Liaison mit Nikolai wussten. Wagner, Jacoby und die Witwe, mit der dieser am Schweinemarkt zusammenlebte …«

»Hofmaler Kraus und Bertuch wussten auch davon, aber sie wurden weder bedroht noch in irgendeiner Weise verfolgt«, sagte Christian. Er begann unruhig im Raum hin- und herzugehen.

»Die Spuren deuten zwar unmissverständlich auf Petersdorf hin und doch …«

»Könnten wir uns geirrt und ihn zu Unrecht verdächtigt haben«, ergänzte Christiane. Sie stand auf. »Ach Unsinn! Ich bin sicher, wir irren uns. Petersdorf muss der Mörder sein!«

Christian öffnete den Mund, doch noch ehe er etwas dazu sagen konnte, begann jemand im Arbeitszimmer mit heller Stimme zu singen. Fragend runzelte er die Stirn.

»Das ist bloß Ernestine«, sagte Christiane, während sie wieder nach ihrem Wischmopp griff. Sie tauchte ihn tief in den Eimer und ließ ihn dann so energisch auf den Fußboden klatschen, als könnte sie durch anstrengende Arbeit ihre gute Laune wiederfinden. »Sie ist mit August gleich nebenan. Ich lasse die beiden nicht mehr aus den Augen. Übrigens …« Sie hob den Kopf. »Goethes Erinnerungen aus der Kiste sind immer noch unsortiert. Ich wollte deine Schulden bezahlen, wenn du den kleinen Auftrag erledigst …«

»Ein kleiner Auftrag? Die Kiste ist bis zum Deckel vollgestopft mit Dingen, die der Geheimrat selbst nicht mehr in seinem Haus haben wollte«, versuchte Christian sich zu verteidigen.

Christiane zuckte mit den Achseln. »Irrtum, mein Lieber! Goethe hat sogar in seinem Brief nachgefragt, ob er sich darauf verlassen kann, dass die Arbeit getan ist, bis er zurückkehrt. Ich lasse das jetzt Ernestine erledigen. Sie kann das Geld gut gebrauchen.«

»Aber das war mein Auftrag!«

»Und jetzt ist er es nicht mehr!«

Christian eilte mit raschen Schritten in das Arbeitszimmer. Um die Kiste ging es ihm gar nicht so sehr, aber dass ausgerechnet Ernestine sich dort zu schaffen machte, wo seine ganzen Unterlagen zum Räuberroman herumlagen, schmeckte ihm überhaupt nicht. In seiner Familie waren alle neugierig, und Ernestine bildete keine Ausnahme. Als er den Raum betrat, stellte er jedoch erleichtert fest, dass seine Notizen nach wie vor in der Schreibmappe auf dem Tisch lagen. Ernestine saß mit verbundenen Augen auf dem Fußboden und ließ sich von August ein Stück nach dem anderen aus der Kiste reichen. Offensichtlich ließ er sie raten, worum es sich bei den zusammengewürfelten Gegenständen handelte, und kicherte vergnügt, sooft sie mit ihrer Einschätzung danebenlag.

»Gratuliere zur Wahl deiner neuen Handlanger!« Mit blitzenden Augen drehte sich Christian zu seiner Schwester um, die ihm mit ihrem Wischmopp ins Arbeitszimmer gefolgt war. »Wenn die beiden mit so viel Eifer weitermachen, sollten sie es bis Weihnachten geschafft haben!«

»Du hättest bis Weihnachten nicht einmal begonnen«, kam da auch schon die Antwort.

»Herr Onkel«, jubelte August, als er Christian an der Tür stehen sah. Sogleich rannte er auf ihn zu und ließ sich von ihm auf den Arm nehmen. »Danke, dass Sie mich vor dem bösen Mann gerettet haben«, flüsterte er ihm ins Ohr.

Christian lächelte. »Gern geschehen, aber das war kein böser Mann, sondern ein Diener von Frau von Stein, der sich Sorgen um dich gemacht hat.«

»Aber er hat in meiner Kinderstube Feuer gemacht!« Der Kleine bedachte seine Mutter mit einem vorwurfsvollen Blick. »Wenn ich mit zu Frau Charlotte gedurft hätte, wäre das nicht passiert.«

Christian setzte seinen Neffen wieder ab und fuhr ihm freundlich durchs Haar. »Und du hast nicht gehört, wie gestern jemand ins Haus kam? Ich meine, als es schon dunkel war. Nachdem deine Mutter und die Tante das Haus verlassen hatten?«

Der Junge überlegte kurz, zuckte dann aber nur die Achseln und fuhr damit fort, die Kiste seines Vaters auszuräumen. Im Nu verteilten sich Mineralien und Muscheln, ein Handleuchter aus Messing, Streusandbüchsen, Schreibfedern und gepresste Pflanzen über den Fußboden.

»Gottlob, er hat von dem ganzen Durcheinander heute Nacht nichts mitbekommen«, sagte Christiane, während sie ihren Sohn liebevoll betrachtete. »Kinder vergessen oft schnell!«

Christian nickte abwesend, doch seine Aufmerksamkeit galt nun Ernestine, genauer gesagt dem Buch, das sie gelangweilt durchblätterte. Es besaß einen grünlichen Einband und sah, da es ganz unten in der Kiste gelegen hatte, reichlich ramponiert aus.

Christian nahm es ihr aus der Hand und betrachtete es von allen Seiten. »Wo hast du das her?«

Ernestine zeigte überrascht auf einen mit marmoriertem Papier beklebten Pappkasten, der von August achtlos zur Seite gelegt worden war, da er außer ein paar vergilbten Briefen nichts enthielt, was für ein Kind von Interesse war.

Christian hielt den Atem an, als er die erste Seite aufschlug und den Titel des Buches las. Als Christiane wissen wollte, worauf er gestoßen war, legte er es vorsichtig auf den Schreibtisch. »*Reisen eines Deutschen in Italien in den Jahren 1786 bis 1788*«. Langsam drehte er sich zu den beiden Frauen um, die ihn neugierig ansahen.

»Das ist die Zeit, in der Goethe durch Italien reiste«, platzte es aus Christiane heraus. »Aber ich dachte ...« Sie hob abwehrend die Hand. »Das Buch kann unmöglich von ihm sein. Ich weiß, dass er seine Reiseerinnerungen noch nicht niedergeschrieben hat.«

»Hat er auch nicht. Als Verfasser wird ein gewisser Karl Philipp Moritz genannt.«

»Moritz?« Christiane runzelte die Stirn, als bemühte sie sich, einen Gedanken einzufangen. »Ja, der Name sagt mir etwas. Ein Schriftsteller und Gelehrter, über den Goethe immer sehr anerkennend gesprochen hat. Ich wusste allerdings nicht, dass er auch durch Italien reiste.«

»Vermutlich ist das der Grund, warum er Goethe sein Buch schenkte.« Christian schlug die erste Seite auf. »Na bitte, wie ich vermutet habe. Eine Widmung für den Geheimrat.«

Ernestine kämpfte sich stöhnend auf die Beine und begab sich zu ihrer Schwester. »Na und? Dein Mann besitzt so viele Bücher, was soll an diesem so besonders sein? Oder meint ihr ...« Sie stieß einen kleinen Schrei aus. »Mein Gott, natürlich! Es beschreibt eine Reise durch Italien. Das einzige Buch, das alle übersahen, weil es die ganze Zeit über in der Kiste lag. Hätte unser Bruder sich gleich an die Arbeit gemacht ...«

»Hätte, hätte ...«, äffte Christian sie entnervt nach. »Gib mir lieber eine Kerze. Die Schrift ist schwer zu entziffern.« Ernestine gehorchte. Im Raum wurde es sogleich heller und so still, dass man eine Nadel hätte fallen hören können.

»Ganz oben rechts in der Ecke steht ein Ort mit Angabe des Datums. Abbazia di Praglia, den 14. September 1795.« Er hob den Blick. »Keine Ahnung, wo dieser Ort liegt. Könnte auf eine Abtei hinweisen.«

»Und was weiter?«, drängte Christiane.

»*Bewahren Sie die Erinnerung an den wunderbaren Blick vom Petersdom auf die Oper in Ihrem Herzen, verehrter Meister. Carus Peccator.*«

»Peccator? Was für ein seltsamer Name«, wunderte sich Ernestine. »Sagtest du nicht, der Autor heiße Moritz?«

»Das ist kein Name!« Christian legte die Stirn in Falten und starrte nachdenklich auf den in schnörkeligen Buchstaben zu Papier gebrachten Schriftzug. »Es ist Latein und heißt so viel wie ›der liebe Sünder‹.«

»Das Buch mag von Karl Philipp Moritz stammen, aber diese Widmung kann er nicht verfasst haben.« Christiane deutete auf die Jahreszahl. »1795 war er schon tot, das weiß ich genau. Ich erinnere mich noch, wie betrübt mein guter Goethe war, als er die Nachricht erhielt.«

Christian nickte, denn er hatte sich schon so etwas gedacht. Wagner. Natürlich. Er hatte die Widmung geschrieben. Nach dem Überfall auf die Reisenden und seiner Zeit als Gefangener der Straßenräuber hatte er sich in ein Kloster zurückgezogen.

Das Buch des Reisenden Moritz musste er in Italien gefunden haben. Er hatte es Goethe geschickt, weil er gehofft hatte, dass dieser es in seine Sammlung aufnehmen und dort sicher verwahren würde. Stattdessen war das Buch, vermutlich durch einen dummen Zufall, falsch abgelegt worden und letztendlich in der Kiste mit Goethes Erinnerungsstücken gelandet.

Christiane ging zur Tür und spähte vorsichtig durch den Spalt, um sicherzugehen, dass sich draußen nichts regte. Dann drehte sie vorsichtig den Schlüssel im Schloss herum.

»Sicher ist sicher«, sagte sie mit entschlossener Miene, als sie zum Schreibtisch zurückkehrte. »Aus diesem Haus sind schon zu viele italienische Bücher verschwunden.« Sie nickte Christian zu. »Und jetzt möchte ich eines wissen: Existiert diese Heiratsurkunde nun, ja oder nein?«

25. Kapitel

»Lass mich noch einmal Wagners Widmung sehen«, bat Christian. Dann vertiefte er sich in die wenigen Zeilen, wobei er sich gleichzeitig in Erinnerung rief, was Wagner ihm damals in der Schenke erzählt hatte.

»Er hat Goethe niemals persönlich getroffen«, murmelte er dabei. »Weder in Italien noch später in Weimar. Warum also die Anspielung auf den Blick vom Petersdom und die Oper?«

»Keine Ahnung, ob Goethe jemals in Rom die Oper besucht hat«, meinte Christiane. »Er war mehr an den Zeugnissen der Antike interessiert, an allem, was von den alten Römern noch zu sehen war.«

Christian hörte ihr nur mit halbem Ohr zu, denn seine Gedanken waren ganz woanders. Die Widmung war dazu da, um Goethe den Weg zu der Urkunde zu zeigen, aber ganz sicher hatte Wagner sie nicht auf dem Dach des Petersdoms versteckt und auch nicht im Opernhaus zu Rom. Ansonsten hätte er dieses Buch nicht gebraucht, um sie wiederzufinden. Plötzlich kam ihm eine Idee. Er schlug das Buch auf und begann, Seite für Seite umzublättern.

»Hast du etwas entdeckt?«, wollte Christiane wissen.

»Es gibt im Buch ein Kapitel über den Petersdom und auch eines über die Oper!« Christians Herz klopfte, als er die betreffenden Seiten fand. Das Papier fühlte sich hier dicker an, fast so, als wären einige Seiten zusammengeleimt worden. Aufgeregt griff er nach einem Brieföffner und ritzte mit dessen Klinge ganz vorsichtig den Seitenrand ein. Schon nach einem Augenblick bemerkte er, dass zwischen zwei Seiten ein Hohlraum entstand. Er vergrößerte den Spalt und fuhr dann mit dem Brieföffner zwischen die Seiten, bis er schließlich auf ein gefaltetes Stück Papier stieß. Seine Schwestern hielten den Atem an, als er es vor ihren Augen aus dem Buch zog und vorsichtig auf den Schreibtisch legte.

»Ist das die Heiratsurkunde?« Christiane beugte sich vor, um das Papier besser sehen zu können.

»Ohne jeden Zweifel«, bestätigte Christian, nachdem er den Inhalt des Dokuments gelesen hatte. »Ernst Nikolai und Dorothee Weiler haben tatsächlich in Abano geheiratet, wie mir die Mutter Doktor Hellbergers in Jena versichert hat. Dieses Papier bestätigt die Eheschließung.« Triumphierend tippte er mit dem Zeigefinger auf eine Stelle unterhalb des Textes. »Außer den Brautleuten bezeugen das auch zwei Zeugen, die hier unterschrieben haben.«

»Johann Aurelius Wagner«, entzifferte Christiane. Und …« Überrascht stieß sie einen Pfiff aus »Gordian Petersdorf! Er war einer der Trauzeugen. Das wundert mich. Ich hätte erwartet, dass er der Trauung seines Vormunds vor lauter Ärger ferngeblieben wäre.«

Christian zuckte mit den Achseln. Er vermutete, dass Petersdorf gute Miene zum bösen Spiel gemacht hatte. Die alte Frau Hellberger hatte sich zwar erinnert, dass Petersdorf am Tag der Hochzeit schlechter Laune gewesen war, doch traute Christian dem Manufakturisten ohne Weiteres zu, seinen Vormund hinters Licht geführt zu haben. Er ließ den alten Mann Festmahl und Hochzeitsnacht mit Dorothee genießen, während schon eine Bande von Strauchdieben darauf wartete, die spontan geschlossene Ehe ebenso jäh wieder zu beenden.

Christian und seine Schwester waren so mit der Heiratsurkunde beschäftigt, dass sie gar nicht bemerkten, wie Ernestine Buch und Brieföffner vom Schreibtisch nahm und sich damit auf den Kistenrand setzte. Erst als sie frohlockend aufschrie, drehten sich die beiden zu ihr um. Christian bemerkte, dass seine Schwester ein weiteres Papier auseinanderfaltete.

»Ihr habt die Oper vergessen«, sagte sie mit vor Stolz geröteten Wangen. »Euer Wagner wies den Geheimrat auf zwei Orte hin. Folglich hat er an zwei Stellen etwas versteckt.«

»Ich habe gar nichts vergessen«, brummte Christian, doch insgeheim konnte er nicht umhin, Ernestine für ihre Aufmerksamkeit Achtung zu zollen. »Es war doch völlig klar, dass da noch etwas im Buch stecken muss.«

Christiane hob fragend eine Augenbraue, während sie sich ansah, was Ernestine gefunden hatte. Es handelte sich um zwei eng beschriebene Seiten dünnen Papiers. »Sie könnten aus einem Buch herausgerissen worden sein.«

»Das sind Tagebucheintragungen«, half Ernestine weiter. »Ich habe selbst ein Tagebuch, in das ich alles schreibe, was mir im Kopf herumgeht. Der Herr Geheimrat hat es mir letztes Jahr zu Weihnachten geschenkt.«

Christian ließ sich von seiner Schwester die beiden Blätter geben und kehrte mit ihnen zur Kerze auf dem Schreibtisch zurück, wo es hell genug war, um mehr als nur einen flüchtigen

Blick darauf zu werfen. »Die Witwe Hellberger in Jena hat beobachtet, dass Wagner nach dem Überfall auf die Kutsche so lange mit Nikolai geflüstert hat, bis diesen die Kräfte verließen. Ich bin sicher, Wagner hat hier niedergeschrieben, wie er und der Alte die letzten Stunden in den Händen der Räuber erlebt haben.«

Ich habe zu lange gezögert, Papier und Feder wieder hervorzuholen, denn jetzt ist es schon fast dunkel. Das heißt, dass ich bald nicht mehr genügend Licht haben werde, um meinen Bericht fortzusetzen. Aber ich hatte so große Angst, dass einer unserer Bewacher mich beim Schreiben erwischen und mich aus Wut bestrafen könnte. Zornig sind diese Räuber allesamt. So, wie sie sich vor der Hütte anbrüllen, möchte man annehmen, sie würden sich am liebsten gegenseitig die Kehlen durchschneiden. Mir ist gleich aufgefallen, dass sie keinen richtigen Anführer haben. Hat man je von einer Räuberbande ohne Hauptmann gehört? Weiterhin hätte ich erwartet, dass wir viel sorgfältiger durchsucht werden. Aber weit gefehlt. Meine Barschaft, die ich vor der Abreise aus Abano in meinem Stiefel versteckt hatte, ist noch immer an Ort und Stelle. Aber vermutlich interessiert meine Börse diese Leute nicht. Sie scheinen hinter etwas viel Größerem her zu sein. Sie haben den Herrn Petersdorf herausgeholt und fortgeschickt. Vermutlich soll er für die Gruppe ein Lösegeld beschaffen, aber der alte Herr, sein Verwandter, bezweifelt, dass er sich darauf einlassen wird. Er hat einen fürchterlichen Verdacht, den ich zu teilen anfange. Auf der Rückseite hat der Alte mir ein paar Zeilen diktiert und dann eigenhändig unterschrieben …

Christian hielt inne, denn an dieser Stelle brach Wagners Eintragung ab. Mehr hatte er nicht geschrieben, allerdings ließen seine Andeutungen den Schluss zu, dass er und der alte Nikolai zu diesem Zeitpunkt nicht mehr mit Petersdorfs Rückkehr gerechnet hatten. Was das betraf, hatte sich Wagner geirrt. Petersdorf hatte keineswegs vorgehabt, alle Gefangenen schmoren zu lassen. Die Witwe Hellberger war ihm heute noch dankbar dafür, dass er für sie ein Lösegeld gezahlt hatte, obgleich sie der Ansicht war, es sei viel zu hoch gewesen. Und zuletzt war sogar Wagner freigekommen. Auf welche Weise war auf diesen Seiten nicht festgehalten worden. Sie schwiegen auch darüber, was Dorothee nach Nikolais Tod zugestoßen war. Wagner schien das persönlich nicht mehr beobachtet zu haben. Also war Dorothee als einzige Überlebende der kleinen Reisegesellschaft in der Hütte zurückgeblieben. Allein.

Neben der Leiche ihres Ehemannes.

Christians Mund wurde trocken, als er sich ausmalte, was das Gesindel in diesen Stunden mit der Frau angestellt haben mochte. Dass sie die Torturen überlebt hatte, grenzte an ein Wunder. Langsam wendete er das Blatt und fand dort tatsächlich weitere Zeilen in Wagners zittriger Handschrift.

»Ein Testament«, rief er verblüfft aus.

»Ich vermute, dass der alte Nikolai seinem Ziehsohn hiermit noch eine letzte Lektion erteilen wollte«, bemerkte Christiane, nachdem sie die kurze Niederschrift entziffert hatte.

Christian nickte. »Nikolai konnte nicht beweisen, dass Petersdorf den Raubüberfall geplant hatte, aber sein Verdacht reichte aus, um sein früheres Testament zu verwerfen und Dorothee als alleinige Erbin seines gesamten Besitzes einzusetzen. Außer ihr hat auch Wagner als Zeuge unterschrieben.«

»Petersdorf hoffte vermutlich, dass der alte Nikolai während des Überfalls getötet werden würde«, erklärte Christiane voller Abscheu. »Bestimmt rechnete er nicht damit, dass diesem noch Zeit blieb, in dieser Räuberhöhle seinen letzten Willen zu ändern.«

»Sicher nicht. Aber es spielte auch keine Rolle für ihn. Schließlich verschwanden Testament und Heiratsurkunde zusammen mit Wagner, und Petersdorf trat die Heimreise an. Wieder zu

Hause verbreitete er überall, sein Vormund sei in Italien gestorben. Nach dem Schicksal der Schauspielerin, mit der Nikolai in Weimar eine Affäre gehabt hatte, fragte keiner mehr. Selbst Nikolais Freunde, Bertuch und Kraus, zogen es vor, diese Angelegenheit zu vergessen. Bis meine Fragen zu dem Kupferstich in Bertuchs Journal sie aufgerüttelt haben.«

»Mag sein«, erhob plötzlich Ernestine die Stimme. Sie stand von der Kiste auf und verschränkte die Arme vor der Brust. »Aber die Dokumente ändern alles. Mit ihnen habt ihr den Beweis, dass Petersdorf ein Betrüger ist. Ihm gehört gar nichts, weder die Porzellanmanufaktur noch sonst etwas. Wenn Charlotte von Stein euch zum Herzog begleitet, ist er ruiniert.«

»Gewiss«, sagte Christiane, während sie sich mit einer gleichmütigen Geste eine Haarlocke aus der Stirn strich. »Nur scheint dein Bruder inzwischen nicht mehr Petersdorf für den Täter zu halten.«

Einen Augenblick verschlug es Ernestine die Sprache. Sie starrte ihren Bruder mit offenem Mund an, bevor sie protestierte: »Aber … habe ich mich verhört, oder hast du nicht eben die Tagebucheintragung vorgelesen? Sie beweist doch klipp und klar …«

»Sie beweist, dass Petersdorf sich eine Erbschaft unter den Nagel gerissen hat, die eigentlich nicht ihm, sondern der Witwe seines Vormunds zusteht«, unterbrach sie Christian. »Ein guter Advokat würde behaupten, dass Petersdorf nichts von dem Schriftstück gewusst hat, mit dem Nikolai ihn enterbt hat. Dass er den Überfall inszeniert haben soll, kann man Wagners Worten nicht eindeutig entnehmen. Er würde nach wie vor alles abstreiten und behaupten, das sei alles eine Intrige gegen ihn, weil der Herzog ihn als privaten Geldgeber schätzt.«

Seine Schwestern wechselten einen Blick, aus dem Enttäuschung und Wut sprachen. »Aber er hat Dorothee nicht aus der Gewalt der Räuber befreit wie die anderen. Damit nahm er ihren Tod in Kauf. Wenn das publik wird, muss der Herzog handeln. Er wird Petersdorfs Vermögen einziehen und es, nachdem alles sorgfältig geprüft worden ist, Dorothee überlassen.«

»Vielleicht, aber wer bekommt es, wenn Dorothee nicht mehr auftaucht?« Christian machte ein nachdenkliches Gesicht. »Nehmen wir an, Dorothees Ansprüche ließen sich mit Hilfe der Dokumente tatsächlich durchsetzen, sie selbst könnte ihre Erbschaft aber nicht antreten, weil ihr vorher etwas zustieße. Wer würde dann das ganze Vermögen bekommen?«

»Du meinst, wer nach Dorothee an die Reihe käme?« Christiane runzelte die Stirn. »Kommt ganz darauf an, ob sie jemanden für den Fall ihres Todes bedacht hat. Ich vermute aber …« Sie sprach nicht weiter, weil sie plötzlich ein Hustenreiz überfiel.

Ernestine begriff sogleich, schüttelte aber mit Nachdruck den Kopf. »Nein, das ist unmöglich. Christiane mag über sie denken, was sie will, aber Charlotte von Stein kann damit nichts zu tun haben. Sie ist doch selbst reich und gehört zu den angesehensten Damen von Weimar.«

»Ihr Lebensstil verschlingt eine Menge Geld«, gab Christian zu bedenken. »Ihr Palais an der Ackerwand, die vielen Lakaien, die rauschenden Feste und Soireen. Wer weiß, vielleicht sind ihre Mittel längst erschöpft. Aber eine Frau wie sie kann das nicht zugeben, und sie kann auch unmöglich von heute auf morgen ein bescheidenes Leben führen. Eine solche Blamage würde sie nicht verkraften.«

Christiane nickte aufgeregt. »Doch dann führt das Schicksal sie mit einer Person zusammen, die gesellschaftlich weit unter ihr steht. Eine unbekannte Bühnendarstellerin und Mätresse eines reichen, aber ungehobelten alten Mannes. Keine Frau, mit der Charlotte normalerweise verkehren würde. Aber sie nimmt sie sogleich auf. Und warum? Nur weil sie in ihr ein früheres Patenkind wiedererkennt? Ich will gar nicht wissen, wie viele

Patenschaften sie im Laufe ihres Lebens am Hof des Herzogs eingegangen ist. Bestimmt Dutzende. Aber diese eine interessiert sie besonders, weil die Frau, die sie um Hilfe bittet, die wahre Erbin eines großen Vermögens ist. Sie versteckt Dorothee in ihrem Palais, wovon niemand wissen darf. Natürlich in erster Linie, um sie vor Petersdorf zu schützen. Solange die Heiratsurkunde als Beweis nicht gefunden wurde, ist dies auch nötig. Charlotte spricht Dorothee Mut zu, und diese vertraut ihr. Vielleicht hat Dorothee irgendwann selbst vorgeschlagen, ihre Gönnerin für den Fall ihres Todes zu begünstigen.« Sie holte tief Luft. »Somit fiele Charlotte von Stein Petersdorfs ganzer Besitz in den Schoß. Sie wäre auf einen Schlag die reichste und mächtigste Person in ganz Sachsen-Weimar-Eisenach, reicher als der Herzog. Er würde sie plötzlich in einem ganz neuen Licht sehen und …«

Sie sprach nicht aus, was sie dachte, aber für Christian war es nicht schwer, sich vorzustellen, was ihr im Kopf herumging. Sie fragte sich, ob diese Macht der Freifrau nicht auch dabei helfen würde, Goethes Liebe zurückzugewinnen.

Aber selbst wenn die Freifrau in Wahrheit nur hinter dem Geld ihres Schützlings her war, mochte er nicht glauben, dass sie dazu fähig war, kaltblütig mehrere Menschen zu ermorden. Was hätte sie auch durch Wagners Tod gewonnen? Er war Dorothees Leidensgefährte gewesen und ein Zeuge für ihre Heirat mit Nikolai. Er war mit ihr nach Weimar gekommen, um nach Jahren des Schweigens endlich für Gerechtigkeit zu sorgen. Vielleicht aber hatte Dorothee ihm anvertraut, dass sie vorhatte, der Freifrau aus Dankbarkeit das Geld ihres verstorbenen Gatten zu vermachen, und er war misstrauisch geworden. War es zu einem Streit zwischen ihm und Charlotte gekommen, der blutig geendet hatte? Christian erinnerte sich plötzlich an die Rad- und Hufspuren, die Hauptmann Heyde ihm am Fundort von Wagners Leiche gezeigt hatte. Eine Kutsche hatte dort gehalten.

Charlotte von Steins Kutsche? Hatte sie ihrem Kutscher Sixtus befohlen, Wagner zu ertränken, bevor er Dorothee mit seinem Argwohn anstecken und sie um die Chance bringen konnte, ein großes Vermögen zu erben? In diesem Fall hätte sie auch nicht darauf bauen können, dass Sixtus den Mund hielt. Vielleicht hatte den Kutscher das schlechte Gewissen geplagt, und er hatte verschwinden wollen. Oder er hatte Geld von seiner Herrin gefordert.

Und Jacoby? Im Gegensatz zu Petersdorf hatte Charlotte den Steinmetz nicht gekannt, und selbst wenn Dorothee ihn einmal als Jugendfreund und Schöpfer des Kupferstichs für Bertuchs Modejournal erwähnt hatte, fiel Christian beim besten Willen kein Grund ein, warum die Frau heimlich nach Schwerstedt gefahren und ihn im Glockenturm getötet haben sollte. Davon abgesehen war es nach Aussage von Jacobys Kameraden ein Mann gewesen, der ihn mit einer Nachricht ins Dorf gelockt hatte, und keine vornehme Dame aus Weimar.

Christian sah zu seinen Schwestern hinüber, die ungeduldig darauf warteten, dass er sie an seinen Überlegungen teilhaben ließ.

»Und? Was denkst du?« Christiane stemmte die Arme in die Hüften. »War es die von Stein?«

»Ich … weiß es nicht. Es wäre möglich.« Christian nahm noch einmal die beiden Schriftstücke zur Hand. »Wagner stand auf Dorothees Seite«, murmelte er nachdenklich. »Schon als er noch mit ihr und den anderen Reisenden Gefangener der italienischen Straßenräuber war. Ich kann mir vorstellen, dass er schwer darunter gelitten hat, ihr damals nicht geholfen zu haben. Aber was hätte er tun sollen? Er schwebte wie die anderen auch in Lebensgefahr. Tatsächlich ging er ein großes Risiko ein, indem er Nikolais Testament aufsetzte und seine Beobachtungen trotz Hunger, Hitze und Schlafmangel zu Papier brachte.«

»Er konnte von Glück reden, dass die Banditen ihn nicht erwischten«, sagte Ernestine. »Ich finde, der arme Mann hatte sich nichts vorzuwerfen. Sicher hat diese Dorothee das ebenso gesehen und später seine Hilfe dankbar angenommen.« Sie schüttelte den Kopf. »Wie mag sie wohl die Nachricht von seinem Tod aufgenommen haben?«

»Darauf kann uns nur Charlotte von Stein eine Antwort geben.«

Christiane machte ein wenig begeistertes Gesicht. Offensichtlich jagte ihr der Gedanke, so bald wieder zum Palais ihrer Erzfeindin gehen zu sollen, einen Schauder über den Rücken. »Auf mich musst du verzichten«, sagte sie entschlossen. Dabei wies sie mit einer Kopfbewegung auf das Kanapee in der Ecke, wo der kleine August schlief. »Ich muss bei ihm bleiben, er ist längst nicht so munter, wie es den Anschein hat.«

Am nächsten Morgen war Sonntag, und Christiane bestand darauf, wie gewohnt zur Kirche zu gehen. Sie hatte mit Ernestine und August im Gartenhaus übernachtet, war aber schon beim ersten Hahnenschrei aufgestanden, um den Mägden bei den Frühstücksvorbereitungen zu helfen. Schon als Kind hatte sie sich oft in die Arbeit geflüchtet, wenn etwas an ihr genagt hatte.

Christian dagegen hätte den Gottesdienst nur zu gern verschlafen, doch sein Bauchgefühl sagte ihm, dass er seine Angehörigen nicht allein in aller Früh durch den menschenleeren Park spazieren lassen sollte. So quälte er sich aus den Federn, stürzte eine Tasse kochend heißen Kaffee hinunter, den Christiane aufgebrüht hatte, und beeilte sich, seine Schwestern nicht zu lange warten zu lassen.

In der Kirche St. Peter und Paul herrschte eine sonderbare Stimmung, was in Anbetracht der Ereignisse aber auch nicht allzu verwunderlich war. Stumm saßen die Menschen in den Bänken und lauschten dem Orgelspiel. Nur wenige tauschten mit gesenkter Stimme Neuigkeiten aus. Christian führte Ernestine und Christiane zu einer der hinteren Bankreihen, nahe dem Portal, er selbst suchte für sich und August gegenüber bei den Männern einen Platz. Einige Reihen vor ihm entdeckte er das Ehepaar Bertuch, nur durch den Mittelgang voneinander getrennt. Caroline saß stocksteif in der Bank. Sorgfältig frisiert und in feierlichem Schwarz, gab sie vor, der Predigt zu lauschen, doch Christian entging nicht, dass sie nicht zur Kanzel hinaufsah. Ihre Aufmerksamkeit galt vielmehr Charlotte von Stein, die vier Reihen vor ihr neben einer ihrer Freundinnen, einer Hofdame der Herzoginmutter, saß. Die Freifrau sah blass aus, ihre Augen lagen tief in den Höhlen, und Christian war davon überzeugt, dass sie den Worten des Mannes auf der Kanzel ebenso wenig zuhörte wie Caroline Bertuch und er selbst.

Erst als der Geistliche schwungvoll seine Bibel zuschlug, beeilten sich die Frauen, den Blick zu heben.

»Wir beklagen den Tod dreier Nachbarn, die durch die Taten eines heimtückischen Mörders aus unserer Mitte gerissen wurden«, rief der Pfarrer nun mit fester Stimme, wobei er auf die Häupter seiner Gemeinde herabblickte, als wollte er sie zählen. »Wir beklagen außerdem den Tod eines fremden Reisenden, der innerhalb unserer Mauern Gastfreundschaft suchte, aber ein grausames Ende fand. Was wisst ihr über diesen Unglücklichen? Habt ihr euch gefragt, was ihn zu uns nach Weimar geführt hat? War er ein Anhänger der Poesie, der schönen Künste, der von dem Ruf angelockt wurde, dass hier die klügsten und feinsinnigsten Köpfe unserer Zeit zu finden seien?« Er warf die Arme in die Luft. »Ich hatte das Vorrecht, mit dem Reisenden zu reden, bevor seine Reise auf Erden endete. Er kam zu mir in diese Kirche, weil er sich von üblen Mächten verfolgt und von Dämonen gejagt fühlte. Zutiefst enttäuscht von den Menschen, war es sein Ziel, Frieden im Gebet zu finden.«

In einer der hinteren Bankreihen bekam jemand einen Hustenreiz. Christian warf einen Blick über die Schulter und erkannte den Hofmaler Kraus, der sich ein Taschentuch vor den Mund presste. Sein Gesicht hinter dem Brillengestell war knallrot angelaufen.

Während der Pfarrer innehielt, um Luft zu holen, spähte Christian zu den Frauenreihen, wo er Christianes fragenden Blick auffing. Caroline Bertuchs Miene blieb unbewegt, ebenso die ihres Mannes, während Charlotte von Stein mit umwölkter Stirn auf das Gebetbüchlein in ihrem Schoß starrte. Der Pfarrer setzte seine Predigt mit lauter Stimme fort, doch Christian war mit seinen Gedanken viel zu weit weg, um auch nur noch ein Wort von ihm aufzunehmen. Wagner war also hier gewesen, in dieser Kirche. Er hatte Zuflucht gesucht. Aber natürlich, wie hatte er das nur vergessen können? Er selbst hatte ihn doch beim Verlassen des Gotteshauses gesehen. Nicht nur das, er war ihm hinterhergeeilt.

Aber war Wagner tatsächlich lediglich in der Kirche gewesen, um dem Pfarrer sein Leid zu klagen oder hatten ihn noch andere Gründe hierhergeführt?

Christian schreckte hoch, als er eine Hand auf seiner Schulter spürte.

»Alles in Ordnung mit dir?« Die Frage kam von Ernestine, die ihn mit einem Ausdruck von Besorgnis betrachtete. »Christiane und der Kleine sind bereits auf dem Weg zum Frauenplan. Ich wollte auf dich warten.«

»Auf mich?« Er drehte sich suchend um und bemerkte, dass er ganz allein im Gestühl der Männer saß. Längst waren die Kirchenbesucher aus dem Eingangsportal geströmt, und sogar die Diakone hatten sich mit ihren mehr oder weniger gefüllten Klingelbeuteln durch eine der Seitentüren davongemacht.

Sie seufzte, erwiderte aber das Lächeln, das auf seinem Gesicht erschien. »Siehst du hier sonst noch jemanden, auf den ich eventuell warten könnte?« Sie trat dabei unsicher von einem Bein aufs andere. Offensichtlich fiel es ihr schwer, Worte für das zu finden, was sie ihm sagen wollte.

»Ich wollte dir nur sagen, dass es mir leidtut.«

Christian sah sie überrascht an, ließ sie aber weiterreden, ohne etwas darauf zu erwidern.

»Ich war in letzter Zeit häufig launisch und ungerecht zu dir. Vielleicht, weil ich …«

»Weil du dich ausgeschlossen fühltest?«, half Christian noch immer lächelnd nach. Er konnte sich gut vorstellen, welche Überwindung seine jüngere Schwester dieses Bekenntnis kostete. Doch er verstand sie besser, als sie vermutete. Während ihn mit Christiane ein besonderes Vertrauensverhältnis verband, hatte er sich doch nie die Mühe gemacht, Ernestine wirklich kennenzulernen. Als Goethe sie eingeladen hatte, ins Haus am Frauenplan zu ziehen, war ihm eine Last von den Schultern genommen worden, weil er sich nicht mehr um die früh verwaiste Halbschwester kümmern musste. Er hatte es vorgezogen, ihr aus dem Weg zu gehen oder, wenn es sich nicht vermeiden ließ, auf ihre patzigen Bemerkungen mit Spott zu reagieren, doch plötzlich schämte er sich für sein Verhalten, denn er begriff, dass es seine Zurückweisung gewesen war, die sie gekränkt hatte. Sie hatte sich von ihm zurückgezogen, weil sie gespürt haben musste, dass er Christiane ihr vorzog.

Ernestine setzte sich neben ihn auf die Kirchenbank. »Unser Vater ging gern mit mir hierher. Nicht nur an Sonn- und Feiertagen. Er liebte diese Kirche sehr. Hast du das gewusst?«

Christian musste verneinen. Nachdem sein Vater sich wieder verheiratet hatte, war er nicht mehr allzu oft zu Hause gewesen. Er hatte studiert, zuerst in Jena, dann in Erlangen und nur selten die Zeit gefunden, nach Weimar zu kommen. Er hatte keine Ahnung, wie Ernestine ihre Kindheit verbracht hatte. Nach einigem Zögern streckte er die Hand nach ihr aus, und sie ließ es zu, dass er sie sanft an der Schulter berührte.

»Ich weiß, dass Vater dich auch sehr geliebt hat«, sagte er schließlich mit belegter Stimme. »Er hätte sich gern um dich gekümmert, aber fürs Bemuttern hast du ja jetzt Christiane. Und für den Ernstfall bin ich auch noch da.«

Ernestine machte ein erschrockenes Gesicht. Dann erzählte sie Christian, wie sie zu Heyde gegangen war, um ihn um Hilfe zu bitten, und wie der Hauptmann ihre Arglosigkeit ausgenutzt hatte, um Christiane wegen des Silberknopfs zu erpressen.

»Meine Schuld«, murmelte sie leise, während sich ihre Blicke irgendwo in der Weite des Kirchenschiffes verloren. »Alles meine Schuld. Nicht genug, dass ich vor einigen Tagen August in der Stadt aus den Augen verloren habe, wegen meiner Dummheit musste Christiane diesem Heyde Petersdorfs Knopf aushändigen.« Sie fing an zu schluchzen. »Ich muss es ihr sagen, auch wenn sie mich dieses Mal davonjagt.«

Christian schüttelte den Kopf. Nun wurden ihm die Zusammenhänge klar und ergaben eine ganz neue Sichtweise. Nicht Petersdorf hatte den Untersuchungsbeamten auf den Silberknopf angesetzt, Heyde hatte von Ernestine davon erfahren.

»Mach dir nichts daraus«, beruhigte er das Mädchen, indem er ihm flüchtig über die Wange streichelte. »Heyde ist ein verdammt gerissener Mistkerl, dem schon ganz andere in die Falle gegangen sind. Aber dieser dämliche Knopf hätte uns ohnehin keinen Schritt weitergebracht. Daher finde ich, dass wir Christiane neue Aufregungen ersparen und über die Sache kein Wort mehr verlieren sollten.«

Ernestine starrte ihn ungläubig an. »Nicht dein Ernst, oder?«

Er nickte und leistete keinen Widerstand, als sie sich blitzschnell vorbeugte und ihm einen Kuss auf die Stirn hauchte.

26. Kapitel

Nachdem Ernestine die Kirche verlassen hatte, klopfte Christian leise an die Tür zur Sakristei, hinter der gedämpftes Gemurmel zu hören war. Entweder führte Pfarrer Stiel Selbstgespräche, oder er hatte Besuch. Als Christian den Raum betrat, sah er, dass der Geistliche allein und damit beschäftigt war, die schlohweiße, gerollte Perücke, die er während des Gottesdienstes getragen hatte, gegen ein schlichteres Modell zu tauschen. Fragend hob er die Augenbrauen.

»Nanu, ist das nicht der junge Herr Vulpius? Wenn ich mich recht entsinne, liegt Ihr letzter Gottesdienstbesuch nun auch schon ein Jahr und … lassen Sie mich überlegen … vier Monate zurück. Richtig, jetzt weiß ich es wieder, es war am Ostersonntag 1796.«

Christian neigte lächelnd den Kopf. Ein gutes Gedächtnis hatte der Herr Pfarrer, das musste er ihm lassen. »Ihre Worte vorhin haben mich sehr beeindruckt«, sagte er. »Was Sie da über den armen Reisenden gesagt haben …«

»Wir sollten für die Seele des Ärmsten beten, aber auch für die irregeleitete Kreatur, die ihn getötet hat, damit sie ihre Sünden bereut und dem Satan entsagt«, unterbrach ihn der Pfarrer ungeduldig. Er fuhr hastig fort, sich umzukleiden, wobei seine Miene zu erkennen gab, dass er Christians Besuch als störend empfand.

»Wenn Sie meine heutige Predigt beeindruckt hat, hoffe ich, Sie künftig wieder öfter in der Kirche zu sehen, junger Freund!« Mit zufriedener Miene drückte Pfarrer Stiel seinen Hut auf die Ausgehperücke und rückte ihn auf dem Weg zur Tür sorgfältig zurecht. »Tut mir leid, mein Sohn, aber ich muss mich sputen. Ein dringender … Krankenbesuch.«

Wohl eher ein saftiger Schweinebraten mit Klößen, dachte Christian. Da er sich jedoch so leicht nicht abwimmeln lassen wollte, eilte er dem Geistlichen nach und hielt ihn auf, ehe er den Raum verlassen konnte.

»Ich habe Aurelius Wagner gekannt«, sagte er frei heraus, während Pfarrer Stiel verblüfft einen Schritt zurückmachte.

»Wen?«

»Wagner. Den Reisenden aus Ihrer Predigt.« Er atmete tief durch, dann sah er den Pfarrer bittend an. »Ich weiß, wie merkwürdig das für Sie klingen mag, aber ich muss wissen, worüber er mit Ihnen in der Kirche gesprochen hat. Vermutlich waren Sie der Letzte, der ihm zugehört hat.«

Der Pfarrer kratzte sich am Kopf, dann starrte er Christian mit einem Blick an, aus dem die nackte Angst sprach. »Heißt das ... dieser Wagner könnte ermordet worden sein, weil er mich an jenem Nachmittag aufgesucht hat?« Fassungslos schwankte er zu einem mit wasserblauem Samt gepolsterten Lehnstuhl und ließ sich darauf nieder. Einen Moment herrschte Schweigen, dann sagte Pfarrer Stiel: »Gütiger Gott, dann schwebe womöglich auch ich in Gefahr! Dieser Mann ...«

»Wagner ...«

»Er kam zu mir in die Sakristei, genau wie Sie, Vulpius. Ich bemerkte sogleich, dass ihn etwas bedrückte. Er trug eine schwere Last mit sich herum. Aber ich ...« Er räusperte sich. »Wären Sie so liebenswürdig, mir etwas zu trinken zu bringen? Ich habe plötzlich das Gefühl, innerlich zu verbrennen. Bestimmt die Aufregung. Bin ein alter Mann.«

Christian ging zu einer Eichenkommode und griff nach einer von zwei Kupferkannen, die auf einem blank polierten Tablett standen. Sie war schwer, fast bis zum Rand gefüllt. »Wasser?«

Der Pfarrer machte eine wegwerfende Handbewegung. »Lieber Wein, ich brauche jetzt eine Stärkung. Nehmen Sie sich ruhig auch ein Glas!«

Christian lehnte dankend ab und wartete ungeduldig, bis der Mann genug getrunken hatte, um zu jenem Nachmittag zurückzukehren, an dem Wagner ihn aufgesucht hatte. Auf seine Frage, ob Wagner ihm Näheres über seine Vergangenheit oder den Grund seines Aufenthalts in Weimar erzählt habe, schüttelte Pfarrer Stiel den Kopf.

»Nein, dazu hat er sich nicht geäußert. Er sagte nur, er sei schon mehr als einmal durch die Hölle gegangen und nun zu allem Überfluss von einem Menschen enttäuscht worden, von dem er das nicht erwartet hätte. Das hat ihm arg zugesetzt.«

Enttäuscht? Christian wurde hellhörig. »Von wem? Hat er Namen genannt? Denken Sie bitte nach, das könnte von entscheidender Bedeutung sein. Ist vielleicht der Name Charlotte von Stein gefallen?«

Der Pfarrer starrte ihn mit offenem Mund an. »Freifrau von Stein? Nein, die hat er mit keiner Silbe erwähnt. Dafür aber den Herrn von Goethe. Er schien besonders aufgebracht darüber, dass der Geheimrat diesen Sommer auf Reisen ist. Mag sein, dass er deswegen so enttäuscht war.«

Ja, weil er das Buch mit den Urkunden wiederfinden musste, überlegte Christian. Vermutlich war er für den Mann, der sich so verzweifelt bemüht hatte, seine ehemalige Mitgefangene zu beschützen, auch nichts weiter als eine Enttäuschung gewesen. Ein Versager, der nicht einmal einen kleinen Auftrag für ihn hatte ausführen können. Dass Christian mit Hilfe seiner beiden Schwestern die lange vermisste Heiratsurkunde und die Tagebuchseiten gefunden hatte, machte Wagner nicht mehr lebendig.

Aber vielleicht hielt ihr Fund einen gefährlichen Mörder auf.

»War das alles?«, hakte Christian nach. »Mehr hat er Ihnen nicht gesagt?« Er trat ans Fenster und blickte hinaus. Draußen schien die Sonne, nicht mehr so heiß wie in den Tagen zuvor zwar, doch am Himmel war nicht das kleinste Wölkchen zu entdecken. Ein sanfter Wind griff wie mit Händen in das Laub unter den alten Bäumen des Kirchhofs und trieb sie vor sich her über das holperige Pflaster. Am Fuß der Treppe, die zum Pfarrhaus führte, lag ein Hund an einer Kette und döste vor sich hin.

Der Pfarrer räusperte sich erneut. »Nein, aber er bat mich, ihm einen Blick in die Register meiner Gemeinde zu erlauben.«

Überrascht riss Christian die Augen auf. Er versuchte sich vorzustellen, was in Wagners Kopf vorgegangen war. »Er ist verzweifelt, weil er bei der Suche nach Dorothees Heiratsurkunde und Nikolais Testament nicht vorankommt«, murmelte er leise vor sich hin. »Dabei läuft ihnen die Zeit davon, denn sie können sich nicht ewig vor Petersdorf verstecken. Er geht in die Kirche, aber er sucht dort nicht den Trost des Geistlichen. Die wenigen Worte, die er mit ihm wechselt, dienen nur dazu, das Mitleid des Pfarrers zu wecken. Was er eigentlich will, ist ein Einblick in die kirchlichen Register.« Er massierte sich die Schläfen und begann unter den ratlosen Blicken des Pfarrers, im Raum umherzugehen. »Aber was sucht er? Wen sucht er?«

»Mir hat er gesagt, er suche nach einem Verwandten, zu dem er den Kontakt verloren habe«, sagte Pfarrer Stiel. »Allerdings interessierte er sich nur für Eheschließungen des Jahres 1786.«

Eheschließungen? Christian versuchte, sich zu konzentrieren. Hatte er etwa geglaubt, im Kirchenbuch einen Hinweis auf Dorothee und Nikolais Heirat zu finden? Aber das ergab keinen Sinn. Die beiden hatten zwar zu dieser Zeit ihre Reise nach Italien angetreten, aber geheiratet hatten sie erst später in Italien. Die Nachricht von ihrer ehelichen Verbindung war niemals bis nach Weimar gedrungen und schon gar nicht im Kirchenregister festgehalten worden.

Der Geistliche rutschte unruhig auf seinem Stuhl hin und her. Sein bislang so rosiges Gesicht nahm plötzlich die Farbe alten Papiers an. »Mag sein, aber was er las, schien ihm nicht zu behagen. Er wirkte noch niedergeschlagener, so, als hätte sich eine düstere Ahnung bewahrheitet. Ich fragte, ob ich ihm helfen könne, aber er sagte nur, er wisse jetzt, dass ihr Ehemann noch am Leben sei.«

»Ihr Ehemann? Wessen Ehemann?«, rief Christian, doch an Stelle einer Antwort reichte der Geistliche ihm sein leeres Glas. Bevor Christian es entgegennehmen konnte, entglitt es seinen Fingern und zerbrach auf den Steinplatten.

»Ich weiß nicht … was plötzlich mit mir los ist«, sagte der ältere Mann. »Plötzlich dreht sich alles um mich herum.« Er stieß ein paarmal auf, dann schob er zwei Finger unter den Kragen und schnappte nach Luft.

Christian wurde blass vor Schreck. »Herr Pfarrer, ist Ihnen nicht gut?«

»Noch einen Schluck …« Stiels Stimme brach. Mit bebenden Fingern tupfte er sich den Schweiß von der Oberlippe, während seine Augen aus den Höhlen traten. Was zum Teufel fehlte dem Mann? Besaß er etwa ein schwaches Herz? Aber bis eben hatte er doch noch munter gewirkt.

»Sie brauchen keinen Wein, sondern einen Arzt«, rief Christian. Als er sich zur Tür wendete, hörte er hinter sich ein Ächzen und ein dumpfes Poltern. Der Pfarrer war zu Boden gesunken, geradewegs in die Scherben des zerbrochenen Weinglases. Christian eilte zu ihm, um ihm auf die Beine zu helfen, doch als er ihn unter den Achseln packen wollte, spürte er, wie der Körper des Pfarrers zuerst erschlaffte, dann aber von einer Woge heftiger Krämpfe ergriffen wurde. Christian geriet in Panik. Die Entscheidung, ob er den Geistlichen weiter festhalten oder loslassen und Hilfe herbeirufen sollte, wurde ihm jedoch schon im nächsten Moment abgenommen, als die Tür aufgerissen wurde und eine junge Frau mit einem Korb über dem Arm auf der Türschwelle erschien. »Allmächtiger«, stieß sie hervor. »Was machen Sie da mit dem Herrn Pfarrer?«

Als sie sah, wie Stiel blutigen Schaum erbrach und unter Qualen die Augen verdrehte, ließ sie augenblicklich ihren Korb fallen, schlug die Hände gegen die Wangen und kreischte schrill drauflos.

»Einen Arzt, Jungfer«, schrie Christian die Frau an. »Na los, er braucht Hilfe. In der Kirchgasse wohnt Doktor Hellberger. Rasch, beeilen Sie sich!«

Zu Christians Erleichterung vergingen nur wenige Augenblicke, bis der Arzt, gefolgt von dem kreidebleichen Mädchen, die Sakristei betrat. Wenn er überrascht war, Christian hier anzutreffen, so ließ er es sich nicht anmerken. Stattdessen beugte er sich über den röchelnden Mann, der mit seinem blutüberströmten Gesicht, in dem noch zahlreiche Scherbensplitter steckten, einen grausigen Anblick bot. Er überprüfte Puls und Atmung, bevor er behutsam ein Augenlid anhob. Als er an dem Erbrochenen roch, runzelte er die Stirn. »Gift, kein Zweifel! Ich fürchte, ich kann nichts mehr für ihn tun.« Doktor Hellberger hatte den Satz nicht einmal ganz zu Ende gesprochen, als der Körper des Pfarrers zu zucken aufhörte.

»Ist er …« Noch hatte Christian nicht ganz und gar begriffen, was sich hier soeben abgespielt hatte.

»Ja, er ist tot«, sagte der Arzt, nachdem er dem Mann einen Spiegel unter die Nase gehalten hatte. Suchend schaute er sich in dem dämmrigen Raum um, der abgesehen von dem Stuhl des Pfarrers, dem Schrank für seine Gewänder und der Kommode keine weiteren Möbelstücke enthielt. »Was hat er gegessen?«

»Gegessen hat er gar nichts, aber er hat ein Glas Wein getrunken!« Christian holte die Kanne von der Kommode und ließ den Arzt daran schnuppern.

»Und Sie haben nichts von dem Wein getrunken? Keinen Tropfen?«

Christian öffnete den Mund, um etwas zu sagen, brachte aber kein Wort, sondern nur ein schwaches Kopfschütteln zustande.

»Ihr Glück. Sonst wären Sie jetzt auch tot. Das Gift hat den armen Mann innerhalb weniger Minuten getötet.« Er drehte sich zu der jungen Frau um, die schluchzend vor ihrem Korb in die Knie gegangen war, um mit einem Zipfel ihres Rockes die Flüssigkeit aufzuwischen, die durch das Weidengeflecht sickerte und sich in einer Lache auf den Steinplatten sammelte.

»Was ist das?«

»Eine Flasche Burgunder«, jammerte das Mädchen. »Sie ist zerbrochen, als mir der Korb aus der Hand fiel. Es tut mir leid, aber ich bin so fürchterlich erschrocken, als ich den Herrn Pfarrer auf dem Fußboden liegen sah. Ich sollte doch …«

Hellberger wechselte einen Blick mit Christian, dann fragte er sanft: »Ja?«

»Nun, meine Mutter arbeitet als Köchin im Pfarrhaus. Der Herr Pfarrer sagte ihr vor dem Gottesdienst noch, dass in der Sakristei kein Tropfen Wein mehr in der Kanne war und sie mich mit einer neuen Flasche vorbeischicken sollte. Weil der Herr Pfarrer doch jeden Sonntag nach dem Morgengottesdienst ein Gläschen zur Stärkung trank. Er sagte, sein Arzt habe ihm das empfohlen.«

Hellbergers Miene nach war er nicht dieser Arzt gewesen. Christian fragte sich, ob er immer noch so verzweifelt nach neuen Patienten suchte. Nun, hier, im Pfarrhaus würde er keine mehr gewinnen. Nachdenklich bückte er sich nach der Kupferkanne, die der Arzt auf den Boden neben den Lehnstuhl gestellt hatte. Sie war noch fast halbvoll.

»Jemand muss die Kanne während des Gottesdienstes aufgefüllt und das Gift untergemischt haben. Er musste nicht befürchten, von Pfarrer Stiel erwischt zu werden, weil der ja auf der Kanzel stand.«

Doktor Hellberger schüttelte mit einem tiefen Seufzer den Kopf, der seine ganze Ratlosigkeit widerspiegelte. »Die Kirche war brechend voll. Als ich kam, habe ich nur einen Stehplatz auf der Empore gefunden.«

Christian spähte zur Tür hinüber. Ihm war nicht aufgefallen, dass jemand vor oder während der Predigt sie geöffnet hatte, um sich in die Sakristei zu begeben. Aber da gab es noch die zweite Tür, die hinaus ins Freie führte. Sie war unverschlossen. Ja, so musste es gewesen sein. Der Mörder hatte gewartet, bis Geläut und Orgelspiel verklungen waren, dann war er rasch in die Sakristei gelaufen, hatte die leere Kupferkanne mit vergiftetem Wein nachgefüllt und war sogleich wieder verschwunden. Und danach? Hatte er die Kaltblütigkeit besessen, sich noch unter die Gemeinde zu mischen und der Predigt zu lauschen, wissend, dass es die letzte war, die sein Opfer halten würde? Christian versuchte sich daran zu erinnern, ob nach ihm und seinen beiden Schwestern noch jemand die Kirche betreten hatte. Bertuch und seine Frau waren schon vor ihnen im Gestühl gewesen, ebenso die Freifrau von Stein. Doktor Hellberger behauptete, zur Empore hinaufgestiegen zu sein. Wie vermutlich viele andere auch, die im letzten Moment gekommen waren. Georg Melchior Kraus? Was war mit ihm? Christian entsann sich, wie durcheinander der Hofmaler ausgesehen hatte. Er hatte krampfhaft gehustet wie ein Schwindsüchtiger. Christian hatte angenommen, die Predigt habe den Leiter der Fürstlichen Zeichenschule aufgewühlt, aber was, wenn seine Erregung eine ganz andere Ursache gehabt hatte?

Noch ganz in Gedanken hörte er zu, wie Hellberger die Tochter der Köchin nach Hause schickte und ihr versprach, später im Pfarrhaus vorbeizuschauen. Mit einem Schrecken, wie sie ihn erlitten hatte, war aus ärztlicher Sicht nicht zu spaßen. Der väterliche Ton des Arztes beruhigte sie tatsächlich ein wenig, denn sie hörte auf zu weinen und verabschiedete sich sogar von Christian mit einem Nicken. Nachdem er die Tür hinter der jungen Frau geschlossen hatte, drehte sich Hellberger mit gerunzelter Stirn nach Christian um. »Er hat wieder zugeschlagen, nicht wahr? Der Kerl, der auch die anderen Leute getötet hat. Vor einer Stunde hat der Pfarrer noch vor ihm gewarnt und die Gemeinde aufgefordert, für seine verlorene Seele zu beten, und nun liegt er hier.« Er seufzte. »Gift im Wein – ist das zu fassen! Aber warum? Wer vergiftet ausgerechnet einen geistlichen Herrn, der schon seit fast zwanzig Jahren in dieser Pfarrei wirkte? Etwa nur, weil dieser Reisende zu ihm in die Kirche kam, um ihm sein Herz auszuschütten?«

Christian gab sich Mühe, dem Blick des Arztes nicht auszuweichen. Hellberger begegnete ihm zwar auf seine gewohnt leutselige Art wie einem alten Bekannten, doch all die Höflichkeit vermochte nicht darüber hinwegzutäuschen, dass ihn Christians Anwesenheit stutzig machte. Er musste glauben, der Tod folgte Christian auf den Fersen.

»Der Giftanschlag auf den Pfarrer war ebenso wohlüberlegt wie die Morde zuvor«, sagte er nach einigem Zögern. »Gewiss hat er mit Aurelius Wagners Besuch hier zu tun, aber wenn mich nicht alles täuscht, hatte der Mörder noch einen wesentlich gewichtigeren Grund dafür, das Gift in den Wein zu rühren.«

Auf dem Hof erklang Hundegebell. Doktor Hellberger trat ans Fenster und spähte in den Hof hinaus. »Da kommt Hauptmann Heyde«, murmelte er leise vor sich hin. »Ich habe das junge Ding aus dem Pfarrhaus gebeten, nach ihm suchen zu lassen. Ging ja verdammt schnell.«

Schnell? Christian verfluchte den Übereifer des Arztes. Hätte er nicht noch ein wenig warten können, bevor er den Untersuchungsbeamten verständigte? Damit war jede Gelegenheit im Kirchenbuch nachzuforschen, was Wagner darin so verstörend fand, zunichtegemacht. Heyde würde ihm keinen Einblick darin gewähren, aber er musste wissen, was dieser vermaledeite Eintrag beinhaltete. Er hatte Wagner und schließlich auch dem Pfarrer den Tod gebracht – Letzterem durch einen tragischen Zufall, denn ohne jeden Zweifel hatte der arme Mann nicht einmal begriffen, worum es seinem Besucher bei dessen Suche gegangen war.

338

Ihr Ehemann sei noch am Leben, hatte Wagner vor sich hingemurmelt. Hatte er etwa von Dorothee Weiler und dem alten Nikolai gesprochen? Aber der war doch in Italien gestorben. Es gab Zeugen dafür, und selbst wenn er noch eine Weile gelebt haben sollte, wäre er jetzt so alt wie Methusalem. Nein, ganz gewiss konnte Wagner aus den Weimarer Kirchenunterlagen keine Informationen über die Ehe von Dorothee Weiler und dem alten Nikolai herausgelesen haben. Diese war in Italien geschlossen worden. In aller Heimlichkeit. Und der Alte war nun einmal mausetot.

»Hören Sie, eigentlich braucht der Herr Hauptmann meine Aussage doch gar nicht«, wandte sich Christian mit einem vorsichtigen Lächeln an Hellberger. »Es sei denn, Sie hätten mich in Verdacht, dem armen Mann Gift in den Wein gemischt zu haben. Aber …« Er breitete die Arme aus. »… wie Sie sehen, habe ich keine Flasche bei mir.«

»Ich habe Sie nie verdächtigt«, erwiderte Doktor Hellberger. Es klang überrascht, beinahe ein wenig gekränkt, weil Christian ihm so etwas zutraute. »Aber ich vermute, dass unser Freund Hauptmann Heyde darüber anders denkt.«

Christian atmete tief durch. »Ich fürchte, da haben Sie recht.«

»Daher verschwinden Sie besser.« Er machte eine Handbewegung in Richtung Tür. »Laufen Sie durch die Kirche, und machen Sie sich keine Sorgen.« Über das Gesicht des Arztes legte sich ein sanftes Lächeln. »Ich werde mich um alles kümmern.«

Als Christian abgehetzt am Frauenplan eintraf, saßen seine Schwestern mit August und den beiden Mägden noch im Esszimmer zu Tisch. Ein sechstes Gedeck verriet ihm, dass man im Goethehaus mit seinem Erscheinen gerechnet hatte. Er war gerührt, als Ernestine sogleich aufsprang, um ihm aus einer Terrine einen Schlag dampfende Suppe in den Teller zu schöpfen, doch obwohl sie ebenso köstlich duftete wie das frisch gebackene Brot, wusste er sogleich, dass er keinen einzigen Bissen hinunterbekommen würde.

Stumm vor sich hinbrütend wartete er, bis die Nachspeise serviert war und sich die beiden Stubenmädchen mit August in den Garten zurückgezogen hatten. Erst als die Tür ins Schloss fiel, wagte er es, Christiane und Ernestine vom Tod des Pfarrers in Kenntnis zu setzen.

»Gütiger Gott«, hauchte Christiane, während Ernestine den Schluck Wein, den sie schon im Mund hatte, wieder zurück ins Glas spie. Niemand am Tisch tadelte sie deswegen.

»Ich glaube, ich rühre keinen Wein mehr an, solange ich lebe!«

»Keine Sorge, an eurer Flasche hat sich keiner vergriffen«, sagte Christian. Es tat ihm leid, seine Schwestern schon wieder mit einer Unglücksbotschaft zu überfallen. Andererseits hätten ihm die beiden kaum verziehen, wenn sie von diesem neuen Mord erst durch den Ausrufer oder einen Nachbarn erfahren hätten.

Christiane schüttelte den Kopf. »Ich begreife das nicht! Der Pfarrer von St. Peter und Paul war ein freundlicher älterer Herr gewesen, der keiner Fliege etwas zu Leide getan hat. Wisst ihr, dass er uns alle drei eingesegnet hat?«

»Er hat auch Vaters Trauung mit meiner Mutter vorgenommen«, ergänzte Ernestine in leicht vorwurfsvollem Ton. »Man sagte ihm nach, dass er ein ausgezeichnetes Gedächtnis hatte und niemals ein Gesicht vergaß. Wer einmal vor ihm stand, um ein Kind taufen zu lassen oder die Ehe einzugehen, an den erinnerte er sich auch Jahre später noch.«

»Das kann ich bestätigen!« Unter den schockierten Blicken der beiden Frauen schenkte sich Christian ein Glas Wein ein und nippte daran. »Er hat sich genau erinnert, wann ich das letzte Mal in seinem Gottesdienst war. Wagner hatte er vor seinem Besuch jedoch noch nie gesehen, sonst hätte er mir das gesagt.«

»Ja, aber was kann Wagner im Kirchenregister denn so Schreckliches entdeckt haben? Wie du sagst, hat er von einer großen Enttäuschung gesprochen.«

»Vielleicht hält die Freifrau von Stein den alten Nikolai ja doch in ihrem Kellergewölbe bei Wasser und Brot gefangen«, sagte Ernestine.

Christiane, die solche Scherze nicht leiden konnte, verzog das Gesicht. »Natürlich, er hat in Italien das Geheimnis der Unsterblichkeit gefunden und weigert sich, es ihr zu verraten.« Sie schnaubte. »Um sich ihre Jugend zu erhalten, um meinem Goethe wieder schöne Augen zu machen, würde sie vielleicht wirklich morden.«

Im nächsten Augenblick kam Christianes Dienstmädchen hereingelaufen und meldete einen Boten aus dem Palais von Stein, der Christiane einen Brief seiner Herrin überbrachte.

»Die gnädige Frau bittet Sie und Ihren Bruder umgehend zu sich«, sagte der Mann in einem Ton, als habe er seine Nachricht auswendig gelernt. »Sie hat Ihnen etwas zu sagen.«

27. Kapitel

Der hochgewachsene Lakai, der sie zehn Minuten später durch die Halle der Freifrau führte, war derselbe, der Christian in Augusts Kinderstube für einen Eindringling gehalten und sich auf ihn gestürzt hatte. Christiane hätte sich gern noch einmal bei ihm für seine Hilfe bedankt, aber der Mann tat so, als wäre er weder ihr noch ihrem Bruder je zuvor begegnet. Reserviert wies er den Geschwistern den Weg durch die Zimmerflucht und verlor kein Wort darüber, dass Christiane vor jedem der reich verzierten venezianischen Kristallspiegel stehenblieb, um sich von allen Seiten zu begutachten. Vor ihrem überstürzten Aufbruch hätten sie keine zehn Pferde dazu bewegen können, sich für diesen Besuch herauszuputzen. Nun aber, da sie in der Halle ihrer alten Rivalin von all dem Prunk umgeben war, wurde ihr bewusst, dass sie in ihrem schlichten dunklen Kleid, unfrisiert und ohne Hut und Schultertuch wie ein hässliches Entlein wirken musste.

Charlotte von Stein nahm jedoch keine Notiz davon, wie die Geliebte ihres alten Freundes gekleidet war. Sie saß auf einer Chaiselongue und blätterte nervös in einem Buch. Als sie die Geschwister eintreten sah, legte sie es sogleich weg und eilte mit vor Aufregung blitzenden Augen auf sie zu. »Haben Sie schon gehört, dass Pfarrer Stiel von St. Peter und Paul tot ist?«

Christiane sah ihren Bruder nicken und folgte seinem Beispiel. Dass Christian dabei gewesen war, wie der alte Mann den vergifteten Wein getrunken hatte, würde sie Charlotte nicht auf die Nase binden. Sie traute der Frau nach wie vor nicht über den Weg.

»Wie schrecklich, nicht wahr? Er muss kurz nach seiner Predigt zusammengebrochen sein. Womöglich ist ihm die Aufregung nicht bekommen.«

»Die Aufregung?«, fragte Christiane.

Die Freifrau verdrehte die Augen, als könne sie nicht glauben, wie jemand so begriffsstutzig sein konnte. »Haben Sie etwa die Predigt verschlafen? Der Mann erklärte vor versammelter Gemeinde, dass der arme Wagner noch kurz vor seinem Tod zu ihm in die Kirche kam. Und nur kurz darauf ist er selbst tot. Nennen Sie das etwa einen Zufall?«

Christian räusperte sich. »Nun, jetzt, wo Sie es sagen …«

»Eben!« Charlotte von Stein zuckte kurz zusammen, als aus dem Nebenraum, der nur durch eine Schiebetür von ihrem Lesesalon getrennt war, leise Musik erklang. Jemand spielte auf dem Cembalo eine hübsche, aber auch ein wenig unheimlich klingende Melodie.

»Sie haben Besuch?« Christians Blicke folgten der Freifrau, als diese sich zur Tür begab.

»Ja, deshalb habe ich Sie rufen lassen.« Sie stieß mit einer energischen Bewegung die beiden Türflügel auf, dann lud sie ihre Besucher ein, näherzutreten. Die Musik wurde lauter.

»Sie können sich gar nicht vorstellen, wie erleichtert ich bin«, sagte Charlotte von Stein mit einem tiefen Seufzer. »Denken Sie nur, sie ist wieder da!«

Christiane ging wie magisch angezogen auf das kostbare Musikinstrument zu, hinter dem eine dunkel gekleidete Frau mit entrückter Miene ihre schlanken Finger über die Tasten jagte. Während sie noch spielte, wandte sich die Frau mit einem sanften Lächeln zur Tür um und neigte den Kopf, um Christian zu begrüßen. »Was für eine Freude, Sie wiederzusehen, Herr Vulpius! Glauben Sie mir, ich habe mir große Sorgen um Sie gemacht!«

Christian starrte die junge Frau an, als hätte er einen Geist vor sich. »Sie? Um mich? Aber …« Er stieß die Luft aus. »Nun, damit hätte ich offen gestanden nicht gerechnet.«

»Aber es ist so! Es tat mir so leid, dass ich Ihnen damals im Gartenhaus nicht helfen konnte, aber was hätte ich ausrichten sollen? Mir fiel jedenfalls ein Stein vom Herzen, als ich erfuhr, dass Ihnen nichts geschehen war.«

»Nun, Ihr Interesse am Besitz des Herrn von Goethe beschränkt sich zumindest nicht nur auf das Gartenhaus«, meinte Christiane. Sie musterte die Patentochter der Freifrau von Stein mit einem kritischen Blick, streckte dann aber in einer versöhnlichen Geste die Hand aus. Schließlich wollte sie vor Charlotte nicht kleinlich wirken. »Sie sind also Dorothee Weiler?«

Die Frau senkte den Blick, während sie Christianes Händedruck so scheu erwiderte, als befürchtete sie, ihre Finger könnten zerbrechen. »Ich muss Sie um Verzeihung bitten«, sagte sie. »Es war dumm von mir, ohne Erlaubnis Ihr Haus zu betreten, aber ich war wirklich verzweifelt. Sie werden sich denken können, wie leicht man in Panik gerät, wenn die Menschen um einen herum wie die Fliegen sterben. Zuerst mein guter Wagner, dann Jacoby.«

»Nicht zu vergessen seine Schwägerin Rosine, die Witwe.«

Ihr Lächeln erstarb schlagartig, und ihr Gesicht nahm einen wehmütigen Ausdruck an. »Ich bin immer noch fassungslos, wenn ich an den armen Mann denke. Wussten Sie, dass ich ihn schon seit meiner Jugend gekannt habe? Er war ein guter Freund, den ich sehr vermisse.«

Christian hob die Augenbrauen. »Nun, soweit wir gehört haben, war er mehr als das, nicht wahr? Er war in Sie verliebt, aber Sie haben ihm den Laufpass gegeben, nachdem der alte Herr Nikolai ein Auge auf Sie geworfen hatte. Jacoby durfte Sie fortan nur noch im Kostüm der Schäferin zeichnen.«

»Ach, hat Ihnen das die Witwe vom Schweinemarkt erzählt?«, rief Charlotte von Stein spitz, aber Dorothee bat sie mit einer beschwichtigenden Geste, die Beantwortung dieser Frage ihr zu überlassen.

»Wir hatten uns schon in verschiedene Richtungen entwickelt, bevor ich Nikolai traf«, sagte sie bekümmert. »So etwas kommt vor, wir müssen es akzeptieren. Aber wir blieben Freunde, und zuletzt billigte er meine Entscheidung. Er hätte ja auch wohl kaum einem Kupferstich von mir zugestimmt, wenn er wütend auf mich gewesen wäre.«

»Haben Sie sich nach Ihrer heimlichen Rückkehr nach Weimar an ihn gewandt und ihn um Hilfe gebeten? Ich meine, das wäre ja naheliegend gewesen. Schließlich hat er Sie all die Jahre für tot gehalten.«

Dorothee sah kurz zu Charlotte von Stein, dann senkte sie den Kopf. »Nein, Herr Vulpius. Ich hätte ihn sehr gern aufgesucht oder wenigstens ein Lebenszeichen von mir übermittelt, aber meine Patentante riet mir dringend davon ab. Nicht nur, weil Rosine das sicher mitbekommen und in Windeseile in der ganzen Stadt herumerzählt hätte. Nein, wir hielten es für sicherer, zu niemandem Kontakt aufzunehmen, der mich von früher kannte. Ich wollte meine früheren Bekannten nicht in Gefahr bringen.«

»Ich fürchte, das ist ihnen nicht gelungen«, meinte Christiane mit einem traurigen Lächeln.

»Dorothee hat auch Wagner davor gewarnt, sich zu oft in der Stadt blicken zu lassen.« Die Freifrau drückte ihrem Patenkind aufmunternd die Hand. »Es war sehr leichtsinnig von ihm, sich ganz offen in Wirtshäusern zu zeigen und dort mit Einheimischen zu trinken. Auch wenn er sich bemühte, die Heiratsurkunde zurückzuholen, die durch sein Missgeschick verlorengegangen war, hätte er dabei viel vorsichtiger ans Werk gehen müssen. Dreimal ließ ich meinen Kutscher nach ihm suchen. Meistens fand er ihn sturzbetrunken in einer Schenke und brachte ihn heim. Beim vierten Mal kehrte er nicht mehr zurück. Ich verwette mein Palais, dass er Petersdorf geradewegs in die Arme lief. Dieser hat ihn erkannt und nach einem Streit in der Ilm ertränkt.«

Christian stutzte. »Aber warum Jacoby? Dass der Mörder Wagner beseitigen musste, ist mir klar. Er saß damals mit Ihnen und Petersdorf in der Kutsche und wusste zu viel von dem, was in Italien vorgefallen ist. Aber Jacoby hatte damit doch nichts zu tun.«

»Glauben Sie etwa, darüber hätten wir uns nicht auch schon den Kopf zerbrochen, Vulpius?« Die Freifrau warf ihm einen scharfen Blick zu. »Möglicherweise ist Petersdorf nach dem Mord an Wagner eingefallen, dass meine Patentochter und dieser Steinmetz einmal befreundet gewesen waren.« Sie wandte sich zu Dorothee um. »War er nicht auch dabei, als Jacoby dich für Bertuchs Journal gezeichnet hat?«

Dorothee nickte zögerlich. »Er wusste, dass ich Jacoby vieles anvertraute. Vermutlich war er der Meinung, Jacoby müsste wissen, wie ich zu finden sei und ist ihm deshalb in dieses Dorf gefolgt. Dort muss er vergeblich versucht haben, Jacoby meinen Aufenthaltsort zu entlocken.«

»Doch zuletzt hat Petersdorf es auch ohne seine Hilfe geschafft, Sie aufzuspüren.«

»Er hat versucht, sie zu entführen, dieser elende Schuft«, mischte sich Charlotte von Stein ein. »Aber was sie bei den Straßenräubern in Italien durchgemacht hat, hat sie stark gemacht. Sicher war er überrascht, als sie sich wehrte und ihm entkommen konnte.«

Dorothee nickte. »Allerdings traute ich mich nicht sogleich zum Palais zurück, weil ich Angst hatte, er könnte mir hier auflauern. Ich hielt mich fast einen ganzen Tag in irgendeinem alten Schuppen versteckt.«

»Heißt das, Petersdorf hat Sie gar nicht zu seiner Manufaktur gebracht?«, fragte Christian. »Sind Sie sicher, dass Sie nicht dort waren?«

»Aber natürlich ist sie sicher«, rief Charlotte von Stein ungeduldig. »Warum fragen Sie?«

»Weil Sekretarius Roemer gesehen hat, wie sein Herr eine Frau aus seiner Kutsche hob und in die Porzellanmanufaktur trug! Außerdem wurde die persönliche Habe einer Frau in einem der Brennöfen entdeckt. Jemand wollte sie darin vernichten.«

Charlotte von Stein schlug entsetzt die Hand vor den Mund. »Großer Gott, Dorothee, waren das deine Sachen?«

Sie blinzelte nervös, als fiele es ihr schwer, ihre Gedanken zu ordnen. Schließlich sagte sie: »Ich … glaube nicht. Jedenfalls vermisse ich nichts.« Kopfschüttelnd ließ sie sich wieder hinter dem Cembalo nieder. »Das ist alles meine Schuld. Ich hätte nicht auf Wagner hören und nach Weimar zurückkehren dürfen. In Italien hatte ich meinen Frieden gefunden.«

»Sie sind dortgeblieben, nachdem …« Christiane biss sich auf die Zunge, aber Dorothees Lächeln blieb freundlich. Wider Erwarten schien es ihr nichts auszumachen, an dieses düstere Kapitel ihres Lebens erinnert zu werden.

»Nachdem ich meinen Mann verloren hatte, meinen Sie? Und nachdem ich monatelang als Gefangene den Grausamkeiten einer Bande von Straßenräubern ausgesetzt war?«

»Diese Wilden haben Dorothee erst freigelassen, als die Miliz die Gegend durchstreifte und es zu blutigen Gefechten kam«, sagte Charlotte von Stein, mühsam die Tränen unterdrückend. »Zu dieser Zeit befand sich Petersdorf längst wieder zu Hause und ging seinen Geschäften nach. Keinen Finger hat er für Dorothees Freilassung gerührt. Es war ihm gleichgültig, was mit ihr oder dem Leichnam seines Onkels geschah.«

Dorothee zuckte mit den Schultern. »Nikolai hat kein Grab bekommen. Die Männer haben ihn irgendwo im Wald verscharrt, zusammen mit der Leiche des Kutschers, dem sie die Kehle aufgeschlitzt haben. Wo, weiß ich nicht. Vermutlich haben ihn längst die Wölfe ausgegraben. Ich habe später versucht, mich mit Betteln durchzuschlagen, aber das gelang mir mehr schlecht als recht. Als mich in der Nähe von Pisa Mitglieder einer kleinen Wanderbühne aus dem Straßengraben zogen, war ich halb verhungert. Die Leute waren gut zu mir. Sie gaben mir zu essen und behandelten meine wunden Füße, bis ich wieder gehen konnte. Zum Dank dafür gab ich ihnen Ratschläge für ihre Vorstellungen, die offen gestanden zu der Zeit keine Katze hinter dem Ofen hervorgelockt hätten. Als sie erfuhren, dass ich schon auf vielen Bühnen gestanden hatte, überredeten sie mich, bei ihnen zu bleiben. Wir zogen von Stadt zu Stadt, bis hinunter nach Sizilien, wo wir die größten Triumphe feierten. Die Zuschauer waren begeistert und allmählich gewöhnte ich mich an mein neues Leben. Ich spielte wie eine Besessene, denn nur wenn ich auf der Bühne stand und meine Masken trug, fühlte ich mich lebendig. Dann wurde ich mit Haut und Haaren zur Brighella, einer gutmütigen Figur aus der Commedia dell 'arte. Der Beifall der Menge betäubte meinen Schmerz. Kein einziges Mal kam mir in den Sinn, dass ich als Witwe von Ernst Nikolai ja Anspruch auf ein großes Vermögen gehabt hätte. Ich begann sogar zu vergessen, dass Petersdorf mich bei den Räubern zurückgelassen hatte.« Sie lachte gequält auf. »Was hätte es einer armen Komödiantin auch gebracht, allein nach Weimar zu reisen, um ihn zur Verantwortung zu ziehen? Ich konnte weder beweisen, wer ich war, noch, dass der gute Nikolai mich geheiratet hatte. Unsere Heiratsurkunde war während des Überfalls verlorengegangen. Das nahm ich damals zumindest an.«

»Bis Johann Aurelius Wagner Sie eines Tages gefunden hat«, sagte Christian. »Er hatte nicht das Glück, seinen Frieden zu finden, und überredete Sie, sich die Ungerechtigkeit nicht gefallen zu lassen, nicht wahr?«

Dorothee nickte. »Er besuchte eine unserer Vorstellungen, als die Truppe in Ferrara einzog, und erkannte mich sofort wieder. Von ihm erfuhr ich, dass man mich in Weimar längst für tot hielte, es aber eine Möglichkeit für mich gäbe, ein ganz neues Leben zu beginnen. Alles, was wir tun müssten, wäre, dieses Buch wiederzufinden, in dem er sowohl die Heiratsurkunde als auch das Testament meines verstorbenen Gatten versteckt hatte.«

»Sie hat lange mit sich gerungen«, schluchzte Charlotte von Stein. Mit einem Tüchlein tupfte sie sich eine Träne aus den Augenwinkeln. »Am liebsten wäre sie in Italien geblieben, aber ich bin froh, dass sie sich zuletzt anders entschieden hat. Es lohnt sich, für sein Recht zu kämpfen.«

Dorothee schloss resigniert die Augen. »Wozu noch kämpfen? Petersdorf weiß jetzt, dass es mich noch gibt. Das verschafft ihm genügend Zeit, um darüber nachzudenken, wie er mich vernichten kann. Ohne die Dokumente kann ich ihn unmöglich besiegen.«

»Dann wird es Sie sicherlich freuen zu hören, dass wir die Dokumente inzwischen gefunden haben«, sagte Christian.

Charlotte von Stein stieß einen kleinen Schrei aus, dann stürzte sie auf ihr Patenkind zu, zog es hinter dem Cembalo hervor und schloss es freudestrahlend in die Arme. »Ich wusste doch, dass nicht alles verloren ist«, jauchzte sie. Dann drehte sie sich langsam um. Ihr Gesicht nahm einen kämpferischen Ausdruck an.

»Sie können sich nicht vorstellen, wie lange wir auf diesen Augenblick gewartet haben. Also, wo ist die Heiratsurkunde?«

»An einem sicheren Ort hinterlegt, Madame.« Christian lächelte. »Aber keine Sorge, diesmal werden wir gut auf sie aufpassen. Sie hat schon genug Menschenleben gefordert.«

»Ich werde sogleich meinen Advokaten benachrichtigen. Es ist zwar Sonntag, aber der Mann bekommt ein Vermögen von mir, damit er mir jederzeit zur Verfügung steht, wenn ich seinen Rat brauche. Natürlich wird sich ein Prozess nicht vermeiden lassen, aber das ist kein Grund, sich Sorgen zu machen. Herzog Carl August wird Petersdorf bald verschmerzt haben.« Sie hob den Kopf und starrte Christian voller Ungeduld an. »Was stehen Sie noch hier herum, Vulpius? Nun gehen Sie schon und bringen uns diese Urkunden! Wegen einer Belohnung brauchen Sie sich keine Sorgen zu machen, die bekommen Sie.«

Christian neigte knapp den Kopf und bewegte sich dann auf die Tür zu. Doch plötzlich blieb er stehen. »Es gibt da noch ein paar offene Fragen, die ich gern beantwortet bekäme, bevor ich die Schriftstücke aus der Hand gebe.«

Charlotte von Stein erstarrte förmlich. Einen Augenblick lang sagte sie nichts, dann stemmte sie die Hände in die Hüften und stieß verärgert hervor: »Sie haben kein Recht, die Dokumente zu behalten. Sie gehören nicht Ihnen, sondern der Demoiselle Weiler ... ich meine natürlich der Witwe Nikolai, und ich verlange, dass Sie uns die Papiere aushändigen.«

Dorothee Weiler legte eine ihrer schmalen Hände auf den Arm der erbosten Frau. »Ich bitte Sie, beruhigen Sie sich. Warum sollte ich Herrn Vulpius nicht Rede und Antwort stehen. Das hat er verdient.« Sie nickte Christian zu. »Bitte fragen Sie mich, was immer Sie wollen.«

»Sie gehen wie selbstverständlich davon aus, dass Wagner und die anderen von Petersdorf getötet wurden, damit sie nicht ausplaudern können, dass sein Verwandter in Italien mit Ihnen die Ehe eingegangen ist. Käme aber dafür nicht auch ein anderer in Betracht?«

Sie hob überrascht den Blick. »Ein anderer? Ich verstehe nicht, was Sie meinen.«

»Mein Bruder vertritt merkwürdigerweise die Ansicht, dass Herr Petersdorf die Verbrechen möglicherweise doch nicht begangen hat«, half Christiane ihr auf die Sprünge.

Dorothee Weilers Augen weiteten sich. »Er soll es nicht getan haben? Aber wer dann? Er ist der Einzige, der ein Motiv hat. Er muss dafür sorgen, dass sein Geheimnis gewahrt bleibt, und dafür tötet er wie ein Raubtier, das seine Beute nicht loslassen will.«

»Der Meinung war ich anfangs auch«, sagte Christian nachdenklich. »Aber was, wenn wir uns irren und der wahre Mörder nur ein grausames Spiel mit uns spielt?« Er holte tief Luft. »Ich weiß selbst, dass es weit hergeholt ist, Demoiselle, aber kurz vor seinem Tod deutete Wagner noch etwas an, das mir nicht mehr aus dem Kopf geht. Er suchte sogar den Pfarrer auf, weil er einen Verdacht hatte.«

»Was deutete der Mann an?« Charlotte von Steins Stimme klang kalt wie Eis, doch es lag auch Neugier darin.

»Demoiselle Weiler, könnten Sie sich vorstellen, dass Ihr Gatte noch am Leben ist?«

Sie schnappte nach Luft. Die Frage war so unerwartet gekommen, dass sie sich überwältigt am Cembalo festhalten musste. Mit vor Grauen entstelltem Gesicht starrte sie Christian an, der plötzlich wünschte, die Sache niemals zur Sprache gebracht zu haben.

»Soll das ein Scherz sein? Mein Gatte ist tot. Das habe ich Ihnen doch erzählt. Er ist in Italien in meinen Armen gestorben. Ich konnte nichts mehr für ihn tun.« Tränen liefen ihr über die Wangen. »Und selbst wenn ihn der Überfall damals nicht getötet hätte, wäre er heute nicht …« Sie schüttelte den Kopf, während sie um Haltung kämpfte.

Charlotte warf Christiane einen verächtlichen Blick zu. »Wären Sie so gut, Ihren Bruder zur Vernunft zu bringen? Er kann seine Räubergeschichten gern in Bücher fassen, aber bitte nicht in meinem Salon.«

»Gewiss«, antwortete Christiane. Es kostete sie einiges an Selbstbeherrschung, um auf die hochnäsige Art der Freifrau nicht ruppig zu reagieren. »Wenn Sie mir zuvor eine Frage erlauben! Was wird aus Petersdorfs Vermögen, wenn der Witwe Nikolai etwas zustößt?«

Charlotte von Steins Augen blitzten. »Eine Dame spricht nicht über Geld, aber was versteht eine ordinäre Person wie Sie schon von den Manieren, die in unseren Kreisen üblich sind?«

»Die ordinäre Person hat gelernt, was hübsche Dinge wie Ihre venezianischen Spiegel in der Halle kosten«, entgegnete Christiane. »Also, wer bekommt das Geld?«

Dorothee lenkte die Aufmerksamkeit der beiden Kontrahentinnen durch ein Räuspern auf sich. Sie hatte sich inzwischen wieder gefangen, ihre Tränen getrocknet. »Warum sollten wir ein Geheimnis daraus machen? Ich bin verwitwet und hatte niemals Kinder. Das Geld bedeutet mir im Grunde nichts. Für den Fall, dass mir etwas zustoßen sollte, möchte ich, dass Frau von Stein damit armen Bühnenmädchen und Tänzerinnen unter die Arme greift.«

»Haben Sie das kapiert, Demoiselle Vulpius?«, fauchte Charlotte beleidigt. »Sie können sich Ihre Unterstellungen also spa-

ren. Ich werde mich gewiss nicht am Vermögen des alten Nikolai bereichern. Das habe ich auch gar nicht nötig, denn mein
verstorbener Mann hat mir mehr Geld hinterlassen, als ich in
diesem Leben ausgeben kann.«

Christiane blickte sich Hilfe suchend nach Christian um und
runzelte verärgert die Stirn, als ihr Bruder nur stumm mit den
Achseln zuckte.

»Also, Vulpius? Wollen Sie uns nun endlich diese verdammte
Urkunden herschaffen?«

Christian holte tief Luft. Er spürte, wie sich die Augen der
Frauen in gespannter Erwartung auf ihn richteten. Charlotte
sah fuchsteufelswild aus, Dorothee kummervoll, seine Schwester verwirrt. »Also gut«, sagte er schließlich. »Geben Sie mir
eine Stunde Zeit!«

Christian hatte die Urkunde in Goethes Haus am Frauenplan
versteckt. Ihm war klar, dass sie Dorothee und niemandem
sonst zustanden, dennoch hatte er es nicht eilig, sie zu holen. Es
gab noch viel zu viele Ungereimtheiten, die ihm nicht aus dem
Kopf gingen. Ungeklärte Fragen, die ihn vermutlich bis ans Le-
bensende heimsuchen würden, wenn er sie nicht stellte. Der alte
Nikolai war also tot, das konnte seine Witwe beschwören. Gut,
aber was war mit der Frau, die Petersdorfs Sekretär nach Charlottes Fest auf dem Gelände der Manufaktur gesehen haben
wollte? Wen, wenn nicht Dorothee, hatte Petersdorf aus der
Kutsche getragen, und wessen Schuh hatte er in den Öfen verbrennen wollen? Den einer Zeugin, die gesehen hatte, wie der
Manufakturist Dorothee aus dem Haus am Frauenplan gezerrt
hatte? Hatte sie ihn erkannt und um Hilfe geschrien? Aber davon hätte Dorothee doch etwas mitbekommen müssen. Sie
schwor jedoch, dass da keine Frau gewesen war.

In Goethes Haus stürmte Ernestine schon im Flur auf ihn zu.
»Und? Warum wollte Frau von Stein so dringend mit euch sprechen? Wo ist Christiane geblieben? Etwa bei ihr?«

Christian seufzte. Er hatte eigentlich keine Zeit für Ernestine, denn er wollte Christiane ungern zu lang im Palais von Stein warten lassen. Daher informierte er seine Halbschwester nur in wenigen knappen Sätzen. Als er seinen Fuß auf die unterste Stufe der Treppe setzte, spürte er plötzlich Ernestines Hand an seiner Ärmelmanschette.

»Keine fünf Minuten nachdem ihr weg wart, klopfte ein Mann an die Tür. Er sagte, dass er dich unbedingt sprechen müsse. Erst wollte ich ihn nicht hereinlassen, aber dann … Er sah so ängstlich aus. Jedenfalls sitzt er jetzt drüben im Empfangsraum und wartet auf dich.«

Als sie Christians Zögern bemerkte, verzog sie ihr Gesicht zu einer Grimasse. »Keine Angst, er macht nicht den Eindruck, als wolle er Geld eintreiben.«

Ernestine hatte recht. Wie ein Gläubiger sah der stämmige Mann in Geheimrat von Goethes Empfangszimmer nicht aus, eher wie ein Reisender, der auf dem Sprung war und das Haus nur widerwillig betreten hatte. Er trug von Staub bedeckte Stiefel und einen Umhang aus festem Tuch, an dessen Saum Schlammspritzer klebten. Als sein Blick auf Christian fiel, schoss er von dem Stuhl hoch, auf dem er gesessen hatte, und stürmte auf ihn zu, wobei er seinen Gehstock schwang, als habe er vor, Christian damit den Schädel zu zertrümmern. Erst als der Fremde dicht vor ihm stand, ließ er den Stock sinken und begann Christian zu mustern.

»Sie sind also dieser Vulpius?«

Christian nickte. Er hatte diesen Mann nie zuvor gesehen, aber aus irgendeinem Grund schien dieser wütend auf ihn zu sein.

»Wo ist meine Tochter? Was haben Sie Lump mit ihr gemacht?« Wieder hob er seinen Stock. »Ich schlage Ihnen den Schädel ein, wenn Sie sie angerührt haben. Aber vorher heiraten Sie sie, verstanden?«

Christian erstarrte vor Schreck; allmählich dämmerte ihm, wen er vor sich hatte. »Sie sind Helenes Vater aus … Meiningen, nicht wahr?«

»Allerdings. Und ich verlange eine Erklärung.«

»Aber … Verzeihen Sie, wenn ich Sie so anstarre, aber ich nahm an, Sie seien schwer erkrankt und hätten Helene nach Hause gerufen. Das hat mir zumindest ihre Tante gesagt. Sie hat mir einen Brief gezeigt, in dem Helene aufgefordert wurde, sich unverzüglich auf den Weg nach Meiningen zu machen. In einer Kutsche, die ihre Familie geschickt hat.«

»So ein hanebüchener Unfug!«, ereiferte sich Helenes Vater mit zornrotem Gesicht. »Da reite ich nach Weimar, um meine Tochter zu überraschen, und was erfahre ich von meiner närrischen Schwägerin? Dass Helene abgereist sei. Nach Meiningen, weil ich ihr angeblich geschrieben habe. Aber dieses Schreiben ist eine hundsgemeine Fälschung. Ich habe Helene niemals eine Nachricht geschickt, und sie ist auch nicht zu Hause angekommen.« Helenes Vater stampfte mit seinem Stock auf. Zornesröte färbte seine fleischigen Wangen. »Sie ist bei Ihnen!« Wieder musterte der ältere Mann Christian, als habe er ein ungewöhnliches, aber nichtsdestoweniger lästiges Insekt vor sich. »Geben Sie es zu, sonst breche ich Ihnen alle Knochen! Helenes Tante hat mir von Ihren Besuchen erzählt und dass meine Kleine nichts von diesem reichen Herrn wissen will, weil Sie ihr den Kopf verdreht haben.« Er lachte nervös auf. »Ein Habenichts und Tunichtgut. Ein Kerl, der sich einbildet, vom Geschichtenerzählen satt zu werden …« Er ließ seine Blicke durch das Zimmer wandern, worauf er sich darauf besann, in wessen Haus er sich befand. »Der Herr Geheimrat von Goethe mag mit seinen Gedichten und Erzählungen ein wohlhabender Mann geworden sein, aber Sie, Vulpius?« Er schüttelte den Kopf. »Was ich hier vor mir sehe, beeindruckt mich keineswegs.«

Weil ich nichts weiter als der Zauberlehrling bin und nicht der

354

Meister. Ein Schwindelgefühl erfasste Christian, als er sich die Worte aus Goethes neuester Arbeit ins Gedächtnis zurückrief. Die Geschichte von dem Lehrjungen, der angenommen hatte, dass in ihm ganz ähnliche Gaben schlummerten wie in seinem Herrn und Meister. Doch zuletzt hatte er die gerufenen Geister nicht kontrollieren können und eine Katastrophe ausgelöst.

Die Katastrophe war da. Helene war verschwunden. Sie war nicht zu Hause angekommen, weil man sie betrogen hatte, so wie man auch ihn von Anfang an betrogen hatte. Eine Flut von Gedanken stürzte über ihm zusammen wie eine Welle. Gleichzeitig spürte er, wie sein Herz vor Angst gegen die Rippen schlug. Verzweifelt ballte er die Fäuste und fühlte sich schuldig, weil er die Falle nicht viel früher gewittert hatte.

Der Mörder hatte sich nicht Dorothee, sondern Helene gegriffen. Sie war es, die Sekretarius Roemer in den frühen Morgenstunden auf dem Gelände der Manufaktur gesehen hatte. Aber wenn Christian richtig lag, war sie nur eine Spielfigur in der grausamen Partie Schach, zu der er seinen unsichtbaren Widersacher herausgefordert hatte. Es war eine Dummheit gewesen, das sah er nun ein. Nun, wo es zu spät war. Aber war es das wirklich? Nein, er durfte sich damit nicht abfinden. Helenes Verschwinden mochte ein Schachzug sein, aber zuallererst war es eine Botschaft an ihn. Oder eine Drohung. Eine Warnung, der Spur nicht länger zu folgen und den Dingen ihren Lauf zu lassen.

Helenes Vater war ein guter Beobachter. Er bemerkte augenscheinlich, dass Christian ihm nichts vorspielte. »Sie scheinen sich ja wirklich Sorgen zu machen«, sagte er eine Spur freundlicher. »Doch wenn Helene nicht hier ist, wo steckt sie dann? Ist sie bei diesem Manufakturisten?«

Christian bezweifelte, dass Helene nach den Ereignissen im Palais von Stein auch nur einen Fuß in Petersdorfs Kutsche gesetzt hätte. Doch was, wenn ein anderer auf sie gewartet hatte? Jemand, dem sie niemals Misstrauen entgegengebracht hatte?

»Haben Sie mir überhaupt zugehört?«, beschwerte sich Helenes Vater aufgebracht. »Ich will von Ihnen wissen, wo Helene steckt! Eher verlasse ich dieses Haus nicht!«

Christian berührte den Mann sacht am Arm. Er musste ihn beruhigen, auch wenn ihm selbst vor Angst um Helene die Knie zitterten. »Ob Sie es mir glauben oder nicht, ich weiß es nicht«, sagte er. »Sie ist jedenfalls nicht hier, aber ich werde alles tun, was in meiner Macht steht, um herauszufinden, wohin sie gebracht wurde.«

Der ältere Mann blickte ihn mit großen Augen an, nickte aber, woraus Christian schloss, dass er anfing, ihm zu glauben. Seine Sorge verringerte das zwar nicht, doch wenigstens hörte er auf, sich wie ein Tobsüchtiger aufzuführen und Christian mit seinem Stock zu bedrohen. Still setzte er sich auf einen der gepolsterten Lehnstühle und nahm den Likör, den Christian ihm anbot, um seine Nerven zu beruhigen, wortlos, aber mit einem dankbaren Nicken entgegen.

»Warten Sie hier auf mich!« Christian eilte ins Schlafzimmer seiner Schwester und durchsuchte dort hastig die Schubladen ihrer Kommode, bis er die Pistole fand, die Goethe ihr für die Rückreise von Frankfurt zugesteckt hatte, damit sie sich unterwegs im Notfall verteidigen konnte. Er steckte die Waffe in den Gürtel und schob den Rock darüber. Dann holte er die Heiratsurkunde und das Testament aus ihrem Versteck. In der Küche war nur Ernestine, die ihm mit großen Augen zusah, wie er die Papiere aus dem Kasten mit Christianes Kochrezepten angelte. Zwischen dem Rezept für grüne Soße und dem für Goethes Lieblingskuchen hatte nicht einmal sie die Urkunden vermutet.

»Irgendeine Nachricht für mich?«, wollte er von seiner Halbschwester wissen, nachdem er den Kasten wieder fest verschlossen und an seinen Platz auf dem Gewürzregal zurückgestellt hatte. Helenes Entführer wollte ihn, davon war er überzeugt.

Also musste er mit ihm Kontakt aufnehmen. »Einen Brief, vielleicht? Oder war ein Bote hier?«

Ernestine schüttelte den Kopf. »Nichts, aber …«

»Verflucht«, unterbrach er sie. »Ich erwarte aber eine Nachricht. Eine dringende. Ich …« Er schüttelte den Kopf. »Es hilft nichts. Ich kann nicht warten. Bitte bleib in der Nähe der Tür, falls sich jemand meldet. Tust du mir den Gefallen?« Er strich Ernestine sanft über die Wange und freute sich, dass sie nicht zurückwich.

28. Kapitel

Christian kehrte nicht gleich wieder zum Palais von Stein zurück, sondern schlug den Weg zum Schweinemarkt ein. Es war nur so eine Idee, vielleicht völlig haltlos, aber es gab da etwas in Jacobys verlassenem Haus, was er unbedingt nachprüfen wollte, bevor er Charlotte von Stein die Schriftstücke aushändigte. Am Schweinemarkt angekommen, beobachtete er das Haus zunächst aus einiger Entfernung. Nichts wies darauf hin, dass es bewacht wurde. Wozu auch? Gewiss befand sich im Innern des Hauses kaum noch etwas, das für Diebe von Interesse gewesen wäre. Dennoch zögerte Christian es hinaus, das Anwesen zu betreten. Zu frisch war die Erinnerung an die Misshandlungen, die er nur wenige Schritte vom Leichnam der Frau entfernt durch Heydes Männer hatte einstecken müssen. Einen klammen Moment lang war ihm, als hörte er das wüste Geschrei der Menge, die ihn irrtümlich für den Mörder der armen Witwe gehalten hatte. Vielleicht war es doch kein so guter Einfall gewesen, hierher zu kommen.

Christian blickte sich misstrauisch um, aber bis auf ein paar spielende Kinder lag der Platz wie ausgestorben da. Wie nicht anders zu erwarten, war die Tür des Hauses verschlossen, die

Fenster hatten die Männer des Hauptmanns mit Brettern vernagelt. Christian nahm an, dass das Haus nun dem kleinen Sohn der toten Witwe gehörte, aber nach allem, was er gehört hatte, war der letzte Jacoby in die Obhut von Verwandten in Hildburghausen gegeben worden. Vermutlich würden die Leute den Stadtbesitz verkaufen, sobald die Erbschaftsangelegenheit geregelt war, aber Christian hoffte, dass sie das Haus noch nicht ausgeräumt hatten und sich das, wonach er suchte, noch an Ort und Stelle befand. Vom Nachbargrundstück drang Christian das Scharren und Gackern einer Hühnerschar ans Ohr. Eine Frauenstimme redete auf das Federvieh ein wie auf unruhige Kinder. Dann erklangen das Prasseln von Futterkörnern und ein lockendes Zungenschnalzen. Christian wartete, bis die Hühnerfrau verschwunden war, dann schlich er um das Haus herum, bis zu einem kleinen Hof auf der den Gärten zugewandten Seite. Der Hof war schmal, von Unkraut bedeckt und grenzte an eine halb zerfallene Mauer aus Ziegelstein, die offensichtlich schon zum Hühnerstall des Nachbargebäudes gehörte. An der Mauer fand Christian eine stattliche Anzahl fertiger, wie auch noch unbehauener Grabsteine aufgereiht, an denen der Steinmetz vermutlich noch bis kurz vor seinem Aufbruch nach Schwerstedt gearbeitet hatte. Christian verweilte einen Moment dort, um sich die verspielten Ornamente und Figuren auf den Steinen anzusehen. Jacoby war wirklich ein begabter Künstler gewesen, der ein gutes Auge für Details besessen hatte. Seine Figuren wirkten zwischen den Sträuchern und Büschen des kleinen Hofes so täuschend echt, als schliefen sie nur und würden jeden Augenblick erwachen. Die meisten Skulpturen machten selige Gesichter und vermittelten den Eindruck sanfter Unschuld, allein ein Engel starrte Christian mit einem Ausdruck blanken Entsetzens an. Jemand hatte ihn in einem Akt blinder Zerstörungswut mit dem Hammer bearbeitet und dabei Nase und Kinn abgeschlagen. Um den schlanken Hals der Skulptur wand sich eine

Efeuranke. Es sah aus, als kämpfte die Figur um ihr Leben, während sie von der tückischen Ranke langsam erdrosselt wurde.

Christian wandte sich schaudernd ab und fragte sich, welch düstere Stimmung Jacoby wohl heimgesucht haben mochte, als er die Figur des Grabengels erschuf.

Zu seiner Erleichterung entdeckte er nur ein paar Schritte von dem Engel entfernt eine Seitentür, durch die man offenkundig in den rückwärtigen Teil der Stube gelangen konnte. Anders als bei dem Eingang zur Straße hatte sich hier niemand die Mühe gemacht, die Tür zu vernageln. Lediglich eine Regentonne war davorgeschoben worden, die Christian ohne allzu große Anstrengung zur Seite rückte.

In der Stube war es finster und stank erbärmlich nach saurer Milch, verfaultem Obst und den Hinterlassenschaften streunender Katzen, die sich Zutritt verschafft und das Haus als Unterschlupf ausgesucht hatten. Christian zog den Kopf ein, als er den Raum mit den niedrigen Deckenbalken durchschritt. Beim Anblick der kärglichen Einrichtung spürte er einen bitteren Geschmack im Mund. Gleich neben dem großen Tisch hatte die Witwe gelegen. Ihren Leichnam hatten Hauptmann Heydes Männer längst fortgeschafft, dennoch beschlich Christian das Gefühl, ein Augenpaar starrte ihn aus dem Dunkeln an. Dort, wo man die Tote gefunden hatte, schienen sich dunkle Flecke tief ins Holz gefressen zu haben. Es fühlte sich falsch an, hier zu sein, ja, es kam ihm so vor, als würde er die Totenruhe stören, was natürlich Unfug war, da die Frau ja nicht hier, in ihrem Haus, sondern auf dem Gottesacker beigesetzt worden war, wie es sich gehörte.

Die Leichenpredigt, so hatte Christian gehört, war mehr als teilnahmsvoll ausgefallen, und obwohl Rosine Jacoby zu Lebzeiten gewiss nicht zu den beliebtesten Bürgerinnen gehört hatte, war bei ihrem Begräbnis halb Weimar auf den Beinen gewesen.

Christian gelang es nur mit Mühe, seinen Blick von dem Tisch zu lösen. Kein Stäubchen Mehl befand sich mehr darauf, auch dafür hatte Heyde gesorgt. Inzwischen war sich Christian sicher, dass er den Namen kannte, den der Hauptmann hastig entfernt hatte. Aber welchen Beweis hatte er dafür? Und, was noch wichtiger war, wie konnte er Helene damit helfen?

Vorsichtig bewegte er sich durch die dunkle Stube. Die Tür, die in eine kleine Kammer neben dem Eingang führte, stand offen. Er warf einen kurzen Blick in den Raum, in dem vermutlich die Witwe geschlafen hatte. Er war ebenso spärlich möbliert wie der Rest des Hauses. Christian sah sein blasses Gesicht in einem Spiegel, der auf einer wurmstichigen Kommode in einer Ecke der Kammer stand. Daneben lagen ein paar Kämme, Bürsten und eine Schatulle für Nähzeug. Über mehr persönliche Habe schien die Witwe nicht verfügt zu haben, und von Jacobys Sachen war hier drinnen gar nichts zu entdecken.

Leise schloss er die Tür und ging in die Stube zurück, wo sein Blick auf die Leiter zum Boden fiel. Mit Herzklopfen folgten seine Augen den schmalen Sprossen, die geradewegs in die Dunkelheit führten. Dort oben hatte sich der Sohn der Witwe verkrochen und so sein Leben gerettet. Ein tapferer kleiner Kerl. Wenn es jemand verdiente, aus dem Vermögen des alten Nikolai entschädigt zu werden, dann war er es.

Auf dem Dachboden fand Christian zwei weitere kleine Kammern, die durch einen winzigen Gang miteinander verbunden waren. Die größere der beiden schien Jacoby seinem Neffen überlassen zu haben, denn hier lag Kinderspielzeug auf dem Fußboden, welches der Kleine nicht mitgenommen hatte: ein paar Holzkreisel und ein Steckenpferd. In der anderen Kammer stand eine Truhe für Hausrat unter der Dachschräge, groß genug, um die Habseligkeiten des Hausherrn aufzunehmen. Darunter auch eine schwere, alte Familienbibel, die, gemessen an ihrem höchst ordentlichen Zustand, in den letzten Jahren nur selten aufgeschlagen worden war. Christian nahm die Bibel aus der Truhe und blies den Staub von ihrem Einband. Sein Herz klopfte, als er das Buch dann zu dem schmalen Dachfenster trug und die Luke öffnete, um ein wenig frische Luft und vor allem genügend Licht einzulassen. Dann schlug er die erste Seite der Bibel auf und vertiefte sich in die lange Liste von Namen, die gleich vorne die Seiten füllte: Generationen von Familienangehörigen, die im Hause Jacoby zur Welt gekommen, getauft, verheiratet und am Ende ihres Lebens betrauert worden waren. Dicker Staub und Wasserflecken hatten sich auf die Zeugnisse ihrer einstigen Existenz gelegt, doch die in verschnörkelter Schrift vorgenommenen Eintragungen verschwiegen niemanden. Die Hausväter hatten ihre Pflichten ernst genommen und weder Namen noch Ereignisse ausgelassen, die für die Familie wichtig gewesen waren.

Christian folgte den Eintragungen bis ins Jahr 1786 und musste unwillkürlich schlucken, als er auf die Notiz stieß, die seine Befürchtungen mit einem Schlag wahrmachte. Mit Herzklopfen lehnte er sich zurück, ohne die Augen von den Namen und Daten zu lassen, und fühlte sich, als verschwimme die Dunkelheit um ihn herum.

Schließlich klappte er das Buch zu.

Das also war das Geheimnis, das Jacoby all die Jahre gehütet hatte. Nicht ahnend, dass es nicht nur ihm und der Frau seines Bruders, sondern auch Wagner und dem Pfarrer von St. Peter und Paul den Tod bringen würde. Und warum dies alles? Wog das, wovon die Einträge in das Familienregister berichteten, den Wert von Menschenleben auf?

Wut ergriff Christian. Er musste gehen. Mit der Bibel in der Hand hatte er endlich das, was er brauchte, um die Verschwörer aufzuhalten. Und Helene aus ihren Klauen zu befreien. Er hoffte es zumindest.

Als er die Leiter herunterstieg, ließ ihn ein schabendes Geräusch von unten erstarren. Gleichzeitig streifte etwas Weiches,

Klebriges seine Stirn. Angewidert wischte er sich über die Augen und fluchte, als zudem etwas über seinen Nasenrücken krabbelte. Doch das Insekt konnte unmöglich dieses Geräusch verursacht haben. Christian lauschte. Irgendjemand war im Haus. Also hatte ihn doch jemand beobachtet und verfolgt. Christian kletterte wieder ein Stück hinauf und schob die Bibel verstohlen über die Bodenluke. Er würde sie später holen, doch zuerst musste er nachschauen, ob dort unten wirklich jemand lauerte. Er wartete und lauschte dabei in die Finsternis. Alles blieb still. Also dann wieder hinunter.

Als er den Fuß auf die nächste Sprosse setzte, knarrte unter ihm der Holzboden. Christian wagte einen Blick über die Schulter und sah zu seinem Schrecken eine gebückte Gestalt, deren Schatten über die Wände glitt, während sie sich auf die Leiter zubewegte. Ehe er reagieren konnte, schoss eine dürre Hand aus einem weiten schwarzen Umhang heraus und schob sich in seine Richtung, um ihn am Fuß von den Sprossen zu ziehen.

Christian fluchte, als die Leiter zu wackeln begann. Der Unbekannte hatte allem Anschein nach vor, sie ihm unter den Füßen wegzuziehen, damit Christian sich das Genick brach. Während er sich mit einer Hand am Rahmen festhielt, zog er mit der anderen die Pistole seiner Schwester aus dem Gürtel.

»Hände weg von der Leiter, sonst brenne ich dir eine Ladung Blei in den Pelz!«

Der Mann gab keinen Mucks von sich.

»Weg von der Leiter! Und dann wirst du mir dein Gesicht zeigen!«

Wer immer der Kerl war, er hatte offensichtlich nicht damit gerechnet, dass Christian eine Waffe auf ihn richtete. Mit einem ärgerlichen Laut nahm er die Hand von der Leiter und starrte regungslos hinauf, ohne sich vom Fleck zu rühren.

Christian machte sich wieder an den Abstieg, wobei er den wie erstarrten Mann nicht aus den Augen ließ. Dumm war nur, dass er ihn nicht so gut sehen konnte, wie es nötig gewesen wäre, um ihn in Schach zu halten. Er hatte gerade mal zwei Sprossen geschafft, als der Mann plötzlich vorpreschte und sich mit einem heiseren Keuchen gegen die Leiter warf. Christian feuerte, doch aus der Pistole löste sich kein Schuss. Er ließ sie zu Boden fallen, reckte die Arme und schaffte es noch, sich mit beiden Händen am Rand der Bodenluke festzuhalten, als die Leiter mit einem dumpfen Schlag unter ihm auf die Dielenbretter krachte. Unter Aufbietung seiner ganzen Kraft versuchte er, seinen Körper durch die Bodenluke zu schieben. Im nächsten Moment spürte er jedoch, wie jemand an seinen Füßen zog. Er trat wild nach unten, und für einen kurzen Augenblick schaffte er es tatsächlich, sich zu befreien. Sein Angreifer heulte auf; wie es schien, hatte er ihn am Kopf getroffen. Doch die Verschnaufpause währte nicht lange. Wieder griffen dürre Klauen nach ihm. Christian kämpfte verzweifelt, um seinen Angreifer abzuschütteln. Noch einmal gelang es ihm, ihn mit einem Tritt zu Boden zu stoßen. Doch er war einen Wimpernschlag später wieder auf den Beinen. In seiner Hand blitzte eine Klinge auf. Christian versuchte, sich mit Fußtritten zu wehren, doch im nächsten Moment nahm ihm ein Schmerz den Atem, der so heftig war, dass er glaubte, ihm würde das Bein abgerissen. Sein Herz setzte einen Schlag aus. Dann schoss der Schmerz weiter, erfüllte seinen Körper Stück um Stück, über die Arme, bis hinauf zu den verkrampften Fingern. Finger, die ihm nicht länger gehorchten.

Er konnte sich nicht mehr länger festhalten, ließ los und fiel zu Boden. Noch bevor er sich aufrichten konnte, spürte er die kalte Klinge an seiner Kehle und roch Blut. Sein Blut, das an dem Messer klebte.

»Ganz ruhig bleiben! Nicht bewegen. Sonst …« Der Mann sprach nicht weiter, aber die Entschlossenheit, die in seinen Bewegungen lag, verriet Christian, dass jeder Widerstand zwecklos war und nur zu größerem Schmerz führte. Wer auch immer der Bursche war, er würde nicht zögern, ihm mit einem Streich die Kehle durchzuschneiden. Christian warf einen Blick auf sein Bein. Dort, wo ihn die Messerklinge verwundet hatte, brannte sein Fleisch, als stünde es in Flammen. Blut sickerte aus der Wunde und lief über den Holzfußboden. Christian stöhnte leise auf. In diesem Zustand würde er es nicht einmal bis zur Tür schaffen.

Als habe der Unbekannte seine Gedanken gelesen, sagte er: »Ein sauberer Stich, Signore. Nicht schlimm. Nur schlimm, wenn ich nicht verbinde, nicht wahr?« Wieder lachte er, und Christian horchte auf. Der Kerl sprach gebrochen Deutsch mit starkem italienischem Akzent. Er war nicht groß, aber wendig. Seine Augen blitzten verschlagen, und an der Art, wie er das Messer hielt, erkannte Christian, dass er darin geübt war, es zu benutzen. Seine Kleidung bestand aus Lumpen, von denen der abgetragene Uniformrock noch das beste Stück darstellte. Doch wie ein Bettler wirkte er trotz dieser Aufmachung nicht.

»Ich kenne dich …«, stöhnte Christian. »Du bist der Straßenkrämer mit … den holzgeschnitzten Spielzeugsoldaten.«

Der Mann nickte. »Si, Signore. Bin schon ein Weilchen in eure schöne Stadt. Habe gehört von kluge Männer, die schreiben … wie sagen? Gedichte. Si. Gedichte über mein Land. Einige von ihnen sind zu uns gekommen. In einer Kutsche.«

»Die Herren Petersdorf und Nikolai«, presste Christian zwischen den Lippen hervor. »Und die junge Frau Nikolai. Warst du dabei, als …«

»Du kannst mich nennen Rinaldini. Und nein …« Er schüttelte kaum merklich den Kopf. »War nicht dabei, als die Kutsche wurde überfallen. Habe davon erfahren.« Er musterte Christian mit einem kaltblütigen Blick. »Bein muss verbunden werden, sonst du bist bald tot.« Er lächelte. »Aber vorher noch genügend Zeit, dass du mir gibst *certificato di matrimonio*. Ein Vöglein hat mir verraten, dass du sie gefunden hast.«

364

Die Heiratsurkunde! Christian rang nach Luft. Mit der Klinge an der Kehle war es ihm nicht möglich, den Kopf zu schütteln.

»No?« Rinaldini sah aufrichtig betrübt aus. »Du willst lieber verbluten als herausgeben das *certificato*? Aber wie willst du dann wiederfinden junges Mädchen?« Er lachte. »Ich bin oft in eure Nähe gewesen, heimlich, ohne dass ihr bemerkt und habe gesehen Blick, mit dem sie dich angeschaut. Sie wartet auf dich!«

»Du hast sie entführt«, keuchte Christian. Die Wut, die in ihm aufstieg, betäubte den Schmerz in seinem Bein. »Aber warum? Wer zum Teufel bist du?«

»Ich habe es dir gesagt«, kam es zurück. Nun klang die Stimme des Mannes kalt wie der Stahl in seiner Hand. »Ich bin Rinaldini. Und ich habe Mädchen nicht zum Vergnügen gestohlen. War sogar dagegen, das schwöre ich bei Heilige Muttergottes. Aber manchmal müssen Männer Dinge tun, die nicht gefallen ...«

»Zum Beispiel unschuldige Menschen töten?«

Rinaldini starrte ihn mit funkelnden Augen an. Er schien über den Vorwurf so entrüstet zu sein, dass Christian Angst hatte, er würde ihm den Hals durchschneiden. »Ich niemanden getötet. Das war *il diablo*!« Er spie angewidert zu Boden. »Gordian Petersdorf!«

»Nun, das sollten wir zumindest alle denken«, keuchte Christian, der allmählich spürte, wie ihm schwindlig wurde. »Petersdorf mag sich schuldig gemacht haben, ja, aber für die Morde ist er nicht verantwortlich.«

»Du lügst! Ich kenne Geschichte genau, daher kannst du mich nicht hereinlegen. Mir geht es um Gerechtigkeit!«

Gerechtigkeit? Christian brach in hysterisches Lachen aus, das Rinaldini jedoch dämpfte, indem er ihm seine Hand auf den Mund legte.

»Silenzio! Maul halten, oder ich lasse dich ausbluten wie Schwein, capito?«

»Tut mir leid, ich musste nur eben an Wagner denken.«

»Wagner?« Der Mann verzog sein Gesicht. »Er ist Verräter gewesen, machen gemeinsame Sache mit Petersdorf. Aber Petersdorf vertrauen ist wie giftige Schlange ins Bett legen.«

Christian schüttelte den Kopf. »Wagner musste sterben, weil er etwas entdeckt hat, was deine Auftraggeber sowohl ihm als auch dir verschwiegen haben. Er konnte das mit seinem Gewissen nicht länger vereinbaren und drohte, darüber zu reden. Ich weiß, was er herausgefunden hat. Wenn du mir nur einen Moment …«

»Schluss mit den Lügen!«, fuhr Rinaldini ihm ins Wort. »Ich werde dir nicht länger zuhören.« Fordernd streckte er eine Hand aus. »Gib mir nun Papiere, und ich verspreche bei meiner Ehre, dass du Signorina noch ein letztes Mal wiedersehen wirst, bevor …«

»Bevor was?«

Rinaldini nahm mit einem sanften Lächeln das Messer von Christians Kehle und ließ es in eine Schlaufe an seinem breiten Gürtel gleiten. Dann streckte er die Hand aus, scheinbar, um Christian aufzuhelfen, doch noch während dieser zögerte, sie zu ergreifen, holte der Italiener aus und schmetterte ihm mit einer blitzschnellen Bewegung die Faust ins Gesicht.

Christian blieb nicht einmal Zeit, um nach Luft zu schnappen. Er hörte ein Krachen, als sein Kopf auf die Dielen schlug.

Als Helene die Augen aufschlug, verspürte sie quälenden Durst und zudem eine feuchte Kälte, die ihre Gliedmaßen mit einem Gefühl von Taubheit überzog. Mühsam plagte sie sich auf die Füße und versuchte dabei, mehr als ein paar Schatten von ihrem Gefängnis zu erhaschen. Wo war sie? Wohin hatte man sie gebracht? Sie hatte jegliches Gefühl für Zeit verloren, wusste nicht einmal, ob es draußen Tag oder Nacht war oder wie lange sie schon hier unten in diesem Loch kauerte. Wenn man sich die

Feuchtigkeit des Mauerwerks ansah, konnte es ein Keller sein, aber mit Bestimmtheit ließ sich das nicht sagen. Benommen stieß sie die Luft aus. Mit den Fingerspitzen berührte sie sanft ihre Schläfen, machte kreisende Bewegungen, um den Schmerz, der sich zu beiden Seiten der Stirn eingenistet hatte, zu vertreiben. Als sie damit fertig war, sah sie an sich selbst herunter und stellte fest, dass sie noch immer das Kleid trug, das sie für die Soiree im Palais von Stein hatte schneidern lassen. Sogar der Schmuck um ihren Hals war ihr gelassen worden.

Wie um alles in der Welt war sie nur an diesen schrecklichen Ort gekommen? In ihrem Kopf herrschte eine Leere, als hätte jemand ein Loch hineingebohrt und sämtliche Erinnerungen wie Wasser aus ihm hinausfließen lassen. Das einzige Bild, das sich nach langen quälenden Versuchen, sich zu erinnern, einstellte, beschrieb einen nach Wein und Knoblauch riechenden Kerl, der sich grinsend über sie gebeugt und ihr eine bitter schmeckende Flüssigkeit eingeflößt hatte. War er echt oder nur ein Trugbild gewesen? Wie die Träume, die sie während der letzten Stunden wiederholt gepeinigt hatten. In einem dieser Träume war sie gemeinsam mit Petersdorf und anderen Reisenden in einer Kutsche unterwegs gewesen. Heiß war es darin gewesen und so trocken, dass sie nach Wasser gelechzt hatte. Roter Staub drang durch die Fenster ins Innere des Wagens und reizte ihre Augen. Dann war die Fahrt plötzlich durch einen Baum mitten im Weg aufgehalten worden, und eine Schar Banditen ohne Gesichter war aus dem Dickicht gesprungen, um den Wagen zu umzingeln. Die Gesichtslosen hatten Petersdorf und sie mit einer Peitsche in eine leerstehende Hütte am Rande eines Steinhangs getrieben, doch dort hatte sich Petersdorf in ihrem Traum plötzlich in Vulpius verwandelt, und trotz ihrer Angst hatte sie dieser Umstand glücklich gemacht. Dann aber hatte sie die Räuber vor der Tür ihres Gefängnisses lachen gehört und instinktiv gespürt, dass ihr Tod eine beschlossene Sache war.

Allmählich lösten sich die Nebel in ihrem Kopf, aber ob sie darüber erfreut war, wusste sie nicht. Dafür fiel ihr wieder ein, dass der Mann, an den sie sich erinnerte, kein Traumgespinst gewesen war. Er hatte sie tatsächlich in der Kutsche, die sie angeblich zu ihrem Vater hatte bringen sollen, überwältigt und an Ort und Stelle auch zum ersten Mal betäubt. Sie hatte keine Ahnung, wer er war, erinnerte sich nur dunkel, dass sein eher schmächtiger Körper in der zerschlissenen Uniform eines preußischen Grenadiers gesteckt hatte und dass er sie in einer Sprache angesprochen hatte, von der sie kein Wort verstanden hatte. Vermutlich Italienisch.

Ein Italiener in preußischer Uniform, der sie mitten in Weimar verschleppte? Gehörte er zu Petersdorfs Leuten? Doch wenn ja, was wollte er von ihr? Warum zeigte er sich nicht? Hatte er etwa den Befehl, sie hier unten verschmachten zu lassen? Was, wenn sie niemand fand?

Ängstlich sah sie sich um, ob ihr Entführer irgendwo in einem dunklen Winkel hockte und sie beobachtete. Aber nein, er hatte sie alleingelassen. Vielleicht nahm er an, sein Schlaftrunk würde länger wirken. Vielleicht war es ihm inzwischen aber auch gleichgültig, ob sie wach war oder schlief. Warum er sie an diesen Ort gebracht hatte, hatte er ihr nicht gesagt. Zumindest erinnerte sie sich nicht daran.

Sie holte Luft und schrie, bis das Echo, das unheimlich von den kahlen Wänden widerhallte, ihr in den Ohren dröhnte. Zwecklos. Erschöpft taumelte sie auf die einzige Lichtquelle zu, die sie vor völliger Dunkelheit bewahrte: eine Tranlampe auf einem Schemel, deren müder Schein unheimliche Schattenbilder an die Kellerwand warf. Behutsam nahm sie die Lampe auf, darauf bedacht, das schwache Flämmchen nicht ausgehen zu lassen. Auch wenn es ihr so vorkam, als sei sie nur von Mauern umschlossen, musste es doch irgendwo einen Weg hinaus ins Freie geben. Tatsächlich erspähte sie nur wenig später eine Tür. Sie befand sich am Ende einer Treppe, war aber, wie Helene schon befürchtet hatte, von außen verriegelt.

Helene stellte die Lampe ab und hämmerte gegen das harte Eichenholz, bis ihre Fingernägel absplitterten. Nichts rührte sich. Oder doch?

Später bildete sie sich ein, ganz von fern gedämpft Stimmen zu hören. Gelächter, ja sogar ein paar Takte Musik. Die Laute erinnerten auf erschreckende Weise an das Getöse, mit dem sich das gesichtslose Räuberpack in ihrem Traum über sie lustig gemacht hatte.

Aber dies war kein Traum. Helene konnte nicht mit Sicherheit sagen, ob die Stimmen von der anderen Seite der Tür oder von einem Raum über ihr kamen. Aber es war jemand im Haus, daran gab es keinen Zweifel. Ihre Gedanken überschlugen sich. Wussten die Männer, dass sie hier unten eingesperrt war? War der Italiener bei ihnen? Womöglich hatten sie den Befehl, sie zu bewachen. Ob sie es dennoch wagen konnte, weiter Krach zu schlagen, bis man zu ihr heruntersteig? Besser nicht. Noch hatte keiner von ihnen sie angerührt, und bis auf den Kerl im zerfetzten Uniformrock, der ihr den Wein eingeflößt hatte, war ihr niemand unter die Augen gekommen.

Niedergeschlagen kehrte sie zu dem Lager aus frischem Stroh und Decken zurück, welches der Italienisch sprechende Mann für sie gemacht hatte. Erst jetzt, da sie die Lampe bei sich hatte, sah sie den Krug mit Wein und daneben den Teller mit kaltem Hühnchen, Brot und Käse. Demnach hatte man offenbar nicht vor, sie verhungern zu lassen. Gierig fiel sie über das Essen her und verschlang eine dicke Scheibe Brot, die sie mit dem Wein hinunterspülte. Ihr war völlig gleichgültig, ob er ein Schlafmittel enthielt. Wenn sie einschlief, musste sie sich auch nicht den Kopf darüber zerbrechen, was ihr wohl bevorstand.

Doch sie blieb wach, und als sie ihre Mahlzeit beendet hatte, fühlte sie sich sogar wieder kräftig genug, um den Raum noch ein letztes Mal nach einer Fluchtmöglichkeit abzusuchen. Die Tür oberhalb der Stufen bot kein Entkommen, dafür fand sie auf der gegenüberliegenden Seite des Aufgangs in einem Winkel einen Schatten in der Wand, der ihr vorher nicht aufgefallen war. Helene betete, dass es eine weitere Tür sein möge, womöglich ein Durchgang, doch darauf, dass dieses Loch ins Freie führte, wagte sie nicht zu hoffen. Als sie die Lampe höher hielt, fand sie zumindest einen Teil ihrer Vermutung bestätigt. Es gab tatsächlich noch einen zweiten Raum, der von ihrem abzweigte, und dieser war nur unwesentlich kleiner als der, in dem sie erwacht war. Und leider ebenso fensterlos. Helene betrat ihn mit gerümpfter Nase, denn es stank unangenehm nach Fäulnis und Erbrochenem. Sie machte einen Schritt vor und spürte plötzlich, wie etwas unter ihren Fußsohlen knirschte. Scherben. Sie bückte sich, hob eine davon auf und betrachtete sie verwirrt. Sie war bemalt, stammte offensichtlich von einer Porzellanfigur, die zu Bruch gegangen und achtlos liegengelassen worden war. Aber wie kam etwas so Kostbares ausgerechnet hierher? Doch das war nicht alles, was sie fand. Ein Stück weiter entdeckte sie auf einer Kiste den Gehrock eines Mannes. Er war voller Staub und zudem am Ärmel eingerissen, dennoch erkannte sie ihn sogleich wieder. Sie wusste, wer ihn zuletzt getragen hatte. Als sie nach dem Kleidungsstück griff, fiel etwas Schweres aus einer der Taschen und verschwand mit einem leisen Klirren zwischen zwei länglichen Kisten. Helene ging sogleich in die Knie, schob ihre Hand vorsichtig in den Spalt und suchte darin so lange, bis sie den Gegenstand ertastete. Zum Vorschein kam ein Ding mit langen Zinken aus schwerem Silber. Eine Gabel? Hier? Zu Helenes Überraschung erkannte sie am Griff das Monogramm der Freifrau von Stein. Demnach stammte das Besteck aus ihrem Palais, aber wie um alles in der Welt war es hierhergekommen?

Helenes Augen weiteten sich vor Grauen, als sich hinter den Kisten plötzlich etwas bewegte und ein Stöhnen an ihr Ohr drang. Dort kauerte jemand. Der Mann, dessen Rock sie über dem Arm trug. Er stand nicht auf, sondern schob mit den Füßen die beiden Kisten auseinander.

Ihre Finger umklammerten den Griff der Gabel, und sie machte einen Schritt zurück, als zwei tief in den Höhlen liegende Augen sie anstarrten.

»Sie?«, keuchte Helene, während ihr Herz gegen die Rippen trommelte. »Großer Gott, was tun Sie hier?«

29. Kapitel

»Ich wusste doch gleich, dass Vulpius nicht kommen wird! Wahrscheinlich hat er uns belogen und keine Ahnung, wo die Urkunden sind.«

Charlotte von Stein stellte ihre Teetasse auf einem Beistelltischchen ab, dann erhob sie sich, um auf den Korridor hinauszublicken. Doch außer einer Bediensteten, die mit einem Stapel Tischwäsche zu den Schränken im oberen Stock unterwegs war, regte sich nichts im Treppenhaus.

Christiane schüttelte entrüstet den Kopf. »Wie können Sie so etwas Niederträchtiges sagen? Halten Sie meinen Bruder und mich für Lügner? Christian hat hoch und heilig versprochen, Ihnen die Heiratsurkunde zu übergeben, und er wird sein Wort halten.«

»Ach wirklich?« Charlotte schloss die Tür wieder und drehte sich mit einem entschlossenen Ausdruck um. »Und warum ist er dann noch nicht hier? Er ist schon eine Ewigkeit fort. So lange kann es doch nicht dauern, vom Frauenplan zu meinem Palais zu laufen.«

»Natürlich nicht, aber es ist doch möglich, dass er aufgehalten wurde!« Christianes Hand zitterte leicht, als sie ihren Tee umrührte. Sie wollte der Freifrau nicht zeigen, wie unwohl sie sich in deren Salon fühlte und wie groß ihre Sorge um Christian war. Auch wenn sie es nur ungern zugab: Christians Verspätung beunruhigte sie von Moment zu Moment mehr. Was, um Himmels willen, mochte geschehen sein? Nur zum Vergnügen ließ er sie doch sicher nicht mit dieser grässlichen Frau allein.

Da Charlotte keine Anstalten mehr machte, sich zu setzen, stand schließlich auch sie auf. »Ich kann nicht begreifen, warum Sie uns noch immer so viel Misstrauen entgegenbringen«, sagte sie, den Blick der Freifrau erwidernd. Wenn diese Person ein Kräftemessen suchte, bitte. Christiane würde den Mund nicht halten. Nicht mehr. »Wenn ich mich recht entsinne, waren Sie es doch, die meinen Bruder und mich in Angelegenheiten verwickelt haben, die uns weder betrafen noch etwas angingen. Angefangen damit, dass Ihr Schützling draußen im Gartenhaus die Bücher gestohlen hat, die …«

»Ihr Bruder zuvor aus Goethes Bibliothek entwendet hat«, sagte Charlotte von Stein. »Wenn mein guter alter Freund davon erfährt, wird er nicht erfreut sein.«

»Das ist eine Familienangelegenheit, die auch ohne Ihr Zutun längst geklärt wurde.«

Charlotte von Stein lachte. »Tatsächlich? Und seit wann haben Sie darüber zu entscheiden? Sie sollten den Tatsachen ins Auge blicken, meine Liebe. Goethe mag eine Zeitlang vernarrt in Sie gewesen sein, Sie waren bis zur Geburt des kleinen August ja auch recht ansehnlich.« Sie musterte Christiane von Kopf bis Fuß. »Er hat Sie zum Schrecken der Weimarer Gesellschaft aufgenommen, damit Sie sich nicht länger in der Manufaktur die Finger wund nähen mussten. Dass er Sie inzwischen nicht mehr wie eine Aussätzige in der Speisekammer versteckt, wenn er Besuch empfängt, ist Ihnen offenbar zu Kopf gestiegen.«

Christiane hielt dem Blick der Freifrau stand. Endlich sprach diese offen aus, was sie seit Jahren quälte, seit Goethe aus Italien nach Weimar zurückgekehrt war und ihre Briefe Charlotte zurückgegeben hatte. Sie hatte nur eine ungefähre Vorstellung davon, wie sehr das die Freifrau gekränkt haben musste.

»Ich kenne meinen Platz in Goethes Leben«, gab sie schließlich leise zu. »Es mag keine große Seelenverwandtschaft zwischen uns bestehen, und vermutlich werde ich mich auch niemals so geistreich mit ihm unterhalten können wie Sie. Ich verstehe ja nicht einmal alles, was er schreibt. Aber ich weiß, was ihm guttut. Ich bin zur Stelle, wenn er sich an Statuen aus weißem Marmor sattgesehen hat und sich nach einem warmen Menschen aus Fleisch und Blut sehnt. Ich bin da, wenn ihm der Appetit nicht mehr nach philosophischen Themen steht, sondern nach einem ordentlichen Stück Frankfurter Apfeltorte.«

Charlotte von Steins Augen blitzten auf, für Christiane ein untrügliches Zeichen dafür, dass die Frau wohl verstanden hatte, worauf sie hinauswollte. »Sie inspirieren ihn nicht, sondern langweilen ihn nur mit Ihrem stumpfsinnigem Geplauder über alltägliche Verrichtungen in Haus und Garten. Das wird seinen künftigen Werken den Zauber nehmen, begreifen Sie das nicht? Sie sind nichts weiter als sein Mephisto, seine … Prüfung!«

»Ist das als Kompliment gedacht?«

Charlotte von Stein dachte einen Moment lang nach, und das Funkeln in ihren Augen erlosch. »Möglich, wer weiß?«

Sie wollte noch etwas hinzufügen, doch sie wurde von einem Kammerdiener unterbrochen, der mit starrem Gesichtsausdruck an der Tür zum Salon stehenblieb.

»Was gibt es, Albert? Ist Herr Vulpius endlich zurück?«

Der Diener schüttelte den Kopf. »Ich muss Madame mitteilen, dass die Mädchen, die nach der Abendgesellschaft das große Speisezimmer aufgeräumt haben, einige wertvolle Stücke daraus vermissen. Es handelt sich um …« Er kramte ein Blatt Papier aus seiner Livree, »… einen Salzstreuer, drei Gabeln mit Monogramm, die noch aus dem Besteck der Mutter des seligen Herrn von Stein stammen, einer Tischfigur aus chinesischem Porzellan in Form eines …«

»Schon gut, Albert, ich habe verstanden«, fiel Charlotte dem Lakaien ins Wort. Nachdenklich blickte sie in Christianes Richtung. »Ich habe jetzt keine Zeit, mich um solche Belanglosigkeiten wie ein paar fehlende Gabeln zu kümmern. Die Mädchen sollen noch einmal das Speisezimmer auf den Kopf stellen.« Sie atmete tief durch, dann ging sie zur Verbindungstür und schaute in den Nebenraum. Die Sitzbank vor dem Cembalo war leer.

»Nanu, haben Sie gehört, wie Demoiselle Weiler den Raum verlassen hat?«

Christiane schüttelte den Kopf

»Ist dir die Demoiselle vielleicht draußen begegnet?«, wandte sich Charlotte an ihren Diener.

»Aber ja«, antwortete der Mann. »Ich habe gesehen, wie sie aus dem Haus gelaufen ist. Sie wirkte bestürzt. Ich wollte noch fragen, ob ich helfen kann, aber ich fürchte, die Demoiselle hat mich nicht gehört.«

»Nicht schon wieder«, stöhnte Charlotte. Kopfschüttelnd ließ sie sich auf ihr Sofa fallen. »Ich habe ihr eingeschärft, im Haus zu bleiben, bis wir die Papiere haben.«

»Das haben Sie schon mehrfach getan, aber diese Person hat nie auf Sie gehört! Was hat sie sich jetzt wieder in den Kopf gesetzt?« Entschlossenen Schrittes ging Christiane zu einem der hohen Fenster und starrte hinaus auf die Straße, auf der nur noch wenige Spaziergänger die letzten Sonnenstrahlen des Sonntagnachmittags genossen. Doch ihre Hoffnung, Christian auf das Palais zueilen zu sehen, wurde enttäuscht. Auch von Dorothee war nichts zu entdecken.

»Vielleicht wollte sie Christian entgegengehen, weil es ihr zu dumm wurde, länger hier im Haus herumzusitzen«, meinte sie, als sie schließlich die Gardine sinken ließ. Doch sie sagte das nur, um sich und die Freifrau zu beruhigen. Daran glauben konnte sie nicht.

»Christian«, flüsterte sie, während düstere Gefühle in ihr hochstiegen. »Wo steckst du nur?«

»Wo, zum Teufel, haben Sie mich hingebracht?« Helene wich vor Gordian Petersdorf zurück, der mit langsamen Schritten auf sie zukam. Sie war erschüttert, denn sie hatte nicht damit gerechnet, ihn in diesem feuchten Loch anzutreffen. Erschrocken war sie auch von seinem Aussehen. Sein Gesicht trug Zeichen einer Prügelei, und er zog den Fuß nach. Es sah aus, als bewegte er sich nur unter Schmerzen. Auf seinem Hemd, das am Kragen eingerissen war, war getrocknetes Blut.

Als Helene die Lampe höher hob, legte er schützend einen Arm vor seine geröteten Augen. Das Licht schien ihn zu blenden.

»Antworten Sie mir, Helene«, verlangte er mit sich überschlagender Stimme. »Was hat das zu bedeuten? Warum bin ich hier?«

Sie schüttelte den Kopf. »Ich weiß es nicht. Aber wie es aussieht, wurden Sie ebenso entführt wie ich. Können Sie sich denn an gar nichts erinnern?«

»Erinnern?« Petersdorf stieß ein schauriges Gelächter aus, das Helene durch Mark und Bein ging. »Ob ich mich erinnere, wollen Sie wissen?« Er kam näher; sein Gesicht verzerrte sich. »Ich weiß alles. Wir waren im Palais von Stein, und dort habe ich erfahren, welch böses Spiel diese intrigante Person mit mir treibt.« Er holte tief Luft, während sich seine Hände zu Fäusten ballten.

»Sie haben alles mitangehört, was die Freifrau mir und der Demoiselle Vulpius erzählt hat?«

»Charlotte von Stein hat sich eine Betrügerin ins Haus geholt«, brüllte er außer sich vor Wut. »Eine Hochstaplerin, die so frech ist zu behaupten, Anrecht auf meinen Besitz zu haben. Sie will …« Er verschluckte die letzten Worte seines Satzes. Stattdessen starrte er die kahlen Wände an, als sähe er nun zum ersten Mal, wo er sich befand. Umständlich schwankte er vorwärts, an Helene vorbei, in den angrenzenden Raum.

»Was haben Sie, Gordian?« Helene folgte ihm, gab aber Acht, dass sie dem Mann nicht zu nahekam, denn sie wusste nicht, ob sein Humpeln nicht vorgetäuscht war.

Als er den Blick hob und sie mit einer Geste aufforderte, still zu sein, begriff sie, dass er die Stimmen, die über ihren Köpfen schwebten, ebenfalls hörte. »Da ist jemand!«

Helene nickte. »Ich habe es auch schon gehört. Ich weiß aber nicht …«

»Ich schon. Das sind sie.« Auf einmal rollten ihm Tränen über das von Staub schmutzige Gesicht. »Sie sind wieder da!«

Helene runzelte die Stirn. Ein schrecklicher Verdacht stieg in ihr auf. Hatte der Mann etwa den Verstand verloren? »Von wem sprechen Sie? Wissen Sie etwa doch, wer uns hier eingesperrt hat?«

Er hinkte auf sie zu und entriss ihr die Lampe. Mit dem nur noch schwach glimmenden Licht begab er sich in die Mitte des Raumes. Helene konnte trotz des Dämmerlichts sehen, dass er am ganzen Leib zitterte. »Ich bin zurück«, flüsterte er mit tonloser Stimme. »In Italien! Begreifen Sie es denn nicht, Helene?«

»Kommen Sie zu sich, Gordian«, flehte sie. »Wir sind in Weimar und nicht in Italien.«

»Aber doch. Ich weiß es ganz bestimmt. Dieser Raum, der Geruch. Ich habe ihn nie vergessen. Man hat uns zurück in das Haus gebracht, und draußen hockt das Räubergesindel, das unsere Kutsche überfallen hat.«

Helene öffnete den Mund, um den völlig aufgelösten Mann zu beruhigen, doch dann dachte sie an den Italiener und das Schlafmittel, das er sie hatte schlucken lassen, und zog es vor, nichts darauf zu erwidern.

»Damals ließen sie mich gehen, um Lösegeld für meine Mitgefangenen aufzutreiben«, sagte Petersdorf schluchzend. »Nun sind sie gekommen, um den Fehler von damals zu korrigieren.« Helene nahm all ihren Mut zusammen und machte einen Schritt auf Petersdorf zu. Obwohl sie sich immer noch ein wenig vor ihm fürchtete, glaubte sie nicht mehr, dass er vorhatte, ihr etwas anzutun.

»Was ist geschehen, nachdem Sie die Abendgesellschaft verließen?«, fragte sie leise. »Ich weiß, dass Sie unsere Unterhaltung mit Charlotte von Stein aus dem Speisezimmer nebenan belauscht haben. Dabei haben Sie auch erfahren, dass sich Dorothee Weiler zum Frauenplan aufgemacht hatte, nicht wahr? Sie wurden wütend.«

Er starrte sie an, wobei seine Stirn sich in Falten legte. Offensichtlich versuchte er, sich zu erinnern. »Ja, ich wurde wütend. Vulpius hatte schon merkwürdige Andeutungen gemacht, als er in meinem Kontor war. Und dann hörte ich auch noch, dass die Schauspielerin Charlotte von Steins Patenkind ist. Sie haben sich gegen mich verschworen.«

»Wundert Sie das? Nach allem, was Sie dieser Frau in Italien angetan haben?«

Er hob abwehrend die Hand, als könnte er Helenes Vorwurf damit fortwischen. »Aber sie ist tot. Oder …« Er riss die Augen auf. »Nein, Sie haben recht, Helene. Sie lebt, und sie will Rache. Sie ist mit der ganzen Bande zurückgekehrt, um mich zu vernichten.«

»Weil Sie für alle Reisenden das Lösegeld bezahlt haben, außer für sie?«

In dem Blick, den er ihr zuwarf, verbarg sich so viel Qual, dass sie beinahe Mitleid mit ihm verspürte.

»Ich habe sie gehasst«, gab er nach einigem Zögern zu. »Das zu leugnen wäre falsch von mir. Ich spürte, dass mein Vormund mir nicht mehr vertraute, und hatte Angst, dass ich meinen ganzen Einfluss auf ihn verlieren würde. Als ich merkte, dass er im

Begriff stand, aus purer Verliebtheit eine große Dummheit zu begehen, geriet ich in Panik.«

Helene spürte, wie sich ihr Nacken versteifte. »Der Überfall auf die Kutsche damals war also wirklich Ihre Idee?«

»Der törichte Einfall eines törichten Knaben, der Angst hatte, an den Rand gedrängt zu werden.«

»Aber der Plan funktionierte doch. Sie schafften sich mit einem Schlag Ihren Vormund und dessen lästige Braut vom Hals«, platzte Helene heraus. »Danach konnten Sie in aller Ruhe die Porzellanmanufaktur, die der alte Mann vernachlässigt hatte, zu dem machen, was sie heute ist.«

»Nein, nein, so ist es nicht gewesen«, protestierte Petersdorf. Erst jetzt fiel sein Blick auf den Gehrock, den Helene über dem Arm trug. Er schien ihn als seinen eigenen wiederzuerkennen und stöhnte leise auf. »Als ich von den Heiratsplänen meines Vormunds erfuhr, brach für mich eine Welt zusammen. Ich betrank mich in einer üblen Taverne, eine Meile vor der Stadt, wo mich zwei ebenso übel aussehende Burschen ansprachen. Erst vermutete ich, sie wollten mich ausrauben, und machte mich auf eine Prügelei gefasst, aber dann kam ich auf den Gedanken, sie um einen Gefallen zu bitten. Ich wollte, dass sie Dorothee Weiler vor der Trauung aus der Herberge entführten. Es sollte so aussehen, als wäre sie mit einem anderen Mann auf und davon. Wie konnte ich ahnen, dass sie mich so missverstehen würden. Von einem Überfall auf die Kutsche meiner Reisegefährten war niemals die Rede. Das hätte ich meinem Onkel doch niemals angetan. Das haben diese Strauchdiebe ganz allein eingefädelt. Sie wussten, dass wir am übernächsten Tag schon in aller Frühe aufbrechen würden und welchen Weg wir nehmen wollten. Für sie war der Überfall und unsere Entführung ein weitaus besseres Geschäft als das, was ich ihnen in meiner Naivität vorgeschlagen hatte.«

»Nun, immerhin wurden Sie Dorothee Weiler los. Ihr Vormund starb. Also brauchten Sie sich nur noch weigern, Lösegeld für seine junge Frau zu zahlen.«

»Für diesen Fehler bezahle ich seit Jahren mit Alpträumen!«

Helene presste skeptisch die Lippen aufeinander. Spielte Petersdorf ihr etwas vor, um sie in Sicherheit zu wiegen? Es war schwer zu beurteilen, ob seine Reue vorgetäuscht oder echt war. Allerdings spielte das in ihrer Lage auch keine allzu große Rolle. Wer auch immer den Manufakturisten hierhergeschleppt und betäubt hatte, schien nur ein Ziel zu kennen: mit ihm abzurechnen. Als sie ihn darauf ansprach, zuckte er müde mit den Schultern. »Ich musste mich davon überzeugen, ob diese Frau, von der bei der Soiree gesprochen worden war, wirklich Dorothee Weiler war. Aber ich kam nicht einmal bis zum Frauenplan, denn ganz plötzlich hielt ein Wagen neben mir. Ein Mann sprang heraus, und ehe ich mich versah, verpasste er mir einen Schlag mit einem Knüppel. Als Nächstes erinnere ich mich, dass ich hier zu mir kam und Sie vor mir stehen sah.«

Helene sah ihn mit großen Augen an. »War der Kerl, der Sie überfiel, ein Italiener?«

»Woher soll ich das wissen? Schließlich ließ er nur seinen Knüppel sprechen. Aber …« Der Manufakturist rang nach Atem, gleichzeitig fing er wieder zu zittern an. »Die Räuber von damals … Dann haben sie mich wirklich aufgespürt. Sie haben erfahren, dass ich ein reicher Mann geworden bin, und haben nun vor, mich zu töten.«

Mit einem Seufzer auf den Lippen beobachtete Helene, wie Petersdorf sich jammernd auf ihren Strohsack fallen ließ. Sein Gestammel von den Räubern, die ihm auf den Fersen waren, ergab auf den ersten Blick überhaupt keinen Sinn, und doch befürchtete sie, dass ein Fünkchen Wahrheit darin enthalten war. Leider half ihr dies weder zu ergründen, was sie mit dieser Sache zu tun hatte, noch dabei, aus diesem feuchten Gefängnis herauszukommen. Auf Petersdorf konnte sie nicht bauen.

Ein knarrendes Geräusch lenkte Helenes Aufmerksamkeit auf die Tür, die plötzlich mit einem Krachen aufflog. Schon im nächsten Moment stiegen zwei Männer die Treppe zu ihr herunter. Helene unterdrückte einen Schrei, als ihr Blick auf den zerlumpten Uniformrock fiel, den der stämmigere von beiden trug. Der Italiener war zurückgekehrt. In seiner Hand hielt er eine Pistole, die er dem Mann, den er mit Gesten vorwärtstrieb, in den Rücken bohrte. Als der Mann den Kopf hob, stieß Helene entsetzt die Luft aus.

»Vulpius!«

Auf das Gesicht des Italieners legte sich ein breites Grinsen. »Welche Freude, dass ich erfülle Wunsch von junge Signorina.« Er gab seinem Gefangenen einen Stoß, der ihn aufstöhnen ließ. Christian hinkte mit schmerzverzerrtem Gesicht vorwärts.

»Er ist verletzt«, rief Helene angsterfüllt, als sie den blutdurchtränkten Verband an Christians Bein bemerkte. »Großer Gott, wie kommen Sie hierher?«

»Na, keine Sorge. Ist nur Kratzer«, verteidigte sich der Mann mit der Pistole. Er wirkte fast gekränkt. »Habe eigenhändig verbunden, bevor junge Freund hierhergebracht in Karren mit Stroh. Habe gewartet, bis draußen dunkel.«

Helene wollte auf Christian zueilen, doch ein scharfer Blick des Italieners ließ sie mitten in der Bewegung verharren.

»No, Signorina Helena, bleiben Sie weg von ihm!«

Christian runzelte die Stirn. Getrocknetes Blut unter seiner Nase sowie blaue Flecke an den Wangen deuteten an, dass er nicht nur am Bein verletzt worden war. Dennoch gab er sich kämpferisch und schien von den Drohungen des Italieners nicht beeindruckt zu sein.

»Du hast doch jetzt, was du haben wolltest, Rinaldini«, rief er wütend und fügte, an Helene gewandt, hinzu: »Er hat mich niedergeschlagen und danach durchsucht.«

Rinaldini nickte zufrieden in die Runde. »Und habe dabei entdeckt *certificato*. Oder wie ihr sagt Heiratsurkunde.«

»Ich wollte die Urkunde zum Palais von Stein bringen, das schwöre ich«, sagte Christian. »Es war nicht nötig, mich …«

»Petersdorf ist auch hier«, unterbrach Helene ihn leise. Sie deutete mit dem Kopf in die Ecke, in der der Manufakturist reglos kauerte.

»Was?« Christian sah zu dem Mann hinüber. »Nun ja, geahnt habe ich das ja.«

»Aber ich glaube offen gestanden nicht mehr, dass er hinter der Sache steckt.«

Christian bestätigte diese Bemerkung mit einem Nicken. Schweiß stand auf seiner Stirn. »Sie irren sich nicht. Wir waren auf dem Holzweg. Man hat es nur so aussehen lassen wollen, als habe er Wagner und die anderen getötet, um von einem anderen abzulenken.« Er hob den Blick und funkelte Rinaldini an, der nach wie vor die Pistole auf ihn und Helene gerichtet hielt. »Dieser Jemand hat sich alle Mühe gegeben, uns Petersdorf als Schuldigen zu präsentieren. Mit falschen Hinweisen wie seinem Namen auf dem mit Mehl bestäubten Tisch der Witwe Jacoby oder einem abgerissenen Knopf von Petersdorfs Rock. Das war schon merkwürdig genug. Ein gerissener Mörder versetzt ganz Weimar in Angst und Schrecken, hinterlässt an den Orten seiner Verbrechen aber gleichzeitig so viele Spuren, dass man gar keine andere Wahl hat, als ihn zu verdächtigen.« Er runzelte die Stirn. »Natürlich trug Petersdorfs Verhalten dazu bei, dass wir glaubten, er setze alles daran, Dorothee Weiler und ihre engsten Vertrauten zu beseitigen.«

Helene zuckte zusammen, als sie ein Geräusch hörte. Jemand klatschte in die Hände. Als sie dem Echo nachging, bemerkte sie einen weiteren Mann, der von den anderen unbemerkt die Treppe hinuntergestiegen kam. Ihre Augen weiteten sich verblüfft, als sie ihn wiedererkannte.

30. Kapitel

»Sekretarius Roemer?«, platzte Helene fassungslos heraus.

Petersdorfs Sekretär lächelte, während er höflich den Kopf neigte. Entgegen seiner sonst so steifen Aufmachung trug er einen eleganten weinroten Rock mit aufwendigen Stickmustern auf den Manschetten, dazu die passenden Strümpfe aus schwarzer Seide. Ohne Brille auf der Nase, und das Haar straff über die Stirn nach hinten gekämmt, wirkte er jung und auf eine raue Weise anziehend, die niemand, der ihn nur aus Petersdorfs Schreibstube kannte, für möglich gehalten hätte. Allerdings verriet der verschlagene Ausdruck in seinen Augen, dass er Übung darin hatte, sich zu verstellen. Er kam nicht allein. Bei ihm war Dorothee. Roemer zerrte sie am Handgelenk die Treppe hinunter.

Christian bemerkte, wie Rinaldini neben ihm empört keuchte. Er schien mit dem, was er sah, nicht einverstanden zu sein. Doch er schwieg.

»Gewiss sind Sie nun der Meinung, dass ich Ihnen eine Erklärung schuldig bin, nicht wahr?« Daniel Roemers Stimme klang, als genieße er jedes Wort. Er lächelte siegessicher.

Christian machte einen Schritt vor. »Ich nehme an, Sie wollen uns erklären, warum Sie fünf Menschen getötet und dann den Versuch gemacht haben, die Verbrechen Ihrem Dienstherrn in die Schuhe zu schieben.«

Aus dem Winkel, in dem sich Petersdorf niedergelassen hatte, war ein Schnauben zu hören. Mühsam kämpfte sich der Manufakturist auf die Füße und torkelte ein paar Schritte auf seinen Sekretär zu. »Roemer, bist du es? Gott sei Dank, dass du mich gefunden hast. Du musst mich auf der Stelle hier herausholen, hörst du? Ich halte es in diesem feuchten Loch keine Stunde mehr aus.« Als sein Blick auf Dorothee fiel, blieb er stehen und starrte sie entgeistert an. »Was … was macht dieses Weibsstück hier?«

Die junge Frau öffnete den Mund, um etwas zu sagen, doch dann besann sie sich und ließ es bei einem verächtlichen Blick bewenden. Petersdorf wühlte in den Taschen seiner Weste. »Wenn Ihr Geld haben wollt …«

Roemers Lächeln hatte etwas Diabolisches, das Christian erschaudern ließ. Ohnmächtig musste er mitansehen, wie der Sekretarius seinem italienischen Handlanger einen Wink gab, worauf dieser ausholte und dem völlig überraschten Petersdorf einen so heftigen Schlag in den Magen verpasste, dass er sich vor Schmerz krümmte.

»Wieso wollen Sie uns so früh verlassen, wo Sie doch unser Ehrengast sind«, sagte Roemer völlig unberührt.

Obwohl der Italiener es ihm verboten hatte, trat Christian zu Helene und legte schützend einen Arm um sie. Er konnte spüren, wie ihr Herz heftig klopfte, und fühlte sich unendlich schuldig. Niemals hätte er zulassen dürfen, dass sie sich in Gefahr brachte. Andererseits hätte er nicht im Traum damit gerechnet, dass Roemer auch sie entführen würde.

»Es geht Ihnen um die Manufaktur, nicht wahr?«, fragte er leise. »Um all das Geld, das die Konzession zur Porzellanherstellung einbringt.«

Roemer machte eine Handbewegung, die verriet, dass er den Nagel auf den Kopf getroffen hatte. »Geht es im Drama des Lebens nicht immer um Geld, mein Freund? Oder um die Liebe einer Frau? Fragen Sie Geheimrat von Goethe. Er wird Ihnen bestätigen, wie angenehm es ist, sich beides zu sichern.«

»Mit dem Unterschied, dass der Geheimrat niemanden getötet hat!«

Roemer lachte amüsiert, wobei seine Augen gefährlich aufblitzten. »Wenn Sie den Verlauf der Geschichte studieren, werden Sie feststellen, dass jede Revolution ihre Opfer fordert. Ich habe eine Revolution begonnen, die das Unternehmen Gordian Petersdorfs endlich in fähige Hände überführen wird.«

»Ach, Sie sind Jakobiner. Und ich fürchtete schon, Sie wären nur hinter Petersdorfs Geld her, damit Sie sich ein angenehmes Leben machen können«, sagte Helene bitter.

»Ausgerechnet Sie sollten nicht so hart urteilen, meine Liebe. Schließlich haben Sie es mir zu verdanken, dass Sie diesen armen Tropf nicht mehr heiraten müssen.« Er schüttelte den Kopf. »Wo Sie hingehen, Demoiselle, werden keine Ehen geschlossen!«

Für diese Bemerkung hätte Christian dem Sekretär am liebsten die Faust ins Gesicht gerammt, gleichgültig, ob ihn dabei Rinaldinis Kugeln durchsiebt hätten oder nicht. Doch er zwang sich mit aller Kraft, ruhig zu bleiben. »Damit wir uns richtig verstehen: Sie behaupten, dass der Erfolg der Porzellanmanufaktur eigentlich Ihnen und gar nicht Petersdorf zu verdanken ist? All die Handelsbeziehungen ins Ausland, die Idee mit dem neuen Bankhaus. Dahinter stecken Sie?«

Roemer musterte ihn, als hätte er einen Tanzbären auf dem Jahrmarkt vor sich. »Petersdorf hat kaum mehr Talent für das Geschäft als sein Onkel«, sagte er schließlich. »Ich dagegen habe hart gearbeitet, dass sich unser Porzellan mit dem aus Meißen messen kann. Während ich nach und nach die halbe Stadt aufgekauft habe, saß Petersdorf in seinem prunkvollen Kontor und sann über seine Zeit in Italien nach. Aber was war der Dank für all meine Mühen?« Er warf dem immer noch auf dem Boden kauernden Mann einen vernichtenden Blick zu. »Eine muffige, nach Kreidestaub riechende Schreibstube und eine Matratze in seinem Haus, wo ich ihm aufwarten durfte wie ein armseliger Lakai.«

»Wie einen Freund habe ich dich behandelt«, rief Petersdorf mit kläglicher Stimme.

»Freunde wirft man nicht rücksichtslos Nacht für Nacht aus dem Bett, nur weil man selbst nicht schlafen kann. Man verschont sie mit seinen Tobsuchtsanfällen oder dem Gefasel von italienischen Räubern, die einem angeblich auf den Fersen sind.« Er ging zu Petersdorf und beugte sich über ihn. »Damals sind Sie Ihrem Räuberpack entkommen, aber die Gerechtigkeit hat einen langen Atem, wie Sie sehen. Ihre Gespenster haben Sie eingeholt, und dieses Mal werden Sie ihnen nicht entkommen.«

»Was hast du mit mir vor?«, stöhnte Petersdorf voller Angst. »Mich ... töten? Dafür würdest du teuer bezahlen. Sie würden dich hängen!«

Der Sekretarius schüttelte den Kopf. »Aber warum denn? *Ich* bin doch nur der unscheinbare Daniel Roemer mit Kreidestaub am Ärmel, während du ein vielfacher Mörder bist.«

»Ein Mörder? Aber ich habe niemanden ermordet. Das wird niemand glauben.«

»Oh, das wird man, keine Sorge. Du hast in deiner panischen Angst davor, dein Vermögen zu verlieren, ganz Weimar nach Dorothee Weiler abgesucht. Dabei sind dir Wagner und die Familie des armen Jacoby in die Quere gekommen. Sie wollten dir nicht verraten, wo sich die Frau deines Onkels versteckt hält, da mussten sie sterben. Ganz einfach.«

Einen Moment herrschte Stille im Raum. Petersdorf starrte seinen ehemaligen Sekretär mit offenem Mund an, bevor er die Hände vors Gesicht schlug.

»Schön, dass dir meine Geschichte gefällt«, sagte Roemer mit einem tückischen Lächeln. »Es wird sogar noch amüsanter werden. Sobald du unseren Freunden hier eine Kugel in den Kopf gejagt hast, wird Rinaldini sich um dich kümmern.«

Christian spürte, wie Helene neben ihm zusammenzuckte. Roemer wollte Petersdorf also zwingen, sie zu töten. Man würde ihn mit einer rauchenden Waffe in der Hand finden.

»Ich soll ...«

Roemer holte einige Papiere aus einer Innentasche seines Gehrocks, die Christian sogleich wiedererkannte. »Die Heiratsurkunde und das Testament, in dem der alte Nikolai dich enterbt, befinden sich nun dank unseres italienischen Freundes in meinem Besitz.« Er nickte Christian zu. »Wir konnten Herrn Vulpius überreden, uns die Dokumente zu überlassen. Sie werden die Justiz von der Geschichte überzeugen, die ich erzählen werde, nachdem die Leichen im Keller der Schenke gefunden worden sind.«

»Eine Schenke?« Helene konnte es nicht fassen. »Wir befinden uns unter einem Wirtshaus?«

Christian nickte mit düsterer Miene. Er war schon wieder bei Bewusstsein gewesen, als der Italiener ihn quer durch den Schankraum geschleppt hatte. Von der Wirtin war nichts zu sehen gewesen, und die Handvoll Männer, die bei Bier und Wein gewürfelt hatten, schienen ihn für einen Betrunkenen gehalten zu haben, der von seinem Freund gestützt werden musste. Einen von ihnen um Hilfe zu bitten, wäre mit der Pistole des Italieners in den Rippen keine gute Idee gewesen.

»Dort oben traf ich Aurelius Wagner zum ersten Mal, aber ich begreife nicht …«

»Warum ich Sie hierherbringen ließ?«, fragte Roemer so mild, als spräche er mit einem Kind. »Nun, das Wirtshaus gehört auf dem Papier nun Gordian Petersdorf. Ich habe es in seinem Namen gekauft und die Wirtin vor die Tür gesetzt. Dieser Kellerraum hat dicke Mauern und erschien mir daher gut geeignet für Ihre Unterbringung.« Er kicherte vergnügt. »Niemand wird Sie hören, wenn Sie schreien.«

»Sie haben also die Morde allein begangen, um sie Petersdorf in die Schuhe zu schieben?«, fragte Christian. Er wusste es schon, wollte es aber aus seinem Mund hören.

Roemer hob überrascht die Augenbrauen. »Bezweifeln Sie, dass ich dazu in der Lage war?«

»Keineswegs, ich wundere mich bloß darüber, dass Sie uns nicht einmal jetzt, wo unser Tod doch beschlossen ist, reinen

Wein einschenken wollen.« Er warf dem Italiener, der die Ohren spitzte, einen durchdringenden Blick zu. »Ist es seinetwegen? Ja, bestimmt. Er ist ahnungslos, nicht wahr? Der Ärmste lebt in dem Wahn, er stünde auf der richtigen Seite.«

»Schweigen Sie, sonst verpasse ich Ihnen gleich eine Kugel!«

Christians Herz schlug heftiger, als er sah, wie der Italiener die Mündung seiner Pistole auf ihn richtete. Dennoch fuhr er unbeirrt fort. »Die Heiratsurkunde nützt Ihnen noch lange nichts. Sie ist wertlos für Sie, denn sie gehört Dorothee Weiler, und damit fällt die Manufaktur ihr in die Hände.«

Er hörte Petersdorf aufstöhnen. »Soll ich die etwa auch erschießen?«

»Damit wäre nichts gewonnen, denn der Begünstigte wäre nicht Roemer, sondern Charlotte von Stein«, sagte Christian. »Wenn Nikolais Witwe etwas zustößt, erbt sie das Vermögen.« Er holte tief Luft, die Augen wie hypnotisiert auf die Pistole gerichtet, mit der der Italiener ihn bedrohte. Kalter Schweiß rann ihm über die Stirn. »Nein, Sekretarius Roemer. Sie mögen ein gerissener und auch skrupelloser Geschäftsmann sein, aber den Plan, Gordian Petersdorf sein Vermögen aus der Tasche zu ziehen, haben nicht Sie sich ausgedacht. Er stammt von der Frau, die Ihnen die Hälfte des Vermögens und die Leitung der Manufaktur versprochen hat.«

Dorothee Weiler starrte ihn einen Moment lang an, dann klatschte sie mit einem sanften Lächeln in die Hände. War sie bis eben noch das Ebenbild einer zutiefst verängstigten und eingeschüchterten Frau gewesen, wirkte sie nun selbstbewusst und kühl. Ihre Augen funkelten, als sie sich Christian zuwandte. »Ich glaube, meine Patentante hat Sie unterschätzt, Vulpius. Sie sind wie ein kläffender Straßenköter. Wenn Sie sich in eine Sache verbissen haben, geben Sie keine Ruhe mehr, nicht wahr? Ich hätte offen gestanden nicht erwartet, ausgerechnet von Ihnen durchschaut zu werden. Aber ich war schon auf der Bühne stets daran interessiert, aus meinen Fehlern zu lernen. Verraten Sie mir, wie Sie mir auf die Schliche gekommen sind?«

»Ihre Inszenierung war brillant, das muss ich Ihnen lassen. Sie spielten der Freifrau die arme, verängstigte Frau vor, die sich in Todesangst vor Petersdorf verstecken muss. Damit zogen Sie Charlotte auf Ihre Seite. Man mag der Dame einiges nachsagen können, aber sie besitzt einen ausgeprägten Sinn für Gerechtigkeit und hat Sie sogleich unter ihre Fittiche genommen. Damit haben Sie ja gerechnet. Merkwürdigerweise ließen Sie trotz Ihrer angeblichen Angst vor Petersdorf keine Gelegenheit aus, um sich nachts in fremde Häuser zu schleichen und dort nach Ihrer verlorenen Heiratsurkunde zu suchen. So kam es zu unserer ersten Begegnung im Gartenhaus des Geheimrats. Und zu dem tückischen Überfall auf mich.«

»Das haben Sie mir verschwiegen«, murmelte Helene. »Petersdorf?«

Christian schüttelte den Kopf. »Petersdorf hatte zu diesem Zeitpunkt noch keine Ahnung, dass die Witwe seines alten Vormunds überhaupt noch am Leben war. Nein, natürlich war es Roemer, der gemeinsam mit der Demoiselle Weiler ins Haus eindrang, um Goethes Bücher an sich zu nehmen. Als ich die Demoiselle dabei erwischte, ließ sie mich glauben, sie befände sich auf der Flucht vor einem Verfolger.« Er stieß die Luft aus, weil ihm die Erinnerung an jene Nacht immer noch zusetzte. »Merkwürdig, dass Sie diesem Mann entwischen konnten. Er war Ihnen dicht auf den Fersen, und Sie schleppten einen schweren Stapel Bücher. Ich nehme an, nachdem Roemer mich überwältigt hatte, verließ er in aller Ruhe das Haus und begab sich zu einem geheimen Treffpunkt im Park, wo Sie mit den Büchern auf ihn warteten.«

»Nur weiter«, sagte Dorothee Weiler ruhig. Sie genoss es offenbar, Christians Ausführungen zuzuhören.

»Ich habe mich daran erinnert, was ich im Haus der Frau von

Stein über Sie erfahren habe. Dass Sie als Schauspielerin auf vielen Bühnen gestanden sind. Zweifellos beherrschen Sie die Kunst der Maskerade wie kaum eine andere. Dabei haben Sie sich große Mühe gegeben, uns durch falsche Spuren zu verwirren. Einige Male verkleideten Sie sich sogar als Mann. In diesem Kostüm gelang es Ihnen, meinen kleinen Neffen zu sich zu locken. Ich vermute, als Sie ihn vor Bertuchs Haus spielen sahen, verwechselten Sie ihn mit dem Sohn der Witwe Jacoby. Der war Roemer entkommen, als dieser die Frau in ihrem Haus am Schweinemarkt aufsuchte, und Sie waren beide im Zweifel, ob der kleine Junge ihn nicht gesehen hatte.«

Dorothee Weiler hob eine Augenbraue. »Bedanken Sie sich bei Rinaldini, dass Sie Goethes Bastard unversehrt wiederbekommen haben. Er überredete mich, ihn gehen zu lassen.«

»Aber natürlich habe ich getan«, knurrte der Italiener missmutig. »Nur Verbrecher vergreift sich an kleine *ragazzo*. Rinaldini ist Künstler!«

Dorothee verdrehte die Augen.

»Am Abend der Gesellschaft unternahmen Sie noch einen letzten Versuch, an die Urkunden zu gelangen«, fuhr Christian fort. »Sie wussten ja, dass meine Schwestern nicht zu Hause sein würden. Um von sich abzulenken, schlüpften Sie wieder in Ihre Verkleidung. Deshalb war das Stubenmädchen auch der Ansicht gewesen, ein Mann habe an die Tür geklopft. Allerdings erinnerte Sie sich auch an eine eher hohe, überhaupt nicht männlich klingende Stimme.« Er holte tief Luft. »Das waren Sie. Sie drangen in die Bibliothek ein, während Ihr Komplize Roemer draußen auf Petersdorf wartete. Er muss ihm vom Palais gefolgt sein.«

Dorothee und der Sekretarius tauschten hastig Blicke aus, die Christian bestätigten, dass er mit seinen Vermutungen richtiglag.

»Sie hätten sich die Bemerkung über die Commedia dell'arte

sparen sollen, Demoiselle. Wie Sie wissen, bin ich am Theater tätig. Nun ja, zumindest hin und wieder, wenn ich Geld brauche. Daher kenne ich mich ein wenig aus mit den Figuren, die in der Commedia eine Rolle spielen.«

»So?«, zischte Dorothee.

»Sie erwähnten, dass Sie auf der Bühne mit Vorliebe die Figur der Brighella verkörperten und beschrieben diese als eine gutmütige, duldsame, vielleicht auch etwas einfältige Person, die sich von selbstbewussteren Charakteren führen lassen muss. Nun, mir fiel auf, dass diese Beschreibung exakt auf Sie und Ihre Position im Haus der Frau von Stein zutraf. So haben Sie sich ihr vom ersten Tag an präsentiert. Allerdings ist Ihnen, als Sie Ihre Geschichte erzählten, ein kleiner Fehler unterlaufen, der vermutlich nur mir aufgefallen ist. Brighella ist nämlich ein Mann, der meist in einer Maske auftritt, um andere zu täuschen. Er ist schlau, verschlagen und nur auf seinen eigenen Vorteil bedacht. Als Ihnen dieser Lapsus unterlief, war mir klar, dass nicht Petersdorf, sondern Sie diejenige sind, die mit falschen Karten spielt.«

»Aber wieso?«, rief Helene bestürzt. »Ich begreife nicht, wie Sie das tun konnten. Sie waren doch im Recht. Sie hatten einen Anspruch auf das Vermögen Ihres verstorbenen Mannes. Sie hätten nur noch ein Weilchen warten müssen, bis man die Urkunden findet. Damit hätten Sie Petersdorf das Vermögen seines Onkels abjagen können.«

Dorothee Weiler legte den Kopf in den Nacken und lachte. »Ich fürchte, Sie haben es noch nicht begriffen, meine Liebe.«

»Aber ich«, sagte Christian. »Es gibt da einen schwarzen Punkt in ihrer Geschichte, der noch nicht zur Sprache gekommen ist. Wagner hoffte, er könnte sich von seinen Schuldgefühlen befreien, indem er die Demoiselle Weiler suchte und nach Weimar zurückholte. Er wollte die Dinge richtigstellen.« Er fasste die bleiche Frau scharf ins Auge. »Aber ich kann mir vorstellen, dass Sie gar nicht so erfreut waren, als er bei Ihnen auftauchte.«

»Ich hatte mit der Vergangenheit abgeschlossen!«

Christian nickte zufrieden, denn genau das hatte er auch vermutet. »Das änderte sich erst, als Sie erfuhren, dass Petersdorf durch den letzten Willen Ihres frischgebackenen Gatten noch kurz vor dessen Tod enterbt worden ist. Sie hatten dem Alten zugeflüstert, sein eifersüchtiger Neffe sei schuld an dem Überfall auf die Kutsche gewesen. Teilweise sicher zu Recht.« Er warf Petersdorf einen Blick zu, worauf dieser betroffen die Augen niederschlug.

»Dennoch zögerten Sie, die Reise nach Weimar anzutreten. Trotz der Aussicht auf das ganze Geld musste Wagner Sie förmlich drängen, nicht wahr?«

»Nicht nur Signore Wagner«, platzte der Italiener heraus. »Ich auch gesagt, sie muss fahren! Ist ihr Geld! Ihre Manufaktur für weißes Porzellan. Gehört alles ihr. Warum arm bleiben und auf Bühne vor Betrunkenen stehen, wenn so leicht, großes Vermögen zu bekommen.« Er spuckte verächtlich aus. »Und Mann zu bestrafen, der es gestohlen hat. Der schuld ist an Tod von gute Mensch.«

»Am Tod deines Vaters, nicht wahr?«

Rinaldini verschlug es die Sprache; erstaunt riss er die Augen auf.

»Ich habe die Aufzeichnungen gelesen, die Wagner vor zehn Jahren zu Papier gebracht hat. Darin ist auch von einem mutigen Kutscher die Rede, der seine Fahrgäste mit seiner Muskete gegen die Wegelagerer verteidigen wollte. Der Name dieses tapferen Mannes war Rinaldo.« Rinaldini zögerte einen Moment, dann nickte er. »Si, Signore. Ist wahr. Er wurde getötet!« Der Italiener hob eine Hand und zog sie mit einer blitzschnellen Bewegung über seine Kehle. »Mit Messer Hals aufgeschlitzt. Aber ich kam frei und konnte verschwinden.«

Christian nickte, dann wandte er sich wieder Dorothee zu. »Wo haben Sie ihn aufgestöbert? Bei der Wanderbühne, mit der Sie durch die Lande gezogen sind? Ich vermute, Sie nahmen ihn bereitwillig in Ihr Bett auf. Weiß er, dass Sie ihn längst durch Roemer ersetzt haben?«

»Wovon redet der Mann?«, knurrte Rinaldini misstrauisch. »Er scheint zu wissen mehr über dich als ich!«

Dorothee schürzte die Lippen. Dann sprang sie plötzlich auf Helene zu, riss sie am Handgelenk von Christian fort und drehte ihr mit einem Ruck den Arm auf den Rücken.

»Lass dich nicht von den Lügen dieses Träumers ins Bockshorn jagen«, rief die Schauspielerin dem verdutzten Rinaldini zu. »Er will nur Zeit gewinnen, aber das wird ihm nichts nützen. Er wird in wenigen Augenblicken zusehen, wie dieses Mädchen stirbt!«

»Erschieß sie!«, drängte nun auch Roemer. Plötzlich schien ihm der Boden unter den Füßen heiß zu werden.

»Noch nicht«, gab der Italiener zurück. »Es ist richtig, was dieser Mann sagt. Als Wagner zur Truppe kam, war es Frage der Ehre für mich, ihm zu folgen nach Weimar. Ich habe mich getarnt als Vagabund und Holzschnitzer in der Stadt, aber immer habe geglaubt, Petersdorf sei Mörder von armen Wagner!« Er deutete mit der Pistole auf Petersdorf.

Der verschreckte Mann hob die Hände, wie um seine Unschuld zu zeigen. »Ich habe Wagner seit dem Raubüberfall damals in Italien nicht wiedergesehen. Aber ich habe für ihn bezahlt. Und für dich auch. Das … Lösegeld, das die Halunken forderten. Wieso in Gottes Namen hätte ich ihm den Tod wünschen sollen?«

Christian schluckte, seine Hände zitterten vor Aufregung, denn nun kam es darauf an, dass Rinaldini ihm glaubte.

»Wagner musste sterben, weil er hinter etwas gekommen ist, das niemand wissen durfte«, sagte er so entschlossen er konnte.

»Sie hat ihn umgebracht?«, murmelte Petersdorf verwirrt. »Den Mann, der sie von Italien nach Sachsen-Weimar geholt hat?«

»Er wurde eine Gefahr für sie«, bestätigte Christian. »Ich vermute, sie und Roemer haben ihn in der Kutsche der Frau von Stein aufgespürt. Daher hat er auch keinen Verdacht geschöpft, als er den Wagen unten am Ufer der Ilm erkannte. Er dachte wohl, es sei der Kutscher, der ihn nach Hause bringen sollte.« Er warf Dorothee Weiler einen durchdringenden Blick zu. »Hat er Ihnen gedroht, mit seinem Wissen zu Freifrau von Stein zu gehen? Oder ging es ihm um Geld?« Er schüttelte den Kopf. »Nein, zu seinem Unglück ließ er sich nicht bestechen.«

»Ein Feigling, der plötzlich seine Courage entdeckte!«, höhnte Roemer. »Auf meine Kosten.«

»Was hat er entdeckt?«, platzte Petersdorf heraus.

»Nur eine Kleinigkeit. Er fand heraus, dass Dorothee Weiler eben nicht die rechtmäßige Ehefrau des alten Nikolai war.«

»Aber sie war es«, rief Petersdorf. »Ich selbst war bei der Hochzeit in Abano dabei. Die Ehe wurde vor einem Priester geschlossen.«

Christian fühlte den Blick der ehemaligen Schauspielerin wie ein brennendes Stück Eisen auf seiner Haut, aber das konnte ihn nicht daran hindern, weiterzureden. »Sie waren Zeuge einer Farce, eines Schauspiels«, sagte er. »O gewiss nicht für den alten Herrn Nikolai. Der war bis zu seinem letzten Moment der Überzeugung, eine hübsche junge Frau geheiratet zu haben.« Er wagte sich einen Schritt vor. »Demoiselle Helene und ich waren dabei, als Jacoby starb. Leider habe ich viel zu spät begriffen, was er uns mit seinen letzten Gesten noch sagen wollte. Wir sprachen ihn auf Dorothee an und fragte, ob er uns sagen könnte, wo sie sich versteckt hielt und er …«

»… deutete mit letzter Kraft auf die Glocke im Kirchturm und dann auf sich selbst«, ergänzte Helene mit erstickter Stimme. »Mein … Gott …«

Christian nickte. »Hochzeitsglocken! Jacoby und Dorothee Weiler waren in ihrer Jugend nicht nur ein Liebespaar. Sie waren auch Mann und Frau. Das war es, was Jacoby uns sagen wollte.« Christian hörte, wie der Italiener nach Luft schnappte. Er schien stutzig zu werden.

»Sie soll schon verheiratet gewesen sein?«, knurrte Rinaldini. »Mit Mann in Weimar? Vor Nikolai?«

»Hör nicht auf ihn«, bat Dorothee. Sie entließ Helene aus ihrem Griff und hob mit einem um Verständnis werbenden Lächeln die Hand. »Er erzählt Lügen!«

»Das sind keine Lügen«, sagte Christian mit fester Stimme. »Sie hatten heimlich geheiratet, weil Jacobys Vater eine Frau vom Theater in der Familie missbilligte. Er hielt sie für flatterhaft und fürchtete, sie würde seinen Sohn zu einem Künstlerleben verführen.«

»Du hast mich belogen«, rief Rinaldini wütend. Die Hand, in der er die Pistole hielt, begann zu zittern. »Es ist also wahr, dass du mit diesem Jacoby verheiratet warst.«

Dorothee Weiler schüttelte den Kopf. »Eine Jugendtorheit, nichts weiter. Aber ich musste es Nikolai doch verschweigen, weil ich wusste, dass er Ehescheidungen hasste.«

»Und weil der von Ihnen ausgewählte reiche, alte Mann etwas gegen Geschiedene hatte, blieben Sie auf dem Papier mit Jacoby verheiratet.«

Petersdorf kratzte sich am Kopf, dann brach er in hysterisches Gelächter aus, das schaurig von den Mauern des Kellerraums widerhallte. »Das heißt, die Ehe mit meinem Onkel war von Anfang an ungültig?«, stieß er hervor. »Wenn ich das nur geahnt hätte, wäre ich nie auf den Gedanken gekommen, mich auf dieses Gesindel einzulassen. Ich hätte meinem Onkel reinen Wein über die Vergangenheit seiner Hure eingeschenkt und zugesehen, wie er sie in die Wüste schickt.« Christian zuckte mit den Achseln. »Ich bezweifle, dass er Ihnen geglaubt hätte«, sagte er.

»Und einen Beweis für Ihre Behauptung hätten Sie ihm in Italien unmöglich vorlegen können.«

»Hat Signore Wagner einen Beweis für die Eheschließung mit Jacoby gefunden?«, wollte der Italiener wissen.

Christian nickte betrübt. Er erinnerte sich an den Tag, an dem Wagner wie vor den Kopf gestoßen aus der Kirche gelaufen war, während er und Helene mit Petersdorf und Sekretarius Roemer geplaudert hatten. »Der Pfarrer von St. Peter und Paul war so hilfsbereit, ihn bei der angeblichen Suche nach einem Verwandten zu unterstützen. Aber wir wissen natürlich, dass Wagner nur seinem Verdacht nachgehen und überprüfen wollte, ob er sein Vertrauen in die falsche Person gesetzt hatte.« Er hob den Blick und sah Roemer an. »Ich weiß noch, wie Sie im Wagen unruhig wurden und auf Ihren Dienstherrn einredeten, sie müssten aufbrechen. Dabei ging es aber nicht um einen Geschäftstermin. Als Sie Wagners entsetzten Blick sahen, wussten Sie, dass Ärger auf Sie und Dorothee zukommen würde. Sie beschlossen, auf der Stelle Kontakt zu ihr aufzunehmen, damit sie gemeinsam Wagner ins Gebet nehmen konnten.«

Sekretarius Roemer verzog das Gesicht. »Dieser alte Narr hätte niemals den Mund gehalten. Er faselte etwas davon, Dorothee sollte Petersdorf in Ruhe lassen, ihre Sünden bekennen und dann nach Italien zurückkehren. Ohne einen Taler in der Tasche. Wir mussten daher handeln, um ihn zum Schweigen zu bringen.«

Dorothee pflichtete ihm bei. »Er war ein Verräter, Rinaldini. Nicht besser als Petersdorf, der deinen Vater auf dem Gewissen hat.«

»Ich staune, dass Sie an dem Wort ›Gewissen‹ nicht ersticken, sobald Sie es in den Mund nehmen«, warf Helene ein. Sie hatte sich wieder so weit gefangen, dass ihre Augen blitzten. »Jacoby war mein Freund und ein begabter Künstler. Er hatte es nicht verdient, von Ihnen und diesem Mann ermordet zu werden.«

»Um an Petersdorfs Vermögen zu gelangen, mussten die beiden ihn auch zum Schweigen bringen«, sagte Christian. Er wandte sich Dorothee zu. »Aber ich nehme an, dass Sie ihn zuvor aufsuchten und zu überreden versuchten, Ihr kleines Geheimnis nicht auszuplaudern. Er muss aus allen Wolken gefallen sein, als Sie plötzlich vor ihm standen, nicht wahr? Eine Tote, die aus dem Jenseits in die Welt der Lebenden zurückkehrt. So muss es ihm doch vorgekommen sein. Ich habe in seinem Hof eine Reihe herrlicher Steinskulpturen gesehen, aber eine davon wirkt, als hätte jemand in blindem Zorn auf sie eingeschlagen. War er wütend, als Sie ihm Geld aus Petersdorfs Vermögen anboten? Schweigegeld?«

Roemer zuckte gleichmütig mit den Achseln. »Dorothees Angebot war mehr als großzügig. Er hätte es nicht ablehnen sollen.«

»Doch weil er davon nichts hören wollte und stattdessen die Stadt verließ, reisten Sie ihm nach, lockten ihn in die alte Dorfkirche und zerschmetterten seinen Schädel. Anschließend hinterließen Sie einen Knopf, den Sie in der Porzellanmanufaktur von Petersdorfs Gehrock gerissen hatten, oben im Turm. Er sollte den Verdacht auf ihn lenken, denn als sein Sekretär und engster Mitarbeiter war Ihnen bekannt, dass er vorhatte, am selben Tag in Schwerstedt zu sein, um die Renovierungsarbeit an dem alten Gutshof zu überprüfen.«

»Und die Witwe vom Schweinemarkt?« Helene verschränkte die Arme vor der Brust. »Sie hat nicht gewusst, dass Jacoby auf dem Papier verheiratet war.«

»Und er hat es ihr auch nie erzählt. Wozu auch? Jacoby hielt seine ihm davongelaufene Frau schließlich für tot. In Italien gestorben.« Er kniff die Augen zusammen. »Aber als Roemer in ihr Haus eindrang, hatte er noch keine Ahnung, wo sich Jacoby aufhielt. War es nicht so?«

»Sie sind wirklich nicht auf den Kopf gefallen«, sagte Roemer lächelnd. »Jacoby hatte Hals über Kopf die Stadt verlassen, aber wo er steckte, wusste ich zu diesem Zeitpunkt nicht. Die Leute, die draußen auf dem Gutsbesitz arbeiten, hat Petersdorf persönlich eingestellt.« Er seufzte. »Leider sah dieses Weib vom Schweinemarkt mein Gesicht. Nach Jacobys Tod hätte sie eins und eins zusammengezählt und mich bei den Behörden gemeldet. Das durfte ich nicht zulassen.«

»So, wie Sie auch nicht zulassen durften, dass der unglückselige Pfarrer von St. Peter und Paul Dorothee wiedererkennt. Er war nicht nur für seine feurigen Predigten bekannt, sondern stand auch in dem Ruf, ein ausgezeichnetes Gedächtnis zu haben. Ein Erbschaftsprozess gegen Petersdorf hätte viel Staub in unserem kleinen Weimar aufgewirbelt, und zweifellos wäre es dem Pfarrer nicht entgangen, dass da plötzlich eine Witwe auftaucht, die er selbst vor Jahren mit einem anderen Mann getraut hatte.« Er funkelte die ehemalige Schauspielerin mit einem Ausdruck von Abscheu im Gesicht an. »Es war kein großes Wagnis, dem Ärmsten eine Kanne mit vergiftetem Wein in sein Umkleidezimmer zu stellen. Schließlich waren alle nebenan zum Gottesdienst in der Kirche versammelt, und die Tür zum Hof war unverschlossen.«

»Genug davon«, rief Dorothee. Sie raffte den Saum ihres Kleides und durchschritt den kahlen Kellerraum, als befände sie sich auf einer Bühne und wartete nur darauf, dass der Vorhang fällt. »Ihr verschwendet nur meine kostbare Zeit. In wenigen Augenblicken wird Petersdorf Sie und dieses Mädchen erschießen, weil Sie ihm auf die Schliche gekommen sind. Natürlich wird er dabei auch mich verwunden.« Sie lächelte zuckersüß, während sie mit beiden Händen in ihr sorgfältig frisiertes Haar griff und es zerraufte. »Keine Sorge, nur leicht. Ich muss doch noch in Panik hinausstürmen und um Hilfe rufen können.« Sie gab dem Italiener ein Zeichen. »Rinaldini, den Strick! Nun wird dein Vater bald in Frieden ruhen!«

Roemer grinste. »Zeit für den letzten Akt des Dramas. Geheimrat von Goethe wäre stolz auf uns! Ich hatte übrigens das Vergnügen, einen Blick auf sein neuestes Gedicht zu werfen: die Ballade vom Zauberlehrling. Wirklich bemerkenswert.«

»Die Geister, die ich rief«, murmelte Christian, während er fassungslos beobachtete, wie der Italiener im Nebenraum verschwand, von wo er kurz darauf mit einem Strick zurückkehrte. Ein paar flinke Handgriffe, und die Schlinge war geknüpft. Offenbar war sie Petersdorf zugedacht.

Petersdorf wurde leichenblass. »Nein, ich gebe dir, was immer du willst. Kein Sterbenswort wird über meine Lippen kommen.«

Dorothee schürzte die Lippen. »Eigentlich fände ich es jammerschade, wenn die anderen nicht mehr miterleben könnten, wie wir diese elende Ratte aufknüpfen«, sagte sie. »Gönnen wir unseren Gästen das letzte Vergnügen, einer Hinrichtung beizuwohnen, bevor es mit ihnen aus ist. Die Pistole kann Rinaldini abfeuern.«

»Wenn ihr unschuldig, Gott wird sich erbarmen eurer«, sagte der Italiener. Sein Blick war wie aus feuriger Glut. »Steht schon in Bibel, nicht wahr?«

31. Kapitel

Petersdorf wich zurück, bis er nicht mehr weiterkam, weil er mit dem Rücken gegen die Wand stieß. Seine Augen traten aus den Höhlen, als er sah, wie der Strick mit der Henkersschlinge über einen Balken geworfen und ein Fass darunter gestellt wurde.

»Komm, es wird Zeit!« Rinaldini packte den vor Angst schlotternden Mann am Ärmel seines Hemdes und zerrte ihn mit sich, geradewegs auf das Fass zu. Daneben stand eine Funzel, deren müder Schein den improvisierten Galgen in ein gespenstisches Licht tauchte.

»Ihr beide kommt näher heran«, rief der Italiener Christian und Helene zu. »So könnt besser sehen, wie Gesicht von Mann blau anläuft, wenn Strick sich um seine Kehle zuzieht.« Er zwang Petersdorf, auf das leere Fass zu klettern, was diesem wegen seiner wackeligen Knie erst nach mehreren Versuchen gelang. Tränen schossen ihm in die Augen, als er sich eigenhändig die Schlinge über den Kopf zog, aber er bat nicht mehr um Gnade. Vermutlich, weil er eingesehen hatte, dass es sinnlos war.

Christian tauschte einen Blick mit Helene und tastete nach ihrer Hand. Da spürte er, wie sie etwas vorsichtig in seinen Ärmel schob und ihm mit ernster Miene zunickte.

Roemer hob seine Waffe. »Sobald Petersdorf am Strick zappelt, seid ihr beide dran. Das neugierige Liebespaar, das das Herumschnüffeln nicht sein lassen konnte.«

»Ein … Liebespaar«, keuchte Helene.

Christian brachte ein klägliches Grinsen zustande. »Nun ja, wenn es nach mir ginge …«

»Zeit, Ort und Umstände sind vielleicht nicht ganz geeignet, Herr Vulpius!«

»Ja«, gab er flüsternd zu. »Vermutlich sollte ich zuerst mit Ihrem Vater sprechen.«

Mit einem Satz sprang er vor, schüttelte die Gabel aus seinem Ärmel und stieß sie dem völlig überraschten Roemer mit solcher Wucht ins Gesicht, dass dieser erschrocken aufkreischte und die Pistole fallenließ. Blut spritzte aus der Wunde und tropfte auf seine weiße Halsbinde. Er taumelte zurück, das blutüberströmte Gesicht eine Fratze aus Wut und Schmerz. Er riss seinen Arm empor, um die Gabel aus der Wunde zu ziehen. »Das … wirst du mir büßen!«

»Rinaldini«, schrie Dorothee aufgebracht. »Hilf ihm! Erschieß die Brut.« Sie hastete auf das Fass zu, auf dem Petersdorf stand, und stieß es mit einem gezielten Tritt um. Kurz begegneten sich ihre und seine Blicke, dann schwang der Manufakturist auch schon in der Luft.

Dorothee begab sich zurück zu dem stöhnenden Roemer und bückte sich, um die Urkunden aufzuheben. »Hast du mich nicht verstanden? Du sollst die beiden jetzt erschießen!«

Christian schob sich vor Helene. Er sah, dass sie aus den Augenwinkeln Roemers Pistole betrachtete, aber sie lag zu weit weg.

Der Italiener starrte zuerst sie, dann den am Strick zappelnden Petersdorf an. Es schien fast, als sei er mit seinen Gedanken ganz weit fort. Doch plötzlich schüttelte er den Kopf, als könnte er so einen quälenden Alptraum abschütteln. Ehe Dorothee protestieren konnte, schritt er auf den erstickenden Mann zu und stützte ihn, indem er sich dessen Beine auf die Schultern legte. Dann zückte er ein Messer, durchschnitt den Strick und ließ Petersdorf zu Boden sinken.

»No«, rief er Dorothee zu. »Basta! Er wird nicht sterben. Du hast mir erzählt zu viele Lügen. Ich habe in Haus am Schweinemarkt gesehen, was dieser Mann vor mir wollte verstecken, bevor ich ihn hierherbrachte. Jacobys Bibel war es, mit deinem Namen als Ehefrau. Ich wusste schon ganze Zeit über, wollte aber hören, was du dazu zu sagen hast!« Er schüttelte den Kopf. »Ich glaube kein Wort mehr! Du bist gute Schauspielerin, aber verdorben wie faule Apfel!«

Während er noch sprach, klopfte es oben hart gegen die Tür. Dann hallte ein Schuss durch das zugige Gewölbe, und das Nächste, was Christian hörte, war ein Krachen und Poltern. Holz splitterte, und eine Anzahl bewaffneter Soldaten stürmte in einer Rauchwolke die Treppe hinunter. Sie wurden von Hauptmann Heyde angeführt, der mit geladener Pistole auf Christian und Helene zu stapfte. Er warf einen Blick auf Petersdorf, der sich nicht mehr regte, dann drehte er sich mit einem Stirnrunzeln zu Christian um. »Können Sie mir das erklären?«

Noch bevor Christian den Mund öffnen konnte, taumelte Daniel Roemer auf den Hauptmann zu. Er hielt sich ein blutdurchtränktes Taschentuch an die Wange. »Vulpius ... ist wahnsinnig! Sehen Sie nur, wie er mich ... zugerichtet hat!«

Hauptmann Heyde sah Christian streng an. »Ist es wahr, was der Sekretarius behauptet? O nein, lassen Sie mich raten. Gleich werden Sie mir erzählen, dass Roemer und diese Person den Herrn Manufakturisten und Sie umbringen wollten und nicht umgekehrt.«

»Er und sein Liebchen!« Mit blutverschmiertem Finger deutete Roemer auf Helene. »Herr Petersdorf wollte sie heiraten, aber sie zog ihm diesen Taugenichts vor.«

Christian glaubte, sich verhört zu haben. »Hauptmann ...«

»Von Ihnen will ich nichts hören«, sagte Heyde eisig. »Sie sind ein Unruhestifter, mit dem es noch böse enden wird.« Er kehrte Christian den Rücken zu und machte einen Schritt vorwärts. Doch im nächsten Moment wirbelte er auf dem Absatz herum und runzelte die Stirn. »Nur eines begreife ich noch nicht, lieber Sekretarius, aber ich bin sicher, Sie werden mir da weiterhelfen können. Wenn Vulpius Sie in mörderischer Absicht hier festgehalten hat, warum wurde er von diesem Subjekt im Uniformrock in einer Karre zur Schenke kutschiert? Und zwar, bevor Sie selbst und diese Frau eintrafen.«

Roemer sperrte den Mund auf.

»Woher ich das weiß? Oh, meine Leute behielten den Schweinemarkt auf meinen Befehl seit Tagen im Auge. Sowie alle übrigen öffentlichen Plätze und den Park. Ich hatte nämlich einer jungen Dame mein Wort gegeben, nach dem Kerl suchen zu lassen, der in der Stadt die hölzernen Spielzeugsoldaten anbietet. Und als Ehrenmann in des Herzogs Diensten halte ich mein Wort!«

»Aber auf die Idee, einzugreifen, kamen Sie nicht?«, brauste Christian auf. Heyde hatte also die ganze Zeit auf der Lauer gelegen, es aber nicht für nötig gehalten, ihnen früher zu helfen.

Hauptmann Heyde verdrehte die Augen. »Wenn ich ein halbes Dutzend meiner Leute mitten in der Nacht ein Wirtshaus stürmen lasse, würde ich das sehr wohl ›Eingreifen‹ nennen!«

Roemer blickte sich Hilfe suchend nach Dorothee Weiler um, die die Urkunden an ihre Brust drückte. Diese versuchte vergeblich, die Schriftstücke vor Heyde zu verbergen.

»Das da nehme ich besser an mich«, sagte er liebenswürdig. »Her damit!«

Zähneknirschend gab Dorothee ihm die Papiere. Heyde überflog sie, ohne auch nur mit der Wimper zu zucken. Dann faltete er sie zusammen und ließ sie in seinem Rock verschwinden. »Ich fürchte, Ihr kleines Komplott gegen Herrn Petersdorf ist gescheitert«, sagte er und trat zur Seite, um seine Männer vorbeizulassen. »Unser gnädiger Herzog Carl August hält nach wie vor große Stücke auf ihn und möchte ihn als Repräsentanten des guten Porzellans nur ungern verlieren. Sie beide dagegen …« Er gab seinen Leuten einen Wink. »Arretieren!«

Roemer heulte auf wie ein getretener Hund und sackte zu Boden. Einen Augenblick lang sah es so aus, als würde er sich in sein Schicksal fügen, doch als einer der Sergeanten mit einem Strick auf ihn zukam, um ihm die Hände zu fesseln, sprang er auf, rammte dem Mann den Kopf in den Bauch und versuchte, die Waffe aufzunehmen, die er bei Christians Angriff verloren hatte. Christian reagierte geistesgegenwärtig und packte den Arm des Tobenden, um ihm die Pistole abzunehmen.

»Schieß!«, befahl Hauptmann Heyde dem Sergeanten, der von Roemer überrumpelt worden war.

»Aber nein, er könnte Vulpius treffen!« Helene schrie entsetzt auf, als sie Christian plötzlich stolpern sah. Er verlor das Gleichgewicht, torkelte rückwärts und fiel zu Boden. Roemer nutzte die unverhoffte Gelegenheit und spannte den Hahn.

Nun ist es aus, dachte Christian und fühlte sich merkwürdigerweise fast erleichtert. Er hatte das Komplott von Weimar zunichtegemacht, die Missetäter entlarvt. Helene würde den Keller lebendig verlassen, das war mehr, als er noch vor wenigen Minuten zu hoffen gewagt hatte. Als sich der Schuss aus Roemers Pistole löste, wurde es dunkel vor seinen Augen. Er hörte mehrere Personen wild durcheinanderschreien und dann einen weiteren Schuss. Und noch einen, dessen Echo mit dem Rauschen in seinen Ohren verschmolz. Ein trommelnder Schmerz jagte durch seinen Hinterkopf, und er spürte, wie ihm etwas warm über das Gesicht lief.

»Helft ihm auf«, hörte er eine Stimme rufen. Sie gehörte Heyde und klang überrascht.

War der Hauptmann etwa auch tot? Nur das nicht! ging es Christian durch den Kopf. Von Heyde bis zur Himmelspforte verfolgt zu werden, war kein Gedanke, dem er sich gern länger hingeben wollte. Ganz langsam wurde es wieder heller um ihn herum. Der Raum rotierte noch ein wenig um seine Achse, aber Christian begriff nun, dass ihn die Kugel nicht getötet haben konnte. Irgendetwas musste sie aufgehalten haben.

Oder jemand.

Wenige Schritte von ihm entfernt lag Rinaldini auf dem Fußboden. Sein Brustkorb hob und senkte sich flatternd, offensichtlich machte es ihm Mühe, Atem zu holen. Christian wehrte die Hände der Soldaten ab, die ihm aufhelfen wollten, und schleppte sich zu dem Italiener.

»Du blutest«, stellte er fest.

Mit großer Anstrengung drehte Rinaldini seinen Kopf und sah ihn an. Seine Hand lag auf der schwarz versengten, blutenden Wunde.

»Warum hast du das getan?« Christian hob ratlos die Hände. »Die Kugel war nicht für dich bestimmt.«

»Mein Vater ... er war stolzer Mann. Hat gekämpft dafür, unschuldige Menschen in Kutsche vor Straßenräuber zu verteidigen.« Er hustete, spuckte Blut. »Er hätte sich meiner geschämt, wenn ich …« Seine Stimme wurde schwächer. »Für Fehler … man muss bezahlen.«

»Soll ich ihm den Rest geben?«, fragte Heydes Sergeant, derselbe grobe, mit Muskeln bepackte Bursche, mit dessen Faust auch Christian schon Bekanntschaft gemacht hatte. »Der andere ist hinüber!« Triumphierend deutete er auf Roemer, dessen Leiche, von mehreren Kugeln durchsiebt, nur wenige Schritte weiter lag.

»Wag es und du spuckst deine Zähne aus«, knurrte Christian, worauf Helene beipflichtend nickte. Als er sich Rinaldini zuwendete, bemerkte er, dass der Italiener nicht mehr atmete. Er war tot.

»Raus jetzt!«, kommandierte Hauptmann Heyde. Er befahl seinen Männern, den immer noch ohnmächtigen Petersdorf die Treppe hinaufzutragen und überzeugte sich persönlich davon, dass Dorothee Weilers Handfesseln straffgezogen wurden, bevor er Christian und Helene mit einer Geste aufforderte, ihm zu folgen. »Ich brauche Ihre Aussage und auch die der Demoiselle darüber, was Herr Petersdorf durchmachen musste.«

»Petersdorf? Das ist ja nett. Und was wir durchmachen mussten, zählt nicht?«, murmelte Christian, aber er war zu erschöpft, um mit dem Hauptmann zu streiten. Er bot Helene seinen Arm, den sie dankbar annahm.

Über Heydes Miene glitt die Andeutung eines Lächelns. »Eines nach dem anderen, Vulpius. Ich fürchte, uns allen stehen eine lange Nacht und ein noch längeres Protokoll bevor. Aber an endlose Vorstellungen sind Leute vom Theater wie Sie ja wohl gewöhnt.«

32. Kapitel

»Ich werde ein Dankschreiben an den Hauptmann aufsetzen, weil er euch gerettet hat«, sagte Ernestine mit vor Freude geröteten Wangen, als die Geschwister zwei Tage später in einem der Salons am Frauenplan beisammensaßen und dem Knacken der Holzscheite lauschten, die im Kamin verbrannten. Christiane hatte auf ein Feuer bestanden, denn draußen stürmte es schon seit den frühen Morgenstunden. Regentropfen trommelten gegen die Scheiben, und Ernestine, die leicht fror, hatte sich eine Decke über die Schultern geworfen.

Christian klappte das Buch zu, das er mit einigen Randbemerkungen versehen hatte, und warf seiner Schwester einen finsteren Blick zu. »Hauptmann Heyde hat nichts weiter getan, als mit offenem Mund dumm herumzustehen, als dieser Kerl auf mich feuerte. Anschließend musste ich ihm in seiner Amtsstube die ganze Geschichte bestimmt ein Dutzend Mal erklären, ehe er mich und Demoiselle Helene endlich entließ. Dabei hatte ich Schmerzen!« Er deutete auf sein Bein. Unter dem weißen Strumpf schimmerte ein dicker Salbenverband durch. Doktor Hellberger hatte sich seiner noch in derselben Nacht angenommen, allerdings hatte sich dabei herausgestellt, dass die Verletzung, die Rinaldini ihm in dem Haus am Schweinemarkt zugefügt hatte, tatsächlich kaum mehr als eine Schramme war. Das brauchte Ernestine jedoch nicht zu wissen. Schlimm genug, dass sie nun anfing, den Hauptmann über den grünen Klee zu loben. Sie würde doch am Ende nicht auf diesen Kerl hereinfallen? Gewiss, bislang standen die Herren nicht gerade Schlange, um Ernestine zu besuchen. Aber Heyde?

Christian verzog bei dem Gedanken das Gesicht, aber er sagte nichts, denn er wusste, dass Ernestine ihm nicht zuhören würde.

»Ich verstehe immer noch nicht, wie uns diese Frau derart

zum Narren halten konnte«, sagte Christiane erbost. »Wenn ich mir vorstelle, dass sie unseren August in ihrer Gewalt hatte …«

»Rinaldini hätte nicht zugelassen, dass sie sich an ihm vergreift«, sagte Christian. »Das hat er mir versichert.«

»Aber als sie im Park hinter mir her war, ist er nicht eingeschritten«, warf Ernestine ein. Sie stand auf, ergriff den Schürhaken und stocherte in der Glut. Dann betätigte sie den Klingelzug. »Mag jemand Tee? Mir ist plötzlich nach etwas Wärmendem.«

»Frau von Steins Kutscher muss Verdacht geschöpft haben. Vielleicht hat er bemerkt, dass Dorothee in der Nacht, als Wagner starb, eine der Kutschen entwendet hatte. Außerdem hatte die Freifrau ihm befohlen, ihrem Schützling künftig überallhin zu folgen.«

»Was sie unbedingt verhindern musste!« Ernestine seufzte. »Wie trägt es Frau von Stein? Sie muss doch am Boden zerstört sein.«

»Als ich sie besuchte, bewahrte sie Haltung«, sagte Christiane, in deren Stimme ein Hauch von Bewunderung mitschwang. »Sie hat gelernt, Schicksalsschläge mit Würde hinzunehmen, aber ich weiß, dass sie verletzt ist.« Sie lachte auf. »Als sie mich empfing, nannte sie mich doch tatsächlich ›liebe Freundin‹, ist das zu fassen? Ich wollte schon den Arzt rufen. Dann verspürte ich Mitleid mit ihr und überlegte, ob ich ihn vielleicht selber brauche.«

Sie verstummte, als das Stubenmädchen mit einem Tablett in den Händen eintrat.

»Der Manufakturist Petersdorf ist unten«, sagte sie. »Er möchte zu Herrn Vulpius.«

Christian folgte der Bediensteten verwundert die Treppe hinunter. Er hatte Petersdorf seit der Nacht im Keller des Wirtshauses nicht mehr gesehen, aber von Doktor Hellberger gehört, er erhole sich rasch. Was Petersdorf von ihm wollte, konnte er sich allerdings nicht erklären.

Petersdorf trug einen tiefschwarzen Gehrock und die passenden Kniehosen aus dunklem Samt, welche die Blässe seiner Haut unterstrichen. Seine geröteten Augen wanderten gehetzt von einer Ecke der Halle zum anderen. Als irgendwo im Haus eine Tür zuschlug, zuckte er zusammen. Christian konnte nicht behaupten, dass er den Manufakturbesitzer mochte, empfand aber dessen ungeachtet Mitgefühl. Die eigene Hinrichtung knapp zu überleben war nichts, was man so rasch vergessen konnte. Nervös und schreckhaft, machte Petersdorf nicht den Eindruck, als sei er schon wieder in der Lage, sich um seine Geschäfte zu kümmern.

»Was führt Sie hierher?«

Anstelle einer Antwort holte Petersdorf ein paar Blätter Papier aus seiner Rocktasche. Sie waren allesamt zerknittert, schmutzig und mit dunklen Flecken übersät. Ruß und Blut.

»Hauptmann Heyde hat mir die Urkunden überlassen«, sagte der Mann. Er sprach so leise, dass Christian ihn nur mit Mühe verstehen konnte. »Er sagt, ich soll sie verschwinden lassen, aber …« Er schüttelte den Kopf. »Das wäre doch nicht richtig, oder? Mein Onkel wollte nicht, dass ich sein Hab und Gut bekomme. Es wäre ehrenhaft, es zurückzugeben.«

Christian runzelte die Stirn. »Aber wem? Dorothee Weiler?«

»Nach ihrem Tod würde Charlotte von Stein das Vermögen erhalten. Sie könnte damit etwas Gutes tun.«

»Aber das können Sie selbst auch. Sie haben es ja schon getan, wie mir Doktor Hellbergers Mutter in Jena versichert hat.« Er atmete tief durch. »Sie wollten nicht, dass Ihrem Onkel und den Mitreisenden damals in Italien etwas zustößt. Die Sache mit dem Überfall war nicht Ihre Idee. Dass Sie die betrügerische Geliebte Ihres Vormunds in der Gewalt der Räuber schmoren ließen, wird Ihnen wohl niemand zum Vorwurf machen. Ich frage mich sogar, ob sie beim Tod des Alten nicht etwas nachgeholfen hat. Schließlich konnte es nicht in ihrem Interesse sein, als Gattin eines lebendigen Nikolai nach Hause zurückzukehren.«

Petersdorf bekam große Augen. An diese Möglichkeit hatte er offenbar noch nicht gedacht.

»Da ist noch etwas, was ich Ihnen gestehen muss«, sagte er. »Das Besteck ... die Gabel, mit der Sie meinen Sekretarius ...«

Christian hob die Augenbraue. Richtig, das hatte er ganz vergessen. Er hatte Helene gefragt, wie sie an die Gabel gekommen war, die sie ihm im Gewölbekeller heimlich zugesteckt hatte, doch sie hatte nicht mehr sagen können, als dass sie mit anderem Silber aus Petersdorfs Jacke gefallen war.

»Sie sollten das Besteck zurückgeben, obwohl ich nicht annehme, dass die Freifrau mit der bewussten Gabel jemals wieder eine Pastete essen wird.«

»Ich habe es nie jemandem erzählt, aber seit ich mich damals in der Gewalt dieser Räuberbande befand, überkommt es mich manchmal, etwas zu stehlen. Es ist, als hörte ich eine Stimme in mir, die mir das befiehlt. Wenn sie mich ruft, nehme ich die Kutsche und fahre aufs Land, weil ich so große Angst habe, hier in Weimar könnte mir jemand auf die Schliche kommen. Als Sie in mein Kontor kamen und sagten, Sie hätten mich durchschaut ...«

»Da dachten Sie, ich würde von Ihren zwanghaften Raubzügen reden!« Christian seufzte. Ihm fiel ein, was Herr von Tillert über die Diebstähle in seinem Dorf berichtet hatte. »Sie sollten Doktor Hellberger ins Vertrauen ziehen, vielleicht kann er Ihnen helfen.«

Petersdorf wirkte ein wenig erleichtert. Er zögerte einen Moment, dann drückte er Christian Heiratsurkunde und Testament in die Hand, machte kehrt und stürmte hinaus in den Regen.

»He, was soll ich damit?«, rief ihm Christian nach.

Am Abend stand er vor Helenes Tür und überlegte, wie er die mürrische Magd ihrer Tante dazu bringen konnte, ihn für einen Moment einzulassen. Zu seiner Überraschung wurde er sogleich ins Wohnzimmer geführt, wo er Helene mit einem Skizzenblock auf den Knien am Fenster vorfand. In einem Käfig in der Ecke des Raumes trällerte ein Kanarienvogel.

»Es hat größeren Spaß gemacht, Sie zu besuchen, als ich noch unerwünscht war«, sagte er mit einem Lächeln.

Helene hob nur kurz den Blick, dann widmete sie sich wieder ihrer Skizze. »Oh, da kann ich Sie beruhigen, Vulpius. Sie sind hier nach wie vor unerwünscht. Vater ist der Meinung, wir wurden einander nie offiziell vorgestellt, daher kennen wir uns nicht. Sie sind nicht hier, und unsere Magd wird beschwören, dass sie heute Abend niemandem die Tür geöffnet hat.« Ihre Mundwinkel hoben sich. »Das hat sie mir versprochen.«

»Demnach führen Sie jetzt ein Selbstgespräch?« Christian legte Hut und Stock auf einen Tisch und setzte sich Helene gegenüber. Eine Weile schwiegen beide, dann sagte er: »Petersdorf war bei mir.«

»Ach?«

»Er hat mir die ungültige Heiratsurkunde übergeben. Und das Testament des alten Nikolai.«

Sie hörte auf zu zeichnen. Einen Moment lang begutachtete sie ihr Werk, dann verbarg sie den Skizzenblock hinter einem Kissen der Chaiselongue. »Damit legt er sein Schicksal und das der Porzellanmanufaktur in Ihre Hände, Vulpius. Fällt Ihnen die Entscheidung schwer?«

»Eigentlich nicht. Wenn Petersdorf wirklich so wenig von der Porzellanherstellung und den Geschäften versteht, wie Roemer behauptet hat, wird er die Manufaktur bald ruinieren und beim Herzog in Ungnade fallen. Doch vielleicht reißt er sich ja am Riemen und überrascht uns.«

»Danke, ich hatte genug Überraschungen«, bemerkte Helene.

»Was mich betrifft, so bin ich froh, dass sich die Sache mit der Hochzeit erledigt hat. Nicht einmal meine Tante würde mehr darauf bestehen.«

Christian musste zugeben, dass er darüber sehr froh war. Eine andere Antwort hätte er nur schwer ertragen. Er stand auf und griff nach seinem Hut. »Ich muss jetzt gehen. Ich habe meine Arbeit sträflich vernachlässigt und bin über den ersten Absatz noch nicht hinweg.«

»Ihr Roman über den italienischen Räuberhauptmann?« Sie lächelte ihn an. »Sagen Sie bloß, Sie haben endlich die passende Idee gefunden?«

Er ging zur Tür und legte die Hand auf die Klinke. »Das verrate ich Ihnen, sobald wir einander zum ersten Mal begegnen!«

Nachwort

»Das Geheimnis des Poeten« ist ein Kriminalroman und die Handlung natürlich fiktiv. Daher wird man in Geschirrschränken und Vitrinen leider vergeblich nach Porzellan der Marke Petersdorf suchen, denn diese Manufaktur hat es in Weimar nicht gegeben. Andererseits haben viele der Personen, die im Roman eine Rolle spielen, tatsächlich gelebt. Christian August Vulpius wurde als Autor weit über die Grenzen des damaligen Herzogtums Sachsen-Weimar-Eisenach durch seinen Räuberroman »Rinaldo Rinaldini« bekannt, den er 1798 in Leipzig veröffentlichte und der sich rasch großer Beliebtheit erfreute. Sogar Goethe fand lobende Worte für das Werk seines späteren Schwagers. »Rinaldo Rinaldini« entwickelte sich zum erfolgreichsten Räuberroman des 19. Jahrhunderts und erlebt bis heute Neuauflagen und Bearbeitungen in Form von Hörspielen und sogar einer Fernsehserie.

Goethe selbst befand sich im Sommer 1797 tatsächlich auf einer längeren Reise, über die er seine Angehörigen lange im Unklaren ließ. Erst spät lüftete er das Geheimnis, über das damals ganz Weimar rätselte, und teilte seiner Familie mit, dass er kein weiteres Mal über die Alpen, sondern in die Schweiz gereist war. Zehn Jahre zuvor hatte seine berühmte italienische Reise in Weimar einen Skandal ausgelöst, da Goethe sich heimlich, fast bei Nacht und Nebel, davongeschlichen hatte, ohne seinen Dienstherrn und Freund, Herzog Carl August, über seine rund zweijährige Abwesenheit zu informieren. Auch die Freundschaft des Dichters zu seiner Seelenfreundin Charlotte von Stein wurde dadurch auf eine harte Probe gestellt. Die enge Beziehung zwischen den beiden litt noch mehr, als Goethe nach seiner Rückkehr aus Italien in der Näherin Christiane Vulpius die Frau fürs Leben fand. Die Spannungen zwischen ihr und der vornehmen Weimarer Gesellschaft sind ebenso belegt wie die chronische Geldknappheit ihres Bruders Christian, die ihn nicht selten zwang, unliebsame Aufträge anzunehmen, um seine Schulden zu bezahlen.

Historisch nachweisbar ist das »Journal des Luxus und der Moden«, eine Frauenzeitschrift, die der angesehene Journalist und Unternehmer Justin Bertuch in Weimar herausgab. Sie enthielt kolorierte Kupferbilder und einen Textteil über die neuesten Modetrends, Haus und Garten, Theater, Kunst und Literatur. Gemeinsam mit seiner geschäftstüchtigen Frau Caroline betrieb Bertuch in seinem Haus auch die im Roman beschriebene Manufaktur für Kunstblumen, in der Christiane Vulpius vor ihrer Beziehung mit Goethe arbeitete. Auch die Fürstliche Zeichenschule im Roten Schloss unter Leitung des Malers Georg Melchior Kraus hat es gegeben. Dass die junge Helene de Ahna sie während ihres Aufenthalts in Weimar besucht haben soll, entsprang allerdings meinem Einfall. Wahrscheinlich lernten Helene und Christian Vulpius sich erst etwas später, während einer Badereise nach Bad Liebenstein in Thüringen, kennen.

Goethes »Zauberlehrling«, eine der schönsten Balladen, die je geschrieben wurde, entstand zwischen Juni und Juli 1797, also kurz bevor Goethe seine Sommerreise antrat. Es ist eher unwahrscheinlich, dass in den Weimarer Salons nur wenige Wochen später schon darüber geredet wurde, aber zumindest die engsten Angehörigen könnten einen Einblick genommen haben. Ich konnte daher der Versuchung nicht widerstehen, Christian aus dem Werk zitieren zu lassen.

412

Um das Leben der Menschen im spätsommerlichen Weimar des Jahres 1797 so lebendig wie möglich zu beschreiben, habe ich etliche Buchveröffentlichungen zu Rate gezogen, darunter »Goethes Weimar – Das Lexikon der Personen und Schauplätze« von Effi Biedrzynski, »Goethes letzte Reise« von Sigrid Damm, die »Italienische Reise« von Johann Wolfgang von Goethe selbst und »Goethe in Weimar«, ein Bildband von Matthias Gretzschel und Toma Babovic. Nicht zu vergessen »Rinaldo Rinaldini, der Räuberhauptmann« aus der Feder von Christian Vulpius.

Mein herzlicher Dank gilt allen, die mich auf meiner Reise ins späte 18. Jahrhundert unterstützt und ermutigt haben, insbesondere natürlich meiner Familie.

Guido Dieckmann
Die sieben Templer
Historischer Roman
585 Seiten
ISBN 978-3-7466-3174-5
Auch als E-Book erhältlich

Ein Mysterium, das die Welt verändern könnte

Der Tempelritter Thomas Lermond hat die Vernichtung seines Ordens überlebt und hütet seitdem mit sieben Vertrauten ein Geheimnis, das um keinen Preis in die falschen Hände geraten darf. Im Jahr 1314 jedoch ist ihr Vermächtnis in Gefahr, und Lermond schickt eilig Boten aus, um die mittlerweile über halb Europa verstreuten Templer zusammenzurufen. Deren Reise nach Berlin wird schnell zu einem Alptraum. Ein Gesandter der Inquisition folgt ihrer Spur, besessen davon, die letzten Templer zur Strecke zu bringen. Am Ende erreichen nur sechs der Männer sowie eine junge Frau den abgelegenen Tempelhof – wo ihre Widersacher sie schon erwarten.

Regelmäßige Informationen erhalten Sie über unseren Newsletter. Jetzt anmelden unter: www.aufbau-verlag.de/newsletter